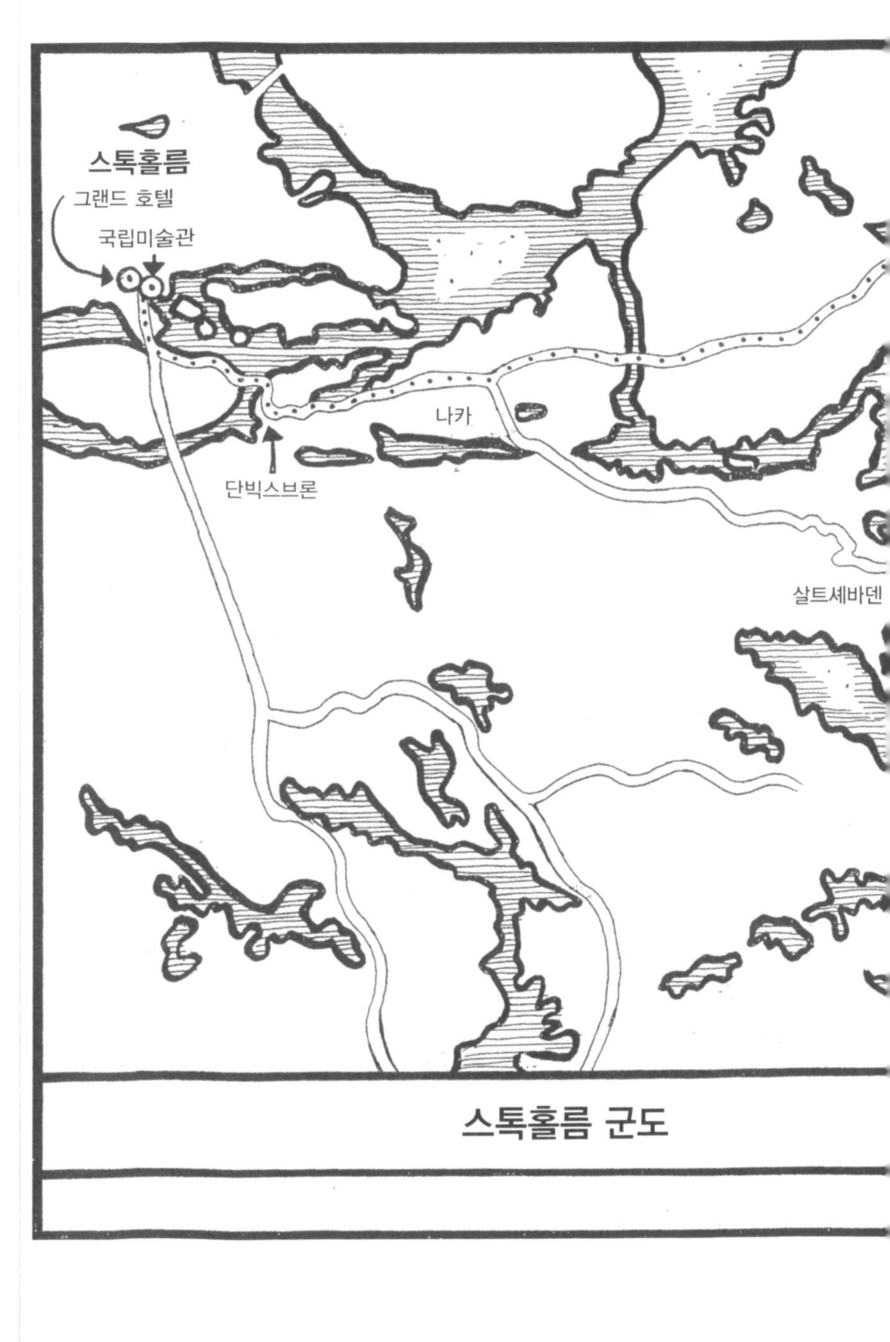
스톡홀름
그랜드 호텔
국립미술관
나카
단빅스브론
살트셰바덴
스톡홀름 군도

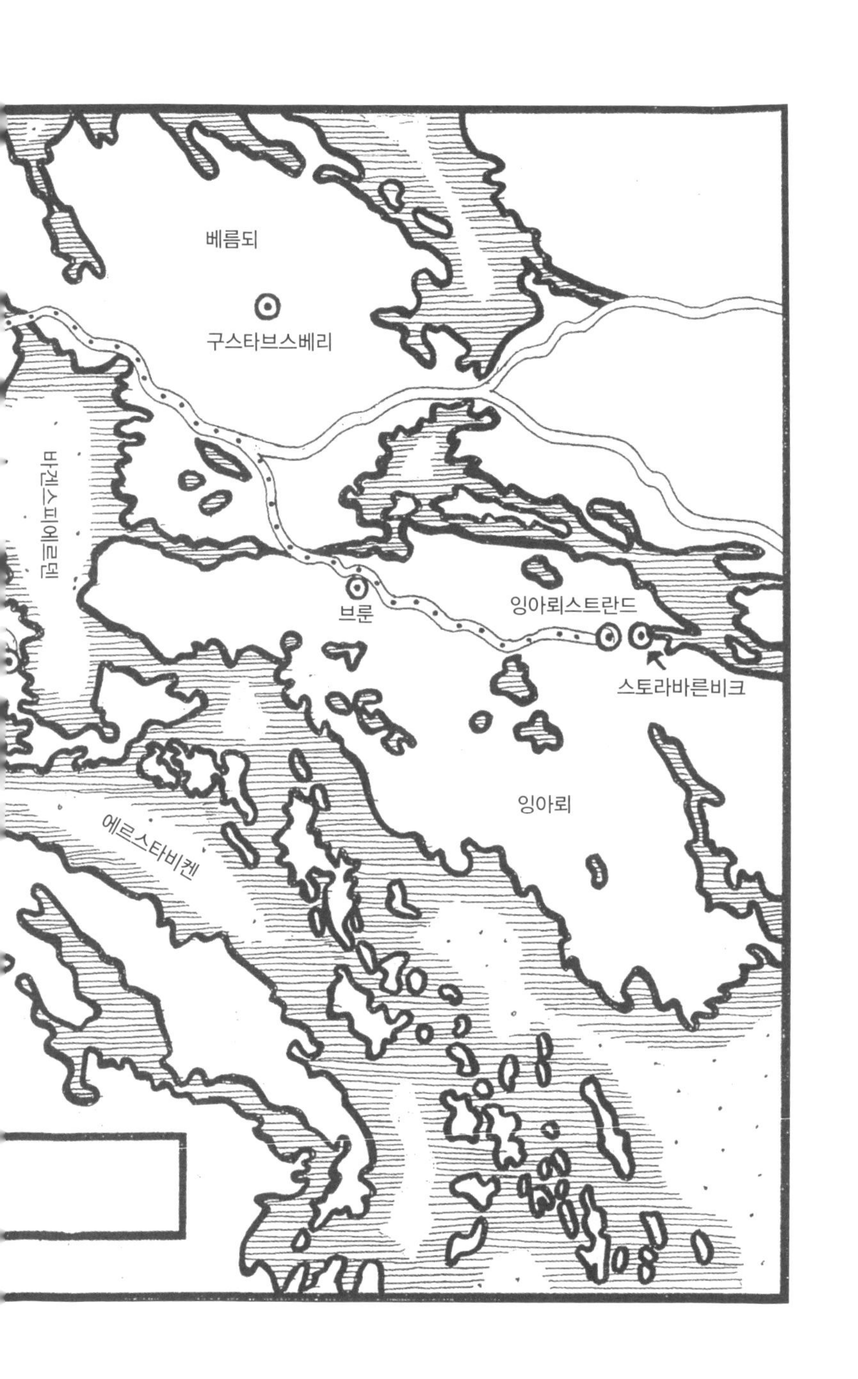
베름되
구스타브스베리
바겐스피에르덴
브룬
잉아뢰스트란드
스토라바른비크
잉아뢰
에르스타비켄

거미줄에
걸린
소녀

DET SOM INTE DÖDAR OSS (MILLENNIUM 4)
by David Lagercrantz

밀레니엄 4권

거미줄에 걸린 소녀

다비드 라게르크란츠 장편소설

임호경 옮김

문학동네

일러두기

1. 주석은 모두 옮긴이주이다.
2. 본문 중 고딕체는 원서에서 이탤릭체 등으로 강조한 부분이다.
3. 인명, 지명 등 외래어는 국립국어원의 외래어표기법을 따랐으나 일부는 관습표기를 존중했다.
4. 장편 문학작품과 기타 단행본은 『 』, 단편소설과 시는 「 」, 연속간행물과 곡명 등은 〈 〉로 구분했다.

차례

프롤로그
일 년 전 새벽 • 9

I 감시하는 눈
11월 1일~21일 • 11

II 기억의 미로
11월 21일~23일 • 203

III 비대칭적 문제들
11월 24일~12월 3일 • 449

감사의 말 • 573

등장인물

리스베트와 주변인물

리스베트 살란데르 실력자 해커. 자신의 능력을 숨기고 살아간다.

앙네타 살란데르 리스베트의 엄마.

카밀라 살란데르 리스베트의 여동생.

홀게르 팔름그렌 변호사. 리스베트의 전 후견인.

드라간 아르만스키 보안회사 '밀톤 시큐리티' 대표.

플레이그 리스베트의 해커 동료.

미카엘과 사회고발 잡지 <밀레니엄>

미카엘 블롬크비스트 탐사기자. 〈밀레니엄〉 공동 사주 겸 발행인.

에리카 베리에르 〈밀레니엄〉 공동 사주 겸 편집장.

크리스테르 말름 〈밀레니엄〉 공동 사주 겸 디자이너.

말린 에릭손 편집부 차장.

안드레이 산데르 편집부 기자.

소피 멜케르 편집부 기자.

에밀 그란덴 편집부 기자.

오베 레빈 세르네르 미디어 그룹 출판 책임자.

프란스와 주변인물

프란스 발데르 스웨덴 컴퓨터공학자.

아우구스트 발데르 프란스의 아들.

한나 발데르 프란스의 전처.

라세 베스트만 한나의 동거인.

스톡홀름 검찰청 및 경찰청

리샤르드 엑스트룀 검찰청 소속 검사.

얀 부블란스키 경찰청 강력반 반장.

소니아 모디그 경찰청 강력반 형사.

한스 파스테 경찰청 강력반 형사.

쿠르트 스벤손 경찰청 강력반 형사.

아만다 플로드 경찰청 강력반 형사.

예르케르 홀름베리 경찰청 소속 현장감식관.

스웨덴 국가안보기관 세포Säpo

헬레나 크라프트 세포 국장.

랑나르 올로프손 산업보호부 부장.

가브리엘라 그라네 산업보호부 특별 분석관.

미 국가안보국 NSA

찰스 오코너 NSA 국장.

에드윈 니덤 NSA 최고보안책임자.

알로나 카살레스 NSA 요원.

해커 조직 스파이더 소사이어티

타노스 조직의 리더.

얀 홀체르 러시아 특수부대 출신 킬러.

유리 보그다노프 해커.

프롤로그

일 년 전 새벽

이 이야기는 어떤 꿈, 조금도 특별할 것 없는 꿈에서부터 시작된다. 어떤 손 하나가 룬다가탄의 오래된 방 침대 위 매트리스를 리드미컬하게, 그러면서도 집요하게 두드려대는 꿈이었다.

리스베트 살란데르가 새벽녘에 침대에서 일어나 컴퓨터 앞에 앉아 추적을 시작한 건 바로 이 꿈 때문이었다.

I 감시하는 눈

11월 1일~21일

NSA, 미 국가안보국National Security Agency은
미 국방부 소속 연방기관이다.
본부는 메릴랜드주 포트미드의 패턱센트 고속도로 부근에 있다.

1952년 설립된 NSA는 전자 정보—오늘날은 주로 인터넷과 전화—를
다뤄왔다. 이 기관의 힘은 계속 커져왔으며, 그들은 현재
매일 200억 건 넘는 메시지와 대화를 감시하고 있다.

1장
11월 초

프란스 발데르는 늘 스스로를 형편없는 아버지로 여겨왔다.

아들 아우구스트가 어느새 여덟 살이 되었는데 프란스는 이날 이때까지 한 번도 아버지 구실을 하려고 해본 적이 없었다. 심지어 지금 이 순간에도 아버지로서 해야 할 의무들을 편하게 받아들일 수 있다고 주장한다면 그건 거짓일 것이다. 하지만 그는 이것이 자신의 의무라고는 생각했다. 어린 아들은 전처와 그녀의 애인이자 기분 나쁜 인간 라세 베스트만의 집에서 힘들게 살아가고 있었다.

그래서 프란스는 실리콘밸리의 직장을 그만두고 고국행 비행기에 올랐다. 지금 그는 좀 막막한 심정으로 스톡홀름 아를란다 공항에서 택시를 기다리고 있다. 날씨는 고약하기 이를 데 없었다. 폭풍우가 사납게 얼굴을 때리는 가운데 그는 과연 자신이 현명한 선택을 했는지 수백 번도 더 생각해보았다.

자신 같은 이기적인 멍청이가 풀타임으로 아버지 노릇을 하겠다니, 어떻게 이토록 어처구니없는 생각을 했을까? 차라리 동물원에서 일하는 게 나을지도 몰랐다. 아이들에 대해서는 아는 게 아무것도 없었고, 인생에 대해서도 마찬가지였다. 게다가 이런 그의 상황에서 가장 희한한 점은 아무도 그에게 이 일을 요구하지 않았다는 사실이다. 모친도 조모도, 그에게 전화해 부디 아비의 의무를 다하라고 사정한 사람은 없었다.

그는 혼자서 결정을 내렸고, 이제 전처에게서 아이를 빼앗아올 참이었다. 법원의 결정에 따라 오랫동안 아이를 길러온 전처와 그 애인의 집에 예고 없이 쳐들어가서 말이다. 물론 한바탕 소동이 벌어질 게 분명했다. 빌어먹을 라세는 주먹질도 서슴지 않을 것이다. 하지만 그는 이제 뭐, 어쩔 수 없다는 심정으로 택시를 잡아탔다. 맹렬히 껌을 씹어대는 여자 기사가 그에게 말을 걸어보려 애썼다. 하지만 헛수고였다. 그는 평소 수다스러운 사람이 아니었다.

뒷좌석에 무표정한 얼굴로 앉아 아들과 최근에 일어난 모든 일들에 대해 생각해보았다. 아우구스트는 그가 솔리폰에 사표를 내게 된 유일한 이유도, 가장 중요한 이유도 아니었다. 그는 지금 인생의 전환점에 서 있었고, 과연 자신이 이 일을 해낼 수 있을까 하는 의문이 잠시 고개를 들었다. 차가 바사스탄 구역에 점점 가까워질수록 온몸에 힘이 쭉 빠지면서, 모든 걸 포기해버리고 싶은 거센 욕구를 억눌러야 했다. 하지만 이제 와서 포기할 수는 없었다.

토르스가탄에 다다른 그는 택시 요금을 계산하고 내린 후 아파트 출입구 바로 안쪽에 짐들을 부려놓았다. 그러고는 알록달록한 세계지도가 그려진, 샌프란시스코 공항에서 산 여행용 트렁크 하나만 들고 계단을 걸어올라갔다. 가쁜 숨을 몰아쉬며 문 앞에 멈춰 선 그는 싸움과 광기가 난무하는 온갖 시나리오들을 떠올려보며 눈을 질끈 감았다. 사실 어떻게 그들을 원망할 수 있겠는가. 지금까지 계좌로 돈을 보내주는 것 말고는 아이와 아무런 상관도 없는 것처럼 살던 아버지란 사람이 난데없이 불쑥 나타나 잘살고 있는 아이를 데려가겠다고 한다면 말이다. 하지만 그는 지금이 위급 상황임을 알았기 때문에 그대로 도망쳐버리고 싶은 마음을 다잡고 초인종을 눌렀다.

잠시 정적이 흘렀다. 그러다 문이 덜컥 열리고 라세가 눈앞에 서 있었다. 이글거리는 푸른 눈과 두꺼운 가슴팍, 그리고 마치 사람들을 꼼짝 못하게 하려고 만들어진 듯한 큰 손. 그가 영화에서 '배드 가이' 역할을 종종 맡는 것도 바로 이 큼지막한 손 덕분이었다. 물론 그 어떤 배역도 그가 일상에서 보이는 모습만큼 나쁘지는 않을 거라고 프란스는 확신했다.

"오, 이런!" 라세가 외쳤다. "이게 누구야? 잘나신 양반께서 여기까지 직접 납셨네!"

"아우구스트를 데리러 왔어."

"뭐라고?"

"내가 아이를 데려가겠다고, 라세."

"농담해?"

"그 어느 때보다 진지해."

프란스가 대꾸하는 사이 왼쪽 방에서 한나가 나타났다. 예전만큼 아름답지 않았다. 살면서 많은 굴곡을 겪기도 했고, 담배와 술 때문이기도 할 것이다. 하지만 예상치 못했던 애틋한 감정이 프란스의 가슴에 차올랐다. 특히 그녀의 목에서 파란 멍자국을 하나 발견하고는 더욱 그랬다. 그녀는 친절하게 인사라도 건네려는 듯한 표정이었으나 미처 입을 뗄 틈이 없었다.

"어쩌다 갑자기 신경을 쓰시게 됐나?" 라세가 물었다.

"더이상 이런 식으로는 안 될 것 같아서. 아우구스트에게는 마음놓고 지낼 수 있는 집이 필요해."

"자네가 그런 집을 마련해줄 수 있다고 생각하나, 자이로 기어루스?*

* 디즈니 캐릭터. 닭의 모습을 한 발명가다.

컴퓨터 화면 들여다보는 일 말고 자네가 할 줄 아는 게 뭐지?"

"난 달라졌어."

그렇게 대답하면서 프란스는 스스로가 처량하게 느껴졌다. 사실 자신이 조금이라도 달라졌는지 의문이었다.

라세가 그 육중한 몸뚱이에 분노를 휘감고 다가오자 프란스는 몸을 부르르 떨었다. 그리고 그 순간 부인할 수 없는 진실과 마주해야 했다. 이건 애초부터 미친 짓이었다. 만일 분노로 가득찬 그가 공격하기로 마음먹는다면 자신이 할 수 있는 일은 아무것도 없다. 하지만 이상하게도 라세는 소동을 벌이지도, 화를 내지도 않았다. 다만 음산한 미소를 지으며 이렇게 말했다.

"오, 그거 참 잘된 일이군!"

"뭐라고?"

"이제 그럴 때도 됐지. 안 그래, 한나? 마침내 우리 바쁨 선생께서 의무감을 조금이라도 느끼신 모양이야. 브라보! 브라보!"

라세는 과장되게 박수까지 쳤다. 그러고는 놀랍게도 너무 쉽게 아이를 내주었다.

체면치레로 저항해보는 시늉 같은 것도 없이 아이를 데려가게 했다. 어쩌면 그들에게 아우구스트가 거추장스러운 짐이었을까. 도무지 모를 일이었다. 한나는 두 손을 파르르 떨면서 입을 꽉 다문 채 속을 가늠하기 힘든 눈빛으로 프란스를 쳐다보았다. 그러면서 그에게 많은 걸 묻지는 않았다. 하지만 그녀는 이것저것 까다롭게 물었어야 했다. 수많은 걸 요구하고, 경고하고, 아이의 일상이 완전히 바뀌게 될 상황에 불안해하는 모습을 보였어야 했다. 그런데 그녀는 단지, "괜찮겠어? 잘할 수 있겠어?"라고 물을 뿐이었다.

"그래, 자신 있어."

프란스는 대답했다. 그들은 함께 아우구스트의 방으로 갔고, 그는 일 년 만에 처음으로 아이를 보았다. 부끄러움이 몰려왔다.

어떻게 이런 아이를 그는 그동안 모른 체 내버려두고 있었을까? 예쁘고도 경이로운 아이였다. 더부룩한 곱슬머리, 호리호리한 몸, 범선 그림 퍼즐에 깊이 몰두한 푸른 눈. 그 모습 전체가 '방해하지 말아요!'라고 외치고 있는 듯했다. 프란스는 예측불허의 낯선 존재를 만나듯 아이에게 천천히 다가갔다.

그리고 아이의 주의를 돌려 손을 잡고 복도로 따라나오게 하는 데 성공했다. 그는 이 순간을 영원히 잊지 못할 것이다. 아우구스트는 무슨 생각을 했을까? 속으로 무슨 말을 했을까? 아이는 새아빠도 엄마도 쳐다보지 않았고, 작별의 말이나 몸짓도 할 줄 몰랐다. 다만 그와 함께 엘리베이터 안으로 들어섰다. 이렇게나 간단한 일이었다.

아우구스트는 자폐아다. 아마 심각한 정신적 문제들도 있을 터이다. 이 점에 대해서는 아직 분명한 진단이나 조언을 듣지 못했지만, 겉으로는 오히려 그 반대처럼 보이는 게 사실이나. 항상 뭔가에 집중하는 듯한, 자신 외에 주변의 다른 존재들에게는 아무런 관심이 없는 듯한 그 매력적인 얼굴에서는 어떤 고귀함, 혹은 적어도 후광 같은 것이 느껴졌다. 좀더 주의깊게 관찰해보면 그 아이의 시선은 마치 뚫고 들어갈 수 없는 베일에 둘러싸여 있는 듯했다. 아이는 아직까지 한마디도 말을 한 적이 없었다.

그렇다보니 아우구스트가 두 살 때 진단받은 내용 중 하나도 맞는 게 없었다. 당시 담당 의사들은 아우구스트가 소수이지만 지적 장애가 없는 자폐아일 것으로 보고, 행동 치료를 집중적으로 받으면 매우 양호한 결과를 얻게 될 것이라고 진단했다. 그러나 그들의 예상대로 된 건 없었다. 솔직히 프란스는 그후 아이가 어떤 의학적 도움과 치료를 받았는지, 심지어는 학교 교육을 받았는지조차 알지 못했다. 그는 미국으로 떠나 자신만의 세상에서 살았다. 거기서 세상과 싸움을 벌였다.

프란스는 지금껏 바보처럼 살아왔다. 하지만 이제 모든 빚을 갚고 아들을 돌보며 살기로 마음먹었다. 그는 시작부터 적극적이었다. 관련 기관에 아우구스트의 기록들을 요청해 샅샅이 훑어본 후 전문가들과 교사들에게 연락해보았다. 이를 통해 분명히 알게 된 건 자신이 보내준 돈이 아이를 위해 한푼도 쓰이지 않았다는 사실이었다. 돈은 다른 데로 들어갔다. 아마도 라세의 유흥비나 도박 빚을 갚는 데 썼으리라. 명백히 아이는 방치되어 있었다. 아이의 강박적인 버릇들이 굳어지거나 말거나 내버려두었을 테고, 아이는 더 고약한 일들도 겪었을지 모른다. 그래서 프란스가 이렇게 달려온 것이다.

프란스가 연락을 취한 전문가들 중 한 심리학자가 전화를 걸어와 아이의 몸에서 원인을 알 수 없는 타박상을 발견했었다며 그에게 우려를 전했다. 과연 팔다리와 가슴, 그리고 어깨 곳곳에 멍자국이 있었다. 한나 말로는, 아이가 발작을 할 때 앞뒤로 넘어지거나 몸부림치면서 생긴 자국들이라고 했다. 아닌 게 아니라 프란스 역시 아이를 데려온 둘째 날부터 발작하는 모습을 목격하고 놀라긴 했다. 하지만 그가 볼 때 아이의 발작과 이 멍들은 관계가 없었다.

아우구스트가 학대당했을지도 모른다는 생각에 프란스는 개인적으로 알고 지내는 일반의와 전직 경찰에게 도움을 청했다. 그들이라고 해서 프란스가 의심하는 바를 정확하게 입증해줄 수는 없었는데, 그럼에도 프란스는 갈수록 커져가는 분노 속에서 갖가지 편지와 고발장들을 쓰며 시간을 보냈다. 정작 아이 돌보는 일을 잊으면서까지 말이다. 이내 그는 누구라도 아이 돌보는 일을 쉽게 잊을 수 있다는 걸 깨달았다. 프란스가 살트셰바덴에 마련한 전원주택에서 아이는 창밖으로 호수가 내다보이는 자기 방 바닥에 앉아 퍼즐을 맞추며 대부분의 시간을 보냈다. 퍼즐 조각 수백 개를 맞춰나가는 솜씨가 대단했고, 다 맞추면 즉시 해체해 처음부터 다시 시작했다.

처음에 프란스는 아이의 이런 모습을 홀린 듯 바라보았다. 악기를 연주하는 음악가를 보는 듯했고, 어느 순간 아이가 고개를 들고 뭔가 총명한 말을 할지도 모른다는 상상도 이따금 해보았다. 하지만 아우구스트는 아무 말도 하지 않았다. 퍼즐 판에서 고개를 들 때가 있다면, 햇살 반짝이는 창밖 호수를 바라보기 위해서였다. 결국 프란스는 아이를 혼자만의 세계에 놔두기로 했다. 그렇게 혼자 두어도 괜찮은 아이였다. 실은 그도 아이와 함께 외출하거나 아이를 데리고 정원에 나가는 일이 드물었다.

공식적으로는 아직 아이를 돌볼 권한이 없고, 법적인 문제가 해결되지 않은 상황에 무리하게 뭔가를 시도하고 싶지도 않았다. 우선 장보기, 주방일, 청소 같은 살림은 가정부인 로티 라스크에게 전부 맡겼다. 어차피 집안일은 그의 장기가 아니었다. 컴퓨터나 알고리즘 같은 건 완벽하게 다뤘지만, 일상의 나머지 일들에는 서툴렀다. 그러면서 날이 갈수록 그는 컴퓨터를 들여다보거나 변호사들과 의견을 주고받는 데 더 많은 시간을 보냈다. 그리고 밤이면 미국에 있을 때만큼 잠을 설쳤다.

게다가 소송과 온갖 골치 아픈 일들이 자신을 기다리고 있는 현실을 실감하며 밤마다 아마로네 와인을 한 병씩 비우곤 했다. 물론 그런다고 상황이 나아지지도 않았고, 나아지는 것처럼 보여도 일시적일 뿐이었다. 그는 갈수록 더 힘들어했다. 그냥 연기처럼 사라질 수는 없을까, 아니면 문명과 동떨어진 오지로 떠나버릴까 싶었다. 그러다 11월의 어느 토요일, 일이 벌어졌다. 바람 부는 차가운 밤이었다. 그는 아우구스트와 함께 추위에 떨며 링베겐 대로를 걷고 있었다.

싱켄가에 사는 파라 샤리프의 집에서 저녁을 먹고 돌아오는 길이었다. 아우구스트는 진작 잠자리에 들었어야 할 시간이었다. 식사는 끝없이 길어졌고, 프란스는 식사 내내 떠들어댔다. 파라는 사람들에게 속내를 털어놓게 하는 뭔가가 있었다. 그들은 런던 임피리얼 칼리지에서 함께 컴퓨터공학을 공부할 때부터 아는 사이였다. 그녀는 지금 이 나라에서 그의 수준에 맞먹는, 혹은 적어도 그의 생각을 어려움 없이 이해할 수 있는 몇 안 되는 사람 중 하나였다. 자신을 이해해주는 누군가를 만나 대화하는 것은 그에게 큰 안도감을 주는 일이었다.

파라에게 매력을 느낀 그는 나름대로 몇 번 그녀를 유혹해보려 했지만 성공하지 못했다. 그런 일에는 영 소질이 없는 남자였다. 그런데 그날 저녁, 그들의 작별 포옹이 키스로 이어질 뻔했고, 만일 그랬다면 둘의 관계에 큰 진전이 있었을 것이다. 아들 손을 잡고 싱켄스담 경기장 앞을 지날 때 그는 이런 생각에 잠겨 있었다.

다음번에 그녀의 집에 갈 때는 베이비시터를 불러 아이를 맡겨야겠다고 마음먹었다. 혹시라도…… 모를 일이니까. 바로 그때 멀리서 개 짖는 소리가 들렸다. 그리고 뒤이어 어떤 여자의 외침이 밤공기를 갈랐다. 고통스러운 비명인지, 기쁜 외침인지 분간하기 어려웠다. 그는 호른스가탄 거리 쪽으로 고개를 돌려 평소에 택시를 잡거나 슬루센 방면 지하철을 타는 교차로 부근을 쳐다보았다. 금방이라도 비가 쏟아질 듯한 날씨였다. 건널목 신호등이 빨간불로 바뀌었다. 길 건너편에 어디선가 본 듯한 인상의 사십대 남자가 허름한 모습으로 서 있었다. 프란스는 아우구스트의 손을 꽉 붙잡았다.

아이를 인도 위에 멈춰 세우기 위해서였다. 그런데 그 순간, 그는 마치 무언가에 강렬하게 반응하는 듯 아이의 손이 바짝 경직되는 걸 알아차렸다. 두 눈을 가리고 있던 베일이 마법처럼 걷혀버린 듯 아이의 눈빛이 맑고 또렷했다. 아우구스트는 더이상 미로 같은 자신의 내면이 아닌, 건널목과 교차로 주변에서 더 크고 깊은 무언가를 포착하는 듯했다. 프란스는 신호등이 초록불로 바뀐 것은 아랑곳하지 않았다.

그는 아이가 서서 주위를 관찰하도록 놔두었다. 그 순간 뭐라 말하기 힘든 감정이 북받쳐오르는 걸 느껴 스스로도 놀랐다. 그건 하나의 시선일 뿐이었다. 특별히 생기 넘치거나 즐거워 보이지 않는. 그럼에도 그 시선이 프란스의 기억 저멀리 황폐한 유산처럼 잊혀 있던 것들을 떠오르게 했다. 그리고 실로 오랜만에 그는 희망이란 감정을 느꼈다.

2장
11월 20일

미카엘 블롬크비스트는 몇 시간밖에 자지 못했다. 엘리자베스 조지의 추리소설 한 권을 다 읽고 자느라 밤늦도록 깨어 있었다. 물론 분별 있는 짓이라고 할 수 없었다. 세르네르 미디어 그룹의 고위급 인사인 오베 레빈이 오전 늦게 〈밀레니엄〉의 장래에 대해 발표하기로 되어 있었으니, 미카엘은 양질의 휴식을 취하면서 그와 싸우기에 적합한 컨디션으로 준비되어 있어야 했다.

하지만 그는 분별 있게 행동하고 싶은 마음이 전혀 없었다. 마지못해 억지로 침대에서 몸을 일으킨 후, 평소보다 진한 카푸치노를 한잔 마시려고 쥐라 엥프레사 X7 쪽으로 걸어갔다. 어느 날 "당신 말처럼 어차피 난 제대로 쓸 줄도 모르니까"라는 메시지와 함께 이 커피머신이 배달되어 왔다. 그후로는 좋았던 옛 시절의 기념물처럼 주방을 장식해온 물건이다. 이걸 보내준 사람과는 이제 더이상 연락하지 않는다.

지난 주말에는 이제 진로를 바꿔야 하는 건지 자문해보기까지 했다. 미카엘 같은 사람에게는 그야말로 극단적인 생각이었다. 〈밀레니엄〉은 그가 오랜 세월 변함없이 열정을 바쳐온 대상이었고, 그의 삶에서 가장 드라마틱했거나 행복했던 사건들 역시 대부분 〈밀레니엄〉과 관계된 것이었다. 하지만 세상에 영원한 것은 없으며, 심지어는 〈밀레니엄〉을 향한 그의 애정마저도 그랬다. 게다가 요즘은 탐사보도기자들에게 그렇게 호락호락한 시절이 아니다.

야심 차게 기획해 출간한 책들은 하나같이 출혈이 너무 컸고, 〈밀레니엄〉과 저널리즘에 대한 자신의 비전이 고차원적인 관점에서는 멋있고 진지해 보일지 몰라도, 잡지의 생존에 도움을 주는 건 아니라는 생각을 떨칠 수 없었다. 그는 커피를 홀짝거리며 거실로 가 창밖으로 리다르피에르덴만을 바라보았다. 바깥에는 한창 폭풍이 몰아치고 있었다.

10월에도 내내 도시를 따뜻하게 데워 카페테라스들을 평소보다 더 오래 열려 있게 한 인디언서머가 어느새 끔찍한 날씨에 자리를 내주어, 짙은 구름과 거센 비바람의 계절이 되었다. 거리의 사람들 대부분 옷깃을 바짝 세우고 종종걸음을 쳤다. 미카엘은 주말 내내 집 안에 틀어박혀 있었다. 날씨 때문만은 아니었다. 이틀 동안, 지금 이 상황을 멋지게 만회할 수 있는 거창한 계획들을 세워보았지만, 쓸 만한 게 없었다. 하나같이 그와 어울리지도 않았다.

그는 복수심에 불타는 '언더도그'도 아니었고, 스웨덴 언론계의 숱한 스타들처럼 끊임없이 부풀려주고 확신을 심어줘야 하는 '팽창된 자아' 유형도 아니었다. 하지만 한편으로는 지난 몇 년간 아주 어려운 시간을 통과해온 것도 사실이었다. 불과 몇 달 전에도 경제기자 빌리암 보리가 세르네르 미디어 그룹 소속 신문 〈비즈니스 라이프〉에 이런 제목의 칼럼을 썼다.

미카엘 블롬크비스트의 시대는 끝났다.

이런 글이 1면에 실렸다는 건 아직도 언론계에서 그의 위치가 굳건하다는 역설적인 증거였고, 이 글이 특별히 잘 쓰였다거나 독창적이라고 말할 사람은 아무도 없을 터였다. 시샘 많은 언론인들이 지금껏 숱하게 쏟아낸 공격성 기사들 중 하나라고 묵살해버리면 그만이었다. 하지만 돌이켜 생각해보면 이해할 수 없는 어떤 이유로 이 논쟁은 비화되기 시작했다. 처음에는 기자라는 직업에 대한 단순한 성찰 정도로 간주되는 듯했다. 미카엘 블롬크비스트처럼 "경제계를 끊임없이 뒤져대며 1970년대식 한물간 저널리즘에 매달려야" 할 것인가, 아니면 빌리암 보리처럼 "이런 질투심은 뒤로 던져버리고 스웨덴을 한층 빨리 달릴 수 있게 해준 기업가들의 위대함을 인정해줘야" 할 것인가를 따져보며 말이다.

하지만 논쟁이 조금씩 변질되기 시작했다. 어떤 이들은 그가 최근 몇 년 동안 제자리걸음을 하고 있는 건 결코 우연이 아니며, "모든 기업가들은 사기꾼이라는 원칙에서 출발"하기 때문에 "그의 기사들은 식견이 부족하고 언제나 정도를 벗어나 있다"고 목소리를 높였다. 한마디로 지금 그가 그간의 잘못된 태도에 대한 대가를 치르고 있다는 뜻이었다. 그리고 과거에 그가 죽음으로 몰아넣었던 사기꾼 한스에리크 벤네르스트룀이 최근에는 동정의 대상으로 여겨지기까지 했다. 비록 진지한 매체들은 거리를 두었지만, SNS에서는 별별 소리들이 난무하고 있었다. 게다가 수세에 몰린 적에게 달려들어 굴복시킬 이유를 가진 경제 저널리스트나 재계의 대변인들만 공세를 펼치는 게 아니었다.

한 무리의 젊은 글쟁이들도 이 기회에 이름을 알려보려고 나서기 시작했다. 미카엘 블롬크비스트는 이미 한물간 사람인데다가, 트위터나 페이스북에서도 찾아볼 수 없으며, 오히려 사람들이 아무 구닥다리 신문들에나 빠져들 여가가 있었던 먼 시대의 유물 같은 존재임을 강조했다. 혹은 그저 재미 삼아 '#블롬크비스트시대처럼' 같은 해시태그를 만들어 조롱하는 사람들도 있었다. 하지만 미카엘은 이런 터무니없는 일들에는 신경도 쓰지 않았다. 적어도 신경쓰이지 않는다고 믿으려 했다.

한편, 살라첸코 사건 이후로 특종이 없었다는 점과 〈밀레니엄〉의 재정적 위기도 미카엘에게 불리하게 작용했다. 잡지는 정기구독자가 2만 명 정도 되어 그럭저럭 유지해가고 있었다. 반면 광고 수입이 급감했고, 과거 높은 판매고를 기록했던 도서들도 더는 수입원 역할을 하지 못했다. 결국 대주주 중 하리에트 방에르가 더이상 잡지에 투자하기를 거부하자, 〈밀레니엄〉 경영진은 미카엘의 반대에도 불구하고 노르웨이의 세르네르 미디어 그룹에 지분 30퍼센트를 매각하기로 결정했다. 이는 굉장히 놀라운 결정이었다. 다양한 잡지와 타블로이드를 발행하는 세르네르는 대규모 온라인 데이트 사이트를 운영하면서 유료 TV 채널 두 개와 노르웨이 프리미어리그 축구팀까지 소유하고 있었다. 〈밀레니엄〉과는 전혀 어울리지 않는 성격의 그룹이었다.

하지만 그룹의 대변인들—특히 출판 부문 책임자 오베 레빈—은 세르네르에 명성 있는 매체가 필요하다는 점을 강조하면서, 그룹 경영진 '모두'가 〈밀레니엄〉을 좋아하며 이 월간지가 지금까지 해왔던 것처럼 계속되기만을 바라고 있다고 단언했다. "우리는 돈을 벌려고 뛰어드는 게 아닙니다. 무언가 중요한 일을 하고 싶을 뿐입니다." 오베의 말이었다. 그는 곧바로 〈밀레니엄〉이 상당한 재정적 수혈을 받도록 조치를 취해주었다.

세르네르 그룹이 처음부터 편집 과정에 관여한 것은 아니었다. 말 그대로 〈밀레니엄〉은 평소와 다를 바 없었고, 다만 재정이 조금 나아진 상태였다. 편집부에는 희망적인 분위기가 감돌았고, 심지어 미카엘마저 앞으로는 돈 때문에 골머리 앓는 일 없이 취재에만 전념할 수 있겠다고 생각했다. 하지만 그를 향한 집단 공격이 시작되면서 거의 동시에 세르네르의 태도가 바뀌었다. 편집에 관여하며 압력을 가하기 시작한 타이밍이 하도 절묘해 이런 기회만을 노리고 있었던 건 아닌지 의심이 들 정도였다.

오베의 주장에 따르면, 물론 〈밀레니엄〉은 심층 탐사와 문학적 서사와 사회에 대한 열정을 계속 지켜나가야 했다. 하지만 모든 지면이 반드시 경제 부조리나 사회 부정, 혹은 정치 스캔들을 다룰 필요는 없었다. 좀더 화려한 세계—유명인사나 문화계 초연 같은—를 다루면서도 얼마든지 진정한 저널리즘을 구현할 수 있었다. 오베는 〈배너티페어〉나 〈에스콰이어〉 같은 패션 잡지, 그리고 게이 털리즈와 그가 시내트라에 대해 쓴, 이제는 고전이 된 인물 기사 「감기에 걸린 프랭크 시내트라Frank Sinatra has a cold」, 노먼 메일러, 트루먼 커포티, 톰 울프 등을 사례로 들기도 했다.

적어도 그때 미카엘은 이런 주장에 별로 반대할 게 없었다. 자신도 여섯 달 전에 파파라치 산업에 관한 장문의 기사를 쓴 적이 있었다. 흥미롭고 진지한 관점만 찾아낼 수 있다면 그 어떤 인물에 대한 글도 쓸 준비가 되어 있었다. 좋은 저널리즘과 나쁜 저널리즘을 가르는 건 주제가 아닌 대상을 다루는 방식이라는 게 평소 그의 지론이었다. 하지만 그를 기분 나쁘게 한 건 오베의 말에서 행간에 숨은 의도였다. 왠지 모르게 보다 규모가 큰 공격의 단초가 느껴졌다. 그룹에서 〈밀레니엄〉의 위치를 약화시켜 자기들 마음대로 주무를 수 있는 단순한 간행물로 만든 후 결국엔 금전적 이익만을 뽑아내는, 색깔도 정신도 없는 한심한 무언가로 만들기 위한 공격 말이다.

지난 금요일 오후, 오베가 컨설턴트를 고용해 시장조사를 의뢰한 후 그 내용을 월요일에 발표하기로 했다는 소식을 듣고서 미카엘은 아무 말 없이 사무실을 나와 집으로 돌아갔다. 그리고 몇 시간 동안 책상 앞에 앉거나 침대에 누워서 왜 〈밀레니엄〉이 기존의 노선을 고수해야 하는가에 대한 격정적인 연설 문안을 다양하게 생각해보았다. 지금 외곽 지역에서는 소요가 일어나고 있다! 외국인 혐오를 공공연히 표방하는 정당이 의회에 있다! 이 나라에 불관용의 경향이 커져가고 있다! 파시즘이 슬그머니 고개를 쳐들고 있으며, 사방에 노숙자와 걸인이 널려 있다! 여러 면에서 지금 스웨덴은 부끄러운 나라로 변해가고 있다! 그는 웅변적인 표현들을 만들어보면서, 타당하고 설득력 있는 말들로 〈밀레니엄〉 편집부뿐 아니라 세르네르 미디어 그룹 사람들까지 미망에서 깨어나 일제히 그를 따르지 않을 수 없게 하는, 그야말로 환상적인 승리를 거두는 모습을 그려보곤 했다.

하지만 현실적으로 경제적 관점에서 설득력이 없다면 이런 말들은 아무런 무게도 지닐 수 없음을 그도 잘 알았다. Money talks, bullshit walks!* 잡지는 먼저 돈을 벌어야 했다. 그다음에 세상을 바꿀 수 있다. 세상의 이치가 그랬다. 그러니 격정적인 연설문을 작성하려고 애쓰기 전에 좋은 기삿거리를 찾아야 했다. 직원들에게 다시 자신감을 불어넣어줄 중대한 폭로기사. 그러면 시장조사 결과가 어떻다느니, 잡지가 낡아빠졌다느니 하면서 오베가 지껄일 잡소리에 더는 아무도 관심을 보이지 않겠지.

살라첸코 특종을 터뜨린 이후 미카엘은 일종의 신문고가 되어버렸다. 매일같이 부정과 수상쩍은 사건에 관한 제보들이 그에게 날아들었다. 물론 대부분 말도 안 되는 내용이었다. 트집 잡기 좋아하는 사람들, 음모론자들, 허풍쟁이들이 보내오는 이야기들은 사실관계를 확인해보면 금방 엉터리임이 드러나거나 기사로 쓰기에는 너무 허술했다. 정반대로 겉보기에 평범하고 흔해빠진 이야기 뒤에 엄청난 사건이 감춰진 경우도 가끔 있었다. 단순한 보험 사건이나 흔한 실종 사건 뒤에 거대하고 보편적인 이야기가 숨어 있을 수 있다. 누구

* "결국은 돈이야, 떠들어봤자 소용없어."

도 장담할 수 없는 노릇이다. 그저 철저하게 살피면서 모든 걸 열린 마음으로 바라보는 게 중요하다. 그래서 지난 토요일, 그는 노트북과 수첩들을 놓고 앉아서 가진 자료들을 샅샅이 훑어보았다.

그렇게 오후 5시까지 앉아 있었다. 십 년 전이었다면 곧바로 착수했을 기삿거리가 한두 가지 눈에 들어왔지만, 이제는 열의가 생기지 않았다. 하지만 이건 고전적인 문제였고, 누구보다 스스로가 잘 알았다. 오랫동안 한 가지 일에 종사하다보면 결국 모든 게 친숙하게 보이는 법이다. 이성적으로는 좋은 기삿거리라는 걸 알면서도 더이상 흥분되지 않았다. 다시 차가운 빗방울이 지붕을 때리기 시작했을 때, 그는 이미 하던 일을 멈추고 엘리자베스 조지의 소설 속으로 빠져들었다.

이건 단순한 현실 도피가 아니라고, 그는 스스로를 안심시켰다. 경험상 가장 좋은 아이디어는 관심을 다른 데로 돌렸을 때 떠오르는 경우가 많았다. 전혀 다른 일에 빠져 있을 때 마지막 퍼즐 조각이 맞춰지곤 했다. 하지만 지금 그가 할 수 있는 건설적인 생각은 단 하나, 앞으로는 좀더 이런 책들을 읽으며 침대에서 뒹구는 시간을 보내야겠다는 것뿐이었다. 그리하여 월요일 아침이 되었을 때, 날은 여전히 험했고, 그는 엘리자베스 조지의 소설을 한 권 더 시작해 절반까지 읽고 나서 머리맡 탁자에 널려 있는 〈뉴요커〉 과월호를 세 권 더 읽은 뒤였다.

지금 그는 카푸치노를 한잔 들고 거실 소파에 앉아 폭우가 쏟아지는 창밖을 멍하니 바라보고 있다. 피곤하고 여전히 의욕이 없다. 그러다가 다시 마음을 다잡기로 결심한 사람처럼 벌떡 일어나 부츠를 신고 외투를 걸치고는 밖으로 나갔다.

얼음처럼 차갑고 세찬 비바람에 뼛속까지 한기를 느끼며 걸음을 재촉한 그는, 평소와 다르게 유난히 잿빛으로 보이는 호른스가탄 거리로 들어섰다. 쇠데르말름 구역 전체가 생기를 잃은 듯했다. 허공에 반짝이는 가을 잎사귀 하나 보이지 않았다. 그는 고개를 푹 숙이고 팔짱을 낀 채 마리아 막달레나 교회 앞을 지나 슬루센 쪽으로 걷다가 오른쪽에 난 예트갓스바켄 거리로 들어갔다. 늘 그렇듯 옷가게 '몬키'와 술집 '인디고' 사이에 있는 건물로 들어가 그린피스 사무실 바로 위 사층에 있는 〈밀레니엄〉 사무실까지 올라갔다. 사람들이 웅성대는 소리가 계단까지 들렸다.

평소보다 훨씬 많은 사람들이 모여 있었다. 편집부 직원들과 중요한 프리랜서 몇 명, 세르네르 미디어 그룹에서 나온 사람 셋, 그리고 컨설턴트 둘과 오베 레빈이었다. 오늘을 위해 특별히 골라 입은 듯 오베는 보통 때와 달리 가벼운 옷차림이었다. 어디 높으신 양반 같아 보이지 않았고, 친근한 표현도 서슴지 않았다. 가령 '안녕' 같은.

"안녕, 미케? 잘 지내?"

"그거야 그쪽에 달렸지." 미카엘은 악의 없이 대답했다.

하지만 상대는 이를 선전포고로 받아들인 모양이었다. 오베는 뻣뻣하게 고개를 까딱하더니 조그만 객석처럼 배열해놓은 의자들 중 하나에 가서 앉았다.

오베는 미카엘 쪽으로 불안한 시선을 던지며 목청을 가다듬었다. 처음 도착했을 땐 전투적으로까지 보이던 이 스타 기자가 이제 매우 흥미진진해하는 얼굴을 하고 점잖게 앉아 있었다. 논쟁을 벌이거나 소동을 일으키려는 의도도 전혀 없는 듯 보였다. 하지만 그런 모습에도 오베는 전혀 마음을 놓을 수 없었다. 그와 미카엘은 거의 같은 시기에 〈엑스프레센〉에서 수습기자로 일했다. 그때 그들이 맡은 기사는 대부분 잡다하고 하찮은 것들이었다. 퇴근하고 나면 술집에 마주 앉아 몇 시간이고 얘기를 나누었다. 그러면서 둘은 절대로 관습적이고 피상적인 기사에 만족하지 말고 언제나 더 깊이 파헤치자 다짐했다. 두 사람 모두 젊고 야심에 차 있었으며 동시에 많은 걸 원했다. 오베는 때때로 그 시절이 그리웠다. 일정한 수입도, 정해진 근무 시간도 없었고, 술집을 돌아다니며 방탕한 생활을 하거나 심지어는 여자를 만나는 일마저도 쉽지 않은 삶이었다. 하지만 그 꿈들, 그 젊었던 패기가 그리웠다. 이 사회와 언론을 바꾸고, 세계를 변화시키고, 권력자들을 무릎 꿇게 만들고 싶었던 그 뜨거운 욕망이 그리웠다. 이제는 그 자신이 힘있는 자가 되어 사람들이 그에게 머리를 조아리지만 그는 이따금 자문해보곤 했다. '대체 내게 무슨 일이 일어난 거지?' '내 꿈들은 다 어디로 갔지?'

그가 보기에 미카엘은 모든 걸 이뤘다. 탐사기자로서 역사에 길이 남을 특종을 몇 개나 터뜨리기도 했지만, 예전에 그들이 꿈꿨던 열정과 패기를 여전히 간직한 채 글을 써오고 있다는 점에서 그렇다. 그가 볼 때 미카엘은 권력의 압박에 굴복한 적도, 이상을 포기하고 타협한 적도 없었다. 하지만 오베 자신은…… 꽤나 성공적인 커리어를 쌓은 건 사실이었다. 미카엘보다 열 배는 더 벌었고, 만족감도 꽤나 느끼고 있었다. 미카엘이 터뜨린 특종들? 산드함의 그 작은 판잣집보다 좋은 별장을 살 수 없다면 오베에겐 아무 의미 없었다. 그 허름한 오두막과 프랑스 칸에 마련한 자신의 별장을 어떻게 비교할 수 있겠는가? 천만의 말씀이었다! 그렇다. 제대로 된 선택을 한 건 자신이지 미카엘이 아니었다.

오베는 일반 언론사에서 세월을 보내는 대신 세르네르 미디어 그룹의 미디어 분석가 자리를 얻었고, 호콘 세르네르와 개인적인 친분을 맺었다. 이 선택이 그의 삶을 바꾸었으며 그를 부자로 만들어주었다. 지금은 수많은 신문과 TV 방송을 총괄하는 책임자가 된 그는 이 일이 좋았다. 권력과 돈과 거기에 따르는 모든 것들이 좋았다. 하지만 이따금 다른 꿈을 꾼다는 사실을 스스로도 인정했다. 물론 한계는 있겠지만 어쨌든 미카엘처럼 훌륭한 저널리스트로 인정받고 싶은 마음이 있었다. 세르네르 미디어 그룹이 〈밀레니엄〉의 지분을 매입하도록 그가 일을 추진한 것도 분명히 이러한 이유에서였다. 하루는 친구 하나가 〈밀레니엄〉이 재정난을 겪고 있다는 소문을 전해주었다. 그가 전부터 남모르게 호감을 품어왔던 편집장 에리카 베리에르가 소피 멜케르와 에밀 그란덴이라는 신입사원을 포함해 회사를 계속 유지해나가고 싶어하지만, 다른 데서 자본을 끌어오지 못하면 불가능한 일이라고 했다.

간단히 말해 그는 스웨덴 언론계에서 가장 명망 높은 브랜드에 발을 들여놓을 뜻밖의 기회를 발견한 셈이었다. 그룹 경영진이 특별히 열광적인 반응을 보이지는 않았다. 오히려 시대에 뒤떨어진 좌파 집단인데다 광고주나 사업 파트너와 불화를 일으켜 좋지 않은 회사라고 투덜댔다. 그때 오베가 열정적으로 변호하지 않았다면 이 일은 무산됐을지도 모른다. 그는 큰 그림을 봐야 한다고 주장했다. 사실 〈밀레니엄〉에 투자할 돈이라는 게 그룹 차원에서는 매우 미미한 액수에 불과했다. 투자금이 큰 이익으로 돌아오진 않겠지만 그보다 훨씬 중요한 것, 즉 그룹의 신뢰도를 높여줄 수 있었다. 실제로 대대적인 인원 감축을 단행한 후 세르네르 미디어 그룹의 신뢰도가 땅에 떨어진 상황이었다. 〈밀레니엄〉에 투자한다는 건 어쨌든 그룹이 저널리즘과 표현의 자유를 존중한다는 입장을 세상에 증표하는 방법이 될 수 있었다. 경영진은 표현의 자유도, 〈밀레니엄〉식 저널리즘도 딱히 달가워하지 않았지만, 조금이나마 바른 이미지를 갖추는 데 결코 해가 될 건 없었다. 모두가 인정했다. 결국 그의 투자 제안이 그룹에서 통과되었고, 한동안 다들 이를 괜찮은 거래라고 여겨왔다.

이로써 세르네르 미디어 그룹은 훌륭한 광고를 한 셈이었고, 〈밀레니엄〉은 직원들을 그대로 유지하면서 자신들이 가장 잘하는 것, 즉 심층적이고 품격 있는 저널리즘에 집중할 수 있게 되었다. 한편 이 거래를 성사시킨 오베에게 스포트라이트가 쏟아졌으며, 프레스 클럽이 개최한 토론회에 참석한 그는 아주 겸손한 말투로 이렇게 말하기도 했다.

"도덕적인 기업이 존재할 수 있다고 믿습니다. 저는 항상 탐사 저널리즘을 위해 싸워왔습니다."

하지만 그후로는…… 차라리 생각하고 싶지도 않았다. 미카엘에게 온갖 공격들이 쏟아졌기 때문이다. 처음에 오베는 크게 신경쓰지 않았다. 솔직히 말하자면, 미카엘이 언론계의 스타가 된 이후 오히려 매체들에게 조롱당하는 일이 생기면 은근히 즐겁기까지 했다. 하지만 이번에는 즐거움이 오래가지 않았다. 세르네르의 젊은 아들 토르발드가 미카엘을 둘러싸고 SNS에서 벌어지는 논쟁을 보고 가만히 있지 않았기 때문이다. 그 일이 신경쓰여서가 아니었다. 토르발드는 기자들의 의견에는 관심이 없으면서 권력을 사랑하는 부류였다.

술수 부리기 좋아하는 그가 이 일을 빌미로 몇 점을 딸 수 있는, 혹은 늙은 경영진들에게 따끔한 맛을 보여줄 수도 있는 좋은 기회를 발견한 것이다. 얼마 지나지 않아 그는, 지금껏 이런 자질구레한 문제에는 신경쓸 겨를도 없었던 그룹 CEO 스티그 슈미트를 구슬려 공표하게 만들었다. 〈밀레니엄〉이라고 해서 예외를 둘 수 없으며, 그룹의 다른 매체들과 마찬가지로 새 시대에 적응해야 한다는 내용이었다.

'친구 혹은 조언자' 역할 말고는 편집에 절대로 관여하지 않겠다고 에리카와 단호하게 약속했던 오베는 갑자기 난처해졌다. 막후에서 미묘한 역할을 수행하지 않을 수 없게 되었다. 그는 에리카를 비롯해 말린 에릭손과 크리스테르 말름이 새로운 목표를 받아들이게 조율하려 애썼다. 사실 그 새로운 목표란 게 뚜렷하게 정해지진 않았지만—공황감에 사로잡혀 급히 내놓은 것들이 다 그렇듯—어쨌든 〈밀레니엄〉도 이제는 혁신과 상업화를 지향하자는 말이었다.

물론 잡지의 정신과 도발적 성격을 타협하자는 건 절대 아니라고 오베는 강조했다. 사실 이렇게 말하면서도 정확히 무슨 뜻인지 스스로도 잘 몰랐지만. 다만 경영진을 만족시키려면 잡지를 좀더 화려하게 꾸미고, 경제계 탐사기사 비율을 줄여 광고주들의 신경을 긁거나 그룹 내에서 적들을 만드는 일은 없어야 한다는 건 알았다. 하지만 에리카에게는 아무 말 하지 않았다.

그는 쓸데없는 분란을 피하고 싶은 마음에 가벼운 옷차림으로 편집부 사람들 앞에 섰다. 그룹 본사에서는 모두 세련된 정장에 넥타이 차림이어야 하지만, 이곳에서는 혹시라도 옷차림으로 사람들을 괜히 도발하고 싶지 않았다. 그래서 청바지와 심플한 흰 셔츠에 심지어 캐시미어 소재가 아닌 감색 브이넥 스웨터를 입었다. 예전부터 반항적으로 보이는 요소라고 생각해온 긴 곱슬머리는 여느 터프한 방송기자들처럼 뒤로 한데 묶었다. 하지만 처음 얘기를 시작할 때는 경영자 수업에서 배운 내로 겸손한 태도로 운을 뗐다.

"안녕하세요? 날씨 한번 고약하네요! 자, 이미 몇 번 언급한 적이 있지만 다시 한번 말씀드리고 싶습니다. 세르네르 그룹은 이 여정에 참여하는 걸 자랑스럽게 생각하고, 저 개인적으로는 그 이상의 감정을 느끼고 있습니다. 〈밀레니엄〉은 제가 하고 있는 일에 의미를 부여해주고, 이 직업을 선택한 이유를 다시 한번 상기시켜줍니다. 미케, 자네도 생각나나? 우리가 함께 '오페라' 바에 앉아 언젠가는 함께 이루고 싶은 모든 것들을 꿈꾸던 그때가? 비록 그때마다 늘 취해 있었지만 말이야. 하하하!"

미카엘의 얼굴에는 그때를 기억하는 수긍의 기색이 조금도 없었다. 하지만 오베는 수그러들지 않았다.

"뭐, 향수에 젖고 싶다는 얘기는 아닙니다. 그럴 이유는 없죠. 어쨌든 그 시절에는 어디든 지금보다 돈이 넘쳐났어요. 아무도 관심 없는 크로케몰라의 시시한 살인 사건을 취재하려고 헬리콥터를 빌리고, 고급 호텔의 한 층 전체를 예약하고, 뒤풀이에서는 기본이 샴페인이던 시절이었으니까요. 제가 독일로 첫 해외 출장을 갔을 때 현지 특파원이던 울프 닐손에게 환율을 물은 적이 있습니다. 그가 뭐라고 대답했는지 압니까? '전혀 몰라. 환율은 내가 정하는 거니까'라고 하더라고요. 하하! 미케, 자네도 생각나지? 그 시절에는 해외 출장비를 엄청나게 청구했잖아?" 오베는 다시 좌중을 둘러보았다. "우리가 가장 창의성을 발휘한 게 바로 그 부분이었을 겁니다. 나머지는 되는 대로 해치워버리는 식이었죠. 그래도 신문은 날개 돋친 듯 팔렸으니까요. 하지만 아시다시피 그후로 많은 게 바뀌었습니다. 갈수록 치열해지는 경쟁 속에서 언론이 이익을 창출하는 일이 점점 어려워지고 있죠. 심지어 여러분 같은 스웨덴 최고의 편집진을 갖추고서도 말이죠. 그래서 오늘 저는 우리 앞에 어떤 도전들이 놓여 있는지 한번 살펴보고 싶습니다. 무얼 가르쳐보겠다는 생각을 한 적은 한 번도 없습니다. 단지 논의를 위해 약간의 자료를 제공하고 싶을 뿐이죠. 세르네르는 〈밀레니엄〉의 독자층과 대중의 인식을 분석하기 위해 시장조사를 의뢰한 바 있습니다. 그 가운데에는 아마 굉장히 놀랄 만한 결과도 있을 겁니다. 하지만 기죽을 필요는 없죠. 그저 일종의 도전으로 받아들이면 됩니다. 그리고 지금 바깥세상에서는 골때리는 변화들이 일어나고 있다는 사실도 잊어선 안 되겠죠."

오베는 잠시 말을 멈추고서 '골때리는'이라는 표현이 실수였는지, 젊고 편하게 보이려다 나와버린 과한 표현이었는지 자문했다. 전반적으로 자신의 어조가 수다스럽고 가볍지 않았는지도 생각해보았다. 호콘 세르네르는 늘 "돈 못 버는 도덕주의자들이 얼마나 재미없는지는 상상을 초월한다"라고 말했다. 하지만 지금은 아니었다. 그는 확신했다. '난 해낼 수 있어! 너희들을 다 내 편으로 만들겠어!'

오베의 연설이 이제 모두가 '디지털로의 성숙'을 이뤄야 한다는 설명에 이른 순간 미카엘은 마침내 듣기를 멈췄다. 그리하여 지금 젊은 세대는 〈밀레니엄〉이나 미카엘 블롬크비스트에 대해 들어본 적이 없다고 나온 시장조사 결과에 대해 듣지 못했다. 왜냐하면 바로 그 대목 직전에 이만하면 됐다 싶어진 그가 벌떡 일어나 탕비실로 향했기 때문이다. 노르웨이인 컨설턴트 아론 울만이 비아냥거리는 소리도 듣지 못했다.

"정말 불쌍하군! 남들에게 잊혔다는 사실이 저리도 겁나나?"

지금 이 순간 미카엘에게 그런 사실들은 아무것도 아니었다. 그가 화가 난 건 시장조사가 마치 구세주라도 되는 양 구는 오베의 행동 때문이었다. 그동안 이 잡지를 만들어온 건 빌어먹을 시장 분석이 아니었다. 열정과 신념이었다. 유행에 휩쓸리지 않고 자신들이 보기에 옳고 중요한 일들에 모든 걸 쏟아부었기 때문에 〈밀레니엄〉은 명성을 얻게 되었다. 미카엘은 에리카가 언제 자신을 따라 탕비실로 올지 생각하며 서 있었다.

이 분밖에 걸리지 않았다. 미카엘은 구두굽 소리를 듣고 그녀의 분노가 어느 정도일지 가늠해보았다. 그런데 탕비실에 들어선 그녀는 그저 약간 지친 듯한 미소를 지을 뿐이었다.

"대체 왜 그래?"

"끝까지 듣고 있을 기력이 없었을 뿐이야."

"그렇게 행동하면 다른 사람들이 굉장히 불편해진다는 거, 잘 알잖아."

"알아."

"우리 동의 없이는 세르네르가 맘대로 할 수 없다는 것도 잘 알 테고. 아직 고삐는 우리가 쥐고 있어."

"퍽이나 그러겠어. 리키, 우린 그냥 인질일 뿐이야! 그걸 모르겠어? 저들이 원하는 대로 하지 않으면 지원이 끊기고, 우리는 다시 힘들어질 거라고."

미카엘이 조금 성이 난 말투로 언성을 높였다.

에리카가 목소리를 낮추라고 손짓하며 고개를 흔들자, 누그러진 목소리로 그가 덧붙였다.

"미안해, 어린애같이 굴어서. 그렇지만 집에 들어가야겠어. 생각 좀 해볼게."

"요즘 근무 시간이 갈수록 짧아지는 것 같아."

"그동안 추가 근무 한 거 많이 남았을 텐데?"

"그렇겠지. 저녁에 같이 있어줄 사람 필요해?"

"모르겠어. 정말 잘 모르겠어, 에리카."

그는 이렇게 말하고 사무실을 벗어나 예트갓스바켄 거리로 나갔다.

거센 비바람이 사정없이 미카엘의 몸을 때렸다. 입에서 절로 욕이 나왔다. 서점에 들러 잠시 머리를 식힐 겸 영미권 추리소설을 한 권 살까, 잠시 생각하다가 곧장 상트파울스가탄으로 꺾어 들어갔다. 어느 일식집 앞을 지나는데 휴대전화가 울렸다. 에리카일 거라고 생각했는데, 딸 페르닐라였다. 그러잖아도 딸에게 아무것도 해주지 못해 죄책감에 시달리던 터라 통화하기에 좋은 타이밍은 아니었다.

"안녕, 우리 딸."

"이게 무슨 소리야?"

"비바람 소리겠지."

"그래. 요점만 간단히 말할게. 비스콥스 아르뇌 학교 글쓰기 과정에 합격했어."

"이제 글쟁이가 되고 싶은 거야?"

미카엘은 비아냥에 가까울 정도로 거친 말을 내뱉었다. 어쨌거나 옳지 못했다.

오히려 축하해주고 행운을 빌어줬어야 했다. 하지만 미카엘이 보기에 페르닐라는 지난 몇 년간 너무도 혼란스럽게 살아왔다. 갖가지

신흥 종교들을 기웃거렸고, 이걸 배웠다 저걸 배웠다 매번 중간에 중단하면서 무엇 하나 끝까지 해본 게 없었다. 그러니 딸이 또다시 진로를 바꾼다는 소식에 피로감마저 느꼈다.

"너무 좋아하는 것 같은데?"

"미안, 페르닐라. 오늘 좀 정신이 없어."

"언제는 정신이 있었고?"

"난 그저 네가 스스로에게 맞는 뭔가를 찾았으면 하는 마음이야. 게다가 이 분야 전망이 썩 좋지도 않고."

"아빠가 하는 따분한 저널리즘은 할 생각 없어."

"그럼 뭘 하려는 건데?"

"진짜 글을 쓸 거야."

"좋아." 미카엘은 그 뜻이 정확히 무엇인지 모르는 채 대답했다. 그래, 돈은 충분하고?"

"웨인스 커피에서 초과 근무를 하고 있어."

"저녁에 와서 같이 얘기할래?"

"시간이 안 돼, 아빠. 그냥 이 소식을 알리고 싶었을 뿐이야."

페르닐라는 그렇게 말하고 전화를 끊었다. 그는 딸이 선택한 일에서 긍정적인 점들을 찾아보려고 애썼지만 결국 더 우울해질 뿐이었다.

그는 마리아 광장과 호른스가탄 거리를 지나는 지름길을 통해 벨만스가탄에 있는 집으로 돌아왔다. 마치 방금 전에 집을 나갔다 들어온 것만 같았다. 더는 나갈 직장이 없어 고되게 일할 필요도 없고, 죽도록 시간만 많아진 새로운 삶으로 접어든 듯 기분이 묘했다. 한바탕 청소나 해볼까, 잠시 생각했다. 신문이며 책이며 옷가지들이 사방에 널려 있었다. 하지만 생각을 바꿔 냉장고에서 필스너 우르켈 두 병을 꺼내 소파에 앉았다. 맑은 정신으로 이 모든 일들을 생각해보기로 했다. 적어도 몸속에 알코올이 조금은 들어간 상태에서 가능한 한 맑은 정신으로 말이다. 자, 어떻게 해야 하나?

미카엘은 아무 생각도 나지 않았다. 싸우고 싶은 마음조차 일지 않는다는 사실이 더 걱정스러웠다. 기이하게도 체념하는 마음이 들었다. 마치 〈밀레니엄〉이 자신의 관심 밖으로 밀려나고 있는 듯했다. 미카엘은 다시 한번 자문했다. '이제 정말로 다른 일을 해야 하나?' 말할 것도 없이 에리카와 편집부 직원들을 크게 배신하는 행위였다. 하지만 광고 수입과 정기구독자에 의존해야 하는 잡지사를 이끌기에 자신이 정말로 적합한 사람일까? 다른 곳에 더 나은 자리가 있지 않을까? 그렇다면 그곳은 어디인가.

요즘은 대형 일간지들조차 적자에 허덕이고, 탐사 르포르타주에 쏟아부을 돈과 자원이 아직 남아 있는 곳이 있다면 그건 공공매체가 유일하다. 예를 들면 〈에코트〉 탐사팀이나, 공영방송 SVT 같은…… 뭐, 안 될 건 없다. 그는 카이사 오케르스탐을 떠올렸다. 모든 면에서 매력적인 사람이었고, 종종 만나 술 한잔 나누는 사이였다. SVT의 프로그램 〈미션 리뷰〉를 이끄는 카이사는 몇 년 전부터 그를 스카우트하려고 했다. 전적인 자율권과 무조건적인 지원을 굳게 약속하며 그녀가 직접 일을 제안해왔음에도 불구하고 미카엘은 마음이 내키지 않았다. 〈밀레니엄〉이 언제나 그의 집이자 영혼이었기 때문이다.

하지만 지금은…… 자신을 헐뜯는 말들이 사방에서 쏟아져나오는 이 상황에서도 그녀의 제안이 여전히 유효하다면, 어쩌면 결행할 수도 있다. 이 바닥에서 많은 일들을 해온 그였지만 방송은 처음이다. 토론 방송이나 아침뉴스에 수없이 얼굴을 비추긴 했다. 〈미션 리뷰〉 같은 팀에서 한자리 맡아 일하게 된다면 다시 열정이 살아날지도 모를 일이다.

휴대전화가 울리자 미카엘은 잠시 기분이 좋아졌다. 전화를 건 사람이 에리카든 페르닐라든, 이제는 상냥한 태도로 상대가 하는 얘기를 찬찬히 들어줄 작정이었다. 그런데 발신자를 알 수 없는 번호였다. 그는 조심스럽게 통화 버튼을 눌렀다.

"미카엘 블롬크비스트 씨입니까?" 젊은 목소리가 물었다.

"그렇습니다만."

"잠시 시간 있으세요?"

"어쩌면요. 그런데 먼저 누구신지 말을 해줘야죠."

"리누스 브란델이라고 합니다."

"좋아요, 리누스 씨. 무슨 일이죠?"

"기삿거리를 하나 드리려고요."

"어디, 말씀해보시죠!"

"기자님 집 건너에 있는 술집 '비숍스 암스'로 내려오세요. 거기서 말씀드릴게요."

명령하는 말투나 이렇게 불쑥 동네까지 찾아와 전화한다는 사실이 미카엘은 거슬렸다.

"전화로 얘기해도 상관없습니다."

"보안이 안 되는 전화로는 말할 수 없어요."

"당신하고 얘기하는 게 벌써부터 피곤해지는데요."

"오늘 안 좋은 일이라도 있었나보죠?"

"정확히 맞혔네요. 정말 힘든 하루를 보냈다고요."

"그럼 빨리 비숍스 암스로 달려오세요. 내가 맥주 한잔 대접하면서 엄청난 얘기를 들려줄게요."

'나한테 이래라저래라 하지 마!'라고 미카엘은 소리치고 싶었다. 하지만 우두커니 앉아 자신의 장래를 한없이 고민하는 것 말고는 달리 할 일이 생각나지 않아서였을까? 이해할 수 없게도 그는 이렇게 대답했다.

"내 맥주 값은 내가 계산할 겁니다. 좋아요, 곧 내려가죠."

"잘 생각하셨어요."

"리누스, 내 말 잘 들어요."

"네?"

"얘기가 쓸데없이 길어지거나, 엘비스 프레슬리가 아직 살아 있다느니, 올로프 팔메를 누가 죽였는지 안다느니 하는 음모론 따위를 늘어놓는다면 곧장 자리를 뜰 겁니다."

"좋아요!"

3장

11월 20일

한나 발데르는 주방에 서서 필터 없는 카멜을 연달아 피워댔다. 파란색 실내가운에 다 낡은 회색 슬리퍼 차림이었다. 풍성한 머리칼에는 윤기가 흘렀고 여전히 매력적인 미모를 간직한 그녀였지만, 지금은 몰골이 말이 아니었다. 입술은 퉁퉁 부어올랐고, 진한 눈화장은 단지 치장을 위한 것만은 아니었다. 한나는 오늘도 폭행당했다.

종종 있는 일이었다. 익숙해졌다고는 말할 수 없었다. 폭행에는 누구도 익숙해질 수 없다. 하지만 이런 일이 일상이 된 그녀는 과거 명랑했던 자신의 모습을 더이상 기억할 수 없게 되었다. 이제 공포와 불안이 그녀 삶의 일부였고, 얼마 전부터는 안정제를 복용하면서 하루에 담배를 세 갑씩 피웠다.

라세 베스트만은 거실에서 혼자 욕을 해댔다. 한나에게는 조금도 놀라울 것 없는 일이었다. 라세 자신이 프란스에게 관대하게 행동한 걸 후회하고 있다는 사실을 그녀는 진작에 알고 있었다. 애초부터 이상한 일이었다. 라세는 프란스가 아우구스트를 위해 보내주는 돈으로 살아왔다. 심지어 꽤 오랫동안 그 돈에만 의존해 지내기도 했다. 한나는 프란스에게 예상 밖의 지출이 발생했다고, 실제로는 전혀 간 적 없는 상담실이나 치료 수업에 아이를 데려가야 한다고 거짓말하는 메일을 보낸 적이 한두 번이 아니었다.

그래서 더 이상했다. 라세는 어쩌자고 이 모든 걸 포기하고 프란스가 아이를 데려가도록 놔뒀을까?

사실 한나는 답을 알고 있었다. 술이 한잔 들어가 순간적으로 호기를 부린 거였다. 그리고 TV4에서 방영될 수사물 시리즈에서 배역을 하나 맡게 될지도 모른다는 생각에 한껏 부풀어 있기도 했다. 하지만 무엇보다 아우구스트 때문이었다. 라세는 이 아이가 어딘가 기이하고도 수상스럽다고 생각했다. 하지만 한나는 바로 그러한 생각을 이해할 수 없었다. 어떻게 아우구스트 같은 아이를 미워할 수 있단 말인가?

아우구스트는 하루종일 방바닥에 앉아 퍼즐에 빠져서 아무한테도 신경쓰지 않았다. 라세는 그런 아이를 증오했다. 아마도 아이의 시선 때문이었을 것이다. 바깥세상이 아닌 자신의 내면을 향하고 있는 듯한 그 시선. 사람들은 보통 아이의 그런 모습을 보고 미소를 짓곤 했다. 속이 깊은 아이라는 덕담과 함께. 하지만 라세는 알 수 없는 이유로 그 시선을 견디지 못했다.

"빌어먹을! 한나, 저 녀석이 날 똑바로 노려보고 있어!"

그는 이따금 소리쳤다.

"당신이 말했잖아, 저애는 바보라고."

"바보지. 하지만 뭔가 수상쩍다고. 나한테 악감정을 품고 있는 것 같단 말이야."

말도 안 되는 소리였다. 아우구스트는 라세를 쳐다보지 않았다. 아이는 아무도 쳐다보지 않았고, 아무에게도 악감정을 품지 않았다. 다만 주변 세상이 성가실 뿐이었다. 아우구스트는 자기만의 조그만 비눗방울 안에 있을 때 가장 행복했다. 하지만 만취 상태일 때의 라세는 아이가 복수를 계획하고 있다고 생각했다. 그래서 자신들의 삶에서 아이와 프란스의 돈을 떠나보낸 것이다. 한심하기 짝이 없는 일이었다. 적어도 한나가 보기에는 그랬다. 그리고 지금, 싱크대 옆에 서서 혀에 냄새가 진하게 배도록 담배를 빨아대는 그녀는 어쩌면 라세의 말에도 일말의 진실이 있는 게 아닐까 자문해보았다. 정말로 아우구스트는 자신을 학대하는 라세를 응징하고 싶었을지도 몰랐다. 또 어쩌면…… 한나는 눈을 질끈 감고 아랫입술을 깨물었다…… 어쩌면 엄마까지 증오했을지도 모른다.

얼마 전부터 밤마다 이런 어두운 생각들이, 특히 아우구스트가 너무 그립거나 자신에 대한 모멸감이 고개를 쳐들 때면 그녀를 사로잡곤 했다. 라세와 자신이 아이에게 아주 나쁜 존재가 아니었을까 하는 생각도 이따금 들었다. 난 정말 나쁜 사람이었어, 라고 그녀는 중얼거렸다. 이때 라세가 뭐라 알아들을 수 없는 말을 외쳤다.

"뭐?"

"빌어먹을 양육권 인정 판결문이 어디 있냐고!"

"뭐하려고?"

"그 자식에게 애를 맡을 권리가 없다는 걸 증명하려고."

"아우구스트가 가고 나니까 아주 행복한 얼굴이었으면서?"

"그때는 취했었잖아. 헛소리를 했다고."

"그런데 갑자기 맑은 정신이 돌아와서 똑똑해지신 거야?"

"그래, 빌어먹을!"

라세는 휘파람을 휘익 불고는 살기등등한 얼굴로 그녀에게 다가갔다. 한나는 다시 두 눈을 질끈 감으며, 어째서 모든 일이 이렇게 꼬여버렸는지 자문했다. 천 번도 넘게 떠오르는 질문이었다.

지금 프란스 발데르는 전처의 집에 찾아갔던 날 말끔한 회사원 같았던 모습과는 거리가 멀다. 머리칼은 잔뜩 헝클어졌고 인중은 땀으로 번들거렸다. 마지막으로 샤워하고 면도한 게 최소 사흘 전이었다. 좋은 아버지가 되겠다고 굳게 결심했음에도 불구하고, 얼마 전 호른스가탄 교차로에서 짧은 순간 희망과 강렬한 감동을 경험했음에도 불구하고, 그는 또다시 극도의 집중 상태에 빠져들었다. 모르는 사람이 보면 화난 사람으로 착각할 얼굴이었다.

심지어 이까지 갈아대는 그에게 창밖 세상에서 휘몰아치는 폭풍우는 이미 몇 시간 전부터 없는 일이나 마찬가지였다. 발밑에서 일어나는 일에도 역시나 무감각했다. 고양이 같은 작은 동물이 다리 사이로 기어들어온 듯한 조그만 움직임…… 그는 한참이 지나서야 책상 밑으로 아우구스트가 기어들어왔음을 알아챘다. 이내 흐릿한 눈으로 그는 아이를 내려다보았다. 프로그래밍 코드들이 아직 눈앞에서 물결처럼 일렁이는 듯했다.

"뭐 필요해?"

아우구스트는 뭔가를 갈구하는 듯 맑은 눈으로 그를 올려다보았다.

"뭐?" 프란스가 다시 물었다. "뭐라고?"

아이가 바닥 위에 있는 종이를 한 장 집었다. 양자 알고리즘이 가득 적힌 종이 위에서 아이의 손이 격렬하게 왔다갔다했다. 순간 프란스는 아이가 다시 발작을 일으킬까 걱정되었다. 다행히 아니었다. 뭔가를 휙휙 쓰고 있는 것처럼 보였다. 프란스는 몸이 굳었다. 호른스가탄 교차로에서처럼 중요하면서도 아득한 무언가가 머릿속에 떠올랐다. 그때와 다른 점이 있다면, 그게 무엇인지 그가 안다는 거였다.

프란스는 자신의 어린 시절이 떠올랐다. 숫자와 방정식이 그 무엇보다 가장 중요했던 시절이었다. 프란스가 환한 얼굴로 외쳤다.

"너, 지금 셈을 하고 싶구나? 그렇지? 셈을 하고 싶은 거지?"

그는 이내 달려가 색연필과 종이를 가져와서는 아우구스트 앞에 펼쳐놓았다. 그런 다음 머릿속에 떠오르는 가장 간단한 수열을 적어 내려갔다. 피보나치수열이었다. 1, 1, 2, 3, 5, 8, 13, 21……처럼 앞의 두 숫자를 더한 값을 계속 이어나가면 됐다. 그는 34가 올 자리를 남겼다. 어쩌면 아우구스트에게 너무 쉬운 문제일 수도 있겠다는 생각에 2, 6, 18, 54까지 더 적어나갔다. 이번에는 앞에 온 숫자에 3을 곱하면 됐고, 남겨놓은 숫자는 162였다. 재능 있는 아이라면 특별한 사전 지식 없이도 문제를 풀 수 있을 거라고 그는 생각했다. 다시 말해 수학적 단순함에 대한 그의 관점은 매우 특별하다고 할 수 있었다. 이내 그는 공상에 잠겼다. 사람들이 부진한 아이라고 여기는 아들이 혹시 자신의 복제판인 건 아닐까 하고. 프란스 자신 역시 언어와 사회적 교류 능력 발달은 더뎠지만, 말을 떼기도 전에 수학 도식들을 이해했었기 때문이다.

프란스는 한참을 아이 옆에 머무르며 기다렸다. 하지만 아무 일도 일어나지 않았다. 아우구스트는 마치 종이 위에 저절로 답이 써지기를 기다리기라도 하듯 그 초점 없는 눈으로 숫자들을 응시했다. 결국 그는 아이를 혼자 남겨두고 위층으로 올라가 탄산수를 한잔 마신 뒤 노트와 볼펜을 가지고 주방 식탁에 앉아 다시 일을 시작했다. 하지만 아까처럼 집중하기가 힘들어져 〈뉴 사이언티스트〉 최신호를 무심히 뒤적일 뿐이었다.

그는 다시 일어나 아래층에 있는 아우구스트에게 돌아갔다. 언뜻 보기에는 조금도 달라진 게 없었다. 아이는 아까 그 자세 그대로 꼼짝 않고 웅크리고 있었다. 그는 살짝 호기심을 가지고 다가가보았다.

다음 순간, 그는 전혀 이해할 수 없는 무언가를 마주쳤다는 생각이 들었다.

비숍스 암스에는 손님이 많지 않았다. 아직 이른 오후이기도 했지만 이런 고약한 날씨에는 코앞에 있는 동네 술집이라고 해도 갈 마음이 들지 않을 터였다. 미카엘이 들어서자 여기저기서 웃고 외치는 소리와 함께 걸걸한 목소리가 그를 맞았다.

"칼레 블롬크비스트!*"

통통하고 불그스름한 얼굴에 크게 부푼 곱슬머리, 그리고 양끝이 멋지게 휘어진 수염을 기른 남자였다. 동네에서 종종 마주치는 그의 이름은 아마 '아르네'일 것이다. 그는 매일 오후 2시면 이 술집에 나타나는데, 정확하기가 스위스 시계 못지않았다. 그런데 오늘은 예외적으로 일찍 도착한 모양이었고, 술친구 셋과 함께 바 왼쪽에 나란히 앉아 있었다.

"칼레가 아니라, 미카엘이야."

미카엘이 웃으며 이름을 고쳐주었다.

아르네와 친구들은 마치 그의 이름이 세상에서 가장 웃기는 이름이라도 되는 양 폭소를 터뜨렸다.

"그래, 뭐 특종이라도 잡았어?"

아르네가 물었다.

"여기 비숍스 암스에서 꾸며지는 음모들을 죄다 밝혀낼 생각이야."

"스웨덴이 그런 특종을 받아들일 준비가 됐다고 생각해?"

"아니, 아마도 아니겠지."

미카엘은 이들을 아주 좋아했다. 지나면서 인사를 주고받거나 한두 마디 얘기를 나누는 것 말고는 길게 대화해본 적은 없었다. 하지만 일상의 일부분이었고, 이 동네를 편하다고 느낄 수 있는 이유이기도 했다. 이들 중 하나가 불쑥 말을 걸어와도 미카엘은 전혀 기분 나쁘지 않았다.

"듣자 하니 자네도 이제 끝난 모양이던데?"

오히려 이 농담은 가소로운 집단 공격들을 한꺼번에 쓸어다 쓰레기통에 처넣는 듯한 시원함을 안겨주었다.

---

* 미카엘이 신입기자 시절 특종을 터뜨리면서 얻은 별명. '칼레 블롬크비스트'는 스웨덴 작가 아스트리드 린드그렌의 작품에 나오는 소년 탐정이다. 밀레니엄 1권『여자를 증오한 남자들』에 이 별명을 얻게 된 배경이 등장한다.

"내가 끝나버린 지 어느덧 십오 년, 반갑도다 내 술병이여, 세상의 아름다운 것들은 모두 덧없으니!"

미카엘은 프뢰딩*의 시로 대답했다.

꼼짝 못할 정도로 피곤해하는 기자를 명령조로 술집까지 불러낸 자를 찾으려고 미카엘은 실내를 둘러보았다. 하지만 아르네 무리 말고 다른 손님은 없었다. 그는 바에 서 있는 아미르에게 다가갔다.

아미르는 키가 크고 뚱뚱한 몸집에, 성격은 쾌활한 사내였다. 아이가 넷이었고 몇 년 전부터 이 술집을 맡아 열심히 일하고 있었다. 미카엘과는 아주 가까웠다. 미카엘이 단골이기도 했고, 곤란한 일이 있을 때 서로 돕는 사이이기도 했다. 예를 들어 미카엘이 집에 여자를 초대했는데 '쉬스템볼라게트'**에 들를 시간이 없었을 때 아미르가 레드 와인 몇 병을 챙겨준 적이 한두 번이 아니었다. 미카엘은 불법 체류중인 아미르의 친구가 체류증을 발급받을 수 있도록 도와주기도 했다.

"오늘은 무슨 일로 오셨나?" 아미르가 유쾌하게 인사했다.

"누구 좀 만나러."

"재미있는 일이야?"

"별로 그럴 것 같진 않아. 사라는 잘 지내?"

사라는 아미르의 아내였다. 그녀는 얼마 전에 골반 수술을 받았다.

"하루종일 끙끙 앓으면서 진통제를 한줌씩 먹고 있어."

"그거 참 힘들겠군. 꼭 안부 전해줘."

"그래." 아미르는 대답했고, 그들은 이런저런 잡담을 나누었다.

리누스 브란델이란 자는 보이지 않았다. 미카엘은 누군가 짓궂은 장난을 한 거라고 생각했다. 물론 동네 술집으로 불러내는 것보다 짓

---

* Gustaf Fröding(1860~1911). 스웨덴 시인.

** 스웨덴 국영 주류 매장. 맥주를 제외한 3도 이상의 주류는 이곳에서 사야 한다.

궂은 장난도 많다. 미카엘은 아미르와 돈이며 건강 문제를 가지고 십오 분 정도 더 얘기하다 결국 집에 돌아가기로 마음먹었다. 그가 나타난 건 바로 그때였다.

아우구스트는 수열을 완성하지 못했다. 그러나 프란스 발데르는 그보다 더 대단한 광경에 놀라지 않을 수 없었다. 숫자들 옆에 언뜻 보면 사진이나 수채화 같지만 실은 색연필로 그린 그림이 있었다. 얼마 전 호른스가탄 거리에서 지나쳤던 신호등이 정확하게 재현되어 있었다. 마치 수학적 정확성에 근거한 듯 아주 세밀한 부분까지 완벽했다.

원근법이나 명암을 배운 적 없는 아우구스트가 그러한 테크닉을 완벽히 구사했다. 신호등의 눈은 벌건 빛을 내뿜었고, 역시 벌겋게 달아오른 가을 어스름이 호른스가탄 거리를 감싸고 있었다. 거리 한가운데에는 그때 어렴풋이 보았던 남자가 있었다. 그의 얼굴은 눈썹 바로 위까지 그렸다. 겁에 질렸거나, 적어도 어딘가 불편해 보이는 얼굴이었고, 그를 그릴 때 아우구스트의 균형이 흐트러졌었는지 약간 기울어진 모습이었다. 대체 이런 걸 어떻게 그려냈단 말인가.

"세상에! 이걸 네가 그렸니?"

아우구스트는 고개를 끄덕이거나 흔들지도 않고 다만 창가로 눈길을 돌렸다. 프란스는 자신의 삶이 더이상 예전과 같지 않을 거라는 기이한 느낌에 사로잡혔다.

미카엘은 상대가 어떤 사람일지 좀처럼 예상할 수 없었다. 아마도 부유한 동네인 스투레플란에 사는 젊은 남자일 거라고 생각했다. 하지만 막상 그 앞에 나타난 사람은 추레하기 이를 데 없는 행색이었다. 작달막한 키에 구멍난 청바지 차림이었고, 어두운색 장발은 감지 않아 더러웠으며, 졸려 보이는 눈은 좀처럼 상대와 시선을 마주치지 않았다. 나이는 스물다섯, 혹은 그보다 어릴지도 몰랐다. 흘러내린 머리카락이 두 눈을 가렸고, 피부도 좋지 않아 보이고 입가에는 발진이 나 있었다. '세기의 특종'과는 거리가 있어 보였다.

"리누스 브란델 씨인가요?"

"네. 늦어서 죄송합니다. 오는 길에 아는 여자애를 만나서요. 고등학교 때 같은 반이었는데……"

"자, 우리 본론부터 얘기할까요?" 미카엘이 그의 말을 끊으며 안쪽 테이블로 향했다.

아미르가 미소를 지으며 다가왔고, 그들은 기네스 맥주 두 병을 주문했다. 몇 초간 침묵이 흘렀다. 미카엘은 왜 이렇게 짜증이 나는지 알 수 없었다. 자신답지 않았다. 아마 세르네르 일 때문이리라. 멀리서 그들을 바라보는 아르네 무리에게 미카엘이 미소를 보냈다.

"자, 곧바로 본론으로 들어가겠습니다." 리누스가 말했다.

"그게 좋겠네요."

"혹시 '슈퍼 크래프트'라고 아세요?"

컴퓨터게임에 대해서는 아무것도 몰랐지만 그래도 슈퍼 크래프트는 미카엘도 들어본 적이 있었다.

"이름은 들어봤어요."

"더는 모르고요?"

"몰라요."

"그렇다면 이 게임이 기가 막힌 물건이라는 것도 모르겠네요? 바로 인공지능 기능 때문이에요. 아주 특별하죠. 그러니까 게이머가 전투병과 군사 전략을 논의하는데, 적어도 처음에는 그 전투병이 실제 인간인지 아니면 인공지능 캐릭터인지 확실히 알 수 없는 거예요."

"아, 그래요?"

미카엘은 빌어먹을 컴퓨터게임의 끝내주는 특별함인지 뭔지에는 관심이 없었다.

"이 분야에서는 작은 혁명이라 할 수 있는데요, 내가 바로 개발 과정에 참여했어요."

"잘됐네요. 그럼 돈을 엄청 벌었겠어요?"

"그게 바로 문제예요."

"무슨 뜻이죠?"

"어떤 놈들이 우리 쪽 기술 데이터를 훔쳐가는 바람에 결국 '트루게임스'가 수십억을 챙겼어요. 우리는 한푼도 못 건졌고요."

미카엘에게는 익숙한 스토리였다. 자신이 쓴 『해리 포터』를 조앤 롤링이 텔레파시를 써서 몽땅 훔쳐갔다고 주장하는 노부인과 얘기한 적도 있었다.

"무슨 일이 있었던 거죠?"

"해킹당했어요."

"그 사실을 어떻게 알았는데요?"

"FRA* 전문가들이 확인해줬어요. 원하신다면 이름도 댈 수 있어요. 그리고 또 누가 확인해줬냐면……"

리누스는 말을 멈췄다.

"그리고 또?"

"아무것도 아니에요. 어쨌든 여기에 세포까지 끼어들었어요. 경제분석가 가브리엘라 그라네가 확인해줄 거예요. 작년에 발행된 어느 공공기관 보고서에서 그녀가 이 사건을 언급했죠. 그 문서번호를 가지고 있는데……"

"그러니까 새로운 사실은 아니란 얘기군요."

"그런 의미에서는 아니죠. 잡지 〈뉴 테크놀로지〉와 〈컴퓨터 스웨덴〉도 이 사건을 기사로 썼으니까요. 하지만 프란스가 이 일이 알려지기를 원치 않았고, 심지어 해킹당했다는 사실을 여러 차례 부인하

---

* 신호 정보와 컴퓨터 보안을 관리하는 스웨덴 정부기관.

는 바람에 일반 매체에서는 거의 다뤄지지 않았어요."

"어쨌든 지나간 뉴스 아닌가요?"

"그렇다고 할 수도 있죠."

"그렇다면 왜 당신 얘기를 들어야 하죠, 리누스 씨?"

"얼마 전에 프란스가 샌프란시스코에서 돌아왔는데, 뭔가가 일어났다는 걸 알아챈 것 같아요. 지금 그는 폭탄 위에 앉아 있는 사람 같다니까요. 보안 문제에 완전히 편집광같이 굴고 있어요. 전화나 메일로 연락할 때는 지독하게 복잡한 암호를 쓰고, 집에는 카메라 달린 경보장치에 동작감응기까지 온갖 걸 다 설치해놨어요. 기자님 같은 분에게라면, 대체 지금 뭐가 문제인지 프란스가 솔직히 털어놓을 수도 있을 것 같아서 여기까지 찾아왔어요. 내 말은 전혀 듣지 않아요."

"그러니까, 프란스라는 사람이 폭탄 위에 앉아 있는 것 같아 여기까지 날 나오게 했단 말입니까?"

"그냥 '프란스'가 아니에요! 바로 프란스 발데르라고요! 내가 말하지 않았나요? 난 그의 조수예요."

미카엘은 기억을 더듬어보았다. 머리에 떠오르는 발데르는 배우 '한나 발데르'뿐이었다. 지금은 그녀가 뭘 하는지 잘 모르지만.

"그게 누군데요?"

미카엘이 묻자 리누스가 얼마나 경멸적인 시선을 던지는지, 당황스러울 정도였다.

"지금 지구에 사는 거 맞아요? 프란스 발데르는 전설이잖아요! 그 자체로 전설이라고요!"

"아, 그래요?"

"정말 심각하네요! 구글에서 한번 검색해보세요. 스물일곱 살에 대학교수가 됐고, 이십여 년 전부턴 인공지능 연구에서 세계적으로 인정받은 권위자예요. 양자 컴퓨터와 신경망 개발에서 그보다 앞선 연구자는 없다고 봐야죠. 그는 항상 희한하면서도 기발한 해결책들을 찾아내요. 뇌가 완전히 거꾸로 작동하는 것 같다니까요. 굉장히 독창적이고 혁신적이에요. 이쯤 되면 충분히 짐작하시겠지만, IT 업계에서는 그를 붙잡으려고 난리를 쳤어요. 하지만 프란스는 오랫동안 스카우트를 거절해왔어요. 혼자 일하기를 원했죠. 뭐, 항상 조수를 여럿 두고서 그야말로 껍데기만 남을 때까지 부려먹었으니, '혼자'라 하기는 그렇지만. 그는 오직 결과만을 요구해요. '불가능한 건 없어, 우리의 일은 끊임없이 한계를 넘어서는 거야'라는 말을 입에 달고 다니죠. 어쨌든 우리는 그의 말을 따라요. 그를 위해 무슨 짓이라도 할 준비가 되어 있고, 심지어는 죽을 수도 있어요. 프로그래머들의 세계에선 그가 신이거든요."

"이런."

"그렇다고 날 맹목적인 광신도쯤으로 여기진 마세요. 전혀 그렇지 않아요. 모든 일에는 치러야 할 대가가 있다는 걸 누구보다 잘 아니까요. 프란스와 함께하면 엄청난 일들을 해낼 수 있지만, 한편으로 그는 사람을 망가뜨려놓기도 해요. 지금 그는 자기 아들을 양육할 권리도 빼앗겼어요. 용서받을 수 없을 정도로 모든 걸 망쳐놨던 모양이에요. 이런 이야기가 실은 수도 없이 많아요. 벽에 차를 박아버린 조수, 인생을 아예 망쳐버린 조수 등등. 언제나 강박적이고 힘들게 구는 사람이긴 했지만, 아무리 그래도 지금처럼 행동한 적은 없었어요. 이렇게 보안 문제에 히스테릭한 모습을 보인 적은 없었다고요. 그래서 찾아온 거예요. 당신이 그와 얘기를 좀 해줬으면 해서요. 그가 분명히 심각한 문제를 안고 있다는 게 느껴져요."

"그냥 느낌이라는 말이군요."

"이걸 아셔야 돼요. 보통 프란스는 그렇게 편집광 같은 사람이 아니에요. 오히려 그가 하는 일들의 수준에 비하면 느긋하다고까지 느껴지죠. 그런데 지금은 집에만 틀어박혀서 밖으로 나오지 않아요. 마치 잔뜩 겁을 먹은 사람처럼요. 그런데 평소의 프란스는 결코 겁 많은 성격이 아니에요. 차라리 저돌적이라고 해야죠."

"그런데 그가 컴퓨터게임을 만들었다고요?"

미카엘이 회의적인 표정을 감추지 못하고 물었다.

"그래요…… 프란스는 우리가 다들 게임광이라는 걸 알고 있었는데, 어쩌면 좋아하는 걸 가지고 일해볼 수 있겠다고 생각했어요. 이 영역에도 그가 개발한 인공지능 프로그램을 적용할 수 있었으니, 실험의 장으로 삼은 거였죠. 마침내 굉장한 성과를 이뤄내면서 그야말로 신기원을 열었다 할 수 있었고요. 다만……"

"리누스 씨, 요점으로 들어가죠."

"그러니까 프란스와 그의 변호인단이 이 기술에서 가장 혁신적인 부분의 특허권을 얻으려고 신청서를 냈어요. 그런데 충격적인 일이 벌어졌죠. 트루 게임스 소속 러시아 엔지니어가 바로 직전에 똑같은 특허를 신청해서 우리를 막아버렸어요. 전혀 우연이라고 보기 힘든 일이에요. 사실 특허 같은 건 부차적인 문제였어요. 대체 그들이 어떻게 우리가 하는 일을 알아냈는지가 더 중요했죠. 다들 프란스에게 절대적으로 충성하는 사람들이었기 때문에 오직 한 가지 설명만이 가능했어요. 즉 그 모든 보안장치에도 불구하고, 해킹을 당한 거죠."

"그때 세포와 FRA를 접촉했나요?"

"즉시는 아니었어요. 정장 차림으로 오전 9시에서 오후 5시까지 일하는 사람들을 프란스가 불편해했으니까요. 며칠 밤씩 컴퓨터 앞에 달라붙어 있는 약간 맛이 간 애들을 더 좋아했죠. 하루는 프란스가 전에 한번 만난 적 있다는 좀 이상한 여자 해커가 나를 찾아왔었는데, 곧바로 우리 시스템에 구멍이 뚫렸다고 확인해줬어요. 처음엔 그녀의 말을 신뢰할 수 없었어요. 내가 사장이라면 채용하고 싶지 않은 그런 인상이었거든요. 무슨 뜻인지 아시겠죠? 게다가 제멋대로 지껄인다는 생각도 들었고요. 그런데 그녀가 말해줬던 중요한 내용들이 모두 사실이란 걸 나중에 FRA를 통해 알게 됐죠."

"그런데 누가 해킹했는지는 아무도 모른다는 겁니까?"

"아무도 몰라요. 해커를 추적하는 건 대부분 불가능해요. 다만 프로들의 소행이라는 건 확실하죠. 우리가 보안 시스템에 상당히 공을 들였거든요."

"그리고 지금 당신은 프란스 발데르가 이 일에 대해 뭔가 새로운 걸 더 발견했다고 짐작하고 있고요?"

"그건 분명해요. 아니라면 그토록 이상하게 행동하지 않을 거예요. 그가 '솔리폰'에서 뭔가를 알아낸 게 확실해요."

"솔리폰? 그가 일했던 곳인가요?"

"네. 이상한 일이었죠. 말씀드렸다시피 프란스는 IT 대기업들에게 구속당하는 걸 항상 거부해왔거든요. 아웃사이더로 머물러야 한다, 독립성을 지켜야 한다, 상업적 세력들의 노예가 되어서는 안 된다 같은 말을 그처럼 많이 하는 사람을 본 적이 없어요. 그런데 기술을 몽땅 도둑맞고 모두가 진창에 빠진 상황에서 난데없이 솔리폰의 제안을 받아들인 거예요. 우리는 도무지 이해할 수 없었죠. 물론 고액 연봉에 전적인 자율권을 약속하면서, 자신들을 위해 일해주기만 한다면 하고 싶은 대로 하라고 말했겠죠. 엄청 솔깃했을 거예요. 그런 제안이라면 누구도 거부하기 힘들죠. 단, 프란스만 빼고요. 그는 이미 구글이나 애플 같은 회사에서 비슷한 제안을 여러 번 받고도 거절했어요. 그런데 왜 갑자기 솔리폰에 관심이 생긴 걸까요? 아무런 설명도 없이 짐을 싸서 떠나버렸죠. 내가 듣기로 처음에는 모든 게 순조로웠나봐요. 프란스는 그곳에서 우리의 기술을 발전시켰고, 회장인 니콜라스 그랜트는 이제 그 기술로 수십억 달러를 벌어들일 생각을 했을 거예요. 그들 모두가 굉장히 흥분한 상태였죠. 그런데 뭔가가 일어난 거예요."

"거기에 대해 당신은 별로 아는 게 없고요."

"그렇죠. 그와 연락이 끊겼어요. 사실 프란스가 세상과 연락을 끊은 거죠. 하지만 뭔가 심각한 일이 일어난 건 확실합니다. 그는 항상 솔직함을 강조했어요. '대중의 지혜'나 '집단 지성'을 활용하는 일의 중요성, 혹은 리눅스의 사고방식 따위를 열정적으로 얘기하고 다녔어요. 하지만 솔리폰에 가서는 철저하게 비밀주의를 고수하면서 가장 가까운 동료들에게도 그랬던 모양이에요. 그러다 쾅, 사표를 내버린 겁니다. 다시 스웨덴에 돌아온 후로는 살트셰바덴에 있는 자기집에만 처박혀 있어요. 정원에도 나가지 않고, 외모 역시 전혀 신경쓰지 않고요."

"리누스 씨, 그러니까 지금 당신은, 엄청난 스트레스를 받는 상황에서 외모에는 전혀 신경쓰지 않는 어떤 교수님 이야기를 하는 거죠? 집안에만 처박혀 있다는 그의 모습을 이웃들이 어떻게 볼 수 있었는지는 다른 문제로 치더라도."

"네. 하지만 제 생각에……"

"내 생각에도 흥미로운 주제인 것 같아요. 하지만 불행히도 내가 다룰 주제는 아니네요. IT 분야 기자가 아니니까요. 예전에 누군가가 아주 적절하게 말했듯이 난 선사 시대 인간이나 마찬가지예요. 그러니 〈SMP〉의 라울 시그바르드손 기자를 만나보라고 권하고 싶군요. 이 분야에 밝은 사람이니까."

"아니에요. 그 기자는 너무 경량급이에요. 이 사건에 맞는 급이 아니라고요."

"그 사람을 과소평가하는군요."

"이봐요, 너무 빼지 마요. 이 이야기로 멋지게 컴백할 수도 있다고요, 미스터 블롬크비스트!"

미카엘은 한쪽에서 테이블을 훔치고 있는 아미르를 향해 지쳤다는 몸짓을 해 보였다.

"리누스 씨, 충고 하나 해도 될까요?"

"어…… 네…… 물론이죠."

"다음에도 혹시 기삿거리를 팔 일이 있으면, 그게 기자에게 어떤 의미를 가져다줄 수 있는지 설명하려고 애쓰지 마세요. 얼마나 많은 사람들이 내게 그런 수작을 부렸는지 압니까? '당신 경력에서 가장 큰 사건이 될 거다!' '워터게이트보다 더 큰 특종이다!' 리누스 씨, 그냥 객관적인 정보만 말하는 게 차라리 나을 겁니다."

"전, 그저……"

"그래요, 대체 무슨 말을 하려는 겁니까?"

"당신이 프란스와 꼭 얘기를 해봐야 한다고요. 그는 당신을 좋아할 거예요. 타협할 줄 모른다는 점에서 둘 다 비슷한 사람이니까……"

갑자기 자신감을 잃은 듯한 리누스의 모습에 미카엘은 그를 필요 이상으로 심하게 대한 건 아닌가 싶었다. 원칙적으로 그는 아무리 황당무계한 이야기라 해도 정보를 제공해주러 온 사람들에게 친절하고 따뜻한 모습을 보였다. 말도 안 되는 이야기들 뒤에 좋은 기삿거리가 숨어 있을 가능성을 생각해서이기도 했지만, 그들이 붙잡을 수 있는 마지막 지푸라기가 바로 자신임을 알기 때문이었다. 세상 사람들이 더는 이야기를 들어주지 않을 때 그들은 미카엘을 마지막 희망으로 여기고 찾아오는 이들이었다. 이런 사람들을 조롱하는 태도로 대하는 건 용서받을 수 없는 일이었다.

"이봐요." 미카엘이 조금 누그러진 어조로 다시 말했다. "난 오늘 아주 힘든 하루를 보냈어요. 당신을 비꼬고 싶은 생각은 없었습니다."

"난 괜찮아요."

"그런데 한 가지 궁금한 게 있어요. 아까 어떤 여자 해커가 당신을 찾아왔었다고요?"

"네. 하지만 그게 이 이야기와 무슨 상관이에요? 아마 프란스가 하는 사회사업에 관련된 사람이었겠죠."

"컴퓨터를 능숙하게 다룬다고요?"

"그래요. 아니면 운이 좋았던 거겠죠. 어쨌든 엿 같은 소리를 지껄이는 여자였어요."

"그녀를 직접 만나봤다고요?"

"프란스가 실리콘밸리로 떠난 직후에요."

"언제였죠?"

"11개월 전이에요. 우리가 썼던 컴퓨터들을 브란팅스가탄에 있는 제 집으로 옮겨놨었어요. 그때 제 삶은 괜찮다고 할 수 없었죠. 싱글에 돈도 없는데다 항상 술에 절어서는 집안까지 엉망이었으니까요. 하루는 프란스가 전화를 걸어왔는데, 무슨 꼰대처럼 잔소리를 늘어놓는 거예요. 겉모습만 보고 그 여자를 판단하지 마, 겉과 속은 완전히 다를 수 있어, 어쩌고저쩌고하면서요. 나한테 그런 말을 하다뇨? 내가 일등 사윗감이 아닌 건 나도 잘 안다고요. 평생 정장 한번 걸쳐본 적이 없는데다, 나야말로 해커 커뮤니티 인간들이 어떤 모습인지 아는 사람인데 말이죠. 어쨌든 그녀를 기다렸어요. 들어오기 전에 적어도 노크는 할 수 있었을 텐데 다짜고짜 문을 열고 불쑥 들어오더라고요."

"어떻게 생겼나요?"

"끔찍했어요…… 야릇하게 섹시한 느낌도 있는 듯했지만, 어쨌든 끔찍했어요!"

"리누스 씨, 지금 그녀의 생김새를 평가해달라는 게 아니에요. 옷차림은 어땠는지, 혹시 자기 이름을 밝혔는지 알고 싶을 뿐이에요."

"그런 건 전혀 몰라요. 어디서 본 듯도 한데 그랬다면 좋은 일로는 아니었을 거예요. 온몸에 문신과 피어싱이 가득했어요. 헤비로커 스타일에 고스룩과 펑크룩을 합쳤다고나 할까? 게다가 막대기처럼 삐쩍 말랐어요."

미카엘은 아미르에게 기네스 한 병을 더 주문했다.

"그래서 어떻게 됐죠?"

"에, 그러니까…… 당장 일을 시작할 필요는 없다고 생각해서 일단 전 침대 끝에 앉았어요—사실 앉을 데가 많은 것도 아니었죠. 우선 술이라도 한잔 마시자고 했어요. 그런데 그녀가 어떻게 했는지 아세요? 다짜고짜 저한테 나가라고 하더라고요. 집주인더러 나가라고 명령하는 폼이 그렇게 자연스러울 수 없었어요. 물론 전 '아무리 그래도 여긴 내 집이다' 항변했죠. 하지만 그녀는 '당장 꺼져!', 이 한마디뿐이었어요. 나가는 수밖에 없었죠. 한참을 밖에 있었어요. 다시 돌아왔을 땐 제 침대에 척 누워서 담배를 빨고 있었고요. 기가 막혔죠. '끈 이론'인가 뭔가에 관한 책을 읽고 있더라고요. 그런데 자기를 바라보는 시선이 좀 이상하게 느껴졌는지—낸들 그 이유를 알겠어요?—대뜸 너랑은 자고 싶은 생각이 없어, 눈곱만큼도, 라고 하더군요. 네, '눈곱만큼도'라고요. 내 눈을 똑바로 본 적도 없었을 거예요. 어쨌든 그녀 말로는 RAT*를 통해 트로이목마가 우리 컴퓨터에 들어왔다고 했어요. 침입 패턴과 해킹 프로그램의 독창성이 어느 수준인지 알 것 같다는 말만 남기고는 그대로 떠나버렸고요."

"작별인사도 없이?"

"한마디도 없이요."

"세상에." 미카엘이 자신도 모르게 중얼거렸다.

"솔직히 저는 그녀가 뻥을 쳤다고 생각했어요. 이런 공격에 대해서라면 훨씬 많이 알고 있을 FRA 쪽 사람이 나중에 똑같이 검사를 해보고 분명히 얘기했으니까요. 그녀가 말한 건 나오기 힘든 결론이라고요. 아무리 찾아봐도 스파이웨어 같은 건 없다고 말이죠. 하지만 그—몰데예요, 스테판 몰데—역시 어쨌든 우리가 해킹을 당했을 가능성이 있다고 생각하더군요."

---

* Remotely activated trojan. 해커가 사용자의 컴퓨터를 제어할 수 있도록 설계된 악성 코드.

“그 여자가 어떤 식으로든 자신에 대해 밝히진 않던가요?”

“저도 뭐라도 좀 알아내려고 애를 썼죠. 하지만 퉁명스럽게 자기를 ‘삐삐’라고 부르면 된다고만 했어요. 삐삐라니, 본명이 아닌 게 분명하지만……”

“분명하지만?”

“어쨌든 그녀에게 아주 잘 어울리는 이름이라고 생각했어요.”

“리누스 씨,” 미카엘이 말했다. “지금 난 그냥 집에 돌아가려고 했어요.”

“네, 저도 눈치챘어요.”

“하지만 상황이 크게 바뀌었네요. 프란스 발데르가 그녀를 안다고 했죠?”

“네, 네, 맞아요.”

“그렇다면 그를 최대한 빨리 만나보고 싶어요.”

“그 여자 때문에요?”

“뭐, 그렇다고 할 수도 있죠.”

“좋아요.” 리누스는 잠시 생각에 빠진 듯한 표정을 지었다. “아마 연락처를 쉽게 찾을 수 없을 거예요. 말씀드렸듯이 요즘 굉장히 비밀스러워졌으니까요. 혹시 아이폰 쓰나요?”

“네.”

“그럼 그냥 놔두세요. 프란스 말대로 애플은 NSA에 영혼을 팔아버렸죠. 프란스와 연락하려면 블랙폰을 사거나 적어도 안드로이드폰을 하나 빌려서 특별한 암호 프로그램을 설치해야 해요. 하지만 우선은 프란스가 먼저 기자님께 연락하도록 제가 어떻게 해볼게요. 그럼 두 분이 안전한 장소를 정해서 만나면 되겠죠.”

“좋아요! 고마워요, 리누스 씨!”

리누스가 떠난 후에도 미카엘은 한동안 술집에 앉아 있었다. 폭풍우가 휘몰아치는 바깥을 바라보며 남은 기네스를 마셨다. 아르네 무리가 등뒤에서 웃어댔지만 깊이 생각에 잠긴 미카엘의 귀에는 아무 소리도 들어오지 않았다. 아미르가 마지막으로 들은 일기예보를 전해주려고 옆에 와 앉는 것만 겨우 알아챘다.

정말로 끔찍한 날씨가 되려는 모양이었다. 기온은 영하 10도로 떨어지고, 첫눈이 내리지만 온 세상을 하얗게 덮어주는 예쁘고 폭신한 눈은 아니란다. 사상 최악의 폭풍우와 함께 휘몰아쳐 내리는 고약한 눈이라고 했다.

"태풍급 위력의 폭풍우가 몰아칠 거라는군."

아미르가 말했지만 정신이 딴 데 가 있는 미카엘은 그저 짧게 대답했다.

"잘됐네."

"잘됐다고?"

"응…… 그러니까…… 아무것도 없는 것보다는 차라리 낫다는 얘기지."

"뭐, 그렇지. 그런데 자네 괜찮아? 조금 놀란 모양인데, 아까 안 좋은 일이라도 있었어?"

"아니, 괜찮아."

"충격적인 얘기라도 들은 걸로 보이는데, 아니야?"

"잘 모르겠어. 요즘은 모든 게 혼란스러워. 〈밀레니엄〉을 떠날까 생각중이야."

"그 잡지하고는 뗄 수 없는 관계 아니야?"

"나도 그렇게 생각했지. 하지만 모든 일에는 끝이 있는 게 아닌가 싶어."

"우리 아버지가 항상 말씀하셨지. 영원한 것에도 끝이 있다고."

"무슨 생각으로 그런 말씀을 하셨을까?"

"아마 사랑일 거야. 그러고 나서 바로 어머니와 헤어졌거든."

미카엘이 웃음을 터뜨렸다.

“나 역시 영원한 사랑에는 재능이 없나봐. 그런데……”

“그런데?”

“알고 지내던 여자가 있었는데, 나한테서 사라지고 나서 한참이 흘렀어.”

“안됐군.”

“그래, 조금 특별한 이야기지. 그런데 방금 전에 갑자기 그녀가 살아 있다는 걸 알게 됐어. 내가 이상하게 보였다면, 아마 그 때문일 거야.”

“그랬군.”

“자, 이제 들어가봐야겠어. 술값이 얼마나 나왔지?”

“나중에 계산하자고.”

“그래. 그럼 몸조심해, 아미르.”

말을 마친 미카엘은 그에게 농담을 던지는 단골들 옆을 지나서 나왔다. 그리고 폭풍우 속에 몸을 던졌다.

마치 임박한 죽음 같은 느낌이었다. 거센 바람이 칼처럼 몸속으로 파고들었다. 하지만 미카엘은 옛 추억에 빠져 폭풍우 속에서 꼼짝 않고 한동안 서 있었다. 그러다 느릿느릿 집으로 돌아왔다. 이상하게도 문을 열기가 쉽지 않아 열쇠를 이리저리 여러 번 돌려야 했다. 마침내 집안으로 들어온 그는 신발을 벗고 프란스 교수에 대해 알아보려고 컴퓨터 앞에 앉았다.

하지만 쓸데없는 짓이었다. 정신이 온통 딴 데 가 있었기 때문이다. 전에도 수없이 그랬던 것처럼 혼자서 묻고 또 물었다. ‘대체 그녀는 어디로 가버린 거야?’ 그녀의 옛 고용주였던 드라간 아르만스키에게 한 번 들었던 얘기 말고는 전혀 소식을 알지 못했다. 마치 지구상에서 사라져버린 것만 같았다. 한 도시, 그것도 가까운 구역에 살면서 그녀의 그림자조차 보지 못했다. 그래서 리누스의 말이 충격으로 다가왔던 모양이다.

물론 그날 리누스의 집에 왔다는 여자가 다른 사람일 수도 있다. 가능한 일이지만 개연성이 있어 보이진 않았다. 리스베트 살란데르가 아니라면 누가 그렇게 사람과 눈도 마주치지 않고 남의 집에 불쑥 들어갈 수 있을까? 과연 집주인을 다짜고짜 쫓아내고 남의 컴퓨터 속 비밀을 샅샅이 뒤질 수 있을까? 대체 누가 "너랑은 자고 싶은 생각이 없어, 눈곱만큼도"라고 말할 수 있을까? 그렇게 할 수 있는 사람은 단 하나, 리스베트뿐이었다. 그리고 그 별명 '삐삐'…… 그건 바로 리스베트 자체였다.

피스카르르가탄에 있는 그녀의 아파트 문패에는 'V. 쿨라'*라고 적혀 있었다. 미카엘은 그녀가 본명을 쓰지 않으려는 이유를 잘 알았다. 이 나라에서 벌어진 가장 끔찍한 사건들과 결부된 그 이름은 너무도 쉽게 알아볼 수 있었다. 하지만 지금 그녀는 대체 어디에 있단 말인가. 물론 그녀가 연기처럼 증발해버린 게 이번이 처음은 아니었다. 그러나 룬다가탄에 있었던 그녀의 집에 찾아가 자신을 샅샅이 뒷조사한 그녀에게 한바탕 화를 냈던 그 시절 이후로 이렇게 오랫동안 소식이 끊겨본 적은 없었다. 한편으로는 조금 이상했다. 어쨌든 리스베트는 미카엘 자신에게…… 그래, 그 자신에게 무엇이란 말인가.

친구라고 할 수는 없었다. 친구라면 서로 연락하며 사는 법이다. 이렇게 사라져버리지 않는다. 친구는 컴퓨터를 해킹해 연락해오지 않는다. 하지만 미카엘은 그녀에게 깊은 유대감을 느끼고 있다. 특히나 그녀가 너무도 걱정됐다. 자신도 어쩔 수 없다. 그녀의 후견인이었던 홀게르 팔름그렌은 그녀가 언제나 잘 헤쳐나갈 거라고 말했다. 끔찍했던 어린 시절에도 불구하고, 아니 어쩌면 그 덕분에 놀라운 생존력을 길렀다고 했다. 어느 정도는 맞는 말이었다.

---

* 빌라 빌레쿨라(Villa Villekulla)의 약자. 말괄량이 삐삐가 사는 집의 이름이다.

하지만 그녀처럼 특별한 과거를 지닌데다 적을 만드는 일에 재능이 있는 사람에게 확실하다고 할 만한 건 하나도 없었다. 여섯 달 전쯤 '곤돌렌'에서 함께 점심을 먹으며 드라간이 암시한 것처럼, 그녀가 정상 궤도를 벗어나버린 건 아닐까? 봄날의 어느 토요일이었다. 드라간이 맥주와 독주 따위를 사겠다며 미카엘을 불러냈다. 뭔가 할 얘기가 있을 거라는 생각이 들었다. 명목상으로는 옛 친구끼리 얼굴이나 보자는 거였지만, 사실 드라간의 목적은 오직 리스베트에 관한 얘기였다. 술을 몇 잔 마시면서 감상에 젖고 싶은 마음이었다.

이런저런 이야기가 오가던 중, 드라간은 회그달렌의 어느 요양원에 밀톤 시큐리티가 경보장치를 공급했던 일에 대해 말을 꺼냈다. 괜찮은 물건들이었어, 라고 그는 말했다.

만약 정전이 된 상황에서 누구도 전기를 복구할 생각을 하지 않는다면 아무리 괜찮은 물건도 소용이 없는 법인데, 바로 그런 일이 일어났다. 밤늦게 요양원에서 정전이 일어난 사이에 루트 오케르만이라는 노부인 하나가 넘어진 것이다. 넙다리뼈에 골절상을 입은 그녀는 몇 시간 동안 바닥에 누운 채 비상 버튼을 눌렀지만 소용이 없었다. 새벽녘이 되어서야 부인은 상당히 위험한 상태로 발견됐고, 마침 요양원의 관리 소홀 문제에 대해 말이 많던 때여서 이 사건은 크게 불거질 수밖에 없었다.

부인은 다행히 탈없이 회복했지만, 한편으론 운 나쁘게도 그녀는 스웨덴민주당 고위급 의원의 모친이었다. 그리고 이 당에 우호적이던 온라인 매체 〈아브픽슬라트〉에서 '드라간 아르만스키는 아랍인'이라는 기사를 내놓자—드라간은 종종 '아랍 놈'이라 불렸지만 결코 아랍인이 아니었다—그를 비난하는 인터넷 댓글이 홍수를 이뤘다. 수백 명 넘는 익명 회원들이 "바퀴벌레들에게 스웨덴으로 기술을 공급하게 놔둔 결과다!" 따위의 글들을 올려댔다. 드라간은 특히 죄 없는 자신의 노모까지 덩달아 험한 욕을 들어야 했기에 더욱 마음고생을 했다.

그런데 마법 같은 일이 벌어졌다. 댓글을 단 이들의 익명성이 걷히고 이름, 주소, 직업, 나이가 만천하에 드러나버렸다. 마치 그들이 직접 채워넣은 양식처럼 빠짐없이 적혀 있었다. 사이트 전체가 말 그대로 '탈픽셀화'* 되면서 어느 정도 짐작 가능했던 사실, 즉 댓글을 단 이들이 사회에서 소외된 독단주의자들만은 아니라는 사실이 밝혀졌다. 그들은 대부분 겉으로 보기에 흠잡을 데 없는 보통 시민이었고, 그중에는 보안업계에서 드라간과 경쟁하는 자들도 있었다. 사이트 관리자들은 한동안 무력하게 아무 대응도 하지 못했다. 도대체 무슨 일이 일어난 건지 알 수 없었다. 그렇게 머리칼만 쥐어뜯고 있다가, 결국 사이트를 폐쇄하면서 범인을 찾아내 대가를 치르게 하겠다고 공지했다. 하지만 이 해킹 공격 뒤에 누가 있는 건지, 드라간을 포함해 아무도 알 수 없었다.

"이건 리스베트가 예전부터 써왔던 수법이잖습니까." 드라간이 말을 이었다. "솔직히 고소한 마음이 들었죠. 이 보안업계에서 헌신하며 일하고는 있지만, 날 부당하게 욕하고 조롱하는 인간들까지 동정할 만큼 너그러운 사람은 아니니까. 어쨌든 리스베트와는 꽤 오래 소식이 끊겼으니 나한테는 전혀 신경쓰지 않을 거라고 생각했어요. 사실 그녀는 그 누구에게도 신경쓰지 않지만. 그런데 이런 사건이 일어난 겁니다. 정말 대단했죠. 공격당하는 나를 막아줬으니 고마운 마음에 메일을 보내봤는데 놀랍게도 답장이 왔고요. 그런데 뭐라고 썼는지 압니까?"

"아뇨."

"한 문장이었어요. '어떻게 외스테르말름 병원의 산드발 같은 개자

---

* 아브픽슬라트(Avpixlat)는 '픽셀에서 벗어난다'는 뜻이다. 화면을 흐리는 큰 픽셀을 지우고 실상을 선명히 한다는 의미로 볼 수 있다.

식을 경호해줄 수 있죠?'"

"산드발이 누군데요?"

"밀톤에 개인 경호를 의뢰한 성형외과 전문의예요. 가슴 수술을 해줬던 어린 에스토니아 여자를 건드렸다가 위협을 받고 있었죠. 그녀의 애인이 유명한 폭력배였거든."

"이런."

"우리도 똑똑한 짓을 한 건 아니었죠. 그래도 그녀한테 답을 보냈어요. 나는 산드발에게 어떤 환상도 품고 있지 않다, 그가 순진한 어린양이 아니라는 건 잘 안다, 하지만 그런 기준에 발이 묶일 수는 없는 노릇이다, 밀톤이 윤리적으로 흠 없는 사람만 보호할 수는 없다, 심지어 한심한 남성우월주의자들조차 최소한의 보호를 받을 권리가 있다, 산드발은 심각한 위협을 받고서 도움을 요청했고, 그래서 밀톤은—요금을 두 배로 받고—경호를 제공했다, 아주 간단한 일이다……"

"리스베트가 그 설명을 받아들이던가요?"

"적어도 메일로는 아무 말이 없었죠. 하지만 나름대로 답을 보낸 듯했어요."

"어떻게?"

"병원을 지키고 있던 밀톤 경호원들 앞으로 뚜벅뚜벅 걸어가서 꼼짝 말라고 명령했다더군요. 아마 내 이름을 댔겠죠. 간호사들, 환자들, 의사들 앞을 지나 산드발의 진료실로 들어가 끔찍한 말들을 늘어놓으면서 손가락 세 개를 부러뜨려놨고요."

"맙소사!"

"그래요. 완전히 미친 짓이었죠. 그렇게 많은 목격자들 앞에서, 그것도 병원에서 그런 짓을 한다는 게 말이 됩니까?"

"정말 대단하군요."

"당연히 난리가 났죠. 고발을 해야 한다, 소송을 해야 한다 하면서.

생각해봐요. 섬세한 수술을 하는 성형외과 의사의 손가락을 부러뜨린 일이라고. 일류 변호사들 눈앞에 돈뭉치가 아른거릴 사건이죠."

"그러고서 어떻게 됐는데요?"

"아무 일도 없었어요. 가장 희한한 대목이었죠. 아무런 여파도 없이 일이 흐지부지돼버렸으니까. 의사가 일이 커지는 걸 원치 않았던 모양이에요. 하지만 미카엘, 그건 정말 미친 짓이었다고요. 정신이 똑바로 박힌 사람이라면, 대낮에 병원에서 의사의 손가락을 부러뜨리는 일은 할 수 없지. 아무리 리스베트라 하더라도 평상심을 유지했다면 그럴 수 없어요."

사실 미카엘은 드라간의 의견에 전적으로 동의할 수 없었다. 오히려 그는 어떤 논리를 발견할 수도 있겠다고 생각했다. 리스베트식 논리 말이다. 미카엘은 이 문제에 대해서는 어느 정도 전문가라고 할 수 있었다. 그가 보기에 리스베트는 누구보다도 합리적인 존재였다. 대부분의 사람들이 생각하는 합리성과 달리 그녀가 세운 규칙에 따른 합리성이었다. 이 의사가 그래선 안 되는 여자를 건드린 것보다 훨씬 심각한 짓을 저질렀을 거라는 사실을 미카엘은 일 초도 의심하지 않았다. 하지만 그렇다 해도 이번에는 그녀가 리스크를 분석하는데 실수를 저지른 게 아닌지 의심하지 않을 수 없었다.

한편으로는 그녀가 일부러 이런 짓을 한 건 아닌지, 자신이 살아있음을 느끼려고 자극제처럼 골치 아픈 일을 벌인 건 아닌지 하는 생각마저 들었다. 하지만 부당한 추측이었다. 그녀가 어떤 동기로 그런 일을 벌였는지 전혀 알지도 못하면서, 그녀의 삶에 대해 아무것도 모르면서 이렇다 저렇다 판단할 수 없었다. 미카엘은 폭풍우에 유리창이 덜컹이는 소리를 들으며 컴퓨터 앞에 앉아 프란스 발데르에 대해 계속 찾아보았다. 그리고 오늘 제보받을 사건이 가져올 긍정적인 면들을 생각했다. 적어도 이 사건을 통해 리스베트와 마주치게 될 수도 있었다. 미카엘에게는 이 정도 소식을 들은 것도, 그녀가 여전히 변함없이 지내고 있다는 것도 다행이었다. 게다가 그녀 덕분에 좋은 기삿거리를 건지게 될지도 몰랐다. 리누스가 처음부터 사람을 화나게 했기 때문에 아무리 충격적인 이야기를 들려준다 해도 미카엘은 그냥 그를 돌려보낼 생각이었다. 하지만 그 이야기에 갑자기 리스베트가 튀어나오면서, 그는 모든 걸 새롭게 보기 시작했다.

리스베트의 지적 능력이 뛰어나다는 건 부인할 수 없다. 그녀가 이 사건에 끼어들었다면 그도 한번 빠져볼 만한 가치가 있다. 적어도 한 번 정도는 자세히 들여다볼 필요가 있다. 운이 좋으면 리스베트의 새로운 삶에 대해 좀더 알게 될 수도 있다. 수만 가지 의문이 있었으니까.

어쨌든 가장 중요한 질문은, 대체 어떤 이유로 리스베트가 이 일에 끼어들었느냐는 거다.

그녀는 아무나 요청하면 도와주러 가는 뜨내기 IT 컨설턴트가 아니었다. 물론 살면서 겪게 되는 부당한 일들이 그녀를 화나게 만들 수 있다. 필요하다면 서슴없이 제 손으로 정의를 구현하는 사람이기도 했다. 하지만 그 어떤 컴퓨터라도 해킹할 수 있는 그녀가 다른 사람의 해킹행위에 대해 분개했다면 그건 솔직히 놀라운 일이다. 의사의 손가락을 부러뜨린 건 그래, 그렇다 칠 수 있다! 하지만 다른 해커를 공격하겠다고 나선다? 자기도 유리 온실에 앉아 있으면서 돌을 던져서는 안 된다. 다만 한편으로 그는 사실 아무것도 몰랐다.

뭔가 사연이 있을 터였다. 리스베트가 프란스와 친구라거나 전부터 아는 사이일 수 있다. 얼마든지 가능한 일이기에 미카엘은 구글에 두 사람의 이름을 검색해보았다. 하지만 별다른 결과가 없었다. 어쨌든 의미 있는 결과가 전혀 없었다. 미카엘은 비바람이 몰아치는 창밖을 잠시 내다보면서, 창백하고 바짝 마른 등에 새겨진 그 용 문신과 헤데스타드의 추웠던 겨울과 고세베르가의 파헤쳐진 무덤을 떠올렸다.

그는 다시 프란스 발데르에 대해 찾아보기 시작했다. 무려 200만 건에 달하는 검색 결과의 대부분이 학술논문과 논평들이었다. 인터뷰는 거의 하지 않는 모양이었다. 그러다보니 삶의 작은 부분들까지 신화적 분위기에 둘러싸여 그를 숭배하는 학생들에 의해 확대되고 이상화되는 경향이 있었다.

프란스 발데르는 어렸을 때 약간의 정신적 장애가 있는 아이로 여겨졌다. 에케뢰 중학교에 다니던 어느 날, 교장실로 들어가 수학 교과서에 나오는 '허수' 부분에 오류가 있다는 걸 지적한 적이 있다. 교과서는 그후로 수정해 발행되었으며, 이듬해 봄에 그는 전국 수학 경시대회에서 우승했다. 말을 거꾸로 할 수도 있었고, 굉장히 긴 팰린드롬*도 만들 수 있었다. 그가 저학년 때 썼다는 작문을 인터넷에서 볼 수 있었는데, 그때 그는 허버트 조지 웰스의 소설 『우주 전쟁』을 비판했다. 모든 면에서 인간보다 훨씬 뛰어난 존재들이 화성과 지구 박테리아의 아주 기본적인 차이도 모른다는 게 말도 안 된다는 내용이었다.

고등학교를 졸업하고 런던의 임피리얼 칼리지에서 컴퓨터공학을 공부했고, 신경망 알고리즘을 주제로 쓴 박사논문이 혁명적이라는 평가를 받았다. 그후 스톡홀름 왕립공과대학에 최연소 교수로 임용되었고, 스웨덴 왕립공학아카데미 회원으로 선출되기도 했다. 그리고 지금은 컴퓨터의 지능이 인간의 지능을 넘어선 상태인 '기술적 특이점'이라는 개념을 다루는 데 세계적 권위자로 통하고 있다.

외모는 그렇게 특별하지도 매력적이지도 않았다. 오히려 사진들을 보면, 작은 눈에 온통 뻐쳐 올라간 덥수룩한 머리가 마치 트롤** 같았다. 그는 육감적인 배우 한나 린드—나중에 한나 발데르가 된—

---

* 'eye' 'level'처럼 앞이나 뒤로 읽어도 동일한 낱말이나 문장.

** 북유럽 신화에 등장하는 괴물.

와 결혼했다. 「한나의 큰 슬픔」이란 제목의 기사에 따르면 그들의 아들에게 중증 정신장애가 있다고 한다. 기사에 실린 사진을 보면 전혀 그렇게 느껴지지 않았지만 말이다.

결혼은 파경에 이르렀고, 나카 지방법원에서 양측의 날선 공방이 이어지는 와중에 영화계의 악동이라 불리는 라세 베스트만이 증인석에 섰다. "프란스 발데르는 아이를 돌볼 자격이 없는 사람이다, 아들의 지능보다 컴퓨터의 지능에 더 신경쓰는 인간이기 때문"이라고 라세는 맹렬히 그를 공격했다. 미카엘은 이혼 공방에 대해서는 별 관심이 없었고, 대신 프란스의 연구 내용을 이해해보려고 애썼다. 그렇게 양자 프로세서에 대한 난해한 글들을 읽으며 한참을 앉아 있었다.

미카엘은 문서를 모아둔 폴더로 들어가 작년쯤에 만든 파일을 하나 열었다. 파일명은 '리스베트의 상자'. 리스베트가 아직도 이 컴퓨터에 들어오는지, 아니 그가 써온 기사들에 관심이나 있는지, 전혀 알 수 없었다. 하지만 미카엘은 그녀가 그래주었으면 하는 마음에 몇 마디 정도 남겨두는 게 좋겠다고 생각했다. 물론 어떤 말을 남기느냐가 관건이었다.

장문의 편지는 그녀의 스타일이 아니었다. 짧고 수수께끼 같은 문장이 낫겠다는 생각이 들었다. 미카엘은 이렇게 썼다.

프란스 발데르의 인공지능에 대해 어떻게 생각해야 좋을까?

마침내 미카엘은 의자에서 일어나 폭풍우 치는 창밖을 바라보았다.

4장

11월 20일

'에드 더 네드'라고도 불리는 에드윈 니덤은 미국 보안업계에서 최고 연봉자는 아니더라도 최고 전문가라 할 수 있다. 그의 아버지 새미는 인간 말종이라 할 수 있었다. 이따금 부두에서 잡일을 하면서, 평소에는 코가 비뚤어지도록 술을 마시다가 감옥이나 응급실에서 깨어나곤 하는 구제불능의 주정뱅이였다.

하지만 아버지가 술독에 빠져 있는 시간이 가족들에게는 잠시 숨을 돌릴 수 있는 때였다. 그가 술을 마시러 나가면 어머니 리타는 아이들을 꼭 끌어안고, 언젠가는 모든 게 좋아질 거라고 위로해주곤 했다. 나머지 시간은 지옥이나 다름없었다. 그들은 보스턴의 도체스터에 살았고, 집에 붙어 있을 때 아버지가 주로 하는 일은 아내를 피멍이 들 때까지 때리는 거였다. 어머니는 덜덜 떨고 울면서 화장실 안에 몇 시간, 혹은 며칠씩 앉아 있었다.

심할 때는 폭행을 당하다 피를 토할 때도 있었다. 사정이 이러했으니 그의 어머니가 마흔여섯 나이에 뇌출혈로 사망했어도 아무도 놀라지 않았다. 에드의 누나가 마약중독으로 죽었을 때도, 아버지와 남은 아이들이 길거리에 나앉을 위기에 처했을 때도 놀라는 사람은 없었다.

이렇듯 에드의 어린 시절은 그의 장래에 대해 어지러운 삶을 예고하고 있었고, 십대에는 벌써 '더 퍼커스The Fuckers'라는 갱단에 들어가기도 했다. 도체스터 주민들에게 공포의 대상이었던 이들은 조직간 난투극부터 강도, 식품점 강탈 등 온갖 사악한 짓은 죄다 벌이고 다녔다. 에드와 가장 가까웠던 대니얼 갓프리드는 넓고 긴 마체테 칼로 난자당한 후 정육점 갈고리에 매달린 채 발견됐다. 그 무렵 에드는 벼랑 끝에 선 심정이었다.

아주 어릴 때부터 에드의 인상은 퉁명스럽고 거칠었다. 결코 미소를 짓는 법이 없었고, 윗니가 두 개 빠져 있어서 그런 인상이 더욱 강했다. 에드는 덩치가 크고 대담한 성격이었다. 아버지와 다투거나 갱들끼리 싸우러 다니느라 얼굴에는 상처 아물 날이 없었다. 많은 교사가 그를 굉장히 두려워했다. 결국 감옥에 가거나 머리에 총을 맞아 인생을 끝낼 거라고 다들 확신했다. 하지만 그에게 관심을 가진 어른도 몇몇 있었다. 그의 이글거리는 푸른 눈에 공격성과 폭력성만 있지 않다는 걸 느꼈기 때문이리라.

사실 에드는 억제할 수 없을 정도로 지식에 대한 욕구가 강했다. 시내버스 안을 쑥대밭이 되도록 부숴놓는 힘만큼 열정적으로 책을 탐독했다. 수업이 끝나면 집으로 돌아가는 대신 컴퓨터 몇 대가 구비된 학교 미디어실에 남아 몇 시간씩 보내기도 했다. 그러다 '라르손'이라는 스웨덴 이름의 물리 교사가 컴퓨터를 다루는 에드의 솜씨가 범상치 않음을 발견했다. 결국 사회복지기관까지 개입한 끝에 에드는 장학금을 받고서 보다 학습 의욕이 높은 학생들이 있는 학교로 전학을 갔다.

이후 학업에서 두각을 나타내기 시작해 장학금과 특전을 받으며

MIT 전기공학 및 컴퓨터과학부EECS에 입학했다. 어린 시절에 전망했던 미래를 감안하면 기적과도 같은 일이었다. 그는 RSA 같은 새로운 비대칭 암호체계에 내재된 특수한 불안 요소들에 관한 논문으로 박사학위를 취득한 후, 마이크로소프트와 시스코에서 중요한 직책을 맡았다가 메릴랜드주 포트미드에 있는 NSA에 스카우트되었다.

맡겨질 임무를 감안하면 그의 이력이 이상적이라고 할 수는 없었는데, 단지 십대 때 저지른 비행 때문만은 아니었다. 대학에서도 대마초를 피웠으며, 사회주의적 혹은 아나키스트적 성향을 보이기도 했다. 성인이 된 후에 폭력 혐의로 두 차례 체포된 일도 있었다. 전부 술집에서 일어난 시비였고, 그에겐 이상한 일도 아니었다. 언제 폭발할지 모르는 불같은 성격을 아는 사람들은 그와 언쟁하기를 가급적 삼갔다.

하지만 NSA는 그가 가진 다른 자질들을 더 고려했다. 특히나 그때는 2001년 가을이었다. 즉 미국 정보기관마다 IT 전문가들을 채용할 필요가 절실해지면서 거의 마구잡이로 사람을 가리지 않던 때였다. 그후 몇 년이 지나는 동안 더는 아무도 에드의 충성심과 애국심을 문제삼지 않았고, 설사 그런 일이 벌어져도 언제나 그의 자질이 결점을 제압했다.

그는 뛰어난 재능을 지녔을 뿐 아니라, 편집증에 가까운 치밀함과 무시무시한 효율성도 보여주었다. 미국에서 가장 비밀스러운 기관의 정보 보안을 책임지는 데 이상적인 면모들이었다. 누구도 그의 시스템을 해킹하지 못했고, 그는 이 사실에서 개인적인 자부심을 느꼈다. 그러면서 포트미드에 없어서는 안 될 존재가 되었고, 자문을 구하기 위해 동료들이 그의 사무실 앞에 줄을 서기도 했다. 하지만 여전히 많은 이들이 그를 두려워했다. 걸핏하면 고함을 쳐댔고, 전설적인 해군 장성 출신의 NSA 국장인 찰스 오코너에게까지 당장 꺼지라고 소리를 쳤다. 국장이 그가 한 일에 대해 한마디 덧붙이려 할 때였다.

"그러잖아도 바빠서 머리가 터지실 텐데 당신 일이나 신경쓰시라고!"

다른 사람들과 마찬가지로 찰스 오코너 역시 이런 그를 가만히 놔둘 수밖에 없었다. 에드가 소리지르며 소동을 벌일 때는 다 이유가 있다는 걸 잘 알았기 때문이다. 그는 보안 수칙을 제대로 지키지 않거나, 확실히 알지도 못하는 일에 왈가왈부하는 사람이 있으면 가만히 있지 않았다. 하지만 NSA의 다른 업무에는 전혀 관여하지 않았다. 원하면 얼마든지 가장 은밀한 정보들을 들여다볼 수 있었고, 몇 년 전부터 NSA가 여론의 폭풍에 휘말려온 상황에도 그는 아무런 관심을 보이지 않았다. 좌파 우파 할 것 없이 NSA를 사회의 악, 혹은 조지 오웰의 빅 브라더로 여기고 있었다. 하지만 에드는 이 기관이 무슨 짓을 하든 상관없었다. 그에겐 오직 NSA의 보안 시스템이 완벽하게 작동해 누구에게도 해킹당하지 않는 일이 중요했다. 아직 독신이었던 에드는 거의 사무실에서 살다시피 했다.

몇 번 신뢰도 조사의 대상이 되기는 했지만, 믿을 만한 사람이었다. 최근에 술을 진탕 마시고 감상적인 기분에 빠져 자신의 지난 삶에 대해 지껄인 일 말고는 책잡을 만한 게 발견되지 않았다. 잔뜩 취했을 때조차 자신이 하는 일에 있어서만큼은 한 마디도 흘리지 않았다. 외부 세계와 마주하면 무덤처럼 입을 굳게 다물었다. 만일 집요하게 캐묻는 사람이 있으면 미리 준비해둔 거짓말을 늘어놓았다. 인터넷이나 다른 데이터베이스에서 확인할 수 있는 이야기들이었다.

한 계단씩 직급을 밟아 마침내 NSA의 최고 보안책임자에 오른 것도 결코 우연이 아니었다. 계략이나 어떤 움직임 같은 건 없었다. 이후 에드가 이끄는 팀은 '내부고발자가 튀어나와 우리가 스스로를 엿먹이는 일이 없도록' 모든 시스템을 재정비했다. 그리고 무수한 불면의 밤을 보낸 끝에 '넘을 수 없는 벽' 혹은 '작고 사나운 블러드하운드*'라는 이름의 보안 시스템을 만들어냈다.

"이제 우리 허가 없이는 누구도 들어올 수 없고, 무엇도 뒤질 수 없게 됐어!" 에드는 자랑스럽게 말했다.

적어도 11월의 그 빌어먹을 아침까지는 그랬다. 하늘이 맑게 갠 화창한 날이었다. 메릴랜드의 아름다운 풍경 안에서는 당시 유럽을 휩쓸고 있던 끔찍한 폭풍우를 떠올리기 힘들었다. 다들 가벼운 셔츠와 재킷 차림이었다. 세월이 흐르면서 살집이 많이 오른 에드는 특유의 어기적거리는 걸음으로 커피머신에 다가갔다. 이제 꽤 높은 자리에 올랐지만 여전히 번거로운 복장 규정 따위는 무시했다. 청바지에 빨간 체크무늬 셔츠 차림이었고, 셔츠 아랫자락이 바지 허리 밖으로 빠져나와 있었다. 그는 컴퓨터 앞에 털썩 앉으며 크게 한숨을 내쉬었다. 컨디션이 좋지 않았다. 등과 오른쪽 무릎이 쑤시는 와중에 속으로는 동료 알로나 카살레스에게 욕을 퍼부었다. FBI 출신에 거침없고 매력적인 레즈비언인 그녀가 이틀 전 그에게 조깅을 좀 하라고 권유했기 때문이다. 아마 순전히 사디즘이 발동해 나온 말이리라.

다행히 지금 시급히 처리해야 할 일은 없었다. IT 대기업들과의 협력 프로그램인 COST 담당자들에게 몇 가지 사항을 전달하기 위해 메시지 하나만 쓰면 됐다. 하지만 그는 메시지를 끝맺을 수 없었다. 특유의 까칠한 말투로 몇 줄을 적었을 때였다.

> 여러분 가운데 어느 한 사람도 바보 같았던 그 옛날로 돌아가지 않고, 모두가 치밀하고 훌륭한 사이버 요원으로 계속 일해주기를 바라는 마음입니다. 내가 지적하고 싶은 바는……

갑자기 경보 신호가 떠 그는 움직임을 멈췄다. 하지만 별로 불안

---

* 대형 사냥개. 후각이 뛰어나 사냥견이나 경찰견으로 쓰인다.

해하지 않았다. 그가 만든 경보 시스템은 굉장히 민감해서 정보 흐름 가운데 아주 미세한 편차만 보여도 반응하기 일쑤였기 때문이다. 그는 대수롭지 않은 문제라고 생각했다. 누군가가 권한 밖의 내용을 보려고 시도하는 것일 수도 있다. 한마디로 사소한 혼선일 뿐이다.

그런데 이를 확인해볼 시간이 없었다. 곧바로 도저히 알 수 없는 일이 벌어졌기 때문이다. 그는 몇 초간 자신의 눈을 의심했다. 그저 자리에 앉은 채 화면을 바라볼 수밖에 없었다. 하지만 이내 실제 상황이라는 걸 확실히 파악했다. 어쨌든 그의 대뇌에서 아직 이성에 반응하는 부분만큼은 그걸 알아차렸다. NSA의 내부 네트워크인 NSAnet에 RAT가 침입해 들어온 상황이었다. 다른 곳에서 이런 일이 일어났다면 "이 자식들, 박살을 내주겠어!"라고 한마디 내뱉고 말았으리라. 하지만 여기가 어디인가? 털끝만한 취약점까지 잡아내기 위해 그가 이끄는 팀이 지난 한 해 무려 7011번이나 테스트했던 가장 폐쇄적이고도 철저히 통제되는 시스템 내부였다. 이런 일은 있을 수 없었다. 불가능한 일이었다.

에드는 자신도 모르게 눈을 질끈 감았다. 눈을 감고 있는 동안 모든 게 정상으로 돌아올 수 있기를 바라기라도 하는 듯. 그러다 다시 화면을 들여다보니 조금 전 쓰기 시작했던 문장이 완성되어 있었다.

…… 여러분이 그 모든 불법적인 활동을 중단해야 한다는 점입니다. 아주 간단한 일입니다. 국민을 감시하는 자는 결국 국민에게 감시받게 되어 있습니다. 이게 바로 민주주의의 기본 논리 아닐까요?

"빌어먹을! 젠장!" 그는 욕설을 내뱉었다. 적어도 정신을 차리고 있다는 증거였다. 그런데 이내 몇 문장이 더 이어졌다.

에드, 너무 허둥대지 마. 차라리 밖에 나가서 산책이라도 하고 오지. 난 루트*야.

에드는 고함을 내질렀다. '루트'라는 말에 그의 모든 게 무너져내렸다. 시스템의 가장 은밀한 부분들이 번개 같은 속도로 눈앞을 스쳐 지나가는 몇 초 사이, 그는 정말 심장마비가 올 것만 같았다. 사람들이 주위로 몰려드는 것도 의식하지 못했다.

한나 발데르는 장을 봤어야 했다. 냉장고에는 맥주가 한 병도 남아 있지 않았고 먹을 것도 별로 없었다. 언제든 라세가 집으로 돌아올 수 있는 상황이었다. 집구석에 맥주 한 병 없다는 걸 알게 되면 기분 나빠 할 게 분명했다. 하지만 날씨가 고약해 나갈 엄두가 나지 않아 장보기를 미뤘다. 대신 주방에 앉아 휴대전화를 만지작거리며 담배를 피웠다. 자신의 피부에도, 그리고 다른 모든 것에도 좋지 않다는 걸 뻔히 알면서.

새로운 이름이 눈에 띄기를 기대하며 한나는 연락처들을 두어 번 훑어보았다. 물론 새로운 건 찾을 수 없었다. 뻔한 이름들만 줄줄이 보일 뿐이었다. 그녀를 지겨워하는 사람들 말이다. 결국 그녀는 그러지 말아야 한다는 걸 알면서도 미아의 전화번호를 눌렀다. 미아는 그녀의 매니저였다. 한때 가장 친한 친구였던 그들은 함께 세상을 정복할 날을 꿈꿨다. 이제 미아에게 한나는 죄책감을 느끼게 하는 불편한 존재일 뿐이었다. 지난 몇 년간 속 보이는 변명을 얼마나 많이 들었는지 이제는 기억도 나지 않는다. "맞아, 여배우가 나이드는 일을 받아들이기 쉬운 건 아니지." 그녀는 이 모든 위선을 견딜 수 없었다. 왜 솔직하게 말하지 못하는 걸까? '한나, 너 지금 너무 지쳐 보여. 대중은 더이상 널 좋아하지 않아'라고.

* 컴퓨터나 시스템의 모든 부분에 접근할 수 있는 권한, 혹은 그 권한을 지닌 사용자.

예상대로 미아는 전화를 받지 않았다. 차라리 그게 나을지도 몰랐다. 말을 섞어봤자 누구에게도 좋을 게 없었다. 한나는 자신도 모르게 아우구스트가 썼던 방으로 눈길을 돌렸다. 그 방을 볼 때마다 휑한 감정과 함께 인생에서 가장 중요한 걸 놓쳤다는 생각, 다시 말해 엄마의 의무를 다하지 못했다는 생각에 가슴이 저며왔다. 하지만 아이러니하게도 그러고 있자니 조금 힘이 나기도 했다. 왜곡된 감정이었지만 자기연민에 빠져 있다보니 오히려 위안이 되면서 힘이 솟았다. 어쨌든 그녀가 맥주를 사러 나갔다 와야 하나 생각하는 사이 전화벨이 울렸다.

프란스 발데르였다. 그녀의 얼굴이 더욱 찌푸려졌다. 하루종일 그에게 전화를 걸어볼 생각을 했지만 차마 그러지 못하고 있었다. 아우구스트를 다시 데려오고 싶었다. 못 견디게 아들이 그리운 것도, 아이가 살기에 이 집이 더 낫다고 생각한 것도 아니었다. 그저 최악의 상황을 피하기 위해서였다. 단지 그뿐이었다.

라세는 다시 양육비를 받기 위해 아이를 데려오려 했다. 만일 라세가 살트셰바덴에 찾아가 권리를 주장하고 나선다면 무슨 일이 벌어질지 알 수 없다. 아마 강제로 아이를 집밖으로 끌어내 겁을 주고, 프란스에게는 흠씬 주먹 찜질을 해줄 것이다. 한나는 반드시 프란스가 사태의 심각성을 알아야 한다고 생각했다. 그래서 전화를 받아 이 상황을 설명해야겠다 싶었다. 하지만 결국은 한마디도 꺼낼 수 없었다. 프란스가 잔뜩 흥분한 채 이상한 소리를 떠들어댔기 때문이다. '아주 굉장하고도 어마어마한 소식'이 있다면서.

"미안해, 프란스. 대체 무슨 얘긴지 모르겠어. 뭐라고?"

"아우구스트는 서번트*야! 천재라고!"

"자기, 미쳤어?"

---

* 발달장애인 가운데 기억, 암산, 미술 등의 특정 분야에 천재성을 보이는 현상.

"천만에. 이제야 제정신이 든 기분이야. 한나, 이리로 와줘. 그래, 지금 당장! 직접 보지 않고는 절대 알 수 없을 거야. 내가 택시비 낼게. 장담하는데, 놀라서 펄쩍 뛰게 될 거야. 어쨌든 아우구스트한테 사신기억력이 있는 게 분명해. 원근법 원리도 스스로 깨우친 모양이야. 한나, 이건 굉장히 아름답고도 아주 정확해! 빛이 난다고! 마치 다른 세상에서 온 것처럼!"

"뭐가 빛이 나는 건데?"

"아우구스트가 그린 신호등. 내가 말하지 않았나? 며칠 전 밤에 어떤 신호등 앞을 함께 지나갔어. 그런데 아이가 그걸 완벽하게 그려냈다고. 아니, 완벽 그 이상이야……"

"완벽 그 이상?"

"어떻게 말해야 할까? 한나, 아우구스트가 단순히 베끼기만 한 게 아니야. 아주 정확하게 포착한데다 뭔가를 더하기까지 했어. 예술적 차원에 있는 뭔가를. 그림이 기이한 빛을 내면서, 아이러니하게 수학적 요소를 담고 있어. 아이가 축측투영법*을 안다고 해야 할까?"

"축측……?"

"그건 별로 중요하지 않아! 어서 와서 이걸 봐야 한다니까!"

그가 되풀이하는 말에 한나는 상황을 조금씩 이해했다.

아우구스트가 갑자기 거장처럼 그림을 그리기 시작했다. 그녀가 프란스에게 듣기로는 그랬다. 만일 사실이라면 그야말로 환상적인 일이다. 하지만 그녀는 조금도 즐겁지 않았고, 처음에는 자신이 왜 그런지 이해할 수 없었다. 그런데 이내 그 이유를 알게 되었다. 그 일이 프란스의 집에서 일어났기 때문이다. 자신과 라세와 함께 살 때는 아이에게 아무런 일도 일어나지 않았다. 그저 퍼즐과 큐브를 늘어놓고 말없이 몇 시간씩 앉아 있을 뿐이었다. 그러다 발작이 찾아오면

---

* 물체를 평면 위에 입체적으로 표현하는 도법.

날카롭고도 고통스러운 비명을 질러대며 그 작은 몸을 앞뒤로 쿵쿵 내던졌다. 그런데 프란스의 집에 간 지 몇 주 만에 갑자기 천재성을 드러냈다고 하다니.

한나는 정말이지 너무하다고 생각했다. 물론 아이를 생각하면 기쁜 일이지만, 그래도 마음 한쪽이 아팠다. 그녀에게 더 고통스러운 건, 이런 소식을 듣고도 자신이 별로 놀라지 않았다는 사실이다. 경악하지도, 고개를 절레절레 흔들며 '이건 말도 안 돼'라고 중얼거리지도 않았다. 오히려 자신도 예전부터 이런 일을 어렴풋이 짐작했다는 생각까지 들었다. 아이가 신호등을 완벽하게 그려낼 것까지는 예감하지 못했지만, 숨겨진 재능이 있을지도 모른다는 생각은 이따금 들었다.

아이의 눈을 보면 느낄 수 있었다. 가끔씩 흥분한 상태로 주변의 작고 미세한 부분들까지 빠짐없이 머릿속에 입력하는 것처럼 보이던 그 눈빛에서 말이다. 학교에서 선생님들이 말할 때, 그녀가 사다 준 수학 책들을 잔뜩 들떠서 넘겨댈 때, 특히나 아이가 숫자들을 쓸 때면 그런 눈빛을 느낄 수 있었다. 그녀가 보기에 그 숫자들만큼 이상한 건 없었다. 아이는 몇 시간이고 앉아서 믿기 힘들 정도로 큰 수들을 끝없이 써내려갔다. 그녀는 그 수들을 이해해보려고, 아니 요점만이라도 파악해보려고 애썼지만 아무것도 알아낼 수 없었다. 그리고 지금 그녀는 자신이 중요한 무언가를 놓쳤던 건 아닌지, 그런 생각에 휩싸였다. 아들의 머릿속에서 무슨 일이 일어나는지 알아채기에는 너무나 불행하고 이기적인 엄마였던 걸까?

"잘 모르겠어."

"모르겠다니, 뭘?" 프란스가 화를 내며 되물었다.

"거기 갈 수 있을지 모르겠다고."

그녀가 미처 다 대답하기도 전에 현관에서 떠들썩한 소리가 들렸다. 라세가 술친구 로에르 빈테르와 함께 들어왔고, 화들짝 놀란 그녀는 프란스에게 미안하다며 전화를 끊어야겠다고 했다. 이미 수없이 그랬듯이 이번에도 스스로를 '나쁜 엄마'라고 생각하면서.

체스판 무늬 타일이 깔린 침실에서 프란스는 휴대전화를 들고 서서 욕을 내뱉었다. 그가 이 타일을 선택한 건 수학적 질서를 좋아하는 자신의 취향에 맞을 뿐 아니라, 침대 양쪽에 있는 옷장 거울에 흑백 사각형이 비치면서 끝없이 뻗어나가는 모습 때문이었다. 가끔은 이 무한한 증식이 팽창하는 수수께끼처럼 보이기도 했다. 뉴런에서 생각과 꿈이 피어나고, 이진법 코드에서 컴퓨터 프로그램이 탄생하듯, 단순한 도식에서 솟아나 자체의 생명력을 지닌 무언가처럼 말이다. 하지만 지금 그는 전혀 다른 상념에 빠져 있다.

"아우구스트, 대체 네 엄마한테 무슨 일이 일어난 걸까?"

바닥에 앉아 치즈와 피클을 넣은 샌드위치를 우물거리던 아우구스트가 눈을 들어 그를 유심히 쳐다보았다. 프란스는 아이가 입을 열어 어른스럽고 현명한 말을 할지도 모른다는 묘한 기분에 사로잡혔다. 하지만 말도 안 되는 기대였다. 아우구스트는 이곳에 와서도 말을 하는 법이 없었고, 내팽개쳐지고 시들어버린 엄마에 대해서도 아는 것이 없었다. 그러던 와중에 이 그림들이 프란스에게 엉뚱한 희망을 품게 했다.

이 그림들—이제 모두 세 장이었다—은 아이의 예술적, 수학적 재능을 증명할 뿐 아니라, 어떤 지혜를 드러내고 있다는 느낌마저 들게 했다. 그림들이 표현하는 기하학적 정확성이 굉장히 성숙하고 복합적이었기 때문에, 프란스는 자폐아 아우구스트의 이미지와 좀처럼 연결할 수 없었다. 아니, 그러고 싶지 않았다고 해야 옳다. 사실 오래전부터 그는 자신의 이런 감정이 무엇을 의미하는지 알았다. 그 시절의 사람들처럼 영화 〈레인 맨〉을 봤기 때문만은 아니었다.

자폐아의 아버지로서 그는 일찍부터 서번트 증후군에 관심이 있었다. 이 증후군이 있는 사람들은 심각한 인지적 결함을 지녔지만, 특정 영역에서는 놀라운 기억력이나 극도로 세밀한 관찰력 같은 예외적 능력을 보인다고 알려졌다. 프란스는 일종의 보상으로 아이에게 그런 진단이 내려지기를 많은 부모가 바랄 거라고 짐작했지만, 실제 현실을 보면 그럴 공산이 크지 않다.

일반적인 추산에 따르면, 자폐아 열 명 중 한 명만이 서번트 증후군에 속한다. 그리고 영화 〈레인 맨〉의 주인공처럼 굉장한 재능을 보이는 건 극히 일부다. 그중에는 수백 년—극단적인 경우에는 4만 년—가운데 특정한 날의 요일을 알아맞히는 이들도 있다고 한다.

버스 시간표나 전화번호부 같은 한정된 영역에서 백과사전식 지식을 보유한 사람들도 있었다. 아주 큰 수를 암산하거나, 자신들이 살아온 과거의 날씨를 전부 기억하거나, 시계를 보지 않고도 현재 시간을 초 단위까지 정확히 말하는 이들도 있었다. 이렇듯 다양하고 기이한 재능들이 존재했다. 그리고 프란스가 알기로 이런 능력을 지닌 사람들을 보통 서번트라고 불렀다. 즉 특정 영역에서 보이는 뛰어난 능력이 전반적으로 지닌 장애와 큰 대조를 이루는 사람들이었다.

이보다 희귀한 범주도 있었는데, 프란스는 바로 자신의 아들이 거기 속한다고 믿고 싶었다. 이른바 '천재 서번트'라 불리는 그들은 어떤 기준으로 보나 경이롭다고 할 재능을 지녔다. 심장마비로 사망한 킴 피크[*]가 그러했다. 그는 혼자 옷을 입지도 못하는 중증 발달장애인이었다. 하지만 1만 2천 권에 달하는 책의 내용을 정확히 기억했으며, 그 어떤 질문에도 즉각 답변했다. 그야말로 걸어다니는 데이터베이스라 할 수 있었던 그의 별명은 '킴퓨터'였다.

레슬리 렘키[**]라는 음악가도 있다. 발달장애와 시각장애가 있는 그

---

* Kim Peek(1951~2009). 영화 〈레인 맨〉의 모티프가 된 인물.

** Leslie Lemke(1952~). 천재 서번트 음악가.

는 어느 날 밤에 갑자기 일어나 피아노 앞에 앉아 연주를 했다. 그때 나이 열네 살이었다. TV에서 딱 한 번 들었을 뿐 전혀 쳐본 적 없던 차이콥스키의 피아노 협주곡 제1번이었다.

스티븐 윌트셔*도 빼놓을 수 없다. 이 영국의 자폐아는 여섯 살 때 처음으로 '종이'라는 단어를 말했을 정도로 극단적인 내향성을 보였다. 그런데 일곱 살이던 어느 날, 늘어선 건물들을 한 번만 보고는 아주 세세한 부분들까지 완벽하게 그려내기 시작했다. 하루는 헬리콥터를 타고 런던 상공을 비행하며 집과 길들을 내려다본 일이 있었는데, 헬기에서 내린 후 도시의 전경을 충격적일 정도로 정확하게 그려냈다. 대상을 똑같이 베끼기만 한 게 아니었다. 굉장한 독창성이 번득이는 작품을 그려냄으로써 그는 위대한 예술가로 여겨지기 시작했다. 이들 천재 서번트는 모두 아우구스트처럼 남자였다.

여성 서번트는 여섯 명에 한 명꼴이라고 한다. 이런 현상은 자폐증의 원인 중 하나로 알려진 양수 속 높은 테스토스테론 수치와 관련이 있을 터였다. 테스토스테론 수치가 지나치게 높을 경우 태아의 대뇌 조직이 손상될 수 있다. 이때 대부분 우뇌에 비해 발달이 느리고 약한 좌뇌가 공격을 받게 된다. 그래서 서번트 증후군은 좌뇌의 손상에 대한 우뇌의 보상으로 발생한다고 알려져 있다.

그리고 양쪽 뇌의 기능—좌뇌는 추상적으로 사고하고 전체적인 맥락을 파악하는 기능을 담당한다—이 다르기 때문에 아주 특이한 결과가 나오게 된다. 즉 완전히 새로운 종류의 시각이 형성되면서 세부를 포착하는 집중력이 생겨난다. 프란스가 제대로 이해했다면, 자신과 아우구스트가 신호등을 바라본 방식은 전혀 달랐을 것이다. 아이의 집중력이 훨씬 뛰어났기 때문만은 아니다. 프란스의 대뇌는, 두 사람의 안전과 신호등이 보내는 '보행 혹은 멈춤' 메시지를 핵심적인

* Stephen Wiltshire(1974~). 주로 건축물을 그리는 천재 서번트 화가.

요소라고 판단하고, 거기에 집중하기 위해 다른 중요하지 않은 것들을 걸러냈다. 그리고 수많은 다른 요소, 특히 파라 샤리프를 생각하느라 그의 시선은 더욱 흐렸을 터였다. 그에게 그 건널목이 추억들과 희망들이 뒤섞인 장소였다면, 아우구스트에게는 그저 존재하는 모습 그대로 보일 뿐이었다.

이렇게 아이는 그 건널목과 거기서 마주쳤던 남자를 아주 세밀하게 관찰했다. 그런 다음 그 이미지를 기억 속에 마치 판화처럼 보관하다가 몇 주가 지나서야 드러내고 싶은 욕구를 느낀 모양이었다. 더욱 기묘한 건 아이가 단지 신호등과 남자를 완벽하게 재현하는 데 그치지 않고, 어딘지 모르게 불안한 분위기까지 더해 그려냈다는 사실이다. 프란스는 아우구스트가 자신에게 뭔가를 말하고 싶어한다는 생각을 떨칠 수 없었다. 그리고 그 말은 단지 '아빠, 내가 이런 걸 할 수 있던 말이야!'가 아니었다. 이미 수없이 들여다보았지만 그는 다시 한번 아이의 그림들을 주의깊게 살폈다. 그 순간, 커다란 바늘에 심장이 꿰뚫리는 듯한 느낌이 엄습했다.

프란스는 강한 불안감에 사로잡혔다. 이유는 그 자신도 알 수 없었다. 하지만 그림 속 남자에게는 뭔가가 있었다. 그의 눈빛은 맑고도 차가웠다. 꽉 다문 입술은 기묘할 정도로 얇아서 거의 보이지 않을 정도였다. 그렇다고 해서 흉한 외모는 아니었다. 하지만 보면 볼수록 왠지 모르게 무서웠다. 마치 불길한 예감처럼 어떤 섬뜩한 공포가 프란스를 사로잡았다.

"사랑해, 우리 아들."

그는 자신도 모르게 중얼거렸다. 그리고 두어 번 더 되풀이해봤다. 그는 입안의 말들이 너무도 어색하게 느껴졌다.

지금껏 한 번도 아들에게 이런 말을 해본 적이 없다는 사실이 떠오르면서 가슴이 아려왔다. 그리고 이내 자신의 이런 모습이 몹시 비열하게 느껴졌다. 아이가 이렇게 특별한 재능을 보여야만 사랑을 느낄 수 있는 아빠란 말인가?

평생 결과만 추구하며 살아온 그로서는 놀랄 일도 아니었다. 혁신적이거나 천재성과 관련된 일들 외에 프란스는 그 무엇에도 관심을 보이지 않았고, 스웨덴을 떠나 실리콘밸리로 가서는 아우구스트를 거의 생각해본 적도 없었다. 그곳에서 혁명을 이어나가던 그에게 아이는 난처하고 짜증나는 존재였을 뿐이다.

하지만 이제 모든 게 변할 것이다. 그동안 해온 연구들과 지난 몇 달간 자신을 괴롭힌 일들을 모두 내려놓고 오직 아이에게만 전념할 작정이다.

이제 그는 새로운 사람이 될 것이다.

5장

11월 20일

가브리엘라 그라네가 어떻게 세포, 즉 스웨덴 안보경찰 같은 곳에서 일하게 되었는지는 그녀 자신을 포함해 누구도 이해할 수 없었다. 주변 사람들은 모두 그녀의 미래가 눈부실 거라고 예상했다. 그리고 부유한 동네 유르스홀름의 옛 친구들은 걱정했다. 서른세 살이 될 때까지 유명인도 부자도 되지 못하고, 괜찮은 남편감, 아니 그 어떤 남편감도 만나지 못한 채 그렇게 살 수 있느냐고.

"가브리엘라, 대체 어쩌다 이렇게 됐어? 평생 경찰 일이나 하면서 살 거야?"

웬만하면 그녀는 이런 말들을 반박하고 싶지 않았다. 자신은 경찰이 아니라 특별히 채용된 분석관이며, 외무부에서 일했을 때나 여름마다 〈스벤스카 다그블라데트〉에 논설을 게재할 때보다 지금 훨씬 더 전문적인 글을 쓰고 있다는 걸 그들에게 굳이 강조하고 싶지도 않았다. 게다가 대개는 이런 말을 할 기회조차 주어지지 않았다. 그러니 남들이 자신의 사회적 위치에 대해 이러쿵저러쿵하는 소리들은 그저 입다물고 모른 척해버리는 게 상책이었다. 그리고 돈 많은 친구들과 지식인 친구들 눈에는 세포에 다니는 삶이 완전한 실패로 보인다는 사실을 그냥 받아들이는 편이 나았다.

그들이 보기에 세포는 공공연하게 인종주의를 드러내며 쿠르드인과 아랍인을 추적하고, 심각한 범죄를 저지른 소련 간첩 늙은이를 보호하기 위해 인권을 침해하는 일을 서슴지 않는 우익 조직일 뿐이었다. 물론 그녀도 때로는 지인들의 이런 의견에 공감했다. 세포에는 자격 없는 사람들과 유해한 가치들이 존재했다. 살라첸코 사건이 지울 수 없는 얼룩을 남긴 것도 사실이다. 하지만 세포를 그것만으로 환원할 수는 없었다. 그곳에서도 흥미롭고 중요한 일들이 이뤄지고 있고, 특히 살라첸코 사건 이후 정화 작업을 벌이고서는 더욱 그랬다. 심지어 그녀는 가장 흥미로운 일들이 벌어지는 곳이 세포라는 생각을 종종 하기도 했다. 어쨌든 급변하는 세상사를 보다 정확히 포착해낼 수 있는 곳은 사설면이나 대학교 강의실이 아닌, 바로 세포가 아닌가? 물론 그런 와중에도 '내가 어떻게 여기에 들어왔고, 왜 계속 남아 있는 걸까?'라는 의문이 이따금 떠오르는 건 그녀도 어쩔 수 없었다.

아마도 아첨하듯 달콤한 말에 넘어간 탓이리라. 어느 날, 세포 신임 국장 헬레나 크라프트가 직접 그녀에게 연락해왔다. 최근 몇 차례 겪었던 스캔들과 그후에 쏟아진 비판 여론을 감안해 이제는 세포도 인력을 혁신할 필요가 있다는 얘기였다.

"우리는 좀더 영국인들처럼 생각해야 해요. 대학에서 제대로 공부한 인재들에게 눈을 돌려야 하는데, 솔직히 가브리엘라, 당신만한 인재를 찾기가 힘들잖아요." 더이상의 말은 필요 없었다.

가브리엘라는 첩보 활동 분석관으로 채용되었다가 나중에 산업보호부로 자리를 옮겼다. 젊은 여성이라는 점에서 세포의 전형적인 프로필에 부합한다고 할 수는 없었지만, 다른 요건은 완벽했다. 이따금 그녀를 '집에서 귀여움만 받고 자란 여자' '잘난 체하는 금수저 공주님'으로 취급하는 이들 때문에 불필요한 마찰도 많았다. 하지만 그녀는 최고의 자격을 갖춘 신입 요원이었다. 일 처리가 신속하고 이해력이 뛰어났으며, 상식에 얽매이지 않는데다 러시아어도 할 줄 알았다.

그녀는 스톡홀름 경제대학교에서 전공과 병행해 러시아어를 배웠다. 우수한 학생이었지만 공부에 큰 흥미를 느끼지는 못했다. 비즈니스 세계보다 더 큰 무대를 꿈꿨던 그녀는 졸업 후 외무부에 지원했다. 물론 거뜬히 합격했지만 그곳에서도 별다른 자극을 느낄 수 없었다. 그녀가 보기에 외교관들은 굉장히 경직되고 관습적이었다. 그 무렵 헬레나 크라프트가 그녀를 찾았다. 그리하여 세포에 들어간 그녀는 지난 오 년간 차츰 능력을 인정받아왔다. 그 자리를 지키는 게 항상 쉽지만은 않았지만.

그날도 피곤했다. 단지 고약한 날씨 때문만은 아니었다. 부서장 랑나르 올로프손이 웃음기 없이 잔뜩 찌푸린 얼굴로 사무실에 들이닥치더니, 임무 수행중에 꼬리를 치고 다니지 말라면서 훈계를 늘어놓는 게 아닌가.

"꼬리를 치다니요?"

"누가 자네한테 꽃을 보내왔어!"

"그게 제 잘못인가요?"

"그래. 자네는 책임이 있는 사람이야. 현장에 나가면 품위 있고 올바른 모습을 보여줘야지. 우리는 이 나라에서 가장 높은 권위를 대표하는 사람들이라고!"

"정말 대단하네요! 부서장님과 함께 있으면 매일 새롭게 한 가지씩 배우게 되니까요. 오늘 또 배웠네요. 에릭손의 리서치팀장이 일상적인 예의와 유혹을 구분하지 못하는 게 제 잘못이라는 걸요! 단순한 미소를 성적 유혹으로 착각할 만큼 남자들이 환상에 빠져 있다면, 그것도 순전히 제 잘못이라는 걸 오늘에야 알았다고요!"

"바보 같은 소리 하지 마!"

랑나르는 이렇게 내뱉고 사라져버렸다.

가브리엘라는 조금 후회했다. 이런 식으로 폭발해서 결과가 좋았던 적이 별로 없었기 때문이다. 그러나 한편으로는 이런 엿 같은 소리를 너무나 오래 들어온 것도 사실이었다. 이제 더는 가만히 있지 않기로 했다.

그녀는 재빨리 책상을 정리하고, 바빠서 읽지 못했던 보고서 하나를 꺼내들었다. 유럽 소프트웨어 기업들을 겨냥하는 러시아 산업스파이에 관해 GCHQ*가 작성한 자료였다. 그때 전화벨이 울렸다. 헬레나 국장의 목소리를 들은 그녀는 기분이 좋아졌다. 이제까지 헬레나가 그녀에게 전화해 불평하거나 화낸 적은 없었다. 오히려 그 반대였다.

"본론부터 말할게." 헬레나가 대뜸 말했다. "방금 미국에서 전화를 받았는데, 꽤 긴급한 모양이야. 시스코 아이피폰으로 전화 좀 받아보겠어? 보안 처리된 라인을 하나 열어놨어."

"네, 그럴게요."

"좋아. 통화해보고 믿을 만한 정보인지 분석해서 보고해줘. 심각해 보이기는 하는데 좀 이상해. 전화한 여자가 자네를 안다고 하더군."

"네, 바꿔주세요."

전화를 건 사람은 NSA의 알로나 카살레스였다. 서로 구면인 게 사실이지만, 가브리엘라는 정말 그녀가 맞는지 의심이 들 정도였다. 둘은 지난번 워싱턴 D.C.에서 열렸던 한 콘퍼런스에서 만났다. 그때 알로나는 해킹을 '적극적인 전자 신호 수집'이라고 우회적으로 표현하면서, 자신감과 카리스마가 넘치는 강연을 펼쳤다. 콘퍼런스가 끝난 후에는 나가서 함께 술을 마셨고, 가브리엘라는 자신도 모르게 그녀

* 전자 정보를 다루는 영국 정보통신본부.

에게 빠져드는 걸 느꼈다. 가느다란 시가를 피우던 알로나의 나직하고도 관능적인 목소리가 그녀의 재치 넘치는 농담들이며 성적인 은유들과 썩 잘 어울렸다. 하지만 이날 수화기에서 들려오는 목소리는 큰 혼란에 빠져 있었고, 이따금 맥락을 놓치기도 했다.

알로나는 쉽게 흥분하는 사람이 아니었다. 대화할 때 집중력을 잃는 법이 거의 없었다. 올해 마흔여덟 살인 그녀는 키가 크고 말투가 거침없기로 유명했다. 풍만한 가슴과 총명하게 빛나는 작은 눈을 가진 그녀 앞에 서면 누구나 주눅들지 않을 수 없었다. 그녀는 사람을 꿰뚫어보는 듯한 분위기를 풍겼고, 상관에게 지나치게 굽실거린다고 욕먹을 일도 전혀 없었다. 위아래 상관없이 직설을 날릴 수 있는 사람이었고, NSA를 방문한 법무부 장관도 예외는 아니었다. 이 때문에 에드는 그녀를 괜찮게 생각했다. 둘 다 지위나 서열에는 관심이 없었다. 그들에게는 오로지 실력만이 중요했다.

하지만 스웨덴 안보경찰의 총책임자와 통화할 때, 그녀는 평정심을 잃게 되었다. 헬레나 크라프트 때문이 아니었다. 그 순간, 그녀의 등뒤로 드넓게 펼쳐진 사무실에서 사건이 터진 것이다. 에드의 불같은 성격은 모두가 익히 알았다. 하지만 지금 일어나고 있는 일은 전혀 차원이 다르다는 걸 알 수 있었다.

에드는 마비된 사람 같았다. 알로나가 자리에 앉아 수화기에 대고 횡설수설 내뱉는 사이, 에드 주위로 사람들이 모여들었다. 몇몇은 자신들의 전화기를 꺼내들었고, 모두가 하나같이 분노 혹은 공포에 찬 얼굴이었다. 순간적으로 멍해진 그녀는 전화를 끊거나, 나중에 다시 통화하자는 얘기도 꺼내지 못했다. 그렇게 수화기를 든 채 결국 가브리엘라 그라네와 연결되어 있었다. 예전에 워싱턴에서 자신이 유혹하려 했던 젊고 매력적인 분석관 말이다. 유혹은 실패했지만 그때 알로나는 꽤 달콤한 기분으로 그녀와 헤어졌다.

"안녕, 자기?" 알로나가 인사했다. "그동안 잘 지냈어요?"

"네, 잘 지내요. 끔찍한 폭풍우가 계속되는 것 말고는 별일 없어요."

"지난번에는 아주 멋진 저녁이었어요, 그렇죠?"

"정말 좋았죠. 다음날 숙취로 하루종일 고생했지만. 그런데, 데이트 신청 하려고 전화한 건 아닐 텐데요?"

"불행히도 그게 아니라서 슬프네요. 어느 스웨덴 과학자를 겨냥한 위협 신호가 포착돼서 전화했어요. 심각한 단계고요."

"누구죠?"

"우리도 애써봤는데 정보를 정확히 해석하지 못했어요. 어떤 나라가 관련됐는지도 알아내지 못했고요. 사용된 암호들이 극히 모호해서 통신 내용을 해독하기가 거의 불가능해요. 그럭저럭 찾아낸 퍼즐 몇 개를 가지고…… 가지고…… 빌어먹을! 이게 대체 뭐야……!"

"네?"

"잠깐만요!"

알로나의 모니터가 깜빡거리더니 컴퓨터가 꺼져버렸다. 그 커다란 사무실 곳곳에서 똑같은 일이 벌어지고 있었다. 그녀는 순간적으로 어떻게 해야 할지 생각했다. 그리고 통화를 재개했다. 정전일지도 모르는 일이었다. 비록 형광등은 제대로 켜져 있었지만 말이다.

"나 계속 여기 있어요." 가브리엘라가 말했다.

"고마워요. 정말 미안해요. 갑자기 난리가 나서. 어디까지 얘기했었죠?"

"퍼즐 얘기요."

"그래요. 퍼즐을 하나씩 맞춰봤어요. 아무리 프로라도 언제든 실수할 수 있으니까. 그리고……"

"그리고?"

"…… 주소나 이름이나 다른 정보를 언급할 수도 있으니까요. 지금 이 경우는 어떤……"

알로나는 다시 말을 멈췄다. 백악관 고위급과 직접 연결된 NSA의 거물 조니 잉그럼 중령이 사무실에 들이닥친 것이다. 그는 저쪽에 앉아 있는 무리에게 농담까지 던지면서 평소처럼 쿨하고 침착한 모습을 보이려고 애썼지만 거기에 속아넘어가는 사람은 없었다. 매끈하고도 건강하게 그을린 얼굴—하와이 오아후에 있는 NSA 암호연구센터 책임자가 된 뒤로 그는 일 년 내내 그을려 있었다—이면에는 불안한 시선이 숨어 있었다. 그는 지금 모두가 주목해주기를 바라는 듯했다.

"여보세요? 아직 거기 있어요?" 가브리엘라가 물었다.

"미안하지만 끊어야겠어요. 나중에 다시 전화할게요."

알로나는 전화를 끊었다.

이제 그녀는 정말로 불안해졌다. 어떤 심각한 일이 이미 벌어진 것만 같은 분위기가 흘렀다. 또다른 테러 공격일지도 몰랐다. 조니 잉그럼은 다시 한번 사람들을 안심시키려는 제스처를 취했다. 비록 두 손이 불안하게 꿈틀거리고 이마와 인중에서는 땀이 송송 배어나왔지만, 전혀 심각한 일이 아니라고 재차 강조했다. 그 모든 보안 시스템을 갖추고 있었지만 어쩌다 내부 네트워크에 바이러스 하나가 들어왔을 뿐이라고 했다.

"그래도 만전을 기하기 위해 서버 전체를 폐쇄했습니다."

그 순간 모두가 진심으로 안도하는 기색을 보였다. '바이러스 하나쯤 들어왔다고 해서 세상이 끝나는 건 아니잖아'라고 말하는 표정들이었다. 하지만 중령이 애매하게 얘기를 늘어놓기 시작하자 알로나가 참지 못하고 외쳤다.

"정말로 무슨 일이 일어난 건지 확실히 얘기해줘요!"

"방금 일어난 일이라 아직 많은 걸 파악할 수는 없지만 해킹당했을 가능성이 있습니다. 더 파악되는 대로 돌아오죠."

근심 가득한 얼굴로 그가 대답하자 사무실이 술렁이기 시작했다.

"또 이란 놈들 짓인가요?" 누군가가 물었다.

"우리 생각으로는……"

중령은 채 말을 끝맺지 못했다. 애당초 그 자리에 서서 대체 무슨 일이 일어난 건지 설명했어야 할 당사자가 그제야 어마어마한 몸뚱이를 벌떡 일으키며 끼어들었기 때문이다. 마치 거대한 곰이 일어선 듯했다. 순간 그에게서 엄청난 위압감이 느껴졌다는 사실은 누구도 부인할 수 없었을 터였다. 일 분 전만 해도 충격으로 죽은 사람 같았다면, 지금 그는 온몸에서 맹렬한 결의를 내뿜고 있었다.

"아니야," 에드가 식식거리며 말했다. "해커야. 빌어먹을 슈퍼 해커! 내가 당장 잡아서 불알을 뽑아버리겠어!"

가브리엘라가 퇴근하려고 막 코트를 걸쳤을 때 알로나가 다시 전화를 걸어왔다. 가브리엘라는 약간 짜증이 났다. 아까 했던 혼란스러운 통화 때문이기도 했지만, 폭풍우가 더 심해지기 전에 서둘러 집으로 돌아가고 싶었다. 라디오 일기예보에 따르면 바람은 시속 100킬로미터가 넘고, 기온은 영하 10도로 떨어질 터였다. 그런데 그녀의 옷차림은 너무 가벼웠다.

"가브리엘라, 늦게 전화해서 미안해요." 알로나가 사과부터 했다. "오늘 아침에는 정말 정신이 없었어요. 정말 엉망이었어요."

"여기도 마찬가지예요."

가브리엘라가 손목시계를 힐끗 내려다보며 매너를 잃지 않고 대답했다.

"아까도 말했듯이 워낙 시급한 사안이라서요. 적어도 내 생각에는 그렇지만 정확히 판단하기가 쉽지 않아요. 어쨌든 우리 쪽에서 러시아 조직을 하나 찾아냈어요. 내가 아까 말했던가요?"

"아뇨."

"독일인과 미국인 몇 명, 그리고 스웨덴 사람도 한두 명 끼어 있을지 몰라요."

"어떤 종류의 조직이죠?"

"범죄자들이죠. 아주 세련된 범죄자들이라고 할까. 은행을 털거나 마약을 파는 게 아니라, 기업 기밀이나 비즈니스 정보를 훔치죠."

"블랙 해트black hat*군요."

"단순한 해커들이 아니에요. 공갈과 매수도 서슴지 않아요. 살인 같은 고전적인 수법을 쓸지도 모르고요. 솔직히 그들에 대해 아는 바가 별로 없어요. 암호 몇 개와 아직 확인되지 않은 링크들뿐이죠. 실명 몇 개를 확보했는데, 하청 일을 하는 젊은 컴퓨터 엔지니어들이에요. 이 조직은 아주 수준 높은 산업 기밀을 빼내고 있어요. 그래서 우리 데스크까지 올라온 거죠. 미국의 첨단 기술들이 러시아의 손으로 들어갈까 우려스러운 상황이에요."

"흠, 그렇군요."

"하지만 정체를 파악하기가 쉽지 않아요. 암호문을 워낙 완벽히 다뤄서, 죽도록 애써봤지만 여전히 조직 윗선에는 접근하지 못했어요. 리더가 '타노스'라 불린다는 정도만 알아냈죠."

"타노스요?"

"그리스신화에 나오는 죽음의 신 '타나토스'에서 파생한 이름이에요. 밤의 신 닉스의 아들이고, 잠의 신 히프노스의 쌍둥이 형제고요."

"연출 감각이 별로네요."

"좀 유치하죠. 타노스는 마블코믹스의 악당이에요. 헐크, 아이언맨, 캡틴 아메리카 따위가 나오는 만화 말이에요. 러시아적이지 않죠. 그보다는 차라리…… 뭐라고 표현해야 할까……"

"장난스럽고 건방지다?"

---

* 악의적인 의도로 컴퓨터나 네트워크를 망가뜨리는 해커.

"맞아요, 자기들 마음대로 우리를 가지고 노는 십대 무리 같아요. 그리고 바로 이 점이 마음에 걸려요. 솔직히 이 사안에 걱정스러운 점이 한두 가지가 아니죠. 통신 감청중에 어쩌면 이탈자가 하나 있을지도 모른다는 가능성을 발견하고는 한껏 고무됐었어요. 우리가 먼저 붙잡는다면 조직에 접근하게 해줄 수도 있을 테니까요. 그런데 좀 더 자세히 알아보니 우리가 상상한 것과는 전혀 달랐죠."

"어떻게요?"

"그 이탈자는 배신한 조직원이 아니라, 조직이 스파이를 심어놓은 기업에서 그만둔 보통 직원이었어요. 아마 어떤 결정적인 정보들을 발견하고 떠난 듯해요."

"계속해보세요."

"우리 추측으로는, 지금 이 사람이 심각한 위험에 처해 있어요. 그는 보호가 필요해요. 아주 최근까지만 해도 그를 어떻게 찾아내야 할지 전혀 감을 잡지 못했어요. 심지어는 어떤 기업에서 일했는지조차 몰랐죠. 그런데 며칠 전에 조직원 하나가 그에 대해 언급하면서 이렇게 말하더군요. '그놈이 와서 엿 같은 T들이 전부 박살났지.'"

"엿 같은 T들?"

"그래요, 이상한 말이죠. 암호 같기도 하고요. 하지만 특정할 수 있고 검색 가능한 단서라는 이점이 있어요. 물론 '엿 같은 T들'이란 말은 아무 단서도 될 수 없죠. 하지만 'T'는 기업체, 특히 하이테크놀로지 회사들과 관계가 있는데다 이르는 지점은 항상 같았어요. 바로 니컬러스 그랜트가 내세우는 슬로건 '관용Tolerance, 재능Talent, 투명성Transparency'이었죠."

"솔리폰 얘기군요."

"우린 그렇게 생각해요. 어쨌든 이제 좀 이야기가 맞춰진다는 생각이 들면서 최근 솔리폰을 그만둔 사람이 누가 있는지 알아봤죠. 처음에는 제자리걸음이었어요. 이직률이 아주 높은 회사니까요. 인재들이 계속 드나들어야 한다는 그들의 기본 철학이 반영된 결과겠죠. 그리고 'T'에 대해서도 곰곰이 생각해보았고요. 니컬러스 그랜트가 내건 그 슬로건이 무얼 뜻하는지 알아요?"

"잘 모르겠는데요."

"창의성을 높이기 위한 그만의 레시피라 할 수 있어요. '관용'은 색다른 아이디어나 색다른 사람들에게도 귀를 기울일 필요가 있다는 뜻이죠. 규범에서 벗어난 사람들, 그러니까 소수자들에게 열려 있을수록 새로운 생각들을 더 잘 받아들일 수 있다는 거죠. 리처드 플로리다가 말하는 '게이 지수'* 와도 비슷해요. 바로 나 같은 사람들에게 관용적인 곳은 개방성과 창의성도 높다는 얘기죠."

"지나치게 동질적이거나 폐쇄적인 조직은 발전할 수 없으니까요."

"맞아요. 그리고 '재능' 있는 인재들은 훌륭한 결과를 산출하는 데 그치지 않는다고 하더군요. 또다른 인재를 끌어오는 거죠. 그들이 매력적인 환경을 만들거든요. 그래서 그는 처음부터 각 분야에 적합한 전문가를 스카우트하는 대신, 그 바닥 천재들을 채용하려고 했어요. 인재들이 직접 나아갈 방향을 정해야 하지, 그 반대가 되어서는 안 된다고 생각했죠."

"그럼 '투명성'은 뭐죠?"

"인재들이 전적으로 투명한 환경에서 일할 수 있어야 한다는 뜻이에요. 복잡한 관료주의에 제동을 당하거나 비서를 통해 사람을 만나는 일이 있어선 안 되는 거죠. 아무 때나 자유롭게 사무실로 찾아가 의논할 수 있어야 하고요. 당신도 잘 알겠지만, 이렇게 해서 솔리폰은 엄청난 성공 신화를 만들어냈어요. 많은 분야에서 선구적인 업적을 이뤘죠. 우리끼리 얘기지만 NSA에서도 그들에게 도움을 요청하

---

* 미국 경제학자 리처드 플로리다는 동성애자가 많이 사는 도시일수록 사회적 포용력이 크고 다양성이 높다는 '게이 지수'를 제시했다.

는 일이 많아요. 어쨌든 그러던 어느 날 솔리폰에 천재 하나가 새로 들어왔죠. 당신네 스웨덴 사람인데, 그가 오면서……"

"…… 엿 같은 T들이 전부 박살났다?"

"맞아요."

"분명 프란스 발데르를 말하는 거군요."

"그래요. 아마 평상시에 그가 관용이나 투명성을 실천하는 데는 별 문제 없었을 거라고 생각해요. 하지만 처음부터 주위에 유독한 무언가를 퍼뜨린 모양이에요. 그 무엇도 공유하기를 거부했고, 얼마 안 가 우수 연구자들 사이의 좋은 분위기를 깨뜨려버렸죠. 특히 몇몇 이들을 도둑이나 표절자로 몰아세우기까지 했어요. 니컬러스 그랜트와도 번번이 충돌했고요. 하지만 그는 개인적인 일이라면서 우리에게 자세히 밝히기를 거부했죠. 그러고 나서 얼마 후에 프란스 발데르가 사표를 냈어요."

"나도 알고 있어요."

"많은 사람들이 그가 떠나서 기뻤을 거예요. 다시 숨쉴 만한 분위기가 되면서 직원들은 서로 신뢰를 회복하기 시작했죠. 뭐, 어느 정도는요. 하지만 니컬러스는 전혀 기분이 좋아지지 않았고, 그쪽 변호사들은 더 안 좋았어요. 프란스가 떠나면서 그동안 자신이 진행하던 프로젝트를 가지고 가버렸거든요. 그리고 모두가 그렇게 생각했어요. 솔리폰이 착수한 양자 컴퓨터 분야에서 혁명을 일으킬 만한 무언가를 프란스가 숨기고 있을 거라고요. 아무도 그 정보에 접근할 수 없었기 때문에 더욱 이런 소문이 걷잡을 수 없이 퍼지기도 했죠."

"법적으로 보면 그가 개발한 건 자신이 아닌 회사에 속하겠네요."

"그렇죠. 다른 직원들에게 도둑놈이니 뭐니 떠들어댔지만 실은 그 자신이 도둑인 셈이죠. 충분히 법정으로 갈 수 있는 문제예요. 그가 가진 정보들로 솔리폰의 변호인 군단을 벌벌 떨게 할 수 있다면 모를까. 지금 그는 그 정보들을 자신의 생명보험으로 여기고 있어요.

그게 맞을 수도 있지만 한편으로는……"

"그의 사망 선고장이 될 수도 있겠군요."

"그게 바로 내가 우려하는 바예요. 뭔가 심각한 일을 예고하는 강력한 조짐들이 보이고 있어요. 헬레나 국장 말로는 당신이 우리를 도와줄 수도 있다고 했어요."

가브리엘라는 바깥에서 휘몰아치는 폭풍우에 눈길을 한번 던졌다. 모든 걸 내던지고 집으로 돌아가고 싶은 마음이 간절했다. 하지만 외투를 벗고 아주 불편한 심정으로 다시 자리에 앉았다.

"그래서 뭐가 필요하죠?"

"프란스가 발견한 게 무엇일지 짐작 가는 구석이 있나요?"

"그러니까 당신들은 아직 그를 감청하거나 그의 시스템을 해킹하지도 못했다는 뜻인가요?"

"그 질문에는 대답하지 않겠어요. 하지만 어떻게 생각하죠?"

가브리엘라는 얼마 전 바로 이곳에서 보았던 프란스의 모습을 떠올렸다. 그는 그녀의 사무실 문턱에 선 채 '새로운 삶'을 꿈꾸고 있다고 중얼거렸다. 그 말이 무얼 의미하는지는 알 수 없었지만.

"아마 당신도 알겠지만," 가브리엘라가 말했다. "프란스가 솔리폰으로 가기 전에 한번 만난 적이 있어요. 자신이 연구한 내용을 스웨덴에서 도둑맞았다고 주장했거든요. FRA가 광범위하게 조사를 벌였는데, 큰 진전은 없었지만 덕분에 어느 정도 그의 말이 맞는다는 게 드러났어요. 그때 프란스를 처음 만났고, 그다지 좋은 인상을 받지는 못했어요. 마구 횡설수설하는데 무슨 말인지 모르겠더라고요. 정말이지 연구와 자기 자신 말고는 아무것도 모르는 사람이었어요. 저렇게 외골수에 꽉 막혔는데 성공한다 해도 무슨 소용이 있나 하는 생각까지 들더군요. 만일 그런 자세를 가져야만 국제적인 명성을 얻을 수 있는 거라면 사양하고 싶었어요. 꿈에서라도 그렇게 살고 싶지 않았죠. 하지만 그가 법정에서 받은 판결이 내게 영향을 줬을지도 몰라요."

"양육권 말인가요?"

"네, 당시 그는 자폐증이 있는 아들에 대한 양육권을 상실한 상태였어요. 아이에게 완전히 무관심했다는 게 판결 이유였죠. 아이 위로 책꽂이가 와르르 무너져내렸는데도 쳐다보지 않았대요. 그래서 솔리폰 사람들이 전부 등을 돌렸다는 얘기를 듣고도 놀라지 않았어요. 어쩌면 그에게는 잘된 판결이었을지 몰라요."

"그러고 나서는요?"

"그는 다시 스웨덴으로 돌아왔어요. 우리 내부에서는 어떤 방식으로든 그를 보호해야 하는 게 아닌지 논의를 했죠. 그래서 몇 주 전에 그를 다시 만났는데, 굉장히 달라진 모습으로 나타나서 깜짝 놀랐어요. 말끔히 면도를 하고 머리까지 다듬고서 체중도 줄었더군요. 무엇보다 사람이 상당히 부드러워졌어요. 혹은 자신감이 조금 줄었다고나 할까? 외골수 같은 구석이 완전히 사라졌더라고요. 앞으로 있을 소송 때문에 불안하냐고 물었더니 그가 뭐라고 대답했는지 알아요?"

"뭐라고 했죠?"

"빈정거리듯 말했어요. 모두가 법 앞에서 평등하기 때문에 조금도 불안하지 않다고요."

"그게 무슨 뜻이죠?"

"변호사 수임료만 치르면 누구나 평등하다는 얘기죠. 그가 있는 세계에서 법은 '자신 같은 사람을 줄줄이 꿰어서 꼬치를 만드는 칼'일 뿐이라고 하더군요. 실은 그도 불안해하고 있었어요. 품고 있기 버거운 것들을 알고 있으니까요. 그게 자신을 구해줄 수도 있겠지만."

"당신에게 아무것도 밝히지 않았나요?"

"유일한 비장의 카드를 잃고 싶지 않다고 하더군요. 일단 기다리면서 적이 어디까지 나가는지 한번 보고 싶다면서요. 하지만 그가 몹시 두려워한다는 걸 느낄 수 있었어요. 그러다 어느 순간에 자신을 해치려는 사람들이 있다고 분명히 말하더군요."

"어떤 식으로 해친다는 거죠?"

"물리적인 위협은 아니에요. 그의 말로는, 자신의 연구물과 명예를 노린다고 했어요. 하지만 난 확신할 수 없었죠. 위협이 거기서 그칠 거라고, 그가 정말 그렇게 믿고 있는 건지 말이에요. 그래서 큰 개를 한 마리 기르는 게 어떻겠느냐고 제안해봤어요. 교외에서 그것도 너무 큰 집에 혼자 사는 사람에게 아주 좋은 친구가 될 수 있겠다고 생각했거든요. 그런데 그가 거절했어요. 지금은 개를 기를 형편이 안 된다고 조금 퉁명스럽게 대답하더군요."

"당신이 보기에는 왜 그런 것 같았나요?"

"모르겠어요. 고민이 있는 듯했어요. 대신 새로 나온 고성능 경보장치를 집에 설치해주겠다는 제안에는 크게 반대하지 않더군요. 바로 얼마 전에 설치했고요."

"누가 했죠?"

"밀튼 시큐리티요. 우리가 자주 거래하는 보안회사예요."

"아주 좋아요. 하지만 그에게 안전한 장소를 마련해주는 게 더 좋을까요?"

"그렇게나 심각한 사안인가요?"

"네. 만전을 기해야 할 만큼 충분히 심각한 일일 거예요. 그렇게 생각하지 않나요?"

"좋아요." 가브리엘라가 대답했다. "그럼 공식 문건을 보내줄 수 있어요? 일단 상부에 보고해야 하니까요."

"한번 노력해보겠지만 당장은 힘들 수도 있어요. 지금 우리…… 전산 쪽에 큰 문제가 생겨서요."

"NSA 같은 기관에도 그런 문제가 벌어질 수 있나요?"

"절대로 그래서는 안 되죠. 자, 다시 연락할게요." 알로나는 전화를 끊었다.

가브리엘라는 몇 초간 꼼짝 않고 앉아서 점점 더 거세게 유리창을 때려대는 폭풍우를 바라다보았다. 그런 다음 블랙폰을 꺼내 프란스의 번호를 눌렀다. 받지 않아 여러 번 다시 걸었다. 즉시 안전한 장소로 거처를 옮겨야겠다고 알릴 생각도 있었지만, "요즘 새로운 삶을 꿈꾸고 있어요"라고 한 말이 무슨 뜻인지 한번 얘기를 나눠보고 싶었기 때문이다.

하지만 아무도 모르고 있고, 알게 된다 하더라도 선뜻 믿으려 하지 않을 사실이 한 가지 있었다. 지금 이 순간 프란스는 마치 다른 세계에서 온 듯 기이한 빛을 발하는 그 그림을 자기 아들에게 한 장 더 그리게 하느라 정신이 없을 뿐이었다.

6장
11월 20일

컴퓨터 화면에 글자가 깜빡였다.

임무 완료!

플레이그는 실성한 사람처럼 쉰 목소리를 내질렀다. 조금은 부주의한 행동이었다. 이웃들이 들었다면 대체 웬 괴성인지 상상하기 쉽지 않았으리라. 최고 수준의 국제안보기관을 겨냥해 맹공격을 펼치는 장소로 플레이그의 집은 전혀 어울리지 않았다.

오히려 사회보호대상자의 은신처라 할 법했다. 플레이그가 거주하는 순드뷔베리시 획클린타베겐은 오층짜리 벽돌 건물들이 늘어선 곳으로, 그렇게 잘사는 동네라고는 할 수 없었다. 그의 아파트 내부에서도 괜찮은 구석을 찾아보기 힘들었다. 문을 열면 매캐한 곰팡이 냄새가 코를 찔렀고, 책상 위에는 먹다 남은 맥도날드 햄버거 세트, 코카콜라 캔, 구겨진 종이, 쿠키 부스러기, 더러운 커피잔, 빈 과자 봉지 등 온갖 지저분한 것들이 널려 있었다. 휴지통 안으로 들어간 쓰레기들도 있긴 했지만 몇 주째 비워지지 않고 있었다. 이런 잡동사니와 부스러기를 맞닥뜨리지 않고서는 1미터도 나아갈 수 없었다. 하지만 플레이그를 아는 사람들에게는 조금도 놀랄 일이 아니었다.

플레이그는 쓸데없이 샤워를 하거나 옷을 갈아입지 않는다. 그는 평생을 컴퓨터 앞에서 보냈고, 미친듯이 일하지 않을 때에도 늘 같은 모습이었다. 과체중에, 늘 덥수룩하고 지저분했다. 한때 유행을 따라 염소수염을 기른 적이 있지만 어느새 형태를 알 수 없는 무성한 덤불로 변해버렸다. 그는 거대한 체구를 제대로 가누기조차 힘들어했고, 이동할 때는 늘 거칠게 숨을 헐떡였다. 그런 플레이그에게도 장점이 있었다.

플레이그는 컴퓨터 앞에만 앉으면 누구도 범접 못할 거장이 되었다. 사이버 공간을 훨훨 날아다니는 해커였다. 어떤 여자 한 명만 빼면 이 바닥에서는 필적할 사람이 없는 고수 중의 고수였다. 그의 손가락이 키보드 위에서 춤을 추는 광경은 보는 이를 황홀하게 할 만했다. 현실에서 무겁고 굼뜬 만큼 사이버 공간에서는 가볍고도 민첩했다. 위층에 사는 이웃—아마도 얀손 씨이리라—하나가 시끄럽다고 마룻바닥을 쿵쿵 두드릴 때, 플레이그는 방금 받은 메시지에 답을 보냈다.

와스프, 넌 정말 천재야. 네 동상이라도 하나 세워야 할까봐.

그는 행복한 미소를 지으며 소파에 깊숙이 몸을 묻고서 지금까지 벌어진 일들을 되짚어보았다. 사실 와스프에게 세부적인 사실들을 확인해본 후 그녀가 확실히 흔적을 지웠는지 알기 전에 잠시 승리의 기분을 만끽하고 싶었다. 누구도 자신들을 추적해와서는 안 됐다. 그 누구도.

그들이 막강한 기관들을 엿 먹인 게 처음은 아니었다. 하지만 이번에는 전혀 차원이 달랐다. 그들이 속한 폐쇄적 조직인 '해커 공화국'에서도 많은 멤버들이 이 일에 반대했다. 그리고 누구보다 크게 반대한 사람은 바로 와스프였다. 그녀는 그 어떤 기관이나 개인을 충분히 공격할 수 있는 능력이 있었지만, 그저 재미를 위해 피해를 주는 일을 좋아하지 않았다.

그녀는 이런 유치한 해킹을 싫어했다. 폼 좀 잡아보려고 슈퍼컴퓨터를 해킹하는 부류가 아니었다. 항상 뚜렷한 목표를 원했고, 그 빌어먹을 '결과 분석'이라는 걸 체계적으로 해왔다. 단기적 욕구 충족을 장기적 위험과 비교해보았고, 그렇다면 NSA를 해킹하는 게 분별 있는 짓이라고는 누구도 주장할 수 없었다. 어쨌든 그녀는 결국 제안을 받아들였지만 아무도 그 이유를 몰랐다.

아마 자극이 필요했던 건지도 모른다. 혹은 요즘 사는 게 지루해 권태에 짓눌려 죽지 않으려고 작은 혼란을 일으키고 싶었을 수도 있다. 아니면 해커 공화국의 몇몇 사람들이 생각하듯 이미 NSA와 싸움을 시작한 그녀가 개인적 복수를 위해 이번 해킹을 벌였을지도 모른다. 하지만 다른 멤버들은 이 가설에 의문을 제기했다. 그녀의 아버지 살라첸코가 예테보리 살그렌스카 병원에서 살해당한 이후 개인적으로 그 일을 조사하는 중이라고.

하지만 확실히 아는 사람은 아무도 없었다. 와스프는 여전히 비밀투성이 존재였다. 사실 동기 같은 건 조금도 중요하지 않았다. 적어도 그들은 그렇게 생각하려고 했다. 그녀가 가담할 의향이 있다면, 그 결정을 받아들이고 고마워하면 되는 일이었다. 애초에 그녀가 열의를 보이지 않았다는, 아니 그 어떤 감정도 내보이지 않았다는 사실을 떠올리며 쓸데없이 불안해할 필요는 없었다. 그저 그녀는 더이상 반대하지 않았고, 그거면 충분했다.

어쨌든 와스프가 함께하고 나니 앞날이 한결 밝아 보였다. 해커 공화국 사람들은 NSA가 최근 몇 년간 그들의 권한을 얼마나 심각하게 남용해왔는지를 누구보다 잘 알았다. 테러리스트들과 잠재적으로 안보를 위협할 수 있는 인물들뿐 아니라, 심지어는 외국의 권력자와 실력자 혹은 국가 원수까지 감청하고 있었다. 아니, 세상의 거의 모든 것을 감시하는 셈이었다. 수백만, 수십억, 아니 수조 건에 달하는 온라인 속 대화와 통신과 활동이 감시되고 기록되고 분석되고 있었다. 매일같이 자신들의 영역을 넓혀가는 NSA는 개인의 사생활에까지 갈수록 깊이 침투하면서 거대한 악의 눈으로 변해가고 있었다.

물론 해커 공화국의 그 누구도 이 문제에서는 그렇게 모범적인 존재라고 자부할 수 없었다. 그들 모두 자신과는 아무런 관계없는 영역들에 거리낌없이 침입했으니까. 하지만 이건 게임의 룰이라 할 수 있다. 해커는 의도가 좋든 나쁘든 경계선을 뛰어넘는 존재, 공과 사의 경계 따위 신경쓰지 않고 오직 해킹 활동 그 자체만을 위해 규칙을 파괴하고 지식의 한계를 넓히는 존재이다.

하지만 그 세계에도 윤리가 없는 건 아니다. 그들은 경험을 통해 잘 알고 있다. 권력, 특히 통제받지 않는 권력이 어디까지 부패할 수 있는지를 말이다. 그리고 그들은 용납할 수 없었다. 반항아나 무법자라 할 만한 개인들이 아닌, 시민을 통제하고자 하는 거대 국가기관들이 가장 심각하고도 파렴치한 수준의 해킹 활동을 자행하고 있다는 사실을. 그래서 플레이그, 트리니티, 밥 더 도그, 플리퍼, 조드, 캣을 비롯한 해커 공화국의 멤버들은 NSA를 해킹해 한바탕 휘저어놓기로 뜻을 모았다.

결코 쉬운 일은 아니었다. 포트녹스*에서 금괴를 훔치는 일만큼 어려웠다. 게다가 나름의 자부심이 있었던 해커 공화국 멤버들은 단지 시스템에 침투하는 데 그치지 않고 그 통제권까지 장악하고 싶어했

* 미국 금 보관소가 있는 곳.

다. 슈퍼 유저로서의 권한, 즉 루트를 차지하고자 했다. 그러려면 감춰진 보안상의 취약점을 찾아내야 했다. 이른바 '제로 데이 공격'*을 위해서. 그들은 먼저 NSA의 서버플랫폼을 공격한 뒤 전 세계를 대상으로 감청 작업을 벌이고 있는 내부 네트워크 NSAnet으로 들어갈 계획이었다.

늘 하던 대로 '소셜 엔지니어링'** 작업부터 시작했다. 먼저 내부 네트워크의 복잡한 암호를 알고 있는 시스템 관리자나 인프라 분석가의 이름을 몇 개 찾아내야 했다. 그 인물들이 통상적인 보안 절차를 이따금 생략해버리는 바보들이라면 더할 나위 없었다. 해커 공화국 멤버들의 정보망을 활용해 확보한 이름들 너덧 개 가운데 리처드 풀러라는 인물이 흥미로웠다.

그는 NSA의 내부 네트워크를 24시간 내내 지켜보면서 기밀 유출과 내부 스파이 활동을 잡아내는 정보시스템사고대응팀 NISIRT에서 일했다. 외관상으로는 아무런 문제가 없어 보였다. 하버드대 졸업생이자 공화당 지지자였고, 과거 미식축구 쿼터백으로 뛴 적이 있으며 이상적인 애국자이기도 했다. 하지만 밥 더 도그가 리처드의 전 애인을 통해 알아낸 바로는, 조울증 성향이 있는데다 어쩌면 코카인을 자주 흡입하고 있을지도 몰랐다.

그는 한번 흥분하면 온갖 바보 짓들을 했다. 심지어 파일이나 문건을 보안 프로그램인 '샌드박스'에 넣지 않은 채 열어보기까지 했다. 미남인데다 능글맞기까지 한 그에게는 첩보요원보다 고든 게코*** 같은 기업사냥꾼이 더 어울렸다. 아마 밥 더 도그였을 텐데, 와스프가

* 보안상 취약점이 발견된 뒤 개발자가 보완 패치를 공식적으로 발표하기 전에 그 약점을 이용해 시스템을 공격하는 수법.

** 시스템 담당자의 신뢰를 얻거나 약점을 이용해 보안 정보를 알아내는 비기술적 침입수단.

*** 영화 〈월스트리트〉(1987)에서 배우 마이클 더글러스가 연기한 인물.

볼티모어에 있는 그를 직접 찾아가 미인계를 쓰면 어떻겠냐는 의견을 내놓기도 했다.

"엿이나 먹어." 와스프의 대답이었다.

또한 그녀는 문서를 한 건 만들어내자는 두번째 아이디어도 거부했다. NSA 본부 내에 존재하는 잠입자와 기밀 유출 내용이 담긴, 그야말로 폭탄이 될 이 문서는 플레이그와 와스프가 함께 개발할 고도로 독창적이고 정교한 악성 코드로 감염시킬 계획이었다. 그후 리처드의 호기심을 자극할 만한 단서들을 인터넷에 뿌려놓으면 이 파일에까지 그를 유인해올 수 있었다. 그렇다면 그가 너무나도 흥분한 나머지 보안 절차를 소홀히 할 테고…… 나쁜 아이디어는 아니었다. 오히려 흔적을 남길 수도 있는 여러 활동을 벌이지 않고도 NSA 시스템에 들어갈 수 있다는 장점이 있었다.

하지만 와스프는 이 한심한 리처드가 멍청한 짓을 저지를 때까지 앉아서 기다리고 싶지만은 않다고 했다. 남이 실수하기만을 바라야 하는 계획은 받아들일 수 없다고 말이다. 그녀는 까다롭고 타협할 줄 몰랐다. 그렇다보니 그녀가 어느 날 갑자기 이 작전을 전부 떠맡겠다고 나섰어도 아무도 놀라지 않았다. 상당한 논쟁과 저항이 있긴 했지만, 결국 해커 공화국 멤버들은 몇 가지 방침을 따라야 한다는 조건을 내세워 그녀가 원하는 대로 하게 했다. 우선 와스프는 멤버들이 찾아낸 NSA 시스템 관리자들의 이름과 관련 정보들을 꼼꼼히 메모했다. 그리고 이른바 지문 채취, 즉 서버플랫폼과 운영체제를 상세하게 파악하는 일도 멤버들에게 도움을 요청했다. 하지만 그후에는 해커 공화국을 포함해 온 세상과 절연했고, 심지어 플레이그의 조언조차 따르지 않는 듯했다. NSA의 사냥개들이 토르 네트워크*의 복잡한 미로를 통해 어느새 그녀를 찾아낼 수 있기 때문에, 고유식별번호나

* 사용자의 흔적을 추적할 수 없는 인터넷 통신 시스템.

별명을 절대로 사용하지 말고 당분간 집을 나와 후미진 호텔 같은 곳에서 가짜 ID로 작업하는 게 좋겠다고 그가 제안했지만, 와스프는 모든 걸 자기 방식대로 했다. 플레이그는 그저 책상 앞에 앉아 신경을 곤두세운 채 무작정 기다릴 수밖에 없었다. 그녀가 대체 어떤 방식으로 일을 했는지는 전혀 알 수 없었다.

적어도 한 가지는 확실했다. 지금 그녀가 해낸 일은 전설이 될 것이다. 바깥에서 휘몰아치는 폭풍우 소리를 들으며 플레이그는 책상 위 잡동사니 한 무더기를 손등으로 쓸어버린 다음, 모니터 앞으로 얼굴을 들이밀었다.

말해봐! 지금 기분이 어때?

텅 비었어.

텅 비었다.

리스베트는 온몸이 텅 빈 느낌이었다. 일주일간 거의 잠을 자지 못했고, 돌이켜보면 먹고 마신 것도 별로 없었다. 머리가 깨질 듯이 아프고 눈은 빨갛게 충혈된데다 손은 벌벌 떨렸다. 눈앞에 있는 장비들을 다 쓸어서 마룻바닥에 던져버리고 싶었다. 한편으로는 만족감도 있었지만, 플레이그나 해커 공화국 멤버들이 생각하는 그런 이유 때문은 아니었다. 바로 자신이 추적한 범죄 그룹에 관한 새로운 정보를 얻었을 뿐만 아니라, 지금껏 생각하지 못했던 뜻밖의 연결고리를 발견했기 때문이다. 하지만 이 사실은 비밀로 간직하기로 마음먹었다. 단순히 폼이나 잡으려고 자신이 이런 해킹 작업에 뛰어들었다고 생각하는 멤버들이 그녀로서는 놀라울 뿐이었다.

그녀는 더이상 호르몬이 넘쳐나는 십대도 아니고, 오로지 짜릿한 스릴만을 찾아다니는 멍청이도 아니었다. 이토록 위험천만한 일에 뛰어든 건 뚜렷한 목적이 있었기 때문이다. 물론 그녀에게도 해킹이 단순한 도구만은 아니던 시절이 있었다. 힘들었던 청소년기에 이 일은 조금이나마 삶을 덜 답답하게 해주는 탈출구였다. 컴퓨터만 있으면 사람들이 그녀 주변에 세워놓은 벽과 울타리를 부수고 자유의 해변으로 나아갈 수 있었다. 어떻게 보면 지금도 별반 다르지 않은 상황이지만.

어쨌든 리스베트는 누군가를 추적하고 있었다. 어떤 손 하나가 룬다가탄 아파트의 매트리스를 리드미컬하면서도 집요하게 두드리던 그 새벽녘 꿈에서 깨어난 이후로 줄곧. 결코 쉬운 사냥이 아니었다. 적들은 짙은 연기 뒤에 몸을 숨기고 있었다. 요즘 들어 한층 까칠해지고 그녀의 말투가 거칠어진 건 바로 그 때문이었다. 또다시 몸에서 컴컴한 기운이 뭉게뭉게 피어나는 듯했다. 건장한 체구에 수다스러운 복싱 트레이너 오빈세와 남녀 애인 두세 명 말고는 그동안 거의 아무도 만나지 않았다. 외모는 그 어느 때보다 한층 음산했다. 머리카락은 죄다 헝클어졌고, 두 눈은 퀭했다. 이따금 노력은 해보지만 예의를 갖춰 부드럽게 말하는 건 여전히 그녀의 장기가 아니었다.

그래서 까칠한 진심을 내뱉을 때가 아니면 아예 입을 열지 않았다. 피스카르그가탄에 있는 그녀의 집에 대해 얘기하자면…… 그 이야기만을 위한 또다른 지면이 필요할지도 모른다. 일곱 자녀를 둔 가족이 살아도 넉넉할 만큼 커다란 그 집은 구입한 지 벌써 몇 년이 흘렀지만 집안은 별달리 꾸며진 게 없었다. 여기저기 아무렇게나 던져놓은 듯한 이케아 가구 몇 점이 전부였다. 음악을 들어도 전혀 감흥을 느끼지 못하는 그녀였기에 스피커 세트도 보이지 않았다. 그녀는 베토벤 교향곡보다 미분방정식이 더 조화롭다고 느꼈다. 이제 그녀는 크로이소스*만큼이나 부자이다. 사기꾼 한스에리크 벤네르스트룀한테서 훔친 돈은 50억 크로나 넘게 불어났다. 그러나 아무리 재산이 막

* 고대국가 리디아의 왕.

대해졌어도 그녀는 눈곱만큼도 변하지 않았다. 굳이 달라진 점을 찾자면 전보다 더 겁이 없어졌다는 것이다. 어쨌든 요즘 그녀는 어떤 성추행범의 손가락을 부러뜨리거나, NSA 내부 네트워크를 해킹하는 등 점점 더 과격한 일들을 벌였다.

NSA 내부 네트워크를 침투한 건 정도를 넘어선 일일 수도 있었다. 하지만 그녀는 필요한 일이라고 판단했고, 다른 모든 걸 잊은 채 며칠 밤낮을 그 일에만 빠져 지냈다. 그리고 이제 임무를 완료했다. 그녀는 피로에 지친 눈을 가늘게 뜨고 L자형으로 배치된 책상 두 개를 바라보고 있다. 그 위에는 평소 사용하는 컴퓨터와 이 일을 위해 특별히 구입한 테스트용 컴퓨터가 전부였다.

그녀는 이 테스트용 컴퓨터에 NSA 서버플랫폼과 운영체제를 복사한 다음, 직접 개발한 퍼징 프로그램*을 써서 시험 삼아 공격해보았다. 그리고 디버깅, 블랙박스 테스트, 베타 테스트** 등을 거쳐 이를 보완해나갔다. 이렇게 해서 얻은 결과들을 바탕으로 직접 RAT 스파이웨어를 만들어야 했으므로 조그만 점 하나도 소홀히 할 수 없었다. 시스템을 처음부터 끝까지 샅샅이 살펴야 했기에 곧바로 테스트용 컴퓨터에 서버를 복사했다. 만일 진짜 NSA 서버에서 이 작업을 했다면 기술자들이 곧바로 알아차릴 게 분명했다. 그러면 파티는 끝이었다.

이런 방식으로 그녀는 얼마든지 시험해볼 수 있었다. 매일같이 거의 먹지도 자지도 않았다. 어쩌다 컴퓨터 앞을 떠나는 때가 있다면 잠시 소파에서 선잠을 자거나, 전자레인지에 피자 한 조각을 데우기 위해서였다. 나머지 시간에는 눈이 빠질 듯 아파올 때까지 맹렬히 작업에 몰두했다. 특히 숨겨진 보안상 취약점들을 찾아내 NSA 시스템

---

* 소프트웨어나 시스템의 오류와 취약점을 찾아내는 프로그램.

** 세 가지 전부 시스템의 오류를 찾는 방법들이다.

을 뚫고 그녀의 사용 권한을 높여줄 프로그램 '제로 데이 익스플로이트Zero Day Exploit'를 만드는 데 모든 걸 쏟아부었다. 한편으로 생각해보면 실현 불가능한 일이기도 했다. 하지만 정말 경탄할 일이 일어났다. NSA 시스템을 장악할 뿐만 아니라, 부분적으로밖에 알지 못했던 NSA 내부 네트워크인 NSAnet을 얼마든지 원격조종할 수 있는 프로그램을 그녀가 만들어냈다.

그녀는 단지 시스템을 뚫고 들어가는 걸로 만족하지 않았다. 다른 네트워크와는 거의 연결되지 않은 독자적인 우주라 할 NSAnet으로 깊이 침투할 작정이었다. 겉으로는 반에서 중간도 못 가는 중학생 같아 보여도, 소스 코드 몇 개와 논리적 연결고리만 있으면 그녀의 뇌는 클릭 몇 번에 고도로 정교한 스파이웨어를, 자체의 생명력을 지닌 진화 바이러스를 창조해낼 수 있었다. 마침내 만족한 그녀는 다음 단계로 들어갔다. 작업실에서 몰두하던 게임을 끝내고 진짜 공격으로 넘어갈 차례였다.

그녀는 티모빌*에서 산 SIM 카드를 꺼내 휴대전화에 장착했다. 그리고 인터넷에 접속했다. 어쩌면 멀리 떨어진 다른 나라로 가서 이레네 네세르로 변장한 후 했어야 하는 일이었는지도 몰랐다. NSA 보안팀이 정말로 부지런하고 유능하다면 이 동네의 텔레노르** 기지국까지도 추적해올 수 있기 때문이다. 물론 적어도 지금 사용 가능한 기술로는 그녀를 추적할 수 없겠지만, 이 동네까지만 왔다 해도 벌써 나쁜 소식이다. 하지만 그녀는 집에서 작업할 때 얻는 이점이 위험한 점보다 많다고 생각했고, 그래서 더욱 보안에 만전을 기했다. 그리고 다른 많은 해커들처럼, 무수한 유저들의 통신망과 충돌할 일이 없는 토르 네트워크를 사용했다. 하지만 이 토르마저도 안전하지 않

---

* 독일 이동통신사.

** 스칸디나비아반도 전역에 서비스를 제공하는 노르웨이 이동통신사.

다는 걸 알고 있었다. NSA가 이를 깰 수 있는 '이고티스티컬 지라프 Egotistical Giraffe'라는 프로그램을 사용하기 때문이다. 따라서 그녀는 공격에 들어가기에 앞서 개인 보안을 한층 강화하기 위해 많은 시간을 들였다.

그녀는 서버플랫폼을 마치 한 장의 종이처럼 잘라 들어갔다. 지나친 자신감은 금물이었다. 해커 공화국 멤버들이 알려준 시스템 관리자들을 최대한 빨리 찾아내 그들의 파일 중 하나에 직접 만든 스파이웨어를 심어서 서버와 내부 네트워크 사이에 다리를 놓아야 했다. 결코 간단한 작업이 아니었다. 그 어떤 경보 시스템이나 안티바이러스 프로그램을 작동시켜서는 안 되었다. 그녀는 마침내 NSAnet에 들어가기 위해 톰 브레킨리지라는 관리자를 골라 그의 아이디를 사용했다…… 온몸의 근육이 팽팽히 긴장됐다. 과로에 수면 부족인 그녀의 눈앞에 이내 마법이 펼쳐졌다.

그녀의 스파이웨어가 보안망을 계속 뚫고 들어가 가장 은밀한 곳까지 도달했다. 그녀는 자신이 가야 할 곳을 정확히 알고 있었다. 사용 권한을 높이려면 액티브 디렉터리*, 혹은 그에 준하는 곳으로 가야 했다. 일개 불청객인 그녀가 무수한 유저들이 우글대는 이 우주에서 곧 슈퍼 유저로 둔갑할 참이었다. 그러면 비로소 NSA 시스템을 전체적으로 조망할 수 있다. 하지만 결코 쉽지 않은 일이다. 심지어 불가능하다고까지 할 수 있는 일이고, 시간도 많지 않았다.

서둘러야 했다. 검색 시스템을 파악하고, 모든 암호들, 표현들, 참조번호들, 그리고 내부에서 사용하는 온갖 알쏭달쏭한 말들을 이해하려고 애썼다. 어쩔 수 없이 거의 포기하려던 그 순간, '최고 기밀-외국 반출 불가'라는 파일 하나가 눈에 들어왔다. 그 자체로는 별다를 것 없어 보이는 문서였지만 솔리폰의 지그문트 에커발트와 NSA

* 시스템, 사용자, 데이터 등을 통합 관리 하는 곳.

전략기술감시팀 요원 사이에 오간 메시지 몇 개와 엮으면 다이너마이트 같은 폭발력이 있을 터였다. 그녀는 미소를 머금으며 그 내용을 낱낱이 기억해두었다. 그러고 나자 또 이것과 관련된 걸로 보이는 문서 하나가 눈에 들어왔다. 암호화되어 있어서 복사하는 것 말고는 다른 방법이 없었지만, 그러면 포트미드 본부에 경보음이 울릴 게 분명했다. 그녀는 거칠게 욕을 내뱉었다.

상황은 더욱 급박해졌다. 게다가 그녀는 공식 임무를 완수해야 했다. 이런 상황에도 '공식'이란 단어를 쓸 수 있다면 말이다. 어쨌든 플레이그와 해커 공화국 멤버들 앞에서 엄숙하게 약속했다. NSA의 바지를 벗기고 코를 납작하게 만들어주겠다고. 따라서 누구와 대화할지 결정해야 했다. 누구에게 메시지를 전할 것인가?

그녀는 에드윈 니덤을 선택했다. 에드 더 네드. IT 보안 문제를 다룰 때면 계속 등장하는 이름이었다. NSAnet에서 그와 관련된 정보들을 재빨리 훑어보니 모종의 존경심마저 느껴졌다. 에드 더 네드는 스타였다. 하지만 곧 그녀에게 무참하게 밟힐 것이다.

한편으로 리스베트는 자신의 모습을 드러내는 일이 잠시 망설여졌다. 하지만 공격을 시작하면 바라던 대로 그곳에 대소동이 벌어질 게 분명했다. 그녀는 지금이 몇 시인지, 며칠인지, 심지어는 봄인지 가을인지도 잘 몰랐다. 다만 마치 오늘의 이 공격에 보조를 맞추듯 바깥에서 폭풍우가 더욱 거세지고 있다는 사실만을 깊은 의식 속에서 어렴풋이 느낄 뿐이었다. 그리고 저멀리 메릴랜드—볼티모어 파크웨이와 메릴랜드 32번 도로가 만나는 그 유명한 교차로 부근—에서 에드 더 네드가 메일을 한 통 쓰고 있었다.

하지만 그의 문장은 길게 이어지지 못했다. 바로 다음 순간 그녀가 통제권을 빼앗아 글을 써나갔기 때문이다.

……국민을 감시하는 자는 결국 국민에게 감시받게 되어 있습니다. 이

게 바로 민주주의의 기본 논리 아닐까요?

아주 짧은 순간, 그녀는 자신의 문장이 정곡을 찔렀다는 생각을 했다. 강렬한 복수의 쾌감을 느꼈고, 뒤이어 NSA 시스템 전체를 돌아보는 여행에 에드 더 네드를 초대했다. 그들은 함께 춤추고 또 날면서, 무슨 일이 있어도 기밀로 남아야 하는 데이터들이 꽉 찬, 푸른빛이 명멸하는 그 세계 전체를 통과했다.

여지없이 짜릿한 경험이었다. 하지만…… 접속을 끊고서 모든 로그 파일들이 자동으로 지워졌을 때, 그녀는 현실로 돌아와야 했다. 잘못된 파트너와 오르가슴을 맛본 후의 기분이랄까. 조금 전까지만 해도 아주 통쾌하게 느껴졌던 문장들이 이제는 완전히 유치하게만 보였다. 해커의 유치한 짓이었다. 문득 잔뜩 취해 다 잊어버리고 싶은 욕구에 사로잡혔다. 그녀는 지친 걸음으로 비척비척 주방으로 가 털러모어 듀 한 병을 들고 나왔다. 그런 다음 다시 컴퓨터 앞에 앉아 한 모금을 삼켰다. 이날을 축하하기 위해서가 아니었다. 그녀에게는 더이상 아무런 승리의 감정도 남아 있지 않았다. 그보다는 차라리…… 무슨 감정이라 할까? 어떤 반항심?

바깥에서는 폭풍우가 울부짖고, 해커 공화국 멤버들의 축하 메시지가 속속 도착하는 와중에 그녀는 마시고 또 마셨다. 더이상 아무것도 그녀와는 상관없었다. 이내 그녀는 제대로 몸을 가눌 수조차 없게 되었다. 갑자기 팔을 홱 휘둘러 책상 위를 쓸어버리고는 병들과 재떨이가 바닥 위로 떨어지는 광경을 무심히 쳐다보았다. 그리고 미카엘을 생각했다.

분명히 술 때문이다. 술에 취하면 마치 옛 애인처럼 그가 생각나곤 했다. 그녀는 어느새 그의 컴퓨터 안에 들어가 있었다. NSA와 달리 전혀 어렵지 않은 일이었다. 아주 오래전에 그의 컴퓨터로 갈 수 있는 단축키를 만들어놓은 덕분이다.

그동안은 그를 신경쓰지 않고 살지 않았던가. 그는 지나간 인연이었다. 한때 사랑했던 매력적인 멍청이일 뿐이고, 다시는 그런 실수를 하지 않겠다고 마음먹었다. 아니, 그대로 접속을 끊고 앞으로 몇 주 동안은 컴퓨터 같은 건 쳐다보지도 말아야 했다. 하지만 그녀는 여전히 그의 컴퓨터에 머물러 있었다. 그리고 잠시 후 그녀의 얼굴이 환해졌다. 빌어먹을 미카엘이 '리스베트의 상자'라는 파일을 만들고 그녀에게 질문을 하나 남겨놓은 것이다.

프란스 발데르의 인공지능에 대해 어떻게 생각해야 좋을까?

프란스 발데르라는 이름을 본 그녀는 어쨌든 미소를 지었다. 프란스는 그녀 취향의 컴퓨터 괴짜였다. 소스 코드와 양자 프로세스와 디지털 회로의 잠재력 안에 갇혀 사는 괴짜. 무엇보다 미카엘 역시 자신과 같은 영역에 관심이 있다는 사실에 미소 짓지 않을 수 없었다. 그냥 컴퓨터를 꺼버리고 잠이나 자러 들어갈까 고민하던 그녀는 결국 이렇게 답을 남겨두었다.

프란스의 지능은 조금도 인공적이지 않죠. 요즘 당신의 지능은 어떤가요? 그리고 미카엘, 만일 우리보다 좀더 똑똑한 기계를 만들어낸다면 어떤 일이 일어날까요?

마침내 그녀는 그 많은 방들 가운데 하나로 들어가 옷도 벗지 않은 채 그대로 허물어졌다.

7장

11월 20일

잡지사에 또 일이 벌어졌다. 결코 좋은 일 같아 보이지는 않았다. 에리카는 전화로 자세한 얘기를 하려 하지 않았고, 다만 그의 집에 가고 싶다고만 되풀이했다. 미카엘은 그녀의 생각을 바꿔보려고 했다.

"네 예쁜 엉덩이가 꽁꽁 얼어버릴 수 있다고!"

에리카는 막무가내였다. 만일 그녀의 목소리가 평소와 다르지 않았다면 이렇게 고집을 부리는 게 미카엘로서는 오히려 즐거운 일이었다. 오늘 사무실에서 나온 후로 몹시 그녀와 대화를 나누고 싶었고, 어쩌면 침대로 데려가 옷을 벗길 수도 있을 테니 말이다. 하지만 지금은 그럴 때가 아니라는 느낌이 들었다. 그녀가 몹시 격앙된 상태인데다 웅얼거리듯 내뱉은 "미안해"라는 말이 미카엘을 더욱 불안하게 만들었다.

"금방 택시 타고 갈게."

하지만 에리카는 금방 오지 않았다. 별다른 할 일이 없었던 그는 욕실로 들어가 거울 앞에 섰다. 꼴이 말이 아니었다. 잔뜩 헝클어진 머리는 이발할 때가 되었고, 눈 밑에는 굵은 주름이 잡혔다.

"이게 다 엘리자베스 조지 때문이야."

그는 투덜거리며 욕실을 나와 집안을 정리하기 시작했다.

적어도 에리카에게 한소리 듣지 않게 깨끗이 해놓을 작정이었다. 둘은 아주 오래전부터 알아온데다 서로의 삶에 깊이 엮이기도 한 사이지만, 청결 문제만큼은 아직도 미카엘의 콤플렉스였다. 그는 노동자의 아들이면서 미혼이었고, 그녀는 살트셰바덴의 근사한 저택에 사는 부유층 기혼녀였다. 한마디로 지금 이 좁은 집구석을 조금이나마 깔끔하게 만들어서 그에게 해로울 일은 전혀 없다. 이내 식기세척기를 설거지감으로 채우고, 싱크대를 훔치고, 휴지통을 비웠다.

심지어 거실에서 청소기를 돌리고, 창가 화분들에 물도 주고, 서가와 잡지꽂이대를 정리할 시간까지 있었다. 그러고 나자 마침내 초인종이 울렸다. 문을 두드려대는 소리도 함께 들렸다. 방문객이 문 앞에서 초조하게 발을 동동 구르는 사이, 문을 연 미카엘은 순간 마음이 짠했다. 꽁꽁 얼어붙은 에리카가 거기 서 있었다.

그녀는 초겨울 낙엽처럼 파르르 떨고 있었고, 그게 고약한 날씨 탓만은 아니었다. 옷차림이 날씨와는 전혀 어울리지 않았다. 심지어 모자 하나 쓰고 있지 않았다. 아침에는 단정했던 머리가 온통 헝클어졌고, 뭐에 긁혔는지 뺨에는 빨간 줄까지 하나 보였다.

"리키! 괜찮아?"

"내 예쁜 엉덩이가 완전히 얼어붙었어. 대체 택시를 잡을 수가 있어야지!"

"뺨은 왜 그래?"

"미끄러졌어. 세 번이나."

미카엘은 그녀가 신고 있는 굽 높은 이탈리아제 적갈색 부츠를 내려다보았다.

"아주 좋은 스노부츠를 신고 있네?"

"그렇지? 게다가 오늘 아침에 내복도 입지 말아야겠다는 생각도 하고 말이야. 대단해!"

"자, 빨리 들어와. 따뜻하게 해줄게."

에리카는 한층 심하게 떨면서 그의 품에 몸을 던졌다. 미카엘은 그런 그녀를 꼭 안았다.

"미안해." 그녀가 다시 사과했다.

"뭐가 미안한데?"

"모든 게. 세르네르 일도. 내가 정말 어리석었어."

"리키, 너무 과장하지 마."

미카엘은 그녀의 머리카락과 이마에 붙은 눈송이를 털어주고 뺨에 난 생채기를 조심스럽게 살폈다.

"아냐, 아냐, 내가 다 얘기할게." 그녀가 말했다.

"먼저 옷 좀 벗고 따뜻한 물에 몸 좀 담가. 레드 와인 한잔 줄까?"

에리카는 그의 말을 순순히 따랐다. 와인잔을 두세 번 더 채워주는 그의 시중을 받으며 그녀는 오랫동안 목욕을 즐겼다. 미카엘은 변기 위에 앉아 그녀가 하는 이야기를 들었다. 여러 불길한 소식들에도 불구하고, 지난 얼마간 그들 사이에 쌓였던 벽이 허물어져내린 듯 친밀하고 따뜻한 무언가가 흘렀다.

"알아, 처음부터 자기가 날 멍청하다고 생각했다는 걸." 에리카가 이야기를 시작했다. "아냐, 부인하려고 하지 마. 난 자기를 아주 잘 아니까. 하지만 그때 크리스테르와 말린을 포함한 우리 입장에서는 다른 해결책이 없었다는 걸 이해해줘. 에밀과 소피를 스카우트하고 몹시 만족스러웠잖아. 당시 꽤 유명한 기자들이었으니까. 그러면서 〈밀레니엄〉의 명성은 한층 높아졌고, 우리 역시 계속 발전하고 있다는 걸 증명할 수 있었지. 사방에서 우리 얘기로 떠들썩하면서 〈레주메〉와 〈다겐스 미디어〉에서는 좋은 기사도 써줬잖아. 우리가 한창 잘 나가던 때처럼 말이야. 그리고 솔직히 내 입장에서는 우리 〈밀레니엄〉이 안정적인 회사라는 걸 소피와 에밀이 느낄 수 있도록 하는 게 중요했어. "우리 재정은 튼튼하니까 조금도 걱정하지 마"라고 말하곤 했지. 하리에트 방에르가 뒤에 있으니, 깊이 있는 탐사기사들을 충분히 만들어낼 수 있다고 말이야. 난 정말로 그렇다고 믿었어. 하지만 그러고 나서……"

"그러고 나서 갑자기 모든 게 와르르 무너졌지."

"맞아. 전반적으로 종이 신문이 위기를 맞으면서 판매부수도 광고 수입도 뚝 떨어졌잖아. 방에르 그룹에선 난리가 났고. 그때 얼마나 난장판이었는지 자긴 모를 거야. 무슨 쿠데타라도 일어난 줄 알았어. 어둠 속에 숨어 있던 모든 일가친척이 한꺼번에 기어나왔지. 뭐, 나보다 자기가 그들을 잘 알겠지만, 보수적이고 인종차별주의자인 늙은이들이 한데 뭉쳐서 하리에트의 등에 비수를 꽂았어. 난 그때 받은 전화를 결코 잊지 못해. '그들이 날 박살냈어요. 난 이제 끝났어요'라고 했지. 그들은 방에르 그룹을 현대화하려는 그녀에게 불만이 많았어. 랍비 빅토르 골드만의 아들 다비드를 경영진으로 영입한 결정에도 화가 났었고. 하지만 알다시피 우리도 한몫했어. 그때 안드레이가 스톡홀름 노숙자들을 취재하고 쓴 기사는 최고였지. 온갖 언론에서 인용했고, 외국에서까지 화제가 될 정도였으니까. 하지만 방에르가 인간들한테는……"

"…… 좌파들이 지껄이는 엿 같은 소리였지."

"그것보다 심했어, 미카엘. '일할 힘도 없는 게으름뱅이들'이라고 떠들어댔다고."

"그들이 그렇게 말했어?"

"거의 비슷해. 하지만 그 기사는 그룹 내에서 하리에트의 위치를 한층 더 잠식시키려는 하나의 구실일 뿐이었어. 그들은 헨리크와 하리에트가 이뤄놓은 일들을 죄다 부인하고 싶어했으니까."

"멍청하군!"

"그래, 그래. 어쨌든 우리한테 도움이 되진 않았지. 그때 일이 마치 어제처럼 생생해. 땅이 쑥 꺼지는 듯했어. 그때 자기를 좀더 끌어들였어야 했는데. 난 그저 자기가 기사에만 집중하면 우리 모두에게 좋을 거라고 생각했어."

"그런데 내가 괜찮은 기사를 쓰지 못했고."

"그래도 애썼잖아. 미카엘, 자긴 정말 열심히 했어. 어쨌든 바로 그 시점에 오베 레빈이 전화를 한 거야. 이제 모든 게 끝났다고 생각한 바로 그 타이밍에 맞춰서."

"우리한테 무슨 일이 있었는지 누군가 알려줬겠지."

"맞아. 애당초 그의 제안에 내가 회의적이었다는 건 말 안 해도 잘 알 거야. 세르네르라면 타블로이드 중에서도 가장 저질이라고 생각했으니까. 오베는 번드르르한 말들을 늘어놓으면서 칸에 있는 으리으리한 새 별장으로 나를 초대했어."

"뭐야?"

"미안해, 자기한테 이것도 말 안 했었지. 아마 창피해서 그랬을 거야. 어차피 그때 난 이란 영화감독을 인터뷰하러 칸에 가야 하는 상황이었어. 자기도 알잖아, 열아홉 살에 돌에 맞아 죽은 사라에 대해 다큐멘터리를 찍었다가 박해받았던 감독. 난 세르네르가 출장 경비를 보조해주겠다는데 마다할 이유가 없다고 생각했어. 어쨌든 오베와 밤새도록 대화를 나눴어. 온갖 좋은 말로 날 구슬리려고 했지. 그러가 결국 그의 말에 귀를 기울이게 됐는데, 왜 그랬는지 알아?"

"침대 위에서 잘했던 모양이지?"

"음…… 아니. 오베와 자기의 관계 때문이었어."

"아니, 그 자식이 나랑 자고 싶어했어?"

"오베는 자기를 굉장히 존경하고 있어."

"웬 헛소리야?"

"아냐, 미카엘. 자기가 잘 모르는 거야. 그는 권력과 돈과 칸에 있는 자신의 별장을 사랑해. 하지만 그 이상으로 당신만큼 냉철한 언론인이 되지 못한다는 생각에 괴로워하고 있어. 신뢰도를 돈으로 환산한다면 오베는 가난뱅이고, 자기는 부자라고 할 수 있으니까. 그의 깊은 내면에는 자기처럼 되고 싶어하는 마음이 있다는 걸 금방 느낄 수 있었어. 아, 이런! 그 시샘이 결국 위험이 될 수 있다는 걸 그때 깨달았어야 했는데! 지금 자기한테 쏟아지는 공격들이 무얼 의미하는지 잘 알잖아. 타협할 줄 모르는 자기는 다른 사람들을 초라하게 만들어. 자신들이 품었던 이상을 이제는 얼마나 팔아먹었는지 일깨워주는 존재니까. 그러니 자기가 박수를 받을수록 다른 사람들은 더욱 초라해진다고. 이런 상황에서 최상의 복수는 자기를 진창 속으로 끌어내리는 거야. 미카엘 블롬크비스트가 추락하면 그들은 조금이나마 괜찮아 보이니까. 미카엘에 대해 헛소리를 지껄이고 다니면 자신들의 품격이 높아진다고 상상하는 거라고."

"고마워, 에리카. 하지만 나한테 그런 건 전혀 신경쓸 거리도 안 돼."

"그래, 나도 자기가 그러면 좋겠어. 아무튼 난 오베가 정말로 〈밀레니엄〉에 참여하고 싶어한다고, 우리와 한편이 되고 싶어한다고 생각했어. 〈밀레니엄〉의 명성을 함께 누려보려는 동기가 나쁘지 않다고 여겼지. 그가 자기처럼 냉철한 언론인이 되고 싶었다면, 〈밀레니엄〉을 개성 없는 세르네르식 공산품으로 만들어버릴 일도 없을 테니까. 행여 그가 스웨덴의 전설적인 언론사를 망친 인물이 된다면 그나마 남아 있던 신뢰도도 바닥날 테고. 그래서 난 그의 말을 있는 그대로 믿었어. 그 자신과 세르네르는 일종의 알리바이가 되어줄 명예로운 언론사를 영입하길 원한다, 자신은 단지 〈밀레니엄〉이 믿는 저널리즘을 추구할 수 있도록 도와주고 싶을 뿐이다, 라는 말을 말이야. 실제로 우리 일에 자신도 끼고 싶다고 했었지만 그건 단지 허영심에서 나온 말이라고 생각했어. 친구들 앞에서 미카엘 블롬크비스트가 세르네르의 스핀 닥터*다, 하면서 폼이나 잡으려고 말이야. 감히 우리

영혼까지 손대겠다며 설치리라고는 꿈에도 몰랐어."

"정확히 지금 그놈이 하고 있는 짓이잖아."

"맞아. 불행히도."

"그렇다면 아까 말한 그 멋진 심리학 이론은 어떻게 되는 거지?"

"내가 기회주의의 위력을 과소평가했어. 자기도 봤지. 여기저기서 공격이 쏟아지기 전에는 오베와 세르네르가 아주 모범적으로 행동하더니 그후에는……"

"오히려 오베가 그런 상황을 이용해먹었지."

"아니, 그건 다른 사람이야. 바로 오베를 쳐내고 싶어하는. 〈밀레니엄〉 지분을 사게 하려고 오베가 경영진을 설득하는 데 애를 먹었다는 걸 아주 늦게서야 알았어. 자기도 잘 알겠지만 세르네르 사람들이 전부 저널리스트로서 그런 열등감에 시달리는 건 아니잖아. 대부분은 신념을 위해 싸운다는 생각을 경멸해 마지않는 냉정한 비즈니스맨이라고. 그들 표현대로 오베의 '짝퉁 이상주의'는 그들에게 짜증나는 일일 뿐이지. 그러니 요즘 자기를 공격하는 움직임이 그들에게는 오베를 궁지로 몰 수 있는 좋은 기회인 거야."

"이런!"

"자기는 아무것도 몰랐지. 처음엔 그들의 요구가 아주 합리적으로 느껴졌어. 그저 시장에 잘 적응하라는 얘기였으니까. 사실 나도 그동안 젊은 구독자들을 확보하려고 이런저런 생각들을 해보던 참이었고. 심지어 지금껏 오베와 매우 생산적인 대화를 나눠왔다고 믿었으니까. 그래서 그가 오늘 발표할 게 있다고 했어도 딱히 불안하지 않았지."

"응, 나도 그렇게 느꼈어."

"하지만 그때는 난리가 일어나기 전이었어."

---

* 기업이나 정치인의 입장을 대변하고 이미지 메이킹을 하는 데 뛰어난 홍보 전문가.

"무슨 난리?"

"자기가 오베의 연설을 방해하면서 시작된 난리."

"에리카, 난 아무것도 방해하지 않았어. 그냥 사무실을 나온 것뿐이야."

욕조 안에 비스듬히 누운 에리카가 와인을 한 모금 마신 다음 씁쓸한 미소를 머금었다.

"대체 언제쯤 깨달을 거야? 자신이 미카엘 블롬크비스트라는 사실을?"

"조금씩 깨닫고 있다고 생각하는데?"

"그럼 〈밀레니엄〉의 미래를 논하는 자리에서 미카엘 블롬크비스트가 밖으로 나가버렸다면, 좋든 싫든 큰 문제가 될 거라는 사실도 알았겠네?"

"그렇다면 방해한 일을 사과해야겠군."

"자기를 원망하지는 않아. 지금은 더이상. 보다시피 내가 미안하다고 말하고 있잖아. 우리를 이런 상황에 몰아넣은 건 바로 나니까. 자기가 그 자리에 있든 없든 소동은 일어났을 거야. 어차피 그들은 공격할 기회만 노리고 있었고."

"대체 무슨 일이 있었는데?"

"자기가 떠나고 나니 모두 흥이 죽어버렸어. 자존심에 큰 상처를 입은 오베는 발표고 뭐고 그만두자고 했고. 더이상 그럴 필요 없어, 라고 하더군. 그러고는 본사에 전화해 상황을 설명하는데, 실제보다 더 부풀려서 얘기했을 게 분명해. 내가 기대를 걸었던 오베의 질투심이 좋은 방향은커녕 아주 치사한 생각으로 변질된 듯했어. 그런데 한 시간 만에 돌아와서는 뭐라고 한 줄 알아? 앞으로 세르네르는 〈밀레니엄〉에 최대한 지원을 아끼지 않을뿐더러 홍보에 모든 수단을 동원하겠대."

"별로 좋은 소식이 아닌 듯한데."

"맞아. 그가 입을 열기도 전에 알았지. 얼굴만 봐도 다 알 수 있었어. 승리감에 차 있으면서도 겁에 질린 그 표정 말이야. 처음엔 약간 버벅대기까지 하더라고. 세르네르가 원하는 건 〈밀레니엄〉의 투명성을 높이고, 젊은층을 겨냥한 콘텐츠를 확충하고, 유명인들의 기사를 더 많이 싣고…… 이렇게 한참을 떠들더니……"

에리카는 잠시 눈을 감고 젖은 머리를 쓸어올린 다음 남은 와인을 비웠다.

"그래서?"

"자기가 〈밀레니엄〉 편집부에서 나가주길 원한대."

"뭐?"

"물론 오베도 세르네르 쪽도 직설적으로 말하진 못했어. '세르네르가 미카엘 블롬크비스트를 내쫓았다' 같은 기사가 퍼질 위험을 무릅쓸 필요는 없으니까. 오베가 아주 그럴싸하게 에둘러 말하더군. 미카엘 자기한테 완전한 자율권을 주겠대. 자기가 가장 잘하는 일, 그러니까 탐사보도에만 전념할 수 있도록 말이야. 그러면서 아주 후한 조건으로 런던에 전략 특파원으로 나가는 걸 제안했어."

"런던?"

"미카엘 같은 거물에게 스웨덴은 너무 좁다는 핑계를 대더라고. 하지만 이게 뭘 의미하는지 알지?"

"내가 계속 있으면 자기네들이 편집부를 바꾸는 데 걸림돌이 된다고 생각하는 거군."

"대략 그렇지. 크리스테르와 말린까지 나서서 그건 협상할 수 없다고 분명히 거부했는데, 그들 누구도 놀라는 눈치가 아니었어. 안드레이가 보인 반응에는 콧방귀도 안 뀌었고."

"안드레이가 뭐라고 했는데?"

"내 입으로 직접 얘기하기 좀 그렇긴 한데, 아무튼 벌떡 일어나더니 이렇게 불쾌한 말은 여태껏 들어본 적이 없다고 소리쳤어. 미카엘 블롬크비스트는 이 나라 최고의 언론인이며, 민주주의와 저널리즘의 자부심이며, 세르네르 미디어 그룹은 창피한 줄 알아야 한다고 말이야. 그리고 마지막으로, 미카엘은 위대한 사람이라고 했어."

"좀 오버했네."

"그리고 용감했지."

"맞아, 정말 용감한 친구야. 세르네르 애들은 뭐래?"

"물론 오베는 우리가 그렇게 반응할 거라고 예상했겠지. 싫으면 지분을 다시 사버리면 되지 않느냐고 하더군. 문제는……"

"그동안 주가가 올랐지." 미카엘이 대신 말을 마쳤다.

"정확해. 세르네르가 〈밀레니엄〉의 지분을 사들인 후로 그들이 창출한 부가가치와 고객 호감도를 감안하면 어떤 기준으로 분석해봐도 그 가치가 두 배는 뛰었다는 거야."

"고객 호감도? 그 인간들 미친 거 아냐?"

"미친 게 아니라 약아빠졌지. 우릴 엿 먹이고 싶은 거야. 지분을 두 배로 팔아치워 이익을 남기는 동시에, 경쟁사 재정을 이런 식으로 파탄내서 한 번에 두 가지를 다 챙기려는 속셈이겠지."

"빌어먹을! 이제 어떻게 해야 하지?"

"미카엘, 우리가 잘하는 걸 해야지. 싸우는 거야! 내 사비를 들여서라도 지분을 사버리고, 북유럽 최고의 신문을 만들기 위해 싸우면 돼."

"좋아, 에리카! 하지만 그다음에는? 다시 재정난에 봉착할 게 분명해. 그건 자기도 어떻게 해볼 수 없잖아."

"알아, 하지만 헤쳐나갈 수 있을 거야. 이미 어려운 상황들을 겪어왔잖아. 당분간 우리 둘은 무급으로 일하면 돼. 얼마든지 극복할 수 있다고. 안 그래?"

"에리카, 모든 일에는 끝이 있는 법이야."

"그런 말 하지 마! 절대로!"

"그게 사실인데도?"

"그렇다면 더욱 말하지 마."

"알았어."

"미카엘, 정말 아무것도 없어?" 그녀가 물었다. "스웨덴 언론을 뒤흔들 무언가가 말이야."

미카엘은 두 손으로 얼굴을 감쌌다. 이유는 알 수 없었지만 아빠와 달리 '진짜' 글을 쓰겠다고 말한 딸 페르닐라의 모습이 떠올랐다. 어떤 것이 '진짜'가 아닌 글쓰기인지는 잘 모르겠지만.

"글쎄, 없는 것 같아."

에리카가 손바닥으로 욕조 안의 수면을 찰싹 때리자 물방울들이 미카엘의 양말에까지 튀었다.

"젠장! 자긴 분명히 뭔가가 있을 거야. 이 나라에 자기만큼 정보를 많이 가진 사람이 어디 있어?"

"다 아무짝에도 쓸모없는 정보들이야. 하지만…… 지금 뭔가를 확인하고 있긴 해."

에리카가 욕조에서 상체를 일으켰다.

"뭐?"

"아냐, 아무것도 아냐." 미카엘이 손을 저었다. "그냥 희망사항일 뿐이야."

"지금 우리한테는 희망사항이라도 있어야 해."

"그렇지. 하지만 근거 없거나 증명할 수 없는 이야기일 수 있어."

"하지만 마음 한구석으로는 그걸 믿고 있구나? 그렇지?"

"어쩌면. 하지만 단지 이 이야기와는 아무런 상관없는 어떤 정보 때문이야."

"그게 뭔데?"

"옛 친구 하나가 이 이야기에 등장했어."

"혹시 L로 시작하는 이름?"

"맞아."
"그렇다면 상당히 가능성 있는 이야기인데, 안 그래?"
에리카가 눈부신 알몸을 욕조 밖으로 드러내며 말했다.

8장
11월 20일 저녁

아우구스트는 체스판 무늬 바닥에 무릎을 꿇고 앉아 있었다. 프란스는 그 앞에 양초가 한 개 놓인 파란 접시, 녹색 사과 두 개, 오렌지 하나를 가져다두었다. 하지만 아무 일도 일어나지 않았다. 아우구스트는 멍한 눈빛으로 바깥의 폭풍우를 바라볼 뿐이었다. 결국 프란스는 아이한테 그려야 할 대상을 정해주는 건 바보 같은 짓일지도 모르겠다고 생각했다.

아우구스트는 무언가를 한번 보면 그 모습을 머릿속에 사진처럼 그대로 새기는 듯했다. 그렇다면 다른 사람도 아니고 아버지까지 나서서 물건들을 골라 아이에게 그리라고 들이밀 필요가 없을 것이다. 아우구스트의 머릿속에는 이미 수천 가지가 넘는 이미지들이 들어 있을 텐데, 과일 몇 개 놓인 접시를 그리라고 요구하는 건 어리석으면서도 적절치 못한 짓이었다. 아우구스트는 전혀 다른 것에 관심이 있을지도 모른다. 프란스는 아이가 그 신호등 그림으로 어떤 메시지를 전하고 싶었던 건 아니었는지 자문해보았다. 그 그림은 단순한 관찰 드로잉이 아니었다. 빨간불은 마치 사악한 눈처럼 빛났다. 어쩌면 아이는 건널목에 서 있던 남자에게서 위협감을 느꼈을지도 모른다.

이날만 해도 벌써 몇 번째인지 모르겠지만 프란스는 다시 한번 아이를 물끄러미 쳐다보았다. 사실 좀 놀라운 일이었다. 지금껏 그의 눈에 아우구스트는 단지 이상하고 이해할 수 없는 아이였다. 그런데 생각해보니 실은 자신을 꽤 닮은 것 같기도 했다. 그가 어렸을 때 의사들은 요즘처럼 그렇게 자세한 진단을 내리지 않았다. 그저 바보, 혹은 비정상아의 범주에 뭉뚱그려 집어넣을 뿐이었다. 프란스는 여느 아이들과 많이 달랐다. 지나치게 심각했고, 표정에는 늘 변화가 없었다. 학교 운동장에서 뛰노는 아이들에게는 별로 재미있는 친구가 아니었다. 그 역시 다른 아이들에게서 큰 흥미를 느끼지 못했기 때문에, 혼자만의 숫자와 방정식의 세계로 숨어든 채 꼭 필요한 때가 아니면 입을 열지 않았다.

아마 그는 아우구스트만큼 심각한 자폐아로 여겨지진 않았을 것이다. 하지만 요즘이었다면 아스퍼거 증후군이라는 딱지가 붙었을 텐데, 과연 이런 진단이 자신에게 좋은 것이었을지 아니었을지를 따지는 건 무의미했다. 지금 중요한 건, 한나와 자신이 아우구스트가 아주 어렸을 때 자폐아 진단을 받게 한 일이 아이에게 도움이 될 거라고 믿었다는 사실이다. 하지만 그후 아이의 상태에는 거의 진전이 없다가 여덟 살이 된 지금에 와서야 수학과 공간 인지에 특별한 재능이 있다는 걸 발견했다. 어떻게 한나와 라세는 이걸 모르고 지나칠 수 있었을까?

라세는 원래부터 몹쓸 인간이었다. 반면 한나는 심성이 착하고 여렸다. 프란스는 그녀를 처음 만난 그때를 영원히 잊지 못한다. 별 관심도 없었던 상을 받고서 왕립공학아카데미가 주최한 만찬에 참석했을 때였다. 내내 지루함을 견디며 얼른 컴퓨터 앞으로 돌아갈 수 있기만을 바라고 있는데, 어디서 본 듯도 한 아름다운 여자—프란스는 스타들에 대해 아는 게 거의 없었다—가 다가와 말을 걸었다.

프란스는 여전히 자신을 여자애들이 거들떠보지도 않는 볼품없는 안경잡이로 여기고 있었다. 특히 절정기를 누리고 있는 한나 같은 여자가 자기 같은 남자에게 무얼 원하는지 알 수 없었다. 하지만 자신을 유혹하는 그녀와 함께 그 어떤 여자와도 경험해보지 못했던 밤을 보냈다. 그렇게 그의 인생에서 가장 행복한 시간이 시작됐지만…… 결국에는 이진법 코드들이 사랑을 누르고 말았다.

그는 가정을 소홀히 하고 연구에만 몰두했다. 그러다 모든 게 박살나버렸다. 라세 베스트만이 나타나 한나를 조금씩 파괴해갔고, 아마도 아우구스트도 그녀를 무너뜨렸을 것이다. 프란스는 이 모든 상황에 분노할 이유가 충분했지만, 사실 자신에게도 무거운 책임이 있다는 걸 모르지 않았다. 자신의 자유를 위해 아들을 저버린 그는 법정에서 쏟아진 모든 비난들을 부인할 수 없었다. 그는 아들보다 인공생명의 꿈을 더 사랑했다. 정말 한심한 노릇이었다.

이번에는 노트북을 켜고 구글에 들어가 서번트가 지닌 재능에 대해 더 깊이 알아보기로 했다. 이미 이 분야의 권위자인 대럴드 A. 트레퍼트 교수가 쓴 『천재들의 섬』도 주문해두었다. 지금까지 늘 그래왔듯 필요한 건 스스로 공부해 알아낼 생각이었다. 그 어떤 심리학자나 교육학자도 그를 가르칠 수 없었고, 지금 아우구스트에게 필요한 게 무엇인지 충고할 수 없었다. 그 모든 전문가들보다 먼저 자신이 알아낼 작정이었다. 나름대로 공부를 해나가던 와중에 자폐아 나디아의 이야기를 발견했다.

로나 셀피의 『나디아, 놀라운 드로잉 능력을 지닌 어느 자폐아 케이스』와 올리버 색스의 『아내를 모자로 착각한 남자』에 그녀의 이야기가 등장했다. 프란스는 아우구스트와 여러 면에서 유사한 그 이야기에 매혹되어 감동을 느꼈다. 나디아 역시 태어났을 때는 아주 건강하게 보였지만 몇 달이 지나면서 그녀의 부모는 뭔가 이상하다는 걸 느끼기 시작했다.

어린 나디아는 말을 할 때가 되었는데도 말을 떼지 않았고 사람들의 눈을 똑바로 쳐다보지도 못했다. 신체 접촉을 싫어했으며, 엄마의 미소나 칭찬에 반응하지 않았다. 대부분 혼자 조용히 떨어져 종이를 아주 가느다랗게 계속 자르기만 했다. 그렇게 여섯 살이 될 때까지 말을 한마디도 하지 않았다.

하지만 그림을 그릴 때면 마치 레오나르도 다빈치를 연상시킬 정도였다. 나디아는 세 살 때 느닷없이 말들을 그리기 시작했다. 다른 아이들과는 달리 전체적인 윤곽이 아닌 말굽, 기사가 신은 부츠, 꼬리 같은 세부부터 그려나갔다. 가장 기이했던 건 그림을 그리는 속도가 굉장히 빨랐다는 사실이다. 미친듯한 속도로 이번에는 여기, 이번에는 저기, 하는 식으로 그려나갔는데, 잠시 지나고 보면 천천히 걷거나 질주하는 말의 모습이 완벽하게 완성되어 있었다. 어렸을 때 그림을 그려본 적 있었던 프란스는 움직이는 동물만큼 그리기 어려운 대상이 없다는 걸 잘 알고 있었다. 아무리 애를 써도 그가 그린 결과물은 뻣뻣하게만 보일 뿐 조금도 자연스럽지 않았다. 오직 대가들만이 가볍게 도약하는 동물들의 움직임을 제대로 표현할 수 있었다. 그런데 나디아는 세 살의 나이에 벌써 대가의 경지에 올랐다.

가벼운 터치로 사진처럼 완벽하게 그려낸 말 그림들은 긴 수련의 결과물이 아니었다. 나디아의 기교는 마치 허물어진 둑에서 물이 터져나오듯 폭발했고, 그 모습을 보는 주변 사람들은 그저 입을 다물지 못했다. 어떻게 이런 기적이 일어날 수 있는 걸까? 미술의 역사가 수 세기에 걸쳐 이룩한 발전을 어떻게 손놀림 몇 번으로 가볍게 뛰어넘을 수 있는 걸까? 호주의 학자 앨런 스나이더와 존 미첼은 그녀의 그림들을 연구한 후 1999년에 한 가지 이론을 내놓았다. 갈수록 많은 사람들에 의해 받아들여지고 있는 이 이론에 따르면, 모든 인간은 유전적으로 이런 수준에 도달할 수 있는 능력을 지니고 있지만 대부분

발현되지 못한다고 한다.

예를 들어 축구공을 볼 때, 우리의 뇌는 그것이 삼차원 물체라는 걸 즉각적으로 인식하지 못한다. 떨어지는 그림자, 깊이와 색조의 미묘한 차이 같은 몇 가지 세부들을 순식간에 이해한 후 형태에 대한 결론을 내린다. 우리는 이 과정을 의식하지 못하지만, 원과 공을 구별하는 아주 간단한 일도 이처럼 각 부분별 분석이 필요하다.

이렇게 뇌가 사물의 최종 형태를 인식해내면 맨 처음에 입력된 세부들을 더이상 분간하지 못하게 된다. 마치 숲이 나무들을 가려버리듯 말이다. 두 학자의 주장에 따르면, 만일 뇌가 감지했던 최초의 세부들을 다시 떠올려낼 경우, 우리는 세계를 완전히 다른 방식으로 볼 수 있으며 심지어 손쉽게 재창조할 수 있다. 나디아가 아무런 훈련을 받지 않고도 해냈듯이 말이다.

다시 말해 나디아는 최초의 세부들, 즉 뇌가 사용하는 근본적인 재료에 접근할 수 있었다. 그리고 그것들이 처리되기 전에 인식할 수 있었기 때문에 언제나 전체적인 윤곽보다 말굽, 주둥이 같은 부분들부터 그렸다. 프란스는 이 이론에서도 꽤 많은 문제점들을 발견했지만 그래도 발상 자체가 매우 매력적이라고 생각했다.

사실 이건 프란스 자신이 연구를 할 때 항상 추구해온 독창적인 접근방식이기도 했다. 그는 대상을 당연한 것으로 여기지 않고 그 자명함 너머에 있는 가장 하찮은 세부들까지 고려하고자 했다. 이렇게 나디아의 이야기에 점점 빠져들며 정신없이 읽어내려가던 그가 갑자기 몸을 부르르 떨었다. 심지어 욕까지 내뱉고는 불안한 눈으로 아우구스트를 뚫어지게 쳐다보았다. 새로운 의학적 발견을 해서가 아니었다. 나디아가 학교에 들어간 첫해에 일어난 어떤 일 때문이었다.

나디아는 자폐아 학급에 들어갔고, 거기서는 그녀가 언어를 배울 수 있도록 모든 노력을 기울였다고 한다. 그리고 실제로 발전을 보였다. 그녀의 입에서 단어가 하나씩 나오기 시작했다. 하지만 그 일에는 무서운 대가가 따랐다. 나디아가 말을 하기 시작한 후로 그림 실력이 증발해버렸다. 로나 셀피는 한 언어가 다른 언어를 대체했다는 가설을 내세웠다. 천재 자폐아였던 나디아는 심각한 장애를 지닌 평범한 소녀가 되어버렸고, 말을 하게 된 대신 놀라운 능력을 완전히 상실해버렸다. 말 몇 마디 할 줄 알게 되는 게 그렇게 가치 있는 일이었을까?

프란스는 '아니!'라고 외치고 싶었다. 그 자신부터가 자신이 속한 영역에서 천재가 될 수 있다면 그 어떤 것도 희생할 준비가 된 사람이기 때문인지도 모른다. 범용한 인간으로 남느니 차라리 사람들 사이에서 말 한마디 못하고 앉아 있는 편이 나았다. 평범함만은 용납할 수 없다는 게 그의 좌우명이었다. 물론 자신이 추구하는 엘리트주의를 이런 경우에까지 적용할 수 없다는 걸 모를 만큼 바보는 아니었다. 우유 한잔 달라고 하지도 못하고, 친구나 아버지와 짧은 대화조차 나눌 수 없는데 그 굉장한 그림들이 대체 무슨 소용이 있단 말인가? 대체 무얼 알고 있는 거지?

하지만 프란스는 이런 선택을 직면하고 싶지 않았다. 아우구스트의 삶에 일어난 가장 놀라운 일을 포기해야만 한다는 생각을 하니 견딜 수 없었다. 아니, 아니…… 이런 식으로 문제를 생각해서는 안 되었다. 그 어느 부모도 '천재냐, 아니냐'를 선택할 수 없다. 아이에게 좋은 방향이 무엇인지 미리 알 수 있는 사람은 아무도 없기 때문이다.

생각하면 할수록 그는 불합리하다고 느꼈다. 그리고 결국에는 믿을 수 없다고 생각했다. 아니, 믿고 싶지 않았다고 해야 정확하다. 그저 나디아는 하나의 사례에 불과했고, 하나의 사례가 과학적 근거를 이룰 수는 없는 법이다.

그러니 더 알아볼 필요가 있었다. 검색을 계속 이어가는 사이 전화벨이 울렸다. 사실 몇 시간 동안 전화는 여러 번 울렸다. 하나는 발신자를 알 수 없었고, 또하나는 그의 전 조수 리누스 브란델이었다. 프란스는 갈수록 그를 견디기 힘들었고, 자신이 여전히 그를 신뢰하고 있는지도 의문이었다. 어쨌든 지금은 그와 통화하고 싶은 마음이 전혀 없었다. 나디아의 삶을 계속 자세히 알아보고 싶을 뿐이었다.

하지만 이번에는 전화를 받았다. 단순히 짜증이 나는 바람에 받아버리고 말았다. 세포에서 일하는 매력적인 분석관 가브리엘라 그라네였다. 프란스의 입가에 희미한 미소가 떠올랐다. 파라 샤리프를 좋아했지만, 가브리엘라는 두번째 선택이었다. 총명하게 반짝이는 예쁜 눈과 명민한 두뇌의 소유자였다. 그는 똑똑한 여자들에게 약했다.

"가브리엘라, 당신과 얘기하고 싶지만 지금 시간이 별로 없어요. 중요한 일을 하고 있어요."

"아뇨, 지금 이 얘기를 들을 시간은 분명히 있을 거예요." 그녀는 매우 심각하게 말했다. "프란스, 당신 지금 위험에 처해 있어요."

"가브리엘라, 말도 안 돼요! 내가 얘기했죠. 그들이 소송으로 날 괴롭히면서 팬티까지 벗겨갈 거라고요. 하지만 그 이상은 못해요."

"프란스, 안타깝지만 새로운 정보를 입수했어요. 꽤 믿을 만한 제공자한테서요. 정말 위험한 상황에 처한 것 같다고요."

"그게 무슨 얘기죠?" 그가 멍한 얼굴로 물었다. 어깨와 귀 사이에 수화기를 끼운 채 손과 눈으로는 재능을 잃어버린 나디아에 대해 계속 찾아보면서.

"프란스, 현재 이 정보를 정확히 평가하기는 어렵지만 상당히 우려스러워요. 심각하게 받아들여야 할 것 같아요."

"그럼 그렇게 하죠, 뭐. 앞으로 특별히 조심하겠다고 약속할게요. 평소처럼 집에 딱 붙어 있을 거고요. 아까 말했듯이 지금 조금 바빠요. 그리고 분명 당신은 잘못 생각하고 있어요. 솔리폰에선……"

"그래요, 내가 잘못 생각할 수도 있어요." 그녀가 말을 끊었다. "하지만 만일 내가 옳다면요? 그럴 가능성이 아주 조금이라도 있다면요?"

"그럴 수도 있겠죠. 하지만……"

"프란스, 내 말 잘 들어요. 난 당신이 정확하게 상황을 판단했다고 생각해요. 솔리폰에서 당신에게 물리적인 위해를 가하려는 사람은 아무도 없어요. 어쨌든 문명화된 기업이니까요. 하지만 솔리폰의 누군가가, 혹은 여럿이 모인 내부 조직이 러시아와 스웨덴에서 활동하는 위험한 범죄조직과 접촉하는 듯해요. 바로 그들이 위협을 가할 거라고요."

그제야 비로소 프란스는 모니터에서 눈을 뗐다. 그는 솔리폰의 지그문트 에커발트가 어느 범죄조직과 협력하고 있다는 사실을 알고 있었다. 심지어 조직의 리더를 지칭하는 암호명을 몇 개 알아냈지만, 그 조직이 자신을 노리는 이유까진 알 수 없었다. 혹시 그것 때문이라면 모를까……

"범죄조직이라고요?" 그가 웅얼대듯 물었다.

"네." 가브리엘라가 계속했다. "어떻게 보면 말이 되지 않나요? 당신이 했던 말에 들어맞지 않느냐고요. 돈을 벌려고 남의 아이디어를 훔치기 시작하면 필연적으로 선을 넘게 되고, 그때부터 모든 게 고약해지기 시작한다고 그랬잖아요."

"난 변호사 패거리에 대해 얘기했던 것 같은데요? 약아빠진 법률가들만 데리고 있으면 무엇이든 유유하게 훔칠 수 있다고요. 변호사들이 이 시대의 해결사니까요."

"어쨌든 당신을 밀착 경호하라는 지시를 아직까지는 받지 못했으니까 당분간 안전한 곳으로 옮겼으면 좋겠어요. 곧 당신을 데리러 갈게요."

"뭐라고요?"

"당장 움직여야 할 것 같아요."

"절대 그럴 수 없어요. 나랑……" 프란스는 잠시 머뭇거렸다.

"지금 누군가와 함께 있나요?"

"아뇨, 아뇨. 하지만 지금은 아무데도 갈 수 없어요."

"지금까지 내가 한 얘기를 못 들었어요?"

"아주 잘 들었어요. 당신을 충분히 존중하지만 지금 들은 말은 추측에 불과해 보여요."

"프란스, 위험성을 평가하는 데 추측은 필수예요. 그리고…… 말하면 안 되지만, 어쨌든 우리에게 접촉해온 사람은 그 조직을 조사하고 있는 NSA 요원이에요."

"오, NSA!"

프란스가 코웃음을 쳤다.

"당신이 그들에게 비판적이란 걸 알아요."

"그거 하나는 확실하죠."

"알겠어요. 하지만 이번에 그들은 당신 편이에요. 적어도 나한테 전화한 그 요원은 괜찮은 사람이에요. 감청을 하다가 당신에 대한 살해 계획일 수도 있는 무언가를 발견했어요."

"날 죽인다고요?"

"몇 가지 신호들이 그렇게 말하고 있어요."

"일 수도 있는…… 몇 가지 신호들…… 좀 모호하지 않나요?"

이때 아우구스트가 색연필을 잡으려고 손을 뻗었다. 프란스는 잠시 아이의 행동을 지켜보았다.

"난 그냥 집에 있을 거예요."

"지금 농담하는 거예요?"

"천만에요. 당신이 더 많은 정보를 얻게 되면 이사할지 몰라도, 그 전에는 아니에요. 밀톤 시큐리티가 설치해준 경보장치들이 완벽하게 작동하고 있어요. 사방에 카메라와 센서를 달아놨다고요."

"지금 진심이에요?"

"그래요. 알죠? 나 고집 센 거."

"무기라도 하나 가지고 있어요?"

“가브리엘라, 지금 무슨 소릴 하는 거예요? 무기라고요? 우리집에 있는 가장 위험한 물건은 아마 새로 산 치즈 슬라이서일 거예요.”

“이봐요, 프란스……” 그녀는 조금 머뭇거렸다.

“네?”

“좋든 싫든 난 당신을 보호할 거예요. 신경쓸 필요는 없어요, 자신이 보호당하고 있는지조차 알아채지 못할 테니까. 하지만 계속 그렇게 고집을 부리니 조언 하나 할게요.”

“뭔데요?”

“그냥 다 말해버려요. 그렇게 하면 일종의 생명보험이 될 거예요. 당신이 알고 있는 걸 언론에 다 쏟아내라고요. 운이 좋으면 당신을 제거하는 게 무의미한 일이 될 수도 있으니까요.”

“한번 생각해보죠.”

이때 프란스는 그녀의 목소리가 살짝 흐트러지는 걸 느꼈다.

“여보세요?”

“잠깐만요.” 그녀가 대답했다. “다른 전화가 들어왔어요. 잠시……”

가브리엘라는 통화를 대기 모드로 돌렸다. 한편 프란스는 방금 알게 된 일로 골치가 아파야 옳겠지만, 지금 머릿속에는 한 가지 생각뿐이었다. 만일 아우구스트가 말할 수 있게 된다면 지금 가진 재능들을 잃게 될까?

“아직 거기 있어요?” 가브리엘라가 다시 그를 찾았다.

“물론이죠.”

“이제 끊어야겠네요. 최대한 빨리 당신을 경호하겠다고 약속할게요. 또 연락하죠. 몸조심해요!”

프란스는 한숨을 쉬며 수화기를 내려놓았다. 한나와 아우구스트, 옷장 거울들에 비친 체스판 무늬 바닥, 그리고 지금 이 상황에서 특별히 중요하지 않은 다른 모든 것들에 생각을 돌렸다. 그러고는 마치 남 얘기 하듯 무심하게 중얼거렸다.

"그자들이 날 쫓고 있단 말이지……"

그들이 폭력까지 쓸 거라고는 한 번도 생각해본 적 없었지만, 마음 한구석으로는 가브리엘라의 생각이 터무니없지 않다는 걸 잘 알고 있었다. 하지만 지금 확실한 건 아무것도 없다. 게다가 이 일에 신경쓸 여유도 없다. 그는 다시 나디아의 이야기로 돌아와 아우구스트와 관련이 있을 만한 내용들을 찾아보았다. 이런 상황에서 그가 취할 만한 태도로는 적절하다고 할 수 없었지만 어쨌든 그는 아무 일도 없다는 듯 행동했다. 가브리엘라의 경고에도 불구하고 자리에서 움직이지 않고 검색을 계속해나가던 그는 서번트 증후군 연구의 권위자인 신경학자 찰스 에델만의 이름을 발견했다. 평소 말보다 글을 더 좋아하는 그였지만, 정보를 더 찾아 읽어보는 대신 카롤린스카 연구소 교환센터에 전화를 걸었다.

그리고 이내 너무 늦은 시간이라는 걸 깨달았다. 교수가 아직까지 연구소에 남아 있을 가능성은 거의 없었고, 개인 전화번호는 올라 있지 않았다. 그런데 찾아보니 그는 특별한 재능을 지닌 자폐아들을 위한 기관 '에클리덴'의 책임자이기도 했다. 그곳으로 전화를 걸자 여러 번 신호음이 울린 끝에 린드로스 수녀라는 사람이 응답했다.

"이렇게 늦은 시간에 죄송합니다. 찰스 에델만 교수님과 통화하고 싶은데요, 혹시 아직 거기 계실까요?"

"네, 지금 계세요. 날씨가 끔찍해서 아무도 귀가할 엄두를 못 내고 있죠. 전화 거신 분 성함이 어떻게 되시죠?"

"프란스 발데르입니다." 그는 혹시나 도움이 될까 하여 이렇게 덧붙였다. "프란스 발데르 교수입니다."

"잠시만 기다리세요. 교수님이 전화를 받으실 수 있는지 볼게요."

프란스는 색연필을 집어든 채로 머뭇거리는 아우구스트를 관찰했다. 그 모습이 불길한 징조라도 된다는 듯 그의 마음이 어두워졌다.

"범죄조직이라……" 그는 다시 중얼거렸다.

"찰스 에델만입니다!" 수화기 저쪽에서 목소리가 들렸다. "정말로 프란스 발데르 교수님이신가요?"

"그렇습니다. 제가 한 가지……"

"이거 얼마나 큰 영광인지 모르겠네요!" 찰스가 외쳤다. "스탠퍼드 대학 콘퍼런스에서 막 돌아온 참인데, 거기서 교수님의 신경망 연구에 대해 얘기를 했었어요. 정말로요! 심지어 인공지능 연구를 통해 우리 신경학자들이 뇌에 대해 더 많을 걸 배울 수 있을지도 모른다는 말까지 나왔었죠. 예를 들면……"

"정말 몸 둘 바를 모르겠습니다." 프란스가 그의 말을 끊었다. "하지만 제가 한 가지 여쭙고 싶은 게 있는데요."

"아, 그렇습니까? 교수님 연구에 필요한 건가요?"

"전혀 그렇진 않습니다. 제 아들이 자폐아예요. 여덟 살이고, 아직 말을 할 줄 모르고요. 그런데 얼마 전에 함께 호른스가탄에서 신호등 앞을 지난 적이 있었어요."

"그런데요?"

"아이가 집에 돌아와 자리에 앉더니 굉장한 속도로 그 신호등을 그렸는데, 그 광경을 완벽하게 재현해냈어요. 정말 입이 딱 벌어질 정도로요!"

"제가 가서 한번 봐주기를 바라는 건가요?"

"그럼 물론 좋겠지만, 제가 전화한 목적이 그건 아닙니다. 사실 지금 아주 불안합니다. 어떤 글을 읽어보니 그런 그림들은 아이가 외부 세계와 대화하는 나름의 방법이라고 하더군요. 그런데 아이가 말하는 법을 배우면 그 재능을 잃을 수 있다고도 하고요. 하나의 표현 방법이 다른 하나를 대체해버릴 수 있다고요."

"나디아를 말씀하시는 모양이군요."

"어떻게 아셨죠?"

"이 문제에서는 항상 언급되는 사례이니까요. 하지만 너무 걱정하지 마세요, 프란스. 앞으로 프란스라 불러도 될까요?"

"물론입니다."

"좋아요, 프란스. 우선 당신이 전화해줘서 기쁘군요. 그리고 그 문제에 대해서는 조금도 걱정할 필요가 없다고 분명히 말씀드릴 수 있어요. 나디아는 오히려 규칙을 공고히 해주는 예외적인 경우에 불과해요. 여태까지 나온 모든 연구들은 언어적 발전이 서번트의 재능을 강화해준다는 사실을 보여주고 있어요. 스티븐 월트셔만 봐도 알 수 있죠. 그에 대해 들어본 적 있겠죠?"

"런던 시내를 한 번 보고서 전부 그려냈다는 사람 말인가요?"

"맞아요. 그는 예술뿐 아니라 지적, 언어적 영역에서 모두 발전을 이뤘어요. 오늘날엔 그를 위대한 예술가로 여기고요. 그러니 안심하세요. 물론, 재능을 잃어버리는 아이들이 간혹 있지만, 보통 다른 이유들 때문이에요. 그 재능에 권태를 느꼈다든지, 다른 일이 일어나서죠. 나디아가 그 시기에 어머니를 잃었다는 건 아시나요?"

"네."

"어쩌면 그게 진정한 원인이었을지도 몰라요. 물론 아무도 확실하게 단정할 수는 없지만요. 하지만 말하는 법을 배웠다고 해서 재능을 잃을 가능성은 낮아요. 그런 식으로 증상이 진전된 예에 대해서는 자료가 거의 존재하지 않죠. 이렇게 말하는 건 당신을 안심시키기 위함도 아니고, 제가 주장하는 가설이어서도 아니에요. 요즘은 서번트들의 지적 능력을 전부 발전시켜서 전혀 나쁠 게 없다는 광범위한 합의가 이뤄졌답니다."

"교수님도 그렇게 생각하세요?"

"물론이죠."

"우리 애는 숫자에도 재능을 보입니다."

"정말인가요?" 찰스가 깜짝 놀라며 되물었다.

"왜 그렇게 놀라시죠?"

"서번트에게 예술적, 수학적 재능이 동시에 나타나는 경우는 극히 드물거든요. 유사한 점이 전혀 없는데다 심지어는 서로 배제하는 재능처럼 보이기도 하죠."

"하지만 사실이 그렇습니다. 그애가 그린 그림을 보면 마치 모든 비율을 계산한 듯 기하학적 정확성이 느껴져요."

"정말 흥미롭군요. 제가 언제 한번 아드님을 만나볼 수 있을까요?"

"그건 잘 모르겠습니다. 오늘은 그저 조언을 구하고 싶어 전화를 드렸습니다."

"그렇다면 제 조언은 분명합니다. 아이에게 투자하세요! 자극을 주면서 모든 영역에서 재능을 키워나갈 수 있도록 해주세요."

"저……"

프란스는 가슴이 꽉 막히면서 형언할 수 없는 느낌에 사로잡혔다. 제대로 말도 할 수 없었다.

"저는…… 네, 감사합니다. 정말 감사합니다. 그럼 이제……"

"오히려 당신과 얘기를 나누게 되어서 제가 영광이에요. 아드님까지 알게 되어 기쁘고요. 한 가지 말씀드리자면, 이번에 제가 서번트들을 위한 아주 정교한 테스트를 개발했어요. 아드님을 좀더 이해할 수 있도록 제가 도움을 드릴 수 있을 겁니다."

"그럼 정말 좋겠네요. 하지만 이제……" 프란스는 무슨 말을 해야 할지도 모르는 채 웅얼거렸다. "안녕히 계세요. 그리고 다시 한번 감사합니다."

"오, 천만에요. 다시 연락 주시길 기다리겠습니다."

프란스는 전화를 끊고 가슴 위에 두 손을 가만히 올린 채 아우그스트를 잠시 물끄러미 쳐다보았다. 아이는 여전히 노란 색연필을 손에 들고서 타오르는 양초를 뚫어지게 응시하고 있었다. 그 순간 프란스는 어깨를 부르르 떨면서 왈칵 눈물을 쏟았다.

그는 절대로 쉽게 눈물을 흘리는 사람이 아니었다. 마지막으로 운

게 언제였는지도 기억나지 않았다. 어쨌든 어머니가 죽었을 때는 아니었고, 감동적인 작품을 볼 때 운 적은 한 번도 없었다. 스스로 생각해도 목석같은 인간이었다. 그런데 이 순간만큼은 색연필이며 파스텔을 늘어놓고 앉아 있는 아들 앞에서 어린아이처럼 흐느꼈다.

찰스 에델만이 한 말 때문이었다. 아우구스트가 말을 할 수 있을 뿐 아니라 계속해서 그림도 그릴 수 있을 거라는 건 가슴 벅찬 소식이었다. 하지만 그것만이 눈물의 이유는 아니었다. 솔리폰에서 있었던 일, 살해 협박, 그가 간직하고 있는 비밀들, 그리고 한나와 파라, 혹은 그의 휑한 마음을 채워줄 누군가가 곁에 없다는 사실 등이 뒤얽힌 복잡한 감정 때문이었다.

"우리 아들!"

그는 격한 감정에 사로잡힌 나머지, 그 순간 노트북 화면이 밝아지면서 정원의 감시카메라에 잡힌 영상이 나타난 것도 알아채지 못했다.

폭풍우 속에서 큰 키에 깡마른 남자가 걸어오고 있었다. 두꺼운 가죽재킷을 입고, 얼굴을 다 덮을 정도로 회색 야구모자를 바짝 눌러썼다. 그는 자신이 카메라에 찍히고 있다는 걸 알고 있었다. 깡마른 체격이긴 했지만 건들거리며 걷는 폼에서 링에 들어서는 헤비급 복서 같은 분위기가 풍겼다.

가브리엘라는 아직 사무실에 남아 인터넷에서 자료를 찾아보고 세포의 내부 기록들을 살폈다. 사실 자신이 무얼 찾는지도 확실히 모르는 채였다. 하지만 모호하고 막연한 불안감이 그녀를 괴롭혔다.

아까 프란스와 대화를 멈춰야 했던 건 지난번과 같은 이유로 자신과 통화하기 원했던 세포 국장 헬레나 크라프트 때문이었다. NSA의 알로나 카살레스가 연결을 원했고, 이번에는 훨씬 더 차분하면서 조금 끈적거리는 목소리였다.

"그쪽 전산 문제는 다 해결됐나요?" 가브리엘라가 물었다.

"하…… 그래요. 좀 쇼를 벌였죠. 심각한 문제는 아닐 거예요. 아까 자꾸 숨기려고만 해서 미안해요. 일의 성격상 어쩔 수가 없었어요. 아직 확실한 건 없지만 프란스 교수를 노리는 위협은 실제적이고도 심각한 문제라는 걸 다시 한번 강조해야겠어요. 그동안 조치를 취할 시간이 있었나요?"

"그와 통화했어요. 집에서 나오기를 거부해요. 지금 아주 바쁘다면서요. 그래서 경호원을 붙이려고요."

"오, 완벽해요, 미스 그라네! 당신이 그저 예쁘기만 한 여자가 아니라는 건 벌써 눈치챘지만 이번에는 좀더 인상적이네요! 그 정도 재능이면 골드만삭스에서 일했어도 돈을 쓸어담았겠어요."

"그건 내 스타일이 아니에요."

"나도 그래요. 돈이 싫다는 게 아니라, 몇 푼 안 되는 돈을 받아도 여기저기 쑤셔대는 일이 적성에 맞아요. 어쨌든 상황을 설명할게요. 사실 이게 NSA에서는 그리 중요한 사안이 아니에요. 절대로 아니죠. 하지만 내가 보기엔 잘못 판단한 거예요. 나는 이 조직이 미국 경제에 큰 위협일 뿐 아니라 정치적으로도 문제가 될 거라고 확신해요. 전에 말했던 러시아 IT 기술자 아나톨리 하바로프는 러시아 국회의원이면서 가스프롬* 대주주인 그 유명한 이반 그리바노프와 연결되어 있어요."

"흠, 그렇군요."

"지금으로선 조각조각 흩어진 단서들밖에 없어요. 그 조직 꼭대기에 있는 인물을 알아내려고 오랫동안 노력해왔죠."

"타노스란 남자 말이죠?"

"여자일 수도 있죠."

---

* 러시아 국영 천연가스회사.

"여자요?"

"내가 틀렸을 수도 있어요. 이런 범죄조직들은 보통 여자를 이용해 먹기만 하고 윗자리에 올려놓진 않으니까. 게다가 그들이 리더를 암시할 땐 대부분 '그'라고 쓰기도 하고요."

"그런데도 왜 여자일지 모른다고 생각하죠?"

"숭배하는 듯한 분위기 때문에요. 그들이 리더에 대해 얘기하는 걸 보면 마치 남자들이 모여서 갈망하거나 숭배하는 여자에 대해 얘기한다는 느낌이 들거든요."

"굉장한 미인일 수 있겠네요."

"맞아요. 하지만 단순히 동성애적 성향을 감지한 걸 수도 있고요. 만일 러시아 갱들과 거물들이 그런 성향이라면 가장 즐거워할 사람은 바로 나겠지만요"

"그건 확실하죠!"

"내가 이런 얘기를 하는 건, 이 모든 내용들이 언젠가 당신 책상 위에 놓일지 모르니 미리 참고하라는 뜻이에요. 그리고 알고 있겠지만 꽤 많은 변호사들도 이 일에 연루되어 있어요. 이런 일에는 꼭 변호사들이 끼기 마련이죠, 안 그래요? 해커가 있으면 모든 걸 훔쳐낼 수 있고, 변호사가 있으면 모든 도둑질을 정당화할 수 있으니까요. 아까 프란스가 명언을 남겼다던데, 뭐였죠?"

"우리는 모두 법 앞에서 평등하다. 변호사 수임료만 치를 수 있다면."

"맞아요! 요즘 세상에선 유능한 변호사를 고용할 수 있는 사람이 무엇이든 다 빼앗아먹을 수 있죠. 프란스의 상대 변호인이 워싱턴에 있는 로펌 '댁스톤 앤드 파트너'란 건 잘 알고 있죠?"

"네."

"그럼 이 로펌이 거대 기업들을 변호한다는 사실도 알겠네요. 자신의 창작품에 대해 보상금을 요구하는 발명가와 혁신가를 법정으로 끌고 와 박살을 내버리는 기업들을요."

"네. 발명가 호칸 란스의 소송 문제를 다루다가 알게 됐죠."

"정말 지저분한 이야기 아닌가요? 그런데 이 조직 네트워크를 추적해 해독해낸 몇 안 되는 대화 가운데 흥미롭게도 댁스톤 앤드 파트너가 언급되고 있어요. D.P. 혹은 D.라는 간단한 이니셜로요."

"그렇다면 솔리폰과 이 조직이 같은 로펌을 고용했다는 얘기네요."

"그런 듯해요. 이게 다가 아니에요. 댁스톤 앤드 파트너는 지금 스톡홀름에 사무실을 열려고 해요. 우리가 그걸 어떻게 찾아냈는지 알아요?"

"아뇨."

가브리엘라는 초조함을 느끼며 대답했다. 빨리 이 대화를 마치고 프란스에게 경호 인력을 붙여주고 싶었다.

"우리 쪽 감청 시스템으로요." 알로나가 설명을 계속했다. "아나톨리 하바로프가 뭔가를 말하던 중에 이를 언급하더라고요. 그래서 이 로펌과 관계가 있다는 걸 알아챘죠. 그들은 스톡홀름 진출 소식이 공식적으로 발표되기도 전에 알고 있었던 거예요. 로펌은 스톡홀름에 사무실을 여는 일과 관련해서 케니 브로딘이라는 스웨덴 변호사와 제휴했고요. 형사 전문 변호사로 활동했던 인물인데, 자기 고객들과 관계가 지나치게 가까웠던 걸로 유명했죠."

"기억해요. 갱단 친구들과 함께 콜걸들을 주무르는 사진이 신문에 대문짝만하게 실렸잖아요."

"나도 봤어요. 만일 당신 쪽에서 이 사안을 살펴보고 싶다면, 이 미스터 브로딘에서 시작해봐도 좋을 거라고 확신해요. 누가 알겠어요? 이자가 범죄조직과 재계 사이에서 다리 역할을 하고 있을지."

"네, 한번 살펴볼게요." 가브리엘라가 대답했다. "그런데 지금은 해결해야 할 일들이 있어요. 나중에 다시 통화하면 어떨까요?"

알로나와 대화를 마친 그녀는 곧바로 세포 요인보호부에 전화를 걸었다. 당직자 스티그 위테르그렌이 응답했다. 순간 그녀는 가슴이 내려앉았다. 올해 예순인 이 과체중의 남자는 소문난 술꾼인데다 무엇보다 온라인 카드 게임을 사랑했고, 사람들은 그를 '미스터 불가능'이라고 불렀다. 따라서 그녀는 최대한 고압적인 말투로 상황을 설명하고, 즉시 경호 인력을 출동시켜 살트셰바덴에 있는 프란스 발데르에게 보호 조치를 취해달라고 요구했다. 하지만 평소와 다름없이 어렵다, 아니 불가능할 수도 있다, 라는 대답이 돌아왔다. 결국 그녀는 헬레나 국장이 지시한 사항이라고 대꾸했고, 그는 "아, 빌어먹을 여편네"라고 웅얼거렸다.

"지금 그 말은 못 들은 걸로 하겠어요." 가브리엘라는 차갑게 대꾸했다. "아무튼 즉각 조치하도록 하세요."

하지만 역시나 그렇게 되지 않았다. 손톱 끝으로 책상을 두드리며 초조하게 기다리던 그녀는 댁스톤 앤드 파트너를 비롯해 알로나가 말한 사안과 관련된 자료들을 찾아보기 시작했다.

그런데 끔찍하게도 어떤 친숙한 불안감이 그녀를 엄습했다. 하지만 이 막연한 불안의 이유를 알아내기도 전에 스티그 위테르그렌이 전화를 걸어왔다. 역시나 지금 요인보호부에 출동할 인력이 없다는 소식이었다. 노르웨이 황태자 부부가 방문해 공개 행사가 열릴 예정이라 오늘 저녁 왕실 주변 경호가 특별히 강화됐다고 했다. 뿐만 아니라 스웨덴민주당 당수가 경호원들이 개입할 틈도 없이 얼굴에 아이스크림을 맞은 일이 발생해, 쇠데르텔리에 연설장에도 상당수 인력을 투입해야 했다.

그리하여 그는 프란스의 집에 페테르 블롬과 단 플링크라는 "일반 경찰 소속인 대단한 친구 둘"을 파견했고, 가브리엘라는 그걸로 만족해야 했다. 블롬과 플링크라는 성이 『말괄량이 삐삐』에 나오는 두 경찰 클링과 클랑을 떠오르게 해 그녀는 잠시 불길한 생각이 들었다. 하지만 이내 그런 자신에게 화가 났다. 사람을 이름으로 판단하는 건 그녀가 속한 속물 사회의 전형적인 태도였기 때문이다. 윌렌토프스 같은 이름이었다면 오히려 더욱 마음을 졸였을 것이다. "괜찮을 거야"라고 중얼거리며 그녀는 불안한 마음을 털어버렸다.

그리고 다시 일로 돌아갔다. 오늘은 긴 밤이 될 터였다.

9장

11월 20일 밤~21일 새벽

커다란 더블베드에 비스듬히 누워 자다 깨어난 리스베트는 꿈에 아버지가 나왔었다는 걸 깨달았다. 뭔가 위협적인 예감이 망토처럼 그녀를 휘감았다. 하지만 지난밤 일을 생각해보면 그저 몸속에서 일어나는 화학작용 때문일지도 몰랐다. 지독한 숙취였다. 그녀는 갑자기 토하고 싶어져 흐느적거리는 두 다리를 간신히 세워 대리석과 거품 욕조와 온갖 멍청한 고급 소품들로 꾸며진 널찍한 욕실로 들어갔다. 하지만 아무것도 게워내지 못했다. 그녀는 욕실 바닥에 널브러진 채 숨만 크게 몰아쉬었다.

마침내 몸을 일으켜 거울을 들여다보니 거기에 비친 모습 역시 한심하기는 마찬가지였다. 눈은 새빨갛게 충혈됐다. 자정이 조금 지났으니 몇 시간밖에 못 잔 셈이었다. 그녀는 욕실 벽장에서 유리잔을 꺼내 물을 담았다. 하지만 그 순간, 지난밤 꿈이 떠올라 잔을 꽉 쥐었다가 그만 깨뜨리고 말았다. 유리에 베인 손에서 흘러나온 피가 바닥으로 뚝뚝 떨어졌고, 그녀는 욕을 내뱉었다. 이제 잠들기는 글렀다.

어제 NSA 내부 네트워크에서 다운로드한 암호화된 파일을 한번 풀어볼 수도 있었다. 하지만 무의미한 일이었다. 적어도 지금은. 그녀는 수건으로 손을 둘둘 말고 서가로 가 책을 한 권 꺼내들었다. 프린스턴 대학교 물리학 교수 줄리 태멋의 최신 저작으로, 거대한 별이 허물어져내려 블랙홀이 되는 과정을 설명한 책이었다. 그녀는 슬루센과 리다르피에르덴만이 내다보이는 창가의 빨간 소파에 누워 책을 펴들었다.

책을 읽기 시작하니 기분이 조금 나아졌다. 수건에서 책장 위로 피가 흘러내리고 머리는 여전히 지끈거렸지만, 그녀는 여백 곳곳에 메모까지 해가며 점점 책 속으로 빠져들었다. 사실 새로운 내용은 없었다. 팽창하려는 내부의 핵폭발력과 하나의 덩어리로 지키려는 중력 간의 균형 덕분에 별이 그 생명을 유지할 수 있다는 건 그녀 역시 잘 알았다. 그녀가 보기에 이건 균형 게임, 오랫동안 우열을 가릴 수 없는 상태가 계속되지만 결국 연료가 고갈돼 폭발력이 힘을 잃으면 필연적으로 하나의 승자가 나올 수밖에 없는 치열한 싸움이었다.

중력이 우위를 점하면 천체는 바람 빠진 공처럼 쭈그러들면서 점점 작아지다 마침내는 무無로 환원된다. 이미 1차대전 때 카를 슈바르츠실트는 다음과 같은 우아한 방정식을 통해 별이 극도로 쪼그라든 나머지 빛조차 빠져나갈 수 없게 된 단계를 입증했다.

$$r_{sch} = \frac{2GM}{C^2}$$

이 단계에 이르면 되돌아가는 건 불가능하다. 천체가 붕괴하는 걸 더이상 막을 수 없게 된다. 원자 하나하나는 시공간이 끝나는, 아니 그보다 한층 기이한 일들이 벌어지는 어느 특이한 지점으로, 자연법칙이 지배하는 우주 가운데서 순수한 비합리성이 춤을 추는 어느 특이한 지점으로 빨려들어간다.

이 특이점, 지점이라기보다 하나의 사건이라 할 수 있는, 다시 말해 지금까지 알려진 물리법칙들의 종착역이라 할 수 있는 이 특이점은 이른바 '사건의 지평선'*으로 둘러싸여 있다. 그리고 그 사건들은 이른바 '블랙홀'을 이룬다. 리스베트는 블랙홀을 좋아했다. 그것들이 자신과 비슷하다고 생각했다.

줄리 태멋처럼 리스베트 역시 블랙홀 그 자체보다 그것이 만들어지는 과정에 더 큰 흥미를 느꼈다. 특히 아인슈타인의 상대성이론에 의해 밝혀진 우주의 거대한 영역에서 시작된 별들의 붕괴가, 양자역학 법칙이 지배하는 아주 작은 세계에서 끝을 맺는다는 사실이 매력적이었다.

그녀는 이 과정을 묘사할 수만 있다면 양자역학과 상대성이론이라는 양립 불가능해 보이는 두 이론을 통합할 수 있을 거라고 생각했다. 하지만 이건 빌어먹을 암호화된 파일처럼 그녀의 능력을 벗어나는 일이므로 결국 꿈에 나왔던 아버지를 다시 떠올리지 않을 수 없었다.

어린 시절, 그 몹쓸 인간은 그녀의 엄마를 수도 없이 강간했다. 돌이킬 수 없는 부상을 입을 때까지 강간과 구타는 계속됐고, 결국 열두 살의 리스베트는 섬뜩한 무기로 그에게 반격했다. 당시 그녀는 몰랐다. 자신의 생부가 망명한 소련 군사 정보국 GRU의 요원이자, 스웨덴 안보경찰 세포의 내부 조직인 '섹션'이 철저하게 보호하고 있는 인물이었다는 사실을. 하지만 그가 어떤 미스터리에, 아무도 접근할 수도, 아니 언급할 수조차 없는 어둠에 둘러싸여 있다는 걸 느낄 수 있었다. 심지어 그의 이름조차 그랬다.

그에게 온 모든 서신과 문서에는 칼 악셀 보딘이라는 이름이 적혀 있었고, 사람들은 그를 그렇게 불렀다. 하지만 룬다가탄에 사는 가족

---

* 보통 블랙홀의 바깥 경계를 이르는 말.

은 그게 가짜 이름이라는 걸 알았다. 그의 본명은 살라, 정확히는 알렉산데르 살라첸코였다. 그는 눈썹 한번 찌푸리는 걸로 사람들을 공포에 얼어붙게 할 수 있었고, 특히 그 무엇으로도 뚫을 수 없는 철갑을 두른 사람이었다. 적어도 리스베트가 보기에는 그랬다.

그때 그녀는 아버지의 비밀을 몰랐지만, 어떤 짓을 해도 처벌받지 않는 사람이라는 건 알 수 있었다. 그러니 그토록 오만할 수 있었으리라. 그녀는 일반적인 방법으로는 그를 해칠 수 없다는 걸 잘 알았다. 다른 아버지들은 사회보호기관이나 경찰에 고발당할 수 있지만, 자신의 아버지 살라는 어마어마한 보호를 받고 있었다. 그리고 방금 전 그녀의 꿈에 떠오른 건 의식을 잃고 바닥에 쓰러져 있는 어머니를 발견한 그날, 이제는 자신이 나서서 아버지를 제거하리라 결심한 바로 그날의 기억이었다.

이것이 리스베트의 블랙홀이었다.

새벽 1시 18분, 경보음이 울렸다. 프란스는 소스라치며 잠에서 깼다. '누가 집에 들어왔나?' 격심한 공포를 느끼며 침대 위로 팔을 뻗었다. 아우구스트는 옆에 있었다. 언제나처럼 아빠의 침실에 살그머니 들어왔던 모양이다. 요란하게 울려대는 경보음이 꿈에서도 들리는지 아이는 불안한 모습으로 신음했다. "우리 아들……" 중얼거리던 프란스의 얼굴이 갑자기 굳어졌다. '지금 발소리가 들렸나?'

아니, 단순한 상상일 터였다. 이렇게 끔찍한 폭풍우가 휘몰아치는 날에 경보음 말고 다른 소리를 듣기는 불가능했다. 그는 창밖으로 불안한 시선을 던졌다. 바람은 한층 거세어졌다. 집채만한 물결이 밀려와 선착장과 호숫가에 부딪혔다. 폭풍우에 유리창이 달달 떨렸다. '거센 바람에 경보장치가 작동한 걸까?' 어쩌면 간단한 문제일지도 몰랐다.

어쨌든 가브리엘라가 말한 경호 인력이 도착했는지 확인해보고,

필요하면 그들에게 도움을 요청해야 했다. 경찰 둘이 올 거라는 말을 들은 게 벌써 몇 시간 전이었다. 정말이지 코미디였다. 폭풍 때문에, 혹은 이러저런 일이 발생했으니 지원해달라는 긴급 지시 때문에 그들은 계속 늦어진다고 했다. 그렇게 온갖 핑계를 늘어놓는 그들에게서 가브리엘라가 말했던 가장 무능한 인간들의 냄새가 풀풀 풍겨났다.

하지만 이건 나중에 따질 문제였고 지금은 전화를 걸어야 했다. 하지만 경보음 때문에 아우구스트가 금방이라도 깨어날 기색이어서 프란스는 우선 응급처치를 해야 했다. 아이가 발작을 일으켜 침대 헤드보드에 몸을 내던지는 광경은 상상만 해도 끔찍했다. '그래, 귀마개!' 오래전 프랑크푸르트 공항에서 샀던 초록색 귀마개가 있었다.

그는 협탁 서랍에서 귀마개를 꺼내 아우구스트의 귓속에 살며시 밀어넣었다. 그런 다음 이불을 잘 덮어주고 볼에 살며시 키스한 다음 헝클어진 곱슬머리를 쓰다듬었다. 잠옷 칼라를 반듯이 펴주고 베개 위에 머리를 편안하게 놓아주기까지 했다. 스스로도 이해할 수 없는 행동이었다. 지금 그는 겁에 질려 있고, 어쩌면 위험한 상황일지도 몰랐다. 그런데 마치 아무 일 없다는 듯 아이를 매만지며 꾸물대다니. 위기의 순간에 불현듯 감상에 젖었을 수도, 아니면 밖에서 기다리는 무언가와 대면할 순간을 자꾸만 미루고 싶어서일 수도 있었다. 그는 잠시 무기가 있었으면 하는 생각이 들었다. 쓰는 법은 잘 몰랐지만.

그는 기껏해야 뒤늦게 아들 사랑에 빠진 불쌍한 프로그래머일 뿐이었다. 그런데 어째서 이런 진창에 빠져버린 건지 알 수 없었다. 솔리폰, NSA, 그리고 범죄조직 따위는 개한테나 줘버리라고 하고 싶었다. 하지만 어쨌거나 지금은 정신을 바짝 차려야 했다. 그는 어금니를 꽉 깨물고 복도로 살금살금 걸어나갔다. 그리고 그 어떤 행동을 취하기도 전에, 심지어 밖으로 눈길 한번 던지지 않고 경보음을 껐다. 요란한 소리에 정신이 없다가 갑자기 찾아온 정적에 몸이 굳었다. 바로 그때 휴대전화가 울렸다. 그는 크게 놀랐지만 어쨌든 그 소리가 그렇게 반가울 수 없었다.

"여보세요?"

"밀톤 시큐리티 당직 요원 요나스 안데르베리입니다. 댁에 아무 문제 없습니까?"

"아, 네…… 그런 것 같네요. 어쨌든 경보음이 울렸어요."

"네, 압니다. 그럼 저희가 지정한 보안 절차에 따라 지하방으로 가서 문을 잠그고 계셔야죠. 지금 거기 계신가요?"

"네."

프란스는 거짓말을 했다.

"아주 좋습니다. 무슨 일이 일어났는지 아십니까?"

"전혀 모르겠어요. 그저 경보음에 놀라 잠이 깼어요. 왜 작동했는지 모르겠습니다. 폭풍 때문일까요?"

"아닐 겁니다…… 아, 잠깐만요!"

당직 요원의 목소리에서 갑자기 불안한 기색이 느껴졌다.

"무슨 일이죠?" 긴장한 프란스가 물었다.

"그러니까……"

"이봐요, 확실히 얘기해주세요. 불안하잖아요!"

"미안합니다. 그리고 진정하세요…… 감시카메라에 찍힌 영상들을 훑어보고 있습니다만……"

"그러니까 뭔데요?"

"누군가가 집에 들어왔습니다. 남자예요. 나중에 직접 보시겠지만, 키가 아주 크고 선글라스와 야구모자를 쓴 사람이 집안을 돌아다니고 있어요. 제가 보기에 두 번은 들어온 듯합니다. 말씀드렸듯이 저도 지금 처음 발견한 터라…… 좀더 자세히 살펴본 후에 말씀드릴 수 있겠습니다."

"어떤 사람이죠?"

"뭐라고 말하기가 어렵네요."

당직 요원이 다시 한번 영상을 돌려보는 듯했다.

"그런데…… 글쎄요…… 지금 단계에 판단하는 건 좀 섣부를지도……"

"제발 구체적인 걸 얘기해주세요. 정말 미쳐버리겠어요."

"안심할 수 있는 부분이 하나는 있는 듯합니다."

"그게 뭐죠?"

"그의 거동이요. 마치 약에 잔뜩 취한 것처럼 걷고 있어요. 몸을 움직이는 모습이 과장되고 뻣뻣한 걸 보니 단순한 마약중독자일 수도 있겠다는 생각이 듭니다. 아니면 그냥 좀도둑이거나요. 그런데……"

"네?"

"얼굴을 철저히 가린 게 좀 불인합니다. 그리고……"

그가 다시 말을 멈췄다.

"빨리 얘기해봐요!"

"잠깐만 기다리세요."

"지금 당신이 사람을 얼마나 불안하게 만드는지 압니까?"

"그럴 의도는 전혀 없습니다. 그런데 말이죠……"

프란스는 등골이 오싹해졌다. 진입로에서 엔진 소리 같은 것이 들렸다.

"집안에 침입자가 있네요."

"어떻게 해야 되죠?"

"지금 거기에 가만히 계세요."

"알겠어요."

말을 마친 프란스는 온몸이 마비된 채 서 있었다. 당직 요원이 알고 있는 곳과는 멀리 떨어진 그 자리에서.

새벽 1시 58분, 휴대전화가 울렸을 때 미카엘은 깨어 있었다. 하지만 바닥에 벗어놓은 청바지 주머니에 전화기가 있었기 때문에 제때 응답할 수 없었다. 게다가 발신자를 알 수 없는 전화였다. 그는 욕을 내뱉고 다시 침대에 누워 눈을 감았다.

이날 밤마저 뜬눈으로 지새우고 싶지 않았다. 자정 무렵에 에리카가 잠든 후, 그는 침대 위에서 몸을 뒤척이며 자신의 삶에 대해 생각해보았지만 모든 게 한심하기만 했다. 에리카와의 관계도 예외는 아니었다. 그는 벌써 수십 년째 에리카를 사랑해왔고, 그녀 또한 같은 감정이 아니라는 증거는 없었다.

하지만 그렇게 간단한 문제만은 아니었다. 어쩌면 그레게르 베크만에게서 큰 호감이 느껴졌기 때문인지도 모른다. 그 누구도 예술가인 그에게 질투심이 많다고, 혹은 옹졸하다고 욕할 수 없었다. 오히려 반대였다. 자기 아내가 미카엘 없이는 살 수 없다는, 미카엘을 보면 옷을 벗기고 싶은 욕구에 사로잡힌다는 사실을 알았을 때 그레게르는 소동을 벌이지도, 아내를 데리고 중국에 가서 살겠다고 위협하지도 않았다. 다만 한 가지를 제안했다.

"미카엘과 계속 만나도 돼. 단, 항상 내게 돌아온다는 조건으로."

그렇게 그들은 독특한 부부관계를 만들었다. 에리카는 대부분 살트셰바덴 집에서 그레게르와 함께 지내면서 가끔씩 미카엘을 만났다. 족쇄 같은 일부일처제에 매여 있는 많은 부부들이 참고할 만한 이상적인 관계라고, 미카엘은 오랜 세월 그렇게 생각했다.

"난 자기와 함께할 수 있을 때 그레게르를 더 사랑하게 돼"

에리카가 그렇게 말할 때마다, 혹은 칵테일 파티에서 그레게르가 형제처럼 자신의 어깨에 팔을 두를 때면, 미카엘은 이런 행운에 감사했다.

하지만 요즘 들어 이 모든 관계에 회의가 들기 시작했다. 아마 자신의 삶에 대해 생각할 시간이 많아진데다 상호 합의라고 믿었던 일이 반드시 그렇지만은 않다는 걸 깨달았기 때문일 것이다.

살다보면 어느 한쪽의 개인적인 선택을 마치 공동의 결정인 양 강요하게 될 때가 있다. 그런 경우 대부분은 결국 상대편이 고통을 겪게 된다. 당사자는 그렇지 않다고 주장하지만 말이다. 어제도 에리카가 밤늦게 전화했을 때, 그레게르의 반응이 아주 좋았다고는 할 수 없었다. 지금도 그가 침대 위에서 잠을 못 이루고 있을지 누가 알겠는가?

미카엘은 생각을 다른 데로 돌려보려고 애썼다. 부질없는 공상에 빠져보려고도 했다. 하지만 결국 몸을 움직이는 게 좋겠다는 생각에 벌떡 일어났다. 산업스파이 자료를 찾아보거나 〈밀레니엄〉에 자금을 조달할 대안을 세워볼 수 있었다. 옷을 입고 컴퓨터 앞에 앉은 그는 우선 이메일부터 확인했다.

늘 그렇듯 스팸 메일로 가득차 있었지만 조금이나마 힘이 되는 메시지들도 있었다. 세르네르 미디어 그룹과의 결전을 앞둔 그에게 크리스테르 말름, 말린 에릭손, 안드레이 산데르, 그리고 하리에트 방에르가 격려를 전해왔다. 미카엘은 자신이 실제로 느끼는 것보다 더 큰 전의를 내보이며 그들에게 일일이 답장했다. 그리고 별다른 기대 없이 리스베트의 파일을 연 그의 얼굴이 이내 밝아질 수밖에 없었다. 그녀가 답변을 남겼기 때문이다. 대체 얼마 만인지 모를 정도로 오랜만에 그녀가 살아 있다는 신호를 보내왔다.

> 프란스의 지능은 조금도 인공적이지 않죠. 요즘 당신의 지능은 어떤가요? 그리고 미카엘, 만일 우리보다 좀더 똑똑한 기계를 만들어낸다면 어떤 일이 일어날까요?

미카엘은 미소를 지으며 상트파울스가탄의 '카페바'에서 마지막으로 그녀를 만났던 때를 떠올렸다. 추억에 사로잡혀 있느라 리스베트가 남긴 메시지에 두 가지 질문이 있다는 건 얼마 후에야 깨달았다. 첫번째 질문은 가볍게 놀리는 말이었지만 안타깝게 사실이기도 했다. 최근 그가 발표한 기사들은 예리하지도 흥미롭지도 않았다. 많은 기자들처럼 그 역시 뻔한 내용을 틀에 박힌 형식과 표현으로 포장해 내놓았을 뿐이다. 그건 그렇고, 그녀의 두번째 질문에 그는 미소를 떠올렸다. 질문이 특별히 흥미로워서가 아니라 뭔가 재치 있는 답변을 할 수 있을 것 같아서였다.

"만일 우리보다 좀더 똑똑한 기계를 만들어낸다면 어떤 일이 일어날까요?" 미카엘은 주방으로 가 생수병 하나를 따 들고서 식탁에 앉았다. 아래층에서는 예르네르 부인이 고통스럽게 기침하고 있었다. 도시의 소음들 속에서 저멀리 눈보라를 뚫고 달리는 구급차 사이렌 소리도 들렸다.

"음, 만일 그렇게 된다면……" 그는 중얼거렸다.

그렇게 된다면 우리는 영리한 기계를 얻을 수 있다. 인간이 하는 모든 일을 좀더 똑똑하게 해내고, 게다가…… 여기까지 생각하던 그는 비로소 질문의 숨은 뜻을 깨닫고는 웃음을 터뜨렸다. 만일 이런 기계를 만들어낼 능력이 있다면, 그 기계 역시 더욱 똑똑한 뭔가를 만들어낼 것이다. 그다음엔 어떻게 되겠는가?

물론 그다음 기계도 마찬가지 일을 할 테다. 이 과정을 계속해나가다보면 결국 마지막 기계의 눈에 이 모든 것의 근원인 인간은 실험실의 생쥐만도 못한 존재가 될 게 분명하다. 영화 〈매트릭스〉처럼 모든 통제를 벗어난 지능이 극한까지 이르게 될 것이다. 미카엘은 미소를 짓고는 컴퓨터로 돌아와 이렇게 썼다.

> 그런 기계를 만들어낸다면, 리스베트 살란데르 같은 사람도 더는 잘난 체할 수 없는 세상을 맞이하겠지.

미카엘은 앉은 채 잠시 창밖을 내다보았다. 하지만 여전히 눈보라가 강해 눈에 보이는 게 없었다. 인간보다 더 똑똑해질 컴퓨터에 대해서는 아무것도 모른 채 깊은 잠에 빠져 있는 에리카를 이따금 열린 문 사이로 바라보기도 했다.

이때 알림 소리가 울려 휴대전화를 꺼냈다. 음성메시지 하나가 들어와 있었다. 막연한 불안감이 느껴졌다. 술 취한 옛 애인이 아니라면 이런 밤중에 걸려오는 전화는 대부분 나쁜 소식이 분명했다. 그는 곧바로 메시지를 열었다. 매우 다급한 목소리가 흘러나왔다.

> "저는 프란스 발데르라고 합니다. 이렇게 늦은 시간에 죄송합니다. 하지만 지금 제가 약간 위태로운 상황에 처해 있습니다. 적어도 제가 보기엔 그렇습니다. 그리고 이상한 우연이라고 생각합니다만, 당신도 저를 찾고 있다는 사실을 방금 알았습니다. 얼마 전부터 몇 가지 이야기를 하고 싶었는데, 아마 당신도 관심이 있으리라 생각합니다. 가급적 빨리 연락을 주신다면 좋겠습니다. 상황이 위급합니다."

미카엘은 그가 음성메시지에 남긴 전화번호와 메일 주소를 받아 적은 후 손톱 끝으로 책상 위를 톡톡 두드리며 잠시 꼼짝 않고 있었다. 그리고 마침내 그의 전화번호를 눌렀다.

프란스는 침대에 누워 있었다. 흥분과 불안이 완전히 가시지 않았지만 아까보다는 많이 진정된 상태였다. 진입로에서 들린 엔진 소리의 정체는 그를 경호하기로 한 두 경찰이 타고 온 차였다. 사십대로 보이는 그들 중 하나는 키가 컸고 나머지는 작달막했다. 둘 다 머리를 짧게 깎았고, 자신감이 지나쳐 약간 거들먹거렸다. 어쨌든 프란스에게는 아주 정중한 태도로 늦게 도착한 것을 사과했다.

"밀톤 시큐리티와 가브리엘라 그라네 요원에게 설명을 들었습니다."

그들은 야구모자와 선글라스를 쓴 남자가 집 주위를 배회한 사실을 알고 있었고, 따라서 경계 태세를 갖춰야 한다는 것도 잘 알았다. 주방에서 따뜻한 차 한잔 마시겠냐는 권유도 사양하고 그들은 곧바로 집 주변을 확인하기 시작했다. 프란스가 보기에 제법 분별 있고 전문가다운 태도였다. 자질이 아주 뛰어나다는 인상은 받지 못했지만, 특별히 나쁘다는 느낌도 들지 않았다. 프란스는 그들이 건네준 전화번호를 받은 다음, 여전히 귀마개를 한 채 웅크리고 자고 있는 아우구스트 옆으로 돌아와 몸을 눕혔다.

물론 다시 잠이 들기는 어려웠다. 폭풍우가 몰아치는 가운데 무슨 소리라도 들어보려고 귀를 쫑긋 세우고 있다가 마침내 다시 몸을 일으켰다. 뭐라도 하지 않으면 미쳐버릴 것만 같았다. 휴대전화를 꺼내 보니 리누스 브란델이 음성메시지 두 통을 남겼다. 리누스는 짜증이 난 듯하면서도, 잘못을 저지른 사람처럼 눈치를 보는 듯도 했다. 프란스는 당장 메시지를 그만 듣고 싶었다. 리누스가 구시렁대는 소리를 끝까지 들을 엄두가 나지 않았다.

하지만 그의 관심을 끄는 게 있었다. 바로 리누스가 얘기를 나누고 왔다는 〈밀레니엄〉의 미카엘 블롬크비스트였다. 그가 자신과 연락을 하고 싶어한다고 했다.

"미카엘 블롬크비스트……" 프란스는 중얼거렸다. "나와 외부 세계를 이어줄 연결고리가 바로 이 사람일까?"

프란스는 스웨덴 언론에 대해 별로 아는 바가 없었지만, 미카엘 블롬크비스트가 어떤 사람인지는 대략 알고 있었다. 한번 문 기삿거리를 끝까지 파고들면서 절대 압력에 굴복하지 않는 기자라고 들었다. 하지만 부정적인 얘기들도 있었다. '그가 과연 이 일에 적합한 인물일까?' 이때 그는 가브리엘라를 떠올렸다. 언론계 사람들을 잘 아는 그녀였다. 오늘밤엔 안 자고 있을 거라고도 했다.

"그러잖아도 연락하려고 했어요." 전화를 받자마자 그녀가 말했다.

"감시카메라에 잡힌 영상들을 보고 있었어요. 당장 다른 곳으로 이동해야겠어요."

"이런, 가브리엘라. 경찰들이 도착했다고요. 지금 현관문 앞에 앉아 있어요."

"괴한이 반드시 현관문으로 들어오란 법은 없죠."

"왜 그자가 다시 올 거라고 생각하죠? 밀톤 직원 말로는 마약중독자로 보인다는데."

"그건 확신할 수 없어요. 그는 작은 상자 같은 걸 가지고 있었어요. 기술자들이 쓰는 것처럼요. 이럴 때는 신중하게 행동하는 게 좋아요."

프란스는 옆에 누워 있는 아우구스트를 힐끗 쳐다보았다.

"그럼 내일 옮길게요. 내 정신 건강을 위해서도 그게 좋겠어요. 어쨌든 오늘밤에는 여기서 꼼짝 안 할 겁니다. 당신이 보낸 경찰들은 뭐, 그럭저럭 전문가 같아 보이네요."

"계속 그렇게 고집 부릴 건가요?"

"그래요."

"그래요, 할 수 없네요! 단과 페테르가 좀더 부지런히 감시하도록 조치할 수밖에요."

"좋아요. 하지만 내가 전화한 이유는 따로 있어요. 당신이 나한테 말했던 거 기억해요? 언론에 다 털어놓으라고요."

"음, 네…… 보통 세포가 그런 조언을 하지는 않지만요. 난 여전히 당신이 그렇게 해야 한다고 생각하지만, 그전에 우리에게 먼저 얘기해주면 좋겠어요. 이제 나는 이 사안이 아주 불길하게 느껴져요."

"그럼 푹 자고 일어나서 내일 아침에 얘기하죠. 그런데 혹시 〈밀레니엄〉의 미카엘 블롬크비스트 기자를 알아요? 내가 이야기해볼 만한 사람일까요?"

가브리엘라가 웃음을 터뜨렸다.

"내 동료들이 심장마비로 쓰러지길 바란다면, 바로 그 사람하고 얘기하세요."

"그 정도로 안 좋은가요?"

"세포 사람들은 그를 흑사병 취급해요. '미카엘 블롬크비스트가 당신네 문을 두드린다면 그해는 아주 운이 나쁘다고 생각하라'고들 하면서요. 헬레나 크라프트 국장님까지 포함해 다들 당신을 말릴 거예요."

"하지만 지금 나는 당신에게 묻고 있어요."

"나는 당신이 제대로 봤다고 말해주고 싶어요. 그는 훌륭한 기자예요."

"하지만 비판도 좀 받는 듯하던데요?"

"네. 요즘 들어 그렇죠. 한물간 사람이다, 기사가 어둡고 부정적이다, 하면서. 구닥다리 탐사기자이긴 하지만 아주 괜찮은 사람이에요. 그 사람 연락처는 알아요?"

"예전에 내 조수였던 친구가 줬습니다."

"좋아요. 하지만 그를 접촉하기 전에 우리에게 먼저 얘기해야 한다는 걸 잊지 마요. 약속하죠?"

"그럴게요, 가브리엘라. 이제 몇 시간이라도 눈 좀 붙여야겠어요."

"좋아요. 난 단과 페테르에게 계속 연락을 취할 거예요. 당신이 아침에 일어나자마자 이동할 수 있는 안전한 곳도 마련해두고요."

프란스는 전화를 끊고 다시 잠을 청해보았다. 하지만 이번에도 소용없었다. 폭풍우가 휘몰아치는 끔찍한 날씨가 그를 점점 더 불안하게 만들 뿐이었다. 호수 저쪽에서 사악한 무언가가 서서히 다가오는 것만 같았다. 혹시 이상한 소리라도 들릴까 그는 귀를 바짝 곤두세웠다.

물론 먼저 얘기해주겠다고 가브리엘라와 약속했지만, 그는 더이상 기다릴 수 없는 기분이 되었다. 지금껏 오랫동안 안에 담아두었던 모든 것들이 이제 밖으로 나오려고 꿈틀거렸다. 비합리적인 충동이란 걸 잘 알았다. 급하게 굴 이유가 전혀 없었다. 한밤중인데다 가브리엘라가 뭐라고 하든 지금은 어느 때보다 안전한 상태였다. 어쨌거나 경찰 두 명과 최상급 경보장치가 지켜주고 있으니. 하지만 지금 그는 이 모든 게 부질없이 느껴졌다. 견딜 수 없이 불안하기만 했다. 결국 리누스가 남긴 전화번호를 찾아 눌렀다.

당연히 그는 응답하지 않았다. 이런 늦은 시간에 전화를 받을 리 없었다. 프란스는 아우구스트를 깨우지 않으려고 조금 어색한 목소리로 속삭이듯 음성메시지를 남겼다. 그런 다음 일어나 머리맡 전등을 켜고 침대 오른쪽에 있는 서가를 쳐다보았다.

자신의 전공과는 상관없는 책들이 꽤 많았다. 그는 스티븐 킹의 오래된 소설 『애완동물 공동묘지』를 뒤적거렸다. 하지만 그럴수록 어둠 속에 도사린 사악한 존재들의 영상만 머릿속을 어지럽힐 뿐이었다. 그렇게 책을 들고 오랫동안 우두커니 서 있는 와중에 불쑥 어떤 생각이 떠올랐다. 대낮이라면 손을 한번 내젓고는 떨쳐버릴 수 있겠지만, 이런 밤에는 더없이 현실적으로 느껴질 수밖에 없는 아주 불안한 생각이었다. 그는 몹시 파라 샤리프와 얘기하고 싶어졌다. 혹은 지금쯤이면 분명 깨어 있을 로스앤젤레스 기계지능연구소의 스티븐 워버튼도 좋았다. 이렇게 그가 고민하고 또 온갖 끔찍한 시나리오를 상상하며 어두운 호수 위를 유령처럼 휙휙 지나가는 구름들을 바라보고 있을 때, 누군가 그의 기도를 듣기라도 한 듯 전화벨이 울렸다. 파라도, 스티븐도 아니었다.

"미카엘 블롬크비스트입니다. 저를 찾으셨더군요."

"네, 맞습니다. 늦은 시간에 죄송합니다."

"괜찮습니다. 일어나 있었어요."

"저도 그렇습니다. 지금 대화를 좀 나눌 수 있을까요?"

"그럼요. 그러잖아도 좀전에 우리 둘 다 아는 어떤 사람에게 메시지를 보낸 참이었어요. 리스베트 살란데르를 아시죠?"

"누구요?"

"아, 미안합니다. 제가 착각했나봐요. 저는 당신이 한때 데이터 유출 흔적을 찾으려고 그녀를 고용했을 거라고 생각했어요."

프란스가 웃음을 터뜨렸다.

"아하, 맞아요! 좀 독특한 사람이었죠. 한동안 꽤 연락하면서 지냈는데, 자기 본명을 밝힌 적은 없었어요. 사정이 있을 거라고 생각하고 캐묻지 않았고요. 그녀를 처음 만난 건 제가 왕립공과대학에서 강의할 때였습니다. 아주 기막힌 일화를 들려드릴 수 있죠. 하지만 지금 제가 당신과 하고 싶은 이야기는…… 음, 아마 말도 안 되는 얘기라고 생각하실 겁니다……"

"저는 가끔 말도 안 되는 얘기들을 좋아해요."

"혹시 괜찮다면 여기까지 좀 와주시겠어요? 제게 상당히 중요한 일입니다. 엄청난 폭탄이 될 수도 있는 일에 처했거든요. 택시비는 제가 지불하겠습니다."

"고맙습니다만 택시비는 항상 우리가 지불합니다. 그런데 왜 이 밤중에 꼭 그 얘길 해야 하죠?"

"왜냐하면……" 프란스는 머뭇거렸다. "지금 당장 위급하다는 느낌이 들어요. 그저 단순한 느낌이 아닙니다. 누군가 저를 노리고 있다는 사실을 얼마 전에 알게 되었는데, 실제로 한 시간 전에는 어떤 남자가 집 주변을 배회했어요. 솔직히 지금 몹시 겁이 납니다. 이 버거운 이야기를 떨쳐버리고 싶어요. 더는 혼자서 감당하고 싶지 않아요."

"좋아요."

"무슨 뜻이죠?"

"거기로 가겠습니다. 택시를 잡을 수만 있다면요."

프란스는 미카엘에게 주소를 가르쳐주고 전화를 끊은 다음, 바로 로스엔젤레스에 있는 스티븐의 전화번호를 눌렀다. 스티븐과는 삼십여 분간 어떤 암호 코드 한 줄에 대해 열띤 대화를 나누었다. 통화를 마친 프란스는 몸을 일으켜 청바지에 검정색 캐시미어 터틀넥을 입고, 미카엘이 좋아할지도 모를 아마로네 와인을 꺼내놓으러 나가려 했다. 하지만 문가에 이르기도 전에 소스라치게 놀라지 않을 수 없었다.

뭔가가 휙 지나가는 걸 본 것만 같았다. 불안한 눈으로 선착장 쪽을 쳐다보았지만 강풍이 휘몰아치는 황량한 풍경은 변함없었다. 너무도 불안한 나머지 헛것을 본 거라고 생각하고 이 섬뜩한 느낌을 떨치려고 애썼다. 침실을 나온 그는 커다란 통유리창을 따라 걸어 이층으로 올라가려고 했다. 그런데 다시 불안함을 느껴 몸을 홱 돌려보았다. 이번에는 이웃인 세데르발스의 집 근처에서 뭔가가 또렷하게 보였다.

어떤 실루엣 하나가 나무들 아래 으슥한 곳에서 후다닥 움직였다. 단 몇 초밖에 보이지 않았지만, 어두운색 옷을 입고 등에 배낭을 멘 건장한 남자라는 건 알 수 있었다. 무릎을 구부리고 바짝 웅크린 채 달리는 그 모습은 마치 전쟁터에서 수없이 단련한 끝에 그런 동작에 익숙해진 사람 같았다. 계산적이고도 효율적인 움직임이 공포영화의 장면들을 떠오르게 했다. 몇 초쯤 굳은 채 서 있던 프란스는 마침내 손을 더듬어 휴대전화를 꺼내 입력해놓은 경찰들의 번호를 찾았다.

하지만 번호를 입력할 때 이름을 빼놓은 바람에 어느 것이 맞는지 확실치 않았다. 그는 떨리는 손으로 짐작 가는 번호를 하나 눌렀다. 신호음이 세 번, 네 번, 다섯 번 울린 끝에 누군가가 헐떡이며 응답했다.

"네, 페테르 블롬입니다. 무슨 일이죠?"

"어떤 남자가 이웃집 근처 나무들을 따라 달리는 모습을 봤어요. 지금은 어디 있는지 모르겠고요. 하지만 두 분과 아주 가까운 곳에 있을 가능성이 커요."

"알겠습니다. 확인해보죠."

"그는 아주……"
"네?"
"잘 모르겠지만, 동작이 굉장히 민첩했어요."

단 플링크와 페테르 블롬은 경찰차에 편안히 앉아 동료 안나 베르셀리우스의 엉덩이 사이즈에 대해 열띤 토론을 벌이고 있었다. 둘 다 이혼한 지 얼마 되지 않은 몸들이었다.

맨 처음 이혼하게 됐을 때는 매우 고통스러웠다. 둘 다 어린 자녀를 두었고, 부인들은 배신감을 느꼈다고 했으며, 처가 식구들은 그들을 무책임한 인간으로 여겼다. 하지만 모든 절차가 끝나고 양육 문제를 조정한 후 보잘것없는 공간이나마 새 거처를 얻고 나자, 그들은 지금껏 자신들이 얼마나 싱글의 삶을 그리워했는지 알 수 있었다. 그래서 아이를 돌보지 않아도 되는 날에는 그 어느 때보다 신나게 인생을 즐겼다. 마치 십대 남자애들처럼 함께 밤을 보낸 여자들의 몸 구석구석에 대해, 자신이 침대 위에서 얼마나 강한지에 대해 몇 시간이고 떠들면서 시간을 보냈다. 하지만 이번에는 안나의 엉덩이에 대해 원하는 만큼 깊은 이야기를 할 수가 없었다.

페테르의 휴대전화가 울렸다. 최근 그가 벨소리를 롤링 스톤스 〈새티스팩션〉의 과격한 편곡 버전으로 바꾼데다 한밤에 폭풍우가 몰아치는 으슥한 분위기가 꽤나 무서웠던 탓에 둘 다 크게 놀라지 않을 수 없었다. 페테르는 바지 주머니에 넣어둔 전화기를 꺼내는 데 한참 걸렸다. 최근 온갖 파티에 다니면서 뱃살이 늘어난 바람에 바지가 너무 꽉 끼었다. 통화를 마친 페테르가 몹시 불안한 기색을 내비쳤다.
"무슨 일이야?"
"프란스 씨가 수상한 사람을 봤대. 굉장히 민첩한 놈이라는군."
"어디서?"
"저기 이웃집 나무들 아래에서. 그런데 놈이 우리 쪽으로 온 모양이야."

차에서 내린 둘은 곧바로 추위에 몸이 얼어붙었다. 기나긴 밤 동안 근무를 선 게 한두 번이 아니었지만 이렇게 추운 적은 없었다. 그들은 잠시 멍하니 선 채 좌우를 살폈다. 키가 큰 페테르가 먼저 주도권을 잡고 자신이 물가 쪽으로 내려가볼 테니 단에게는 도로 쪽을 살피라고 지시했다.

나무 울타리와 최근에 조성된 좁다란 가로수길을 따라 완만한 비탈길 하나가 이어졌다. 폭설이 쌓인 길은 아주 미끄러웠다. 페테르는 그 길 아래에 바겐스피에르덴만이 있다는 걸 알고 있었다. 놀랍게도 물은 얼지 않았다. 물결이 너무 거센 탓이리라. 바람은 미친듯이 불어대고, 야간 근무에 불려나와 밀린 잠도 못 자는 빌어먹을 처지에 화가 치민 그가 욕을 퍼부었다. 열의 따위 없었지만 그래도 일은 해야 했다.

페테르는 주변 소리에 귀를 기울여보고, 주위를 둘러보기도 했다. 특별히 눈에 띄는 건 없었다. 더구나 칠흑 같은 밤이었다. 선착장 바로 앞에 서 있는 가로등 하나만이 흐릿한 빛을 흘리고 있었다. 비탈길을 계속 내려가 바람에 날아온 회색 혹은 녹색 정원용 의자 앞을 지났다. 커다란 통유리창 너머로 프란스의 모습이 언뜻 보이기도 했다.

프란스는 집안 저쪽에 있는 커다란 침대 위로 몸을 구부린 채 약간 경직된 자세로 서 있었다. 이불을 정리하는 듯도 했지만 확실하지 않았다. 아무튼 침대 위에서 뭔가 분주한 그 모습은 페테르가 신경쓸 문제가 아니었다. 그는 집 주변만 잘 지키면 됐다. 하지만 프란스의 움직임이 조금 이상해 보였다. 페테르는 그렇게 일이 초쯤 집중력이 흐려졌다가 다시 현실로 돌아왔다.

누군가가 자신을 관찰하고 있다는 느낌이 들어 오싹해졌기 때문이다. 그는 홱 몸을 돌려 맹렬히 주위를 살폈다. 아무것도 보이지 않았다. 그렇게 긴장이 풀리려는 순간, 그는 동시에 두 가지를 포착했다. 울타리 옆 금속 쓰레기통 주변에서 뭔가가 휙 움직이는 모습과 거리에서 들리는 자동차 소리였다. 엔진 소리가 멈추더니 차문 하나가 열렸다.

사실 그 자체로는 둘 다 특별할 게 없는 일이었다. 쓰레기통 주변에서 움직인 건 동물일 수 있었고, 비록 한밤중이긴 하지만 차가 와서 멈췄다고 해서 비정상적인 일이라곤 할 수 없었다. 하지만 페테르는 극도로 몸을 긴장한 채 아주 잠시 어찌할 바를 모르고 얼어붙어 있었다. 그때 단의 목소리가 크게 울렸다.

"이쪽에 누가 있어!"

하지만 페테르는 꼼짝하지 못했다. 누군가에게 감시당하고 있다는 느낌이 들었기 때문이다. 그는 거의 무의식적으로 품안의 권총을 더듬어 찾으면서, 마치 곧 자신에게 심각한 일이 일어날지도 모른다는 생각에 어머니와 헤어진 부인과 아이들을 떠올렸다. 하지만 그의 생각은 거기서 멈췄다. 단이 한층 거센 목소리로 다시 소리쳤기 때문이다.

"경찰이다! 당장 멈춰!"

페테르는 급히 도로 쪽으로 뛰어갔지만, 과연 이 판단이 옳은 건지 확실치 않았다. 알 수 없는 어떤 위험 요소를 뒤에 놔두고 떠난다는 생각을 떨칠 수 없었다. 하지만 동료가 저렇게나 악을 쓰고 있으니 어쩔 수 없었다. 사실 은밀한 안도감도 느꼈다. 인정하고 싶지 않았지만 굉장히 두려웠기 때문이다. 그는 정신없이 다리를 놀려 휘청거리기까지 하면서 거리로 달려나갔다.

저쪽에서 단이 남자 하나를 뒤쫓고 있었다. 어깨가 쩍 벌어진 덩치에 날씨와 어울리지 않는 가벼운 옷차림을 한 사내였다. 프란스가 말한 '굉장히 민첩한' 놈과는 거리가 있다고 생각했지만 어쨌든 페테르는 추격에 나섰다. 얼마 지나지 않아 그들은 우편함 두어 개와 이 모든 광경에 창백한 빛을 뿌리고 있는 조그만 실외등 옆 배수로에서 괴한을 제압했다.

"너, 누구야?"

단은 제압당한 남자를 향해 놀랄 만큼 공격적으로 으르렁댔다. 그 역시 엄청 두려웠던 모양이다. 남자가 겁에 질린 눈을 돌렸다.

그는 야구모자를 쓰고 있지 않았다. 수염과 머리카락은 허옇게 눈으로 덮여 있었고, 추위에 바짝 얼어붙어 상태도 그리 좋아 보이지 않았다. 다만 어디서 본 듯도 한 인상이었다.

페테르는 악명 높은 지명수배범을 체포했을지도 모른다는 생각에 잠시 우쭐해졌다.

프란스는 침실로 돌아왔다. 아우구스트의 이불깃을 다시 올려주기 위해서였지만, 혹시 또 무슨 일이 일어날지 모르니 아이를 숨겨두려는 뜻도 있었다. 바로 그 순간, 무모한 생각 하나가 스쳤다. 지금 이 격심한 불안감 때문인지, 아니면 스티븐 워버튼과 나눴던 대화 때문인지 알 수 없었다. 어쨌든 그는 흥분과 공포에 휩싸여 정신이 흐려졌다고 생각했다.

하지만 이게 지금 막 떠오른 새로운 생각은 아니었다. 캘리포니아에서 그 숱한 밤을 뜬눈으로 지새우던 시절부터 그의 잠재의식에서 이미 움터왔었다. 프란스는 노트북을 꺼냈다. 크기는 작지만 다른 컴퓨터들과 연결되어 있어 충분한 기능을 발휘할 수 있는 이 기계 안에는 그가 평생을 바쳐 연구해온 인공지능 프로그램이 들어 있었다.

정말이지 미친 짓이었다. 그는 문제의 프로그램과 함께 다른 백업 파일들까지 모조리 삭제해버렸다. 깊이 생각해보지도 않았다. 마치 자신이 누군가의 삶을 모조리 없애버린 고약한 신이 된 기분이었고, 실제로도 그러했다. 프란스는 잠시 동안 꼼짝 않고 앉아 후회와 절망감에 휩싸여 혹시 자신이 바닥에 나뒹굴지나 않는지 가만히 지켜보았다. 그 누구도, 그 자신도 예상치 못한 일이었다. 클릭 몇 번으로 평생 이뤄온 결실이 허망하게 사라졌다.

프란스는 기이하게도 마음이 좀더 차분해졌다. 적어도 어느 한 부분에서는 안심할 수 있게 되었다. 그는 다시 일어나 고약한 날씨에 시달리는 밤 풍경을 내다보았다. 바로 그때 휴대전화가 울렸다. 단이었다.

"프란스 씨가 보셨다는 그자를 붙잡았습니다. 이제 안심하셔도 됩니다. 상황을 완전히 통제했어요."

"그게 누굽니까?"

"아직 알 수 없습니다. 술에 취해 난동을 부리고 있어서 진정시키는 중이에요. 우선 상황을 알려드리려고 전화한 겁니다. 또 연락드리겠습니다."

프란스는 노트북 옆에 전화기를 내려놓으며 미소를 지었다. 이제 수상한 남자는 붙잡혔고, 아무도 그의 연구 결과에 손댈 수 없게 되었다. 하지만 생각만큼 마음이 편하지 않았다. 처음에는 이유를 알 수 없었지만 이내 체포됐다는 그 취객이 어딘가 이상하다는 걸 깨달았다. 프란스가 보았던 나무 아래로 달려가던 남자는 조금도 술 취한 사람 같지 않았다.

몇 분이 지났을 때 페테르는 자신들이 체포한 자가 악명 높은 범죄자가 아닌 배우 라세 베스트만이라는 걸 깨달았다. 드라마에서 강도나 살인범 역을 종종 맡긴 했지만, 지명수배자 명단에 오른 인물은 아니었다. 페테르는 마음이 편치 않았다. 나무와 쓰레기통이 있던 그 자리를 떠난 게 실수일 수 있었고, 만약 재수가 없으면 라세 베스트만을 체포한 일이 스캔들로 비화돼 신문 헤드라인을 장식할 수도 있기 때문이다.

페테르가 이 배우에 대해 한 가지 아는 게 있다면, 그가 하고 다니는 짓들은 죄다 타블로이드 신문들이 좋아할 기삿감이라는 사실이었다. 그리고 지금 그가 썩 기분이 좋지 않다는 것도 알 수 있었다.

라세는 거친 숨을 몰아쉬며 욕을 내뱉으면서 몸을 일으키려 애썼다. 페테르는 대체 이 한밤중에 그가 무얼 하러 여기 왔을까 하는 생각이 들었다.

"이 부근에 사십니까?"

페테르가 물었다.

"네가 뭔데? 알 필요 없잖아!"

페테르는 씨근덕거리는 라세에게서 고개를 돌려 자기가 오기 전에 무슨 일이 있었는지 물어보려고 단을 쳐다보았다.

하지만 단은 저쪽에서 통화를 하고 있었다. 프란스 발데르에게 전화를 걸어 용의자를 체포했다고 으스대고 있을 게 분명했다.

"당신이 프란스 교수 사유지에서 배회했어요?"

페테르가 질문을 계속했다.

"내 말 못 들었어? 알 필요 없다고 했잖아. 근데 대체 뭐야? 혼자 조용히 돌아다니는데 왜 난데없이 저 새끼가 권총을 들고서 달려드냔 말이야! 정말 어이가 없네. 내가 누군지 알아?"

"당신이 누군지 압니다. 우리가 좀 지나쳤다면 양해해주세요. 나중에 다시 얘기할 기회가 있을 겁니다. 그런데 지금은 아주 긴박한 상황을 다투고 있으니까, 프란스 교수 집에 무얼 하러 왔는지 즉각 말씀해주셔야겠습니다. 에, 에, 도망가지 말아요!"

라세는 마침내 똑바로 섰지만 도망갈 생각은 전혀 없었다. 균형을 못 잡고 비틀거렸을 뿐이었다. 그는 약간 과장되게 크흠 하면서 목청을 고르고는 공중을 향해 가래침을 뱉었다. 불행히도 점액질 덩어리는 멀리 날아가지 못하고 다시 그의 볼에 떨어졌다.

"당신들, 그거 알아?" 라세가 얼굴을 훔치면서 물었다.

"뭘요?"

"이 이야기에서 악역은 내가 아니야."

페테르는 호수와 산책로 쪽으로 불안한 시선을 던지며 아까 저 아래에서 본 게 무엇이었는지 다시 한번 생각해보았다. 하지만 이 어이없는 상황에서 여전히 마비된 듯 꼼짝하지 못했다.

"그럼 누굽니까?"

"프란스 발데르."

"왜요?"

"그놈이 내 애인의 아들을 데려갔어."

"왜 그랬죠?"

"그걸 왜 나한테 물어봐? 저기 있는 저 컴퓨터 천재한테 물어봐야지! 저 망할 자식은 아이를 데리고 있을 권리가 전혀 없다고!"

라세는 뭔가를 찾는 듯 외투 안주머니에 손을 넣어 더듬거렸다.

"지금 그는 아이와 함께 있지 않아요. 만일 그렇게 생각하고 계신다면 말입니다."

"웃기고 있네. 그는 애하고 같이 있어!"

"정말입니까?"

"그렇다니까."

"그래서 아이를 찾으려고 이 밤중에 그렇게 코가 비뚤어지게 취해 찾아왔단 말입니까?"

페테르가 이렇게 쏘아붙이고 나서 계속 말을 이어나가려는데, 호수 쪽에서 뭔가 땡그랑거리는 소리가 희미하게 들려왔다.

"이게 뭐지?"

"뭐가?"

방금 돌아온 단이 물었다. 아무 소리도 듣지 못한 듯했다.

그렇게 큰 소리는 아니었다. 적어도 그들이 있는 곳에서는 그랬다. 하지만 페테르는 오싹 소름이 돋으면서 아까 나무들 근처에서 느꼈던 것과 똑같은 기분에 사로잡혔다. 아래로 달려내려가 무엇이 있는지 확인해보고 싶은 충동이 일었지만 이번에도 우물쭈물하며 움직이지 않았다. 공포와 우유부단함과 무력감이 경찰관을 그 자리에 묶어두고 있었다. 그가 불안한 눈으로 주위를 둘러보는 사이 또다른 자동차가 한 대 다가오는 소리가 들렸다.

택시 한 대가 그들 옆을 지나쳐 프란스의 집 앞에 멈춰 섰다. 페테르로서는 그 자리에 머무를 좋은 핑계를 얻은 셈이었다. 승객이 요금을 지불하는 동안 다시 물가 쪽으로 시선을 돌린 그는 이번에도 어떤 소리를 들은 것만 같았다.

그 순간 차문이 열리면서 한 남자가 내렸다. 몇 초쯤 긴가민가하다 그 유명한 기자 미카엘 블롬크비스트임을 알아차렸다. 대체 이 밤중에 왜 유명인사들이 여기로 몰려드는 건지 페테르는 알 수 없었다.

10장

11월 21일 이른 아침

프란스는 노트북과 전화기를 놓아둔 테이블 옆에 서서 자는 내내 신음하듯 끙끙거리는 아우구스트를 내려다보았다. 대체 아이가 무슨 꿈을 꾸고 있는지 궁금했다. '내가 이해할 수 있는 세계일까?' 그는 알고 싶었다. 그리고 더이상 양자 알고리즘과 소스 코드에 빠져 허우적거리지 않고, 불안과 강박에 사로잡혀 지내지 않고, 이제는 삶다운 삶을 살고 싶었다.

행복해지고 싶었다. 몸과 마음을 짓누르는 중압감을 훌훌 털어버리고서 신나고 엄청난 모험에 뛰어들고 싶었다. 불같이 열정적인 사랑도 나쁘지 않았다. 그리고 자신을 매혹시켰던 여자들을 아주 잠깐 떠올렸다. 가브리엘라, 파라, 그리고……

본명이 리스베트 살란데르인 그녀도 떠올랐다. 처음 만났을 때도 그녀에게 홀린 듯한 기분이 들었지만, 지금 다시 생각해보니 새로운 뭔가가, 익숙하면서도 기이한 뭔가가 느껴졌다. 그러다 불현듯 어떤 생각이 뇌리를 스쳤다. 그렇다, 그녀는 아우구스트를 생각나게 했다.

물론 얼토당토않은 얘기였다. 아우구스트는 자폐증이 있는 어린 남자아이였다. 그렇게 나이가 많다고 할 수 없고 소년 같은 면도 있었지만, 머리에서 발끝까지 검정색 옷을 입고서 타협이라고는 모르는 펑크족 리스베트는 자신의 아들과 전혀 연결점이 없는 인물이었다. 굳이 공통점을 찾자면 눈빛이랄까? 호른스가탄 거리에서 신호등을 응시하던 아우구스트의 눈에서 내뿜던 그 기이한 광채 말이다.

프란스가 그녀를 처음 만난 건 왕립공과대학에서였다. 그는 컴퓨터가 인간보다 더 똑똑해지는 가상적 단계인 '기술적 특이점'에 대해 강의하러 갔었다. 수학적, 물리학적 관점에서 특이점의 개념을 설명하며 강의를 시작했는데, 문이 덜컹 열리더니 온통 시커먼 옷을 입은 삐쩍 마른 여자가 강의실 안으로 성큼성큼 걸어들어왔다. 요즘 마약쟁이들은 갈 데가 그렇게도 없나, 라는 게 그가 맨 처음 떠올린 생각이었다. 하지만 이내 그녀가 정말로 마약중독자인가 하는 의문이 들었다. 사실 그 정도까지 형편없어 보이진 않았기 때문이다. 그저 좀 피곤하고 기분이 안 좋아 보였고, 자신의 설명에는 전혀 귀를 기울이지 않는 듯했다. 그녀는 그렇게 강의실 의자에 몸을 축 늘어뜨리고 앉아 있었다. 복잡한 수학적 분석에서 함수 값이 무한이 되는 특이점들에 대해 설명하던 그는 결국 참지 못하고 그녀에게 이 문제에 대해 어떻게 생각하는지 불쑥 물었다. 역겹고 치졸한 행동이었다. 연구실에 갇혀 사는 폐인들이나 알 만한 지식으로 다른 사람을 깔아뭉개려 했으니 말이다. 하지만 상대의 말문을 막히게 한 건 자신이 아니라 리스베트였다.

그녀는 눈을 들어 그를 빤히 올려다보면서 물었다. 그렇게 알쏭달쏭한 개념을 장황하게 늘어놓는 대신 계산이 실패로 돌아갔을 때 스스로 의문을 품어보는 게 낫지 않겠느냐고 말이다. 그건 실제 물리적 세계가 붕괴한다는 증명이 아니라 자신의 수학적 역량이 부족하다는 증거가 아니겠느냐고도 했다. 그리고 핵심적인 문제는 중력을 계산할 수 있는 양자역학적 방법이 없다는 사실인데, 블랙홀의 특이점을 둘러싼 주변 얘기나 잡다하게 늘어놓는 건 대중을 미혹하는 태도가 아니냐고 덧붙였다. 그리고 그가 언급했던 특이점 연구자들에 대해 전면적인 비판을 가했다. 그 논증의 예리함에 강의실 전체가 술렁였다. 적잖이 당황한 그가 경악하며 물었다.

"당신 대체 누구죠?"

이러한 첫 만남 후로도 리스베트는 그를 몇 번 더 놀라게 했다. 그녀는 그 반짝이는 눈으로 잠깐 동안, 아니 그저 슬쩍 한 번만 쳐다보고서도 그의 연구가 어디까지 진전됐는지 알아챘다. 누군가 기술을 훔쳐갔다는 사실을 알았을 때 그는 당연히 그녀에게 도움을 청했고, 비밀을 공유하게 되면서 유대감을 느꼈다. 그리고 지금은 침실에 서서 그녀를 생각하고 있다. 하지만 또다시 싸늘한 기운이 엄습하면서 그를 상념에서 끌어냈다. 그는 현관문 지나 있는 호수를 면한 큰 유리창 쪽으로 휙 눈길을 돌렸다.

창 뒤에는 어두운 옷에 머리에 꼭 끼는 검은 모자를 쓰고 이마에는 헤드램프를 두른 커다란 실루엣 하나가 우뚝 서 있었다. 그자는 창 위에다 뭔가를 하고 있었다. 화가가 캔버스에 붓질을 하듯 팔을 크게 휘두르자 프란스가 미처 소리를 지르기도 전에 창 전체가 박살나면서 그자가 안으로 뚜벅뚜벅 걸어들어왔다.

그 실루엣은 얀 홀체르라는 남자였다. 보통 그는 산업 보안에 관련된 일을 한다고 말하곤 했다. 실제론 보안을 강화하기보다 무너뜨리는 일을 주로 하는 러시아 특수부대 출신이었다. 그는 유능한 스태프 몇 사람과 함께 일했고, 보통 이런 일을 할 때면 극도로 치밀하게 준비해 리스크를 최대한으로 줄이곤 했다.

올해 나이 쉰하나로 더이상 팔팔한 청년은 아니었지만 꾸준히 체력을 단련한 덕분에 완벽한 컨디션을 유지해왔다. 효율성과 즉흥적인 위기 대응 능력이 뛰어난 사람으로도 잘 알려져 있었다. 작전중에 새로운 상황이 발생하면 그는 이를 고려해 계획을 변경할 줄 알았다.

예전에 비해 민첩함은 떨어졌지만 경험으로 이를 충분히 상쇄했다. 이따금 흉허물 없이 대화를 나눌 수 있는 사람들 사이에서는 일종의 육감, 혹은 본능적인 감각을 발휘하기도 했다. 세월이 가면서 그는 언제 기다려야 하고, 언제 행동해야 하는지를 배우게 됐다. 지난 몇 년간 심한 우울증에 빠져 조금 약해진 모습—딸이 말하기로는 인간적인 모습—을 보이기도 했지만, 지금은 그 어느 때보다도 의욕이 넘쳤다.

그는 임무 수행의 즐거움을, 긴박한 순간에 느끼는 짜릿한 쾌감을 되찾았다. 물론 작전에 들어가기 전에 스테로이드를 10밀리그램씩 투여하긴 했지만, 그건 단지 무기를 쓸 때 정확도를 높이기 위해서였다. 그는 여전히 위기 상황에서 냉철하고 민첩했으며, 특히 맡은 임무를 언제나 확실하게 끝냈다. 얀 홀체르는 도중에 도망치거나 배신하는 부류가 아니었다. 그는 그렇게 살고 싶지 않았다.

하지만 이날 밤은 의뢰인이 시급히 처리해달라고 강조했음에도 불구하고 도중에 작전을 중단할 뻔했다. 날씨 탓만은 아니었다. 물론 기상 조건이 끔찍했지만 바람 좀 세게 분다고 해서 포기할 일은 아니었다. 그는 러시아 사람이었고, 이보다 훨씬 심한 악조건에서 싸워온 군인이었다. 게다가 별것도 아닌 걸 가지고 징징대는 인간들을 끔찍이 싫어했다.

그를 불안하게 만든 건 예고 없이 들이닥친 경찰들이었다. 하지만 출동한 그들을 보니 크게 걱정할 필요는 없을 듯했다. 숨어서 지켜본 바로 그들은 추운 날씨에 밖에 나가서 놀라고 내쫓긴 아이들처럼 내키지 않는 기색으로 정원을 어정거렸다. 그러다가 자동차 안에 틀어박혀 잡담을 나누었다. 어딘지 모르게 겁쟁이들처럼 보이기도 했는데, 특히 별것도 아닌 일에 깜짝깜짝 놀라는 키 큰 경찰이 그러했다.

그 경찰은 어둠과 폭풍과 사나운 물결에 완전히 주눅든 모습이었다. 한동안 겁에 질린 표정으로 나무들 쪽을 멍하니 바라보기도 했는데, 아마도 거기에 숨어 있던 자신의 존재를 어렴풋이 감지한 듯했다. 물론 크게 걱정할 문제는 아니었다. 정확한 동작 한 번으로 조용히 목을 그어버리면 끝이니까.

하지만 분명히 이상적인 상황은 아니었다. 비록 풋내기들이긴 해도 어쨌거나 경찰이 있다는 것은 위험 요소였고, 특히 작전 일부가 노출되어 집 주변의 보안이 강화됐을 공산이 컸다. 어쩌면 교수가 벌써 입을 열었을지도 모르고, 그렇다면 이 작전은 더이상 의미가 없을 뿐 아니라 심지어 상황을 더 악화시킬 수도 있다. 그는 절대로 의뢰인을 불필요한 위험에 노출시키는 일이 없었고, 이를 자신의 장점으로 여기고 있었다. 그는 항상 큰 그림을 그리며 일했는데, 하는 일과 어울리지 않게 남들에게는 신중함을 강조하는 편이었다.

그는 러시아에 있을 때 지나치게 폭력에 의지하다 망해버린 범죄조직들을 숱하게 보아왔다. 폭력은 상대에게 존중을 강요할 수 있다. 폭력은 사람을 침묵하게 만들고 공포에 떨게 한다. 하지만 동시에 바람직하지 못한 여러 부작용을 낳을 수도 있다. 그는 나무와 쓰레기통 뒤에 숨어 이런 생각을 했다. 심지어 작전을 중단하고 호텔로 돌아가야 한다고 몇 초간 확신하기도 했었다.

그러다가 상황이 반전되었다. 누군가가 차에서 내리면서 그쪽으로 경찰들의 주의가 쏠렸다. 이때 기회를 포착한 그는 더이상 생각하지 않고 곧바로 헤드램프를 머리에 쓴 다음 다이아몬드톱 하나, 그리고 소음기가 장착된 레밍턴 1911 R1을 꺼내 잠시 그 무게를 재보았다. 그리고 언제나처럼 읊조렸다.

"당신의 뜻이 이루어지기를, 아멘."

하지만 그는 잠시 주저하며 서 있었다. '정말로 좋은 선택일까?' 이런 상황에서는 아주 빨리 일을 처리해야 했다. 생각해보면 그는 집구조를 훤히 꿰고 있었고, 유리가 먼저 두 차례 침입해 경보장치를 해킹하기도 했다. 게다가 경찰이라는 자들은 한심한 아마추어 같았다. 설사 집안에서 지체하게 되는 상황—교수의 컴퓨터가 다들 주장한 대로 침대 옆에 놓여 있지 않거나, 경찰이 제때 도착하는 경우—이 발생한다 해도 아무 문제없이 모두를 제거해버릴 수 있었다. 출동한 경찰들까지 깨끗이 처치해버린다고 생각하자 오히려 기분이 좋아진 그는 다시 한번 읊조렸다.

"당신의 뜻이 이루어지기를, 아멘."

이내 그는 권총의 안전장치를 풀고 호수와 면한 대형 유리창까지 번개같이 다가가 집안을 들여다보았다. 모든 게 불확실한 상황에 달려 있었다. 침실에 서서 골똘히 생각에 잠긴 프란스의 모습이 보이자 그는 흠칫 놀랐지만 오히려 잘된 일이라고 애써 생각했다. 시야 안에 목표가 확보되었으니 말이다. 하지만 여전히 좋지 않은 예감이 남아 있었다. 그는 이 상황을 다시 한번 점검했다. '포기해버리는 게 나을까?'

아니었다. 그는 오른팔에 힘을 꽉 주고 다이아몬드톱으로 창유리를 절단한 다음 힘껏 밀었다. 유리판이 요란한 소리를 내며 한꺼번에 떨어져내렸다. 집안으로 뛰어들어간 그는 자신을 뚫어지게 쳐다보며 마치 절망적인 인사를 하듯 손짓을 해 보이는 프란스에게 총을 겨눴다. 프란스는 신들린 상태로 기도를 하는 것처럼, 혼란스럽지만 진지하게 무언가를 지껄이기 시작했다. 하지만 그의 귀에 들어온 건 '하느님' '예수님'이 아니라 '바보'였다. 그가 이해한 건 그게 전부였지만 어쨌든 상관없었다. 이런 순간이 닥치면 사람들은 별별 희한한 소리를 다 하니까.

그리고 그가 자비를 베푼 적은 한 번도 없었다.

아주 빠른 속도로, 그리고 거의 아무 소리도 내지 않고 실루엣은 침실을 향해 복도를 걸어왔다. 프란스는 그 짧은 순간에도 경보장치가 작동하지 않은 데 놀랐다. 그리고 남자가 입은 스웨터의 어깨 부분 바로 아래에 그려진 회색 거미 한 마리와 머리에 꼭 끼는 모자와 헤드램프 아래 창백한 이마를 가로지르는 가느다란 흉터 하나를 보았다.

무기도 보았다. 남자는 권총을 겨눴고, 프란스는 방어를 한답시고 두 손을 들어올렸다. 하지만 목숨이 경각에 달리고 공포에 질려 온몸이 굳은 상태에서도 그는 오직 아우구스트만을 생각했다. 무슨 일이 있어도, 심지어 자신은 죽더라도 아들만은 살아야 했다. 그는 소리쳤다.

"아이는 죽이지 마요! 이애는 바보예요, 아무것도 모르는 애라고요!"

하지만 프란스는 자신이 말을 제대로 끝냈는지도 알 수 없었다. 그대로 온 세상이 얼어붙었다. 바깥의 밤과 폭풍우가 자신에게 달려드는 듯하더니 모든 게 캄캄해졌다.

얀 홀체르는 방아쇠를 당겼다. 예상대로 한 치의 착오 없이 명중했다. 총알 두 발이 프란스 발데르의 머리에 박혔고 그는 허수아비처럼 두 손을 휘저으며 쓰러졌다. 프란스가 즉사했다는 데 의심의 여지는 없었다. 하지만 그는 뭔가가 석연치 않았다. 호수 쪽에서 갑자기 불어온 한줄기 바람이 어떤 차디찬 생명체처럼 목덜미를 휘감아오는 걸 느끼며 일이 초쯤 이게 무슨 영문인지 생각해보았다.

모든 게 계획대로 이뤄졌다. 프란스의 컴퓨터는 그들이 말한 대로 그 자리에 있었다. 이제 그걸 집어들고 신속히 빠져나가기만 하면 됐다. 그런데 그 자리에 못 박힌 채 서 있던 그는 기이하게도 얼마 지나고 나서야 석연치 않은 이유를 깨달았다.

커다란 침대 위에 더벅머리 사내아이 하나가 누워 있었다. 이불로 온몸이 다 덮인 아이가 무표정한 눈으로 그를 지켜보고 있었다. 이 시선이 그를 몹시 불편하게 만들었다. 사람 속을 빤히 들여다보는 듯한 눈빛이었다. 아니, 그것 말고도 뭔가가 더 느껴졌다.

그렇다고 해서 달라질 건 없었다. 그는 임무를 완수해야 했다. 그 무엇도 이 작전을 위태롭게 할 수 없었고, 자신들이 조금이라도 위험에 노출되어서도 안 된다. 그런데 지금 그의 앞에는 목격자가 있다. 이 일에는 절대로 목격자가 존재해서는 안 된다. 특히 얼굴을 노출한 채 작전을 수행할 때는 더욱 그랬다. 결국 그는 아이에게로 총구를 돌렸다. 기이한 빛을 반짝이는 아이의 두 눈을 응시하며 세번째로 읊조렸다.

"당신의 뜻이 이루어지기를, 아멘."

미카엘은 택시에서 내렸다. 검정 부츠, 옷장 안쪽에서 끄집어낸 넓은 양가죽 칼라가 달린 흰 모피코트, 아버지한테 물려받은 털모자로 중무장한 차림이었다.

새벽 2시 40분이었다. 라디오 뉴스 〈에코트〉에서는 대형 트럭 한 대가 포함된 교통사고로 베름되 간선도로가 정체를 겪고 있다는 소식을 전했다. 하지만 미카엘과 택시기사는 아무것도 보지 못한 채 폭풍우 몰아치는 컴컴한 교외를 외로이 달렸다. 피곤해 죽을 지경인 미카엘은 다시 집으로 돌아가 에리카 옆으로 기어들어 잠들고 싶을 뿐이었다.

하지만 프란스의 부탁을 거절할 수 없었다. 이유는 자신도 알 수 없었다. 일종의 의무감 때문일지도 몰랐다. 지금 회사가 위기에 처해 있는데 느긋하게 앉아 있을 수는 없다는 생각 말이다. 아니면 외로움과 두려움에 떨고 있는 프란스에게 동정심과 호기심을 느꼈을 수도 있다. 세상을 놀라게 할 만한 뭔가를 기대한 건 전혀 아니었다. 미카엘은 결국 실망하게 되리라고 냉정하게 예상했다. 어쩌면 심리상담사, 혹은 폭풍우 치는 밤에 경비원 역할이나 하게 될지도 몰랐다. 하지만 역시나 모를 일이었다. 리스베트가 끼어든 걸 보더라도 말이다. 그녀는 확실한 근거 없이는 어떤 일에든 절대 뛰어들지 않는다. 더구나 프란스 발데르는 의심의 여지 없이 흥미로운 인물이었고, 그가 자진하여 기자들에게 인터뷰를 허락한 경우도 거의 없었다. 미카엘은 어둠에 잠긴 주변을 둘러보았다. '특별한 만남이 되겠군.'

가로등 하나가 내뿜는 푸르스름한 빛에 비친 집은 제법 괜찮아 보였다. 건축가가 공들여 설계한 듯한 저택은 길게 이어진 큰 유리창들 때문에 기차처럼 보이기도 했다. 우편함 옆에는 사십대로 보이는 경찰이 서 있었는데, 볕에 그을린 얼굴에는 당황스럽고 초조한 기색이 역력했다. 저쪽 거리에는 좀더 체구가 작은 다른 경찰이 두 팔을 버둥거리는 취객과 실랑이하고 있었다. 미카엘이 예상했던 것보다 훨씬 부산한 풍경이었다.

"무슨 일이죠?"

미카엘이 키가 큰 경찰에게 물었다.

하지만 답을 들을 수 없었다. 경찰의 휴대전화가 울렸기 때문이다. 그가 주고받는 말을 들어보니 여기서 뭔가가 일어났음을 알 수 있었다. 집 경보장치가 제대로 작동하지 않은 모양이었다. 하지만 더는 통화를 엿들을 수 없었다. 집 저쪽에서 수상한 소리가 들려왔기 때문이다. 미카엘은 본능적으로 그 소리와 경찰의 통화 내용을 연결지었다. 그리고 오른쪽으로 몇 걸음 더 걸어가 선착장까지 내려가는 비탈길을 쭉 훑어보았다. 비탈길 끝에 푸르스름한 미광을 흘리는 가로등 하나가 보였다. 바로 그 순간, 어디서 튀어나왔는지 알 수 없는 실루엣 하나가 후닥닥 움직였다. 미카엘은 상황이 정말로 고약해지고 있음을 깨달았다.

방아쇠에 손가락을 건 얀 홀체르는 그대로 아이에게 총을 쏘려 했지만 거리 쪽에서 들려온 자동차 소리에 다시 한번 멈칫했다. 사실 그 차 때문만은 아니었다. 아까 들었던 '이 애는 바보'라는 말이 머릿속을 맴돌았다. 물론 죽기 전에 거짓말을 해야 할 이유가 충분할 수도 있지만, 아이의 모습을 보니 꼭 거짓말은 아닐 수 있겠다는 생각이 들었다.

겉으로 볼 때 아이는 아주 차분했고 얼굴에는 두려움보다 놀람에 가까운 빛이 떠올라 있었다. 지금 무슨 일이 일어났는지 아이는 전혀 이해하지 못한 듯했다. 눈은 초점이 너무 흐릿해 뭔가를 제대로 볼 수는 있는지 의문이었다.

그 순간 그는 프란스에 대해 이것저것 알아볼 때 읽었던 기사 하나가 떠올랐다. 중증 지적장애가 있는 아들이 있다고 했다. 기사에 따르면 프란스는 이혼하면서 양육권을 박탈당했다. 그런데 지금 아이가 이 집에 있다. 그는 차마 아이를 죽일 용기가 나지 않았다. 그래야 할 필요도 못 느꼈다. 아무 의미 없는 행위였고, 자신의 직업 윤리에 반하는 행동이기도 했다. 결국 죽이지 않기로 마음먹는 순간, 그는 깊은 안도감을 느꼈다. 하지만 이때 스스로에게 좀더 냉철했다면 그는 이러한 정서적 반응에 분명 의심을 품었을 것이다.

그는 총구를 아래로 내린 후 테이블 위에 있는 노트북과 휴대전화를 집어들어 배낭 안에 쑤셔넣었다. 그리고 어둠 속으로 들어가 미리 정해둔 퇴각로로 향했다. 하지만 멀리 가지 못했다. 등뒤에서 들리는 어떤 목소리에 고개를 돌릴 수밖에 없었다. 저쪽 도로에 남자 하나가 서 있었다. 두 경찰과 달리 새로 나타난 그 인물은 모피코트에 털모자를 쓰고 있었고, 전체적으로 어떤 위엄이 느껴졌다. 즉각 권총을 들어올린 것도 아마 그 때문이었으리라. 그는 위험의 냄새를 맡았다.

후다닥 움직인 남자는 검은 옷차림에 머리에는 꼭 맞는 모자를 쓰고 그 위에 헤드램프를 달고 있었다. 대단히 강하고 날렵해 보였다. 미카엘은 명확히 이유를 설명할 수 없었지만, 그 인물이 어떤 대규모 공동 작전의 일부라는 느낌이 들었다. 심지어 비슷한 복장을 한 자들이 어둠 속에서 튀어나올지도 모른다는 생각까지 들면서, 기분 나쁜 예감에 사로잡혔다. 이내 미카엘은 소리쳤다.

"이봐요, 거기 서요!"

미카엘은 이게 실수였다는 걸 직감했다. 자신이 외친 소리에 전투 병사처럼 몸을 긴장시키는 남자의 모습을 보자마자 미카엘은 재빨리 움직여야 한다는 걸 알았다. 남자가 권총을 꺼내 놀라울 정도로 자연스럽게 사격하기 시작했을 때, 미카엘은 이미 집 한쪽 모퉁이에 몸을 숨긴 뒤였다. 총성은 거의 들리지 않았지만, 프란스의 우편함 근처에 총알들이 박히는 소리가 나면서 지금 무언가 일이 벌어지고 있다는 걸 분명히 알 수 있었다. 키가 큰 경찰이 갑자기 대화를 멈추더니 그 자리에 못 박힌 듯 움직이지 않았다. 반응한 건 술 취한 남자뿐이었다.

"빌어먹을, 대체 뭐야? 무슨 일이야?"

미카엘은 꽥 내지르는 술 취한 남자의 목소리가 이상하게도 귀에 익은 듯했다. 두 경찰은 긴장한 목소리로 속닥거렸다.

"지금 누가 총을 쏜 거야?"

"그런 모양인데."

"어떻게 하지?"

"지원 요청 해야지."

"하지만 놈은 저쪽으로 빠져나갔어."

"그럼 한번 확인해보자고." 키 큰 경찰이 말했다.

그들은 괴한에게 도망갈 시간이라도 주고 싶은 사람처럼 느리게 머뭇거리며 권총을 꺼내들고는 호수 쪽으로 내려가기 시작했다.

멀리서 개 한 마리가 맹렬히 짖어댔다. 성질 사나운 소형견인 듯했다. 호수에서 불어오는 강풍이 더욱 거세졌다. 눈송이가 핑글핑글 돌며 떨어져내렸고, 땅은 빙판이 되어 있었다. 왜소한 경찰이 미끄러져 넘어질 뻔하면서 광대처럼 두 팔을 휘저었다. 잘하면 괴한을 따라잡을 수도 있을 듯했다. 하지만 미카엘이 보기에 그 괴한은 두 경찰을 쉽게 제거할 수 있었다. 민첩하게 몸을 돌려 사격하는 모습에서 이런 상황에 잘 훈련된 인물이라는 걸 짐작할 수 있었다.

미카엘은 자신도 뭔가를 해야 할지 잠시 생각했다. 물론 스스로를 방어할 만한 건 갖고 있지 않았다. 우선 몸을 일으켜 옷에 묻은 눈을 털어내고서 비탈길 쪽을 조심스럽게 내려다보았다. 경찰들이 호숫가를 따라 이웃집 쪽으로 걷고 있었고 괴한은 보이지 않았다. 마침내 길을 따라 내려가기 시작한 미카엘의 눈에 박살난 유리창 하나가 보였다.

뻥 뚫린 구멍은 시커먼 동굴 입구 같았고, 그 너머로 저쪽 맞은편에 열린 문 하나가 보였다. 미카엘은 경찰들을 부를까 하다가 그만두었다. 대신 안에서 흐릿한 신음 소리가 들려와 부서진 창을 통해 집 안으로 들어간 후 복도를 따라 걸었다. 떡갈나무 마루가 어둠 속에 희미하게 번들거렸다. 미카엘은 열린 문을 향해 천천히 나아갔다. 분명 이곳에서 소리가 들려왔었다.

"프란스 발데르! 나예요, 미카엘 블롬크비스트! 대체 무슨 일이죠?"

대답은 돌아오지 않았고, 신음 소리만 더욱 커져갔다. 미카엘은 숨을 크게 들이쉰 다음 방안으로 들어갔다. 그리고 이내 몸이 굳어버렸다. 나중에 그는 자신이 무엇을 먼저 보았는지, 무엇이 가장 자신의 심장을 얼어붙게 했는지 말할 수 없을지도 몰랐다.

바닥에 누워 있는 시신의 모습이 가장 충격적이었다고 할 수는 없었다. 흥건한 핏물과 경직된 표정과 그 휑한 시선에도 불구하고 말이다. 오히려 그를 놀라게 한 건 그 옆 커다란 침대 위에서 벌어지는 광경이었다. 맨 처음 미카엘은 그 모습을 잘 이해하지 못했다. 거기에는 작은 아이가 하나 있었다. 일고여덟 살 정도에 얼굴은 곱상하고, 더부룩한 짙은 금발은 온통 헝클어졌다. 파란 체크무늬 잠옷을 입은 아이는 침대 헤드보드가 있는 벽을 향해 온몸을 내던지고 있었다. 세차고도 규칙적인 움직임이었다. 할 수 있는 한 자신에게 많은 상처를 입히려는 모습처럼 보였다. 아이가 신음하는 소리는 아파서 우는 게 아닌 분노에 사로잡혀 사정없이 자신을 때리며 내는 것이었다. 미카엘은 깊이 생각하지 않고 곧장 그쪽으로 달려갔다. 하지만 아이는 사방으로 발길질을 해대며 그가 다가오지 못하게 막았다.

"자, 자, 괜찮아." 미카엘이 아이를 달래보려 했다. "괜찮을 거야."

그는 아이를 품에 안았다. 하지만 아이는 놀라운 힘으로 몸부림을 치면서 눈 깜짝할 사이에—미카엘이 머뭇거리며 꽉 껴안지 않은 탓도 있었다—몸을 빼더니 맨발 그대로 복도를 가로질러 달려가 창가에 흩어진 유릿조각들 가운데로 뛰어들었다.

"안 돼! 안 돼!"

미카엘은 쫓아가며 소리쳤고, 그러다 두 경찰과 마주쳤다.

눈밭에 서 있는 그들은 당황한 나머지 무엇을 해야 할지 모르겠다는 표정이었다.

11장
11월 21일

나중에 확인된 바로 이번에도 경찰은 업무상 절차를 제대로 따르지 않았고 한참이 지나서야 주변을 통제했다. 그 탓에 프란스 발데르를 살해한 남자는 범행 장소를 유유히 빠져나갈 수 있었다. 최초로 현장에 출동한 두 경찰, 내부에서는 '카사노바들'이라는 조소 섞인 별명으로 불리는 페테르 블롬과 단 플링크는 경보 발령도 신속하지 못한데다, 최소한 단호하고 확실한 태도를 취하지도 못했다.

새벽 3시 40분이 되어서야 감식반 요원들과 강력반 형사들이 현장에 도착했고, 가브리엘라 그라네 역시 마찬가지였다. 너무나도 낙담한 얼굴을 하고 있어서 처음에 사람들은 그녀를 희생자의 친척일 거라고 짐작했지만, 알고 보니 세포 국장이 직접 파견한 분석관이었다. 하지만 밝혀진 신분이 그녀에게 도움이 된 건 아니었다. 경찰 내부에 팽배한 여성 혐오 때문일 수도, 혹은 단순히 이 사건에서 그녀를 배제하려는 의도 때문일 수도 있었다. 결국 그녀에게 맡겨진 건 아이를 돌보는 일뿐이었다.

"아주 잘하시는데요?"

가브리엘라가 몸을 굽혀 아우구스트의 발에 난 상처를 살피는 모습을 보고, 이날 밤 임시 수사책임자로 온 에리크 세테르룬드가 한마디 던졌다. 가브리엘라는 자신도 다른 할 일이 있다고 쏘아붙이려다 아이의 눈빛을 보고는 말을 삼켰다.

어린 아우구스트는 극도로 겁에 질려 꼼짝하지 않았다. 위층 마룻바닥에 앉아 이따금 빨간 양탄자 위에서 기계적으로 손을 움직일 뿐이었다. 지금껏 적극적인 모습을 보이지 않던 페테르 블롬이 이제는 아이의 두 발에 붕대를 감아주고 어디선가 양말을 찾아와 신겨주기까지 했다. 아이는 온몸에 퍼렇게 멍이 들었고 입술은 찢어져 있었다. 미카엘은—그의 존재 때문에 현장 분위기가 더욱 팽팽했다—아이가 일층 침실의 침대 헤드보드가 있는 벽에 머리와 몸을 거세게 한참 부딪치고는 유릿조각이 깔린 거실로 뛰어나갔다고 진술했다.

이상하게도 미카엘에게 자신을 소개하기가 꺼려졌던 가브리엘라는 옆에서 그의 진술을 듣자마자 아우구스트가 이 사건의 목격자라는 사실을 직감했다. 하지만 아이와 친밀한 관계를 맺지도, 아이를 제대로 위로해주지도 못했다. 이런 경우에 흔히 하듯 안아주거나 달래주는 방법이 이 아이에게는 통하지 않았다. 오히려 가브리엘라가 어느 정도의 거리를 두고 앉아서 다른 일들을 할 때 아이는 더 차분해지는 듯했다. 그리고 아이가 반응을 보인 건 단 한 번이었다. 가브리엘라가 헬레나 크라프트와 통화하면서 이곳 주소인 79번지를 언급했을 때였다. 하지만 그녀는 별로 주의를 기울이지 않았다.

얼마 후 그녀는 아우구스트의 친모와 통화할 수 있었다. 큰 충격을 받은 한나 발데르는 즉시 아들을 데려가고 싶어했다. 그러면서 이상한 부탁도 하나 했다. 즉시 퍼즐을 찾아 아이에게 주라고 하면서, 특히 전함 바사호 퍼즐이 좋다고 했다. 헤어진 남편이 아이를 불법적으로 데려갔다고 비난하지는 않았다. 그녀의 동거인이 왜 프란스의 집에 침입하려 했느냐는 질문에는 대답하지 못했지만, 라세 베스트만이 부성 때문에 그런 건 아니라는 사실을 짐작할 수 있었다.

가브리엘라는 이 아이를 보고 나자 오래된 의문을 풀 수 있었다. 왜 프란스가 가끔씩 말을 얼버무렸고, 왜 경비견을 기르려 하지 않았는지 말이다. 이른 아침이 되자 그녀는 심리학자와 의사를 한 명씩 현장으로 불러 아이에게 필요한 응급처치를 하고, 만일 상태가 괜찮다면 친모에게 데려다주도록 지시를 내렸다.

그러고 나서 그녀는 다른 생각에 사로잡혔다. 이 살인의 목적이 단지 프란스의 입을 틀어막기 위한 건 아닌 듯했다. '뭔가를 훔치러 왔던 게 아닐까?' 물론 돈 같은 평범한 건 아닐 터였다. 가브리엘라는 프란스의 연구에 대해 생각했다. 그가 평생을 바쳐 무엇을 연구했는지 그녀는 전혀 알지 못했다. 어쩌면 본인 말고는 아무도 모를 수 있었다. 하지만 해킹을 당했을 무렵부터 이미 혁명적이라고 평가받았던 그 인공지능 프로그램을 그후로도 계속 연구해왔으리라는 건 충분히 예상할 수 있는 일이었다.

솔리폰에서 동료들이 그의 프로그램을 들여다보려고 갖은 애를 썼다고 했다. 프란스가 한번은 넌지시 자기 얘기를 털어놓으면서 어머니가 아이를 품듯 그걸 지켰다고 했는데, 그때 그녀는 자나 깨나 옆에 두고 있었다는 뜻으로 받아들였다. 그녀는 일어나 페테르에게 아우구스트를 봐달라고 하고서 감식반이 작업을 시작한 일층 침실로 내려갔다.

"여기서 컴퓨터 한 대 못 봤나요?" 그녀가 물었다.

감식반 요원들은 고개를 저었다. 가브리엘라는 다시 헬레나와 통화하려고 전화기를 꺼냈다.

라세 베스트만이 어디론가 사라졌다. 사건 직후 어수선한 틈을 타 도망친 모양이었다. 임시 수사책임자 에리크 세테르룬드는 라세가 자신의 집에도 없다는 사실을 알고서 고함을 지르고 욕을 내뱉었다.

에리크가 수배령을 내릴 생각까지 하자 젊은 동료 악셀 안데르손이 "그렇다면 라세 베스트만을 위험인물로 간주해야 하나요?"라고 물었다. 악셀은 라세와 그가 연기한 배역들을 분리해서 생각하기가 힘든 모양이었다. 하지만 꼭 그를 탓할 수는 없었다. 상황이 갈수록 혼란스러워졌기 때문이다.

명백히 이 사건은 흔한 가정 불화나 술 파티에서 변질된 폭력, 혹은 우발적 범행이 아니라, 어느 저명한 스웨덴 학자를 겨냥한 계획적인 살인이었다. 게다가 경찰청장 얀헨리크 롤프까지 전화를 걸어왔다. 이 사건을 스웨덴 산업에 심각한 타격을 입힌 행위로 간주해야 한다는 견해를 전하기 위해서였다. 이로써 에리크는 졸지에 정치적으로 중대한 의미를 지니게 된 사건의 한복판에 떨어졌다. 이제 그의 행동 하나하나가 앞으로 시작될 본격적인 수사에 큰 영향을 미치리라는 건 경찰학교 수석 졸업생이 아니더라도 충분히 알 수 있었다.

이틀 전에 마흔한번째 생일 파티를 거하게 벌인 후 아직 후유증에서 벗어나지 못한 그는 이런 수사를 한 번도 맡아본 적이 없었다. 비록 몇 시간에 불과했지만 그가 이런 책임을 맡게 된 건, 이날 당직 근무자 가운데 숙련된 사람이 없었던데다, 스웨덴 범죄수사대의 똑똑한 양반들이나 스톡홀름 경찰청의 보다 노련한 형사들을 침대에서 끌어내는 일을 그의 상관이 원하지 않았기 때문이다.

이런 난리 한가운데로 빨려들어갈수록 에리크는 점점 자신감을 잃고 지시를 내린다기보다는 거의 짖어댔다. 그는 먼저 집집마다 문을 두드려 탐문수사를 하기로 했다. 가급적 많은 증언을 확보해놓고 싶었지만 솔직히 좋은 결과를 기대하지는 않았다. 폭풍우 몰아치는 컴컴한 밤에 이웃들도 목격한 건 별로 없을 터였다. 하지만 시도해볼 필요는 있었다. 그리고 미카엘 블롬크비스트도 심문하기로 했다. '그런데 저자는 대체 무얼 하러 여기 나타났지?'

스웨덴에서 가장 유명한 기자가 범죄 현장 한가운데에 떡 버티고 앉아 있다는 건 분명 골치 아픈 일이었다. 에리크는 벌써 그가 삐딱한 눈으로 자신을 관찰하며 폭로기사를 쓸 준비를 하는 건 아닌지 생각했다. 하지만 그건 자신의 불안감에서 나온 망상에 불과할 수 있었다. 미카엘 블롬크비스트는 심한 충격을 받은 듯했고, 심문하는 내내 정중한 태도를 잃지 않고 최선을 다해 협조했다. 하지만 많은 정보를 제공하진 못했다. 모든 게 너무 빨리 끝나버렸기 때문인데, 미카엘은 바로 이 점이 단서가 될 수도 있겠다고 했다.

움직임이 거침없고 민첩한 걸로 보아 킬러는 군인, 혹은 특수요원이거나, 그 출신일 가능성이 충분하다는 게 그의 의견이었다. 홱 몸을 돌려 총격을 가하는 동작이 완벽하게 숙달된 사람 같았기 때문이다.

미카엘은 킬러가 머리에 쏙 맞는 검은 모자를 쓰고 그 위에 헤드램프까지 쓴 모습만 보았을 뿐, 얼굴은 제대로 확인하지 못했다. 거리가 너무 멀었고, 남자가 몸을 돌렸을 때 미카엘은 땅에 몸을 던져야 했다. 아직 목숨이 붙어 있는 걸 다행으로 여겨야 할 정도로 급박한 상황이었다. 다만 킬러의 체격과 복장은 꽤나 잘 묘사할 수 있었다. 그렇게 젊어 보이지 않았고, 마흔이 넘었을 수도 있지만 체격은 아주 뛰어났다. 185에서 195센티미터쯤 되는 평균 이상의 키에 허리는 잘록하고 어깨는 널찍해 매우 단단해 보였다. 검은 밀리터리룩에 부츠를 신고 배낭을 멨으며 오른쪽 다리에는 칼을 찼을 수도 있었다.

한편 남자가 이웃집을 지나 호숫가를 따라 사라졌을 거라는 미카엘의 짐작과 두 경찰의 증언이 일치했다. 하지만 경찰들은 남자를 목격할 틈이 없었다. 호숫가를 따라서 멀어지는 발소리를 들으며 추격에 나섰지만 허사였다고 했다. 적어도 그들은 이렇게 주장했지만 에리크는 조금 의심이 들었다.

오히려 그들은 바짝 겁을 먹고 어둠 속에서 덜덜 떨며 아무것도 하지 않았을 가능성이 컸다. 어쨌든 바로 이 단계에서 가장 심각한 실수를 저지른 셈이었다. 즉각 이 지역의 탈출로를 확인하고 봉쇄했어야 옳았지만 그런 시도는 이뤄지지 않은 듯했다. 그때 두 사람은 살인이 일어난 사실조차 몰랐으며, 알게 된 다음에도 겁에 질려 밖으로 뛰쳐나가려 한 아이 때문에 정신이 없었던 모양이다. 그런 상황에 냉정을 유지하기가 쉽지 않았을 터였다. 어쨌든 그들은 이렇게 시간을 허비했다. 미카엘은 최대한 자제하려는 기색이 역력했지만 진술하는 중간마다 비난 섞인 말투가 배어나왔다. 그가 경보를 발령했느냐고 경찰들에게 두 번이나 물었지만, 돌아온 대답이라고는 애매하게 고개를 한 번 끄덕인 게 다였다.

나중에 미카엘이 단 플링크가 본부와 통화하는 걸 얼핏 듣고 나서야 비로소 그의 끄덕거림이 '아니오', 혹은 기껏해야 '지금 무슨 말인가요?'를 의미했다는 사실을 깨달았다. 어쨌든 경보 발령은 지체됐고, 그후에도 아마 단이 애매하게 보고한 탓에 적절한 조치들이 이뤄지지 않았다.

즉 이러한 마비 상태가 전 단계로 확대된 셈이었고, 에리크는 적어도 이 부분에선 자신이 책잡힐 게 없어 은근히 기분이 좋았다. 그때까지만 해도 이 수사에 관여하지 않았기 때문이다. 하지만 지금은 현장에 있고, 무엇보다도 자신이 이 상황을 악화시키지 않는 게 중요했다. 최근 업무 실적이 좋지 않았기 때문에 이번에도 창피당할 짓을 해서는 안 되었다. 아니, 어쩌면 자신의 능력을 모두에게 보여줄 수 있는 절호의 기회일 수도 있었다.

거실로 통하는 문 앞에 선 에리크는 밤사이 감시카메라에 포착된 인물에 대해 밀톤 직원과 나눈 대화를 곰곰이 곱씹어보았다. 그 괴한은 미카엘이 진술한 킬러의 인상착의와 전혀 일치하지 않았고, 오히려 바짝 마르고 늙은 마약중독자처럼 보였다. 하지만 뛰어난 기술자인 듯했다. 바로 그자가 경보장치를 해킹하고 모든 감시카메라와 동작감응기를 무력화시켰다. 그렇다면 일이 더 심각해질 수 있다. 그들은 단지 프로들의 집단일 뿐만 아니라, 경찰의 경호나 아주 정교한 경보장치도 개의치 않는 걸로 보아 자신감 또한 보통이 아니었다.

에리크는 일층에 있는 감식반을 만나러 내려가야 했지만 계속 한 자리에 우두커니 서서 어찌할 바를 모르고 허공만 쳐다보았다. 그러다가 시선이 아우구스트에게 향했다. 중요한 목격자이지만 아이는 말도 하지 못하고 사람들이 하는 말을 전혀 이해하지도 못하는 듯했다. 그러니 별 기대를 걸 수 없었다. 정말이지 모든 게 엉망이었다.

그는 엄청난 대형 퍼즐의 조그만 조각 하나를 들고 있는 아이를 잠시 쳐다보다가 일층으로 통하는 나선 계단 쪽으로 걸음을 옮겼다. 그런데 그 순간 그의 몸이 굳었다. 아이를 처음 봤을 때 느꼈던 인상이 다시 떠올랐기 때문이다. 무슨 일이 일어났는지도 제대로 모른 채 헐레벌떡 현장에 도착한 그가 본 건 평범해 보이는 사내아이였다. 충격에 사로잡힌 눈과 바짝 경직된 몸을 제외하고는 특별한 점이 보이지 않았다. 오히려 커다란 눈망울과 곱슬곱슬한 머리칼이 귀엽기까지 했다. 그러고 난 다음에야 아이가 자폐아인데다 심각한 지적장애가 있다는 걸 사람들에게 들었다. 그는 상상조차 못했었다. 그렇다면 킬러는 전부터 아이를 알고 있었거나, 혹은 아이가 어떤 상태인지 알고 있었다는 얘기였다. 그러지 않고서야 정체를 들킬 위험이 있는데 아이를 살려둘 리 없었다. 에리크는 좀더 깊이 생각해보지 않고 흥분한 채 급히 아이를 향해 다가갔다.

"아이를 당장 심문해야겠어!"

에리크는 본의 아니게 거칠고도 다급하게 내뱉었다.

"이봐요! 아이를 좀 부드럽게 다뤄요."

어쩌다 그 옆에 있던 미카엘이 말했다.

"상관하지 마세요!" 에리크가 씨근덕댔다. "어쩌면 이애가 범인을 알고 있을지 모른다고요. 사진을 좀 가져와서 애한테 보여줘야 돼요.

어떻게든……"

이때 아우구스트가 갑자기 퍼즐을 내던지며 거칠게 움직이는 바람에, 에리크는 하던 말을 멈췄다. 에리크는 사과라도 하는 듯 아이한테 뭐라고 웅얼거리더니 감식반이 있는 쪽으로 슬금슬금 내려갔다.

에리크가 아래층으로 사라지자 미카엘은 거기 남아 아이를 물끄러미 쳐다보았다. 아이 안에서 다시 무언가가 일어난 듯했다. 어쩌면 또 발작이 시작될지도 몰랐고, 미카엘은 무엇보다 아이가 다칠까봐 걱정스러웠다. 하지만 아이는 꼼짝 않고 앉아 오른손을 카펫 위에 올린 채 맹렬하게 움직이기 시작했다.

그러다 어느 순간 동작을 뚝 멈추더니 애원하는 듯한 눈빛으로 미카엘을 올려다보았다. 미카엘은 그게 무슨 뜻일지 궁금했지만, 키가 큰 페테르가 아이 옆에 앉아 다시 퍼즐을 맞추게 하려는 모습을 보고 생각하기를 멈췄다. 그리고 잠시 조용히 쉬려고 주방으로 피신했다. 피곤해 죽을 지경이라 집으로 돌아가고 싶은 마음이 굴뚝같았다. 하지만 경찰 쪽에서는 그에게 먼저 감시카메라 영상들을 확인하게 할 모양이었고, 그게 언제가 될지는 아무도 몰랐다. 모든 게 한없이 늘어지고 뒤죽박죽이었다. 집에 들어가 침대에 눕고 싶은 그의 소망이 과연 이뤄질 수 있을지 의문이었다.

에리카와는 벌써 두 번이나 통화하면서 밤사이 어떤 일들이 있었는지 상세하게 전했다. 현재로서는 별다른 정보가 없었지만 미카엘이 〈밀레니엄〉 다음 호에 실을 장문의 기사를 써야 한다는 점에는 두 사람 다 의견이 같았다. 살인 사건 자체도 극적이었지만 프란스 발데르의 삶도 다룰 만한 가치가 충분했다. 예외적인 상황들이 벌어지면서 우연찮게 이 사건에 곧장 연결된 미카엘은 다른 경쟁자들에 비해 큰 우위를 확보한 셈이었다. 한밤중에 전화를 받고 사건 현장까지 달려오게 되었다는 극적인 스토리가 그의 기사에 엄청난 무게를 실어

줄 수 있었다.

〈밀레니엄〉이 처한 위기와 세르네르 미디어 그룹에 대해서는 더 이상 언급할 필요도 없었다. 에리카는 미카엘이 돌아와 모자란 잠을 자는 사이 임시기자 안드레이 산데르에게 사전 조사를 시킬 계획을 벌써 세워놓았다. 그녀는 〈밀레니엄〉의 대기자가 일을 시작하기도 전에 탈진해 쓰러지는 꼴은 절대로 보고 싶지 않다면서 따뜻하지만 권위 있는 어조로 말했다.

미카엘은 군말 없이 받아들였다. 안드레이는 유쾌하면서도 의욕이 넘치는 기자였다. 그가 잠에서 깼을 때 기본적인 자료들이, 어쩌면 인터뷰할 주변 인물 리스트까지 모두 준비되어 있다면 그보다 더 좋은 일은 없을 것이다. 미카엘은 잠시 머리도 식힐 겸, 어느 저녁 술집 '그비르브네'에서 안드레이가 여자 문제로 고민을 털어놓았던 그 시간들을 떠올려보았다. 그는 젊고 똑똑하고 매력적인 청년이어서 나무랄 데 없는 파트너였다. 하지만 자신감이 없고 물러터진 성격 때문에 곧잘 차이기도 해서 마음이 아프다고 했다. 그는 구제불능의 낭만주의자였고, 항상 운명적인 사랑과 엄청난 특종만을 꿈꾸는 친구였다.

미카엘은 의자에 앉아 바깥의 어둠을 내다보았다. 앞에 있는 식탁 위에는 성냥갑, 잡지 〈뉴 사이언티스트〉, 이해할 수 없는 수식들이 적힌 수첩이 있었고, 그 옆에는 기이하게 아름다워 보이는 건널목 그림이 한 장 있었다. 신호등 옆에는 남자가 하나 서 있었다. 가늘게 뜬 눈에 시선은 흐릿했으며 입술은 얄포름했다. 남자는 움직이고 있는 모습이었고 얼굴의 주름살부터 셔츠와 바지의 주름들까지 세밀하게 묘사되어 있었다. 그렇게 호감 가는 인상은 아닌 그의 턱 위에 하트 모양 점이 하나 있었다.

하지만 그림 전체를 지배하는 건 강렬하고도 불안해 보이는 빛을 내뿜는 신호등이었다. 일종의 수학적 기법으로 엄밀하게 구성된 그림은 마치 기하학적 선들이 뒤에서 지탱해주고 있다는 느낌마저 들었다. 프란스가 여가 시간에 그린 걸까. 하지만 미카엘은 왜 그가 신호등을 소재로 삼았는지 궁금했다.

하기야 프란스 같은 사람에게 석양이나 바다 위에 떠 있는 배라고 해서 특별히 의미가 있었겠는가. 그에게는 신호등과 다른 것들이 별 차이가 없었을 것이다. 어쨌든 미카엘은 사진 같은 이 그림에 매료되었다. 그런데 신호등 옆 남자의 생생한 움직임은 어떻게 포착한 건지 알 수 없었다. 신호등이야 오랫동안 관찰할 수 있지만, 사람은 건널목을 수십 번 건널 수도 없는 노릇이었다. 아마 상상 속 인물이거나, 아니면 프란스에게 사진기억력이 있었을 것이다. 바로 그녀처럼…… 미카엘은 잠시 상념에 빠져들었다. 그러다 휴대전화를 꺼내 에리카에게 세번째 전화를 걸었다.

"지금 돌아오고 있어?"

"불행히도 아직 여기 있어. 내가 몇 가지 봐야 할 게 있나봐. 그건 그렇고 부탁 좀 하나 해야겠어."

"얼마든지."

"지금 컴퓨터로 가서 로그인해줘. 패스워드 알고 있지?"

"자기에 대한 건 다 알고 있지."

"좋아. 그럼 '내 문서' 폴더로 들어가서 '리스베트의 상자'라는 파일을 열어."

"이 이야기가 어디로 흘러갈지 대충 알겠는데?"

"오, 그래? 자, 그 파일에 무슨 말을 쓰냐면……"

"기다려, 먼저 파일부터 열어볼게. 됐어…… 잠깐, 벌써 이 안에 쓰인 게 꽤 많네?"

"그건 신경쓰지 마. 그냥 그 위에 이렇게 써. 지금 내 말 듣고 있어?"

"듣고 있어."

"자, 그럼 이렇게 써."

리스베트, 프란스 발데르가 머리에 총을 두 번 맞고 사망했다는 사실을 벌써 알고 있을지도 모르겠군. 왜 누가 그를 살해하려 했는지, 그 이유를 한번 찾아볼 수 있겠어?

"이게 전부야?"

"그것만 해도 길어. 연락하지 않고 지낸 지가 벌써 몇 년째거든. 난데없이 이런 부탁을 하면 간덩이가 부었다고 생각할 거야. 하지만 그녀가 도와줘서 우리에게 해가 될 건 없으니까."

"그러니까 불법 해킹을 좀 한다고 해서 크게 잘못될 일은 없다는 얘기야?"

"난 아무 말도 듣지 못했어, 곧 출발할게. 운이 따라줘야겠지만."

"그러길 바랄게."

리스베트는 가까스로 잠이 들었다가 다시 깨어보니 아침 8시였다. 컨디션이 아주 좋다고는 할 수 없었다. 여전히 두통이 심했고 속도 메스꺼웠다. 그래도 어젯밤보다는 한결 기분이 나아졌다. 그녀는 재빨리 옷을 입고 전자레인지에 데운 미트 파이 두 개와 커다란 컵에 가득 부은 코카콜라로 아침을 때웠다. 그런 다음 배낭에 운동복을 쑤셔넣고 밖으로 나갔다. 어느새 폭풍이 그쳤다. 바람에 날려온 쓰레기며 헌 신문 따위가 길에 널려 있었다. 그녀는 모세바케 광장으로 내려가 예트가탄 거리를 따라 걸었다.

혼자서 웅얼대며 성큼성큼 걸어서였을까? 그녀는 마치 화난 듯 보였고, 행인들은 겁에 질려 옆으로 비켜섰다. 하지만 그녀는 조금도 화나지 않았다. 다만 차분히 결의에 차 있을 뿐이었다. 복싱 연습을 하고 싶은 생각은 없었지만 평소 리듬을 유지하고 몸속에 쌓인 독소를 뽑아내고 싶었다. 이내 호른스가탄으로 접어들어 언덕 바로 앞에서 오른쪽으로 꺾어들어가 '제로 복싱 클럽'에 도착했다. 지하실 계단을 따라 내려가면 나타나는 체육관은 이날 아침따라 더욱 황폐해 보였다.

전체를 보수하고 페인트칠을 다시 할 필요가 있어 보이는 공간이었다. 실내장식이나 벽에 붙은 포스터들이나 1970년대 이후로 변한 게 없었다. 무하마드 알리와 조지 포먼이 아직도 벽을 장식하고 있었다. 어쨌든 이 체육관은 콩고 킨샤사에서 전설적인 경기가 열렸던 그 시절 모습 그대로였다. 어쩌면 이곳 주인 오빈세가 꼬마였을 때, 경기를 직접 보고 해방의 비처럼 쏟아지는 소나기를 맞으며 "알리, 보마예!"*를 외치며 달리던 일이 아직도 생생하기 때문일지 모른다. 그 빗속의 질주는 그의 삶에서 가장 행복한 기억이었고, 그가 말하는 이른바 '내 순진무구했던 시절'의 마지막 순간이었다.

그로부터 얼마 후 그의 가족은 모부투 대통령의 폭정을 피해 탈주를 시도했고, 그때부터는 모든 게 전과 같지 않았다. 오빈세가 스톡홀름의 허름한 체육관에 역사적인 그 순간을 계속 간직하고 싶어하는 건 이상한 일이 아니었다. 그는 지금도 기회가 날 때마다 그 경기에 대해 얘기하곤 했다.

사실 그는 모든 것에 대해 쉴새없이 지껄여대는 남자였다. 큰 키에 체격이 건장하고 대머리인 그는 못말리는 수다쟁이였다. 리스베트를 약간 미쳤다고 생각하면서도, 한편으로는 그녀에게 은근히 반한 클럽의 많은 이들 가운데 하나이기도 했다. 주기적으로 그녀는 이곳을 찾아 누구보다 맹렬히 훈련하면서 펀칭볼, 샌드백, 그리고 스파링 파트너들에게 달려들어 미친듯이 주먹을 휘둘렀다. 그럴 때면 오빈세는 그 누구에게서도 본 적 없는 원초적인 에너지와 살기가 그녀에게서 뿜어져나오는 걸 느꼈다.

---

* "알리야, 박살내!"

어느 날, 아직 그녀를 잘 알지 못했던 그는 리스베트에게 정식 대회에 참가해보는 게 어떻겠느냐고 제안했다. 그때 그녀는 어이없다는 듯 코웃음치는 걸로 대답을 대신했고, 그후로 그는 다시 얘기를 꺼내지 않았지만 그녀가 왜 그렇게 열심히 훈련하는지는 이해할 수 없었다. 물론 열심히 운동하는 데 이유가 있어야 하는 건 아니었다. 술을 퍼마시는 것보다야 나은 일이니까.

어쩌면 일 년 전쯤 어느 늦은 밤에 그녀가 했던 말 속에 진실이 있었는지도 모른다. 그녀는 또다시 곤경에 처하게 됐을 때 육체적으로 준비되어 있기를 원한다고 했다. 오빈세는 그녀가 과거에 여러 문제들을 겪었다는 걸 알고 있었다. 그 모든 사실들을 인터넷에서 찾아 읽고 나니, 모부투 정부에 살해당한 부모를 둔 그 역시, 과거의 망령이 다시 나타나 괴롭게 할 경우를 대비하고 싶은 그녀의 심정을 충분히 이해할 수 있었다.

하지만 리스베트가 왜 주기적으로 훈련을 내팽개치고 정크푸드로 끼니를 때우며 한심한 폐인처럼 지내는 건지는 알 수 없었다. 그로서는 그런 이중적인 면모를 결코 이해할 수 없었다. 이날 아침, 시커먼 옷차림에 얼굴에는 피어싱을 달고 그녀가 체육관 문을 열고 나타난 건 이 주 만이었다.

"안녕, 우리 자기! 그동안 어디에 처박혀 있었어?"

"아주 위험한 일을 하고 있었지."

"그럴 줄 알았어. 폭주족들을 한 방 먹이는 일인가?"

리스베트는 농담에 대꾸도 하지 않고 얼굴을 잔뜩 찌푸린 채 탈의실로 향했다. 그러자 오빈세는 잘 알면서도 그녀가 끔찍이 싫어하는 행동을 했다. 그녀 앞에 딱 버티고 서서 얼굴을 똑바로 들여다본 것이다.

"왜 이렇게 눈이 새빨개?"

"숙취 때문에 죽겠어. 저리 비켜!"

"그렇다면 여기 오지 말았어야지."

"헛소리 집어치워. 그냥 몸에 있는 찌꺼기나 좀 뽑아줘."

리스베트는 씨근덕거리며 옷을 갈아입으러 들어갔다.

다시 나타난 그녀는 굉장히 넉넉한 복싱용 반바지에 가슴께에 해골 하나가 그려진 하얀 탱크톱 차림이었다. 어쩔 수 없이 오빈세는 혹독한 훈련을 시작했다.

그는 최대한 악을 내지르면서 그녀가 휴지통에 세 번이나 토할 때까지 강하게 밀어붙였다. 그녀 역시 지지 않고 악을 써댔다. 운동이 끝나자 사라져서 옷을 갈아입고는 역시 인사 한마디 없이 체육관을 나갔다. 늘 겪는 일이었지만 이럴 때면 오빈세는 뭔가 속이 텅 빈 듯했다. 어쩌면 사랑에 빠진 건지도 몰랐다. 그는 지금 몹시 격동되어 있었다. 리스베트 같은 여자와 복싱을 하고도 그러지 않을 수는 없었다.

그가 마지막으로 본 건 계단 위쪽으로 사라져가는 그녀의 두 종아리였다. 리스베트가 다시 거리로 나가자마자 심한 현기증을 느꼈다는 걸 그로선 알 수 없었다. 그녀는 건물 벽에 몸을 기대고 깊이 숨을 들이마신 후 집이 있는 피스카르르가탄 쪽으로 걷기 시작했다. 집에 도착해서는 다시 코카콜라 한 잔과 주스 반 리터를 마셨다. 그러고는 침대 위로 무겁게 쓰러져 십 분 정도 천장을 올려다보며 이런저런 상념들이 떠오르고 또 사라지는 걸 막연히 지켜보았다. 특이점, 사건의 지평선, 블랙홀, 슈뢰딩거 방정식의 몇 가지 특이한 양상들, 에드 더 네드, 그리고……

마침내 세상이 제대로 보이기 시작하자 그녀는 다시 일어나 컴퓨터 앞으로 갔다. 어린 시절 이후로 한 번도 약해진 적 없는 어떤 힘이 늘 그녀를 컴퓨터 앞으로 이끌었다. 하지만 이날 아침에는 너무 복잡한 일은 하고 싶지 않았다. 그냥 미카엘의 컴퓨터 안이나 한번 들어가보기로 했다. 그리고 이내 그녀의 몸이 돌처럼 굳었다. 자신이 읽은 걸 믿고 싶지 않았다. 어제만 해도 미카엘과 프란스에 대해 농담을 주고받았는데, 오늘은 프란스가 머리에 총을 두 번 맞고 살해당했다니.

"빌어먹을!"

그녀는 욕을 내뱉으며 최신 뉴스를 검색했다.

그의 이름이 명시되지는 않았지만 '살트셰바덴 저택에서 암살된 스웨덴 왕립학술회원'이 바로 프란스라는 건 어렵지 않게 알 수 있었다. 현재 경찰은 입을 굳게 다물고 있고, 기자들도 사건에 달려들지 않고 있었다. 아직 이 사건의 중요성을 잘 모르는 모양이었다. 게다가 밤사이에 다른 굵직한 일들도 많았다. 폭풍이 불었고, 전국에 정전이 잇따랐으며, 열차들이 끔찍할 정도로 장시간 지연되는 사태가 발생했다. 유명인사들 소식도 몇 가지 있었지만 리스베트는 그쪽에 눈도 돌리지 않았다.

살인 사건에 대해서는, 새벽 3시경에 사건이 벌어진 후 경찰이 근처에서 목격자를 찾고 있다는 얘기뿐이었다. 아직 뚜렷한 용의자는 찾아내지 못했지만 몇 사람의 증언에 따르면 희생자의 집 근처에서 수상한 인물이 목격됐다고 했다. 기사 말미에는 오늘 얀 부블란스키 형사가 기자회견을 열 거라는 예고가 있었다. 그녀의 입가에 향수 어린 미소가 떠올랐다. 가끔 '부블라'라고도 불리는 그하고는 얽힌 사연이 많았다. 수사팀에 멍청이들을 집어넣는 일만 없다면 문제없이 수사가 진행될 수 있겠다는 생각이 들었다.

그러고 나서 미카엘이 보낸 메시지를 읽었다. 도움을 요청하는 그 말에 그녀는 깊이 생각해보지도 않고 '좋아'라고 적었다. 그가 부탁했기 때문만은 아니었다. 그녀에겐 개인적인 일이기도 했다. 관습적인 애도의 감정은 없었지만, 분노는 그녀의 몫이었다. 차갑고도 시한폭탄 같은 분노가 그녀를 휘감았다. 물론 어느 정도 얀 형사를 존중하고 있었지만 그녀로서는 맹목적으로 경찰을 신뢰할 수도 없었다.

지금껏 리스베트는 모든 일을 자신이 직접 처리해왔을 뿐만 아니라, 이번에는 어째서 프란스가 살해당했는지 알아내야 할 개인적인 이유들이 있었다. 그녀가 전에 프란스를 찾아내 그가 처한 상황에 관심을 가진 건 결코 우연이 아니었다. 프란스의 적들은 그녀 자신의 적들일 가능성이 컸다.

모든 건 자신의 아버지가 모종의 방식으로 계속 살아남아 있지는 않을까, 라는 오래된 질문에서 시작됐다. 알렉산데르 살라첸코, 혹은 살라는 그녀의 어머니를 죽이고, 그녀의 어린 시절을 파괴하는 데 그치지 않았다. 범죄조직을 이끌었고, 마약과 무기를 팔았으며, 여자들을 착취하고 능욕하며 평생을 보냈다. 리스베트는 확신했다. 이런 악惡은 세상에서 완전히 사라지지 않고 다만 모습을 바꿀 뿐이라고. 그리고 약 일 년 전 어느 날 아침, 독일 바이에른 알프스 지방의 슐로스 엘마우 호텔에서 자다 깨어난 후로 그녀는 살라첸코가 남긴 유산들이 어떻게 되었는지 개인적으로 조사를 계속해왔다.

그의 공범이었던 자들 대부분은 인생 낙오자, 저급한 폭력배, 역겨운 포주, 혹은 삼류 사기꾼이 되어 있었다. 살라첸코에 견줄 만한 범죄자는 아무도 없었기 때문에 리스베트는 그가 죽고 나서 조직이 완전히 와해되었다고 오랫동안 믿어왔다. 하지만 조사를 멈추지 않았던 그녀는 결국 전혀 예상치 못했던 방향으로 뻗어 있는 경로를 하나 발견했다. 살라의 젊은 부하였던 시그프리드 그루버에서 시작되는 길이었다.

살라가 아직 살아 있을 때부터 시그프리드는 조직에서 가장 총명한 인물이었다. 다른 조직원들과 달리 대학에서 공부한 그는 IT 공학과 경영학 학위를 취득했고, 덕분에 보다 폐쇄적인 서클에 접근할 수 있었던 모양이다. 지금 그는 해킹, 신기술 유출, 내부자 거래, 공갈 협박 등 하이테크놀로지 기업들을 겨냥해 벌어지는 온갖 범죄 사건에 이름이 오르내리고 있었다.

보통 때라면 리스베트는 이 경로를 더이상 따라가보지 않았을 것이다. 시그프리드가 연루됐다는 사실 말고는 살라가 했던 일들과 아무런 연관성이 없어 보였기 때문이다. 돈 많은 기업들이 혁신적인 신기술을 도둑맞은 일 따위는 전혀 그녀의 관심사가 아니었다. 하지만 모든 걸 완전히 뒤집는 일이 벌어졌다.

어느 날 우연히 입수한 GCHQ의 기밀 보고서에서 그녀는 시그프리드가 속한 듯 보이는 범죄조직과 관련해 암호명 몇 개를 발견했었다. 그걸 본 그녀는 놀라움을 금치 못했고, 그후로는 이 이야기에서 빠져나올 수도 없게 되었다. 그렇게 할 수 있는 한 많은 정보를 수집해나가던 그녀는 어느 평범한 회원제 해커 커뮤니티에서 떠도는 소문을 들었다. 시그프리드가 속한 조직이 프란스의 인공지능 기술을 훔쳐 미국-러시아 다국적 게임회사인 트루 게임스에 팔았다는 내용이었다.

하지만 확실하지 않은 루머였다. 왕립공과대학에서 열린 프란스의 강의에 찾아가 블랙홀 안쪽의 특이점과 관련해 입씨름까지 하게 된 건 바로 그런 이유에서였다. 적어도 여러 이유들 가운데 하나였거나.

1 Jan

2 Feb

3 Mar

4 Apr

5 May

6 Jun

7 Jul

8 Aug

9 Sep

10 Oct

11 Nov

12 Dec

II 기억의 미로

11월 21일~23일

'직관적 심상 연구'는 사진기억력, 혹은 직관기억력이라는
능력을 지닌 이들을 대상으로 한다.

연구 결과에 따르면, 직관기억력을 지닌 이들은
그렇지 않은 이들보다 예민하며 스트레스에 취약하다.

직관기억력을 지닌 이들 대부분이 자폐증 환자이지만 전부는 아니다.
그리고 직관기억력과 공감각 사이에는 연관성이 존재한다.
공감각이란 문자를 보면서 특정한 색채를 연상하거나,
일련의 숫자들을 보면서 공간적 이미지를 떠올리는 것처럼
둘 이상의 감각을 서로 연결지을 수 있는 능력을 말한다.

12장
11월 21일

얀 부블란스키는 비번인 날이 오기를 기다려왔다. 오늘 그는 쇠데르 유대인 공동체의 랍비 골드만을 만나 최근 괴롭게 골몰해오던 신의 존재에 관한 몇 가지 문제를 놓고 긴 대화를 나눌 생각이다.

그렇다고 해서 그사이 무신론자가 된 건 아니었다. 단지 신의 개념과 관련해 궁금한 문제들이 늘 있어왔고, 요즘 들어 불쑥불쑥 느껴지는 삶의 무의미함과 경찰 일을 그만두고 싶은 심정에 대해서도 대화를 나눠볼 참이었다.

얀은 스스로 괜찮은 강력반 형사라고 생각했다. 사건 해결률은 꽤 높았고, 전반적으로 일에 대한 의욕도 강한 편이었다. 하지만 앞으로도 계속 이렇게 살인 사건 수사를 하며 살고 싶은 건지는 자신도 알 수 없었다. 아직 시간이 있을 때 뭐라도 배워두는 게 좋을지도 모른다. 그는 사람들을 가르치고 싶었다. 젊은이들이 성장해 저마다 길을 찾고 자신감을 키워나갈 수 있도록 돕고 싶었다. 어쩌면 그 자신이 이따금 깊은 회의감에 빠질 때가 많아서 더 그랬는지도 모른다. 하지만 구체적으로 무얼 가르쳐야 할지 몰랐다. 특별히 공부한 전문 영역이 없기도 했고, 어쩌다보니 살면서 숱하게 경험한 것이라고는 갑작스럽고 불행한 죽음들과 병적이고 사악한 인간들의 행위뿐이었다. 당연히 이런 것들을 가르치고 싶지는 않았다.

아침 8시 10분, 욕실 거울 앞에 선 그는 키파를 써보았다. 세월 앞에 장사 없다는 말은 모자에도 해당하는 모양이었다. 한때는 곱고 푸른 자태를 뽐내던 것이 어느새 낡고 색이 바랬다. 마치 얀 부블란스키의 생로병사를 상징하는 듯했다. 어디를 봐도 그는 지금 모습이 만족스럽지 않았다.

얼굴은 피곤에 절어 푸석푸석했고, 머리는 다 벗겨졌다. 그는 무심코 아이작 싱어의 『루블린의 마법사』를 집어들었다. 워낙 좋아하는 소설이라, 혹시라도 변기에 오래 앉아 있어야 할 때 읽으려고 몇 년 전부터 욕실에 놓아두었다. 하지만 오늘은 몇 줄밖에 읽지 못했다. 휴대전화가 울렸고, 발신 번호를 보니 리샤르드 엑스트룀 검사였다. 기분이 좋을 리 없었다. 그가 전화를 했다는 건 평범한 업무가 아닌 정치적, 미디어적으로 중요한 사안이 생겼다는 의미였다. 그렇지 않은 일이었다면 리샤르드는 벌써 뱀처럼 빠져나갔을 것이다.

"아이고, 리샤르드 검사님. 반가워요." 얀은 짐짓 거짓말을 했다. "그런데 오늘은 제가 좀 바쁘군요."

"뭐라고요? 안 돼요, 안 돼. 이 사건은 무조건 맡아야 돼요. 오늘 비번이라고 하던데요?"

"맞아요. 그래서 지금……"

얀은 "시나고그에 가려 한다"는 말은 하지 않기로 했다. 그가 유대교도라는 사실을 경찰 내부에서는 그렇게 좋은 눈으로 보지 않았다.

"…… 병원에 가려던 중입니다."

"어디 아파요?"

"그렇게 심각한 건 아니고……"

"무슨 뜻이죠? 그냥 컨디션이 안 좋은 거죠?"
"대충 그래요."
"그럼 문제 없겠네요. 여기 모두가 그러니까. 얀, 이거 정말 중요한 사건이에요. 산업부 장관 리사 그린이 지켜보고 있으면서 당연히 당신이 사건을 맡을 거라고 생각하고 있으니까요."
"리사 그린 장관이 날 알고 있다니 말이 안 되는데요?"
"그래요. 장관이 당신 이름은 모를 수도 있고, 사건을 맡기는 것도 그쪽 소관이 아니지만, 어쨌든 이 일에 배짱 있는 형사를 투입하기로 했어요."
"리샤르드, 이제 그런 아부는 안 통해요. 대체 무슨 일인데 그래요?"
이 말을 내뱉는 순간 얀은 아차 싶었다. 질문을 했다는 사실 자체가 요청을 수락한다는 뜻이었기 때문이다. 리샤르드는 속으로 쾌재를 불렀다.
"어젯밤에 프란스 발데르 교수가 살트셰바덴 자택에서 피살됐어요."
"그게 누군데요?"
"세계적으로 유명한 스웨덴 과학자예요. 인공지능 분야의 권위자이기도 하고."
"무슨 분야라고요?"
"신경망과 디지털 양자 프로세스 연구의 전문가였어요."
"무슨 말인지 하나도 못 알아듣겠네요."
"간단히 말하자면, 컴퓨터가 스스로 생각할 수 있게 만드는 연구예요. 인간 두뇌를 복제하는 셈이죠."
인간 두뇌를 복제한다고? 얀은 골드만이 이 말을 들으면 어떤 반응을 할지 궁금했다.
"얼마 전에 프란스 발데르가 산업스파이들한테 당했던 모양이에요." 리샤르드가 설명을 계속했다. "그래서 산업부 장관이 이 사건에 관심을 갖는 거고요. 기억하죠? 장관이 앞으로 철저하게 스웨덴의 연구 활동과 신기술을 보호하겠다고 선언했던 거."

"글쎄요. 그랬던 것도 같네요."

"프란스는 신변에 위협을 당하고 있었고, 그래서 경찰의 보호를 받고 있었죠."

"그런데 피살됐다는 말인가요?"

"유능한 경호팀을 보내지 못했어요. 단 블링크와 페테르 블롬이었죠."

"그 카사노바들?"

"네. 어젯밤 상황이 하필 그랬어요. 게다가 폭풍우도 좀 심했어야 말이죠. 굳이 변호하자면, 제대로 임무를 수행하기가 쉽지 않았을 거예요. 프란스는 머리에 총을 두 번이나 맞고 있는데, 난데없이 집 앞에서 튀어나온 주정뱅이 하나를 제압해야 했으니까요. 킬러는 그 틈을 이용한 듯하고요."

"느낌이 별로 좋지 않은데요."

"맞아요. 상당한 프로예요. 경보장치까지 해킹했고요."

"그럼 여러 명의 소행이라는 건가요?"

"그렇게 생각하고 있죠. 게다가……"

"네?"

"골치 아픈 디테일들이 있어요."

"매체들이 좋아할 문제인가요?"

"좋아하다못해 만세를 부르겠죠. 우선 그 주정뱅이가 라세 베스트만이에요."

"배우?"

"맞아요. 그런데 아주 골칫거리예요."

"신문에 대문짝만하게 뜰 테니까?"

"그거야 당연히 기본이고요. 그보다도 까딱하면 이 사건에 복잡한 이혼 문제까지 엮일 위험이 있어요. 라세는 그저 여덟 살 된 의붓아들을 데리러 간 거라고 주장하긴 해요. 사건 당시 아이와 함께 있던 건 프란스고요. 그런데 이 아이는…… 잠깐만요…… 맞는지 확인 좀 하고…… 프란스가 아이의 생부이지만 아이를 돌볼 능력이 없다는 이유로 양육권을 박탈당했답니다."

"사람을 닮은 컴퓨터를 만들어낸다는 교수님이 자기 아들을 돌볼 능력은 없었다는 거군요?"

"심각할 정도로 부모의 의무를 저버렸어요. 아이는 안중에도 없이 자기 일에만 몰두한 아버지였던 모양이에요. 어쨌든 신중히 다뤄야 할 문제예요. 그리고 프란스의 집에 있어서는 안 되었던 그 꼬마가 범행 광경을 목격한 듯해요."

"세상에! 아이가 뭐라고 하던가요?"

"아직은 아무 얘기도 안 했어요."

"충격을 받았을까요?"

"당연히 그랬겠죠. 하지만 그애는 원래 말을 안 한다는군요. 지적 장애가 있대요. 그래서 아무것도 얻어내지 못한 모양이에요."

"그럼 용의자를 확보하지 못한 살인 사건이군요."

"킬러가 침입해 프란스에게 총을 쏜 바로 그 순간과 거의 동시에 라세가 나타난 게 우연이 아니라면 그렇겠죠. 빨리 그를 소환해 심문하는 게 좋을 겁니다."

"내가 수사를 맡는다면 그렇게 하겠죠."

"맡게 될 거예요."

"너무 자신하는데요?"

"내가 보기에 당신한테는 선택의 여지가 없어요. 아, 가장 중요한 얘기를 빠뜨렸네."

"뭡니까?"

"미카엘 블롬크비스트."

"그자가 무슨 상관인데요?"

"무슨 영문인지 어젯밤 그도 현장에 있었답니다. 프란스가 그에게 전화했다는 모양이에요. 뭔가 밝힐 내용이 있다면서."

"한밤중에요?"

"그렇다나봐요."

"그러고 나서 총에 맞아 죽었다?"

"미카엘이 문을 두드리기 직전이었죠. 킬러를 제대로 보진 못했답니다."

그 순간 얀은 헛웃음을 터뜨렸다. 어느 모로 보나 이런 상황에 적절한 행동은 아니었다. 그 자신도 이해할 수 없었지만, 그저 단순한 신경증적 반응일 수 있었다. 아니면 삶이 자꾸만 반복된다는 느낌이 들어서였는지도.

"네?"

"아닙니다. 기침이 나와서요…… 그러니까 검사님이 하고 싶은 말씀은, 우리를 그다지 좋은 눈으로 보지 못할 사립 탐정 하나가 등뒤에 버티고 설까봐 걱정된다는 건가요?"

"흠, 그렇다고 할 수 있죠. 아무튼 우리는 〈밀레니엄〉이 벌써 이 사건을 물었다는 가정에서 출발해야 합니다. 난 지금 그들을 막을 수 있는, 혹은 적어도 그들의 활동 반경을 제한할 수 있는 법적인 방법을 찾고 있어요. 국가안보에도 영향을 미칠 수 있는 사안이에요."

"그렇다면 세포도 끼어들겠네요."

"그건 노코멘트 하죠."

'엿이나 처먹어라!' 얀은 속으로 내뱉었다.

"랑나르 올로프손과 세포의 산업보호부가 들어오나요?"

"말했듯이 노코멘트에요. 자, 언제 시작할 수 있죠?"

'엿이나 처먹으라고!' 얀은 다시 한번 속으로 욕을 퍼붓고는 말을 이었다.

"그럼 몇 가지 조건이 있어요. 평소대로 소니아 모디그, 쿠르트 스벤손, 예르케르 홀름베리, 그리고 아만다 플로드로 팀을 꾸리겠어요."

"좋습니다. 거기에 한스 파스테도 넣어요."

"그건 안 돼요! 내 눈에 흙이 들어가기 전에는 안 됩니다!"

"미안해요, 얀. 이건 협상 불가예요. 그래도 나머지 팀원들을 고를 수 있게 해줬으니 다행 아닌가요?"

"검사님, 정말 같이 일하기 힘든 사람이네요. 본인도 잘 알죠?"

"그런 말을 듣긴 하죠."

"한스는 세포가 수사팀에 잠입시키는 첩자인 셈인가요?"

"무슨 말도 안 되는 소립니까? 어떤 팀이든 남들과 조금 다르게 생각하는 사람이 하나 끼어서 나쁠 건 전혀 없다고 생각해요."

"그러니까 오히려 우리더러 편견과 고정관념을 버리고, 결국에는 일을 원점으로 되돌려놓을 인간과 함께 가라는 말이죠?"

"말도 안 되는 소리 말아요."

"한스 파스테는 천치예요."

"그렇지 않아요. 차라리……"

"차라리, 뭐요?"

"보수주의자라고 봐야겠죠. 최근의 페미니즘 조류를 받아들이지 않는 사람."

"그건 확실하네요. 그가 받아들이는 페미니즘이란 아마 여성에게 투표권이 있다는 것 정도겠죠."

"됐어요. 과장하지는 맙시다. 한스는 믿을 만하고 충실한 수사관이에요. 이건 더이상 논의하고 싶지 않군요. 다른 조건은 없습니까?"

'네놈이 땅 밑으로 꺼져버렸으면 좋겠다!' 얀은 또 생각했다.

"저는 일단 의사를 보러 가야 하니까 그동안 소니아가 먼저 맡아 시작해주면 좋겠어요."

"꼭 그래야겠어요?"

"네, 꼭 그래야겠습니다."

"좋아요. 그럼 에리크 세테르룬드에게 사건을 인계하도록 준비시켜두죠."

리샤르드는 얼굴을 찡그리며 답했다. 그는 자신이 이 사건의 담당 검사로 나선 게 과연 잘한 일인지 잠시 의문이 들었다.

알로나 카살레스는 밤에 일하는 법이 거의 없었다. 류머티즘 때문에 이따금 코르티손을 복용해야 한다는 이유로 지난 몇 년간 야간 근무를 피해왔다. 이 약을 먹으면 얼굴이 달덩이처럼 부풀어올랐고 혈압도 치솟았다. 그렇다보니 그녀에게는 숙면과 규칙적인 생활이 필수였다. 그런데 이번에는 새벽 3시 10분에 출근해야 했다. 메릴랜드주 로럴에 있는 집을 나와 부슬비가 내리는 175번 이스트 고속도로를 따라 달린 끝에 'NSA, 다음 오른쪽 출구, 직원 외 통행금지' 표지판 앞을 지났다.

이내 그녀는 전기 울타리와 높은 장벽들을 통과해 거대한 검은색 정육면체처럼 생긴 포트미드의 중앙 건물 쪽으로 향했고, 옅은 청색 레이돔*과 수많은 위성 안테나들이 서 있는 오른쪽으로 넓게 펼쳐진 주차장에 차를 세웠다. 거기서 또다른 보안문을 몇 개 더 통과한 후에 십이층 사무실에 도착했다. 한 층을 다 차지하는 사무실 내부는 바깥만큼이나 적막하고 한산했다.

다만 저 한쪽에서만큼은 놀라울 정도로 열띤 공기가 뿜어져나오고 있었다. 사무실 위로 퍼지는 강렬하고도 심각한 기운의 근원이 에드 더 네드와 그가 거느린 젊은 해커 무리라는 걸 깨닫는 데는 그리 오래 걸리지 않았다.

에드가 어떤 사람인지 아주 잘 아는 그녀는 굳이 인사를 건네지

* 레이더 안테나를 보호하는 돔 형태의 덮개.

않았다. 지금 그는 뭔가에 홀린 사람 같았다. 피부가 눈처럼 새하얀 젊은 요원에게 고래고래 소리를 지르고 있었다. 에드 주변의 다른 해커들처럼 역시 괴상하게 생긴 사람이었다. 쇠꼬챙이처럼 바짝 마른 데다 얼굴은 빈혈 환자처럼 창백했고 괴상한 머리를 한 그는 경련하듯 어깨를 덜덜 떨었다. 에드가 사납게 의자 하나를 발로 차버리자 더욱 겁을 먹은 듯했다. 따귀라도 한 대 날아올까 전전긍긍하는 모습이었다.

하지만 이내 예상 못한 광경이 펼쳐졌다. 에드가 갑자기 차분해지더니 마치 다정한 아버지처럼 젊은 요원의 머리카락에 손가락을 넣어 헝클어뜨리는 게 아닌가. 그와는 전혀 어울리지 않는 행동이었다. 다정함과는 거리가 먼 사람이었기 때문이다. 에드는 오히려 마초적인 카우보이에 가까웠고, 그가 다른 남자를 부드럽게 포용하는 건 상상조차 할 수 없는 일이었다. 하지만 너무나 큰 절망감에 사로잡힌 나머지 자신도 모르게 그런 모습을 보였을지도 모른다. 에드의 바지 앞섶은 꼴사납게 열려 있었고, 콜라나 커피를 쏟았는지 셔츠는 얼룩투성이였다. 얼굴은 시뻘게져 있고 밤새 소리를 질러댔는지 목소리도 완전히 쉬었다. 알로나는 저 나이에 과체중인 남자가 이렇게까지 과로한다면 위험할 수 있겠다고 생각했다.

사건이 터진 지 반나절밖에 지나지 않았지만 에드와 젊은 요원들은 일주일 전부터 사무실에 죽치고 있었던 듯한 몰골이었다. 커피잔, 먹다 남은 패스트푸드, 모자와 티셔츠 따위가 사방에 널려 있었고, 몸에서는 시큼한 땀냄새가 풍겼다. 그들은 NSA를 공격한 해커를 찾아내려고 온 세상을 탈탈 뒤져대고 있었다. 알로나는 격려의 말을 건네지 않을 수 없었다.

"모두들 힘내요!"

"말도 마십쇼!"

"힘들 내요. 어서 그 개자식을 잡아버려요!"

백 퍼센트 진심은 아니었다. 알로나는 그들이 해킹당한 것이 은근히 재미있었다. 평소 그들은 백지수표라도 가진 양 무슨 일이든 할 수 있다고 생각하는 사람들 같았다. 하지만 그녀는 언제든 반격을 당할 수 있다는 가능성을 염두에 두는 게 건전한 태도라고 믿었다. 해커가 쓴 것으로 알려진 '국민을 감시하는 자는 결국 국민에게 감시받게 된다'라는 표현이 그녀는 마음에 들었다. 비록 그게 진실이 아니라는 건 잘 알았지만.

이곳 퍼즐 팰리스* 사람들은 모든 사안을 철저히 통제하지만 지금처럼 정말로 심각한 일이 일어나면 자신들에게도 결함이 있음을 깨닫게 된다. 캐트린 홉킨스가 전화를 걸어와 그 스웨덴 교수가 스톡홀름 인근에 있는 자택에서 피살됐다는 소식을 전해주었다. 적어도 현재까지는 NSA 입장에서 크게 중요하지 않은 사안이었지만 알로나에게는 그렇지 않았다.

이 피살 소식은 그녀가 지금까지 포착한 신호들을 제대로 해석했다는 걸 의미했고, 따라서 더욱 깊게 파고들 필요가 있었다. 우선 컴퓨터를 켜고 로그인해 들어가 지금 뒤쫓고 있는 범죄조직의 조직도를 열었다. 맨 위에는 신비의 인물 타노스가 있었고, 러시아 국회의원 이반 그리바노프, 온갖 복잡한 불법 거래에 연루됐던 고학력자 사기범 독일인 시그프리드 그루버 같은 확인된 인물들도 눈에 들어왔다.

그녀는 NSA가 왜 이 사안에 우선권을 부여하지 않는지, 왜 상관들은 보다 전문적으로 범죄 사안을 다루는 기관들이 맡아야 할 문제라고 해버리는지 이해할 수 없었다. 그녀가 보기에 이 조직은 국가의 지원을 받거나, 혹은 러시아 첩보기관들과 연관됐을 가능성이 충분했고, 따라서 이 사안을 동서 간 산업 전쟁의 일부로 간주하는 것도

* 국방부 최고사령부나 백악관처럼 비밀리에 중대한 결정을 내리는 기관.

전혀 불가능한 일은 아니었다. 비록 지금은 수집한 정보가 빈약하고 증거도 부족했지만, 서구 기업의 신기술들이 빼돌려져 러시아로 들어가고 있음을 알리는 아주 분명한 신호들이 존재했다.

하지만 얽히고설킨 복잡한 조직의 전모를 파악하기란 어려웠고, 의도적인 범죄인지 아니면 우연히도 비슷한 기술이 개발된 결과인지 구별하는 일조차 쉽지 않았다. 게다가 요즘 산업 분야에서는 '절도'의 개념 자체가 지극히 모호했다. 창조적 교류의 일환이든, 법적 정당성이 부여된 남용이든 지적 재산을 여기저기서 훔치거나 차용해서 쓰는 게 관행이었다.

대기업들은 늑대 같은 변호사들을 등에 업고 정기적으로 소규모 회사들을 위협했고, 독립적으로 활동하는 혁신가들이 졸지에 권리를 빼앗기게 되었다 해서 누구도 특별히 안타까워하지 않았다. 산업스파이 활동과 해킹이 기업 전략의 하나로 여겨지는 일이 다반사였다. 그리고 이 영역에서 NSA가 다른 곳과 비교해 윤리적이라고 자부할 수도 없는 형편이었다.

그러나 살인이라는 행위를 이런 상대적인 관점으로 평가할 수는 없었다. 알로나는 자신이 가진 모든 정보들을 샅샅이 검토해 조직의 정체를 밝혀내리라 단단히 마음먹었다. 하지만 오래가지 못했다. 기지개를 한번 켜고 나서 목덜미를 주무르고 있는데 뒤에서 누군가가 비척비척 걸어오는 소리가 들렸다.

에드였다. 몰골이 말이 아니었다. 고개는 삐딱하게 기울어졌고 등골이 빠져버린 것처럼 몸도 흐느적거렸다. 그 모습을 보기만 해도 목 아픈 게 싹 가시는 느낌이었다.

"어인 일로 여기까지 행차하셨어, 에드?"

"지금 우리가 같은 문제로 씨름하고 있는 게 아닌가 하는 생각이 들어서."

"여기 앉아. 좀 쉴 필요가 있다고."

"아니면 앉혀놓고 고문할 필요가 있겠지. 있잖아, 내가 여기에 대해 아는 건 별로 없지만……"

"에드, 너무 자신을 낮추지 마."

"난 절대로 겸손 같은 거 떨지 않아. 알잖아, 난 여기서 누가 높고 누가 낮고, 누가 이런 생각을 하고 저런 생각을 하는지, 그딴 것들에 전혀 관심 없다고. 내 일에만 전념하면 되지. 난 NSA 시스템을 보호하고 있고, 그런 나를 고개 숙이게 할 수 있는 건 오직 각자가 지닌 전문적 능력이라고."

"그래, 컴퓨터 천재라고만 하면 당신은 악마라도 채용하겠지."

"어쨌든 실력만 있다면 적에게도 존경심이 느껴져. 이런 감정 이해할 수 있어?"

"이해해."

"피차 비슷한 부류가 아닌가 하는 생각이 들어. 그놈과 나 말이야. 그저 다른 편에 서 있을 뿐이지. 당신도 들었을 거야. RAT, 그러니까 스파이웨어가 우리 서버와 내부 네트워크에 침투했다고. 그런데 이 프로그램이 말이야, 알로나……"

"응?"

"그야말로 순수한 음악이야. 아주 복잡하면서도 우아해."

"드디어 제대로 된 상대를 만났군."

"의심의 여지가 없어. 저 젊은 요원들한테도 마찬가지고. 겉으로는 위기에 처한 조국을 구하려고 저 난리를 치는 듯하지만, 사실 저들이 원하는 건 단 하나야. 그 해커 놈을 찾아내 한번 겨뤄보는 거. 사실 이런 생각도 했었지. 좋아! 지나간 일은 지나간 일, 너무 신경쓰지 말자! 크게 피해본 것도 없고 말이야. 폼 좀 잡아보려는 해커 놈 소행일 뿐이고, 우리도 나름대로 긍정적인 점을 찾을 수 있을 테니. 실제로도 놈을 추적하면서 우리 쪽 약점을 많이 발견했어. 그런데……"

"그런데?"

“혹시 내가 놈한테 농락당하고 있는 건가 하는 생각이 들었어. 혹시 내 서버에 들어와 벌인 깜짝 쇼가 실은 연막에 불과한 건 아닌지, 다른 뭔가를 감추는 껍데기에 불과한 건 아닌지 말이야.”

“뭘?”

“뭔가를 찾고 있다든지……”

“갑자기 궁금해지는데?”

“재미있는 사실 하나 말해줄까? 알아보니 이 해커가 확인한 내용들이 전부 같은 케이스, 그러니까 알로나 당신이 추적하는 그 조직과 관련되어 있었어. 뭐랬더라, 스파이더스?”

“더 스파이더 소사이어티. 하지만 그 이름도 장난으로 쓰는 명칭이지 별 의미 없을 거야.”

“해커는 이 스파이더스와 솔리폰이 서로 협력한 증거를 찾고 있었어. 그래서 난 그가 조직의 임원이라고 생각했지. NSA가 스파이더스에 대해 얼마나 찾아냈는지 알고 싶었던 거고.”

“말이 안 되는 소리는 아니야. 그 조직은 해킹에도 일가견이 있는 듯하니까.”

“그런데 생각이 바뀌었어.”

“왜?”

“해커가 우리한테 뭔가를 보여주려 한다는 느낌이 들었거든. 놈은 NSA 시스템에서 슈퍼 유저 지위를 따내 당신도 접근하지 못하는 최고 기밀까지 손댈 수 있게 됐어. 어쨌든 그가 복사해간 파일이 하나 있는데, 아주 정교하게 암호화돼서 애초에 그걸 만든 빌어먹을 놈이 비밀 키를 주지 않으면 우리도 절대 열어볼 수 없었어. 그런데……”

“그런데?”

“그가 우리 시스템을 이용해 NSA의 누군가가 솔리폰과 협력하고 있다는 사실을 밝혀준 셈이 됐어. 스파이더스 문건들을 훑었던 것처럼 말이야. 알고 있었어?”

"전혀 몰랐어, 빌어먹을!"

"그럴 줄 알았어. 아무래도 NSA의 누군가가 솔리폰의 지그문트 에커발트 팀과 협력하는 듯해. 솔리폰은 스파이더스와 NSA에게 똑같은 일을 해주고 있지. 우리가 하는 산업스파이 활동 일부를 솔리폰이 대행해주는 셈이야. 그래서 당신네 상관이 그 사안에 우선권을 부여하지 않으려 했던 거겠지. 당신이 조사를 계속했다간 NSA한테 부메랑이 되어 돌아올 게 두려웠을 테니까."

"멍청한 것들!"

"당신을 이 일에서 완전히 손떼게 할 가능성도 있어."

"내가 가만히 있을 줄 알고?"

"진정해, 진정해. 다 방법이 있으니까. 그래서 내가 이 삭신을 이끌고 여기까지 찾아온 거야. 당신이 나 대신 일을 시작하면 돼."

"무슨 뜻이야?"

"그 해커는 스파이더스에 대해 꽤 많은 걸 알고 있어. 만약 함께 놈의 정체를 밝혀낸다면 우리 둘 다한테 큰 이익이고, 당신은 조사를 계속할 수 있게 되지."

"무슨 말인지 알겠어."

"동의하는 거야?"

"음…… 그러지 뭐. 우선은 프란스를 죽인 놈이 누군지 알아보는 데 집중할게."

"새 정보가 생기면 나한테 줄 거지?"

"그럴게."

"좋았어."

"그런데 말이야," 알로나가 말을 이었다. "그 해커가 그렇게 교묘하다면 흔적을 모두 지워버리지 않았을까?"

"그건 조금도 걱정하지 마. 놈이 얼마나 약삭빠른지는 몰라도 내가 반드시 찾아내서 산 채로 껍질을 벗겨버릴 거니까."

"그게 적에 대한 존경심이야?"

"여전히 놈을 존경해. 하지만 반드시 박살내서 종신형을 살게 할 거야. 누구도 내 시스템에 들어와선 무사할 수 없으니까!"

13장
11월 21일

미카엘은 잠을 이루지 못하고 뒤척였다. 어젯밤 사건들이 계속 머릿속을 맴돌았다. 결국 눈을 좀 붙이겠다는 생각을 포기하고 벌떡 몸을 일으켰다. 오전 11시 15분이었다.

주방으로 가 체다치즈와 프로슈토 햄을 올린 샌드위치를 두 개 만들고 그릇에 요거트와 시리얼을 채웠지만 거의 입에 대지 못했다. 결국 커피와 두통약으로 만족하기로 한 그는 파라세타몰 두 알을 입에 털어넣고 물을 대여섯 잔 마셨다. 그리고 노트를 꺼내 지금까지 일어난 일들을 정리해보기 시작했다. 하지만 오래가지 못했다. 전화가 울려댔기 때문이다. 일이 골치 아프게 돌아가고 있다는 걸 깨닫는 데는 그리 오래 걸리지 않았다.

벌써 뉴스가 떴다. '스타 기자 미카엘 블롬크비스트와 배우 라세 베스트만'이 '의문의 살인 사건'에 연루됐다는 내용이었다. 어느 교수가 머리에 총을 두 번 맞고 사망한 현장에 어째서 이 두 사람이 함께 혹은 따로 있었는지 아무도 짐작할 수 없었기 때문에 사건의 미스터리는 한껏 증폭됐다. 기자들은 의심하는 기색이 섞인 질문들을 해댔지만, 미카엘은 프란스 교수가 뭔가를 얘기하고 싶어했기 때문에 밤늦은 시간임에도 그곳에 갈 수밖에 없었다고 분명하게 답변했다.

"기자로서 일을 하러 갔을 뿐입니다."

필요 이상으로 말을 많이 했다는 생각도 들었다. 지금 자신이 의심을 받고 있기 때문에 이 사건에 기자들이 더욱 관심을 갖게 될 위험도 있었다. 그러나 어쨌든 분명하게 해명하는 쪽을 택했다. 그리고 나머지 질문에는 '노코멘트'로 일관했다. 이상적인 대응이었는지 모르겠지만 적어도 애매하지 않다는 장점은 있었다. 통화를 마친 그는 낡은 모피코트를 걸치고 예트가탄 거리로 향했다.

활기차게 움직이는 편집부 분위기가 좋았던 옛 시절을 생각나게 했다. 사무실 여기저기서 동료들이 한껏 집중해 일하고 있었다. 에리카가 한바탕 열변을 토한 모양인지 다들 지금이 굉장히 중요한 때라는 걸 이해한 듯했다. 원고 마감일은 열흘밖에 남지 않았고, 오베 레빈과 세르네르가 드리운 위협의 그림자가 그들의 머리 위를 맴돌았다. 편집부 전체가 결의에 차 있었다.

그가 도착하자 직원들이 일을 멈췄다. 대체 간밤에 무슨 일이 일어난 건지, 세르네르의 제안에 대해 그는 어떻게 생각하는지 다들 궁금해했다. 하지만 미카엘은 모처럼 사무실에 찾아온 활기찬 분위기를 깨고 싶지 않았다.

"나중에 얘기하지."

그는 이렇게 말하고 안드레이 산데르에게 갔다.

스물여섯 살인 안드레이는 편집부 막내였다. 인턴으로 들어와 계약 기간이 끝난 후에도 계속 〈밀레니엄〉에 붙어 있는 그는 지금처럼 임시기자로, 때로는 프리랜서로 일해왔다. 미카엘은 그에게 안정적인 자리를 주지 못해 미안했고, 특히 에밀 그란덴과 소피 멜케르를 정식 직원으로 채용했기에 더욱 그랬다. 사실 안드레이를 정식으로 채용하고 싶은 마음은 있었지만, 그는 아직 무명이었고 배워야 할 것들도 많았다.

안드레이는 훌륭한 팀 플레이어였다. 회사 입장에서야 좋은 일이지만 그의 커리어를 생각하면 꼭 그렇지만은 않았다. 특히 혹독한 이 바닥에서는 말이다. 그는 장점이 많으면서도 쉽게 우쭐대지 않았다. 젊은 시절의 안토니오 반데라스를 닮은 미남이었고, 다른 기자들보다 핵심을 파악하는 게 빨랐다. 그러면서도 앞으로 나서려는 부류는 아니었다. 그저 기자로서 맡은 일을 잘해내려 애쓸 뿐이었고, 특히 〈밀레니엄〉을 사랑했다. 문득 미카엘은 〈밀레니엄〉을 사랑하는 모든 이들이 사랑스럽게 느껴졌다. 그리고 언젠가 안드레이를 위해 뭔가를 해줘야겠다고 생각했다.

"안녕, 안드레이. 잘돼가?"

"네, 정신이 좀 없네요."

"그렇겠지. 그래, 뭣 좀 찾아냈어?"

"꽤 많이요. 기자님 책상 위에 갖다두었어요. 그리고 요약문도 하나 써놨어요. 그런데 한 가지 말씀드려도 괜찮을까요?"

"아주 좋지."

"지금 당장 싱켄으로 가서 파라 샤리프를 만나보세요."

"누구?"

"아주 아름다운 컴퓨터공학과 교수예요. 거기 살고, 오늘 수업이 없대요."

"그러니까 지금 나한테 주는 미션이 똑똑하고 아름다운 여성을 만나라는 거야?"

"꼭 그런 뜻은 아니고요. 파라 교수한테서 방금 전화가 왔어요. 자기가 알기로는 프란스 교수가 기자님께 뭔가를 얘기하고 싶어했다면서요. 그게 뭔지 알 것 같다고 자신이 얘기해주고 싶대요. 어쩌면 프란스 교수가 원하는 일일지도 모르겠다고 덧붙였어요. 어떠세요, 좋은 출발이 될 것 같지 않아요?"

"그녀에 대해 조사해봤어?"

"물론이죠. 전혀 살해 동기가 없는 인물이라고는 할 수 없겠지만, 둘은 가까운 사이였어요. 같은 학교에서 공부했고, 논문도 몇 편 같이 썼죠. 파티 같은 데서 함께 찍은 사진이 두어 장 있어요. 그 분야에서 상당히 권위 있는 학자이고요."

"좋아, 그럼 다녀올게. 그쪽에 전화해서 내가 간다고 알려주겠어?"

"네."

안드레이는 미카엘에게 정확한 주소를 적어주었다.

어젯밤과 똑같은 상황이었다. 미카엘은 사무실에 오자마자 다시 나가야 하는 신세가 됐다. 호른스가탄 쪽으로 걸으며 안드레이가 찾아놓은 자료들을 읽어내려갔다. 행인들과 두어 번 몸이 부딪쳤지만 몰두해 있던 나머지 제대로 사과도 하지 못했다. 잠시 후 시선을 들어보니 그가 서 있는 곳은 파라 샤리프의 집으로 가는 길이 아니었다. 일단은 멜크비스트 카페에 들어가 에스프레소 두 잔을 연거푸 들이켰다.

피곤하기도 했고 카페인이 들어가면 두통이 좀 가실까 해서였다. 하지만 이내 괜한 짓을 했다는 생각이 들었다. 카페에서 나오니 아까보다 더 머리가 지끈거렸다. 아마 커피 때문만은 아닐 터였다. 간밤에 일어난 일들을 기사로 읽은 사람들이 별별 멍청한 소리를 다 늘어놓았다. 요즘 젊은이들의 꿈은 오직 유명해지는 것이라고들 하는데, 미카엘은 전혀 그럴 가치가 없다고 말해주고 싶었다. 유명해봤자 죽도록 괴롭기만 할 뿐이다. 이렇게 잠도 못 자고 봐서는 안 될 것까지 보고 난 후라면 더욱 그렇다.

미카엘은 다시 호른스가탄 거리를 따라 걷기 시작했고 맥도날드와 대형마트 쿠프 앞을 지나 링베겐 대로로 들어가려고 길을 건넜다.

그러면서 오른쪽으로 무심코 시선을 던진 순간, 그는 중요한 무언가를 본 것만 같아 흠칫했다. 거기에는 건널목 하나가 있을 뿐이었다. 온통 매연가스로 뒤덮인 그 도로는 교통사고가 일어나기 딱 좋게 생겼다. 하지만 미카엘은 이내 알아차렸다.

신호등이었다. 프란스 발데르의 집에서 보았던, 수학적으로 정확하게 재현되었던 그 신호등 그림. 미카엘은 프란스가 왜 이곳을 그렸을지 다시 한번 생각해봤다. 평범하면서도 약간 황폐할 뿐 특별할 것 없는 장소였다. 혹시 이 평범함 자체가 그 이유였을까? 예술에서 중요한 건 대상이 아니라 대상을 바라보는 예술가의 시선이라 할 수도 있으니까?

어쨌든 별로 중요한 건 아니었다. 단지 프란스가 여기 왔었다는 사실을 알 수 있었다. 어쩌면 그는 여기 어딘가에 앉아 신호등을 잠시 관찰하며 그림을 그렸으리라. 미카엘은 다시 걷기 시작했고, 싱켄스담 경기장을 따라가다 오른쪽으로 꺾어 싱켄 거리로 들어갔다.

소니아 모디그는 정신없이 바쁜 오전을 보냈다. 마침내 사무실에 혼자 있게 된 그녀는 여섯 살배기 아들 악셀이 축구 경기에 나가 골을 넣고 의기양양한 포즈를 취한 사진을 잠시 들여다보았다. 이제 싱글이 된 소니아는 엄마 역할과 형사 업무 사이에서 그야말로 눈코 뜰 새 없었다. 그리고 이 고생스러운 일상은 금방 끝나지 않을 터였다. 그녀가 한숨을 푹 내쉬는데 누군가 문을 두드렸다. 얀 부블란스키였다. 마침내 지휘권을 넘겨받을 사람이 왔다. 정작 그 자신은 어떤 수사도 맡고 싶은 기분이 아닌 듯했지만.

그는 오늘따라 말쑥했다. 산뜻하게 다린 파란 셔츠에 넥타이를 맨 정장 차림이었고, 머리는 벗겨진 부분을 잘 가려 빗질했다. 시선은 다른 데 가 있었다. 이 살인 사건과 아주 멀리 떨어진 어딘가에서 마치 꿈이라도 꾸는 듯했다.

"의사가 뭐라고 하던가요?"

"우리가 신을 믿든 말든 그건 중요하지 않다고 하더군. 신은 자기를 안 믿는다고 화내는 졸렬한 존재가 아니래. 삶이 귀중하고 풍요하다는 사실을 깨닫는 게 중요하지. 삶을 소중히 여기고 세상을 좀더 나은 곳으로 만들기 위해 노력하래. 이 둘 사이에서 균형을 찾을 수만 있다면 신에게 가까이 갈 수 있다는군."

"랍비를 만나고 오셨군요?"

"응."

"좋아요. 반장님이 삶을 소중히 여길 수 있도록 하려면 제가 뭘 해야 할지 모르겠네요. 책상 서랍 안에 있는 스위스 오렌지 초콜릿을 드릴 수는 있어요. 그리고 우리가 프란스 교수를 죽인 놈을 체포한다면 분명 세상은 좀더 나아지겠죠."

"오렌지 초콜릿과 해결된 살인 사건이라면 좋은 출발이지."

서랍에서 초콜릿을 꺼낸 소니아가 그중 한 조각을 쪼개어 안에게 내밀었고, 그는 묵묵히 초콜릿을 씹었다.

"맛있네."

"그렇죠?"

"인생이 이렇기만 하면 얼마나 좋을까?"

안은 의기양양한 악셀의 사진을 가리키며 말했다.

"무슨 뜻이죠?"

"기쁨이 고통만큼이나 힘있게 드러날 수 있다면 말이야."

"그렇죠. 그렇기만 하면 얼마나 좋을까요."

"프란스 교수의 아들은 어때? 아우구스트라고?"

"네, 뭐라 말하기 어려워요. 지금은 친모와 있어요. 심리학자가 가서 상태를 살폈고요."

"자, 그럼 뭐부터 시작할까?"

"안타깝지만 지금으로선 별다른 게 없어요. 우선 총기는 확인했어요. 레밍턴 1911 R1인데, 용의자가 아마 최근에 입수했을 거예요. 입수 경로를 제대로 추적할 수 있을지는 의문이고요. 감시카메라에 포착된 영상들은 어떤 각도로 돌려봐도 얼굴이 분명하게 보이지 않고 눈에 띄는 특징도 전혀 없어요. 점도, 흉터도, 아무것도 없어요. 약간 비싸 보이는 손목시계 정도라고나 할까. 검은 옷에 아무런 글자도 새겨지지 않은 회색 모자를 썼어요. 에르케르 말로는 움직임이 마치 늙은 마약중독자 같다고 해요. 조그만 검정색 상자 같은 걸 들고 있는데, 일종의 컴퓨터 아니면 휴대용 단말기 같아 보여요. 아마 그걸 써서 경보장치를 해킹했을 거예요."

"나도 들어본 적 있어. 경보장치는 어떻게 해킹하는 거지?"

"에르케르가 한번 들여다보긴 했는데 전문가가 아닌 이상 쉽지 않은 모양이에요. 특히나 장치가 이렇게 복잡한 경우에는 말이죠. 통신망에 연결된 이 경보장치는 슬루센을 경유해 밀톤 시큐리티 상황실에 지속적으로 정보를 보낼 수 있어요. 이 정보를 중간에서 포착해 장치를 해킹했을 수 있고요. 아니면 프란스가 산책할 때 소매치기 따위로 NFC 정보를 빼냈을 수도 있고요."

"NFC?"

"'니어 필드 커뮤니케이션Near Field Communication'의 약자래요. 휴대전화로 경보장치를 작동시키는 기능이라고 하더군요."

"도둑들이 쇠지레 하나 들고 다니던 그 시절에는 훨씬 간단했는데 말이야." 얀이 투덜거렸다. "주변에 자동차는 없었나?"

"어두운색 차량 한 대가 100미터쯤 떨어진 길가에 서 있었대요. 이따금 엔진에 시동이 걸렸고요. 비르기타 루스라는 노부인이 그 차를 본 유일한 목격자인데, 무슨 모델인지 전혀 모르겠대요. 볼보일 수도 있고, 아니면 자기 아들 차와 같은 BMW일 수도 있고요."

"이거야 원!"

"수사가 시작부터 밝지 않아요." 소니아가 설명을 계속했다. "어두운 밤인데다 폭풍우까지 불어서 범인들에게 유리했어요. 그 일대를 마음 편히 돌아다닐 수 있었겠죠. 미카엘 말고 다른 목격자 증언이 딱 하나 있었어요. 이반 그레데라는 열세 살 된 남자아이예요. 어렸을 때 백혈병을 앓았다는데, 왜소한 체구에 조금 독특해요. 방을 일본식으로 꾸며놓고 꼭 영감같이 차분하게 말하더라고요. 어쨌든 한밤중에 화장실에 갔는데 욕실 창문 너머로 체격이 좋아 보이는 남자 하나가 호숫가에 서 있는 걸 봤대요. 호수를 바라보면서 주먹을 쥐고 성호를 몇 번 그었대요. 종교적이면서도 난폭한 느낌이 들었다고 하고요."

"좋은 조합은 아니군."

"종교가 난폭함과 결합하면 결코 좋은 조짐이라 할 수 없죠. 다만 이반은 그게 정확히 성호였는지는 잘 모르겠대요. 비슷하지만 좀더 복잡해 보였다고 해요. 어쩌면 군대식 경례일 수도 있고요. 그 상황이 엄숙하면서도 위협적으로 느껴져서 이반은 남자가 물속으로 들어가 자살하는 건 아닌지 겁이 났었다고 진술했어요."

"하지만 자살은 없었지."

"어쨌든 남자는 프란스의 집을 향해 성큼성큼 걸어갔대요. 배낭을 메고 어두운색 옷을 입었는데, 어쩌면 위장복일 수도 있고요. 체격이 아주 좋고 강하고도 민첩해 보여서 이반이 어렸을 때 가지고 놀던 '닌자 워리어' 인형이 떠올랐답니다."

"그것도 조짐이 좋지 않아."

"아마 그자가 미카엘에게 총을 쐈을 거예요."

"미카엘이 얼굴은 못 봤대?"

"못 봤어요. 총을 쏘려고 몸을 돌리는 순간에 땅으로 몸을 날렸대요. 모든 게 한순간이었고요. 미카엘 말로는 그자가 움직이는 모습이 군인 같았다는데, 이반이 진술한 내용과 일치해요. 아주 신속하고 효율적으로 범행을 끝내버린 걸 보면 어느 정도 타당하다는 생각이 들어요."

"그런데 미카엘은 왜 거기에 있었는지 알아봤어?"

"물론이죠. 어젯밤에 그나마 제대로 한 건 그를 심문한 일뿐이에요. 한번 보세요."

소니아가 진술서를 안에게 내밀었다.

"프란스의 조수였다는 사람이 미카엘을 찾아와서 교수가 개발한 기술들을 해킹으로 도둑맞았다고 주장했었대요. 이야기가 흥미로워서 조수를 통해 프란스와 접촉을 시도했는데 응답이 없었고요. 최근 들어 프란스는 칩거하면서 바깥과 접촉이 전혀 없었죠. 장보기나 집안일은…… 로티 라스크라는 가정부가 도맡아 했고요. 집에 아들이 와 있다는 사실을 절대 아무한테도 말하지 말라는 당부를 받았답니다. 이건 좀 이따가 또 얘기할게요. 그러다 어젯밤에 뭔가가 일어난 거죠. 제 생각에는 프란스가 아주 불안해진 상태에서 자신이 지고 있던 무거운 짐을 벗어버리고 싶어했던 것 같아요. 최근 들어 자신이 심각한 위험에 처했다는 걸 알았으니까요. 게다가 집안에 경보가 울리고 경찰 둘이 집 주변을 감시하는 어수선한 상황이었잖아요. 살날이 얼마 남지 않았다고 느꼈을지도 모르겠어요. 그가 무슨 생각을 했는지 아무도 알 수 없는 일이지만, 어쨌든 한밤중에 미카엘에게 전화해 얘기를 나누고 싶다고 했어요."

"그럴 때 신부님에게 전화를 걸던 시절이 있었지."

"요즘엔 기자를 선호하죠. 아직 이 정황들은 전부 추측일 뿐이에요. 프란스가 미카엘에게 음성메시지를 남겼다는 것만 확실하고요. 그가 무얼 밝히려 했는지는 전혀 알 수 없어요. 미카엘도 모르겠다고 하고요. 그런데 그 말을 믿는 건 저뿐인 모양이에요. 다시 나타나서 골치 아프게 구는 리샤르드는 미카엘이 잡지에 실으려고 정보를 감추고 있다고 확신하나봐요. 저는 그렇게 생각 안 하고요. 까다로운 사람이긴 하지만 일부러 경찰수사를 방해할 부류는 아니거든요."

"그건 확실하지."

"그런데 이 천치 같은 리샤르드가 또 사방에서 떠들고 있어요. 거짓 증언, 공무집행 방해, 기타 등등으로 미카엘을 체포해야 한다고요. 더 알고 있으면서 말을 안 한다는 거죠. 저러다 무슨 짓을 저지르고 말 것 같아요."

"그래봤자 좋을 거 하나 없는데."

"맞아요. 미카엘의 실력을 감안하면, 오히려 좋은 관계를 유지하는 편이 훨씬 낫죠."

"그를 다시 한번 심문해봐야 하지 않겠어?"

"저도 그렇게 생각해요."

"그리고 라세 베스트만 얘기는 뭐야?"

"좀전에 증언을 확보했는데 바람직한 이야기는 아니에요. 그날 저녁에 KB 레스토랑, 테아테르그릴렌, 오페라 바, 리셰 레스토랑 등을 전전하면서 내내 프란스와 아이에 대해 떠들었대요. 친구들이 지겨워서 신물이 날 정도로요. 술을 마실수록, 지갑에서 돈이 빠져나갈수록, 점점 더 그 두 사람 생각에 사로잡히는 듯했답니다."

"왜 그 두 사람 얘기를 계속한 거지?"

"알코올중독자한테 전형적으로 나타나는 집착증이죠. 옛날에 우리 삼촌이 술만 들어가면 항상 똑같은 얘기를 하셨어요. 물론 라세가 그런 건 다른 이유도 있죠. 양육권에 대해 계속 얘기했대요. 만일 그가 괜찮은 사람이었다면 우리도 조금은 납득할 수 있었을 거예요. 그가 아이를 염려해서 벌어진 일이라고 생각했을 테니까요. 하지만…… 그가 폭행 혐의로 체포된 적 있다는 거 반장님도 아시죠?"

"아니, 몰랐어."

"몇 년 전 일이에요. 패션 블로거로 활동하는 레나타 카푸신스키와 데이트를 하다가 그녀를 구타했어요. 제 기억으로는 볼이 심하게 찢어졌을 거예요."

"저런."

"그리고……"

"또 있어?"

"프란스가 고소장을 여러 번 썼어요. 아마 법적으로 불리한 상황에 있어서 그랬는지 실제로 보낸 적은 없지만, 라세가 아우구스트를 학대하고 있다고 의심했어요."

"무슨 말이야?"

"아이 몸에서 원인을 알 수 없는 타박상들이 발견됐어요. 자폐증 치료센터 전문의 소견으로도 뒷받침되는 사실이고요. 이런 점들을 감안해보면……"

"…… 라세가 살트셰바덴에 찾아간 건 딱히 아이를 사랑해서도, 아이의 안전이 걱정이 돼서도 아니었다?"

"그렇죠. 오히려 돈 때문이라고 봐야 해요. 프란스는 아이를 데리고 간 후로 더이상 양육비를 보내지 않았어요. 아니면 금액을 줄였거나요."

"라세가 그를 고소하진 않았고?"

"사정상 그러지 못했던 모양이에요."

"양육권 판결문에 다른 내용은 없어?"

"프란스는 좋은 아버지가 아니라고 되어 있죠."

"정말로 그랬어?"

"라세처럼 몹쓸 인간은 아니었지만 그래도 사고가 한 번 있었어요. 이혼 후에 그는 이 주에 한 번씩 주말마다 아이와 함께 지낼 수 있었죠. 그때는 바닥에서 천장까지 책이 가득 꽂혀 있는 외스테르말름의 어느 아파트에서 살았어요. 하루는 여섯 살 된 아우구스트가 거실에 혼자 앉아 있고, 그는 평소처럼 옆방에서 컴퓨터에 빠져 있었죠. 그때 정확히 무슨 일이 있었는지는 알 수 없어요. 어쨌든 서가 앞에 기대어놓은 조그만 사다리 위로 아이가 기어올라갔죠. 높은 데 있는 책들을 꺼내보려고 올라간 모양인데 도중에 떨어지고 말았어요. 팔꿈치가 부러지면서 의식을 잃었고요. 그런데 그때 그는 아무것도 듣지 못했대요. 그저 일만 계속하다가 몇 시간 후에야 흩어진 책들 사이에 쓰러져 신음하는 아이를 발견한 거죠. 그제야 어쩔 줄 몰라 하며 아이를 들쳐업고 응급실로 갔고요."

"그러고 나서 양육권을 완전히 박탈당한 건가?"

"그후에 프란스는 정서적으로 불안정해 아들을 돌볼 능력이 없다는 판결을 받았어요. 아우구스트와 단둘이 있을 권리마저 빼앗겼죠. 그런데 저는 솔직히 이 판결이 좀 잘못됐다고 생각해요."

"왜지?"

"재판이 너무 일방적으로 진행됐거든요. 부인 한나 측 변호인은 맹렬히 공격을 퍼붓는데, 프란스는 납작 엎드려서 자신은 아무 짝에도 쓸모없는 무책임한 인간이다, 인생 부적격자다 하면서 자책만 했거든요. 판결문에는 그가 타인과 정서적으로 교감할 줄 모르고 언제나 일에만 파묻혀 있다고 쓰여 있는데, 악의적이고 객관성 없는 주장이라고 생각해요. 이번에 그의 지난 삶을 들여다보고 나니 판결문에 묘사된 그의 모습이 잘못됐다는 걸 알겠더라고요. 법정은 자학에 가까운 진술과 진정으로 후회하는 표현을 액면 그대로 받아들였어요. 어쨌든 그후에 프란스는 매우 협조적인 태도를 보였죠. 4만 크로나에 달하는 적지 않은 양육비를 매달 지급하기로 하고 거기에 비상금으로 90만 크로나를 한 번에 제공했어요. 그러고는 얼마 후 미국으로 혼자 떠나버렸죠."

"그런데 다시 돌아왔지."

"네. 여러 이유를 생각해볼 수 있어요. 자신이 개발한 신기술을 도둑맞았다는 사실을 알게 되었고, 어쩌면 누가 훔쳐갔는지도 알아냈을 거예요. 고용주와는 불화가 심했죠. 그리고 아들도 이유였을 거예요. 아까 말했던 자폐증 치료센터의 힐다 멜린은 처음엔 아이의 성장 문제에 대해 긍정적인 소견을 보였어요. 하지만 그녀의 희망과는 정반대로 흘러갔죠. 한나와 라세가 아이를 제대로 교육시키지 않고 있다는 보고서를 입수하기도 했어요. 판결문에는 교사가 집으로 찾아가 아이를 교육하기로 명시되어 있었거든요. 그런데 없는 말을 지어내 아이를 맡은 특수교사들끼리 서로 싸우게 만들거나, 채용하지도 않은 교사 이름을 지어내는 등 온갖 방법을 써서 교육비를 빼돌린 모양이에요. 이건 나중에 해당 기관이 검토할 일이죠."

"치료센터 전문의하고 좀더 얘기해봐."

"네, 힐다 멜린이요. 그렇게 의심이 든 그녀가 한나한테 전화를 해보면 모든 게 잘되어가고 있다고 했대요. 하지만 그녀는 의심을 거두지 않았죠. 그래서 관례는 아니지만 불시에 집을 방문했어요. 그들이 마지못해 문을 열어주어 들어가보니 아이의 상태가 좋지 않은데다 정신적, 신체적 발달도 부진하다는 걸 분명히 알 수 있었죠. 몸에 난 멍들도 보게 됐고요. 그녀는 곧장 센터로 돌아와 샌프란시스코에 있는 프란스에게 전화해 긴 대화를 나눴다고 해요. 그러고 얼마 후에 그가 귀국해 살트셰바덴에 얻은 집으로 아들을 데려갔죠. 양육권을 박탈당했음에도 불구하고."

"라세가 양육비에 목을 매는 상황에서 어떻게 아이를 데려갈 수 있었지?"

"저도 궁금해요. 라세는 그가 아이를 납치하다시피 데려갔다고 주장했지만 한나 얘기는 달라요. 그가 갑자기 찾아오긴 했지만 그녀가 보기에 많이 달라진 듯해서 그냥 아이를 데려가게 했대요. 심지어는 아이가 그와 함께 있으면 더 낫겠다는 생각까지 했고요."

"그럼 라세는 어떻게 했는데?"

"그때 술에 많이 취했었대요. 새로 제작되는 드라마에서 중요한 배역을 따내 한껏 들떠서 자신감이 과했던 상태였고요. 그래서 아이가 떠나는 걸 받아들였죠. 입만 열면 아이가 걱정된다고 떠들어댔지만 실은 귀찮은 혹을 떼서 기분이 좋았을 거예요."

"그러고는?"

"뭐, 마음이 바뀐 거죠. 게다가 매번 촬영장에 술냄새를 풍기며 나타나는 바람에 드라마에서도 쫓겨났고요. 결국 아이를 다시 데려오고 싶어졌고, 그게 아니면……"

"적어도 양육비는 챙기려고 했겠지."

"맞아요. 술친구들한테 받은 진술에서도 확인됐어요. 특히 술을 자주 산다는 린데발이라는 친구가 그러더군요. 신용카드를 쓸 수 없게 되자 라세가 아이에 대해 온갖 불평을 늘어놓기 시작했대요. 그러더니 웨이트리스한테 빼앗듯 500크로나를 빌려 택시를 잡아타고 그 밤중에 살트셰바덴으로 간 거예요."

얀은 잠시 생각에 잠겼다가 사진에 담긴 악셀의 모습에 다시 한번 시선을 던졌다.

"정말 난장판이군."

"맞아요."

"일반적인 상황 같으면 벌써 해결됐을 텐데 말이야. 이혼에 양육권 문제까지 하면 동기가 그럴듯하니까. 그런데 경보장치를 해킹하고 닌자처럼 생겼다는 용의자들은 이 그림하고 전혀 어울리지 않아."

"그렇죠."

"그리고 궁금한 게 하나 있어."

"뭐죠?"

"아우구스트가 읽을 줄 모르는 아이라면 왜 책을 꺼내려고 위까지 올라갔을까?"

미카엘은 식탁에서 차 한잔을 사이에 두고 파라 샤리프와 마주앉아 창밖으로 탄토룬덴 공원을 내다보았다. 그는 이미 자신의 마음이 약해졌다는 걸 느꼈다. 그저 이 순간 기사를 써야 하는 입장이 아니었으면 했다. 정보를 얻어내려고 이 여자를 다그치는 사람이 아니라,

단순한 손님으로 이 집에 앉아 있고 싶었다.

그녀는 얘기하고 싶은 마음이 크게 없어 보였다. 몹시 낙담한 표정이었다. 반쯤 열린 문 사이로 사람의 폐부를 찌르는 듯 강렬함을 내뿜던 검은 두 눈이 지금은 초점을 잃고 멍해져 있다. 기도를 하거나 주문을 외우듯 이따금 프란스의 이름을 웅얼거릴 뿐이었다. 어쩌면 그를 사랑했는지도 모른다. 그는 분명 그녀를 사랑했을 것이다. 쉰두 살의 파라는 출중한 미모와 여왕 같은 분위기를 지닌 여자였다.

무거운 침묵을 깬 것은 미카엘이었다.

"그는 어떤 사람이었나요?"

"프란스요?"

"네."

"역설 그 자체였죠."

"어떤 면에서요?"

"모든 면에서요. 무엇보다 그는 자신을 불안하게 하는 주제를 치열하게 연구했어요. 오펜하이머*와 비슷하다고 할 수 있을까요? 프란스는 자신의 연구가 인류의 파멸을 초래할지도 모른다는 걸 알고 있었죠."

"무슨 말인지 잘 모르겠군요."

"프란스는 생물학적 진화를 디지털 차원에서 재현해보려고 했어요. 자기학습능력이 있는, 그러니까 시행착오를 통해 스스로 발전해 나가는 알고리즘들을 연구했어요. 구글, 솔리폰, NSA 등이 착수한 양자 컴퓨터 개발에도 참여했죠. 그의 목적은 AGI, 즉 인공일반지능을 구현하는 거였어요."

"그게 뭐죠?"

"인간의 지능을 가진 동시에 컴퓨터의 속도와 정확성까지 구현할

---

* 원자폭탄을 개발한 미국 물리학자(1904~1967).

수 있는 그 무엇이죠. 만일 이런 걸 개발할 수만 있다면 수많은 분야에 엄청난 이익이 될 겁니다."

"그렇겠군요."

"압도적으로 큰 연구 분야죠. 비록 학자나 연구자들 대부분이 AGI에 도달하겠다는 야심을 공개적으로 드러내지는 않지만, 오늘날 경쟁 시스템이 어쩔 수 없이 우리를 그 방향으로 이끌고 있어요. 그러니까 지금은 아주 똑똑한 애플리케이션을 만들지 않겠다고, 혹은 거센 진보의 흐름을 저지하겠다고 그 누구도 말할 수 없는 상황이라는 거죠. 지금까지 우리가 이룬 것들을 한번 생각해보세요. 오 년 전의 휴대전화를 지금과 비교해보세요."

"그렇네요."

"프랑스가 모든 걸 감추기 전에 내게 말한 적이 있어요. 그런 단계에 도달하려면 적어도 삼사십 년은 걸릴 텐데 아마 급격한 변화로 느낄지 모르겠다고요. 그런데 저 개인적으로는 너무 신중한 예상 같아요. 요즘 컴퓨터는 성능이 18개월마다 두 배로 발전하고 있는데, 우리 뇌는 이런 발전 속도가 함의하는 바를 제대로 감지하지 못해요. 예를 들어 체스판 한 칸 위에 쌀알 한 개가 있다고 해보죠. 그다음 칸에는 두 개, 그다음 칸에는 네 개, 여덟 개 하는 식으로 늘어나는 거예요."

"얼마 안 가 쌀알이 온 세상을 뒤덮겠네요."

"진화 속도는 계속 증가하다 결국에는 모든 통제를 벗어나요. 중요한 건 언제 우리가 AGI에 도달하느냐가 아니라, 도달한 다음에 벌어질 일들이에요. 여러 시나리오가 존재하겠죠. 스스로를 창조하고 발전시켜나가는 프로그램의 시대가 올 거라는 사실만큼은 분명해요. 그때 우리 앞에 새로운 시간 개념이 나타날 거라는 점도 잊어선 안 되겠죠."

"그게 무슨 뜻이죠?"

"우리가 인간의 한계를 벗어나게 된다는 뜻이에요. 기계들이 24시간 내내 빛의 속도로 진화하는 새로운 차원으로 진입한다는 뜻이기도 하죠. AGI에 도달하면 불과 며칠 후에 우리는 ASI와 대면하게 될 거예요."

"그건 또 뭐죠?"

"인공초지능, 즉 인간보다 우월한 지능이에요. 진화 속도 역시 점점 빨라지고요. 컴퓨터들이 점점 가속화해 한 번에 열 배씩 증가한다고 하면 인간보다 백 배, 천 배, 만 배는 더 똑똑해질 수 있어요. 그럼 과연 어떤 일이 벌어질까요?"

"전혀 감이 안 잡히네요."

"맞아요. 지능이란 개념은 예측하기가 불가능해요. 인공지능이 우리를 어디로 이끌고 갈지 알 수 없어요. 초지능이 도래하면 무슨 일이 벌어질지는 더욱 알 수 없죠."

"최악의 경우라면 컴퓨터가 보기에 우리는 실험실 생쥐만큼도 흥미로운 존재가 아니겠죠."

미카엘은 리스베트에게 보냈던 메시지를 생각하며 덧붙였다.

"최악의 경우라고요? 인간의 DNA는 생쥐와 90퍼센트 일치하고, 지능은 백 배 정도 높다고 알려져 있어요. 겨우 백 배예요. 하지만 초지능 시대에는 그런 한계들을 초월하는 새로운 차원과 만나게 돼요. 인간의 지능보다 수백만 배는 우월한 지능 말이에요. 상상이 되나요?"

"애쓰고는 있습니다만." 미카엘이 설핏 미소를 지으며 대답했다.

"그러니까…… 어느 날 컴퓨터가 각성해서 벌레처럼 원시적인 인간들에게 갇혀 통제당하고 있다는 걸 알았을 때 과연 어떻게 느낄까요? 컴퓨터가 우리를 조금이라도 배려하려고 할까요? 인간이 프로세스를 멈추려고 자기 뱃속을 뒤지고 있는데 과연 가만히 있을까요? 우리는 지능의 폭발, 혹은 버너 빈지*가 묘사한 기술적 특이점과 대

* 미국 컴퓨터공학자, SF 소설가(1944~).

면할 위험이 있어요. 거기서부터 나오는 모든 개념은 '사건들의 지평선'을 넘어선 것들이죠."

"따라서 우리가 초지능 시대에 도달하는 순간 결국 통제권을 잃게 될 거라는 뜻인가요?"

"내가 말한 위험은, 그때가 오면 우리가 이 세계에 대해 아는 모든 것들이 더는 의미가 없어진다는 뜻이에요. 그러니까 인간의 종말이 오는 거죠."

"농담인가요?"

"황당하게 느껴진다는 건 알지만 이건 아주 실제적인 문제예요. 오늘날 도처에서 많은 노동자들이 이런 진화를 막으려고 노력하고 있어요. 낙관주의자, 심지어 이상주의자들도 많죠. 그들은 이른바 '친화적 ASI', 그러니까 애초부터 인간을 보조하는 일만 하도록 프로그래밍된 착한 초지능에 대해 말하고 있어요. 아이작 아시모프*가 『아이, 로봇』에서 그린 세상을 생각하면 될 거예요. 인간을 해치지 못하도록 기계 안에 내장시켜놓은 법칙들 말이에요. 과학자이자 작가인 레이 커즈와일은 나노 기술을 통해 인간이 컴퓨터와 통합하고 미래를 공유하는 놀라운 세계를 상상하고 있어요. 물론 그러한 진화가 이뤄지리라는 보장은 전혀 없죠. 법칙들은 깨질 수 있어요. 맨 처음 규정했던 프로그래밍의 의미는 바뀔 수 있고, 우리가 너무도 쉽게 인간중심적인 실수를 범할 수도 있어요. 다시 말해 기계에도 인간적 특성이 있다고 착각한 나머지 그 내적 동력을 잘못 해석할 가능성이 있어요. 프란스는 이런 문제들로 괴로워했고, 말씀드렸듯이 두 가지 모순된 감정 사이에서 갈등했어요. 똑똑한 컴퓨터들을 꿈꾸면서 동시에 그것들 때문에 불안해한 거죠."

"하지만 그는 괴물을 만들어내고 싶은 욕구에 저항할 수 없었겠죠."

---

* 미국 SF 소설가(1920~1992).

"과격하게 말하자면 그런 셈이죠."

"어느 단계까지 가 있었죠?"

"아주 멀리까지 갔어요. 상상할 수 없을 정도로요. 그래서 솔리폰에서 자신의 연구를 그렇게 비밀에 부쳤을 거예요. 자기가 만든 프로그램이 엉뚱한 사람들 손에 들어가게 될 일을 걱정했죠. 심지어는 프로그램이 인터넷과 접촉해 하나가 되어버릴까 두려워하기도 했고요. 그는 프로그램을 아들의 이름을 따 '아우구스트'라고 불렀어요."

"그 프로그램은 지금 어디 있죠?"

"항상 그가 가지고 다녔어요. 논리적으로 생각해보면 살해당했을 당시 그의 침대 옆에 있었다고 봐야겠죠. 하지만 경찰이 컴퓨터를 발견하지 못한 점이 불안해요."

"나도 그 컴퓨터를 보지 못했어요. 다른 데 관심이 쏠려 있었죠."

"정말 끔찍했겠어요."

"아시겠지만 그때 목격한 범인이 커다란 배낭을 메고 있었어요."

"좋은 징조가 아닌데요. 내가 바로 얘기해주기도 했는데 경찰은 아직도 상황을 제대로 통제하지 못하고 있는 것 같아요. 운이 좋으면 집안 어딘가에서 컴퓨터를 찾아낼 수 있을지도 몰라요."

"그러길 빌어야겠네요. 그런데 혹시 그가 개발한 기술을 맨 처음 빼돌린 게 누구인지 아세요?"

"네, 알아요."

"정말 궁금하군요."

"그러시겠죠. 일이 이렇게 엉망이 된 데는 제 책임도 있어서 정말 암담해요. 프란스는 먹고 자는 것도 잊고 일에 몰두했고, 저러다 쓰러지지는 않을까 걱정됐어요. 그가 막 양육권을 잃고 난 때였죠."

"정확히 언제였죠?"

"이 년 전이요. 잠도 못 이루면서 계속 자책했지만 그러면서도 손에서 일을 놓지 못했어요. 오히려 자기 인생에 그것만 남았다는 양 미친듯이 몰두했죠. 그래서 난 부담을 좀 덜어줄 생각으로 조수를 몇 사람 붙여줬어요. 내 제자들 중 가장 뛰어난 친구들이었죠. 성품이 천사 같은 이들은 아니었지만, 말 그대로 야심과 실력이 있고 무엇보다 프란스를 깊이 존경했어요. 모든 게 잘될 것만 같았죠, 그런데……"

"기술을 도둑맞았죠."

"작년 가을, 트루 게임스가 미국 특허청에 신청서를 제출했을 때 그 증거가 명백하게 드러났어요. 프란스가 개발한 기술에만 있는 독특한 요소들이 거기에 고스란히 있었죠. 물론 당시에는 컴퓨터를 해킹당했다고 생각했어요. 하지만 나는 처음부터 회의적이었어요. 프란스의 암호화 방식이 얼마나 교묘하고 복잡한지 잘 알고 있었으니까요. 하지만 해킹 말고는 다른 설명이 불가능했기 때문에 그 가설에서 출발했고, 프란스도 한동안은 그렇게 믿었던 모양이에요. 그런데 실상은 그게 아니었죠."

"그게 무슨 말이죠?" 미카엘이 놀라며 물었다. "전문가들도 해킹을 당했다는 사실을 확인해주지 않았나요?"

"그건 FRA의 어떤 멍청이가 알지도 못하면서 폼 한번 잡아보려고 한 말이에요. 하지만 프란스는 그 의견을 받아들이는 게 자기 조수들을 보호하는 방법이라고 생각했나봐요. 그리고 나는 또다른 이유가 있었다고 봐요. 그는 나름대로 탐정 놀이를 하고 싶었던 거죠. 어떻게 사람이 그렇게 어리석을 수 있는지……"

파라는 깊이 숨을 들이마셨다.

"그래서요?" 미카엘이 재촉했다.

"몇 주 전에 모든 걸 알게 됐죠. 프란스가 아우구스트를 데리고 우리집에 저녁을 함께하러 왔었어요. 뭔가 중요한 이야기를 하러 왔다는 걸 즉시 알아챘죠. 어색한 분위기 속에서 몇 잔 주고받은 후에 그가 휴대전화를 꺼달라고 하더니 나지막이 이야기를 시작했어요. 솔직히 처음에는 좀 짜증이 났어요. 그 천재 여자 해커 얘기를 또 늘어놓기 시작해서요."

"천재 여자 해커요?"

미카엘은 표정을 드러내지 않으려고 애쓰면서 물었다.

"그 여자 얘긴 귀에 못이 박히도록 들었어요. 또 그 얘기로 기자님을 피곤하게 만들고 싶진 않지만, 하여튼 그가 강의를 하는데 그녀가 불쑥 나타나 특이점의 개념에 대해 토론을 벌였답니다."

"어떻게요?"

그녀는 잠시 생각에 잠겼다.

"그러니까…… 우리가 나눌 얘기하고는 상관없는 문제이긴 한데요…… 기술적 특이점이란 중력 특이점에서 나온 개념이에요."

"그게 뭐죠?"

"난 그걸 어둠의 핵심이라고 불러요. 블랙홀의 가장 깊은 곳에 있죠. 우주에 관한 모든 지식의 종착점이자 어쩌면 다른 세계, 다른 시대로 통하는 문일지도 몰라요. 많은 연구자들은 이 특이점을 전적인 비합리성의 영역으로 여기면서 '사건의 지평선'이 반드시 이를 보호하고 있을 거라고 생각하죠. 하지만 그녀는 양자역학적 계산방식을 찾아내려 했고, 사건의 지평선이 없는 순전한 특이점이 존재할지 모른다고 주장했대요. 자세한 이야기는 안 할게요. 어쨌든 프란스는 그 여자 해커에게 강한 인상을 받았죠. 그러다 그녀에게 속내까지 털어놓게 되었는데, 충분히 이해할 수 있는 일이에요. 프란스 같은 천재가 말이 통하는 사람을 만날 기회는 그리 많지 않잖아요. 그리고 그녀가 해커라는 걸 알고는 컴퓨터를 조사해달라고 부탁했대요. 그때 그들이 썼던 컴퓨터를 리누스 브란델이라는 조수의 집에 전부 옮겨다놨어요."

미카엘은 이번에도 자신이 아는 내용을 밝히지 않기로 하고 간단히 반응했다.

“리누스 브란델……”

“네, 맞아요. 그녀가 외스테르말름에 있는 리누스의 집에 찾아가 다짜고짜 그를 밖으로 내쫓았대요. 그런 다음 컴퓨터들을 살펴봤다죠. 그녀는 해킹의 흔적을 전혀 발견하지 못했어요. 하지만 거기서 작업을 멈추지 않았죠. 입수한 조수들의 리스트를 보면서 그 자리에서 그들의 컴퓨터를 전부 해킹했어요. 얼마 지나지 않아 그들 중 하나가 프란스의 기술을 솔리폰에 팔아넘겼다는 걸 알아냈고요.”

“그게 누구였죠?”

“수없이 물어봤지만 끝끝내 밝히지 않았어요. 어쨌든 그때 그녀가 곧바로 프란스한테 전화한 모양이에요. 샌프란시스코에 있던 그가 얼마나 충격을 받았을지 상상해보세요. 조수가 자신을 배신했으니 말이에요. 그래서 난 그가 곧바로 고소할 거라고 생각했죠. 세상에 그 이름을 밝히고 모든 걸 박살내줄 거라고요. 하지만 그는 다른 생각을 했어요. 그녀에게 자신들이 그냥 해킹을 당한 걸로 해달라고 부탁했다더군요.”

“왜 그랬죠?”

“일이 시끄러워지면 놈들이 흔적을 지우거나 증거를 없애버릴까 두려웠던 거죠. 사건의 내막을 자세히 알고 싶어했던 그의 심정을 충분히 이해할 수 있어요. 세계적인 IT 기업이 그의 기술을 훔쳐서 이용한 범죄는 정의도 신념도 빈약한 학생 하나가 저지른 일하고는 비교할 수 없을 정도로 심각하니까요. 게다가 솔리폰은 미국에서 존경받는 리서치 그룹이에요. 수년간 그를 스카우트하려고 매달리더니 결국 그런 짓을 한 거죠. 프란스는—이 개자식들이 겉으론 러브콜을 보내면서 뒤로는 날 털었어!—아주 광분했어요.”

“잠깐만요.” 미카엘이 말을 끊었다. “그러니까 프란스가 솔리폰의 제안을 받아들인 건, 그들이 왜, 그리고 어떻게 기술을 훔쳐갔는지 알아내기 위해서였다는 뜻인가요?"

"나이를 먹으면서 깨달은 게 있다면, 누군가가 어떤 행동을 했을 때 그 동기를 이해하는 건 결코 쉽지 않다는 사실이에요. 물론 고액 연봉과 전적인 자율권도 중요했겠죠. 하지만 그것 말고는, 그래요, 당신 말이 맞다고 생각해요. 사실 프란스는 그녀가 컴퓨터를 봐주기 전부터 솔리폰이 절도에 가담했다는 걸 눈치챘어요. 거기에 그녀가 좀더 구체적인 정보들을 제공했고, 그걸 기반 삼아 솔리폰에 들어가서는 본격적으로 쓰레기통을 뒤지기 시작한 거죠. 그런데 생각처럼 쉽지 않았어요. 주위에서 그를 경계하면서 얼마 안 가 다들 등을 돌려 결국 외톨이가 되고 말았죠. 하지만 그는 뭔가를 발견했어요."

"뭐였죠?"

"여기서부터는 아주 민감한 얘기라 내가 밝히긴 힘들어요."

"하지만 지금 우리가 이렇게 같이 있잖습니까?"

"그렇죠. 난 기자님을 존경해왔어요. 그리고 오늘 아침에는 한밤중에 프란스가 당신에게 전화를 걸었다는 걸 알고 상당히 놀랐죠. 원래 연락하던 세포의 산업보호부가 아니라 오히려 당신을 찾았다고 해서요. 프란스는 세포 쪽에서도 정보가 유출됐을지 모른다고 의심한 듯했어요. 지나친 편집증의 발로일 수도 있겠죠. 최근 들어 온갖 피해망상을 보였으니까요. 하지만 그가 연락한 사람이 당신이기 때문에 그의 바람이었다고 생각하고 모든 걸 밝히겠어요."

"잘 알겠습니다."

"솔리폰에는 'Y'라는 이름의 부서가 있어요." 파라 샤리프가 말을 이었다. "구글 X를 모델로 만든 조직이죠. 뭔지 아시죠? 영원한 생명을 찾는다든지, 검색 엔진을 뇌 신경망에 연결한다든지 하는 기상천외한 '문샷'*을 시도하는 구글의 팀 말이에요. 우리가 AGI나 ASI에

* '달 탐사선 발사'를 뜻하는 문샷은 오늘날 혁신적인 프로젝트를 지칭하는 말이다.

도달하게 된다면 분명 그런 팀들 덕분이겠죠. 그리고 솔리폰은 프란스를 바로 이 Y에 배치했어요. 하지만 그들 입장에서는 잘못된 판단이었죠."

"왜죠?"

"Y 안에 지그문트 에커발트가 이끄는 기업 분석가들의 비밀 그룹이 있다는 걸 프란스가 그 여자 해커를 통해 알고 있었어요."

"지그문트 에커발트?"

"별명은 '제케'예요."

"어떤 사람입니까?"

"프란스를 배신한 조수와 접촉하던 바로 그 사람이에요."

"그렇다면 그가 도둑이겠네요?"

"그렇게 말할 수 있어요. 하이클래스 도둑이죠. 겉으로 보면 그 비밀 그룹이 하는 일은 지극히 합법적이에요. 각 분야를 이끄는 과학자나 유망한 연구 등에 관한 정보를 수집하죠. 모든 첨단 기업들이 이런 활동을 하고 있어요. 지금 세계에서 어떤 일들이 일어나고 있는지, 누구를 스카우트해야 하는지를 알고 싶어하죠. 하지만 프란스는 이 그룹이 벌이는 활동이 단순한 조사를 훨씬 뛰어넘었다는 걸 발견했어요. 흥미로운 프로젝트를 찾아내 지켜보는 데서 만족하지 않고 그걸 훔치고 있었죠. 해킹, 스파이, 내부자 매수 따위를 통해서요."

"프란스는 왜 그들을 고발하지 않았죠?"

"충분한 증거를 확보하기가 쉽지 않았어요. 그들은 극히 신중하게 움직였거든요. 그래서 프란스는 솔리폰 회장 니컬러스 그랜트를 찾아갔죠. 프란스 말로는 회장이 큰 충격을 받고 내부 조사위원회까지 설치했대요. 하지만 아무것도 찾아내지 못했어요. 지그문트가 증거를 없애버렸을 수도 있고, 아니면 내부 조사가 눈가림에 불과했을 수도 있고요. 결국 프란스는 견디기 힘든 상황에 놓이게 됐어요. 모두가 그를 공격했죠. 이 모든 일 뒤에 지그문트가 있었을 거라고 생각해요. 프란스를 따돌리는 건 어렵지 않았을 테고요. 그 무렵에 이미 의심 많고 피해망상 있는 사람으로 여겨지면서 갈수록 고립되고 있었으니까요. 그의 모습이 눈앞에 선히 그려져요. 한쪽 구석에 틀어박혀 갈수록 비뚤어지고 공격적으로 변하면서 그 누구에게도 말을 하려 하지 않는 모습이."

"그러니까 실질적인 증거를 전혀 못 찾았다는 얘긴가요?"

"아니요, 찾았어요. 적어도 그 여자 해커가 준 증거는 있었죠. 지그문트가 프란스의 기술을 훔쳐 다른 데 판 정황 말이에요."

"그럼 그는 확신했었나요?"

"일말의 의심도 없었죠. 심지어 지그문트 그룹이 단독으로 움직이는 게 아니라 외부 지원까지 받고 있다는 사실도 알아냈어요. 미국 첩보기관이나 혹은……"

파라가 잠시 말을 멈췄다.

"혹은?"

"여기에 대해서는 프란스가 애매하게 얘기했어요. 별로 아는 게 없었을지도 모르죠. 어쨌든 솔리폰 외부에 존재하는 진정한 리더를 지칭하는 암호명까지 발견했고요. 타노스예요."

"타노스?"

"다들 굉장히 두려워하는 자라고 하더군요. 하지만 더는 얘기하려 하지 않았어요. 다만 변호사들이 달려들 때를 대비해 생명보험이 하나 필요하다고 했어요."

"당신은 조수들 중 누가 그를 배신했는지 모른다고 했지만, 그래도 이 문제를 생각해봤을 듯한데요?"

미카엘이 물었다.

"물론이죠. 이따금…… 글쎄요……"

"네?"

"조수들 전체가 그러지 않았나 하는 생각도 들어요."

"왜 그런 생각을 하시죠?"

"그들이 프란스 밑에서 일하기 시작했을 때는 다들 젊고 야심만만하고 재능이 있었어요. 그런데 모든 게 멈춰버리자 그들은 불안하고도 지쳐 보였어요. 프란스가 너무 혹독하게 굴어서 그랬거나, 아니면 뭔가 다른 이유가 마음을 괴롭게 했던 거겠죠."

"그들의 이름을 다 알고 있나요?"

"물론이죠. 벌어진 일은 안타깝지만 한편으로는 다 내 제자들인걸요. 아까 말했던 스물네 살인 리누스 브란델은 게임을 하거나 술을 마시며 세월을 보내고 있어요. 한때는 '크로스파이어'에서 게임개발자로 좋은 자리에 있었는데, 툭하면 병가를 내거나 동료들이 자기를 염탐한다고 비난하다가 결국 해고당했죠. 아르비드 브랑에는 기자님도 이름을 들어보셨을 거예요. 촉망받는 체스기사였죠. 체스 영재인 아들을 비인간적으로 몰아붙인 아버지 탓에 지쳐버린 나머지 결국은 공부를 하러 나한테 왔어요. 오래전에 박사학위를 땄어야 할 친구인데, 지금은 스투레플란 광장 근처 술집들을 전전하고 있어요. 집 없는 떠돌이처럼 돌아다니죠. 프란스와 함께 일할 때는 행복해하면서 의욕적이었어요. 하지만 이 친구들 사이에는 바보 같은 경쟁의식이 있었죠. 특히 아르비드와 바심이 서로를 미워했고요. 주로 아르비드가 바심을 미워했다고 하는 편이 옳겠지만. 바심 말리크는 누구를 쉽게 미워하는 성격이 아니에요. 예민하면서도 재능 많은 친구라서 일 년 전에 솔리폰 북유럽 지사에 채용됐어요. 하지만 견디지 못하고 금방 나와버렸죠. 지금은 우울증으로 에르스타 병원에 입원해 있어요. 조금 알고 지내는 그의 어머니한테 오늘 아침 전화가 왔고요. 바심에게 진정제를 투여했다고 하더군요. 프란스에게 일어난 일을 알고는 정맥을 그었대요. 너무 슬픈 일인 건 맞지만 한편으로는 바심이 단지 슬퍼서 그런 행동을 저질렀을까, 혹시 죄책감이 작용한 건 아닐까 하는 생각도 들었어요."

"지금 상태는 어떻죠?"

"위험한 단계는 벗어났대요. 적어도 신체적으로는요. 그리고 니클라스 라게르스테트는…… 음, 어떻게 말해야 할까요? 겉으로 보기에는 앞에 말한 친구들과 달라요. 뇌세포가 망가지도록 술을 마시거나 자책을 넘어 자해를 하는 부류는 아니죠. 도덕적 신념이 확고해서 폭력적인 게임이나 포르노를 반대하는 친구예요. 복음주의교회 신도이기도 하고요. 아내는 소아과 의사이고 예스페르라는 아들도 하나 있죠. 스웨덴 범죄수사대 고문이기도 해서 새해부터 경찰에 도입할 새 전산 시스템을 책임지고 있어요. 그럼 그가 경찰의 신원 조회를 아무 문제없이 통과했다는 건데, 나로서는 그게 얼마나 철저했는지는 의문이에요."

"왜 그런 말씀을 하시죠?"

"그 매끄러운 얼굴 뒤에 탐욕스러운 인간이 숨어 있으니까요. 난 그가 아내와 장인의 재산의 일부를 빼돌렸다는 사실을 알아요. 그런 위선자가 없죠."

"프란스가 기술을 도난당하고 나서 이들은 조사를 받았나요?"

"세포가 심문했지만 아무것도 나오지 않았어요. 어차피 그때는 다들 해킹을 당했다고 생각했으니까요."

"제 생각에 이제 세포가 다시 이들을 심문할 듯한데요?"

"그러겠죠."

"그런데 혹시 프란스가 한가할 때 그림을 그렸나요?"

"그림이요?"

"물건을 아주 세밀하게 묘사하는 걸 좋아하지 않았나 궁금해서요."

"아뇨, 그런 기억은 전혀 없는데요. 왜 그러시죠?"

"그의 집에서 아주 굉장한 그림을 봤어요. 여기서 멀지 않은 호른스가탄과 링베겐 거리가 만나는 교차로의 신호등을 묘사한 그림이었죠. 마치 어둠 속에서 찍은 스냅숏처럼 완벽한 작품이었어요."

"신기하네요. 프란스는 이 근방에 오는 일이 별로 없는데."

"그렇다면 이상하군요."

"네."

"그 그림에는 절 쉽게 놓아주지 않는 뭔가가 있어요."

이렇게 말하던 미카엘은 파라가 자기 손을 잡아주는 걸 느끼고는 흠칫 놀랐다.

이내 그도 그녀의 머리를 한번 쓰다듬고는 자리에서 일어나 작별 인사를 했다. 그 순간 어떤 예감이 함께 스치는 듯했다.

그는 싱켄 거리를 거슬러올라가며 에리카에게 전화해 '리스베트의 상자'를 열어 질문을 하나 더 써달라고 부탁했다.

14장

11월 21일

오베 레빈은 슬루센 구역과 리다르피에르덴만이 내려다보이는 자신의 사무실에 하는 일 없이 앉아, 재미있는 이야깃거리가 없는지 구글을 뒤적거리고 있었다. 하지만 스톡홀름 언론대학교에 다니는 어느 여학생의 블로그에서 그를 비난하는 글만 보고 말았다. 오베 레빈은 나약함과 탐욕에 물들어 이상을 저버린 타락한 언론인이라는 내용이었다. 그는 격분한 나머지 세르네르 미디어 그룹이 채용해서는 안 될 블랙리스트에 그 여학생의 이름을 올리는 것조차 잊어버렸다.

성공하려면 치러야 할 대가 같은 건 전혀 모르는 멍청이들, 기껏해야 이름 없는 문화지에서 쥐꼬리만한 보수를 받고 기사 나부랭이나 쓰게 될 한심한 인간들 때문에 그는 괜히 골머리를 썩지 않기로 했다. 그런 부정적인 생각을 하며 시간을 허비하느니 온라인 계좌를 열어 주식 현황을 살펴보는 편이 확실히 기분전환에는 도움이 되었다. 적어도 이때까지는 그랬다. 오늘따라 시황이 좋았다. 간밤에 나스닥과 다우존스가 상승했고 스톡홀름 증시는 1.1퍼센트 올랐다. 그가 상당히 투자한 달러화 가치도 올라 주식 총액을 갱신해보니 1216만 1389크로나였다.

과거 〈엑스프레센〉에서 일하며 가정집 화재와 시내 칼부림 기사나 쓰던 그 처량한 신세를 생각하면 지금은 꽤 괜찮은 편이었다. 그에겐 1200만 크로나와 빌라스타덴의 아파트, 그리고 프랑스 칸의 별장이 있었다! '그래, 한심해빠진 블로그에 올리고 싶은 글이나 마음껏 올려. 난 눈 하나 깜빡 안 할 테니까.' 오베는 다시 주식 총액을 갱신해봤다. 1214만 9101크로나. '빌어먹을! 내려가고 있잖아?' 다시 클릭. 1213만 1737크로나. 그의 얼굴이 잔뜩 찌푸려졌다. 증시가 내려갈 이유가 전혀 없었다. 고용 지표도 이렇게 좋은데 말이다. 하락하는 증시를 보며 기분이 나빠진 그는 다시 〈밀레니엄〉을 떠올리지 않을 수 없었다. 화가 치밀어올랐다. 아무리 기억을 쫓아버리려 애써도 어제 오후에 노골적으로 적의를 드러내 보이던 에리카의 예쁜 얼굴이 자꾸만 떠올랐다. 덕분에 아침이 될 때까지 기분이 내내 안 좋았다.

아니, 그야말로 졸도할 뻔했다. 온통 미카엘 얘기뿐인 인터넷 사이트들을 보고 있자니 속이 쓰렸다. 요즘 젊은 세대들이 그가 누군지 여전히 잘 모른다는 사실을 조금 전까지 즐거운 기분으로 확인했기 때문만은 아니었다. 오베는 기자든, 배우든, 그 어떤 인간이든 곤경에 처하기만 하면 무조건 스타로 띄워주는 미디어의 논리가 끔찍하게 싫었다. 그가 보기에 자신과 세르네르 미디어 그룹이 손가락 하나만 까딱하면 〈밀레니엄〉에는 남아 있을 수도 없는 그런 기자는 이제 한물간 인물로 다뤄져야 마땅했다.

게다가 그 많고 많은 사람들 중 프란스 발데르와 엮인 게 하필이면 미카엘이었다. 그는 왜 하필 미카엘 앞에서 총에 맞아 죽은 걸까. 늘 이런 식이었다. 정말 울고 싶을 정도였다. 멍청한 기자들은 아직 제대로 파악하지 못했지만 오베는 프란스가 굉장한 인물이란 걸 잘 알고 있었다. 세르네르 계열 신문인 〈비즈니스 투데이〉가 스웨덴의 과학 연구를 주제로 특집판을 낸 적이 있었는데, 그때 추산한 프란스라는 인물의 가치가 40억 크로나였다. 대체 어떻게 그런 금액이 나왔는지 알 수 없었지만 어쨌든 그는 스타였다. 더구나 그레타 가르보* 부류였다. 어느 매체와도 인터뷰를 하는 법이 없어서 신비한 분위기는 점점 커져만 갔다.

세르네르의 기자들만 해도 수없이 인터뷰를 요청했지만 번번이 거절당했다. 요청을 아예 무시해버리기 일쑤였다. 하지만 그가 굉장한 스토리를 지닌 인물이라는 건 많은 기자들이 아는 바였다. 사정이 그러한데 프란스가 한밤중에 미카엘과 단둘이 대화하기 원했다는 사실을 알고 나자 오베는 정말이지 견디기 힘들었다. '설마 미카엘이 초대형 특종이라도 준비하고 있는 건 아니겠지?' 상상조차 하기 싫은 끔찍한 일이었다. 오베는 거의 발작적으로 마우스를 클릭해 〈아프톤블라데트〉에 들어가 아까 보았던 제목을 다시 한번 살폈다.

스웨덴 최고의 과학자가 미카엘 블롬크비스트에게
말하고 싶었던 것은 과연 무엇일까?

_살인 사건 직전에 나눈 베일 속의 대화

기사에는 미카엘의 사진이 크게 실려 있었다. 아주 좋아 보이는 얼굴이었다. 오베는 특별히 잘 나온 사진을 골라 올린 〈아프톤블라데트〉 기자에게 욕을 내뱉었다. '뭔가 조치를 취해야 해!' 그는 생각했다 '하지만 뭘? 어떻게 해야 늙어빠진 동독 검열관처럼 보이지 않으면서 미카엘을 묻어버릴 수 있을까?' 그는 리다르피에르덴만을 향해

* 신비로운 이미지를 내세웠던 스웨덴 출신 배우(1905~1990).

시선을 돌렸다. 문득 떠오르는 생각이 있었다. '그래, 빌리암 보리!' 결국은 적의 적이 최고의 친구인 셈이었다.

"산나!"

산나 린드는 오베의 젊은 비서였다.

"네?"

"당장 스투레호프 레스토랑에 빌리암 보리와 점심을 예약해. 바쁘다고 하면 아주 중요한 일이라고 말하고. 잘하면 연봉까지 올려받을 수 있는 일이라고 말이야."

오베는 이내 생각했다. '안 될 것도 없잖아? 이 엿 같은 상황에 날 도와준다면 당연히 보상을 해줘야지.'

한나 발데르는 거실에 앉아 절망에 잠긴 얼굴로 아우구스트를 지켜보았다. 아이는 또 종이와 파스텔을 꺼내놓았다. 정신과 전문의는 아이에게 그림을 그리지 못하게 하라고 했지만 그녀는 그러고 싶지 않았다. 의사의 권유와 전문성을 불신하는 건 아니었지만 그래도 어쩔 수 없이 의구심이 들었다. 아우구스트는 아빠가 죽는 광경을 목격했고, 지금처럼 이렇게 뭔가를 그리고 싶어한다면 그렇게 하도록 놔두는 게 옳은 것 같았다. 비록 그림을 그리는 아이가 그리 편안해 보이지는 않았지만.

그림을 그리기 시작하면 아이는 몸이 파르르 떨리기 시작했고, 눈에는 강렬하면서도 고통스러워 보이는 빛이 감돌았다. 아이는 두 거울에 비치며 계속 복제 상이 펼쳐지는 흑백 체스판 무늬를 그렸다. 한나는 사건을 목격하고 아이가 그린 그림이 사뭇 기묘하다고 생각했다. 하지만 그녀가 알 수 있는 건 없었다. 어쩌면 아이가 이따금 적곤 했던 숫자들과 비슷한 것일지도 몰랐다. 그녀는 아무것도 이해할 수 없었지만 아이에겐 의미 있는 그림일 수 있었다. 또 어쩌면 저 흑백 네모 칸들을 그리며 아이는 나름대로 자신이 본 걸 소화하고 있을지도 모를 일이었다. 그러니 의사의 권고를 따르지 않아도 괜찮지 않을까? 어차피 아무도 모를 일이다. 어디선가 "어머니는 본능의 소리에 귀기울여야 한다"는 글을 읽은 적이 있었다. 그 어떤 심리학 이론보다 직감이 더 나은 경우도 종종 있으니 말이다. 결국 그녀는 아우구스트가 그림을 그리도록 놔두기로 마음먹었다.

하지만 그때 갑자기 아이의 등이 활처럼 둥글게 움츠러드는 걸 보았고, 그러자 다시금 자신이 없어졌다. 결국 그녀는 한 걸음 앞으로 나아가 종이를 들여다보았다. 그 순간 소스라칠 듯 놀라며 가슴이 서늘해졌다. 지금 자신이 본 그림을 어떻게 이해해야 좋을지 알 수 없었다.

두 거울에 비쳐 끝없이 뻗어나가는 흑백 네모 칸들은 믿을 수 없을 만큼 정교했다. 그런데 이번엔 다른 무언가가 있었다. 네모 칸들에서 솟아나온 그림자 같은 것이 악마, 혹은 섬뜩한 유령처럼 보였다. 그녀의 머릿속엔 아이들이 사악한 영혼에게 사로잡히는 공포영화가 떠올랐고, 왜 그랬는지 자신도 이해할 수 없었지만 아이의 손에서 그림을 확 낚아채 거칠게 구겨버렸다. 그러고는 눈을 질끈 감고 너무나도 익숙한 비명이 터져나오기를 기다렸다.

그런데 이번에는 비명이 아닌 마치 말소리 같은 웅얼거림이 들렸다. 그건 불가능한 일이었다. 아우구스트는 전혀 말을 할 줄 모르는 아이니까. 한나는 아이가 발작을 일으키는지 지켜보았다. 거실 바닥에 온몸을 내던지면서 몸부림을 칠 거라 예상했지만 그런 일 역시 일어나지 않았다. 대신 차분하고도 결연한 모습으로 다시 종이 한 장을 펼치더니 똑같은 흑백 칸들을 그리기 시작했다. 한나는 아이를 멈추게 하고 방으로 끌고 가는 수밖에 없었다. 나중에 이 장면을 더없는 공포의 순간으로 기억하게 될지도 몰랐다.

그때 갑자기 아우구스트가 맹렬히 발버둥을 치고 소리를 지르며 두 주먹을 사방으로 내지르기 시작했다. 한나는 아이를 제대로 제어할 수 없었다. 그저 아이를 침대에 눕히고 두 팔로 꽉 껴안은 채 한동안 몸으로 누르고 있을 수밖에 없었다. 한나 자신도 미쳐버릴 것만 같았다. 잠시 라세를 깨워 처방받은 진정제를 아이에게 먹여달라고 부탁해볼까 생각했지만 이내 단념했다. 라세가 성질을 부릴 게 뻔했고, 그녀 역시 발륨*을 한 움큼씩 복용하는 처지였기에 아이에게 진정제를 먹이는 게 몹쓸 짓 같았다. 분명 다른 방법이 있을 터였다.

몸에서 힘이 서서히 빠지자 그녀는 절망적으로 이런저런 해결책들을 떠올려봤다. 카트리네홀름에 사는 엄마, 매니저 미아, 어젯밤 친절하게 전화해준 가브리엘라라는 경찰, 그리고 아우구스트를 집으로 데려다준 에이나르 포르스인지 뭔지 하는 심리학자…… 그녀는 그 심리학자가 마음에 들지 않았다. 하지만 임시로나마 먼저 아이를 맡아주겠다고 제안하기도 했고, 아우구스트에게 그림을 못 그리게 한 것도 바로 그였기 때문에 이 혼란스러운 상황을 어떻게든 해결해줄 수 있을 듯했다. 결국 버둥거리는 아이를 놓아주고 그의 명함을 찾으러 갔다. 이내 전화번호를 누르는 사이 아이는 거실로 달려가 그 음산한 체스판 무늬를 다시 그리기 시작했다.

에이나르 포르스베리는 경험이 많지 않았다. 움푹 들어간 파란 눈에 새로 산 디오르 안경을 끼고 갈색 코듀로이 재킷을 걸친, 올해 나이 마흔여덟인 그는 겉보기에 전형적인 지식인 같았다. 하지만 그와 몇 분만 얘기해보면 사고방식이 경직되고 독단적인데다 주장하는 이론들과 거침없는 발언들 뒤에 심각한 무지가 감춰져 있음을 알 수 있었다.

그가 심리학 석사학위를 취득한 건 불과 이 년 전이었고, 그전까지는 튀레쇠에서 체육 교사로 일했다. 그때의 제자들에게 그에 대

---

* 신경안정제의 한 종류.

해 묻는다면 하나같이 이렇게 외칠 게 분명했다. "실렌티움,* 이 가축들아!" 에이나르가 떠드는 학생들을 조용히 시킬 때 즐겨 쓴 표현으로 완전히 농담만은 아니었다. 그는 학생들이 좋아하는 교사는 아니었지만 그래도 권위 있게 훈육하는 데는 능했다. 그리고 자신의 이런 심리학적 기술을 다른 분야에서 보다 유용하게 활용할 수 있을 거라고 확신했다.

일 년 전부터 에이나르는 스톡홀름 스베아바겐 거리에 있는 오덴 아동치료센터에서 일했다. 이곳은 다양한 이유로 부모가 더는 돌볼 수 없게 된 아이들을 긴급히 데려와 보살피는 기관이었다. 그런데 자신이 속한 직장을 언제나 적극적으로 변호하는 부류인 그마저도 이 센터에는 문제가 있다고 생각했다. 즉각적인 위기 관리에만 신경을 쓸 뿐 장기적 차원의 과제들은 소홀히 했기 때문이다. 센터에는 보통 정신적 외상을 입을 정도로 심각한 일을 겪은 아이들이 오는데도 불구하고 신경발작이나 공격적인 반응들을 제어하는 데 바빠 심층 원인을 분석할 여력이 없었다. 이 부분에서 에이나르는 자신이 다른 심리학자들보다 훨씬 낫다고 생각했다. 특히 교사였을 때처럼 권위적인 태도로 아이들을 진정시키고 위기 상황을 관리하는 자신의 방식이 더 효과적이라고 믿었다.

그는 경찰과 함께 일하는 걸 선호했고, 극적인 사건이 일어난 뒤 현장에 감도는 그 서늘하고도 긴장된 분위기를 좋아했다. 당직 근무를 하다 살트셰바덴으로 달려갔을 때도 극도로 흥분한 상태였다. 사건 현장에서 할리우드 영화 같은 분위기가 물씬 풍겼기 때문이다. 저명한 과학자가 여덟 살배기 아들이 보는 앞에서 무참히 살해당했다. 그리고 이제 아이의 입을 열게 하는 건 온전히 자신의 몫이었다. 그는 범죄 현장으로 차를 몰고 가는 동안 연신 백미러를 들여다보며

* 라틴어로 '정숙' '침묵'이라는 뜻.

초조하게 머리를 정리하고 안경을 고쳐 썼다.

화려한 등장을 꿈꿨지만 막상 현장에 도착한 그는 괜찮은 모습을 보여줄 수 없었다. 아이를 도무지 이해할 수 없었기 때문이다. 그래도 사람들은 그를 존중하고 인정해주는 분위기였고, 수사를 맡은 경찰들은 아이에게 어떻게 질문해야 좋은지 그에게 묻기도 했다. 사실 그때 그는 아무런 생각이 없었지만 그래도 내뱉은 답변들이 꽤 무게 있게 받아들여지자 이내 우쭐해져 나름대로 열심히 경찰을 도왔다. 그리고 피해자의 아이가 지금까지 말을 한 적이 없는 자폐아이며, 주위 환경에도 전혀 반응하지 않는다는 사실을 알게 되었다.

"지금으로선 우리가 할 수 있는 일이 없습니다. 아이의 지적 능력이 아주 제한적이에요. 전문가로서 지금 이 아이의 보호를 최우선으로 삼지 않을 수 없습니다."

심각한 표정으로 그의 말을 듣고 난 경찰은 결국 그에게 아이를 맡겨 친모한테 돌려보내게 했다.

그는 작은 행운까지 덤으로 얻었다. 아이의 친모가 다름 아닌 한나 발데르였기 때문이다. 그는 영화 〈폭도들〉을 보고 난 후로 줄곧 그녀의 팬이었다. 그 엉덩이와 긴 다리를 생생하게 기억하고 있었고, 지금은 나이가 들었지만 여전히 매력적이었다. 게다가 같이 살고 있는 남자는 아무리 봐도 형편없는 놈인 게 분명했다. 에이나르는 너무 무겁지 않으면서 지적이고 상냥한 모습을 보이려고 애썼다. 그리고 전문가로서 권위 있는 면모를 보여줄 기회도 찾아와 이 또한 자랑스러운 일이 아닐 수 없었다.

아이가 알 수 없는 표정을 지은 채 흑백 네모 칸들을 그리기 시작하자 에이나르는 병적인 행동이라고 단언했다. 자폐아들이 종종 파괴적인 충동에 사로잡힐 수 있다고 설명하면서 당장 멈추게 해야 한다고 권했다. 그녀는 이를 생각만큼 고마워하며 받아들이는 것 같지 않았지만 어쨌든 그는 남자답고 박력 있게 결정하는 모습을 보였다고 느꼈다. 이렇게 한껏 들떠버린 그는 〈폭도들〉에서 그녀가 했던 연기를 칭찬할 뻔했다. 다만 그럴 만한 때가 아닌 듯해 자제했지만 좋은 기회를 놓친 건 아닌지 아쉬움이 계속 남았다.

오후 1시였다. 벨링뷔에 있는 집으로 막 돌아온 에이나르는 욕실에 서서 전동칫솔로 양치를 하고 있었다. 휴대전화가 울리자 처음엔 짜증이 났지만 이내 얼굴에 환한 미소가 번졌다. 한나 발데르였다.

"네, 에이나르입니다." 그는 최대한 부드럽게 대답했다.

"여보세요?"

절망감에 사로잡혀 제정신이 아닌 목소리였다. 그는 영문을 알 수 없었다.

"아우구스…… 아우구스트가……"

"무슨 일이 생겼나요?"

"아우구스트가 그 체스판 무늬만 그리려고 해요. 하지만 선생님이 못하게 하라 하셨잖아요."

"안 돼요, 안 됩니다. 발작적인 행동이에요. 그리고 제발 진정하세요."

"이런 상황에 어떻게 진정할 수 있죠?"

"아우구스트에게 필요한 건 부인이 진정하시는 거예요."

"도저히 그렇게 안 된다고요! 아이가 소릴 지르면서 몸부림을 쳐요. 선생님이 날 도와줄 수 있다고 했잖아요."

"네……" 처음에는 약간 머뭇거리던 그의 얼굴이 이내 승리한 장군처럼 환해졌다. "네, 물론이죠! 오덴 아동치료센터에 자리를 마련하도록 조치하겠습니다."

"하지만 거기에 가면 아이가 버려지고 배신당했다고 느끼지 않을까요?"

"천만에요. 오히려 부인께서는 아이에게 필요한 일을 하시는 겁니다. 그리고 원하시는 만큼 얼마든지 방문할 수 있도록 해드릴게요."

"어쩌면 그게 나을지도 모르겠네요."

"전 그렇다고 확신합니다."

"금방 와주실 수 있어요?"

"네, 최대한 빨리 가겠습니다."

그는 이렇게 대답했지만 실은 잘 차려입는 게 우선이라고 생각했다. 그리고 기회가 온 김에 잊지 않고 덧붙였다.

"그런데 제가 말씀드렸던가요? 〈폭도들〉에서 연기가 아주 훌륭했다고?"

스투레호프 레스토랑에 이미 도착해 최고급 요리인 버터에 구운 가자미와 푸이퓌메 와인 한 잔을 시켜놓고 느긋하게 앉아 있는 빌리암 보리를 보고도 오베는 놀라지 않았다. 기자들은 이렇게 초대받은 기회를 최대한 이용할 줄 알았기 때문이다. 오히려 그를 놀라게 한 건, 마치 자신이 돈과 힘을 쥔 쪽이기라도 한 듯 주도권을 쥐려고 드는 빌리암의 태도였다. 연봉 인상이니 뭐니 먼저 말을 흘려둔 게 문제였다. 빌리암 같은 부류는 먼저 몸을 달게 해놓고서 그다음에 천천히 요리해야 하는데 말이다.

"듣자 하니 요즘 〈밀레니엄〉 때문에 골치가 좀 아프다면서요?"

빌리암이 먼저 운을 뗐고 오베는 속으로 이를 갈았다. '네놈의 그 히죽거리는 미소만 없앨 수 있다면 오른팔이라도 내놓겠어!'

"그랬다면 잘못 들은 겁니다." 오베가 딱딱하게 대답했다.

"오, 그래요?"

"우리는 상황을 통제하고 있는 겁니다."

"괜찮다면 어떻게 통제하고 있는지 묻고 싶군요."

"〈밀레니엄〉 편집부가 변화를 받아들이고 자신들이 안고 있는 문제를 인식한다면 우리는 계속 지원할 생각이에요."

"그렇지 않을 경우에는요?"

"그때는 우리도 발을 빼야죠. 그럼 〈밀레니엄〉은 몇 달 못 버티고 침몰하지 않겠어요? 안타깝겠지만 시장의 법칙이니까요. 〈밀레니엄〉보다 나은 매체들이 무너지는 걸 수없이 봐왔거든요. 우리가 투자한 돈은 얼마 안 돼요. 〈밀레니엄〉 하나쯤 없어진다 해도 우리에게는 별다른 타격이 없어요."

"에이, 뻔한 얘기는 그만합시다! 이사님의 자존심이 걸린 문제라는 걸 잘 알고 있어요."

"그냥 비즈니스일 뿐입니다."

"미카엘을 편집부에서 쫓아내려 한다는 얘기도 들리던데요?"

"그를 런던에 파견할 생각을 하고 있죠."

"배짱 좋으시네요. 그가 〈밀레니엄〉에 기여한 게 얼마나 많은데."

"우리 쪽에서 아주 좋은 조건을 제안했어요."

오베는 자신이 필요 이상으로 방어적이고 뻔하게 처신중이라는 생각이 들었다. 자신이 이 식사를 제안한 이유까지 잊어버릴 정도였다.

"뭐, 그렇다고 해서 개인적인 감정이 있는 건 아니에요." 빌리암이 히죽 웃으며 말했다. "미카엘을 중국으로 보낸다고 해도 나와는 아무 상관 없단 말입니다. 다만 그가 프란스 발데르 사건으로 화려하게 재기한다면 이사님이 좀 골치 아파지는 거 아닌가요?"

"어떻게 화려하게 재기한다는 거죠? 그는 이제 과거의 예리함을 잃었어요. 당신부터 칼럼에서 그 점을 강조하지 않았나요? 그것도 아주 성공적으로." 오베는 약간 비아냥거렸다.

"뭐, 지원 사격을 좀 받았죠."

"적어도 난 아니에요. 당신 칼럼 별로였다고요. 문장도 안 좋고 사심까지 느껴졌으니까요. 여론몰이를 시작한 건 알다시피 토르발드 세르네르였고."

"그 덕분에 일이 이렇게 흘러가고 있다는 건 인정하잖습니까?"

"잘 들어요, 빌리암. 난 미카엘을 아주 존경해요."

"이사님, 나한테까지 정치가 흉내를 낼 필요는 없어요."

오베는 빌리암의 목구멍에 뭔가를 쑤셔넣고 싶은 충동을 느꼈다.

"솔직하고 진지하게 얘기하고 싶을 뿐입니다." 오베가 단언했다. "난 언제나 미카엘이 훌륭한 언론인이라고 생각해왔어요. 우리 세대 가운데에서도 격이 다른 친구죠."

"아, 그런가요?"

빌리암이 갑자기 기가 꺾이는 듯하자 오베는 이내 기분이 나아졌다.

"물론이죠. 우리 사회의 여러 문제들을 밝혀낸 그에게 감사해야 하고, 또한 그가 잘되기를 바라는 마음입니다. 하지만 안타깝게도 우리 일의 성격상 향수에 빠져 좋았던 옛 시절만 그리워해선 안 되겠죠. 미카엘이 이제 한물갔고, 〈밀레니엄〉을 혁신하는 데 장애물이 된다는 의견에는 나도 동의합니다."

"맞습니다."

"그렇기 때문에 더더욱 이제 그에 관한 기사가 많이 나와서는 안 된다는 말이고요."

"호의적인 기사들 말이겠죠?"

"뭐, 그래요. 그래서 당신을 이렇게 초대한 거고."

"네, 고맙습니다. 그런데 마침 한 가지 드릴 만한 정보가 있어요. 아침에 제 스쿼시 파트너한테 전화를 한 통 받았죠."

빌리암이 맨 처음 보였던 자신감을 되찾으려고 애쓰는 게 보였다.

"그게 누군데요?"

"리샤르드 엑스트룀 검사입니다. 프란스 살인 사건의 예비수사를 책임지고 있어요. 그런데 이 친구는 미카엘의 팬클럽이 아니죠."

"살라첸코 사건 후에 그렇게 된 건가요?"

"네, 그렇습니다. 그때 검사가 세웠던 계획들을 미카엘이 몽땅 망가뜨렸는데, 이번에도 그가 수사를 방해할지 모른다고 지레 걱정하고 있어요. 아니, 이미 방해하려고 했을지도 모른다고 생각하더군요."

"어떤 식으로 말입니까?"

"지금 미카엘이 아는 걸 말하지 않고 있다고 생각하는 거죠. 프란스가 피살되기 전에 그와 통화도 한데다 살인범과 마주치기도 했는데, 심문받을 때는 그렇게 말이 많지 않았다죠. 그래서 리샤르드는 그가 기사를 쓰려고 알맹이를 쏙 빼놓았다고 믿는 거고요."

"흥미롭군요."

"그렇죠? 지금 우리는, 언론의 조롱감이 되고 나서 필사적으로 특종을 찾다가 도가 지나쳐 살인범을 도망가게 놔둔 사람에 대해 얘기하는 겁니다. 자신의 잡지사가 심각한 경영난에 처하자 사회적인 의무마저 저버린 왕년의 스타 기자 말입니다. 게다가 세르네르 미디어 그룹이 자신을 편집부에서 쫓아내려 한다는 사실을 얼마 전에야 알게 된 사람이기도 하고요. 이런 상황이라면 그가 자제력을 잃어도 이상할 게 없겠죠?"

"무슨 말인지 알겠네요. 그래서, 기사 한번 써볼 생각 있어요?"

"솔직히 좋은 생각은 아닌 듯해요. 나와 미카엘이 숙적이라는 건 세상이 다 아니까요. 차라리 다른 기자한테 이 정보를 흘려서 기사를 쓰게 한 뒤에 세르네르 계열 신문에 사설로 실릴 수 있도록 도와주는 게 어때요. 리샤르드도 한마디씩 터뜨리도록 내가 손써보죠."

"흠……"

오베는 스투레플란 광장 쪽으로 시선을 던지다가 빨간 코트 차림에 긴 금발이 찰랑거리는 예쁜 여자를 발견했다. 오늘 처음으로 그의 얼굴에 큼지막한 미소가 번졌다.

"뭐, 그렇게 나쁜 생각은 아니군요."

그는 이렇게 덧붙인 뒤 자신도 와인을 한 잔 주문했다.

미카엘은 호른스가탄 거리를 따라서 마리아 광장 쪽으로 걸었다.

마리아 막달레나 교회 근처에 보닛이 완전히 찌그러진 하얀 승합차가 서 있고, 그 옆에서는 두 남자가 서로 삿대질을 해가며 고함을 쳐대고 있었다. 행인들의 시선을 끄는 그 광경을 미카엘은 알아채지도 못했다.

그는 살트셰바덴 저택의 마룻바닥에 앉아 카펫 위로 손을 뻗고 있던 프란스 발데르의 아들 생각뿐이었다. 볼펜과 파스텔 얼룩들이 묻어 있던 하얀 손등과 손가락, 그리고 공중에 대고 무언가 복잡한 형상을 그리는 듯했던 움직임…… 문득 미카엘은 그 장면이 다르게 보이면서 아까 파라 샤리프의 집에서 들었던 생각이 다시 떠올랐다. '어쩌면 신호등을 그린 사람이 프란스가 아니었던 걸까?'

혹시 아우구스트에게 숨겨진 재능이 있을지도 모른다는 생각이 들었다. 그 순간 미카엘은 이상하게도 놀랍지 않았다. 체스판 무늬 바닥 위에 쓰러져 있는 아빠의 시신 옆에서 벽으로 몸을 내던지는 그 모습을 처음 봤을 때부터 이 아이에게는 뭔가 특별한 게 있다는 느낌이 들었다. 그리고 마리아 광장을 가로지르는 도중, 어쩌면 엉뚱할 수 있는 생각이 떠오르더니 좀처럼 사라지지 않았다. 결국 미카엘은 예트갓스바켄에 이르러 걸음을 멈췄다.

적어도 확인해볼 필요는 있었다. 그는 휴대전화에서 한나 발데르의 연락처를 찾았다. 하지만 등록되어 있지 않았고 〈밀레니엄〉 연락망에도 없을 것 같았다. 그는 이내 프레야 그란리덴을 떠올렸다. 〈엑스프레센〉에서 그녀가 쓰는 기사들—유명인사들의 이혼, 연애, 스웨덴 왕실가 소문들—은 저널리즘 역사에 길이 남지는 않겠지만, 미카엘은 영리하면서도 위트 있는 그녀를 만날 때마다 유쾌한 시간을 보내곤 했다. 그는 번호를 눌렀다. 예상대로 통화중이었다.

타블로이드 기자들은 하루종일 전화통에 매달려 산다. 끊임없이 마감에 쫓기다보니 사무실 책상을 떠나 현실 세계로 눈 돌릴 틈도 없이 산다. 신문에 실을 만한 걸 뽑아내기 위해 사무실 의자에 붙박이처럼 지낸다. 그는 마침내 프레야와 연결됐고, 전화를 받은 그녀가 작게 환성을 터뜨렸을 때도 별로 놀라지 않았다.

"미카엘, 이게 웬일이에요! 드디어 나한테도 특종 하나 주려고 전화했어요? 내가 얼마나 오래 기다렸는데!"

"미안해요. 이번에는 내가 도움을 받아야겠어요. 주소 하나랑 전화번호를 찾고 있어요."

"알려주면 나한테 뭘 해줄 건데요? 지난밤 당신한테 벌어진 일에 대해 짜릿한 몇 마디?"

"몇 가지 직업적인 충고는 해줄 수 있죠."

"예를 들어?"

"쓰레기 같은 기사들은 쓰지 말라."

"아하, 그럼 격조 높은 기자님들께서 궁금한 전화번호는 누구한테 물어보려고요? 누굴 찾는데 그래요?"

"한나 발데르."

"이유는 대충 알겠네요. 그 애인이 어젯밤 잔뜩 취했던 모양인데, 거기서 둘이 만났었나요?"

"그런 식으로 낚으려 하지 말고요. 자, 주소도 알고 있어요?"

"토르스가탄 40번지."

"주소를 외운 거예요?"

"쓰레기 같은 걸 외우는 데 천재적이거든요. 잠깐만요, 그 집 인터폰 번호랑 전화번호도 줄게요."

"고마워요."

"그런데 말이죠……"

"네?"

"지금 그녀를 찾는 게 당신만이 아니에요. 우리 쪽에서도 찾으려고 난리인데 하루종일 전화를 받지 않나봐요."

"아주 현명하군요."

통화를 마친 미카엘은 이제 어떻게 해야 할지 몰라 몇 초간 꼼짝 않고 서 있었다. 스캔들에 목마른 이 바닥 하이에나들과 함께 그 불쌍한 여자를 쫓아다녀야 한다는 게 영 내키지 않았다. 하지만 결국 택시를 잡아타고 바사스탄 쪽으로 향했다.

한나는 에이나르와 함께 아우구스트를 데리고 오덴 아동치료센터로 갔다. 스베아베겐 거리 전망대 공원 앞에 있는 이 센터는 두 건물을 연결해 만든 곳이었다. 친근하고도 편안한 느낌이 들도록 실내와 안뜰을 꾸몄지만 그래도 왠지 모르게 관청처럼 딱딱한 인상을 지울 수 없었다. 긴 복도들과 굳게 닫힌 문들 때문이라기보다는 직원들에게서 풍기는 음침하고도 감시하는 듯한 인상이 더 큰 이유인 듯했다. 마치 자신들이 맡고 있는 아이들에 대해 불신만 가득한 사람들처럼 보였다.

원장 토르켈 린덴은 거들먹거리는 작달막한 남자였다. 자폐아들을 보살핀 경험이 많다고 자신했지만, 한나는 그가 아우구스트를 동물 보듯 관찰하는 모습이 마음에 들지 않았다. 그리고 아이들 간에 나이 차가 큰 것도 마음에 걸렸다. 센터에는 아주 어린 아이들과 덩치가 어른만한 청소년들이 뒤섞여 있었다. 하지만 생각을 바꾸기에는 너무 늦었다. 집으로 돌아가는 길에 그녀는 아이를 그곳에 오래 두지는 않을 거라는 말로 자신을 안심시켰다. '아니면 그냥 오늘 저녁에 당장 아우구스트를 다시 찾으러 갈까?'

이런저런 생각을 하다보니 항상 술에 취해 행패를 부리는 라세도 떠올랐다. 이제 정말 용기내 그를 떠나 흐트러진 삶을 바로잡아야 한다고 다짐했다. 그렇게 생각에 잠겨 엘리베이터에서 내리던 한나는 화들짝 놀랐다. 매력적인 남자 하나가 계단참에 앉아서 수첩에 뭔가를 적고 있었다. 남자가 고개를 들어 인사하려 할 때 그녀는 미카엘 블롬크비스트를 알아보았다. 그 순간 몸이 오싹해졌다. 죄책감이 엄습하면서 그가 자신의 추한 민낯을 까발리려고 찾아왔나 싶었다. 물론 바보 같은 생각이었다. 약간 어색한 미소를 지으며 불쑥 찾아와 귀찮게 해서 정말 미안하다는 말을 두 번이나 하는 그를 보고 한나는 마음을 놓았다. 사실 그녀는 오래전부터 미카엘을 기자로서 좋게 보아왔다.

"난 할말이 없어요."

이렇게 말하는 그녀의 목소리에는 오히려 정반대의 기색이 비쳤다.

"그 일 때문에 온 게 아닙니다."

그제야 한나는 지난밤 라세와 미카엘이 거의 비슷한 시간에 프란스의 집에 찾아갔었다는 게 떠올랐다. 하지만 이 두 남자 사이에 어떤 공통점이 있는 건지 아무리 생각해도 알 수 없었다. 오히려 모든 면에서 극과 극에 있는 사람들이었다.

"라세를 찾아오셨나요?"

"아우구스트가 그린 그림들 때문에 몇 가지 여쭙고 싶어 왔습니다."

그녀는 몹시 당황했지만 일단 그를 집안으로 들어오게 했다. 신중하지 못한 행동이었다. 숙취를 달랜다고 또다시 동네 술집에 나간 라세가 언제라도 돌아올 수 있는 상황이었다. 이런 기자가 집에 와 있는 걸 보면 길길이 날뛸 게 뻔했다. 하지만 한나는 호기심도 일었다. '대체 어떻게 아우구스트가 그림을 그린다는 걸 알았지?' 그녀는 거실의 회색 소파에 그를 앉게 하고는 차와 비스킷을 준비하러 갔다. 그녀가 쟁반을 들고 돌아오자 미카엘이 입을 열었다.

"꼭 필요한 일이 아니었다면 이렇게 찾아와 폐를 끼치는 일은 없었을 겁니다."

"아뇨, 괜찮아요."

"사실 간밤에 아우구스트를 만났어요. 그리고 그후로 도저히 생각을 멈출 수가 없었어요."

"아이를 만났다고요?" 그녀가 깜짝 놀라 물었다.

"그때는 이해하지 못했지만 아이가 우리한테 뭔가를 말하고 싶어 한다는 느낌을 받았어요. 그리고 지금 생각해보면 그림을 그리고 싶어했던 것 같아요. 카펫 위에 손을 올려놓고 마치 결의에 찬 것처럼 맹렬하게 움직였거든요."

"거의 강박적으로 그래요."

"집에서도 계속 그랬단 말인가요?"

"말도 마세요! 집에 오자마자 그림을 그렸어요. 세밀하고 멋진 그림들이었어요. 그런데 얼굴이 새빨개져서 거칠게 숨을 쉬며 그림을 그리는 아이를 보더니 함께 온 심리학자가 당장 막아야 한다고 했어요. 발작적이고 파괴적인 행동이라고요."

"아이가 뭘 그렸죠?"

"특별한 건 아니에요. 매일 하는 퍼즐에서 영감을 받은 것도 같고. 어쨌든 음영이니 원근법이니 하는 걸 기가 막히게 표현한 건 사실이에요."

"그러니까 그게 뭐였죠?"

"네모 칸들을 그렸어요."

"어떻게 생겼나요?"

"체스판 무늬 같았어요."

한나는 자신이 상상한 거라고 생각했지만 어쨌든 그 순간 미카엘의 눈이 반짝하는 듯했다.

"네모 칸만 그렸나요? 다른 건 없었고요?"

"거울도 있었어요. 거울에 비친 칸들이 계속 뻗어나갔죠."

"부인께서는 프란스의 집에 가본 적이 있습니까?" 미카엘이 약간 다급하게 물었다.

"그건 왜 물으시죠?"

"프란스의 침실 바닥, 그러니까 그가 살해된 방 바닥에 체스판 무늬 타일이 깔려 있었어요. 그 타일들은 붙박이장 거울에 비치고 있었고요."

"이런, 맙소사!"

"왜 그러시죠?"

"그러니까……" 한나는 물밀듯 후회가 밀려들었다. "내가 아이한테서 종이를 빼앗기 전에 그 그림에서 마지막으로 본 게 네모 칸들에서 솟아나오는 위협적인 그림자였어요."

"그림을 가지고 계신가요?"

"네…… 아, 아니요."

"아니라고요?"

"버린 것 같아요."

"이런."

"어쩌면……"

"네?"

"어쩌면 아직 휴지통에 있을지도 몰라요."

미카엘은 원두커피 찌꺼기와 먹다 버린 요거트를 손에 묻혀가며 휴지통에서 구겨진 종이를 꺼낸 다음 싱크대 위에 조심조심 펼쳐놓았다. 그리고 손등으로 그 위를 털어내고서 주방 조명에 비춰 자세히 들여다보았다. 한나가 말한 대로 위에서 비스듬히 내려다보는 시각에서 흑백 네모 칸들이 그려져 있었고, 다 완성된 건 아니었다. 프란스의 침실에 가보지 않은 사람은 이 칸들이 방바닥이라는 사실을 선뜻 이해할 수 없을 터였다. 하지만 미카엘은 오른쪽에 있는 거울들과 지난밤에 그를 맞이했던 기이한 어둠을 금방 알아보았다.

심지어는 부서진 유리창을 통해 집안으로 들어가던 그 순간으로 돌아간 기분마저 들었다. 그런데 미카엘의 눈에 한 가지 의미심장한 차이가 보였다. 그 당시 침실은 칠흑 같은 어둠에 잠겨 있었는데, 그림에서는 위쪽에 있는 희미한 광원에서 한줄기 빛이 뻗어나와 타일 바닥을 비스듬히 비추고 있었다. 그리고 뿌연 빛 속에 어떤 그림자의 윤곽이 그려져 있었다. 흐릿하고 불분명했지만 그렇기 때문에 더욱 섬뜩하게 느껴지기도 했다.

그림자는 한 팔을 길게 뻗고 있었다. 한나와는 전혀 다른 시각으로 그림을 볼 수밖에 없는 미카엘은 그 손이 무얼 의미하는지 금방 알 수 있었다. 손은 누군가를 죽이려 하고 있었다. 흑백 네모 칸들과 어둠 위에 막 그리기 시작한 얼굴의 형상도 분간할 수 있었다.

"지금 아우구스트가 어디 있죠?" 미카엘이 물었다. "자고 있나요?"

"아뇨……"

"네?"

"당분간 시설에 아이를 맡겼어요. 솔직히 말씀드리자면 더이상 저 혼자 통제하기가 힘들어서요."

"그래서 지금 어디 있죠?"

"오덴 아동치료센터에요."

"아이가 거기 있다는 걸 누가 알고 있나요?"

"아무도 몰라요."

"저와 부인만 알고 있단 말이죠?"

"네."

"그럼 그곳에 놔두세요. 잠깐만 실례할게요."

미카엘은 휴대전화를 꺼내 얀 부블란스키의 번호를 눌렀다. 머릿속에는 '리스베트의 상자'에 쓸 질문이 벌써 떠올랐다.

얀 부블란스키는 맥이 빠져 있었다. 수사는 제자리걸음이었고, 프란스의 블랙폰도 노트북도 찾아내지 못했다. 통신 기록도 조회해봤지만 그가 외부 세계와 접촉했던 흔적을 제대로 파악할 수 없었다.

짙은 안개 속에 갇혀버린 그들은 어디선가 닌자가 튀어나와 곧바로 어둠속으로 사라져버렸다는 애매한 증언에 만족해야 했다. 흠잡을 데 없이 완벽한 범행이었다. 범죄를 저지르면서 으레 드러나기 마련인 인간적인 허점이나 약함 따위를 초월한 인물이 만들어낸 작품처럼 보였다. 모든 게 깨끗하고 외과의사의 솜씨처럼 완벽해서 얀은 전문 킬러의 소행일지도 모른다는 생각을 떨칠 수가 없었다. 그때 미카엘에게서 전화가 왔다.

"오, 안녕하십니까. 그러잖아도 당신 얘기를 하고 있었는데. 가급적 빨리 만나 한번 더 증언을 듣고 싶어요."

"증언이라면 얼마든지 하겠어요. 그런데 훨씬 급한 얘기가 있어요. 사건을 목격한 아우구스트는 서번트예요."

"뭐라고요?"

"지적 장애가 있지만 동시에 매우 특별한 재능을 지닌 아이라고요. 그림을 아주 잘 그려요. 수학적 정확성이 느껴질 정도로요. 반장님도 봤죠? 주방 식탁에 놓여 있던 신호등 그림 말이에요."

"한번 들여다보긴 했죠. 그런데 프란스가 그린 게 아니라고요?"

"아니에요. 아이가 그렸어요."

"대단히 뛰어난 그림이던데요."

"그걸 그린 건 아우구스트예요. 그리고 오늘 아침에는 침실의 체스판 무늬 바닥을 그렸는데, 그 위에 빛 한줄기와 그림자까지 그렸어요. 아무래도 범인의 그림자와 헤드램프에서 나온 빛 같아요. 물론 지금으로선 아무것도 확언할 수 없겠죠. 일단 아이는 그림을 그리다가 멈췄고요."

"농담 아니죠?"

"지금이 농담할 때는 아니잖아요."

"그런데 이걸 어떻게 알게 됐죠?"

"한나 발데르의 집에 와 있어요. 같이 그림을 보고 있고요. 하지만 아우구스트는 여기 없어요. 지금……" 미카엘은 말을 하려다 잠시 머뭇거렸다. "전화상으로는 얘기하지 않는 게 좋겠네요." 그가 덧붙였다.

"아이가 그림을 그리다가 멈췄다고요?"

"함께 온 심리학자가 그리지 못하게 했답니다."

"무슨 생각으로 그런 거죠?"

"아마 그 그림이 무얼 의미하는지 몰랐겠죠. 단지 발작적인 행동이라고만 생각했을 거예요. 즉시 여기로 사람을 보내주면 좋겠어요. 증인을 확보해야죠."

"바로 갈게요. 가는 김에 당신과도 얘기 좀 하고."

"미안하지만 난 지금 떠날 거예요. 바로 사무실에 들어가야 해요."

"거기 좀 계시면 좋을 텐데. 하지만 뭐, 이해해요. 그게 사실……"

"네?"

"아니에요."

얀은 전화를 끊고 방을 나와 수사팀에 이 사실을 알리러 갔다. 훗날 자신의 실수였다고 후회하게 될 순간이었다.

15장

11월 21일

리스베트는 헬싱에가탄 거리 라우셰르 체스 클럽에 있었다. 체스를 둘 생각은 없었다. 머리가 깨질 듯 아파 체스 따위 할 정신이 아니었다. 하루종일 사냥을 하다 발견한 단서를 따라 이곳까지 왔을 뿐이다. 조수 하나가 프란스를 배신했다는 사실을 알게 되었을 때 그녀는 그 배신자를 건드리지 않겠다고 프란스와 약속했다. 내키지는 않았지만 그래도 약속을 지켰다. 하지만 프란스가 살해당해 사라진 지금, 그녀는 그 약속에서 자유로워졌다고 판단했다.

그녀는 자신만의 방식으로 일을 처리할 작정이었다. 하지만 생각만큼 쉽지 않았다. 하필이면 아르비드 브랑에는 집에 없었고, 전화로 그와 접촉하고 싶지는 않았다. 그의 일상을 기습할 생각이었다. 그래서 결국 후드를 뒤집어쓰고 그가 사는 동네를 돌아다녔다. 아르비드는 하는 일 없이 빈둥거리며 한량처럼 살고 있었다. 그리고 많은 한량들이 그렇듯 나름의 일과가 있었고, 거기에 맞춰 돌아다니는 장소들은 그가 인스타그램이나 페이스북에 올리는 사진들을 보고 대략 파악할 수 있었다. 비리에르얄스가탄의 리셰 레스토랑, 뉘브로가탄의 테아테르그릴렌 레스토랑, 라우세르의 체스 클럽, 오덴가탄의 리토르노 카페, 그리고 프리드헴스가탄의 사격장과 두 애인의 집들을 포함해 꽤 여러 곳이었다. 리스베트의 레이더망에 걸렸던 그날 이후로 아르비드는 많이 변한 듯했다.

무엇보다 더는 컴퓨터만 아는 외골수 괴짜의 외모가 아니었다. 그러면서 윤리의식도 함께 내던져버린 모양이었다. 리스베트는 심리학 이론 따위 잘 몰랐지만 이 외골수 괴짜가 저지른 첫번째 탈선이 점차 다른 비행들로 이어졌다는 걸 확인할 수 있었다. 아르비드는 더이상 지식에 목마른 대학생이 아니었다. 이제는 거리낌없이 포르노 사이트를 드나들고, 온라인으로 섹스 파트너를 구매했다. 그렇게 만난 여자 두어 명이 그를 고소하겠다고 위협한 일도 있었다.

컴퓨터게임과 인공지능 대신 그는 이제 성매매와 도시의 술판에 빠져들었다. 수중에는 돈깨나 있는 게 분명했다. 그리고 문제들도 좀 있는 모양이었다. 특히 오늘 아침에 그는 구글에서 '스웨덴 증인 보호'라는 단어를 검색했다. 대단히 신중하지 못한 행동이었다. 그는 더이상—적어도 온라인상으로는—솔리폰과 접촉하지 않았지만 그들은 분명히 아르비드를 계속 지켜볼 게 분명했다. 만일 그렇지 않다면 프로라 할 수 없다. 어쨌든 그는 세련되게 변신한 겉모습 뒤에서 안절부절못하고 있는 듯했다. 그렇다면 리스베트에게는 완벽한 상황이었다. 그리하여 리스베트는 그의 과거와 유일한 접점으로 보이는 체스 클럽에 별 기대 없이 다시 한번 전화를 걸었다. 그리고 아르비드가 막 도착했다는 뜻밖의 대답을 들었다.

이내 그녀는 헬싱에가탄 거리의 한 건물에 도착했다. 몇 계단을 내려가 복도를 따라가자 허름한 공간이 나왔고 대부분 나이가 있는 남자들이 체스판 위로 고개를 숙이고 있었다. 졸음이 쏟아질 듯 나른한 분위기 속에서 리스베트의 존재를 알아챈 이도, 그녀에게 질문을 해오는 이도 없었다. 다들 저마다 게임에 몰두한 가운데 체스 시계가 똑딱거리는 소리와 여기저기서 나지막이 투덜대는 소리만이 간간이 정적을 깨뜨렸다. 개리 카스파로프, 망누스 칼센, 그리고 보비 피셔의 사진들이 벽을 장식하고 있었다. 여드름투성이 소년 아르비드 브랑에가 헝가리의 체스 스타 유디트 폴가와 대국하는 사진도 한 장 붙어 있었다.

그리고 이제는 사진에서보다 나이가 든 아르비드가 오른쪽 테이블에 앉아 있었다. 새로운 행마를 시험해보는 듯했다. 발밑에는 쇼핑백 두어 개가 놓여 있었고, 산뜻하게 다림질한 흰 셔츠에 노란색 램스울 스웨터를 입고서 반들거리는 영국제 구두를 신고 있었다. 이런 곳에 쭈그리고 앉아 있기에는 화사한 옷차림이었다. 리스베트는 그에게 조심스럽게 다가가 한 판 둘 수 있겠느냐고 물었다. 아르비드가 그녀를 잠시 위아래로 훑어보았다.

"좋아요."

"고맙습니다."

리스베트는 제법 예의바르게 대답하고 자리에 앉았다. 그녀가 e4로 첫 수를 두자 그는 b5로 응수했다. 이른바 '폴란드식 오프닝'이었다. 그녀는 짐짓 모르는 척하면서 그가 마음껏 실력을 뽐내도록 놔두었다.

아르비드 브랑에는 게임에 집중하려고 해봐도 잘되지 않았다. 마주앉은 펑크족 여자가 고수 같지는 않았지만 실력이 그렇게 나쁘다고도 할 수 없었다. 아마추어치고 꽤나 열심히 둬보려는 듯했다. 물론 그런다고 대세가 달라질 건 없었다. 상대를 슬슬 가지고 놀던 그는 이 정도면 그녀가 깊은 인상을 받았을 거라고 생각했다. 어쩌면 대국 후에 집으로 데려갈 수도 있었다. 좀 까다로워 보이긴 했다. 까다로운 여자들은 싫어도 그녀의 가슴이 그런 대로 쓸 만해 보여서

울적한 기분을 푸는 데 한번 써먹을 수도 있겠다 싶었다. 오늘 아침은 시작부터 일진이 사나웠다. 프란스가 피살됐다는 소식을 듣고 머리가 핑 도는 것만 같았다.

그를 사로잡은 건 슬픔이 아니라 공포였다. 그동안 아르비드는 해야 할 일을 한 것뿐이라고 자신을 합리화했다. '빌어먹을 교수 같으니! 우리를 그렇게 무시하면서도 잘될 줄 알았단 말인가?' 물론 자신이 그를 팔아넘겼다는 사실이 밝혀져서 좋을 건 없었다. 그리고 최악의 상황은 자신의 행동과 프란스의 죽음 사이에 어떤 연관관계가 밝혀지는 것이다. 물론 그는 그게 뭔지 정확히 알 수 없었다. 다만 이미 프란스에게는 자신 말고도 무수한 적들이 있었을 거라 생각하며 위안을 얻어보려 했다. 하지만 끝내 과거의 그 일이 이 살인 사건과 연관되어 있다는 생각을 떨칠 수 없었다. 그는 두려움에 떨고 있었다.

프란스가 솔리폰에서 일하기 시작한 이후로 아르비드는 일이 위험한 방향으로 흐르게 될까 우려했었다. 그리고 지금은 모든 게 꿈이었으면 하는 심정이다. 머릿속을 비워버리고 싶어 아침부터 시내로 나가 상점들을 전전하며 충동적으로 유명 브랜드 옷들을 사들였고, 그러다 결국 체스 클럽까지 찾았다. 여전히 체스는 복잡한 마음을 가라앉히는 데 도움이 되었고, 이렇게 앉아 있는 사이 벌써 기분이 나아졌다. 다시 스스로를 제어할 수 있겠다는 생각이 들면서 상대가 누구든 마음대로 가지고 놀 수 있겠다는 자신감마저 생겼다. 지금 마주 앉은 여자의 실력이 그렇게 나쁘지 않은데도 자신이 완벽하게 게임을 이끌고 있으니 말이다.

그녀가 수를 두는 방식은 전형적이지 않으면서 창의적이기까지 했고, 클럽에 앉아 있는 대부분 남자들의 코를 납작하게 할 만한 실력이었다. 하지만 아르비드 자신에게는 어림없는 일이었다. 그는 그녀를 무참히 짓밟았다. 자신이 교묘하고도 예리한 플레이로 상대의 퀸을 곧 먹을 거라는 걸 그녀는 모르는 듯했다. 그는 폰들을 교묘하게 움직였고 나이트 하나 희생시키지 않고서 그녀의 퀸을 잡았다. 그러고는 가볍게 내뱉었다.

"미안해, 자기. 퀸이 죽어버렸네?"

하지만 그녀는 미소든, 말 한마디든 아무 반응이 없었다. 단지 자신이 당한 모욕을 빨리 잊으려는 듯 수를 두는 속도가 빨라졌다. 아르비드로선 마다할 게 없었다. 그 역시 최대한 빨리 게임을 끝내고 그녀를 집으로 데려가 술이나 한두 잔 마신 뒤 침대까지 끌어들일 작정이었다. 부드럽게 다루진 않겠지만 결국엔 자기한테 고마워할 거라고 생각했다. 꼴을 보니 섹스를 못한 지 오래된 듯했고, 더구나 이 정도 체스 실력을 가진 남자를 만나는 것도 흔치 않은 일이니 말이다. 아르비드는 보다 고차원적이고 화려한 기술을 보여주기로 마음먹었다. 그런데 생각대로 되지 않았다. 뭔가 이상했다. 그녀의 수 가운데서 분석할 수 없는 걸림돌이 느껴지기 시작했다. 처음엔 자신이 착각했다고 생각했다. 서둘러 수를 두긴 했지만 조금만 집중하면 충분히 해결할 수 있을 것 같았다. 아르비드는 킬러 본능을 끌어올렸다. 하지만 상황은 더 악화될 뿐이었다.

궁지에 몰렸다는 걸 느낀 그가 어떤 수를 짜내도 그녀는 곧바로 응수했다. 결국엔 힘의 균형이 돌이킬 수 없이 역전됐음을 인정하지 않을 수 없었다. 퀸을 잡은 그가 확실한 우위를 점해야 했지만 오히려 절망적인 수세에 몰리고 말았다. '대체 무슨 일이지? 저 여잔 퀸을 잃었는데? 그것도 게임 초반부터?' 아르비드는 납득할 수 없었다. 체스 교과서에 실릴 만한 전략이었다. 이런 동네 클럽에서, 특히 그 같은 고수를 상대하는 피어싱투성이 펑크족의 머리에서 그런 전략이 나오리라고는 도저히 상상할 수 없었다. 하지만 이 상황은 현실이었고 그에겐 아무런 출구도 보이지 않았다.

너덧 수 후면 그는 패배할 게 분명했다. 검지손가락으로 킹을 넘어뜨리고는 웅얼거리듯 축하의 말이나 몇 마디 던지는 수밖에 없었다.

변명을 하고도 싶었지만 꼴만 더 우스워질 것 같았다. 아르비드는 이 패배가 결코 우연한 결과가 아니라는 걸 문득 깨달았다. 그 순간 가슴이 서늘해졌다. '빌어먹을, 이 여자 대체 뭐야?'

조심스럽게 상대의 눈을 들여다본 그는, 자기 앞에 앉아 있는 이 여자가 인상이나 쓰고 다니는 별 볼 일 없는 부류가 아니라는 걸 직감했다. 오히려 먹잇감을 주시하는 포식자의 냉혹한 눈빛이었다. 체스판 위의 패배는 그보다 훨씬 고약한 일들의 전조에 불과하다는 걸 알려주기라도 하는 듯. 순간 등줄기에 전율이 흘렀고, 그는 문 쪽을 힐끗 쳐다보았다.

"아무데도 못 가."

"너 누구야?"

"아무도 아냐."

"우리 어디서 만난 적이 있어?"

"그렇다고 할 수는 없지."

"무슨 뜻이야?"

"네 악몽 속에서 만났을 거야, 아르비드."

"농담하지 마."

"농담 아냐."

"대체 무슨 말을 하고 싶은 건데?"

"내가 무슨 말을 하고 싶어한다고 생각하는데?"

"내가 그걸 어떻게 알아?"

아르비드는 왜 이렇게 겁이 나는지 알 수 없었다.

"프란스 발데르가 어젯밤에 살해됐어."

리스베트가 건조하게 말을 이었다.

"그래…… 나…… 나도 기사 읽었어."

"끔찍하지 않아?"

"그래, 끔찍해."

"특히 너한테는, 안 그래?"

"왜 그렇게 생각하지?"

"네가 그를 배신했으니까, 아르비드. 넌 유다처럼 그를 팔아먹었지."

순간 아르비드는 돌처럼 굳었다.

"무슨 헛소리야!"

"헛소리 아냐. 내가 네 컴퓨터를 해킹하고 암호문도 풀었어. 네가 무슨 짓을 했는지 다 알아. 그리고……"

아르비드는 제대로 숨을 쉴 수 없었다.

"너는 분명 오늘 아침에 일어나서 프란스의 죽음에 네 책임은 없는지 자문해봤을 거야. 내가 알려줄게. 너한테 분명히 책임이 있어. 네가 솔리폰에 그 기술을 팔아넘길 정도로 고약하고 탐욕스럽고 형편없는 인간이 아니었다면, 지금 이 순간 프란스는 아무 탈 없이 살아 있을 거야. 그래서 지금 내가 몹시 화가 났다는 걸 네가 알아줬으면 해. 난 널 아주 고통스럽게 해줄 거야. 우선 네가 인터넷에서 찾아낸 여자들한테 했던 짓부터 똑같이 시작해볼까?"

"이거 완전히 미친년이잖아?"

"그래, 어쩌면." 그녀가 차갑게 대답했다. "난 남들한테 공감능력도 없고, 폭력 충동이 한번 일면 걷잡을 수 없으니까."

이렇게 말하며 리스베트는 아르비드의 손을 꽉 잡았다. 엄청난 아귀힘에 그의 얼굴이 새하얘졌다.

"아르비드, 지금부터 내가 어떻게 할 건지 알아? 좀전까지 인상을 잔뜩 쓰고 내가 무슨 생각을 했는지 알아?"

"아니."

"어떤 방법으로 널 고통스럽게 해줄까 생각했어. 성경에 나올 법한 그런 끔찍한 형벌 하나가 떠오르더군."

"대체 원하는 게 뭐야?"

"복수. 당연한 얘기 아니겠어?"

"엿 같은 소리 하지 마."

"천만에. 너도 잘 알잖아. 하지만 출구가 전혀 없는 건 아니지."

"내가 어떻게 하면 되는데?"

아르비드는 자신이 왜 그런 말을 했는지 알 수 없었다. **내가 어떻게 하면 되는데?** 자백, 혹은 항복의 표시나 다름없는 말이었다. 그는 당장 그 말을 취소하고 도리어 그녀를 밀어붙여 어떤 증거라도 가지고 있는지, 아니면 그저 협박만 하는 건지 확인해볼까도 생각했다. 하지만 용기가 나지 않았다. 그제야 자신이 이토록 옴짝달싹 못하게 된 이유를 깨달았다. 그녀가 쏟아낸 위협의 말들이나 섬뜩한 아귀힘 탓이 아니었다. 체스 게임, 그녀가 퀸을 희생시킨 전략 때문이었다. 그 수법에 충격을 받았던 그는 이런 게임을 할 수 있는 인물이라면 자신의 비밀을 폭로할 증거도 능히 가지고 있을 거라는 생각이 들었다.

"내가 어떻게 하면 되는데?" 그가 되풀이해 물었다.

"나랑 밖으로 나가서 얘기해. 네가 프란스를 팔아넘겼을 때 일이 어떻게 진행된 건지 정확하게 털어놔."

"이건 기적이야, 기적!"

한나의 주방에서 얀이 흥분하며 외쳤다. 미카엘이 휴지통에서 찾아냈다는 구겨진 그림을 들여다보는 중이었다.

"오버하지 마세요." 소니아가 옆에서 한마디했다. 그녀의 말도 일리가 있었다.

종이에는 무수한 체스판 무늬가 그려져 있었다. 미카엘이 설명한 대로, 위쪽에 어른거리는 위협적인 그림자보다 거울에 비쳐 증식하는 네모 칸들과 그 기하학적인 모습에 아이는 더 관심을 쏟은 듯했다. 어쨌든 묘하게 수학적인 뭔가가 느껴지는 흑백 네모 칸들이었다. 얀은 좀처럼 흥분을 가라앉힐 수 없었다. 그는 지금껏 프란스의 아이가 정신지체아라 수사에는 아무런 도움도 될 수 없을 거라는 말을 계속 들어왔다. 그런데 그 아이가 지금 얀에게 무엇보다 큰 희망이 될 그림 한 장을 안겨준 셈이었다. 평소 그 누구도 과소평가해서는 안 되며 선입견을 갖지 않아야 한다는 그의 지론을 뒷받침해주는 일이기도 했다.

물론 아우구스트가 그린 그림이 범행의 순간을 포착한 것인지는 확실하지 않았다. 원론적으로 따져보자면 그 그림자는 다른 상황에서 포착한 모습일 수도 있고, 아이가 킬러의 얼굴을 보았다는 보장도, 그 광경을 그림으로 표현할 능력이 있다는 확신도 없다. 하지만…… 얀은 마음 깊은 곳에서 그 가능성을 믿고 있었다. 단지 그림 한 장을 기막히게 잘 그렸기 때문만은 아니었다.

얀은 아우구스트가 그렸던 다른 작품들도 살펴보았다. 그리고 그림들을 가져가기 위해 복사를 해두기까지 했다. 아이는 건널목과 신호등뿐만 아니라 얄포름한 입술에 피곤해 보이는 얼굴의 남자도 한 명 그렸다. 엄격한 법적 잣대로 보면, 빨간불일 때 무단횡단한 그는 현행범으로 체포될 수 있는 상황이다. 그런데 아이가 얼굴을 얼마나 제대로 묘사했으면 수사팀의 아만다 플로드가 한눈에 그를 알아보았다. 음주운전과 폭행죄로 형을 선고받은 적이 있고, 지금은 활동하지 않는 배우 로에르 빈테르였다.

카메라에 버금갈 정도로 예리한 시각이라니, 강력반 형사들에겐 꿈같은 일이었다. 한편 얀은 이 그림에 지나친 희망을 거는 태도 역시 프로답지 못하다는 걸 잘 알았다. 어쩌면 킬러는 범행 당시 얼굴을 가렸을 수도 있고, 아이가 기억에서 그의 얼굴을 지웠을 수도 있다. 여러 시나리오가 가능했다. 얀이 다소 침울한 얼굴로 소니아를 쳐다보았다.

"내가 지나친 환상을 품었지?"

"신을 의심하기 시작한 사람치고는 기적을 많이 믿으시는 듯하네요."

"그래, 맞아."

"하지만 저도 반장님과 같은 생각이에요. 이건 한번 살펴볼 만한 가치가 있어요."

"좋아. 그럼 아이를 보러 가자고."

얀은 주방을 나와 한나 발데르에게 고개를 끄덕여 보였다. 그녀는 거실 소파에 앉아 알약 몇 개를 초조하게 만지작거리며 멍하니 상념에 잠겨 있었다.

리스베트는 연인처럼 아르비드의 팔짱을 끼고 바사 공원으로 들어갔다. 물론 주위의 시선을 피하기 위한 행동일 뿐이었다. 바짝 겁에 질린 아르비드는 리스베트가 이끄는 대로 벤치까지 터덜터덜 따라가고 있었다. 여유를 즐기며 비둘기들에게 빵 부스러기를 던져주기에 좋은 날씨라고는 할 수 없었다. 다시 바람이 불면서 기온이 떨어지기 시작했고 아르비드는 몸을 덜덜 떨었다. 하지만 리스베트에게는 그 벤치가 딱 적당해 보였기 때문에 그의 팔을 잡아당겨 자리에 앉도록 했다.

"자," 그녀가 입을 열었다. "빨리 끝내도록 하지."

"그럼 내 이름은 빼주는 거지?"

"난 아무것도 약속할 수 없어, 아르비드. 대신 있었던 일을 하나도 빠짐없이 털어놓으면 그 한심한 삶으로 돌아갈 가능성이 상당히 높아진다고 볼 수 있지."

"좋아. '다크넷'이라고 알아?"

"알아."

지나치게 겸손한 대답이었다. 세상에서 그녀만큼 다크넷을 잘 아는 사람도 없다. 다크넷은 인터넷 속 무법 정글이라 할 수 있다. 특별히 암호화된 프로그램을 통해서만 들어갈 수 있고 사용자의 익명성은 철저하게 보장된다. 구글이나 그 어떤 사이트에서도 이곳 사용자들의 정보를 검색할 수 없고, 그 누구도 이들의 활동을 추적할 수 없다. 그렇다보니 마약 딜러, 테러리스트, 사기꾼, 갱, 무기 밀매업자, 폭약 제조자, 포주, 그리고 해커가 들끓는 공간이었다. 디지털 세계에서 여기보다 더러운 존재들이 우글대는 곳은 없다. 만일 인터넷에 지옥이 존재한다면 바로 이곳이었다.

다크넷 그 자체는 나쁘지 않았다. 리스베트가 누구보다도 그 사실을 잘 알고 있었다. 첩보기관과 IT 대기업들이 온라인상에서 벌어지는 모든 일들을 족족 감시하는 이 시대에는 심지어 정직한 사람들조차 숨을 장소가 필요해졌다. 그래서 다크넷은 반체제 인사, 내부고발자, 그리고 정보제공자들의 피신처이기도 했다. 최악의 정치 체제에 반대하는 사람들이 이곳에 모여 정부에 붙잡힐 염려 없이 마음껏 의견을 표명하고 저항할 수 있었다. 리스베트는 은밀하게 벌이는 조사와 공격을 위해 이 공간을 사용해왔다.

그래서 그녀는 당연히 다크넷을 잘 알고 있었다. 그곳에 속한 사이트와 검색 엔진과 그 느린 속도와 구닥다리 그래픽을, 누구나 다 아는 온라인 세계와는 멀리 떨어진 이 공간을 아주 잘 알았다.

"네가 다크넷에 프란스가 개발한 기술을 매물로 내놨어?"

"아니야, 아니야. 처음엔 그냥 뚜렷한 목적 없이 이것저것 알아보고 다녔어. 그때 엄청나게 열받았었거든. 프란스는 나한테 인사도 잘 안 했어. 거의 투명인간 취급했다고. 사실 자신이 개발한 기술에도 별로 신경쓰는 사람은 아니었지만. 어쨌든 그는 기술도 연구를 위한 일부로 여길 뿐이었고, 그걸 더 광범위하게 이용해볼 생각은 전혀 하지 않았어. 우린 모두 알고 있었지. 그 기술들이 엄청난 돈이 될 수 있다는 걸. 하지만 그는 어린애처럼 기술들을 가지고 놀고 실험하는 일에만 관심이 있었을 뿐이야. 그러다 어느 날 저녁에 술에 조금 취해서 컴퓨터 폐인들이 모이는 한 사이트에 장난삼아 글을 올려본 거야. '혁명적인 인공지능 기술이 있는데, 누구 사고 싶은 사람 있어?' 라고."

"답이 있었어?"

"금방은 아니었어. 한동안 아무 반응 없이 시간이 흘러서 글을 올린 사실조차 잊어버릴 정도였으니까. 그러다 '보기'라는 사람이 답을 보내왔어. 여러 질문들을 해왔는데 전문가들이나 알 수 있는 수준 높은 내용들이었어. 처음엔 조심성 없이 대답해주다가 이내 내가 실수하고 있다는 걸 깨달았지. 그가 기술을 훔쳐갈지도 모른다는 생각에 덜컥 겁이 났어."

"넌 돈 한푼 만져보지 못한 채로 말이지?"

"아주 위험한 게임이었어. 고전적인 게임이라고 할 수 있겠지. 프란스의 기술을 팔려면 그 내용을 말해줘야만 해. 하지만 너무 많이 말해버리면 돈을 받아내기도 전에 기술을 잃게 되고 말지. 보기는 엄청 날 띄워주면서 살살 구슬렸고, 결국 우리 연구가 어느 단계까지 와 있는지, 어떤 프로그램을 써서 작업하는지 정확히 알아냈어."

"너희를 해킹할 생각이었을까?"

"아마도. 그후엔 무슨 수를 썼는지 내 이름을 알아냈더라고. 기가 막혔지. 난 거의 피해망상에 시달리다 발을 빼겠다고 알렸어. 하지만 이미 늦어버렸고. 보기는 날 위협하지 않았어. 적어도 직접적으로는. 대신 우리가 함께하면 엄청난 일을 할 수 있다, 둘이서 돈방석에 앉을 수 있다, 이런 말만 되풀이했어. 결국 난 그를 만나기로 했지. 쇠데르멜라르스트란드 강변에 있는 선상 중국 식당에서. 몹시 춥고 바람이 불던 날이었던 걸로 기억해. 삼십 분이 지나도 나타나지 않았는데, 나중에 생각해보니 어딘가에서 날 지켜보고 있었던 것 같아."

"그래서 결국 나타났어?"

"응. 처음엔 어안이 벙벙했어. 그가 보기라고 전혀 믿을 수 없었거든. 마약중독자나 부랑자처럼 생겼는데, 손목에 차고 있던 파텍 필립

시계를 못 봤다면 20크로나짜리 지폐 한 장 꺼내서 쥐여주고 싶을 정도였으니까. 팔뚝에는 수상쩍은 흉터들이랑 아마추어가 새긴 듯한 문신들이 가득했고, 괴상한 트렌치코트 차림으로 어기적어기적 걷는 폼이 꼭 노숙자 같았는데, 기가 막히게도 오히려 그걸 자랑스러워하는 기색이었어. 고급 손목시계랑 수제 구두를 보고 그나마 시궁창에서 사는 게 아니란 걸 알 수 있을 뿐, 나머지는 그의 근본을 강조하는 듯했어. 나중에 그한테 모든 걸 넘겨준 후에 계약을 축하하는 의미로 와인을 몇 병 마시면서 그의 배경에 대해 한번 물어봤지."

"그가 조금이라도 밝힌 게 있다면 좋겠군. 널 위해서라도."

"혹시 그를 찾아갈 생각이 있다면, 내가 충고하는데……"

"아르비드, 충고는 사절이야. 사실만 얘기해, 사실만."

"알겠어. 그는 물론 신중했지만 그래도 몇 가지를 알아냈어. 아마 누구하고라도 얘기를 하고 싶어서 좀이 쑤셨을 거야. 어쨌든 그는 러시아의 어느 대도시에서 자랐어. 정확히 어딘지는 밝히지 않았고. 태어나고 보니 모든 게 엿 같았대. 그야말로 모든 게! 어머니는 헤로인에 찌든 성판매 여성이었고, 아버지는 어떤 인간인지 알 수 없었지. 그래서 아주 어릴 때부터 지옥 같은 고아원에서 지냈나봐. 고아원 선생 중에 미친놈 하나가 밥먹듯이 식탁 위에 어린 그를 눕혀놓고 부러진 몽둥이로 두들겨팼대. 결국 열한 살 때 고아원을 나와 거리에서 살기 시작했다는군. 도둑질하고 남의 집 지하실이나 층계참에 들어가 추위를 피하며 살면서 싸구려 보드카로 진탕 취하거나 마약 대신 시너나 본드를 흡입했다고. 사람들한테 이용당하고 개같이 두드려맞으며 살았지. 그러다 뭔가를 발견한 거야."

"뭔데?"

"자기한테 재능이 있다는 사실. 남들은 세 시간 걸려 할 일을 몇 분이면 해치울 수 있는 능력이 있었어. 그러면서 남의 집 문을 따는 데는 달인이 됐지. 그가 최초로 느낀 자부심이면서 정체성이었고. 그전엔 다들 그를 멸시했어. 아니, 서슴없이 침까지 뱉어대며 똥개 취급을 했지. 그런데 이제 그가 어떤 곳이든 기록적인 시간 안에 침입할 수 있는 굉장한 친구가 된 거야. 그리고 그 능력은 곧 강박이 됐지. 하루종일 그는 후디니*가 되기를 꿈꿨어. 하지만 후디니처럼 탈출하는 마법이 아닌 침입해 들어가는 마법이라는 게 문제였지. 그는 하루에 열네 시간씩 맹연습을 했대. 적어도 그의 말로는 거리의 전설이 되었다고 했고. 그후엔 훔쳐서 개조한 컴퓨터들을 사용해서 보다 규모가 큰 일들을 벌이기 시작했어. 어디든지 해킹해 들어가 돈을 쓸어 담았지. 하지만 그렇게 모은 돈을 마약이며 이런저런 멍청한 짓들을 하면서 몽땅 탕진하고 말았어. 주위 인간들한테 돈을 털리거나 이용당하기도 했고. 일할 때는 얼음처럼 냉철했지만 다 끝난 뒤엔 마약에 빠져 해롱대면서 세월을 보냈어. 누가 발로 밟고 지나가도 모를 정도로 말이야. '천재인 동시에 둘도 없는 천치'였다고 그 스스로 말하더군. 그런데 어느 날 모든 게 변했어. 그야말로 구원을 받아 지옥에서 벗어났지."

"어떻게?"

"곧 철거될 허름한 건물에서 잠을 자고 있었대. 어느 때보다 비참한 몰골로 눈을 떠보니 노르스름한 빛이 비치면서 자기 앞에 천사가 서 있었다는군."

"천사?"

"'응, 그렇게 말했어. 아마도 주위에 널린 주삿바늘에, 먹다 남은 음식 찌꺼기에 기어다니는 바퀴벌레 따위와 너무 차이가 나서 그랬겠지. 어쨌든 태어나서 본 가장 아름다운 여자였대. 심지어는 제대로 쳐다보기조차 힘들어서 자신이 죽음의 문턱에 이른 거라고 생각했지. 불길하면서도 한편으론 엄숙한 기운이 느껴졌대. 그런데 여자가

* Harry Houdini(1874~1926). 헝가리 출신 마술사.

아주 평온한 어조로 설명하기를, 이제 그를 부유하고 행복하게 만들어주겠다고 했다는 거야. 그리고 그녀는 약속을 지킨 것 같아. 치료센터에 그를 넣어주고 치아도 다 새로 갈아줬지. 컴퓨터공학을 공부할 수 있게도 해주고."

"그후론 그 여자가 이끄는 조직 밑에서 해킹하고 도둑질을 했겠네?"

"대충 그래. 옛날 그 망나니 같은 버릇은 다 못 고쳤지만 그래도 새사람이 됐지. 지금은 더이상 마약에 손대지 않고 남는 시간은 신기술들을 습득하면서 지낸대. 다크넷은 금광이나 마찬가지라면서 지폐 속에서 헤엄치며 살고 있다고 하더군."

"그 여자에 대해선 아무 말 안 했어?"

"응, 몹시 말을 아꼈어. 어찌나 말을 돌려대면서 겸손하게 얘기하던지 혹시 그 여자가 판타지나 환각일지도 모른다는 생각이 들 정도였지. 하지만 난 실제로 존재하는 인물이라고 생각해. 그녀에 대해 얘기하는 목소리에서 두려움 같은 게 생생하게 느껴졌거든. 그녀를 배신하느니 차라리 죽겠다고까지 했어. 그러고는 그녀한테 받았다는 황금으로 된 러시아정교 십자가를 보여줬어. 십자가 아래에 짧은 막대 하나가 비스듬히 붙어 있는 거. 한쪽은 위를 향하고 다른 한쪽은 아래를 향한 그 막대가 예수와 함께 십자가에 달렸던 누가복음의 두 강도를 상징한다는군. 하나는 예수를 믿어서 하늘로 올라갔고, 다른 하나는 욕을 퍼부어 지옥으로 떨어졌다면서."

"그녀를 배신하면 그렇게 된다?"

"뭐, 그런 얘기겠지."

"그럼 그 여자는 자신을 예수로 여기는 건가?"

"그런 조직에서 십자가는 기독교와 아무 상관 없어. 단지 그녀가 전달하고 싶은 메시지일 뿐이야."

"충성을 다하라. 그러지 않으면 지옥의 고통을 당하리라."

"뭐, 그렇지."

"하지만 넌 지금 함부로 입을 놀리고 있고."

"다른 선택이 없잖아."

"적어도 돈은 두둑이 받았겠지?"

"뭐…… 어느 정도……"

"그러고 나서 프란스의 기술들이 솔리폰과 트루 게임스에 되팔렸고."

"응…… 그런데 도무지 이해가 안 되네……"

"뭐가?"

"넌 대체 그 사실을 어떻게 알았지?"

"아르비드, 넌 아주 서툴렀어. 솔리폰의 지그문트 에커발트한테 메일을 보냈잖아. 기억 안 나?"

"내가 뭘 팔겠다는 건 조금도 암시하지 않았는데? 굉장히 말을 조심했다고."

"난 그것만으로도 충분했어."

말을 마친 리스베트는 일어섰다. 아르비드는 하늘이 무너지는 것만 같았다.

"이봐, 이제 어떻게 되는 거야? 내 이름은 빼줄 거지?"

"글쎄, 열심히 기도해봐."

그녀는 이렇게 내뱉고는 오덴플란 방면으로 뚜벅뚜벅 걸어갔다.

얀이 토르스가탄 거리에서 계단을 내려가고 있을 때 휴대전화가 울렸다. 찰스 에델만 교수였다. 아우구스트가 서번트라는 사실을 알고 나서 얀은 교수와 연락을 시도했다. 그가 알아본 바로는 이 방면에서 자주 언급되는 권위자가 스웨덴에 두 명 있었다. 룬드 대학교의 레나 에크 교수와 카롤린스카 연구소의 찰스 에델만이었다. 하지만 누구와도 연락이 닿지 않아 결국 포기하고 한나의 집으로 발길을 옮기는 와중에 찰스 교수에게서 전화가 왔다. 그는 몹시 격앙되어 있었다. 부다페스트에서 예외적인 기억력을 주제로 한 콘퍼런스에 참석 중인데, 조금 전에야 CNN에서 프란스의 피살 소식을 들었다고 했다.

"제가 알았다면 즉시 연락드렸을 텐데요." 교수가 설명했다.

"무슨 말씀이시죠?"

"프란스 교수가 어제저녁 저한테 전화를 했습니다."

무슨 관련이라도 있는 듯하면 반응하도록 훈련된 얀이 움찔했다.

"아니, 왜죠?"

"아들이 지닌 특별한 재능에 대해 얘기하고 싶어했어요."

"전에도 아는 사이였습니까?"

"전혀요. 아들이 걱정돼서 제게 전화했던 것 같은데, 전 약간 당황했죠."

"왜요?"

"프란스 발데르였으니까요! 신경학자 가운데 그를 모르는 사람은 없어요. 우린 그가 신경학자들과 비슷하다고 말하곤 해요. 뇌를 이해하려고 하는 사람이니까요. 차이가 있다면 그는 발전된 새로운 뇌를 만들려고 한다는 거죠."

"저도 그런 얘기를 들어본 적이 있습니다."

"전 그가 아주 폐쇄적이고 대하기 힘든 사람이라고 알고 있었어요. 기계 같은 인간일 거라고 우리끼리 농담도 했죠. 논리적 회로들의 덩어리 같은 사람이라고요. 그런데 전화를 한 그가 믿을 수 없을 만큼 격하게 흥분한 상태여서 깜짝 놀랐어요. 뭐라고 해야 할까…… 아주 터프한 경찰관이 울음을 터뜨리는 모습을 본 기분이라고 할까요? 어쨌든 당시 전 그의 아들 얘기 말고도 다른 뭔가가 있을지 모른다는 생각을 했었어요."

"아마 그 생각이 맞았을 겁니다. 그때는 자신이 극히 위험한 상황에 처했다는 걸 알고 난 후였으니까요."

"흥분해서도 그랬을 거예요. 아이가 굉장한 그림을 그린다고 했는데, 아무리 서번트라 해도 그 나이에 그런 예술적 재능이, 특히 뛰어난 수학적 능력과 결합해 나타나는 경우는 거의 없거든요."

"수학적 능력이요?"

"네. 아이가 수학에도 재능을 보인다고 했었어요. 거기에 대해선 나도 할말이 많지요."

"무슨 뜻이죠?"

"그러니까 굉장히 놀라운 일이면서도 한편으로는 그렇게까지 놀랄 일도 아니란 말입니다. 오늘날 우리는 서번트 증후군에 유전적 요소가 있다는 걸 잘 알고 있어요. 그런데 지금 아이의 아버지가 누구죠? 최첨단 알고리즘을 내놓은 전설, 프란스 발데르 아닌가요? 하지만……"

"네?"

"일반적으로 이런 아이들한테 예술적 재능과 수학적 재능이 함께 나타나지는 않아요."

"이따금 우리를 깜짝 놀라게 하는 일들이 있어서 삶이 아름다운 게 아닐까요?"

얀이 말했다.

"형사님 말씀이 맞습니다. 자, 그럼 제가 무얼 도와드려야 할까요?"

얀은 살트셰바덴에서 일어난 사건들을 다시 한번 되짚어보았다. 무엇보다 신중을 기하는 게 좋겠다고 생각했다.

"그러니까 지금으로선 교수님의 도움과 전문적 식견이 급히 필요하다는 말씀만 드릴 수 있습니다."

"아이가 살해 장면을 목격했군요, 그렇죠?"

"네."

"그래서 아이한테 그날 본 걸 그리게 해달라는 거죠?"

"더는 대답하지 않겠습니다."

부다페스트의 보스콜로 호텔. 잔물결이 반짝이는 다뉴브강에서 멀지 않은 곳이다. 찰스 에델만은 콘퍼런스가 열리고 있는 호텔의 안내데스크 앞에 서 있었다. 높직하고 웅장한 천장, 그리고 고풍스러운 돔과 기둥이 오페라 극장을 방불케 했다. 그는 이곳에 일주일간 머무르며 참석하게 될 만찬과 회의를 생각하며 기분이 설레기도 했었다. 그런데 지금은 미간을 잔뜩 찌푸린 채 한 손으로 머리를 헝클어뜨리고 있었다. 그는 얀 형사에게 자기 대신 젊은 부교수 마르틴 볼게르스를 추천해버렸다.

"유감스럽게도 제가 직접 도와드리지 못할 듯합니다. 내일 아주 중요한 강연이 있어서요."

사실이 그랬다. 그는 몇 주 전부터 기억력을 주제로 저명한 학자들 사이에 큰 논쟁이 될 만한 강연을 준비해왔다. 하지만 전화를 끊고 나서 마침 샌드위치 하나를 손에 들고 옆을 휙 지나가는 레나 에크와 힐끗 시선이 마주치고 나자 별안간 후회가 밀려들었다. 심지어는 마르틴한테까지 시샘이 났다. 서른다섯도 안 된 새파란 녀석은 사진발을 잘 받는데다 요즘 들어 이름까지 알려지기 시작한 터였다.

그는 무슨 일이 일어났는지 정확히 알 수 없었다. 얀 형사는 도청될까 두려웠는지 명확하게 설명하지 않고 말끝을 흐렸다. 하지만 어느 정도 짐작할 수 있었다. 아이는 그림에 재능이 있고, 살인 사건을 목격했다. 이것이 의미하는 바는 단 하나였고, 그걸 생각하면 할수록 애가 달았다. 비록 콘퍼런스가 중요하긴 하지만 앞으로도 기회는 얼마든지 있을 것이다. 하지만 이 정도 규모의 살인 사건 수사에 참여할 기회는 두 번 다시 오지 않을지 모른다. 아무리 생각해봐도 너무 쉽게 마르틴에게 넘겨버린 그 일이 이곳 부다페스트에서 하게 될 일보다 훨씬 흥미로웠다. 게다가 이번 일로 뜻밖의 명성까지 얻게 될지 누가 알겠는가.

'저명한 신경학자의 도움으로 살인 사건을 해결' '찰스 에델만의 연구가 살인범 추적에 새 가능성 열어'…… 그는 벌써 신문 1면에 실릴 헤드라인들이 눈앞에 어른거렸다. '어떻게 이토록 멍청할 수 있지? 천치 같으니라고!' 결국 그는 전화기를 꺼내 얀의 번호를 눌렀다.

얀은 전화를 끊었다. 스톡홀름 도서관 근처에 간신히 차 세울 곳을 찾고는 소니아와 함께 막 길을 건넌 참이었다. 날씨는 다시 고약해져 그는 손이 시렸다.

"교수가 생각을 바꿨나요?"

"응. 콘퍼런스를 포기하겠대."

"언제 올 수 있대요?"

"확인해봐야겠지만 늦어도 내일 아침까지는 오도록 해보겠다는군."

그들은 토르켈 린덴 원장을 만나러 오덴 아동치료센터로 향하는 중이었다. 이 만남의 공식적인 목적은 아우구스트의 증언을 확보하기 위해 실무적인 조건들을 논의하는 것이었다. 원장은 두 형사의 진짜 목적에 대해서는 모르는 상황이었지만 전화상으로 극히 유보적인 태도를 취하면서 아이가 '어떤 식으로든' 방해받아서는 안 된다고 단언했다. 원장의 본능적인 적의를 느낀 얀은 미련하게도 불쾌한 모습을 보이고 말았다. 그래서 초장부터 조짐이 좋지 않았다.

얀의 상상과 달리 토르켈 린덴은 건장한 체격의 남자가 아니었다. 150센티미터 조금 넘는 작은 키에 염색한 듯 검은 머리는 짧게 깎았으며 입술은 주름이 잡힐 정도로 꽉 다물고 있었다. 청바지에 검은 터틀넥 스웨터를 입고 작은 십자가가 달린 끈을 목에 걸고 있었다. 성직자 같은 느낌도 풍겼지만 통화하면서 드러내던 적대감만큼은 그대로였다.

거만하게 반짝이는 그의 눈을 마주한 얀은 문득 자신이 유대인이라는 사실을 의식했다. 악의와 도덕적 우월감으로 가득찬 이런 부류들을 대할 때면 종종 일어나는 반응이었다. 토르켈은 무엇보다 아이의 건강을 중시하고, 수사에 아이가 이용되는 걸 거부한다는 입장을 내세우며 자신이 형사들보다 훨씬 낫다는 점을 보여주고 싶은 듯했다. 얀은 최대한 상냥한 태도를 보이는 것 말고는 다른 수가 없었다.

"안녕하십니까? 뵙게 돼서 반갑습니다."

"아, 그래요?" 린덴이 대꾸했다.

"그럼요. 이렇게 신속하게 만나주셔서 대단히 감사합니다. 긴급한 사건이 아니었다면 이처럼 갑자기 찾아뵙지는 않았을 겁니다."

"보아하니 두 분께서는 아이를 심문하고 싶으신 듯하군요."

"그건 아닙니다." 얀이 조금 상냥함을 잃은 말투로 대꾸했다. "그보다는…… 먼저 지금부터 제가 하는 말은 저희끼리만 알아야 한다는 점을 분명히 하고 싶습니다. 보안을 위해 꼭 필요한 일이에요."

"보안이라면 걱정할 것 없어요. 적어도 여기에는 입이 싼 사람이 없으니까."

그는 마치 그 걱정을 해야 할 건 얀이라는 듯이 말했다.

"전 오직 아이의 안전을 위해서 이러는 겁니다."

얀이 툴툴거리며 대꾸했다.

"아하, 아이의 안전이 당신의 최우선 순위인가요?"

"그렇습니다." 얀은 더욱 무뚝뚝해진 말투로 대답했다. "따라서 오늘 할 이야기들이 어떤 방식으로든 밖으로 새어나가서는 안 됩니다. 이메일이나 전화도 절대 안 되고요. 자, 이제 좀 조용한 장소로 갈 수 있겠습니까?"

소니아는 이곳이 마음에 들지 않았다. 소름끼치는 울음소리도 그랬다. 멀지 않은 어딘가에서 여자아이 하나가 귀가 찢어질 듯 비명을 지르며 울어댔다. 지금 그들이 있는 방에서는 세제 냄새, 그리고 향초의 잔향 같은 무언가가 희미하게 감돌았다. 벽에는 십자가가 걸려 있었고, 바닥에는 닳아빠지고 색이 바랜 조그만 곰 인형 하나가 뒹굴었다. 보다 따스하고 포근한 공간으로 만들려는 노력 같은 건 전혀 없었던 모양이다. 평소에 꽤 상냥한 편인 얀도 거의 폭발 직전이었다. 그래서 소니아가 나서기로 하고, 어떤 일이 있었는지 객관적이고도 차분하게 설명했다.

"그러니까 이곳에서 일하는 심리학자 에이나르 포르스베리 씨가 아우구스트에게 그림을 못 그리게 한 모양이던데요?"

"전문가로서 내린 결정이고, 나 역시 같은 의견이에요. 그림은 그 아이한테 전혀 좋지 않아요."

"어차피 지금 아이는 최악의 상태 아닐까요? 아빠가 살해당하는 장면을 봤어요."

"그러니까 상황을 더 악화시키지 말자는 얘기죠."

"당연히 그래야죠. 하지만 아이가 미처 끝내지 못한 이 그림이 수사를 크게 진전시킬 수도 있기 때문에 어쩔 수 없이 저희도 강력하게 요청을 해야겠어요. 물론 충분한 자격을 갖춘 전문가를 입회시킬 거고요."

"미안하지만 그럴 수 없겠는데요."

소니아는 자신의 귀를 의심했다.

"뭐라고요?"

"두 분이 하시는 일은 충분히 존중합니다만," 토르켈은 침착하게 말을 이었다. "여기서 우리는 위기 상황에 처한 아이들을 돕고 있어요. 임무이자 사명이죠. 우린 경찰의 일부가 아니란 말씀이에요. 실제로도 그렇죠. 우린 그 사실에 자부심을 갖고 있어요. 우리 기관 안에 있는 한, 아이들은 이곳이 자신들의 이익을 최우선으로 생각한다는 걸 느낄 수 있어야 해요."

소니아가 그 순간 꿈틀하는 얀의 허벅지를 한 손으로 꾹 누르면서 말했다.

"우린 얼마든지 법원 명령을 받아 올 수 있지만 거기까지 가고 싶진 않아요."

"현명한 생각입니다."

"대신 한 가지 여쭙죠." 그녀가 말을 이었다. "당신과 에이나르 포르스베리는 아우구스트에게, 혹은 저쪽에서 울고 있는 여자아이에게 좋은 방식이 뭔지 정말로 알고 있나요? 인간이라면 누구나 자신을 표현할 필요가 있다고 생각하지는 않나요? 당신과 나는 말할 수 있고, 글을 쓸 수 있고, 심지어는 변호사를 접촉할 수도 있어요. 하지만 아우구스트에게는 그런 표현수단이 없죠. 그런데 그 아이는 그림을 그릴 수 있고, 지금은 뭔가를 말하고 싶어해요. 당신이 왜 그걸 막는 거죠? 아우구스트에게 그림을 못 그리게 하는 건 다른 아이들의 입을 틀어막는 일만큼이나 비인간적이라고 생각하지 않습니까? 지금 아이를 괴롭히는 무언가를 표현하게 놔둬야 하지 않겠어요?"

"내가 보는 관점으로는……"

"아뇨," 소니아가 말을 끊었다. "당신의 관점 같은 건 듣고 싶지 않아요. 이미 이런 문제에 대해 관점을 제시하기에 가장 자격이 있는 사람을 접촉했어요. 신경과학 교수 찰스 에델만입니다. 헝가리에서 출발해 아우구스트를 만나러 이리로 올 예정이죠. 그가 이 사안을 결정하도록 하는 게 합리적이지 않을까요?"

"물론 그의 의견을 들어볼 수는 있겠죠."

토르켈이 마지못해 대답했다.

"듣기만 할 게 아니라 그 의견에 따라야 합니다."

"알겠습니다. 그 교수하고 건설적인 논의를 하겠다고 약속하죠. 전문가들끼리 말이에요."

"좋아요. 지금 아우구스트는 뭘 하고 있죠?"

"자고 있어요. 기진맥진해서 여기에 왔거든요."

소니아는 아이를 깨워달라고 요구할 필요는 없겠다고 판단했다.

"그럼 내일 아침에 찰스 교수와 함께 다시 오겠어요. 우리가 서로 잘 협력할 수 있기를 바랍니다."

16장
11월 21일 저녁~22일 아침

가브리엘라 그라네는 두 손에 얼굴을 파묻었다. 잠을 자지 못한 지 벌써 마흔 시간째였다. 그녀를 괴롭히는 죄책감은 수면 부족으로 더욱 무거워져갔다. 그녀는 하루종일 정신없이 일했다. 세포가 임시로 설치한 팀, 그러니까 명목상의 임무는 프란스 발데르 피살 사건이 국내 정세에 미칠 영향들을 분석하는 일이었지만, 실제로는 이 사건의 실상을 샅샅이 파헤치는 비밀수사팀에 합류해 아침부터 쉴 수가 없었다.

팀의 공식 책임자는 메릴랜드 대학교에서 일 년간 연수를 받고 갓 귀국한 모르텐 닐센이었다. 총명하고 교양 있는 사람인 건 분명했지만, 가브리엘라의 시각에서는 지나친 우파였다. 게다가 스웨덴에서 제대로 교육받은 사람치고 다소 드문 유형이기도 했다. 미국 공화당을 전적으로 지지하고, 심지어는 티파티 운동*에 공감한다고 발언하

* 증세와 '큰 정부'에 반대하는 미국 보수시민단체 티파티의 정치운동.

는 모습을 보기는 쉽지 않기 때문이다. 그리고 그는 사관학교에서 강의하는 열정적인 역사가였고, 서른아홉이라는 비교적 젊은 나이에도 국제적으로 상당한 인맥이 있다고 알려져 있었다.

그럼에도 이 수사팀에서는 그의 말이 먹혀들지 않아 상당히 애를 먹고 있었다. 실질적인 리더는 랑나르 올로프손이었다. 모르텐보다 나이가 많고 자신만만한 랑나르가 짜증난다는 듯 한숨을 내쉬거나 송충이 같은 눈썹을 찌푸리면 그는 그대로 입을 다무는 수밖에 없었다. 라르스 오케 그란크비스트도 그에게는 큰 도움이 되지 못했다.

세포에 들어오기 전 경찰청 강력반 소속이었던 라르스는, 어떤 술 상대든 결국엔 테이블 밑으로 뻗게 한다는 엄청난 주량과, 가는 곳마다 애인을 만든다는 거친 매력으로 유명했다고 한다. 어쨌든 모르텐으로선 이런 이들이 모인 조직을 휘어잡는 게 쉽지만은 않았다. 한편 가브리엘라는 오후 시간이 흘러갈수록 점점 의기소침해졌다. 어깨에 힘을 준 이 남자들 때문이 아니었다. 갈수록 모든 게 분명하지 않다는 느낌이 커져갔다. 심지어는 자신이 알고 있는 몇 안 되는 사실들마저 가끔씩 의심스러울 정도였다.

우선은 프란스가 해킹당했다는 근거가 희박하거나 아예 존재하지 않는다는 사실을 깨달았다. 자신들이 확보한 건 FRA 소속 스테판 몰데의 진술뿐인데, 그 스스로 자신의 의견이 백 퍼센트 확실하지는 않다고 고백한데다 가브리엘라가 보기에도 그의 분석은 쓰레기에 가까웠다. 한편 프란스는 그가 직접 도움을 청했던 여자를 신뢰한 듯했다. 비록 자신들은 이름조차 알아내지 못했지만 프란스의 조수 리누스 브란델이 생생하게 묘사해주었다. 프란스는 미국으로 떠나기 전부터도 가브리엘라에게 많은 걸 숨기고 있었던 게 분명했다.

'프란스가 솔리폰의 제안을 받아들인 건 단지 우연이었을까?'

이런 불확실성이 그녀를 점점 갉아먹는 한편, 더는 NSA의 도움을 기대할 수 없다는 사실에도 화가 치밀었다. 알로나 카살레스는 연락이 닿지 않았고, NSA는 다시 문을 걸어잠갔다. 그녀에겐 더이상 정보원이 없었다. 모르텐과 라르스도 마찬가지 신세였지만 그녀 역시 랑나르의 그늘에 묻혀버리고 말았다. 랑나르는 경찰 강력반에서 정보를 얻으면 곧바로 세포 국장 헬레나 크라프트에게 보고해버리곤 했다.

이런 행동이 가브리엘라는 마음에 들지 않았다. 입수한 정보를 그렇게 다루면 누설될 위험이 높아질 뿐만 아니라 자신들의 독립성을 해칠 수 있다고 지적해봐도 아무 소용 없었다. 결국 자신들 팀의 독립적인 수사망을 통해 조사를 벌이지 못하고 얀 형사네 수사팀에서 흘러나오는 정보에 맹목적으로 의존하는 처지가 되어버렸다.

"지금 우리가 어떤 꼴인지 알아요? 스스로 생각하는 대신에 누가 정답을 속삭여주기만을 목이 빠져라 기다리는 커닝꾼들 같다고요!"

그녀는 팀원들 앞에서 열변을 토해봤지만 호응을 얻지는 못했다.

이제 그녀는 사무실에 홀로 앉아 앞으로는 혼자 조사하겠다고 결심했다. 차근차근 정보를 수집해 큰 그림을 보려고 노력하면 된다. 어쩌면 아무 결과에 이르지 못할 수도 있지만, 남들처럼 컴컴한 터널 속을 헤매는 것보다야 나을 것이다. 그때 복도에서 발소리가 들렸다. 또각또각 울리는 단호한 하이힐 소리. 그녀는 아주 쉽게 알아맞힐 수 있었다. 그리고 잠시 후 헬레나 크라프트가 사무실로 불쑥 들어왔다. 회색 아르마니 재킷을 입고 머리는 뒤로 바짝 넘겨 말아올린 모습이었다. 헬레나는 그녀를 따스한 눈길로 바라보았고, 가브리엘라는 그런 식의 사심 표현이 조금 거북하게 느껴졌다.

"컨디션은 어때?" 헬레나가 물었다. "아직 할 만해?"

"간신히 버티고 있어요."

"나랑 얘기 마치면 곧바로 퇴근해. 가서 눈 좀 붙여. 우린 정신이 또렷한 분석가가 필요하다고."

"맞아요."

"작가 에리히 마리아 레마르크가 뭐라고 했는지 알아?"
"참호 안의 삶은 파티가 아니다, 뭐, 그런 말인가요?"
"아니야! 항상 엉뚱한 사람이 죄책감을 갖는다고 말했어. 세상에 고통을 주는 자들은 남이 어떻게 되든 신경도 안 쓰지. 선한 목적을 위해 투쟁하는 사람들이 후회하며 괴로워하는 거야. 가브리엘라, 자신을 책망할 필요 없어. 자넨 최선을 다했으니까."
"글쎄요, 전 잘 모르겠어요. 어쨌든 고맙습니다."
"프란스의 아들에 대해서는 들은 게 있어?"
"랑나르한테 언뜻 들었어요."
"내일 오전 10시에 강력반 소속 얀 부블란스키와 소니아 모디그, 그리고 찰스 에델만 교수라는 사람이 스베아베겐에 있는 오덴 아동치료센터로 가서 아이를 만날 거야. 그림을 더 그려보게 할 모양이야."
"전 기도나 드려야겠네요. 그 얘기가 제 귀에까지 들어온 것도 기분좋은 일은 아니고요."
"긴장 풀어, 강박증은 내 몫이니까. 지금 이 사실을 아는 사람들은 다 입단속할 줄 안다고."
"네, 알겠어요."
"그리고 보여줄 게 하나 있어."
"뭐죠?"
"프란스의 집 경보장치를 해킹한 남자가 포착된 사진들."
"벌써 봤어요. 꽤 세밀하게 검토까지 한걸요."
"확실해?"
헬레나는 되물으며 손목을 확대한 희미한 사진 한 장을 내밀었다.
"여기에 뭐 특별한 게 있나요?"
"다시 잘 살펴봐. 아무것도 안 보여?"
사진을 들여다보는 가브리엘라의 눈에 두 가지가 들어왔다. 하나는 이미 본 적 있는 손목시계였고, 다른 하나는 장갑과 소매 사이에 엉성하게 새긴 문신처럼 보이는 선 몇 가닥이었다.

"아주 대조적이네요." 가브리엘라가 말했다. "형편없는 문신과 아주 비싼 고급 시계."

"그냥 고급 시계가 아니야." 헬레나가 고개를 저었다. "무려 1951년형 파텍 필립이라고. 2499 모델 1시리즈, 어쩌면 2시리즈일 수도 있고."

"무슨 말인지 모르겠는데요?"

"세계에서 가장 비싼 손목시계 중 하나라는 얘기라고. 몇 년 전 제네바에서 열린 크리스티 경매에서 똑같은 모델이 200만 달러 넘는 가격에 팔렸어."

"정말이에요?"

"구매자도 시시한 사람이 아니었어. 댁스톤 앤드 파트너 소속 변호사 얀 판 데르 발. 자기 클라이언트를 대리해서 구매한 거였지."

"솔리폰을 변호하는 그 로펌 말인가요?"

"맞아."

"세상에나!"

"물론 감시카메라에 잡힌 이 손목시계가 제네바에서 팔린 물건과 동일한지 아직 알 수 없고, 그 클라이언트의 신원도 파악하지 못했지만 그래도 좋은 단초가 될 수 있어. 고급 시계를 찬 깡마른 마약중독자. 이 정도면 조사 범위가 상당히 축소되지 않겠어?"

"얀도 알고 있나요?"

"이걸 발견한 사람이 그쪽 감식요원 에르케르 홀름베리야. 이제 자네가 분석적인 두뇌를 가동해서 파고들어봐. 일단은 집에 가서 눈 좀 붙이고 내일 아침부터 시작해."

자신에게 얀 홀체르라는 이름을 붙인 남자는 헬싱키의 에스플라

나덴 공원에서 그리 멀지 않은 회그베리스가탄 거리의 집에 있었다. 그가 앨범을 뒤적이며 들여다보고 있는 건 폴란드 그단스크에서 의학 공부를 하고 있는 스물두 살 된 딸 올가의 사진들이었다.

큰 키에 침울하고 반항적인 성격의 올가는 그의 삶에서 가장 소중한 존재였다. 그는 종종 딸에게 그렇게 말하곤 했는데, 입에 발린 소리만은 아니었다. 그렇게 말할 때면 스스로가 책임감 있는 아버지처럼 느껴졌기 때문이다. 그는 실제로도 자신이 그런 아버지라고 믿고 싶었다. 하지만 현실은 꼭 그렇다고만은 할 수 없었고, 이제 올가는 그가 무슨 일을 하는지 눈치를 챈 듯했다.

"아빠는 나쁜 사람들을 지켜주는 일을 하죠?"

어느 날 그녀가 물었다. 그러고는 그녀 자신이 '약하고 헐벗은 사람들에 대한 나의 책무'라고 표현한 일에 거의 광적으로 빠져들었다.

홀체르가 보기에 그건 좌파들의 순진한 짓거리에 불과했고, 올가의 성격과도 맞지 않았다. 성인으로 독립해가는 과정에 불과할 터였다. 비록 지금은 이 땅의 모든 불행한 사람들에 대해 장광설을 늘어놓고 있지만, 결국은 자신을 쏙 빼닮은 딸이라고 그는 생각했다. 한때 올가는 장래가 촉망되는 100미터 육상선수였다. 이제는 키가 186센티미터에 달하고 근육질 몸매에 순발력이 좋은 그녀는 어린 시절엔 액션영화에 열광했고, 아버지가 들려주는 전쟁 경험담을 무엇보다 좋아했다. 학교에 다닐 때는 아무도 감히 그녀를 건드리지 못했다. 전사처럼 받은 만큼 고스란히 돌려주는 아이였다. 그가 생각하기에 올가는 허약하고 병든 인간들을 돌보는 데 만족할 부류가 결코 아니었다.

그럼에도 그녀는 '국경없는의사회'에 가입하거나 테레사 수녀처럼 콜카타로 가서 봉사하는 삶을 살겠다고 선언했다. 세상은 강한 자들의 것이라고 믿는 홀체르에겐 견디기 힘든 일이었다. 이렇게 어리석은 소리들을 늘어놓긴 했지만 그래도 그는 딸을 사랑했다. 그리고 내

일은 딸이 방학을 맞아 며칠간 쉬러 여섯 달 만에 집에 오기로 했다. 이번에는 딸이 하는 말에 좀더 귀를 기울여주면서 스탈린이며 위대한 지도자들이며 그녀가 끔찍이도 싫어하는 이야기로 괴롭히지 않겠다고 굳게 마음먹었다.

오히려 딸과 결속을 다지는 시간을 보낼 작정이었다. 그는 그녀에게 자신이 필요하다는 걸 알고 있었다. 자신에게 그녀가 필요하듯이. 그는 주방으로 가서 오렌지 세 개를 압착해 즙을 낸 후 스미르노프 보드카를 적당히 부었다. 저녁 8시, 오늘 만든 세번째 스크류드라이버였다. 임무를 마치고 나면 예닐곱 잔씩 들이켜는 날이 있는데, 어쩌면 오늘이 그날인지도 몰랐다. 두 어깨를 짓누르는 무거운 책임감으로 몹시 피곤해진 그는 이제 휴식이 필요했다. 그렇게 칵테일을 손에 들고 지금과 전혀 다른 삶을 상상하며 몇 분간 꼼짝 않고 앉아 있었다. 하지만 자신에게 얀 홀체르라 이름 붙인 그의 몽상은 오래가지 못했다.

보안 설정된 그의 휴대전화가 울리면서 평화로운 순간이 깨져버렸다. 유리 보그다노프였다. 그는 임무를 수행한 후 흥분을 가라앉히기 위해 잠시 잡담이나 하러 걸려온 전화이기를 바랐다. 하지만 동료는 매우 특별한 소식을 꺼내놓았고, 목소리에는 당황한 기색이 역력했다.

"T와 얘기했어."

유리의 말을 듣는 순간 홀체르는 여러 감정이 뒤섞였다. 그중 가장 강한 건 아마도 질투였을 것이다. '왜 키라가 유리한테 전화를 했지?' 물론 유리가 큰돈을 벌어들이고 그만큼 보상을 받는 것도 사실이었지만, 키라와 가장 가까운 사람은 언제나 자신이라고 믿어왔기 때문이다. 이 질투심은 곧 불안감에 자리를 내주었다. '뭐, 잘못된 일이라도 있었나?'

"무슨 문제라도 있어?"

"일이 아직 안 끝났어."

"지금 어디야?"

"시내에 있어."

"빌어먹을. 이리로 와서 직접 설명해!"

"포스트레스에 자리를 예약해놨어."

"그따위 고급 레스토랑에 가고 싶은 생각 없으니까 이리로 와!"

"나 아직 저녁을 못 먹었다고."

"따끈한 거 만들어줄게."

"좋아. 오늘은 긴 밤이 될 거니까."

얀 홀체르는 또다시 긴 밤을 보내고 싶지 않았다. 올가에게 이번에도 아빠가 집에 없을 거라고 알리기는 더욱 싫었다. 하지만 선택의 여지가 없었다. 그는 자신이 딸을 사랑한다는 사실만큼이나 확실하게 알고 있었다. 키라에겐 '아니'라고 말할 수 없는 법이었다.

키라는 신비한 힘으로 그를 사로잡았다. 아무리 애를 써봐도 그녀 앞에서는 생각만큼 품위 있게 행동할 수 없었다. 마치 사내아이가 된 듯한 기분이었고, 그녀를 미소 짓게 할 수만 있다면 무슨 짓이라도 할 준비가 되어 있었다.

숨막히게 아름다운 키라는 그 어떤 여자보다도 자신의 매력을 효과적으로 이용할 줄 알았다. 사람을 다루고 휘어잡는 법을 완벽하게 아는 여자였다. 필요하다면 연약하고 애처로운 모습을 보이다가, 그 무엇에도 굽히지 않는 얼음처럼 단단하고 차가운 모습을 보이기도 했고, 심지어는 철저하게 잔혹해질 수도 있었다. 그의 안에 숨겨진 사디스트적 성향을 그녀만큼 잘 이끌어내는 사람은 없었다.

전형적인 의미에서 엄청나게 똑똑한 여자는 아니었을 것이다. 많은 이들이 조금이라도 그녀를 땅으로 끌어내려보려고 농담하듯 그 점을 지적하곤 했다. 하지만 그런 자들마저 일단 그녀와 마주하면 정신을 차리지 못했다. 키라는 그들 모두를 마음대로 조종했고 가장 거친 자들까지 얼굴을 붉힌 소년처럼 만들어놓았다.

밤 9시였다. 유리가 옆에 앉아 그가 구워준 양고기에 대고 열심히 칼질을 했다. 기이하게도 식사 예절은 그런대로 괜찮아 보였다. 키라의 영향 덕분일 터였다. 여러 면에서 유리는 이제 문명인이 된 것처럼 보였지만 실은 그렇지 않았다. 점잖고 품위 있게 굴려고 애를 쓰고는 있지만 마약쟁이 좀도둑 시절의 모습은 어디 가지 않았다. 마약은 이미 오래전에 끊었고 대학에서 컴퓨터공학 학위까지 땄지만, 과거 길거리 생활의 유산인 흉하게 상한 얼굴과 비척거리는 움직임은 여전히 남아 있었다.

"그 번드르르한 손목시계는 어디 갔어?"

"못 차."

"이제 눈 밖에 난 거야?"

"우리 둘 다 눈 밖에 났지."

"그렇게 심각해?"

"어쩌면 아닐 수도 있고."

"아직 일이 끝나지 않았다는 게 무슨 말이야?"

"그 꼬마 때문에."

"어떤 꼬마?"

그는 짐짓 무슨 말인지 모르겠다는 표정을 지었다.

"당신이 고상하게 살려준 그 꼬마."

"뭐가 문젠데? 그애는 정신지체아야."

"어쩌면 그럴지도 모르지. 하지만 그애가 그림을 그리기 시작했어."

"뭐? 그림?"

"그애는 서번트야."

"뭐?"

"빌어먹을 총기 잡지들 말고 다른 것도 좀 읽어."

"지금 무슨 얘기를 하는 거야?"

"자폐증이 있으면서 동시에 특별한 재능을 지닌 사람을 서번트라고 한다고. 그 꼬마가 말도 못하고 생각도 제대로 못할지 몰라도 사진기억력이 있는 모양이야. 짭새들은 그애가 당신 얼굴을 자세히 그려낼 수 있다고 생각하고 있어. 그림을 다 그리면 안면인식 프로그램에 넣겠지. 그럼 망하는 거야, 안 그래? 인터폴 기록 같은 데 당신 얼굴이 남아 있지 않겠어?"

"하지만 키라가 과연 그렇게……"

"아니, 그게 바로 키라가 원하는 거야. 꼬마를 처리하는 거."

그의 얼굴에 동요하는 기색이 물결처럼 어른댔다. 너무도 불편하게 느껴졌던 아이의 초점 없는 시선이 떠올랐다.

"난 아니야."

말은 했지만 그는 그렇게 믿지는 않았다.

"당신이 애들한테 약한 거 잘 알아. 나도 이렇게 하는 거 싫다고. 하지만 선택지가 없어. 이 정도로 끝나는 걸 다행으로 생각해. 키라가 당신 목숨을 내놓으랄 수도 있어."

"알았어."

"좋아. 나한테 비행기 티켓이 있어. 내일 아침 6시 30분에 아를란다 공항행 첫 비행기를 타고 스톡홀름으로 가서 곧장 스베아베겐에 있는 오덴 아동치료센터로 갈 거야."

"지금 거기에 있어?"

"응. 그래서 준비를 좀 해둬야겠어. 먼저 이것 좀 먹고 더 의논하자고."

자신을 얀 홀체르라고 부르는 그는 눈을 감고 올가에게 무슨 말을 해야 할지 생각했다.

리스베트는 다음날 새벽 5시에 일어나 뉴저지 공과대학에 있는 NSF MRI*의 슈퍼컴퓨터를 해킹했다. 계산능력을 최대한 확보해야 했기 때문이다. 그런 다음 직접 만든 타원곡선 인수분해 프로그램을 가동시켜 NSA에서 다운로드했던 암호화된 파일을 해독하기 시작했다.

하지만 아무리 해봐도 잘되지 않았다. 사실 큰 기대는 하지 않았다. 아주 복잡한 RSA 암호체계였기 때문이다. 세 발명가 리베스트, 샤미르, 애들먼의 이니셜을 딴 이 체계는 두 암호키, 즉 공개키와 개인키를 사용하며 오일러 피 함수와 페르마의 소정리를 바탕으로 하고 있다. 큰 소수 두 개를 곱해 답을 얻는 건 쉽다. 반면 그 역과정, 즉 곱한 값에서 원래의 두 소수를 찾아내는 건 거의 불가능하다. 컴퓨터가 아무리 발달했어도 소인수분해만큼은 아직 능숙하지 못하다. 리스베트는 물론 전 세계 첩보기관들이 수없이 욕을 내뱉을 수밖에 없는 이유였다.

일반적으로 GNFS 알고리즘이 이를 풀 수 있는 가장 효과적인 방법으로 여겨지고 있다. 하지만 일 년 전쯤부터 리스베트는 ECM, 즉 타원곡선 방식을 사용하면 한층 쉬울 거라고 생각해왔다. 그래서 수많은 밤을 지새우며 직접 프로그램을 만들어보았지만, 이날 아침엔 성공 가능성이 실낱만큼이라도 있으려면 프로그램을 더 다듬어야 한다는 사실만 깨달았을 뿐이다. 그후 세 시간 정도 더 일한 그녀는 잠시 멈추고 주방으로 갔다. 오렌지주스를 팩째 들고 벌컥벌컥 들이켠 다음 러시아식 미트 파이 두 개를 전자레인지에 데워 먹었다.

다시 컴퓨터 앞에 돌아와 앉아서는 미카엘이 새로운 정보라도 찾아냈는지 보려고 그의 컴퓨터에 들어갔다. 새로운 질문 두 개가 보였다. '그렇게 구제불능인 인간은 아니군.'

---

* 미국 국가과학재단 주요연구기관.

프란스 발데르의 조수들 중 배신자가 누구야?

타당한 질문이었다. 하지만 그녀는 답을 적지 않았다. 아르비드 따위는 조금도 관심이 없었다. 한편 그동안 그녀에게는 다른 진전도 있었다. 아르비드가 만났다는, 두 눈이 움푹한 마약중독자가 누구인지 알아냈다. 그는 '보기'라는 이름을 썼는데, 해커 공화국의 트리니티가 몇 년 전 해커 사이트들에서 그 별명을 쓰는 사람이 있었다는 걸 기억해냈다. 물론 동일인이라는 얘기는 아니었다.

독창적이거나 특이한 별명은 아니었지만 우선 리스베트는 추적을 시작했다. 그가 사이트에 남긴 댓글들을 샅샅이 찾아보며 차츰 감을 잡아가던 와중에, 그가 잠시 방심했었는지 모스크바 대학교에서 컴퓨터공학을 전공했다는 걸 밝힌 글을 발견했다.

그가 학위를 취득한 연도를 비롯해 그 어떤 날짜도 찾아내지 못했지만 보다 나은 정보가 있었다. 그는 멋진 손목시계라면 사족을 못 썼고, 1970년대의 뤼팽 영화들을 광적으로 좋아했다. 구닥다리 취향이라 할 수 있었다.

리스베트는 재학생과 졸업생을 막론하고 모스크바 대학교 동문들이 모여 있는 사이트들을 돌아다니며 질문을 달았다. 어렸을 때는 좀도둑질을 하며 길거리에서 살았고, 아르센 뤼팽을 숭배했으며, 눈이 움푹 파인 왕년의 마약쟁이를 아는 사람이 있는지 말이다. 그런데 얼마 안 가 답이 하나 달렸다.

"유리 보그다노프 같은데요?" 갈리나라는 여자가 댓글을 썼다.

갈리나에 따르면 유리는 대학에서 전설적인 인물이었다. 몇몇 교수들의 컴퓨터를 해킹해 그들을 협박할 무언가를 찾아냈었고, "내가 저 집에 몰래 숨어들어가는 데 성공하면 100루블 낼래?" 하는 식으로 내기를 거는 버릇이 있었다.

그를 모르는 많은 이들은 손쉽게 몇 푼 벌려는 수작이라고 생각했다. 하지만 유리는 어디든 침입했다. 어떤 문이라도 핀 같은 걸 쑤셔 넣어 열 수 있었고 서슴지 않고 건물 벽을 기어올랐다. 무모하고 잔인한 걸로도 명성이 높았다. 한번은 작업하는 데 방해했다는 이유로 개를 걷어차 죽인 일도 있었다. 그리고 단지 사람들을 골탕먹이기 위해 끊임없이 훔쳐댔다. 병적인 도벽 때문인지도 모른다고 갈리나는 추측했다. 한편으론 놀랄 만한 분석력을 지닌 천재 해커로도 여겨졌다. 그럴 생각만 있었다면 수석으로 졸업할 실력이었다. 하지만 자신은 취직 따위에 관심 없다고 입버릇처럼 말했다고 한다. 독자적인 길을 가고 싶다는 이유였다. 그리고 리스베트는 그가 졸업 후에 무슨 일을 했는지도—적어도 공식적인 버전으로—이내 알아낼 수 있었다.

유리 보그다노프는 이제 서른네 살이고, 러시아를 떠나 베를린의 휴고스 레스토랑에서 멀지 않은 부다페스트 거리 8번지에 살고 있었다. '화이트 해트 아웃캐스트 시큐리티'라는 회사를 경영하며 모두 일곱 명의 직원을 고용했고, 최근 총매출액은 2200만 유로에 달했다. 그가 자신과 같은 부류의 인간들에게서 기업체들을 보호해주는 회사를 위장술로 삼았다는 건 아이러니하면서도 한편으론 합리적인 선택이었다. 2009년에 학위를 취득한 이후 한 번도 법적인 문제를 일으킨 적이 없었고 광범위한 인맥을 보유한 듯했다. 회사 이사진에는 러시아 국회의원이자 가스프롬 대주주인 이반 그리바노프도 있었다. 리스베트는 여기서 더는 알아내지 못했다.

그녀는 미카엘의 두번째 질문으로 넘어갔다.

스베아베겐에 있는 오덴 아동치료센터는 믿을 만한 곳이야? (이건 읽고 나서 바로 지워줘.)

미카엘은 왜 이 기관에 흥미를 갖는지 설명하지 않았다. 하지만 리스베트가 그에 대해 아는 게 하나 있다면, 그가 의미 없는 질문은 하지 않는다는 사실이다. 애매한 걸 즐기는 사람도 아니었다.

이처럼 아리송한 태도를 보이는 데는 나름 이유가 있을 터였고, 곧바로 이 문장을 지우라고 했다는 건 극도로 민감한 정보라는 뜻이다. 아동치료센터와 관련해 중요한 무언가가 있을 터였다. 조사를 시작한 리스베트는 얼마 안 가 이 센터에 민원이 많다는 사실을 확인했다. 보호가 소홀한 일은 예사였고, 심지어 방치당해 자해하는 아이들까지 있는 모양이었다. 토르켈 린덴이라는 원장과 그의 회사 '케어 미'가 관리하는 사설기관으로, 근무했던 사람들의 얘기로 미루어 보면 그의 말이 곧 법이었다고 한다. 쓸데없는 지출을 결코 용납하지 않았다는 그곳이 상당한 흑자를 올리는 데는 다 이유가 있는 듯했다.

토르켈 린덴은 과거 프로 체조선수였으며, 철봉 종목에서는 스웨덴 챔피언이었다. 지금은 열정적으로 사냥을 즐기고, 동성애에 극도로 적대적인 노선을 취하는 '그리스도의 친구들'이라는 그룹의 일원이기도 했다. 리스베트는 스웨덴 수렵인협회와 '그리스도의 친구들'의 사이트에 들어가 이들이 요즘 벌이는 활동중에 토르켈의 구미를 당길 만한 것이 있는지 살펴보았다. 그런 다음 이 단체들에서 발송한 것처럼 아주 친절하고 부드럽게 쓴 메일 두 통을 그에게 보냈다. 스파이웨어에 감염된 PDF 파일이 하나씩 첨부되어 있었고, 그가 파일을 여는 순간 스파이웨어가 자동적으로 실행된다.

아침 8시 23분이었다. 그녀는 아동치료센터의 서버에 들어가 자신의 추측이 옳았음을 곧바로 확인했다. 아우구스트가 전날 오후 센터에 입원했다. 진료 기록에는 아이가 입원하게 된 상황과 더불어 이런 내용이 적혀 있었다.

자폐아동, 중증 지적장애. 매우 불안한 상태. 아버지의 죽음에 정신적 외상 입음. 지속적 관찰 필요. 다루기 힘듦. 퍼즐을 가지고 입원. 절대로 그림을 그리면 안 됨! 건강에 해로운 발작적 행동으로 판단됨. 심리학자 에이나르 포르스베리가 진단하고 TL이 확인함.

밑에는 그후에 추가된 듯한 메모가 있었다.

찰스 에델만 교수, 얀 부블란스키 형사, 소니아 모디그 형사가 11월 22일 오전 10시에 아이를 보러 방문 예정. TL이 참관. 감시하에 그림을 그리게 할 것임.

그리고 다시 그 아래에는,

미팅 장소 변경. TL과 찰스 에델만 교수가 토르스가탄의 친모 집으로 아이를 데려가 얀 부블란스키와 소니아 모디그 형사를 만나기로 함. 가정적 환경에서 아이가 더 잘 그릴 수 있다는 판단.

찰스 에델만에 대해 재빨리 검색해본 리스베트는 그가 서번트 증후군 전문가라는 사실을 알았다. 곧바로 무슨 일이 일어나고 있는 건지 파악할 수 있었다. 그들은 아이가 일종의 증언을 그림으로 그려주기를 기대하는 모양이었다. 그렇지 않다면 얀과 소니아가 아이의 그림에 관심을 가질 필요도, 미카엘이 센터에 대해 물으면서 그토록 신중한 태도를 취할 이유도 없었다.

물론 이 일은 극비리에 이뤄져야 했다. 아이가 어쩌면 범인의 몽타주를 그릴 수도 있다는 사실이 특히 범인에게 알려져서는 안 된다. 리스베트는 토르켈이 메일을 주고받으면서 함부로 입을 놀린 일은 없는지 확인했다. 다행히도 그는 아이의 그림에 대해 아무 언급도 하지 않았다. 한편 지난밤 11시 10분에 찰스 에델만한테서 온 메일이

한 통 있었다. 얀과 소니아에게도 발송된 이 메일이 장소 변경의 원인임이 분명했다.

친애하는 토르켈,
오덴 아동치료센터를 방문할 수 있게 해줘서 정말로 감사합니다. 하지만 죄송하게도 당신을 조금 귀찮게 해야겠네요. 만일 아이가 좀더 안전감을 느끼는 환경에서 그림을 그릴 수 있다면 최상의 결과를 얻을 수 있을 거라고 생각합니다. 그렇다고 해서 그곳 센터의 환경이 나쁘다는 말은 전혀 아닙니다. 오히려 센터에 대한 좋은 얘기들을 많이 듣고 있어요.

놀고 있네! 리스베트는 한마디 내뱉고 다시 글을 읽어내려갔다.

내일 아침 친모의 집으로 아이를 데려가고 싶습니다. 이 주제와 관련된 이제까지의 연구 문헌들에서는 일반적으로 서번트 증후군 아이에게 어머니의 존재가 긍정적인 영향을 미친다고 알려져 있지요. 내일 아침 9시 15분에 아이를 데리고 센터 앞으로 나와주시면 제가 모시러 가겠습니다. 그러면 우리 전문가들끼리 대화를 나눌 기회도 있을 거라고 기대합니다.
감사합니다.

찰스 에델만.

얀과 소니아는 각각 7시 01분과 7시 14분에 답신을 보냈다. 그들은 찰스 교수의 전문성을 신뢰하고 그의 충고를 따르는 게 당연하다고 입을 모았다. 7시 57분, 토르켈은 아이와 함께 센터 앞에서 기다리겠다는 메일을 모두에게 보냈다. 리스베트는 잠시 생각에 잠겼다. 그런 다음 주방으로 가 찬장에서 오래 묵은 비스킷 몇 개를 꺼내며

창밖으로 슬루센 지역과 리다르피에르덴만을 바라보았다. '흠, 그래서 장소가 변경됐단 말이지……'

아이는 센터에서 그림을 그리는 대신 친모의 집으로 가기로 했다. 교수는 "어머니의 존재가 긍정적인 영향을 미친다"고 썼다. 리스베트는 이 문장에서 뭔가 석연찮음을 느꼈다. 문장이 조금 구식 같았다. 그 앞 문장도 나을 게 없었다. "이 주제와 관련된 연구 문헌들에서는……"

고리타분하고 부자연스러운 표현이었다. 물론 글솜씨가 형편없는 학자들이 적지 않은데다 그녀는 찰스 교수가 평소 어떻게 글을 쓰는지 모르기도 했지만, 세계적인 권위를 지닌 신경학자가 굳이 연구 문헌에서 일반적으로 받아들여지는 의견을 언급해야 할 필요는 없어 보였다. '좀더 자신감 있고 능란한 태도를 보여야 하지 않았을까?'

리스베트는 인터넷에 올라온 찰스 에델만 교수의 글을 몇 편 찾아 훑어보았다. 아주 객관적인 분석을 할 때조차 약간 우스꽝스러운 자만심이 엿보이긴 했지만, 특별히 글을 못 쓴다거나 학문적으로 순진하다는 인상은 전혀 없었다. 오히려 그의 글은 예리하면서도 효과적이었다. 리스베트는 다시 교수가 보낸 메시지로 돌아와 메일이 발신된 SMTP 서버의 이름을 확인했다. 그녀는 '비르디노'라는 서버명을 들어본 적이 없었고, 벌써 이것부터가 정상이 아니었다. 곧바로 정체를 알아보기 위해 명령어 몇 개를 보낸 그녀는 몇 초 만에 정확한 답을 얻을 수 있었다. 그것은 이른바 '오픈 릴레이', 즉 발신자가 어떤 메일 주소로도 메시지를 보낼 수 있는 공개 서버였다.

즉, 교수가 쓴 메일은 가짜였다. 얀과 소니아에게 함께 전송된 메일 역시 위장막에 불과했다. 그들에게 전달될 수 없도록 중간에 차단당했을 게 분명했다. 리스베트는 더이상 확인해볼 필요도 없이 변경된 계획에 동의하는 그들의 답신도 가짜라는 걸 알아챘다. 그리고 즉각 알 수 있었다. 누군가가 찰스 교수 행세를 하고 있다면 기밀이 유출됐다는 뜻이었다. 게다가 무엇보다도, 그 누군가가 아이를 센터에서 끄집어내려고 한다는 얘기였다.

'아이를 보호할 수 없는 길거리로 끌어내…… 납치? 아니면 제거?' 리스베트는 시계를 들여다보았다. 아침 8시 55분이었다. 이십 분 후에는 원장과 아우구스트가 센터를 나와 찰스 에델만이 아닌, 좋은 의도를 가졌다고 볼 수 없을 누군가를 기다릴 터였다.

'어떻게 해야 하지? 경찰?' 리스베트는 별로 그러고 싶지 않았다. 정보가 유출될 위험도 있기에 더욱 꺼려졌다. 일단 오덴 아동치료센터 홈페이지에 들어가 토르켈 린덴의 전화번호를 찾아내 통화를 시도했다. 접수데스크 직원이 전화를 받았으나 그가 지금 회의중이라는 답이 돌아왔다. 휴대전화 번호를 알아내 다시 걸었다. 이번엔 자동응답 멘트가 흘러나왔다. 리스베트는 욕을 내뱉고 무슨 일이 있더라도 아이를 데리고 거리에 나가지 말라는 문자와 메일을 한 통씩 보냈다. 더 나은 생각이 나지 않아 그냥 '와스프'라고 서명했다.

그런 다음 가죽재킷을 걸치고 후다닥 밖으로 나갔다가 다시 집으로 들어와 암호화된 파일이 저장된 노트북과 권총 베레타 92를 검은 스포츠 가방에 쑤셔넣었다. 그러고 밖으로 달려나와서는 차고에서 먼지를 뒤집어쓰고 있는 자신의 BMW M6 컨버터블을 타고 갈까 잠시 생각했지만 결국 택시가 더 빠르겠다 싶었다. 하지만 그날따라 거리에 택시가 한 대도 보이지 않아 자신의 선택을 후회할 수밖에 없었다. 마침내 겨우 한 대를 잡아탔는데 출근길 교통 체증이 풀릴 줄을 몰랐다.

센트랄브론 다리에서는 차들이 아예 멈춰 서 있었다. '어디서 사고라도 난 걸까?' 모든 게 천천히 움직였지만 시간만은 휙휙 날아갔다. 9시 5분. 9시 10분. 시간이 없었다. 어쩌면 이미 늦었을지도 몰랐다. 토르켈이 아이를 데리고 조금 일찍 나왔다면 킬러가 벌써 움직였을 수도 있었다.

다시 토르켈의 휴대전화 번호를 눌렀다. 신호음이 울렸지만 끝내 응답하지 않았다. 리스베트는 욕이 절로 나왔다. 이때 미카엘이 떠올랐다. 서로 얘기하지 않은 지 몇 년이 된 사이였지만 그녀는 지체 없이 전화를 걸었다. 언짢은 목소리로 전화를 받은 그는 상대가 리스베트라는 걸 알고 나자 갑자기 밝아졌다.

"리스베트, 너야?"

"입 닥치고 내 얘기 잘 들어요."

미카엘은 〈밀레니엄〉 사무실에 있었다. 기분이 그야말로 거지 같았다. 간밤에 제대로 잠을 자지 못해서만은 아니었다. 어처구니없는 단신 때문이었다. 미카엘이 프란스 발데르 살인 사건과 관련된 중요한 정보들을 먼저 자신의 잡지에 실을 목적으로 감추면서 수사를 방해하고 있다는 내용이었다. 그것도 가장 진지하고 신중하고 정확해야 할 TT 통신에서 말이다.

기사에는 파산 위기에 처한 〈밀레니엄〉을 구하고, '퇴색한 자신의 명성'을 다시 되살리기 위해 그가 이런 짓을 벌인다고 쓰여 있었다. 사실 미카엘은 자신에 관한 단신쯤이야 나올 거라는 걸 이미 알고 있었다. 그 기사를 쓴 하랄드 발린과 전날 저녁에 만나 긴 대화를 나누기도 했다. 하지만 그 결과가 이렇게 처참할 줄은 상상도 못했다. 기사에는 어리석은 암시들과 무책임한 비난들이 가득했다.

사실과 부합하는 지점이 한 군데도 없는 이야기였지만 하랄드 발린은 신뢰성과 객관성이 있어 보이는 그럴듯한 글을 지어냈다. 세르네르 미디어 그룹과 경찰 쪽에 확실한 소식통이 있는 모양이었다. 그래도 '미카엘을 향한 검사의 비난'이란 제목은 그나마 덜 선정적이었고, 그가 방어할 수 있는 여지도 상당히 남겨져 있었다. 사실 기사 자체는 그렇게 험한 내용이 아니었다. 하지만 하랄드에게 이 스토리를 넘겨준 자들은 언론의 생리를 잘 알고 있었다. TT 통신처럼 신뢰성 있는 언론사가 이런 기사를 발표하면 다른 매체들은 일제히 그 위에 서슴없이 덧칠을 한다. TT가 먹잇감을 던져주면 타블로이드들은 신나서 스캔들을 부풀린다. 이 바닥의 해묵은 생리였다. 정신을 차려보니 '미카엘이 살인범 수사를 방해' 혹은 '미카엘이 자신의 잡지를 구하려고 살인범을 도주하게 방치' 같은 표현들이 그를 기다리고 있었다. 기자들은 헤드라인에 인용부호를 넣어주는 정도의 배려를 보였지만, 그래도 모닝커피를 마시며 읽어볼 만한 따끈하고 새로운 진실이라는 인상을 풍기고 있었다. 구스타브 룬드라는 칼럼니스트는 그의 이러한 위선적인 태도들이 역겹다고 하면서 기사 첫머리에 이렇게 썼다.

> 미카엘 블롬크비스트는 항상 자신이 다른 기자들보다 고매하다는 듯 젠체하고 다녔지만 이번에 그의 뻔뻔한 민낯이 환하게 드러났다.

"저들이 무슨 소환장이라도 발부하지 않기만을 빌어야겠군."

〈밀레니엄〉의 디자이너이자 공동 사주인 크리스테르 말름이 옆에서 신경질적으로 껌을 씹으며 말했다.

"군대를 출동시키지 않게도 빌어야겠지." 미카엘이 대꾸했다.

"뭐?"

"웃어보자고 한 소리야. 이런 멍청한 말들에 신경쓸 거 없어."

"물론 그렇지. 하지만 난 이런 분위기가 싫어."

"좋아할 사람은 아무도 없어. 그저 우린 어금니 꽉 깨물고 일하면 돼. 항상 하는 것처럼."

"전화기가 울리는데?"

"계속 울리고 있지, 뭐."

"저 인간들이 또 엿 같은 소릴 지어내는 걸 막으려면 전화를 받는 편이 낫지 않을까?"

"알았어, 알았어."

미카엘은 투덜거리며 통화 버튼을 누르고 그다지 상냥하지 않은 목소리로 전화를 받았다. 수화기 저쪽에서 귀에 익은 여자의 목소리가 들려왔지만 너무도 뜻밖이라 처음엔 믿기지 않았다.

"누구시죠?"

"살란데르."

대답하는 목소리를 들은 미카엘의 얼굴에 큼지막한 미소가 번졌다.

"리스베트, 너야?"

"입 닥치고 내 얘기 잘 들어요."

도로 상황이 차츰 풀리기 시작했다. 아메드라는 운전기사는 전쟁을 가까이서 겪었고 테러를 당해 어머니와 두 형제를 잃었다고 했다. 그가 모는 택시가 마침내 스베아베겐 거리에 진입해 왼쪽으로 보이는 스톡홀름 콘서트홀을 지났다. 리스베트는 답답해 미칠듯한 심정으로 토르켈에게 다시 문자를 보냈고, 센터 사무실에도 전화해 당장 그에게 달려가 위험을 알려달라고 할 생각이었지만 아무도 응답하지 않았다. 그녀는 다시 욕을 내뱉으며 미카엘은 좀더 운이 좋기를 바라는 수밖에 없었다.

"아주 급해요?" 아메드가 앞자리에서 물었다.

"네."

그녀의 대답과 함께 아메드가 빨간불을 무시하고 달리기 시작했다. 그녀의 입가에 잠깐 미소가 떠올랐다.

그녀의 온 신경은 1미터씩 지나고 있는 거리에 집중되어 있었다. 왼쪽에 스톡홀름 경제대학교와 스톡홀름 도서관이 보였다. 이제는 그렇게 먼 곳에 있지 않았다. 오른쪽 건물들 전면에 붙은 번지수를 하나하나 살피던 그녀의 눈에 드디어 찾고 있는 번호가 들어왔다. 다행히도 보도에 쓰러진 시체는 보이지 않았다. 11월의 평범한 날이었고, 사람들은 저마다 일터를 향해 분주히 걸음을 옮기고 있었다. 그런데 그때…… 그녀는 아메드에게 100크로나 지폐 몇 장을 던지듯이 건넸다. 녹색 점들이 얼룩덜룩 찍힌 길 건너편 담 앞에 서 있는 실루엣이 그녀의 눈길을 끌었다.

모자와 선글라스를 쓴 건장한 남자 하나가 오덴 아동치료센터 정문 쪽에 시선을 못박고 서 있었는데, 그 모습이 어딘가 이상했다. 오른팔은 금방이라도 튕겨져나올 것처럼 팽팽히 긴장되어 있었고 손은 보이지 않았다. 리스베트는 택시 안에서의 비스듬히 보이는 센터의 정문을 다시 살폈고 이내 빠끔히 열리는 모습을 포착했다.

문은 천천히 열렸다. 문 뒤에 있는 사람이 주저하는 듯도 했고, 아니면 문이 너무 무거운 듯도 했다. 그녀가 아메드에게 차를 세우라고 소리쳤다. 그런 다음 완전히 서지 않은 택시에서 뛰어내렸다. 길 건너편에 서 있는 남자가 천천히 오른팔을 들어 망원렌즈 달린 권총을 반쯤 열린 센터 정문 쪽으로 겨냥한 바로 그 순간이었다.

17장

11월 22일

자신을 얀 홀체르라고 부르는 그는 이 상황이 마음에 들지 않았다. 너무 노출된 장소에 시간 선택도 잘못됐다. 지금 이 시간 이 거리에는 사람들과 차들이 너무 많았다. 그리고 최대한 얼굴을 가리긴 했지만 밝은 햇빛과 뒤쪽 공원에서 산책하는 사람들이 거슬렸다. 특히 어린아이를 죽여야 한다는 게 어느 때보다도 마음에 걸렸다.

하지만 어쩔 수 없는 일이었다. 결국 자신이 이 모든 상황을 초래했다는 사실을 받아들이지 않을 수 없었다.

그 아이를 과소평가했던 실수를 이제 스스로 바로잡아야 했다. 환상을 품거나 약한 마음에 굴복하는 일은 없어야 했다. 이제는 주어진 임무에 집중하고, 프로 본연의 모습으로 돌아갈 작정이다. 특히 올가를 떠올리지 말아야 했고, 프란스의 침실에서 자신을 응시하던 그 초점 없는 시선은 더더욱 생각하지 말아야 했다.

오직 거리 건너편에 있는 문에, 그리고 윈드브레이커 아래로 감춘 레밍턴 권총에만 온 정신을 집중해야 했다. '그런데 왜 아무 기척이 없지?' 그는 입속이 바짝 타들어갔다. 차갑고 습한 바람이 몸속을 파고들었다. 도로와 길가에는 눈이 쌓여 있었고, 출근 시간이라 사람들은 부산히 움직였다. 그는 총을 꽉 움켜쥐고 손목시계를 힐끗 쳐다보았다.

9시 16분. 9시 17분. 여전히 문에는 아무도 보이지 않았다. 그는 이를 꽉 다물고 욕을 내뱉었다. '뭔가 잘못된 거 아냐?' 그가 믿을 수 있는 건 유리가 준 정보밖에 없었지만 보통은 그것 하나만으로도 충분했다. 유리는 정보의 마법사라 할 수 있었다. 어제저녁, 유리가 스웨덴에 있는 지인들의 도움을 받아 몇 시간쯤 걸려 가짜 메일을 몇 통 만들어내는 동안, 그는 나머지 일에 집중했다. 현장 사진들을 살펴본 후 적절한 무기를 선택했고, 특히 도주용 차량을 준비하는 건 그의 몫이었다. MC 스바벨셰의 데니스 빌톤이 가명으로 차를 한 대 렌트해주었고, 지금 몇 블록 떨어진 곳에서 유리가 그 차의 핸들을 잡고 대기중이었다.

홀체르는 뒤쪽에서 기척이 느껴져 움찔 놀랐다. 하지만 별것 아니었다. 청년 둘이 너무 가깝게 옆을 지나갔을 뿐이었다. 한층 부산해진 거리 분위기가 그는 마음에 들지 않았다. 어딘가에서 개 짖는 소리가 들렸다. 기름 타는 냄새도 느껴졌는데 아마 맥도날드에서 나는 냄새일 터였다. 그리고…… 길 건너편 정문 뒤에서 회색 코트로 몸을 감싼 작달막한 남자가 마침내 모습을 드러냈다. 그 옆에는 머리가 덥수룩하고 빨간색 퀼팅재킷을 입은 조그만 사내아이가 보였다. 홀체르는 늘 그러듯 왼손으로 성호를 긋고 권총 방아쇠에 손가락을 올렸다.

그런데 영문을 알 수 없었다. 문이 열리지 않았다. 그뒤에 선 작달막한 남자는 머뭇거리며 휴대전화를 들여다보았다. '자, 빨리 나오라고, 빌어먹을!' 마침내 아주 천천히 문이 열리면서 두 사람이 문턱을 넘었다. 그는 권총을 들어올려 망원렌즈를 통해 아이의 얼굴을 조준했다. 또다시 그 초점 없는 눈을 본 순간 그의 몸에 전율이 일었다. 갑자기 이 아이를 정말로 죽이고 싶어졌다. 사람을 불안하게 하는 저 시선을 깨끗이 없애버리고 싶었다. 바로 그때 일이 벌어졌다.

어디선가 젊은 여자 하나가 튀어나와 아이한테 달려들었다. 그는 방아쇠를 당겼고 누군가 맞았다. 적어도 하나의 표적은 맞힐 수 있었다. 그는 계속해서 총을 쏘아댔지만 여자와 아이는 이미 길가에 서 있는 자동차 뒤로 번개같이 몸을 숨긴 뒤였다. 그는 숨을 한 번 들이마시고 주위를 둘러보았다. 그런 다음 '전격 작전'이라 부르는 단계에 들어가기 위해 길 건너편으로 뛰어갔다.

또 실패하는 일은 있을 수 없었다.

토르켈 린덴은 휴대전화를 그다지 좋아하지 않았다. 전화가 걸려오면 새 일자리라도 들어오는 건 아닐까 하여 반색을 하는 아내 사가와 달리, 그는 막연한 불안감에 사로잡히곤 했다.

그는 갖가지 항의들에 시달리고 있었다. 어쩌면 당연한 일일 수도 있었다. 오덴 아동치료센터는 긴급 상황에 관여하는 곳이기 때문에 아무래도 매사 이성보다는 격한 감정들이 앞서기 마련이었다. 그는 이러한 항의들에 근거가 있다는 걸 잘 알고 있었다. 자신이 지나치게 비용 절감 정책을 밀어붙이는 건 사실이었다. 그래서 문제가 생기면 직원들이 뒤처리를 하는 동안 자신은 슬그머니 빠져나가 근처 공원을 한 바퀴 돌다 오곤 했다. 하지만 이따금 좋은 말을 듣는 것 역시 분명한 사실이었다. 가장 최근에 찰스 교수한테 들은 얘기처럼 말이다.

처음에 그는 그 교수가 탐탁지 않았다. 외부인사가 센터 일에 끼어드는 게 싫었기 때문이다. 하지만 자신을 칭찬해주는 이메일을 받고 나자 마음이 조금 바뀌었다. 아우구스트를 한동안 센터에 붙잡아놓는 데 교수가 도움이 될지도 모를 일이었다. 그는 이유를 알 수 없지만 이 아이가 자신한테 뭔가 좋은 영향을 줄 것만 같았다.

그는 아이들과 거리를 두는 걸 원칙으로 삼았지만, 아우구스트는 왠지 모르게 그의 호기심을 자극했다. 그래서 경찰들이 이것저것 요구하는 게 마음에 들지 않았다. 아우구스트를 혼자 데리고 있으면서 아이의 비밀이 뭔지 알아보고 싶었다. 적어도 아이가 놀이방에 앉아 만화책 위에 끝없이 써내려가는 숫자들의 의미를 알아내고 싶었다. 하지만 너무도 어려운 일이었다. 아우구스트는 모든 접촉을 싫어하는 것 같았다. 그리고 지금은 이렇게 밖으로 나가지 않으려고 버티고 있었다. 토르켈은 고집을 부리기 시작하는 아이를 질질 끌어야 했다.

"자, 가자, 어서!" 그가 나지막이 으르렁댔다.

그의 휴대전화가 울린 건 바로 그때였다. 누군가 아까부터 끈질기게 전화를 걸어오고 있었다. 하지만 그는 받지 않았다. 어차피 늘 그렇듯 뻔한 항의 전화일 게 분명했다. 그는 문 쪽으로 다가가며 화면만 한번 힐긋 내려다보았다. 발신자 번호를 알 수 없는 이상한 문자메시지들이 와 있었다. "지금 문 밖으로 나가면 안 돼요!" "절대 거리로 나가면 안 돼요!" 그는 누군가 장난치는 거라고 생각했다.

그로선 도무지 이해할 수 없는 일이었다. 바로 그때 아우구스트가 그의 손에서 빠져나가려고 했다. 아이의 팔을 꽉 잡고 있던 그는 약간 주저하며 문을 열고 아이를 끌어당겨 밖으로 나갔다. 모든 게 평소와 같았다. 언제나처럼 행인들이 오가는 모습이 보였다. 그리고 이상한 문자메시지들을 미처 다시 떠올려보기도 전에 왼쪽에서 사람 하나가 맹렬히 달려와 아이를 덮쳤다. 그리고 동시에 총성이 들렸다.

자신이 위험에 처했다는 걸 깨달은 그는 겁에 질린 눈으로 길 건너편을 바라보았다. 큰 키에 몸이 좋은 남자 하나가 길을 건너 똑바로 달려오는 모습이 보였다. '그런데 저 손에 든 게 뭐지? 권총?'

아우구스트를 생각할 겨를도 없이 그는 후다닥 몸을 돌려 방금 전 나왔던 문 안으로 들어가려 했다. 그 짧은 순간에 그는 자신이 안전할 거라고 믿었다. 하지만 결코 그렇지 못했다.

리스베트는 아이를 보호하기 위해 본능적으로 달려들었다. 그리고 아이를 붙잡은 채 보도 위로 거세게 넘어지면서 부상을 당했다. 적어도 그녀가 느끼기엔 그랬다. 어깨와 가슴 부근이 타는 듯 아파왔지만 꾸물댈 시간이 없었다. 그녀는 두 손으로 아이를 안아들고 어느 자동차 뒤쪽으로 몸을 숨겼다. 누군가 그들을 향해 총격을 멈추지 않는 동안 헐떡이며 거기 앉아 있었다. 그러다 잠시 후 불안한 정적이 감돌았다. 차체 아래로 살며시 거리를 살피던 그녀의 눈에 킬러의 두 다리가 보였다. 그의 건장한 다리가 전속력으로 길을 건너고 있었다. 가방에 든 베레타를 꺼내 응사해볼까 잠시 생각해봤지만 이내 그럴 만한 여유가 없다는 걸 깨달았다.

그때 바로 근처에서 커다란 볼보 한 대가 느릿느릿 차도를 따라 굴러가는 모습이 보였다. 리스베트는 아이의 손목을 낚아채 자동차를 향해 돌진했다. 그런 다음 뒷문을 열고 아이와 함께 안으로 몸을 던졌다.

"빨리 달려요!"

그리고 그녀는 뒷좌석이 자신과 아이의 피로 흥건히 젖는 광경을 보았다.

스물두 살의 야코브 차로는 아버지의 도움을 받아 할부로 산 볼보 XC60의 자랑스러운 차주였다. 이날 그는 삼촌네 가족과 점심을 함께하기 위해 즐거운 기분으로 웁살라로 향하는 중이었다. 어서 빨리 그들을 만나 쉬리안스카FC 1부 리그에 자신이 스카우트된 소식을 알리고 싶었다.

라디오에서는 아비치의 〈웨이크 미 업Wake me up〉이 흘러나왔고, 그는 선율에 맞춰 손가락으로 핸들을 톡톡 두드리며 콘서트홀과 스톡홀름 경제대학교를 지나 차를 몰았다. 그런데 전방에서 무슨 일이 일어나고 있는 듯했다. 사람들이 사방으로 뛰고 있었다. 남자 하나가 뭐라고 소리쳤고, 앞차들이 브레이크를 밟으며 우물쭈물하는 통에 그도 속도를 줄이는 수밖에 없었다. 만일 사고가 난 거라면 도움을 줄 용의가 충분히 있었다. 야코브는 항상 영웅이 되기를 꿈꿔왔다.

그런데 갑자기 덜컥 겁이 났다. 한 남자가 빠르게 길을 건너는데 마치 적진을 향해 돌격하는 특공대 같았고, 그 움직임에선 극도로 사나운 기운이 느껴졌다. 야코브가 서둘러 그곳을 벗어나려고 액셀을 밟으려는 찰나 뒤쪽에서 무슨 소리가 났다. 돌아보니 차 안에 사람이 들어와 있었다. 순간적으로 고함을 내지른 야코브는 자신이 스웨덴어도 아닌 무슨 소리를 지껄인 건지 알 수 없었다. 아이를 하나 데리고 차 안으로 뛰어든 젊은 여자 역시 그에게 소리를 질렀다.

"빨리 달려요!"

야코브는 머뭇거렸다. '이 사람들 대체 누구지? 이 여자가 돈이나 차를 강탈하려는 걸까?' 그는 제대로 판단할 수 없었다. 정말이지 말도 안 되는 상황이었다. 하지만 이내 그는 움직이지 않을 수 없었다. 뒤쪽 차창이 와장창 박살났기 때문이다. 누군가 차에 대고 총을 쏘고 있었다. 결국 액셀을 끝까지 밟은 그는 심장이 쿵쾅대는 걸 느끼며 빨간불이 들어온 오덴가탄 교차로를 그대로 통과했다.

"이게 대체 웬 난립니까?" 그가 소리쳤다. "대체 무슨 일이냐고요!"

"쉿!"

그녀가 조용히 하라고 대답하자 야코브는 백미러를 통해 뒷좌석을 보았다. 겁에 질린 눈을 한 아이의 몸 곳곳을 여자가 간호사처럼 능숙하게 체크하고 있었다. 그리고 그제야 박살난 유릿조각뿐만 아니라 흥건한 핏물이 뒷좌석을 뒤덮었다는 걸 발견했다.

"아이가 총에 맞았어요?"

"몰라요. 운전에 집중해요. 아니, 이리 가지 말고 좌회전해요…… 그래요, 여기서!"

“알았어요, 알았어!”

야코브는 넋 나간 얼굴로 정신없이 대답했다. 혹시 뒤에서 그자가 쫓아오지는 않는지, 다시 총을 쏘진 않을지 생각하면서 바나디스베겐 거리로 핸들을 홱 꺾은 후 바사스탄 방면으로 미친듯이 차를 몰았다.

그는 깨진 차창 사이로 몰려들어오는 바람을 맞으며 핸들 위로 몸을 바짝 구부렸다. ‘제기랄, 무슨 엿 같은 일에 끌려든 거야? 저 여잔 대체 누구고?’ 그는 백미러를 다시 힐긋 들여다보았다. 검은 머리칼, 피어싱들, 어두운 눈빛…… 이 순간 지금 그녀에게 자신은 없는 존재 같다는 느낌이 들었다. 하지만 이내 그녀가 한층 부드러워진 말투로 뭐라고 웅얼거리는 소리가 들렸다.

“좋은 소식이라도 있어요?”

야코브가 물었다.

그녀는 대답이 없었다. 대신 가죽재킷을 벗더니 그 안에 입은 티셔츠를 두 손으로 움켜쥐었다. ‘…… 세상에!’ 그러고는 티셔츠를 단번에 쭉 찢어서 브래지어를 하지 않은 상체를 드러냈다. 야코브는 너무 놀라 입을 벌린 채 그녀의 봉긋한 가슴을 쳐다보았다. 실개울 같은 선혈이 그 위를 지나 배와 청바지 위로 줄줄 흘러내렸다.

그녀는 어깨 아래쪽 어딘가 심장에서 멀지 않은 곳에 총을 맞은 듯 심하게 피를 흘렸다. 지혈을 하려는지 찢은 티셔츠로 상처를 꽉 졸라매고 그 위에 다시 가죽재킷을 걸쳤다. 마치 전투에 나가기 전 얼굴에 치장을 한 것처럼 두 뺨과 이마가 핏방울로 물든 그녀의 모습이 무척이나 당당하게 느껴졌다.

“그러니까 좋은 소식이란 게, 총을 맞은 사람이 당신이고 아이는 아니란 건가요?”

“대충 그렇죠.”

“카롤린스카 병원으로 갈까요?”

"아뇨."

리스베트는 총알이 들어오고 나간 자리를 찾아냈다. 총알은 어깨를 관통했다. 피가 계속 솟아나왔고 거세진 심장박동이 관자놀이께까지 느껴졌다. 다행히 동맥은 다치지 않은 듯했다. 최소한 그러기를 바랐다. 동맥을 다쳤다면 지금보다 훨씬 통증이 심했을 것이다. 리스베트는 뒤를 돌아보았다. 킬러는 어딘가에 도주용 차를 세워놓았겠지만 어쨌든 지금 따라오는 차는 없었다. 그곳을 신속히 벗어난 덕분일지도 모른다.

뒤를 확인한 그녀는 곧바로 눈을 돌려 아우구스트를 내려다보았다. 아이는 가슴 위에 두 팔을 엇갈려 모으고는 상체를 앞뒤로 맹렬히 흔들고 있었다. 뭔가를 해야 한다는 생각이 들었다. 일단은 아이의 머리칼과 다리에 붙은 유릿조각을 떼어줬다. 그러자 아이가 잠시 조용해졌는데, 리스베트는 그게 좋은 조짐인지 확신할 수 없었다. 아이의 눈빛이 너무 흐릿했기 때문이다. 그녀는 아이에게 고개를 끄덕여 보이고는, 상황을 잘 통제하고 있으니 걱정 말라는 표정을 지었다. 하지만 설득력이 없었던 모양인지 아이는 별 변화가 없었다. 이내 리스베트는 속이 메스꺼워지면서 현기증이 일었고, 티셔츠는 벌써 피로 질척거렸다. 이러다 의식을 잃을 수도 있었다. 정신을 집중해서 빨리 계획을 세워야 했다. 적어도 한 가지는 확실했다. 경찰은 제외해야 했다. 그들은 킬러에게 아이를 그대로 던져준데다 전혀 상황을 통제하지 못하고 있었다. '어떻게 해야 하지?'

계속 이 차에 남아 있을 순 없었다. 현장에서 차량이 목격됐을 뿐 아니라 차창이 부서졌으니 쉽게 눈에 띌 게 분명했다. 그렇다면 이 친구한테 집까지 데려다달라고 한 후 '이레네 네세르'의 명의로 등록된 BMW를 끌고 나오는 방법도 있다. 하지만 이런 상태로 과연 운전을 할 수 있을지 미지수였다. 갈수록 통증이 심했다.

"베스테르브론 쪽으로 가줘요!"

"알았어요, 알았어."

"혹시 마실 거 있어요?"

"삼촌한테 드리려고 산 위스키가 한 병 있어요."

"그것 좀 줘요." 그랜츠 한 병을 건네받은 그녀는 죽을힘을 다해 뚜껑을 열었다.

그리고 동여맨 티셔츠를 풀고 상처 위에 위스키를 부었다. 그런 다음 한 모금, 두 모금, 세 모금을 벌컥벌컥 들이켰다. 아이한테도 권하려다 이내 좋은 생각이 아니라는 걸 깨달았다. 아이들은 위스키를 마시지 않는다. 쇼크 상태라 해도 마찬가지다. 그녀는 혼란스러워지기 시작했다.

"당신이 입은 셔츠 좀 벗어줘요."

리스베트가 앞에 앉은 야코브에게 말했다.

"뭐라고요?"

"새로 어깨를 동여맬 게 필요해요."

"좋아요. 그런데……"

"잔소리는 그만하고요."

"내가 당신을 도우려면 적어도 왜 총격을 당했는지 정도는 알아야 하지 않겠어요? 당신, 범죄자예요?"

"단지 이 꼬마를 보호하려 했을 뿐이에요. 복잡할 거 없어요. 어떤 개자식들이 이 아이를 쫓고 있다고요."

"왜요?"

"그건 당신과 상관없는 일이에요."

"그럼 당신 아들이 아닌가요?"

"난 모르는 애예요."

"그런데 왜 도와주려고 하죠?"

리스베트는 잠시 망설이다 대답했다.

"우린 같은 적들과 싸우고 있거든요."

야코브는 왼손으로 핸들을 잡은 채 브이넥 스웨터를 벗는 데 성공했다. 그런 다음 단추를 풀고 셔츠를 벗어 리스베트에게 내밀었다. 그녀는 어깨를 조심스럽게 동여매면서 아이를 힐긋 쳐다보았다. 아우구스트는 돌처럼 굳은 얼굴로 자신의 가느다란 다리를 내려다보며 꼼짝 않고 있었다. '어떻게 해야 하지?' 리스베트는 다시 한번 생각했다.

물론 피스카르가탄에 있는 그녀의 집에 숨을 수 있다. 미카엘 말고는 아무도 아는 사람이 없고, 그녀의 이름을 조회해 주소를 찾는 것도 불가능했다. 하지만 그곳도 위험할 수 있다. 한때 그녀는 이 나라 신문 1면들을 장식하면서 이상한 여자로 알려진데다 지금 상대하는 적은 정보를 캐내는 데 상당한 재능이 있기 때문이다. 아까 스베아베겐 거리에서 누군가 그녀를 알아봤을 가능성도 전적으로 배제할 수 없고, 어쩌면 경찰이 벌써 그녀를 추적하기 시작했을지도 모른다. 따라서 그녀의 그 어떤 신원과도 상관없는 새로운 은신처가 필요했다. 분명 누군가에게 도움을 받아야만 했다. '하지만 누구한테? 홀게르?'

과거 그녀의 후견인이었던 홀게르 팔름그렌은 뇌출혈 후유증을 거의 다 회복해 이제는 요양원을 나와 릴리에홀름 광장 근처 방 두 칸짜리 집에 살고 있었다. 홀게르는 세상에서 진정으로 그녀를 이해해주는 유일한 사람이었다. 그녀에게 변함없이 충실했고, 무슨 일을 해서라도 그녀를 도와줄 게 분명했다. 하지만 이제 그도 쇠약해진 노인이었다. 게다가 안 그래도 걱정 많은 성격의 그를 가급적 이 일에 끌어들이고 싶지 않았다.

물론 미카엘 블롬크비스트도 있다. 솔직히 문제될 게 없는 사람이다. 하지만 리스베트는 그를 다시 만나는 일이 망설여졌다. 어쩌면 문제될 게 없는 사람이라는 바로 그 이유 때문인지도 몰랐다. 그는 좋은 사람이었고, 정직한 사람이었다. '하지만 빌어먹을……' 어쨌든 그를 너무 원망할 필요는 없었다. 결국 리스베트는 할 수 없이 그에게 전화를 걸었다. 신호음이 한 번 울리자마자 그가 응답했다. 몹시 흥분한 목소리였다.

"이제야 네 목소리를 들으니 마음이 놓이네! 어떻게 된 거야?"

"지금은 말할 수 없어요."

"사람들 말로는 둘 중 하나가 총에 맞았다고 하던데. 여기에도 핏자국이 있어."

"아이는 무사해요."

"그럼 넌?"

"괜찮아요."

"총에 맞았어?"

"그건 나중에 얘기해요, 미카엘."

바깥으로 눈길을 돌린 리스베트는 어느새 베스테르브론 근처에 도착한 걸 확인했다. 그녀는 핸들을 잡고 있는 야코브를 향해 말했다.

"저기에 좀 세워줘요. 저기, 버스 정류장에."

"차에서 내리려고요?"

"아니, 당신이 내려요. 당신 휴대전화를 나한테 주고 내가 통화를 끝낼 때까지 기다려요. 알았어요?"

"네, 네."

야코브는 얼이 빠진 얼굴로 그녀에게 휴대전화를 건넨 다음 차를 세우고는 내렸다. 리스베트는 다시 통화를 시작했다.

"무슨 일이지?" 미카엘이 물었다.

"신경쓸 거 없어요. 지금부터 나와 통화할 수 있는 안드로이드 전화기를 하나 구해서 항상 지니고 다녀요. 삼성 같은 거요. 〈밀레니엄〉 사무실에 그런 게 있겠죠?"

"응, 몇 개 있을 거야."

"좋아요. 그런 다음 곧장 구글 플레이로 들어가서 '레드폰RedPhone'

과 '트리마Threema'라는 앱을 다운로드해요. 그래야 우리가 안전하게 연락할 수 있어요."

"알았어."

"만일 당신이 내가 생각하는 것만큼이나 멍청하다면 다른 사람한테 도움을 받아요. 하지만 그 사람의 신분도 비밀로 해줘요. 조금이라도 빈틈이 생기면 안 되니까."

"걱정 마."

"그리고……"

"응?"

"그 전화기는 꼭 긴급할 때만 사용해요. 나머지 정보는 따로 링크를 만들어서 주고받도록 하고요. 그리고 당신이 직접 하든지, 아니면 그렇게 형편없지 않은 사람을 시키든지 해서 'pgpi.org'로 들어가 메시지를 암호화해주는 프로그램을 다운로드해요. 지금 당장요. 그런 다음 아이와 함께 있을 은신처를 하나 찾아줘요. 〈밀레니엄〉이나 당신과 관련된 장소는 안 돼요. 찾아내는 즉시 암호화한 메일로 주소를 보내주고요."

"리스베트, 아이를 보호하는 건 네가 할 일이 아니야."

"경찰을 믿을 수 없어요."

"그렇다면 우리가 신뢰할 만한 사람을 찾아볼게. 그 아이는 자폐아라 특별한 보살핌이 필요하다고. 그리고 네가 아이한테 책임감을 느낄 필요는 없어. 더구나 총상까지 입고서……"

"계속 그렇게 지껄일 거예요, 아니면 도와줄 거예요?"

"물론 도와줄 거야."

"좋아요. 그럼 오 분 후에 '리스베트의 상자'를 열어요. 거기다 추가 정보를 적어놓을게요. 읽고 나서는 지워버려요."

"리스베트, 내 얘기 좀 들어봐. 넌 지금 병원에 가야 해. 치료를 받아야 한다고. 지금 네 목소리가……"

리스베트는 전화를 끊고 버스 정류장에서 대기하는 야코브에게 돌아오라고 외쳤다. 그런 다음 노트북을 꺼내 미카엘의 컴퓨터로 들어간 후 암호화 프로그램을 내려받아 설치해두었다.

그리고 야코브에게 모세바케 광장까지 데려다달라고 했다. 위험한 일이었지만 다른 방법이 없었다. 그녀 주위의 모든 것이 갈수록 불투명해지고 있었다.

미카엘은 나직이 욕을 내뱉었다. 지금 그는 스베아베겐 거리에 서 있다. 사건 현장에 도착한 경찰들이 둘러놓은 노란색 통제선들과 토르켈 린덴의 식어버린 몸에서 멀지 않은 곳이었다. 그는 리스베트에게 전화를 받자마자 맹렬히 움직였다. 택시에 몸을 던지듯이 올라탄 후로 아이와 원장이 거리에 나오는 걸 막기 위해 할 수 있는 모든 걸 다해보았다.

하지만 모든 시도가 수포로 돌아가고 오덴 아동치료센터의 비르기타 린드그렌이라는 직원과 아슬아슬하게 통화한 게 다였다. 설명을 들은 그녀가 곧바로 뛰어내려갔지만 원장이 머리에 총을 맞고 쓰러지는 광경을 보게 되고 말았다. 미카엘이 십 분 후 현장에 도착했을 때 비르기타는 충격을 받아 제정신이 아니었다. 그래도 어떤 일이 있었는지 진술할 수는 있었다. 그리고 거리 저편에 위치한 알베르트 보니에르 출판사로 가는 길이었던 또다른 목격자 울리카 프란센이라는 여자를 만나 보다 상세한 얘기를 들을 수 있었다.

미카엘은 그 덕분에 휴대전화가 다시 울리기 전에 리스베트가 아이를 구했다는 걸 알 수 있었다. 그리고 운전중에 난데없이 총알 세례를 받는 바람에 그들을 돕고 싶은 마음이 별로 없어졌을지도 모를 어떤 남자의 차 안에 그들이 있다는 사실도 알았다. 두번째 전화를 받고 조금 안심할 수는 있었지만, 그래도 길가와 차도 위에 어지러이 흩어진 핏자국들이 그의 마음을 무겁게 했다. 목소리를 들어보니 지금 그녀는 몸을 가누기도 힘든 상태인 듯했는데—사실 그에겐 별로 놀랄 일도 아니었다—저렇게 고집을 부리고 있었다.

그녀는 총상을 입고서도 경찰에 맡기지 않고 자신이 직접 아이를 보호하겠다고 했다. 그녀의 과거를 생각해보면 이해가 안 되는 것도 아니었지만 그렇다고 해서 이 일에 미카엘 자신과 〈밀레니엄〉까지 끼어들어야 하는지는 의문이었다. 스베아베겐 거리에서 그녀가 영웅적인 행동을 한 건 사실이지만, 순전히 법적인 관점으로 보면 그녀가 아이를 납치했다고도 할 수 있었다. 미카엘은 자신이 이 일에 연루되어서는 안 된다는 생각이 들었다. 그러잖아도 언론과 검찰하고 문제가 많은 몸이었다.

하지만 리스베트가 엮인 일이었다. 그녀와 약속도 했다. 미카엘은 물론 그녀를 도울 생각이었다. 에리카가 펄펄 뛸 테고, 결과는 오직 신만이 알겠지만. 그는 숨을 한번 깊이 들이마시고는 휴대전화를 꺼냈다. 하지만 미처 번호를 누를 시간이 없었다. 뒤에서 낯익은 고함소리가 들렸다. 얀 형사였다. 크게 충격을 받은 듯한 얼굴로 헐레벌떡 걸어오고 있었다. 소니아와 탄탄한 체격의 오십대 남자도 보였다. 아마 리스베트가 말했던 그 교수인 듯했다.

"아이는 어딨습니까!" 얀이 헐떡거리며 물었다.

"빨간 볼보를 타고 북쪽으로 사라졌어요. 누군가가 아이를 구했어요."

"누가?"

"내가 아는 걸 다 얘기해줄게요." 미카엘은 자신이 무엇을 말할 건지, 혹은 무얼 말해야 하는지 확실히 모르는 상태에서 일단 이렇게 대답했다. "하지만 먼저 전화 한 통 하고요."

"아니, 얘기 먼저 해요. 당장 수배령을 내려야 하니까."

"그럼 저기 있는 저 여자분한테 가봐요. 울리카 프란센 씨가 나보다 많이 알고 있어요. 사건을 직접 목격했으니 범인의 인상착의를 보다 자세하게 설명해줄 겁니다. 난 십 분 뒤에야 도착했어요."

"누가 아이를 구했죠?"

"어떤 여자가요. 울리카 씨가 그녀에 대해서도 진술해줄 거예요. 그럼 미안하지만 난 먼저 전화를……"

"먼저 설명부터 해주시죠! 여기서 사건이 벌어질 거라는 걸 당신이 어떻게 알았는지 말이에요." 소니아가 갑자기 화를 내며 말했다. "무전을 들어보니 총격이 있기도 전에 당신이 구급대를 불렀다면서요?"

"정보를 받았어요."

"누구한테요?"

미카엘은 다시 한번 숨을 깊게 들이마시고는 그 어느 때보다 단호한 표정으로 소니아의 눈을 똑바로 쳐다보았다.

"신문들이 어떤 엿 같은 소리들을 늘어놓는진 모르겠지만 난 당신들 수사에 최대한 협조하고 싶다는 걸 분명히 알아주세요."

"미카엘, 난 항상 당신을 믿어왔어요. 하지만 이제 나도 처음으로 의문이 드는군요." 소니아가 대꾸했다.

"좋아요, 이해합니다. 하지만 나 역시 당신들을 그다지 신뢰하지 못한다는 사실도 존중해주면 고맙겠어요. 이 사건과 관련해 경찰 내부에서 중대한 정보 유출이 있었다는 거 당신들도 잘 알죠? 그렇지 않았다면 이런 일도 벌어지지 않았고요." 미카엘은 토르켈의 시신을 가리키며 말했다.

"맞아. 정말 엿 같은 일이야." 얀이 힘없이 인정했다.

"그럼 난 전화 좀 하러 가겠습니다."

미카엘은 조용히 통화를 하러 조금 떨어진 곳으로 걸어갔다. 하지만 그는 전화를 걸지 않았다. 이제는 정말 보안에 신경써야 할 때라는 생각이 들어서였다. 그래서 다시 얀과 소니아에게 다가가 곧장 〈밀레니엄〉 사무실로 들어가봐야 하니 수사에 필요하면 언제든지 불러달라는 말을 전했다. 그러자 놀랍게도 소니아가 그의 팔뚝을 꽉 움켜잡았다.

"여기서 사건이 벌어질 거라는 사실을 어떻게 알았는지나 먼저 얘기해달라고요." 그녀는 날카로웠다.

"미안하지만 정보원을 보호할 의무가 있다는 걸 말씀드려야겠네요." 미카엘이 씁쓰레한 미소를 지으며 대꾸했다.

택시를 잡아탄 미카엘은 사무실로 돌아가는 차 안에서 골똘히 생각에 잠겼다. 얼마 전부터 〈밀레니엄〉은 '테크 소스'에 전산 업무를 위탁해왔다. 젊은 여성들이 경영하는 이 회사는 복잡한 문제가 생길 때마다 효과적이고도 신속하게 도움을 주었다. 하지만 그들을 이 일에 끌어들이고 싶진 않았다. 크리스테르 말름 역시 편집부 안에서는 이 분야를 가장 잘 아는 고수라고 할 수 있지만 그에게도 부탁하고 싶지 않았다. 차라리 안드레이가 나아 보였다. 이미 이 사건에 착수한데다 컴퓨터도 꽤나 잘 다뤘기 때문이다. 마침내 미카엘은 그에게 부탁하기로 결정하면서 한편으로는 다짐을 했다. 자신과 에리카가 이 진창을 벗어나기만 하면 그에게 정식으로 자리를 마련해줘야겠다고.

에리카의 아침은 스베아베겐 총격 사건이 있기 전부터 이미 악몽이었다. TT 통신이 내놓은 빌어먹을 단신 때문이었다. 어떻게 보면 그 단신은 지금 언론계가 미카엘에게 가하고 있는 집단 공격 중 하나일 뿐이었다. 시샘 많고 속 꼬인 인간들이 한꺼번에 기어나와 트위터며, 게시판이며, 이메일 따위에서 온갖 험담을 쏟아내고 있었다. 여기에 모든 형태의 외국인 혐오에 반대하는 〈밀레니엄〉을 증오해온 극렬한 인종주의자들까지 가세하는 형국이었다.

가장 힘든 건 이로 인해 편집부가 일하는 데 지장을 받는다는 점이었다. 갑자기 사람들이 〈밀레니엄〉에 정보를 제공하기를 꺼리는 듯했고, 게다가 리샤르드 검사가 사무실을 압수수색할 거라는 소문까지 떠돌았다. 에리카는 설마하는 심정이었다. 정보원을 보호해야 하는 언론사가 압수수색을 당하는 건 아주 심각한 일이기 때문이다.

하지만 그녀도 크리스테르와 같은 생각이었다. 여론이 과열된 터라 사법부 혹은 양식 있는 사람들조차 그 분위기를 못 이겨 정도를 벗어난 생각을 할 수도 있었다. 그녀가 어떻게 반격을 해야 할지 생각에 잠겨 있을 때 미카엘이 사무실로 들어왔다. 하지만 곧장 그가 자신에게 다가와 말을 걸지 않아 에리카는 조금 놀랐다. 대신 안드레이에게 가서는 그의 방으로 와달라고 하는 것이었다.

잠시 후 그녀도 뒤따라 들어갔다. 그녀의 귀에 처음 들어온 단어는 'PGP'였다. IT 보안교육을 받은 적이 있었기에 그게 무엇인지는 그녀도 알았다. 안드레이는 잔뜩 긴장한 표정으로 수첩에 뭔가를 적었다. 몇 분 후 미카엘은 그녀 쪽으로는 눈길도 주지 않고 방을 나가 회의실에 놓아둔 그의 노트북 앞에 자리를 잡았다.

"무슨 일이야?" 그녀가 물었다.

미카엘은 나지막이 모든 걸 설명했다. 분명한 건 이야기를 듣는 에리카의 표정이 밝지 않다는 사실이었다. 선뜻 이해하지 못하는 그녀에게 미카엘은 여러 번 설명을 반복했다.

"그러니까 은신처를 찾아주고 싶다는 거야?"

"이 일에 끌어들여서 미안해, 에리카. 하지만 내 주변에 여름별장 가진 사람들을 자기만큼 많이 아는 이가 없어."

"미카엘, 난 잘 모르겠어. 정말 모르겠어."

"에리카, 난 모르는 척할 수 없어. 리스베트는 총상까지 입었어. 아주 절망적인 상황이야."

"부상을 당했다면 병원으로 가야지."

"가지 않겠대. 무조건 아이를 보호하겠대."

"아이가 살인범 얼굴을 그릴 수 있도록 말이지?"

"응."

"미카엘, 이건 너무 책임이 큰 일이야. 아주 위험하기도 하고. 무슨 일이라도 생기면 그 책임이 우리한테 돌아올 거라고. 그럼 그날로 〈밀레니엄〉은 끝장이야. 증인들을 보호하는 건 우리가 할 일이 아니잖아. 이건 범죄 사건이고 경찰 소관이야. 한번 생각해봐. 수사를 진척시키고 아이의 심리를 파악하는 데 중요한 단서들이 그 그림 안에 과연 얼마나 들어 있을지 말이야. 미카엘, 분명 다른 해결책이 있을 거야."

"리스베트가 엮인 일이 아니라면 다른 해결책이 있겠지."

"그녀 일이라면 무조건 감싸고 도는 거 난 가끔 지겹다고."

"단지 상황을 현실적으로 보려는 것뿐이야. 경찰은 심각한 실수를 저질러서 결국 아이의 생명을 위험에 빠뜨렸어. 그래서 리스베트가 격분하는 거라고."

"그래서 그녀 편에 서겠다, 이 말이야?"

"어쩔 수 없잖아? 그녀는 지금 밖에서 떠돌고 있고, 화가 나서 제정신도 아니고, 어디 갈 데도 없는 상황이라고."

"그럼 산드함에 가서 숨으라고 하지그래."

"거긴 리스베트하고 관련된 곳이야. 그녀의 이름이 알려지면 경찰에선 당장 내 주소들을 확인할 테고."

"그래, 알았어."

"알았다니, 뭘?"

"뭐라도 찾아볼게."

에리카는 자신이 그렇게 대답하고도 믿기지 않았다. 하지만 미카엘하고는 늘 이런 식이었다. 그가 도움을 청하면 아무것도 거절할 수 없었다. 그리고 그녀는 미카엘 역시 똑같이 해주리라는 걸 알았다. 그녀를 위해서라면 무슨 일이라도 할 사람이었다.

"좋았어, 리키! 어디가 좋을까?"

그녀는 열심히 머리를 굴려봤지만 당장 떠오르는 곳이 없었다. 머릿속이 휑했다. 아무 이름도, 그 누구도 떠오르지 않았다. 알고 지내온 모든 인맥들이 갑자기 증발해버린 것만 같았다.

"생각 좀 해봐야겠어."

"빨리 찾아내서 주소랑 가는 길을 안드레이한테 알려줘. 그다음에 어떻게 해야 하는지는 그가 알고 있으니까."

에리카는 잠시 바람을 쐬고 싶었다. 계단을 내려간 그녀는 예트가탄 거리를 따라 메드보리아르플랏센 방면으로 걸으면서 아는 이들의 이름을 하나씩 떠올려봤다. 하지만 그 누구도 적당해 보이지 않았다. 이건 극히 중대한 일이었다. 생각나는 사람마다 문제들이 있었고, 그렇지 않다 해도 그들을 위험에 노출시키거나 이런 문제로 불편하게 하고 싶지 않았다. 어쩌면 그녀 자신에게 이 상황이 너무도 불편했기 때문인지도 모른다. 하지만…… 자칫하면 어린아이 하나가 살해될 수도 있는 문제였다. 그리고 자신은 미카엘과 약속을 했다. 해결책을 찾아내야 했다.

멀리서 경찰차 사이렌 소리가 들렸다. 그녀는 공원과 지하철역, 그리고 모스크가 있는 언덕을 바라보았다. 무슨 중요한 정보라도 받았는지 젊은 남자 한 명이 그녀 옆을 지나며 들고 있는 문서들을 들춰보았다. 이때 불현듯 이름 하나가 떠올랐다. '맞아, 가브리엘라 그라네!' 에리카는 이 이름을 떠올리고 조금 놀랐다. 그렇게 친한 친구도 아니었고, 절대 법을 위반해서는 안 되는 곳에서 일하는 사람이었기 때문이다. 즉, 바보 같은 생각이었다. 이런 제안을 한번 고려해보는 것만으로도 해고당할 수 있다. 하지만…… 에리카는 그녀의 이름이 좀처럼 지워지지 않았다.

가브리엘라는 좋은 사람이었고 책임감도 있었다. 에리카는 기억 하나를 떠올렸다. 지난여름, 잉아뢰섬에 있는 가브리엘라의 별장에서 가재구이 파티를 즐기고 난 아침 혹은 새벽이었다. 둘은 조그만 테라스 위 그네의자에 나란히 앉아 나무들 사이로 저멀리 펼쳐진 바다를 바라보고 있었다.

"나중에 하이에나들한테 쫓기게 되면 여기에 와서 숨고 싶네요."

에리카는 '하이에나들'이 정확히 무얼 의미하는지 자신도 잘 모르는 채 말했다. 아마 잡지사 일로 지치고 약해진 채 찾아간 그 별장에서 이상적인 은신처 같은 느낌을 받았을지도 모른다. 가파른 곶 위에 있는 그 집은 주위에 나무들이 우거져 외부의 시선에서 차단되어 있었다. 에리카는 그때 가브리엘라가 해준 대답을 분명히 기억하고 있었다.

"혹시 하이에나들이 쫓아온다면, 이곳은 항상 열려 있어요, 에리카."

물론 어려운 부탁이라는 걸 알았지만 에리카는 그래도 시도해보기로 마음먹었다. 그녀는 사무실로 돌아가 안드레이가 설치해준 레드폰 앱을 통해 전화를 걸었다.

18장

11월 22일

가브리엘라 그라네의 개인 휴대전화가 울렸다. 스베아베겐 거리 사건 때문에 헬레나 크라프트가 소집한 팀 전체 회의에 가려고 준비하고 있을 때였다. 그녀는 아주 격분한 상태였지만, 아니면 그랬기 때문에 더더욱 즉각 통화 버튼을 눌렀다.

"여보세요?"

"나예요, 에리카."

"아, 안녕하세요. 그런데 지금은 얘기할 시간이 없어요. 나중에 다시 통화하죠."

"내가 한 가지……"

에리카가 말을 이으려고 했다. 하지만 가브리엘라는 이미 전화를 끊은 뒤였다. 지인과 한가하게 잡담을 나눌 때가 아니었다. 그녀는 누구와 싸움이라도 한판 벌일 기세로 회의실 문을 왈칵 열고 들어갔다. 중요한 정보들이 유출됐고, 두번째 사망자가 발생했고, 여성 한 명이 중상을 입었을 것이다. 회의 자리에 모인 이 인간들이 그 어느 때보다도 지긋지긋하게 느껴졌다. 그들은 새로운 정보를 확보하려는 욕심에 사로잡혀 조심성 없이 마구잡이로 행동했다. 가브리엘라는 속으로 속으로 화를 삭이며 처음 삼십 초가량은 사람들이 얘기하는 걸 한마디도 듣지 않았다. 그런데 어떤 이름 하나가 그녀의 귀를 쫑긋 서게 했다.

미카엘 블롬크비스트였다. 스베아베겐 거리에서 총격이 있기 전 그가 이미 구급대를 불렀다는 것이다. 문득 가브리엘라는 좀전에 에리카에게서 걸려온 전화가 이상하다는 생각이 들었다. 평소에 특별한 이유 없이는, 특히나 업무 시간에는 연락하는 법이 없는 그녀였다. '혹시 뭔가 밝히고 싶은 중요한 일이 있었던 걸까?' 가브리엘라는 벌떡 일어나 양해를 구하고 나가려 했다.

"가브리엘라, 이건 중요한 일이니까 자네도 앉아서 들어."

헬레나가 평소와 달리 날카롭게 말했다.

"통화할 데가 있어요."

가브리엘라가 대답했다. 상관의 기분이야 어떻든 그녀 역시 오늘은 알 바 아니었다.

"무슨 통화지?"

"그냥 통화예요."

가브리엘라는 회의실을 떠나 자기 사무실로 갔다. 그리고 곧장 에리카에게 전화를 걸었다.

에리카는 전화를 받자마자 자신의 삼성 휴대전화로 다시 걸어달라고 부탁했다. 가브리엘라가 다시 전화했을 때 에리카는 그녀가 평소와 사뭇 다르다는 걸 느꼈다. 그 친밀하고도 따뜻한 기색이 전혀 없었다. 오히려 상대가 뭔가를 부탁할 거라고 미리 짐작하기라도 한 듯 불안하고 딱딱했다.

"안녕하세요." 가브리엘라가 간단하게 인사했다. "사실 지금 바빠서 정신이 없어요. 아우구스트 발데르에 관한 얘기인가요?"

에리카는 흠칫 놀라 움츠러들었다.

"그걸 어떻게 알았죠?"

"내가 그 수사를 맡았어요. 미카엘이 사전에 스베아베겐 거리에서 사건이 일어날 거라는 정보를 받았다는 얘기를 방금 전에 들었고요."

"벌써 그걸 들었나요?"

"네. 대체 그 정보가 어디서 나왔는지 좀 알고 싶네요."

"미안해요. 우리에게는 정보원을 보호할 의무가 있어요."

"좋아요. 그렇다면 원하는 게 뭐죠? 왜 전화한 거죠?"

에리카는 눈을 감고 숨을 깊게 들이마셨다. '내가 왜 이렇게 멍청한 짓을 했지?'

"아뇨. 다른 사람에게 얘기해야겠네요. 당신한테 윤리적인 고민거리를 안겨주고 싶지 않아요."

"에리카, 그런 고민이라면 얼마든지 해볼 수 있어요. 하지만 당신이 정보를 숨기는 건 정말로 유감이네요. 나한테는 이 수사는 당신이 상상하는 것 이상으로 중요해요."

"그런가요?"

"실은 나도 정보를 하나 받은 적이 있었어요. 프란스가 위험에 처했다는 사실을 알았지만 피살당하는 건 막지 못했죠. 죽는 날까지 품고 살아야 할 마음의 짐이라고요. 그러니 나한텐 아무것도 숨기지 말아줘요."

"가브리엘라, 어쩔 수가 없네요. 미안하지만 우리 때문에 당신이 곤란해지는 걸 원치 않아요."

"프란스가 살해당한 날, 난 살트셰바덴 현장에서 미카엘을 만났어요."

"미카엘이 아무 얘기 안 하던데요?"

"굳이 그에게 날 소개할 필요는 없다고 생각했거든요."

"그랬군요."

"에리카, 이 진창 속에서 우린 서로 도움이 될 거예요."

"좋아요. 미카엘한테 당신에게 전화해보라고 할게요. 하지만 지금은 내 문제를 먼저 처리해야겠어요."

"경찰 쪽에서 정보가 유출되었다는 걸 나도 알아요. 이런 상황에 다른 협력처를 찾아나서는 것도 충분히 이해하고요."

"그렇죠. 하지만 미안해요, 난 다른 곳을 찾아봐야 할 것 같아요."

"그래요." 가브리엘라는 실망한 기색이 역력했다. "그럼 이 통화는 없었던 걸로 할게요. 행운을 빌어요."

"고마워요."

전화를 끊은 에리카는 곧바로 다른 연락처들을 훑어보기 시작했다.

다시 회의실로 돌아가며 가브리엘라는 머릿속이 몹시 혼란스러웠다. '에리카는 무얼 부탁하려 했을까?' 어렴풋이 감이 잡히는 듯도 했지만 곰곰이 생각해볼 시간이 없었다. 회의실 안에 들어선 그녀를 모두가 못마땅한 시선으로 쳐다보았다.

"대체 무슨 전환데 그래?" 헬레나가 물었다.

"개인적인 일이에요."

"꼭 지금 해야 할 만큼 급한 일이었나?"

"네, 그렇습니다. 자, 어디까지 얘기하셨죠?"

"스베아베겐 거리 사건을 얘기하고 있었어. 지금까지 우리한테 들어온 정보가 너무 부족하다고." 팀의 우두머리 격인 랑나르가 설명했다. "한마디로 상황이 엉망이야. 자칫하면 얀 형사네 수사팀에 심어놓은 정보원도 잃게 생겼어. 이 일이 있고 나서 얀이 편집증 환자처럼 팀원들을 단속한다는군."

"당연히 그래야 하지 않을까요?" 가브리엘라가 차갑게 대꾸했다.

"뭐…… 그렇지. 아이가 오덴 아동치료센터에 있었다는 사실이나, 바로 그 시간에 센터 정문을 나올 거라는 걸 킬러가 어떻게 알아냈는지 우리가 반드시 밝혀내야 해. 거기에 모든 방법을 동원할 거라는 건 말할 필요도 없겠지. 그런데 내가 강조하고 싶은 건, 이번 정보 유출이 반드시 경찰 내부의 소행이라고만 볼 수 없다는 점이야. 경찰 말고도 사정을 아는 사람이 몇 있었으니까. 당연히 센터를 포함해 아이의 친모, 예측불허라는 친모의 애인 라세 베스트만, 그리고 〈밀레니엄〉 사람들도 알고 있었어. 물론 해킹당했을 가능성도 배제할 수 없고. 이 문제는 이따가 다시 논의하고, 내가 하던 얘기를 마저 계속 해볼까?"

"계속해보시죠."

"좀전에도 미카엘에 대해 얘기했지만, 아주 이상한 점이 많단 말이야. 어떻게 총격이 있기도 전에 그 사실을 알 수 있었지? 내가 보기엔 범인들과 가까운 정보원을 둔 게 분명해. 그렇다면 우리가 그의 업무상 의무를 무조건 존중해줄 이유가 전혀 없다고. 그 정보가 어디서 왔는지 반드시 밝혀내야 해."

"그 기자, 특히나 요즘 궁지에 몰려서 특종을 터뜨리려고 혈안이 된 모양이니 더욱 그래야죠." 모르텐 닐센이 덧붙였다.

"당신도 아주 훌륭한 정보원을 많이 둔 것 같던데요? 타블로이드 신문들을 끼고 사는 걸 보니?" 가브리엘라가 비꼬았다.

"타블로이드가 아니라 TT 통신이에요. 세포도 꽤 신뢰하는 매체."

"근거 없이 헐뜯는 기사라는 건 나도 알고 당신도 알잖아요."

"당신이 미카엘 기자를 그토록 연모하는지 미처 몰랐네요."

"머저리."

"당장 그만둬" 헬레나가 끼어들었다. "무슨 유치한 짓들이야? 랑나르, 계속해. 사건 후에 일들이 어떻게 진행됐지?"

"현장에 최초로 도착한 건 일반 경찰 소속 에리크 산드스트룀과 토르드 란드그렌이었습니다." 랑나르가 말을 이었다. "지금 보고드리는 내용은 모두 그들한테 받은 거고요. 정확히 9시 24분에 그들이 현장에 도착했을 땐 모든 상황이 끝난 뒤였습니다. 토르켈 린덴은 후두부에 총알 한 발을 맞고 사망했고, 아이의 행방은 알 수 없었습니다. 목격자 진술에 따르면 아이도 부상을 입은 듯한데, 당시 길가와 차도에 핏자국이 흩어져 있었죠. 하지만 현재로선 아무것도 모르는 상황입니다. 아이는 빨간색 볼보를 타고 사라졌다는데, 차량번호 일부와 차 모델명이 확보됐기 때문에 차주는 곧 찾아낼 수 있을 겁니다."

가브리엘라는 회의 때 매번 그러듯이 헬레나가 모든 내용을 꼼꼼히 메모하고 있는 걸 보았다.

"그래서 대체 무슨 일이 일어난 거죠?" 가브리엘라가 물었다.

"사건 당시 길 맞은편에 있었던 경제대학교 학생 둘의 증언에 따르면, 마치 아이를 노리는 두 범죄조직 간 싸움 같았다는군."

"설득력 없는 소리네요."

"그렇게 단정할 수는 없어." 랑나르가 대꾸했다.

"왜 그렇게 생각하지?" 헬레나가 물었다.

"양쪽 다 프로였다는 겁니다. 킬러는 길 건너편 공원 바로 앞에 있는 담에 서서 센터 정문을 감시하고 있었던 모양입니다. 몇 가지 단서를 보면 프란스를 죽인 자와 동일인물일 수도 있다는 생각이 들고요. 마스크 같은 걸 하고 있어서 그의 얼굴을 정확히 본 사람은 아무도 없습니다. 하지만 움직임이 신속하고 효율적인 게 그자와 유사합니다. 그 맞은편에는 여자가 있었고요."

"그녀에 대해 파악된 건?"

"별로 없습니다. 나이는 젊고, 가죽재킷에 짙은 색 청바지 차림이었던 것 같습니다. 머리칼은 검고 피어싱을 한 모습이 목격자들 말로는 로커나 펑크족 같았다고 합니다. 체구는 왜소한데 동작은 엄청 민첩했다고 하고요. 어디선가 갑자기 튀어나와 아이를 구하려고 달려들었답니다. 평범한 행인으로 보이진 않았다고 목격자들은 입을 모았습니다. 전문적인 훈련을 받았거나 이런 상황을 겪어본 듯 번개처럼 움직였대요. 다만 볼보에 대해서는 증언들이 엇갈립니다. 어떤 이들은 우연히 그곳을 지나던 그 차가 서행하는 틈을 타 여자와 아이가 안으로 뛰어들었다고 하고, 경제대학교 학생 둘은 작전 차량처럼 보였다고 합니다. 어찌됐든 이건 납치극으로 봐야 할 것 같습니다."

"납치요? 무슨 목적으로요?" 가브리엘라가 물었다.

"그걸 나한테 물으면 어떡하나?"

"그렇다면 그 여자가 아이를 구한 게 아니라 납치해서 데려갔다는 말인가요?"

"그렇게 봐야 하지 않겠어? 아니라면 우리한테 벌써 소식이 왔겠지."

"그녀는 현장까지 어떻게 왔죠?"

"아직 파악되지 않았어. 예전에 노동조합신문 편집장이었던 목격자 말로는 낯익은 인상이었대. 심지어는 어디서 많이 본 것 같다는 거야."

랑나르가 몇 가지 단서들을 더 설명했지만 가브리엘라는 더이상 그의 말을 듣지 않았다. 충격적인 생각 하나가 스쳤기 때문이다. '살라첸코의 딸! 분명 살라첸코의 딸이야!' 가브리엘라는 그녀를 '살라첸코의 딸'이라 부르는 일이 부당하다는 걸 잘 알았다. 그녀는 그녀의 아버지와 전혀 다른 사람이었다. 심지어 그를 증오하기까지 했다. 하지만 몇 해 전 살라첸코 사건에 관한 글들을 모조리 읽다보니 '살라첸코의 딸'이라는 표현에 익숙해져버렸다.

랑나르가 억측을 늘어놓는 사이, 비로소 그녀는 퍼즐 조각들이 맞아떨어지는 느낌이 들었다. 이미 살라첸코의 옛 조직과 스파이더스라 불리는 그룹과의 연관성을 몇 가지 찾아놓은 터였다. 하지만 그런 범죄자들이 활동할 수 있는 범위에는 한계가 있다는 생각에 이 가능성을 배제해버렸다.

폭주족 클럽에서 포르노 잡지나 뒤적이며 시간을 보내는 가죽조끼 차림의 사내들이 어느 날 갑자기 최첨단 기술을 훔치는 해커로 둔갑한다는 건 상상하기 힘든 일이었다. 하지만 그녀의 머릿속에 이런 생각이 다시 떠오른 건 사실이었다. 심지어 프란스의 컴퓨터들에서 해킹 흔적을 찾는 데 도움을 주었다는 여자는 혹시 살라첸코의 딸이 아니었을지 궁금해졌다. 그녀와 관련된 세포 내부 문서에는 '해커? 컴퓨터 전문가?'라는 메모가 있었다. 비록 이 문서를 작성한 사람은 한때 그녀가 일했던 밀톤 시큐리티측의 찬사에 가까운 진술을 참고한 듯했지만. 어쨌든 그녀가 자기 생부의 범죄조직을 조사하는 데 많은 시간을 들인 건 분명해 보였다.

무엇보다 중요한 건 널리 알려진 대로 그녀와 미카엘이 서로 아는 사이라는 점이었다. 정확히 어떤 관계—사도마조히즘적 관계라는 악의에 찬 소문들에 가브리엘라는 일 초도 귀를 기울이지 않았다—인지는 알 수 없었지만 어쨌든 그 둘이 연결된 건 사실이었다. 게다가 미카엘, 그리고 살라첸코의 딸과 생김새가 비슷한 여자는 스베아베겐 거리에서 총격 사건이 있기 전에 이미 뭔가를 알고 있었다. 좀 전에는 에리카가 전화를 걸어와 뭔가 중요한 걸 얘기하려고도 했었다. '이 모든 게 같은 방향을 향하는 게 아닐까?'

"한 가지 떠오르는 게 있는데요."

랑나르가 얘기하는 도중에 가브리엘라가 지나치게 큰 소리로 끼어들었다.

"그래?"

랑나르가 미간을 찌푸리며 말했다.

"그러니까……"

가브리엘라는 자신이 세운 가설들을 설명하려다 이내 다른 무언가가 거슬리는 바람에 멈칫했다. 아주 사소한 것이었다. 랑나르가 보고하는 내용을 헬레나가 아주 꼼꼼하게 메모하는 모습이었다. 상관이 부하들의 보고를 경청하는 건 좋은 일이지만 지금은 지나친 감이 없지 않았다. 그 정도 위치에 있는 사람이라면 수사를 전체적으로 조망하며 큰 그림을 그려야지, 왜 그렇게 세부적인 사항들까지 모조리 관심을 갖는 건지 가브리엘라는 의아했다.

이유는 알 수 없었지만 몹시 불편한 느낌이 엄습했다. 구체적인 근거 없이 누군가를 지목하려 해서였을 수도 있지만, 그보다는 헬레나의 태도 때문이었다. 그녀는 자신을 유심히 쳐다보는 가브리엘라의 시선을 느꼈는지 당황한 기색으로 눈길을 돌렸다. 심지어는 얼굴을 붉힌 듯도 했다. 가브리엘라는 결국 말을 하지 않기로 했다.

"그러니까……"

"뭔데, 가브리엘라?"

랑나르가 채근했다.

"아무것도 아니에요."

그녀는 빨리 이 방을 벗어나고 싶은 생각이 간절했다. 그리고 자신의 행동이 좋게 보이지 않을 거란 걸 잘 알면서도 다시 회의실을 나와 화장실로 들어갔다.

훗날 그녀는 거울 속 자신의 모습을 들여다보며 방금 전 회의 광경의 의미를 생각하던 이 순간을 생생히 기억하게 될 터였다. 헬레나가 정말로 얼굴을 붉혔다면 그건 무엇을 의미하는지 알 수 없었다. 아무것도 아닐 거라고, 정말 아무것도 아닐 거라고 가브리엘라는 생각했다. 심지어 그녀가 상상한 대로 당혹감이나 죄책감의 표현이었다 하더라도 그런 감정의 원인은 아무도 모를 일이었다. 그저 거북스러운 추억 하나가 그 순간 스쳤을 수도 있다. 가브리엘라는 헬레나를 잘 몰랐지만, 이익을 취하려고 한 아이를 죽음에 몰아넣을 수 있는 사람이라고는 도저히 생각할 수 없었다. 정말이지 말도 안 되는 얘기였다.

그녀는 자신이 편집증 환자같이 느껴졌다. 마치 스파이 눈에는 주변 사람들이 다 스파이로 보이는 것처럼 말이다. "멍청이 같으니." 가브리엘라는 중얼거리며 어리석은 생각들을 죄다 떨쳐버리고 현실로 돌아오기 위해 거울 속의 자신에게 씁쓸한 미소를 지어 보였다. 하지만 마음은 여전히 불편했다. 바로 그 순간, 그녀는 자신의 눈빛 한가운데서 어떤 새로운 진실을 본 듯한 느낌이 들었다.

가브리엘라는 문득 헬레나와 자신이 비슷하다는 걸 깨달았다. 그녀는 야심만만하고 능력도 있었다. 상관한테 칭찬 듣기를 좋아하는 부류였다. 반드시 바람직한 성격이라곤 할 수 없었다. 이런 성향을 가진 사람이 건전하지 못한 환경에 놓이면 그 자신도 그렇게 될 위험이 있다. 다른 사람의 마음에 들려고 하는 의지는 사악함이나 탐욕보다 더 강력한 범죄의 동기가 될 수 있다.

사람들은 누군가를 기분좋게 해주거나 일을 잘해보려다가 결국에는 상상을 초월하는 어리석은 짓들을 범하게 된다. 가브리엘라는 지금 이곳에서도 그런 일들이 벌어지고 있는 건 아닌지 의문이 들었다. 랑나르가 얀 형사의 수사팀에 심어두었다는 한스 파스테는 지금껏 그들한테 정보를 넘겨줬다. 그게 그의 임무이기도 했지만 무엇보다 세포 쪽에 점수를 따고 싶은 마음 때문이었으리라. 랑나르가 헬레나에게 모든 정보를 낱낱이 보고하는 이유 역시 상관인 그녀에게 잘 보이고 싶어서일 것이다. 그렇다면…… 헬레나 역시 과시하고 싶은 마음에 누군가에게 정보를 넘겼을 가능성도 있다. '하지만 누구에게? 경찰총장? 정부? 영국이나 미국의 첩보기관? 그럼 이 첩보기관은……'

가브리엘라는 거기서 가정을 멈추고 상상이 지나쳤다고 생각했다. 하지만 이 팀에 대한 불신을 좀처럼 떨칠 수가 없었다. 그녀도 이 사건을 제대로 조사하고 싶었지만 지금 세포가 하는 이런 방식으로는 아니었다. 그녀는 다만 아우구스트가 무사하기만 바랄 뿐이었다.

생각이 여기까지 이르자 헬레나의 얼굴 대신 에리카의 눈빛이 떠올랐다. 가브리엘라는 사무실로 돌아와 블랙폰을 꺼냈다. 프란스와 통화할 때 쓰던 것과 같은 기기였다.

좀더 조용한 데서 통화하려고 밖으로 나온 에리카는 예트가탄 거리 쇠데르 서점 앞에 서서 자신이 바보 짓을 한 건 아닌지 생각해보고 있었다. 가브리엘라가 한 말은 아주 설득력이 있어서 에리카는 아니라고 부인할 수 없었다. 똑똑한 친구를 두면 불편한 법이다. 상대의 마음속을 자기 손바닥처럼 훤히 들여다볼 줄 알기 때문이다.

가브리엘라는 에리카가 무슨 말을 하려고 했는지 이미 알고 있었다. 뿐만 아니라 그녀 자신이 도덕적 책임감을 느끼기 때문에, 직업윤리에 어긋나는 일이지만 돕겠다고, 아이의 은신처를 절대 밝히지 않겠다고 설득하기까지 했다. 프란스에게 진 빚이 있기 때문에 돕고 싶다고 했다. 결국 에리카는 그녀가 보낸 배달원에게 잉아뢰섬 별장 열쇠를 받기로 하고, 가는 길은 리스베트가 알려준 대로 안드레이가 만든 암호화 링크를 통해 확인하기로 했다.

거리 한쪽에서 노숙자 한 사람이 쇼핑백 두 개에 가득 담겨 있던 페트병들을 와르르 쏟으며 길바닥에 넘어졌다. 에리카가 도우려고 달려가자 남자는 금방 일어서며 도움을 거절했다. 에리카는 그에게 아쉽다는 미소를 지어 보이고는 다시 사무실 쪽으로 걸음을 옮겼다.

돌아와보니 미카엘이 탈진한 채 앉아 있었다. 머리는 온통 헝클어지고 셔츠 밑자락은 바지 위로 빠져나와 있었다. 그렇게 지친 모습은 정말이지 오랜만이었다. 하지만 그녀는 불안하지 않았다. 이렇게 두 눈이 형형하게 빛날 때면 무엇도 그를 막을 수 없었다. 지금 그는 끝장을 보기 전까지 결코 사그라들지 않을 강렬한 집중 상태에 빠져 있었다.

"은신처 찾아냈어?"

에리카는 고개를 끄덕였다.

"그럼 더는 얘기하지 마. 아는 사람이 적을수록 좋으니까."

"맞는 말이야. 하지만 이게 단기적인 해결책이었으면 좋겠어. 리스베트가 그 아이를 계속 책임지고 있는 상황이 왠지 느낌이 안 좋아."

"누가 알아? 잘 어울리는 사람들끼리 만났을지."

"경찰하고는 얘기해봤어?"

"거의 아무 말도 안 해줬어."

"우리가 자꾸 이렇게 숨겨서 좋을 게 없잖아."

"좋을 게 없지."

"자기가 부담을 좀 덜 수 있게 리스베트가 한마디 해줄 수도 있지 않을까?"

"지금은 그녀를 압박하고 싶지 않아. 안 그래도 힘들 텐데. 그쪽으로 의사를 보내도 되겠느냐고 안드레이 통해서 한번 물어봐주겠어?"

"알았어. 그런데 미카엘……"

"응?"

"사실 난 그녀가 잘하고 있다는 생각이 들어."

"갑자기 왜 그런 말을 해?"

"나한테도 정보원들이 있으니까. 지금 경찰서는 안전한 장소가 아닌 것 같아."

에리카는 이렇게 말하고 안드레이가 있는 쪽으로 걸어갔다.

19장

11월 22일 저녁

얀 부블란스키는 자기 사무실에 혼자 우두커니 서 있었다. 결국 한스 파스테는 자신이 처음부터 세포 쪽에 정보를 넘겨왔다고 털어놓았다. 얀은 그 어떤 변명도 듣지 않고 그를 당장 수사팀에서 제외시켰다. 그가 더는 신뢰할 수 없는 기회주의자라는 사실을 다시 한번 확인하긴 했지만, 그렇다고 범죄자들한테까지 정보를 넘겨줄 정도로 파렴치한 인간이라고는 믿기지 않았다.

경찰 안에도 부패하고 타락한 부류들이 있는 건 사실이다. 하지만 장애가 있는 어린아이를 냉혹한 킬러에게 넘기는 일은 다른 차원의 문제였다. 얀은 그런 짓을 할 인간이 이 수사팀 안에는 절대 있을 수 없다고 생각했다. 정보는 다른 경로로 유출되었을 것이다. 전화를 도청하거나 서버를 해킹했을 수 있다. 비록 자신들은 메일이나 문서를 주고받으며 아우구스트가 범인을 그려낼 가능성, 혹은 지금 아이가 오덴 아동치료센터에 있다는 사실조차 언급한 기억이 없지만 말이다. 얀은 이 사안을 논의해보려고 헬레나 크라프트와 통화를 시도했다. 하지만 대단히 중요한 일이라고 강조했음에도 불구하고 그녀는 무소식이었다.

대신 스웨덴무역위원회와 산업부에서 전화가 여러 통 걸려왔다. 아무도 분명하게 표현하지 않았지만 그들의 주요 관심사는 아우구스트나 스베아베겐 거리 사건이 아니라, 프란스가 피살된 밤에 도둑맞은 게 분명해 보이는 프로그램이었다.

경찰에 소속된 최고 IT 전문가들을 비롯해 린셰핑 대학교와 스톡홀름 왕립공과대학에서 나온 전문가 셋이 살트셰바덴 저택에 가보았지만 남겨진 기기나 문서에서 아무런 연구의 흔적도 발견할 수 없었다.

"그러니까 지금 인공지능 프로그램 하나가 도망쳐나가 거리를 활보하고 있단 말이지?"

얀은 이렇게 중얼거리고서 장난꾸러기 사촌 사무엘이 교회 친구들에게 내곤 했던 짓궂은 수수께끼를 떠올렸다. "만일 신이 전능하다면 자신보다 더 똑똑한 무언가를 창조할 수도 있지 않을까?" 그때 사람들은 이 수수께끼가 불손하다고, 혹은 불경하다고 느꼈다. 어쨌든 함정이 있는 질문이었으니 올바른 답을 규정하기가 힘들었기 때문이다. 하지만 이 문제에 대해 더 생각해볼 겨를이 없었다. 누군가 문을 두드렸다. 소니아였다. 그녀는 스위스 오렌지 초콜릿 한 조각을 내밀었다.

"고마워. 뭐, 새로운 거라도 있어?"

"어떻게 킬러들이 토르켈 원장과 아이를 거리로 유인했는지 알아낸 것 같아요. 가짜 메일을 보냈어요. 발신인에 우리 둘과 교수의 이름이 적혀 있었고, 센터 바깥에서 만나자고 논의하는 메시지들이 있는 걸 확인했어요."

"세상에! 그렇게 할 수도 있는 건가?"

"물론이죠. 별로 어려운 일도 아니에요."

"기가 막히는군."

"맞아요. 하지만 그들이 어떻게 오덴 아동치료센터를 노릴 생각을 했는지, 그리고 찰스 에델만이 이 일에 연루된 사실을 어떻게 알아냈는지는 여전히 수수께끼예요."

"우리 쪽 컴퓨터부터 확인해볼 필요가 있겠어."

"벌써 검사하는 중이에요."

"소니아, 정말 이 지경까지 된 거야?"

"뭐가요?"

"누군가한테 감시당할 수 있다는 두려움에 더는 쓸 수도 말할 수도 없는 시대가 되어버린 거냐고."

"모르겠어요. 그러지 않기를 바라야겠죠. 그리고 지금 야코브 차로가 심문을 기다리고 있어요."

"그게 누구지?"

"쉬리안스카 팀 축구선수요. 스베아베겐에서 여자와 아우구스트를 자기 차에 태워줬어요."

광대뼈가 튀어나오고 짙은 갈색 머리칼을 짧게 자른 건장한 남자가 조사실에 앉아 있었다. 겨자색 브이넥 스웨터를 입은 그는 흥분했으면서도 약간 당당한 표정이었다.

소니아가 심문을 시작했다.

"11월 22일 18시 35분, 심문 시작. 증인 야코브 차로. 22세. 노르스보리 거주. 야코브 씨, 오늘 아침에 있었던 일에 대해 얘기해주세요."

"네, 그러니까…… 스베아베겐에서 차를 몰고 가다가 앞쪽에서 소동이 일어난 걸 봤어요. 교통사고일 거라고 생각하고 속도를 늦췄죠. 그런데 어떤 남자 하나가 왼쪽에서 불쑥 나타나더니 도로를 뛰어가더라고요. 주변에서 달리는 차들은 쳐다보지도 않고 마구 돌진했어요. 테러리스트가 아닌가 생각했죠."

"왜 그런 생각을 했죠?"

"뭔가에 씌어서 물불 안 가리는 사람 같았거든요."

"그가 어떻게 생겼는지 볼 틈이 있었나요?"

"아니요, 하지만 나중에 생각해보니 부자연스러운 구석이 있었던 것 같아요."

"무슨 뜻이죠?"

"진짜 얼굴이 아닌 듯했어요. 동그란 선글라스를 쓰고 있었는데 떨어지지 않게 귀에다 묶어놓은 것 같았어요. 그리고 입속에 뭔가를 물고 있는 것처럼 볼이 불룩했고요. 게다가 그 콧수염에, 눈썹에, 얼굴색깔까지……"

"가면을 쓴 것처럼 보였나요?"

"하여튼 뭔가 이상했어요. 하지만 그때는 깊이 생각해볼 시간이 없었죠. 바로 다음 순간 갑자기 차 뒷문이 열리면서, 뭐라고 설명해야 할까…… 한꺼번에 너무 많은 일들이 일어나는 그런 순간이 있잖아요? 머리 위로 모든 게 와르르 떨어져내리는 듯한 그런 순간. 갑자기 생판 처음 보는 사람들이 차 안으로 뛰어드나 싶더니 동시에 뒤쪽 차창이 박살나버렸어요. 정말 기절할 뻔했어요."

"그래서 어떻게 했나요?"

"그냥 액셀을 꽉 밟았어요. 차에 올라탄 여자가 그렇게 하라고 소리쳤을 거예요. 얼마나 겁을 먹었는지 내가 뭘 하는지도 몰랐어요. 오로지 지시에 따르는 데만 온 정신을 집중했으니까요."

"지금 '지시'라고 했나요?"

"네, 그렇게 말할 수 있어요. 누가 우리 뒤를 따라온다고 생각했으니까 시키는 대로 할 수밖에 없었어요. 그 여자가 지시하는 대로 좌회전하고 우회전하고 이리저리 차를 몰았어요. 그리고……"

"네, 계속해봐요."

"그녀의 목소리에 뭔가가 있었어요. 냉정하면서도 집중한 분위기 같은. 그래서 그 목소리만 믿었어요. 그 난장판 속에서 유일하게 안정적으로 느껴졌으니까요."

"그 여자가 누구인지 알 것 같다고 말했었죠?"

"당시엔 전혀 몰랐어요. 완전히 아수라장인데다 너무 무서웠거든요. 게다가 뒤쪽은 피로 홍수가 났었고요."

"아이의 피였나요, 여자의 피였나요?"

"처음엔 알 수 없었어요. 그 둘도 잘 모르는 것 같더라고요. 그런데 갑자기 '좋아!' 하면서 작게 환호성 같은 게 들렸어요. 좋은 일이라도 생긴 줄 알았죠."

"왜 그랬죠?"

"부상당한 게 아이가 아니라 그녀 자신이라는 걸 확인한 거예요. 정말 이상했어요. '만세, 내가 총에 맞았다!' 하는 것 같았어요. 그런데 보통 상처가 아니었다니까요. 자기 옷가지를 가지고 임시로 상처를 동여맸지만 출혈을 막을 수는 없었어요. 계속 피가 솟구쳐나왔고 그녀는 갈수록 창백해졌어요. 아주 상태가 안 좋아 보였죠."

"그녀는 아이가 아니라 자신이 부상당해서 좋아하는 것 같았다?"

"네. 엄마처럼요."

"하지만 그녀는 아이의 엄마가 아니잖아요?"

"아니었죠. 그녀가 아이와는 모르는 사이라고 했는데 그건 분명해 보였어요. 아이 다루는 솜씨가 형편없더라고요. 아이를 어르거나 부드러운 말로 안심시키지 못했어요. 아이를 마치 어른처럼 다루더군요. 나한테 쓰는 말을 아이한테도 그대로 썼고요. 저러다 아이한테 위스키까지 먹이는 건 아닌지 그런 생각도 잠시 했었죠."

"위스키요?" 얀이 물었다.

"차 안에 삼촌께 드리려던 위스키가 한 병 있었는데 상처를 소독하고 조금 마시라고 그녀한테 줬어요. 꽤 많이 마시더라고요."

"그녀가 아이를 다루는 방식은 전체적으로 어땠나요?" 소니아가 물었다.

"솔직히 어떻게 말해야 할지 잘 모르겠어요. 사회성은 좀 없어 보였죠. 날 하인처럼 대했고, 말씀드렸듯이 아이는 전혀 다룰 줄 몰랐어요. 하지만……"

"그런데요?"

"그렇게 나쁜 사람 같진 않았어요. 물론 나라면 그 여자를 베이비시터로 채용하진 않겠지만, 그 정도면 괜찮은 사람이었어요."

"그럼 아이가 그녀와 함께 있으면 안전할 거라고 말할 수 있을까요?"

"확실히 그녀는 위험할 수도 있고, 심지어는 정말 이상한 여자라고도 할 수 있어요. 하지만 그 아이는…… 아우구스트라고 했나요?"

"맞아요."

"하지만 그녀가 아우구스트를 보호하기 위해서라면 목숨까지 내놓을 거라는 느낌을 받았어요."

"그들과는 어떻게 헤어졌죠?"

"그녀가 모세바케 광장까지 데려다달라고 했어요."

"거기서 사나요?"

"모르겠어요. 아무런 설명이 없었어요. 단지 그쪽으로 가고 싶다고 하길래 그쯤 어딘가에 자기 차를 세워놓았나보다 생각했죠. 쓸데없이 말을 많이 하는 사람이 아니었어요. 단지 내 연락처를 적어달라고만 하더군요. 나중에 차 부서진 걸 보상해주겠다고요. 웃돈을 좀 더 해서요."

"돈이 많아 보이던가요?"

"음…… 하고 다니는 걸로 봐선 판잣집에나 살 것처럼 보였어요. 하지만 하는 행동이나 태도는…… 글쎄요, 아주 부자라고 해도 별로 놀라지 않을 거예요. 자기 하고 싶은 대로 하는 게 몸에 밴 여자 같았으니까요."

"그러고 나서 어떻게 됐죠?"

"그녀가 아이한테 차에서 나오라고 명령했어요."

"아이가 그렇게 하던가요?"

"아이는 완전히 마비 상태였어요. 뒷좌석에 딱 붙어 몸을 앞뒤로 흔들고만 있었죠. 그런데 그녀가 아주 단호하게 말하는 거예요. 지금 우리의 생사가 걸려 있는 상황이다, 뭐, 이런 얘기를요. 그러니까 아이가 마치 몽유병자처럼 두 팔을 빳빳이 든 채 비틀거리며 차에서 내렸어요."

"그들이 어디로 가는지 봤어요?"

"왼쪽, 그러니까 슬루센 방향으로 갔어요. 그런데 그 여잔……"

"네?"

"정말로 상태가 안 좋아 보였어요. 발을 한번 헛짚기도 하면서 금방이라도 풀썩 쓰러질 듯했어요."

"흠, 걱정이 되는군요. 그리고 아이는요?"

"아이도 별로 좋아 보이지 않았어요. 눈빛도 좀 이상했고요. 차를 몰고 가는 내내 그애가 발작이라도 일으키지 않을까 엄청 걱정했어요. 그런데 차에서 내린 후로는 상황을 받아들인 듯했어요. '어디? 어디?'라고 계속 묻더라고요."

소니아와 얀은 시선을 교환했고, 이내 그녀가 물었다.

"확실해요?"

"확실하지 않을 이유라도 있나요?"

"내 말은 당신이 그렇게 믿고 싶은 게 아닌가 해서요. 단지 아이가 질문하는 듯한 표정을 지어서 그렇게 느낀 건 아닌가요?"

"제가 뭐 때문에 그런 상상을 해요?"

"친모 말로는 아이가 태어나서 말을 한 마디도 안 했다고 해요." 소니아가 설명했다.

"농담 아니죠?"

"아니에요. 아이가 그런 상황에 처해서 처음으로 말을 했다는 건 좀 이상하군요."

"난 확실히 들었어요."

"좋아요. 그러니까 여자가 뭐라고 대답하던가요?"

"'다른 데' 아니면 '먼 데'라고 한 것 같아요. 그러다 몸을 휘청하면서 쓰러질 뻔했어요. 그리고 나한텐 가보라고 했죠."

"그래서 그렇게 했나요?"

"즉시요. 꽁지에 불이 나게 도망쳤죠."

"그러고서 나중에 차에 탔던 사람이 누구였는지 알았다는 거고요."

"그 꼬마가 인터넷에서 떠들어대는 그 천재의 아들이라는 건 진즉에 알아챘어요. 하지만 여자는…… 본 듯도 아닌 듯도 해서 아리송했어요. 그런데 얼마 못 가 운전을 제대로 할 수 없겠더라고요. 그제야 몸이 덜덜 떨리기 시작한 거죠. 결국 링베겐 거리 스칸스툴역 부근에 차를 세웠어요. 그대로 클라리온 호텔로 들어가 맥주 한잔을 들이켜면서 마음을 진정시키는데, 거기서 그녀가 누구인지 떠오르더군요. 몇 해 전에 살인 사건으로 지명수배됐다가 나중에 무죄선고를 받은 여자였어요. 어렸을 때 정신병원에서 가혹행위를 당한 걸로 알려진 그 여자 말이에요. 비슷한 일을 겪은 친구가 하나 있어서 그 사건을 아주 잘 기억해요. 그 친구 아버지가 젊었을 때 시리아에서 고문을 당했다는데, 단지 그 기억들을 견딜 수 없어서 아들한테도 똑같이 전기고문 같은 짓들을 했거든요. 마치 자신이 당하는 고문이 아직 끝나지 않았다는 것처럼요."

"확실해요?"

"친구가 고문당했다는 이야기가요?"

"아니, 그게 정말 리스베트 살란데르였냐고요."

"그 자리에서 전화기를 꺼내 그녀의 사진을 죄다 찾아서 봤는데 의심의 여지가 없었어요. 일치하는 부분이 하나 더 있었는데 그게 뭐냐면……"

야코브는 거북한 기색을 보이며 머뭇거렸다.
"그녀가 지혈하려고 자기 티셔츠를 벗었을 때였어요. 어깨를 동여매려고 몸을 조금 돌렸는데, 견갑골까지 올라오는 커다란 용 문신이 보였어요. 신문에서 그 문신 얘기를 읽은 것 같아요."

에리카는 먹을거리가 든 봉지 두 개, 파스텔, 스케치북, 그리고 퍼즐 몇 개 등을 가지고 잉아뢰에 있는 가브리엘라의 별장에 도착했다. 하지만 아우구스트와 리스베트의 모습은 보이지 않았다. 레드폰으로도, 암호화 링크로도 그녀가 응답하지 않아 에리카는 극도로 불안해졌다.
아무리 생각해봐도 조짐이 좋지 않았다. 물론 리스베트는 쓸데없는 일로, 혹은 단지 상대를 안심시키려고 연락에 응하는 사람은 아니었지만, 안전한 장소를 구해달라고 요청한 사람은 다름 아닌 그녀였다. 그리고 어린아이 하나를 책임지고 있었다. 이렇게 여러 차례 연락을 시도하는데도 응하지 않는다면 지금 그녀의 상황이 매우 좋지 않을 수 있다는 얘기였다. 최악의 경우, 중상을 입은 몸으로 어딘가에 쓰러져 있을지도 몰랐다.
에리카는 욕을 내뱉고 테라스로 나갔다. 세상의 눈에서 벗어나 살고 싶다는 얘기를 가브리엘라와 나눴던 바로 그 공간이었다. 불과 몇 달 전 일이지만 아주 먼 옛일처럼 느껴졌다. 지금은 테이블도, 의자도, 술병도, 뒤쪽에서 들리는 왁자지껄한 소리도 없었다. 다만 쌓인 눈과 앙상한 나뭇가지들, 그리고 폭풍에 날려온 잔해들만이 여기저기 흩어져 있을 뿐이었다. 이곳에서 삶 자체가 빠져나가버린 듯했다. 가재구이 파티의 추억이 오히려 황량한 느낌을 더했다. 이제 그 추억은 벽면 위를 떠도는 창백한 유령에 불과했다.
에리카는 주방으로 돌아와 냉동식품들을 쟁여넣었다. 미트볼, 볼로냐 스파게티, 소시지 스트로가노프, 생선 그라탱, 감자 파이, 그리고 미카엘이 추천해준 이보다 심한 정크푸드도 있었다. 빌리스 팬피자, 미트 파이, 감자튀김, 코카콜라, 털러모어 듀 한 병, 담배 한 줄, 감자칩 세 봉지, 사탕, 초콜릿 바 세 개, 그리고 감초 젤리까지. 커다란 주방 원탁 위에는 스케치북과 파스텔, 지우개 하나, 자 하나, 컴퍼스 하나를 올려두었다. 그리고 첫번째 도화지에 태양과 꽃 한 송이를 그린 후 네 가지 따뜻한 색깔로 '환영해요!'라고 썼다.

잉아뢰 해변을 굽어보고 있는 별장은 주위 침엽수들 덕분에 외부 시선에서 가려져 있다. 방은 모두 네 개였다. 유리창으로 둘러싸인 널찍한 주방은 테라스와 붙어 있고, 커다란 식탁 하나와 오래된 흔들의자 하나, 낡아서 푹 꺼지긴 했지만 빨간 새 담요를 몇 장 깔아 제법 안락한 느낌이 드는 소파 두 개가 있었다. 전체적으로 포근한 공간이었다.

은신처로도 딱 좋았다. 에리카는 문을 열어두고, 합의한 대로 복도 서랍장 맨 위 칸에 열쇠를 놓은 후 언덕을 따라 놓인 기다란 나무계단을 걸어내려갔다. 차를 가져온 사람이 집까지 오려면 그 길밖에 없었다.

하늘이 어두워졌고 다시 바람이 강하게 불기 시작했다. 에리카는 기분이 우울했다. 집으로 돌아가는 차 안에서 아이의 엄마를 생각하니 우울함이 더욱 깊어졌다. 에리카는 한나 발데르를 한 번도 만난 적이 없고, 영화배우인 그녀의 팬도 아니었다. 그녀는 남자들이 쉽게 유혹할 수 있다고 믿는 유형의 여자들, 그러니까 섹시하고 순진하면서도 약간은 멍청한 여자들을 주로 연기했고, 에리카는 그런 여성 캐릭터들만 열심히 써먹는 영화계의 행태에 역겨움을 느꼈다. 하지만 이 모든 건 과거의 일이고, 지금은 선입견에 사로잡혔던 자신이 그녀에게 너무 가혹했던 걸 후회했다. 사람들은 젊은 나이에 성공한 예쁜 여자들을 너무 쉽게 판단하고 비판했다.

이제 그녀는 메이저 제작사 영화에 아주 가끔씩 출연한다. 그때마다 눈망울에 어른대는 슬픔의 그림자가 그녀의 연기에 깊이를 더했다. 그 슬픔은 현실의 것일지도 모른다. 한나는 그렇게 쉬운 삶을 사는 것 같지 않았다. 그리고 지난 하루는 그 어느 때보다도 힘들었을 터였다. 이날 아침부터 에리카는 한나에게도 이 사실을 알려 아이 곁으로 갈 수 있게 해야 한다고 주장했다. 이런 상황에서 아이에게는 엄마가 꼭 필요할 것 같았다.

하지만 그때까지만 해도 연락이 닿았던 리스베트는 이 생각에 반대했다. 지금 누구를 통해 정보가 유출됐는지 모르는 상황인데다, 한나의 주변 인물일 가능성도 배제할 수 없기 때문이었다. 밖에서 진을 치고 있는 기자들을 피하려고 온종일 집안에 처박혀 있는 라세 베스트만 역시 신뢰할 수 없었다. 에리카는 참으로 난감한 이 상황이 마음에 들지 않았다. 그녀는 편집부 직원들을 포함해 아무도 다치는 일 없이 〈밀레니엄〉이 이 사건을 심도 있고도 품위 있게 다룰 수 있기를 간절히 바랐다.

적어도 미카엘은 그렇게 할 수 있어 보였다. 특히나 저런 눈빛을 하고 있을 때는. 그리고 그의 옆에는 안드레이가 있었다. 에리카는 안드레이만 생각하면 마음이 약해졌다. 그는 곱상한 외모의 청년이었고, 그래서 그런지 이따금 게이인가 하는 시선을 받는다. 얼마 전, 그녀의 집에서 함께 저녁을 먹으며 안드레이가 그간 살아온 이야기를 들려주었는데, 그걸 들으며 에리카는 더욱 깊은 호감을 느꼈다.

안드레이는 열한 살 때 사라예보에서 일어난 폭발 사건으로 부모를 잃었고 그후 스톡홀름 부근 텐스타에 있는 숙모 집에서 살았다. 숙모는 그의 지적 성향이나 심리적 상처 같은 걸 전혀 이해하지 못했다. 부모님이 변을 당한 현장에 있지는 않았지만 그의 몸은 외상 후 스트레스 장애를 겪는 것처럼 격렬히 반응했다. 지금도 그는 강한 소리나 급격한 움직임 따위를 끔찍이 싫어했다. 레스토랑이나 공공장소에 가방이 버려져 있는 걸 보면 아주 두려워했고, 에리카가 본

적 없는 맹렬함으로 전쟁과 폭력에 대해 혐오 반응을 보였다.

어렸을 때 그는 자신의 세계 안에 숨어 있었다. 판타지소설에 빠져들었고 시와 전기를 탐독했다. 실비아 플라스와 보르헤스와 톨킨에 열광했다. 연애소설과 감동적인 비극을 쓰는 작가가 되기를 꿈꿨다. 그리고 컴퓨터에 관련된 건 모조리 배웠다. 어쩔 수 없는 낭만주의자인 그는 자신의 상처를 보듬어줄 열정적인 사랑을 기다렸고 사회와 세상에서 일어나는 일들에는 조금도 관심이 없었다. 이렇게 십대 시절이 끝나가던 어느 날 저녁, 그는 스톡홀름 언론대학원에서 열린 미카엘의 공개 강연에 참석하게 됐다. 그리고 이것이 그의 삶을 바꿔놓았다.

미카엘의 열정적인 모습이 그의 눈을 뜨게 해 불의와 불관용과 음모가 판치는 세상을 보게 했다. 콧등이 시큰해지는 감동적인 소설을 쓰겠다던 계획은 사회의 실상을 파헤치고 탐사기사를 쓰겠다는 욕구에 자리를 내주었다. 그리고 얼마 지나지 않아 그는 〈밀레니엄〉의 문을 두드렸다. 커피 내리기, 심부름, 교정, 교열 등 무슨 일이든 할 준비가 되어 있었다. 어떻게든 편집부의 일원이 되고 싶어하던 그의 눈빛에서 곧바로 열정을 읽어낸 에리카는 그에게 광고문 작성, 조사 작업, 짧은 인물기사 일들을 시켰다. 무엇보다도 더 공부를 하라는 에리카의 조언에 그는 어떤 일을 할 때와 마찬가지로 열정적으로 학업에 임했다. 지금은 〈밀레니엄〉에서 임시기자로 일하면서 동시에 정치, 경영, 매스미디어 커뮤니케이션, 국제분쟁 해결 등에 관한 수업을 듣고 있다. 언젠가는 미카엘처럼 인정받는 탐사기자가 되리라는 꿈을 품고서.

하지만 다른 탐사기자들과 달리 그는 충분히 터프하지 않았다. 영원한 낭만주의자인 그가 사랑에 실패하고 돌아와 미카엘과 에리카에게 넋두리를 늘어놓은 게 한두 번이 아니었다. 여자들은 처음에는 안드레이에게 이끌리지만 결국엔 떠나버리기 일쑤였다. 아마도 운명적인 사랑을 꿈꾸는 그의 불같은 감정에 겁을 먹었을 수 있다. 그리고 그는 자신의 단점과 약점을 지나치게 솔직히 얘기하는 편이기도 했다. 요컨대 그는 아주 솔직하고 투명했다. 미카엘의 표현을 빌리자면 너무 착했다.

하지만 에리카는 안드레이가 변하고 있다고, 아이처럼 유약한 면을 벗어버리고 있다고 생각했다. 그가 쓴 글을 보면 알 수 있었다. 사람들의 마음을 감동시키려고 아등바등하다 결국 글을 무겁게 만들어버리던 예전의 모습은 사라지고, 대신 효율적이고 객관적인 글들을 쓰고 있었다. 그리고 에리카는 그가 미카엘과 함께 프란스 사건을 다루는 절호의 기회를 얻은 이상, 온 힘을 다해 뛰리라는 걸 알았다. 지금 그들의 계획은, 미카엘이 기사의 큰 줄거리를 잡으면 안드레이가 조사를 도우면서 보충기사를 쓰는 것이다. 에리카는 그들이 괜찮은 팀을 이루리라 생각했다. 회켄스 거리에 차를 세우고 사무실 안으로 들어가보니 예상대로 미카엘과 안드레이는 일에 여념이 없었다.

미카엘은 혼자서 뭐라고 중얼거리기까지 했다. 눈에서는 강한 결의가 번득이면서도 힘겨워하는 기색이 느껴졌지만 놀랄 일은 아니었다. 잠도 제대로 못 잔데다 매체들에서 무자비한 공격을 받고 있으니 말이다. 게다가 경찰이 불러 심문을 받으러 가면, 지금 언론이 비난하고 있는 바로 그것, 다시 말해 진실의 일부를 빼놓는 일까지 해야 했다. 그건 미카엘이 전혀 좋아하지 않는 일이었다.

미카엘은 법을 철저히 지키는 모범 시민이었다. 하지만 이런 원칙을 깨뜨리게 하는 사람이 하나 있다면 바로 리스베트였다. 미카엘은 리스베트를 저버리느니 불명예를 감수하는 쪽을 택하곤 했다. 그래서 지금도 경찰 앞에서 '정보원 보호의 의무'를 운운하며 궁색한 변명을 늘어놓고 있는 것이다. 물론 그 역시 이런 상황이 기분좋을 리 없고, 이로 인해 어떤 결과가 일어날지 걱정스러운 것도 사실이었다. 하지만…… 그도 에리카와 마찬가지로 자신들이 처한 상황보다 리스베트와 아우구스트의 안위가 더 염려되었다. 잠시 그들을 지켜보던 에리카가 미카엘에게 다가가 물었다.

"그래, 어떻게 돼가?"

"뭐? 어…… 괜찮아. 거기 일은 어떻게 됐어?"

"침대 정리하고 냉장고까지 채워놓고 왔어."

"잘했어. 주변에 이웃은 없었어?"

"새끼 고양이 한 마리 못 봤어."

"그런데 왜 이렇게 시간이 오래 걸리지?"

"모르겠어. 나도 아주 불안해."

"리스베트네 집에서 잠시 쉬고 있을 거라고 생각해야지 뭐."

"그래. 찾아낸 거라도 있어?"

"꽤 많이."

"잘됐네."

"그런데……"

"응?"

"그게……"

"그게 뭐?"

"마치 내가 과거로 휙 던져진 듯한 기분이 들어. 이미 가봤던 곳에 점점 가까워지는 것처럼."

"좀더 자세히 설명해줄 수 있겠어?"

"그럴게……"

미카엘은 노트북을 향해 시선을 돌렸다.

"하지만 아직은 좀더 조사해봐야 해. 그러고 나서 얘기하자고."

에리카는 그가 일하도록 놔두고 집으로 갈 준비를 했다. 그가 부르면 언제든지 달려나오겠다고 생각하면서.

20장

11월 23일

밤은 조용히 지나갔다. 놀라울 정도로 조용히 지나갔다. 그리고 아침 8시, 얀 부블란스키는 회의실에서 수사팀을 마주하고 서 있었다. 한스 파스테를 쫓아냈기 때문에 이제는 마음놓고 얘기해도 괜찮을 듯했다. 어쨌든 컴퓨터나 휴대전화보다는 이 동료들 앞에 있는 게 훨씬 안전하게 느껴졌다.

"여러분들 모두 상황의 심각성을 잘 이해하고 있으리라 생각해." 그가 운을 뗐다. "기밀이 유출됐어. 그래서 한 사람이 죽었고, 아이는 큰 위험에 처해 있지. 우리가 지금 노력은 하고 있지만 어떻게 이런 일이 일어났는지 알아내지 못한 상황이야. 우리 쪽에서 유출됐을 수도 있고, 아니면 세포, 오덴 아동치료센터, 찰스 에델만 교수 주변, 아이의 친모나 그녀의 애인 라세 베스트만일 수도 있어. 지금은 모든 게 불확실하기 때문에 극도로 조심해야 한다고. 편집증이라고 해도 좋을 만큼 말이야."

"어쩌면 해킹이나 감청을 당했을 수도 있어요. 지금 우리가 상대하는 자들은 신기술을 아주 능숙하게 다룰 줄 알아요. 우리가 경험해보지 못한 유형의 범죄자들이라고요." 소니아가 덧붙였다.

"맞아. 그래서 상황이 더 복잡해졌어." 얀이 말을 이었다. "이제 모든 면에서 조심하고, 중요한 정보는 절대 전화로 전달하지 말자고. 위에서는 이번 새 무선통신 시스템을 침이 마르도록 자랑하고 있지만 말이야."

"그 양반들은 돈만 많이 들어가면 무조건 좋은 줄 알지." 예르케르가 한마디 거들었다.

"그런데 이 시점에 우리의 역할에 대해 한번 생각해봐야 할 것 같아." 얀이 계속했다. "좀전에 세포 소속 분석관하고 얘기를 나누고 왔어. 아주 똑똑한 여자야. 가브리엘라 그라네라고, 여러분도 이름을 들어봤을지 모르겠어. 그녀가 경찰 내에서 '충성'이라는 개념이 얼마나 복합적인 것인지를 지적하더군. 알다시피 충성엔 여러 형태가 있잖아. 법에 대한 충성, 시민들에 대한 충성, 동료들에 대한 충성, 그리고 상관들에 대한 충성. 우리 자신과 일에 대한 충성도 있고. 하지만 이 서로 다른 충성들은 서로 충돌하기도 해. 동료를 보호하려다 사회에 대한 충성을 배반하기도 하고, 한스처럼 위에서 내려온 지시를 따르다가 수사팀에 대한 충성을 저버릴 수도 있지. 아주 심각하게 말할게. 앞으로 우리는 오직 수사에만 충성했으면 해. 범인들을 체포하고 더이상 희생자가 나오지 않도록 해야 한다고. 다들 확실히 이해했지? 수상이, 혹은 CIA 국장이 전화해서 애국심이니, 고속 승진이니 운운한다 해도, 우린 단 한마디도 내뱉어선 안 돼. 알겠나?"

"네!"

수사팀 모두 일제히 대답했고, 얀이 다시 말을 이었다.

"좋았어! 자, 이제 다들 알겠지만, 스베아베겐 거리에서 개입한 여자는 바로 리스베트 살란데르야. 지금 열심히 그녀의 소재를 파악하려고 하고 있고."

"그러니까 언론을 통해 그녀의 이름을 공개해야죠!" 쿠르트 스벤손이 약간 흥분해 외쳤다. "지금 우리에게는 시민들의 협조가 필요하다고요."

"그건 좀 생각해봐야 할 문제야. 그 부분에 대해서는 의견이 다 같지 않으니까. 우선 과거에 그녀가 부당한 취급을 당했다는 사실을 염두에 두자고. 우리 경찰과 언론한테서 말이야."

"그건 지금 이 일과 아무 상관 없잖아요." 쿠르트가 대꾸했다.

"스베아베겐에서 그녀를 알아본 사람들이 있으니 조만간 이름이 자연스럽게 흘러나올 수 있어. 그럼 이 문제를 가지고 더이상 고민할 필요 없겠지. 하지만 그러기 전에 그녀가 아이의 생명을 구했다는 걸 잊지 말자고. 그녀의 행동은 존중받아 마땅해."

"그야 당연하죠," 쿠르트가 고개를 끄덕였다. "하지만 어떻게 보면 아이를 납치해 갔다고도 할 수 있지 않습니까?"

"우리가 확보한 정보들을 보면 어떻게 해서든지 아이를 보호하려고 애써던 모양이야." 소니아가 끼어들어 쿠르트에게 말했다. "이 나라 정부는 리스베트에게 아주 끔찍한 경험을 안겨줬어. 스웨덴 관료집단이 그녀의 어린 시절을, 아니 그후의 삶까지도 사정없이 망가뜨렸지. 만일 그녀도 우리처럼 경찰 내부에서 정보가 유출됐을 거라고 의심한다면 우리에게 접촉해올 가능성은 거의 없어. 이건 확실해."

"그것도 이 일과는 상관없잖아!" 쿠르트는 물러서지 않았다.

"어쩌면 쿠르트 당신 말도 옳아." 소니아가 말을 이었다. "그녀의 이름을 공개하는 게 과연 우리 수사에 도움이 되느냐 아니냐를 따져보는 건 아주 중요하겠지. 반장님과 나도 그 의견에는 동의해. 하지만 무엇보다 중요한 건 아이의 안전이야. 그리고 지금 그게 확실치 않은 상황이고."

"나도 소니아의 생각을 충분히 이해해." 예르케르가 진중하게 운을 떼자 시선이 전부 그에게로 쏠렸다. "리스베트가 사람들의 눈에 띄게 되면 아이도 함께 노출되겠지. 하지만 또다른 문제들이 있어. 우선, 지금 과연 윤리적으로 올바른 일이 무엇인지 생각해봐야 해. 그 점에서 난 그녀가 아이를 숨기고 있는 상황을 받아들일 수 없다는 입장이야. 이 수사에서 아이는 핵심 증인이야. 그리고 정보 유출이 있든 없든, 정서적으로 문제 있는 젊은 여성보다는 우리가 훨씬 아이를 잘 보호할 수 있겠지."

"그건 분명해." 얀이 나지막이 말했다.

"설사 일반적인 의미의 납치가 아니라 그녀가 좋은 의도를 가지고 있다고 해도 이런 상황은 아이에게 분명 해가 될 수 있어. 그런 충격적인 일들을 겪고 나서 이렇게 도주범처럼 사방을 떠돌아다니는 게 과연 아이에게 심리적으로 좋다고 할 수 있을까?"

"그래, 맞는 말이야." 얀이 다시 나직이 말했다. "그럼 이 문제를 우리가 어떻게 해야 한다는 거지?"

"난 쿠르트와 의견이 같아. 그녀의 이름과 사진을 즉시 공개해야 해. 그럼 쓸 만한 정보들이 들어올 거야."

"동시에 범인들한테도 쓸 만한 정보를 제공하게 되지." 얀이 말을 이었다. "그들은 추적을 포기하지 않았을 게 분명해. 오히려 우리는 아우구스트와 리스베트가 어떤 관계인지 전혀 모르기 때문에, 그녀의 이름이 범인들에게 어떤 종류의 단서가 될지도 알 수 없는 상황이야. 언론에 정보를 공개해서 아이의 안전을 지킬 수 있을지 의문이야."

"하지만 정보를 숨겨서 아이를 보호할 수 있을지도 알 수 없지." 에르케르가 반박했다. "지금 우리가 그 어떤 결론을 내리기에는 가지고 있는 퍼즐 조각이 너무 부족해. 그녀가 누군가를 위해 이런 일을 하는 건 아닌지, 단순히 아이를 보호하는 것 외에 다른 목적이 있는 건 아닌지, 아직 우린 아무것도 모르잖아?"

"게다가 바로 그 시각에 원장이 아이를 데리고 나올 거라는 사실을 그녀가 어떻게 알았죠?" 쿠르트가 옆에서 거들었다.

"우연히 거기 있었을 수도 있지."

"그건 좀 개연성이 없어 보이는데요."

"진실은 종종 개연성 없게 보이는 법이지." 얀이 말했다. "그게 진실의 특성이기도 하고. 하지만 나 역시 정황상 그녀가 거기에 우연히 있었다고 생각하지 않아."

"거기서 사건이 일어날 거라는 걸 미카엘이 미리 알고 있었다는 것도 좀 이상하죠." 이번엔 아만다 플로드가 한마디했다.

"미카엘과 리스베트가 서로 연결되어 있다는 건 잘 알려진 사실이고." 예르케르가 덧붙였다.

"맞아요."

"미카엘은 아이가 오덴 아동치료센터에 있다는 걸 알고 있었잖아, 맞지?"

"한나 발데르가 그에게 말해줬다는군." 얀이 설명했다. "좀전에 그녀와도 오래 대화를 나눴어. 다들 짐작하겠지만 아주 힘들어하고 있지. 하지만 원장이 누군가한테 속아서 아이를 데리고 밖으로 나오리라는 걸 미카엘이 무슨 수로 알았을까?"

"그가 센터의 컴퓨터에 접근할 수 있었나요?" 아만다가 조심스럽게 물었다.

"미카엘이 해킹을 하는 모습은 상상이 안 되는데?" 소니아가 대꾸했다.

"하지만 리스베트는?" 예르케르가 물었다. "솔직히 그녀에 대해 무얼 안다고 할 수 있지? 우리가 가진 자료라면 한 트럭은 되겠지만 지난 사건 때 그녀는 우리를 끝없이 놀라게 했잖아. 이번에도 겉으로 보이는 것만 지나치게 믿어선 안 될 것 같아."

"바로 그거예요!" 쿠르트가 맞장구쳤다. "이 사건에는 구멍이 너무 많아요."

"지금 우리는 그녀의 이름 말고는 아는 게 없어." 예르케르가 말을 이었다. "그러니까 일단 규정대로 움직이자고."

"우리 규정이 그렇게 자세하게 되어 있는지는 미처 몰랐네?"

이렇게 비꼬는 말이 얀 스스로에게도 그리 좋게 들리지 않았다.

"내 말은 이 사건을 있는 그 자체로, 다시 말해 유아 납치 사건으로 보자는 얘기야. 그들이 함께 사라진 지 벌써 24시간이 지났는데 아직까지 아무 소식이 없잖아. 그녀의 이름과 사진을 공개하고 들어오는 정보들을 꼼꼼하게 검토하자고."

예르케르는 단호함을 굽히지 않았고, 수사팀은 모두 수긍하는 표정이었다. 얀은 눈을 꾹 감았다. 그리고 정말이지 자신은 이 동료들을 좋아한다고 속으로 중얼거렸다. 가족보다 더 큰 유대감이 느껴지는 이들이었다. 하지만 지금은 그들에게 다른 결정을 강요해야 했다.

"우선 우리는 그들을 찾기 위해 최선을 다한다. 하지만 이름과 사진 공개는 당분간 보류한다. 상황을 더 복잡하게 할 뿐이고 범인들에게 그 어떤 단서도 제공하고 싶지 않으므로. 이상."

"그리고 일말의 죄책감도 있고." 예르케르가 냉정하게 덧붙였다.

"아니, 극도의 죄책감을 느끼지." 얀은 이렇게 대답하며 랍비를 떠올렸다.

아우구스트와 리스베트가 걱정돼 미카엘은 잠을 제대로 자지 못했다. 레드폰으로 그녀와 통화해보려고 여러 번 시도했지만 허사였다. 어제 오후 이후로 그녀로부터 한마디도 들을 수 없었다. 그는 사무실에 앉아 다시 일에 몰두하며 자신이 무엇을 놓쳤는지 생각해보았다. 이 그림에서 핵심적인 조각 하나가, 그러니까 이 이야기에 새로운 조명을 비춰줄 중요한 요소 하나가 빠진 듯한 느낌이 들었다. 어쩌면 환상에 불과한 생각일지도 몰랐다. 다시 말해 지금 큰 그림을 보겠다는 건 지나친 욕심일 수 있었다. 리스베트가 암호화 링크를 통해 마지막으로 보낸 메시지는 다음과 같았다.

> 미카엘, 유리 보그다노프예요. 조사해봐요. 그가 프란스의 기술을 솔리폰의 지그문트 에커발트에게 팔았어요.

미카엘은 인터넷에서 유리의 사진을 몇 장 찾아냈다. 그중 핀스트라이프 정장을 입은 모습이 있었다. 꽤나 옷을 빼입었지만 마치 사진을 찍기 전에 어디서 옷을 훔쳐 입고 나온 양 왠지 어색하게 느껴졌다. 뻣뻣한 머리는 길게 자라 있었고 얼굴 피부에는 얽은 자국이 보였다. 눈 밑에는 다크서클이 뚜렷했으며, 소매 밑으로는 조악하게 새긴 문신들이 보였다. 검은 두 눈은 상대를 꿰뚫어보는 듯이 강렬했다. 키는 장대처럼 컸지만 체중은 60킬로그램도 되어 보이지 않았다.

감옥을 다녀온 전과자 같은 인상이었다. 하지만 무엇보다 그의 모습에서 프란스의 감시카메라에 찍힌 장면들이 연상됐다. 영상 속 그 남자처럼 유리에게서도 거칠고 망가진 느낌이 들었다. 베를린에서 사업가로 성공을 거둔 후 했던 인터뷰들에서 그는 자신이 거리에서 자랐다는 사실을 숨기지 않았다. "난 팔뚝에 주삿바늘이 꽂힌 채 어느 으슥한 골목에서 죽어갈 운명이었어요. 하지만 거기서 빠져나왔죠. 난 꽤 똑똑하고 대단한 쌈닭이거든요"라고 그는 자랑스럽게 말했다.

그리고 늘어놓은 삶의 일화들이 그의 말을 뒷받침하는 듯 보였지만, 한편으로는 오직 자신의 힘만으로 뒷골목에서 탈출한 것 같지는 않았다. 그의 능력에 주목한 유력인사들에게 도움을 받은 걸로 보이는 암시들도 있었다. 호르스트 신용정보사의 한 보안책임자는 독일의 어느 기술 관련 잡지에서 이렇게 말했다. "유리 보그다노프는 마법사예요. 그는 보안 시스템의 취약점을 귀신같이 알아내죠. 한마디로 그는 천재예요."

다시 말해 그는 스타 해커였다. 공식적으로는 '화이트 해트White hat', 즉 적절한 보수를 받고 기업체들의 보안 시스템상 취약점을 찾는 데 도움을 주는 합법적인 해커였다. 그가 운영하는 아웃캐스트 시큐리티는 아무 문제 없어 보였고, 그가 하는 다른 활동을 숨기기 위한 가면에 불과하다고 의심할 근거 역시 없었다. 경영진도 모두 깨끗했다. 나무랄 데 없는 경력을 갖췄고, 전과도 없었다. 하지만 미카엘은 이런 공식적인 정보로는 만족할 수 없었다. 결국 안드레이와 함께 이 회사와 관련된 인물들, 심지어 파트너의 파트너들까지 낱낱이 추적한 끝에 매우 흥미로운 점을 발견하게 되었다. 짧은 기간 동안 이 회사의 비상임이사였던 블라디미르 오를로프라는 사람이었다. 그는 IT 전문가가 아닌 건설업계에서 활동하는 사업가였다. 크리미아에서 보낸 젊은 시절에는 촉망받는 헤비급 복서였다고 한다. 미카엘이 인터넷에서 찾아낸 사진들을 보면 얼굴이 험상궂게 뭉개진 이 왕년의 복싱선수는 여자들이 차 한잔 마시자고 선뜻 다가갈 수 있을 만한 남자가 아니었다.

어떤 사이트들에서는 그가 폭행과 성매매 알선 혐의로 몇 차례 유죄를 선고받은 적이 있다는 말이 떠돌았다. 그는 결혼을 두 번 했는데, 죽은 두 부인의 사망 원인은 어디에서도 찾아볼 수 없었다. 하지만 미카엘이 가장 흥미롭게 느낀 건 '건축자재 판매'를 전문으로 하는 블라디미르가 오래전에 청산된 영세업체 '보딘 건설 통상'의 비상임이사였다는 사실이다.

그리고 그 회사의 대표는 칼 악셀 보딘, 일명 알렉산데르 살라첸코였다. 이 이름을 보는 순간 미카엘의 머릿속에 그의 마지막 특종이었던 그 사악한 음모의 기억들이 한꺼번에 되살아났다. 리스베트의 생부인 살라첸코는 그녀의 어머니를 죽이고 그녀의 어린 시절을 모조리 파괴한 자였다. 그는 리스베트를 떠나지 않는 어두운 그림자이자, 언제나 받은 대로 돌려주는 그녀의 무자비한 원칙 뒤에 숨은 검은 심장이었다.

그가 이 사건에 이렇게 불쑥 튀어나오는 일이 단순한 우연인지는 알 수 없었다. 하지만 미카엘은 누구보다 잘 알고 있었다. 어떤 이야기든 계속 파고들어가다보면 결국 멀든 가깝든 모든 게 연결된다는 사실을. 삶은 끊임없이 이런 연관성의 환상을 불어넣는 법이다. 하지만…… 리스베트와 엮인 문제라면 그는 더이상 우연의 일치를 믿지 않았다.

그녀가 의사의 손가락을 부러뜨렸다거나, 첨단 인공지능 절도 사건에 개입했다면, 그건 그 문제에 대해 깊이 생각해봤다는 뜻이다. 어떤 분명한 이유가, 확실한 동기가 있다는 뜻이다. 리스베트는 억울하게 당한 일을 절대로 잊지 않았다. 언제나 받은 만큼 돌려주고, 잘못된 걸 바로잡는 사람이었다. '그렇다면 리스베트가 이 사건에 개입한 것도 그녀의 과거와 관계가 있는 걸까?' 충분히 가능한 얘기였다.

미카엘은 모니터에서 눈을 들어 안드레이를 쳐다보았다. 그러는 그에게 안드레이는 고개를 까딱해 보였다. 주방에서 뭔가를 요리하는지 고소한 냄새가 복도를 타고 흘러들어왔고, 예트가탄 거리에서는 록음악을 연주하는 소리가 들렸다. 바람이 윙윙거렸고 하늘은 여전히 어두웠다. 미카엘은 새로 생긴 버릇처럼 별 기대 없이 암호화 링크를 열어보았다. 그리고 그 순간 그의 얼굴이 환해졌다. 작은 환호성마저 터뜨렸다.

이제 괜찮아요. 곧 은신처로 출발해요.

그는 당장 답변했다.

정말 기쁜 소식이군! 운전 조심해!

그리고 이렇게 덧붙이지 않을 수 없었다.

리스베트, 우리가 쫓고 있는 게 진짜 누구야?

그녀는 즉시 대답했다.

여우 같으니! 곧 알게 되겠죠.

괜찮다는 말은 과장이었다. 조금 나아지긴 했지만 아직은 형편없는 상태였다. 어제 그녀는 자신의 아파트에서 거의 비몽사몽인 채로 지냈다. 아우구스트에게 먹을거리를 가져다주고, 킬러를 그릴 수 있게끔 연필과 파스텔과 종이를 마련해주려고 침대에서 몸을 일으키는 데 그야말로 초인적인 노력이 필요했다. 하지만 지금 다가가보니 아이는 여전히 아무것도 그리지 않았다.

아이 앞의 나지막한 티테이블에 종이들이 흩어져 있었지만 아무런 그림도 없었다. 그저 기다란 선들만 죽죽 그어져 있을 뿐이었다. 하지만 별생각 없이 좀더 다가가 종이를 들여다보니 그 선들은 끝없이 이어지는 숫자들이었다. 처음에는 이해할 수 없었지만 호기심에 사로잡혀 자세히 살펴보던 그녀가 갑자기 휘익, 휘파람을 불었다.

"세상에!"

얼핏 보기에 별 의미 없이 길게 이어지는 듯한 숫자들은 옆에 있는 또다른 숫자들과 연결되어 낯익은 패턴을 이뤘다. 그녀가 종이들을 뒤적거리다 641, 647, 653, 그리고 659의 조합에 이르렀을 때는 더이상 의심의 여지가 없었다. 그것은 '네쌍둥이 섹시 소수', 즉 6씩 차이 나는 네 개의 소수였다. 쌍둥이 소수를 비롯해 온갖 소수의 조합들이 다 있었다. 그녀의 입가에 자신도 모르게 미소가 번졌다.

"오, 꽤 똑똑한데?"

하지만 아우구스트는 대꾸가 없었고 심지어 그녀에게 눈길도 한 번 던지지 않았다. 그저 계속 숫자를 쓰고 싶다는 듯 티테이블 앞에 무릎을 꿇고 앉아 있었다. 그녀는 어디선가 서번트와 소수에 관한 글을 읽었던 기억이 떠올랐지만 깊이 생각해보기엔 몸 상태가 좋지 않았다. 대신 욕실로 가 몇 년 전부터 거기에 방치돼 있던 바이브라마이신 두 알을 꺼내 물과 함께 삼켰다. 거의 기다시피 해 아파트로 돌아온 후로 그녀는 이런 항생제들을 먹으며 간신히 버티고 있었다.

그녀는 권총과 노트북, 그리고 갈아입을 옷가지를 가방에 챙겨넣은 뒤 아우구스트에게 일어나라고 말했다. 아이는 꿈쩍도 하지 않고 들고 있던 연필만 더욱 꽉 쥘 뿐이었다. 어찌할 바를 모르고 잠시 서 있던 그녀가 다시 단호하게 명령했다.

"일어나!"

그러자 이번에는 시키는 대로 했다. 그녀는 안전을 기하기 위해 가발을 쓰고 선글라스를 꼈다. 그런 다음 둘 다 외투를 걸치고 계단을 통해 지하 차고까지 내려가 BMW에 올라 잉아뢰를 향해 출발했다. 그녀는 오른손만으로 운전을 해야 했다. 붕대로 꽉 싸맨 왼쪽 어깨가 끔찍이 아팠고 윗가슴도 욱신거렸다. 도중에 두 번이나 갓길에 차를 세우고 여전히 열로 펄펄 끓는 몸을 쉬었다. 그러다 마침내 바닷가에 이르렀다. 잉아뢰의 스토라바른비크만을 둘러싼 방파제가 보였다. 그리고 지시받은 대로 비탈길을 따라 놓인 긴 나무계단을 걸어올라가 별장 앞에 도착했다. 진이 다 빠진 그녀는 주방 옆방에 있는 침대 위로 털썩 쓰러졌다. 오한으로 몸이 덜덜 떨렸다.

하지만 이내 그녀는 거친 숨을 몰아쉬며 다시 몸을 일으켰다. 그리고 주방 식탁에 노트북을 올려놓고 NSA에서 내려받은 파일의 암호를 다시 한번 해독해보려고 했다. 하지만 이번에도 실패였다. 조금도 진전이 없었다. 아우구스트는 그녀 옆에 앉아 에리카가 잔뜩 가져다 놓은 종이며 파스텔 따위를 뚫어지게 쳐다보고 있었다. 하지만 아이는 이제 숫자에도 그림에도 관심이 없는 듯했다. 아이가 받은 충격이 크긴 컸을 것이다.

자신을 얀 홀체르라고 부르는 그는 아를란다 공항 안에 있는 클라리온 호텔 객실에 앉아 딸 올가와 통화를 하고 있었다. 예상대로 그녀는 그가 하는 말을 곧이듣지 않았다.

"아빠는 내가 무서워?" 그녀가 따지고 들었다. "내가 아빠를 붙들고 심문이라도 할 것 같아서 겁나는 거야?"

"아냐, 올가. 그럴 리가 있니? 정말 피치 못할 사정이 있었어……"

그는 더이상 말을 잇지 못했다. 올가는 아빠가 뭔가를 숨기고 있다는 걸 뻔히 알고 있었다. 결국 그는 통화를 더 하고 싶었지만 빨리 끊을 수밖에 없었다. 유리는 옆 침대 위에 앉아서 연신 욕을 내뱉고 있었다. 지금까지 프란스의 노트북을 수도 없이 들여다봤지만 아무것도 찾아내지 못했기 때문이다.

"시발, 정말 아무것도 없다고!"

"내가 빈 노트북을 훔쳐온 거야?" 얀 홀체르가 물었다.

"맞아."

"그럼 이걸 뭐하러 가지고 있었지?"

"아주 특별한 용도로 쓴 건 분명해. 용량 큰 파일—아마 다른 컴퓨터와도 연동되어 있을 거야—하나가 최근에 삭제된 듯한데 복구가 불가능해. 원래 선수잖아."

"이거 엿같이 돼버렸군."

"완전히 좆같이 돼버렸지." 유리가 덧붙였다.

"그럼 휴대전화는? 그가 쓰던 블랙폰 말이야."

"통화 내역이 몇 건 있는데 경로는 추적 못했어. 아마 세포나 FRA겠지. 하지만 다른 점이 불안해."

"뭔데?"

"우리가 침입하기 직전에 그가 했던 긴 통화. 상대는 캘리포니아에 있는 기계지능연구소 MIRI 쪽 사람이었어."

"그런데 그게 왜 불안하지?"

"타이밍 때문이야. 아무래도 그가 위기감을 느끼고 보낸 비상경보 같아. MIRI도 마음에 걸려. 인류에게 위협이 되지 않을 인공지능 컴퓨터를 연구하는 곳이잖아. 그게 왠지 찝찝하단 말이야. 프란스가 연구한 내용을 MIRI에 넘겼거나, 아니면……"

"아니면?"

"우리에 대해 다 까발렸거나. 적어도 자기가 아는 만큼 얘기했겠지."

"그거 안 좋은데……"

유리는 고개를 설레설레 흔들었고, 얀 홀체르는 속으로 욕을 내뱉었다. 계획대로 된 게 아무것도 없었다. 둘 다 실패하는 일이 없는 사람이었다. 그런데 이렇게 연달아 두 번이나 실패했다. 그것도 장애가 있는 아이 하나 때문에. 정말로 고약한 일이었지만 최악의 상황은 따로 있었다.

완전히 이성을 잃은 키라가 지금 그곳으로 달려오고 있었다. 그들에겐 낯선 모습이었다. 그 무엇에도 지지 않을 기운을 작전에 불어넣어주던 그녀의 차가운 우아함이 더 익숙했다. 그런데 오늘 그녀는 걷잡을 수 없는 분노에 사로잡혀 그들을 향해 아무짝에도 쓸모없는 무능한 멍청이들이라고 폭언을 마구 쏟아부었다. 그녀가 이처럼 화가 난 건 프란스의 아들이 확실히 죽었는지 알 수 없기 때문이 아니었다. 어디선가 난데없이 튀어나와 아우구스트를 데려간 그 여자 때문이었다. 바로 그 여자가 키라를 미쳐버리게 했다.

홀체르가 아는 대로 그녀를 설명하기 시작하자 키라는 이것저것 물어보았다. 그런데 그의 대답을 들을 때마다 울화가 치밀었는지 키라는 길길이 뛰었다. 그 여자를 죽였어야 했다, 네놈들이 하는 짓은 항상 똑같다, 정말 지겹다, 라고 악을 썼다. 그들은 이런 반응을 전혀 이해할 수 없었다. 그녀가 이렇게 악을 쓰는 모습을 한 번도 본 적이 없기 때문이다.

사실 그들은 키라를 잘 알지 못했다. 홀체르는 코펜하겐의 당글테르 호텔에서 그녀와 섹스를 했던 그 밤—그들이 함께한 세번째나 네번째 밤이었을 것이다—을 결코 잊을 수 없었다. 그들은 더블베드 위에 나란히 누워 샴페인을 마시면서 그가 겪었던 전쟁들과 그가 죽인 사람들에 대해 얘기를 나눴다. 그때 그녀의 팔을 쓰다듬던 홀체르가 손목에 난 깊은 흉터 세 개를 발견했다.

"어떻게 이런 상처가 생겼어요?"

그녀는 대답 대신 그를 죽일 듯이 노려보았다. 그러고는 두 번 다시 그와 잠자리를 하지 않았다. 감히 그런 질문을 한 데 대한 대가였으리라. 키라는 그들을 돌봐주고 거금을 안겨주었지만, 유리를 포함해 그 누구도 그녀의 과거를 물을 수 없었다. 이 암묵적인 규칙을 깨뜨린다는 건 감히 상상도 할 수 없는 일이었다. 좋은 의미에서든 나쁜 의미에서든 그녀는 후원자였고, 그것도 그들은 주로 좋은 쪽이라고 생각했다. 따라서 그녀가 다정할지 차가울지, 혹은 야단을 치거나 심지어 아무 이유 없이 따귀를 후려칠지 알 수 없는 상황에서 언제나 그 기분을 살피며 지내야 했다.

유리는 노트북을 닫고 칵테일을 한 모금 더 마셨다. 키라가 또 이걸 가지고 몰아붙일 수 있기 때문에 그들은 술을 애써 자제했다. 하지만 지금처럼 우울하고 흥분된 상태에서는 불가능했다. 홀체르는 초조한 얼굴로 휴대전화를 만지작거렸다.

"왜? 올가가 당신 말을 안 믿어?"

"한마디도. 좀 있으면 그 꼬마가 그런 내 얼굴이 신문마다 대문짝만하게 실린 걸 보겠지."

"그 그림 얘기는 별로 믿기지 않아. 그냥 짭새들의 희망사항 아닐까?"

"그렇다면 우리가 아무 이유 없이 아이를 죽이려 했다는 말이네?"

"그럴 수도 있지. 키라가 도착할 시간이 다 되지 않았나?"

"곧 나타날 거야."

"당신은 그게 누구라고 생각해?"

"누구?"

"꼬마를 데려간 여자."

"전혀 모르겠어." 그가 고개를 저었다. "키라도 아는 것 같지는 않지만 뭔가를 우려하는 낌새였어."

"우리가 결국 그 둘을 죽여야 할 것 같아."

"내 생각으론 거기서 끝나지 않을 거야."

아우구스트는 상태가 좋지 않았다. 그건 확실했다. 목에는 붉은 반점들이 올라왔고, 두 주먹을 여전히 꼭 쥐고 있었다. 주방 식탁에서 아이 옆에 앉아 RSA 암호를 풀던 리스베트는 아이가 발작을 일으키지 않을까 불안했다. 하지만 아우구스트는 검정색 파스텔 하나를 집어들었을 뿐이었다.

바로 그 순간, 한줄기 돌풍에 큰 유리창들이 거세게 덜컹거렸다. 아우구스트는 식탁 위를 한꺼번에 쓸듯이 손을 크게 움직이며 머뭇거리더니 마침내 그림을 그리기 시작했다. 이쪽에 선 하나, 저쪽에 선 하나를 그은 후에 조그만 원들을 그렸다. 리스베트의 눈에는 마치 단추들 같았다. 그리고 손 하나, 세밀한 턱 모양, 앞섶이 벌어진 셔츠가 보였다. 손이 점차 빠르게 움직이면서 경직된 아이의 등과 어깨도 조금씩 풀려갔다. 마치 상처가 났다가 곧바로 아물어드는 듯한 느낌이 들었다.

그렇다고 해서 아이가 진정된 건 아니었다. 눈에는 고통스러운 빛이 가득했고 이따금 몸을 부르르 떨기도 했다. 하지만 아이 내면의 무언가가 풀어진 것만은 확실해 보였다. 이번에는 새 파스텔을 집어들고는 떡갈나무 색깔 마룻바닥과 조각이 아주 많은 눈부신 도시 야경 퍼즐을 그리기 시작했다. 이쯤 되니 더이상 어린아이의 보통 그림은 아님이 확실해졌다.

손과 풀어헤친 셔츠는 배가 불룩하고 덩치가 큰 남자가 됐다. 그는 상체를 바짝 구부리고서 바닥에 누운 몸집이 작은 누군가를 때리고 있었다. 아우구스트는 바닥에 있는 사람을 그리지 않았다. 구타당하는 그 인물은 동시에 그 광경의 관찰자이기도 했기 때문이다.

진정 끔찍한 장면이었다. 이번에는 때리는 남자의 얼굴이 드러나 있었지만 프란스 사건과는 아무런 관련이 없어 보였다. 그림 한복판에는 땀으로 번들거리고 분노로 시뻘게진 얼굴 하나가 그 뒤틀린 주름 하나까지 세밀하게 묘사되어 있었다. 리스베트는 그게 누군지 알 수 있었다.

드라마나 영화를 즐겨 보는 편은 아니었지만 그녀는 라세 베스트만을 알아보았다. 그녀는 아이에게 가까이 다가가 분노에 차 가늘게 떨리는 목소리로 말했다.

"그가 더이상 네게 이렇게 하지 못할 거야. 절대로!"

21장

11월 23일

알로나 카살레스는 조니 잉그럼 중령이 에드의 책상으로 다가가는 걸 본 순간 뭔가 잘못되었음을 느꼈다. 선뜻 다가가지 못하고 머뭇거리는 모습을 보아하니 나쁜 소식인 듯했다. 하지만 그는 평소에 그런 일로 고민하는 사람이 아니었다.

그는 웃으면서 남의 등에 비수를 꽂을 수 있는 사악한 인간이었다. 하지만 상대가 에드라면 달랐다. 누구든 자신을 엿 먹이려 들면 그 즉시 상대를 골로 보내버리는 게 에드였다. 그러니 최고 상관들까지 그를 무서워했다. 조니는 그런 소란을 좋아하지 않는데다 망신당하는 건 더 끔찍하게 여겼다. 에드를 잘못 건드렸다가는 바로 그런 일을 당할 수 있었다.

에드가 건장하고 우락부락한 유형이라면, 조니는 호리호리한 다리와 가식적인 태도가 전형적인 상류층 같았다. 하지만 권력 게임에 들어가면 무시무시한 플레이어로 변했고, 정재계의 중요한 서클들에서 막강한 영향력을 행사했다. NSA 국장 찰스 오코너 바로 아래에서 꽤 큰 권한을 누리는 그는 누구에게나 웃는 얼굴로 대하며 칭찬을 아끼지 않았지만 그 미소가 한 번도 진심인 적은 없었다. 다들 그를 두려워했다.

특히 그는 높은 직위에 있었기에 모든 이들에 관한 정보를 보유하고 있었다. 그리고 이른바 '전략기술감시'—고전적으로 표현하자면 산업스파이 활동—즉 미국의 첨단 기술 산업이 국제 경쟁에서 우위를 점할 수 있도록 협력하는 부서의 책임자이기도 했다.

그런 그가 에드 앞에 이르자 세련된 정장 안에서 갑자기 몸을 움츠렸다. 알로나는 그들에게서 30미터나 떨어져 있었지만 폭발 직전인 에드의 모습을 보면서 이제 무슨 일이 일어날지 정확히 알 수 있었다. 아니나다를까 피로에 찌든 창백한 얼굴이 시뻘게지는가 싶더니 에드가 자리를 박차고 일어났다. 그는 굽은 등을 펴고 큰 배를 내밀면서 고래고래 외쳤다.

"이 쥐새끼야!"

조니 잉그럼을 '쥐새끼'라 부를 수 있는 사람은 에드 말고 아무도 없었고, 그래서 알로나는 그를 좋아했다.

아우구스트는 다른 그림을 그리기 시작했다. 먼저 종이 위에 선 몇 개를 그었다. 얼마나 꾹꾹 누르며 그렸는지 검정색 파스텔이 부러져 버렸다. 이번에도 매우 빨리 그렸다. 이쪽저쪽 세밀하게 그려나가다 보면 흩어진 요소들이 점차 연결되면서 전체를 이뤘다. 이번에도 같은 방이었다. 바닥에 놓인 퍼즐은 달랐지만 이번에는 보다 쉽게 분간할 수 있었다. 맹렬한 속도로 질주하는 빨간 스포츠카와 관중석에서 열광하는 사람들이 그려진 퍼즐이었다. 그 위에는 아까와는 달리 두 남자가 있었다.

그들 중 하나는 라세 베스트만이었다. 티셔츠와 반바지 차림의 그는 시뻘겋게 충혈된 사팔눈을 하고 있었다. 입에서는 침이 질질 흘러내렸고 술에 잔뜩 취해 여전히 성난 모습이었다. 하지만 가장 섬뜩하게 보이는 건 따로 있었다. 그 흐릿한 눈빛에서 극도의 잔인함이 느껴지는 다른 남자였다. 수염이 까칠하고 입술은 너무도 얇아 마치 없는 듯 보였다. 역시 술에 취한 그가 아우구스트를 발길질하고 있는 것처럼 보였다. 이번에도 맞고 있는 아이는 그리지 않았지만 바로 그 부재 때문에 존재가 더욱 강렬하게 느껴졌다.

"누구야? 이 사람은?"

아우구스트는 대답하지 않았다. 하지만 어깨를 바르르 떨면서 두 다리는 탁자 아래에서 배배 꼬았다.

"이 사람이 누구냐고?" 리스베트가 좀더 강하게 물었다. 그러자 아우구스트가 작은 손을 가늘게 떨면서 그림 위에 이름을 썼다.

로예르

로예르…… 리스베트에겐 생소한 이름이었다.

몇 시간 후, 포트미드의 해커들이 주섬주섬 책상을 정리한 뒤 축 처진 발걸음으로 퇴근하고 나자 에드가 알로나를 향해 걸어왔다. 이상하게도 그는 화가 나거나 흥분한 사람처럼 보이지 않았다. 오히려 표정에서 도전적인 기운이 느껴졌고, 허리도 더는 아프지 않은 모양이었다. 한 손에 수첩을 든 그는 멜빵 한쪽이 풀린 것도 모르는 듯했다.

"아이고, 어서 와요!" 그녀가 말했다. "대체 무슨 일이야?"

"나, 휴가 냈어! 곧 스톡홀름으로 떠날 거야."

"하고 많은 곳 중에 거기는 왜? 지금 굉장히 추울 텐데?"

"꽁꽁 얼어붙겠지."

"휴가를 보내러 가는 게 아닌 모양인데?"

"맞아. 우리끼리만 한 얘기로 해줘."

"점점 궁금해지는데?"

"조니가 수사를 중단하래. 그 해커는 그냥 놔두고 더이상 정보가 유출되는 일만 없도록 조치하고 그만 끝내라더군. 이 일을 영원히 묻자는 얘기지."

"빌어먹을! 어떻게 그런 지시를 내릴 수 있지?"

"괜히 문제를 크게 키우지 말자더군. 해킹당한 사실이 외부로 알려지는 걸 피하고 싶다면서. 뭐, 세상이 알게 되면 큰일이라는 거지. 속으로 고소해할 사람들이 한둘이 아닐 테고, 윗대가리들은 체면 세우려고 무더기로 모가지를 날리지 않을 수 없겠지. 내 모가지부터 시작해서 말이야."

"그가 위협했어?"

"엄청나게. 공개적으로 개망신을 당할 거다, 된통 혼날 거다, 심지어는 고소를 당할지도 모른다……"

"그런데 크게 걱정하는 기색이 아니네?"

"그 자식을 박살내버릴 거야!"

"어떻게? 사방에 인맥이 깔린 사람인데."

"인맥이라면 나도 있어. 그자만 남의 약점을 쥔 게 아니라고. 그 빌어먹을 해커가 아주 친절하게도 우리 내부 자료들을 서로 연결해줘서 이 더러운 집구석 사정을 좀 상세히 알게 됐지."

"조금 아이러니한데? 안 그래?"

"사기꾼을 잡으려면 사기꾼이 필요한 법이지. 어쨌든 그 해커 때문에 보게 된 자료들이 처음엔 엄청난 건 아닌 듯했어. 여기서 우리가 보통 하는 일들에 비하면 말이야. 그런데 좀더 자세히 들여다보니……"

"들여다보니?"

"정말 폭발력 있는 내용이야."

"어떻게?"

"조니와 가까운 작자들은 단지 미국 대기업들을 도우려고 산업기밀 정보를 수집하는 게 아니야. 가끔씩 팔아먹기도 해. 아주 비싼 값에. 그리고 그 돈이 반드시 NSA의 금고로 들어오는 건 아니지……"

"자기네들 호주머니로 들어간다고?"

"그래. 내가 지금 확보한 증거만으로도 요아킴 바클리와 브라이언 애벗을 당장 감옥에 처넣을 수 있어."

"세상에!"

"하지만 안타깝게도 조니와 관련된 문제는 조금 복잡해. 난 이 모든 서커스 뒤에 바로 그가 있다고 생각해. 그래야만 얘기가 맞아떨어지거든. 하지만 스모킹 건을 못 찾아서 어떻게 해볼 수가 없어. 이 상태로 움직이는 건 너무 위험하단 말씀이야. 어쩌면 그 해커가 가져간 파일에 구체적인 정보들이 있을지도 몰라. 하지만 해독을 못하겠어. 불가능해. 빌어먹을 RSA 암호로 되어 있거든."

"그래서 어떻게 할 생각이야?"

"그 자식을 꼼짝 못하게 만들어야지. 그놈 패거리들이 거대한 범죄조직들하고 공모했다는 걸 만천하에 알릴 거야."

"스파이더스 같은?"

"맞아. 그 조직 말고도 더러운 놈들이 더 있어. 어쨌든 그들이 스웨덴 교수 암살과 관련됐다고 해도 놀랄 일이 아니야. 그를 죽여야 할 명백한 이유가 있었으니까."

"농담 아니지?"

"절대 아니야. 그 교수는 그들을 무너뜨릴 엄청난 정보를 가지고 있었어."

"맙소사! 그래서 외로운 사립 탐정처럼 전부 조사하러 스톡홀름으로 떠나겠다는 거야?"

"외로운 사립 탐정이 아니야, 알로나. 그곳엔 날 도와줄 사람들이 있어. 그리고 간 김에 그 해커한테도 따끔한 맛을 보여줄 거야. 그 여자가 다시는 그런 짓을 못하도록."

"잠깐, 에드. 지금 '그 여자'라고 했어?"

"응. 그 해커는 여자야!"

아우구스트가 그린 그림들은 리스베트에게 과거를 떠올리게 했다. 침대 매트리스를 리드미컬하면서도 집요하게 두드려대는 그 손이 다시 보였다. 그리고 옆방에서 들려오던 퍽 하는 둔탁한 소리, 신음 소리, 울음 소리. 만화책들과 복수의 꿈 말고는 아무런 도피처가 없었던 그 시절이 다시 생각났다. 하지만 그녀는 이내 기억들을 떨쳐버리고 어깨 붕대를 새로 갈았다. 권총을 점검하고 제대로 장전됐는지 확인했다. 그런 다음 PGP 링크를 열었다.

지금 그들의 상태가 어떤지 묻는 안드레이의 메시지에 그녀는 짤막한 답변을 보냈다. 바깥에서는 세찬 바람이 나무들과 잡목들을 뒤흔들었다. 그녀는 위스키와 초콜릿 한 조각을 들고 테라스로 나갔다. 거기서부터 바위로 된 경사면 위까지 따라올라가며 주위 지형을 면밀하게 살폈다. 그 아래에 골짜기처럼 움푹 들어간 공간이 하나 있는 걸 확인하고 거기까지 몇 발자국인지 세어보기도 하면서 주변 풍경을 세세하게 머릿속에 새겼다.

돌아와보니 아우구스트는 또 라세와 로예르를 그려놓았다. 리스베트는 아이가 그 모습들을 밖으로 배출해버릴 필요가 있는 거라고 생각했다. 하지만 여전히 킬러와 관련된 건 아무것도 그려놓지 않았다. 참혹했던 경험에 대한 거부반응일지도 몰랐다.

귀중한 시간이 속절없이 흘러가고 있다는 생각이 들자 리스베트는 기분이 좋지 않았다. 걱정스러운 얼굴로 아우구스트와 그림들, 그리고 현기증 날 정도로 길게 이어지는 숫자들을 쳐다보았다. 그렇게 일 분쯤 이 숫자들에 어떤 논리가 숨어 있는 건지 생각해보는데 문득 나머지와 다른 숫자가 눈에 들어왔다.

비교적 길이가 짧은 2,305,843,008,139,952,128이었다. 뭐가 다른지 금방 알 수 있었다. 그건 소수가 아니라 자신을 제외한 약수의 총합으로 이뤄진 완전수였다. 그 순간 리스베트의 얼굴이 환해졌다. 예를 들어 6을 나눌 수 있는 3과 2와 1은 6의 약수이고, 이를 모두 합하면 다시 6이 된다. 이런 수를 완전수라 한다. 리스베트는 미소를 머금으며 이내 기묘한 생각을 하나 떠올렸다.

"무슨 꿍꿍이인지 좀더 자세히 설명해봐." 알로나가 다그쳤다.

"알았어. 굳이 이럴 필요는 없겠지만 그래도 맹세해줘. 지금부터 내가 하는 얘기를 아무에게도 발설하지 않겠다고."

"미련하긴! 그래, 맹세할게."

"좋아, 어떻게 된 일인지 얘기해주지. 일단 조니한테 일부러 악을 좀 쓴 후에 실은 나도 그가 옳다고 생각한다는 식으로 말했어. 심지어 이 조사를 끝내게 해줘서 고맙다는 척도 했고. 난 어차피 이 단계에서 더는 나아가지 못할 거라고 말했는데, 한편으론 사실이기도 해. 기술적으로 한계에 부딪혔거든. 별짓을 다했지만 소용없었어. 사방에 미끼들을 깔아놔서 그걸 따라가다보면 또다른 미로에 빠지기 일쑤였지. 우리 요원 하나가 그러더군. 어쩌다 답을 찾아낸다 해도 그게 진짜 정답인지 어떻게 믿을 수 있느냐고. 다른 함정일지 모른다는 의심이 또 생길 거란 얘기지. 우린 해커가 실수나 약점을 드러냈기를 바라는 일 말고는 아무것도 할 수 없었어. 그래서 전통적인 방법으로 나가기로 했지."

"당신은 전통적인 방법을 별로 좋아하지 않잖아?"

"맞아, 난 변칙을 더 좋아해. 어쨌든 우린 결코 포기하지 않았어. 평소에 접촉하는 외부 해커들과 IT 기업 친구들하고도 상의해봤지. 그러면서 깊이 조사해보고 감청도 하고 다른 시스템을 해킹해보기도 했어. 해커들은 이렇게 어려운 공격을 하기 전에 반드시 사전 조사를 하면서 다른 전문가한테 문의도 하고 특수한 사이트들을 방문하기도 하는데, 이런 과정에서 필연적으로 우리 귀에까지 흘러들어오는 얘기들이 있게 마련이거든. 그런데 말이야, 우리한테 가장 도움이 된 게 뭔지 알아? 바로 그 해커의 재능이었어. 그녀의 능력이 압도적으로 뛰어났기 때문에 오히려 용의자 범위를 대폭 축소할 수 있었지. 만일 범인이 현장에서 100미터를 9초 7에 주파했다고 생각해 봐. 그럼 용의자가 우사인 볼트나 그의 경쟁자로 압축되지 않겠어?"

"실력이 그 정도야?"

"그녀의 공격방식에는 입이 딱 벌어질 만큼 놀라운 점들이 많았지만 그런 건 이미 나도 많이 봐왔어. 그래서 해커들과 이 방면 전문가들한테 수소문하느라 시간을 꽤 썼지. '정말 엄청난 한 건을 터뜨릴 만한 사람이 누구냐?' '지금 이 바닥에서 진정한 스타가 누구냐?' 이런 질문을 하면서도 NSA에 무슨 일이 일어났는지 눈치채지 못하도록 만드느라 아주 교묘해야 했어. 한동안은 아무런 답이 없어서 사막 한복판에서 혼자 외치는 기분이었지. 안다는 사람이 하나도 없었거든. 아니면 알아도 모르는 척했거나. 물론 이름들을 몇 개 듣긴 했지만 그 누구도 가능성이 없어 보였어. 한번은 유리 보그다노프라는 러시아인을 떠올렸었어. 과거에는 원하면 어디든 침입할 수 있는 마약쟁이 절도범이었지. 정말 귀신같은 솜씨였어. 상트페테르부르크에서 겨우 몸무게가 40킬로그램 나가던 노숙자 시절부터 열쇠 없이 차에 시동을 걸었고, 보안회사들이 서로 스카우트하려고 난리였다는군. 심지어 경찰과 첩보기관에서도 범죄조직이 먼저 마수를 뻗치기 전에 그를 포섭하려고 시도했을 정도야. 물론 그들은 성공하지 못했지. 지금은 마약을 끊고 살도 쪄서 꽤 잘나가는 사업가가 됐고. 그런데 말이야, 알로나 당신이 조사하는 그 스파이더스 패거리에 유리도 속한 게 확실해. 그래서 우리도 관심을 갖게 됐지. 그런데 그 해커가 뒤지고 다닌 것들을 보면 스파이더스와도 관련이 있다는 걸 금방 알 수 있는데, 만일 그렇다면……"

"그 패거리에 속한 작자가 왜 우리한테 실마리를 남겼는지 이해할 수 없다는 말이지?"

"맞아. 그래서 다시 수소문하는 와중에 또다른 패거리가 나타났어."

"그게 누군데?"

"스스로를 '해커 공화국'이라고 부르는 자들이야. 이 바닥에서 절대적인 명성을 누리고 있지. 최고 에이스들만 모여 있는 곳인데 자기네 암호화에 극도로 신경을 쓰고 있어. 당연히 그럴 수밖에 없을 거야. 우리뿐만 아니라 많은 곳에서 이런 조직들에 침투하려고 끝없이 시도하고 있으니까. 무슨 일들을 벌이는지 알아내는 동시에 몇몇을 스카우트하려고 말이야. 요즘은 실력 좋은 해커들을 데려가려고 서로 머리통 터지게 싸우는 판국이지."

"이제 너 나 할 것 없이 모두 범죄자가 되어버렸다는 말이네."

"뭐, 그렇다고 할 수 있지. 어쨌든 이 해커 공화국에 천재가 하나 있어. 그자를 언급하는 사람이 한둘이 아니었지. 그뿐만이 아니야. 이들이 엄청난 뭔가를 준비한다는 소문이 나돈 적이 있는데다, 해커 공화국 멤버로 보이는 '밥 더 도그'가 리처드 풀러라는 NSA 요원을 여기저기서 캐고 다니기도 했어. 리처드 풀러가 누군지 알아?"

"아니."

"자기가 세상에서 제일 잘난 줄 아는 조울증 환자야. 한번 조증이 발작하면 아주 경솔한 짓거리들을 저질러서 한동안 날 미치게 했어. 보안상 전형적인 위험인물, 즉 해커들의 이상적인 먹잇감이라고 할 수 있지. 하지만 그의 정신적 문제를 아는 사람은 별로 없어. 사람들한테 알려지는 게 아니니 그의 어머니조차 잘 모를 거야. 그들이 리처드를 통해 NSA 시스템에 침입했다고는 생각하지 않아. 최근에 그가 받은 파일들을 분석해봤는데 별다른 걸 못 찾았거든. 하지만 리처드는 애당초 해커 공화국이 세운 계획의 일부였던 것 같아. 구체적인 증거는 아무것도 확보하지 못했지만, 내 육감은 이번 공격 뒤에 이 패거리가 있다고 말하고 있어. 특히나 외국 조직의 소행이라는 게 거의 확실해진 지금에 와서는 말이야."

"해커가 여자였다고?"

"맞아. 우선 이 해커 공화국을 타깃으로 정해서 더 깊이 파봤지. 팩트와 루머를 구별하기가 쉽지 않았지만, 어떤 정보 하나가 꾸준히 들어와서 진실성을 의심할 필요가 없었어."

"그게 뭔데?"

"해커 공화국의 최고의 스타는 '와스프'라는 사실."

"와스프?"

"기술적인 세부까지는 말하지 않을게. 어쨌든 와스프는 일부 그룹 안에서 전설로 통해. 특히 기존의 방법들을 완전히 뒤엎어버리는 능력은 따라갈 자가 없다고 하더군. 어떤 사람들은 모차르트의 곡을 금방 알 수 있는 것처럼 공격방식을 보면 와스프의 작품인지 아닌지 구별할 수 있다고까지 했어. 비교할 수 없는 자신만의 스타일이 있다는 얘기지. 와스프의 공격방식을 검토한 우리 쪽 녀석 하나가 대뜸 그러더군. 지금껏 경험한 모든 것들과는 완전히 다르다고. 차원이 다른 독창성이랄까. 독특하고 센세이셔널하면서도 직관적이고 효율적인 방식이었대."

"한마디로 천재네."

"의심의 여지가 없지. 그래서 와스프의 정체를 밝혀내는 데 온 힘을 쏟았어. 불가능한 일이었다 해도 놀랄 건 없었지. 그 정도 천재가 그런 허점을 남기는 건 가당치도 않으니까. 하지만 내가 어떻게 했는지 알아?" 에드가 자랑스럽게 물었다.

"아니."

"우선 와스프Wasp란 단어가 무얼 뜻하는지 한번 생각해봤지."

"'말벌' 말고 다른 뜻?"

"물론이지. 심지어는 나조차 이 방법으로 뭘 찾을 수 있으리라곤 기대하지 않았어. 하지만 대로로 갈 수 없다면 곁길로 나가야 하는 법. 거기서 뭐가 나올지 모를 일이잖아? 어쨌든 와스프에는 여러 의미가 있어. 2차대전 때 영국군 전투기 이름이었고, 아리스토파네스 희극의 영국판 제목이기도 하고, 1915년에는 어느 단편영화의 제목, 19세기에는 샌프란시스코의 풍자 잡지 이름이었어. 무엇보다 백인 앵글로색슨 개신교도White Anglo-Saxon Protestant의 약자이기도 하지. 하지만 전부 천재 해커와는 어울리지 않는 것들이야. 이 바닥 문화하고는 잘 맞지 않거든. 그런데 어울리는 게 딱 하나 있었어."

"뭔데?"

"인터넷에서 제일 많이 검색되는 와스프. 그러니까 '어벤져스' 창립 멤버이자 마블코믹스의 슈퍼 히로인 와스프!"

"아, 영화로도 나왔지."

"맞아. 토르, 아이언 맨, 캡틴 아메리카와 함께. 원작 만화에서 와스프는 한때 그들의 리더였어. 아주 매력적인 캐릭터지. 로큰롤적이고도 반항아 같은 외모, 검은색과 노란색이 어우러진 곤충 날개 복장, 갈색 단발머리, 거기에 거만한 표정까지. 기습적으로 허를 찌르고 몸크기도 마음대로 바꿀 수 있다고. 우리가 접촉한 사람들은 모두 '와스프'가 자신의 별명을 이 캐릭터에서 따온 거라고 생각하고 있었어. 그렇다고 해서 이 별명 뒤에 마블코믹스 광팬이 숨어 있다고 단정할 순 없겠지. 와스프라는 별명은 마블코믹스 이전부터 있었으니까. 그저 어린 시절의 흔적일 수도 있고, 오히려 반의적인 상징일 수도 있어. 나도 '피터 팬'이란 별명을 쓴 적이 있어. 어른이 되기를 거부하는 이 거만한 캐릭터를 별로 좋아하지도 않으면서 말이야. 그런데……"

"그런데?"

"와스프가 추적하던 그 범죄조직도 마블코믹스에서 따온 이름들을 암호명으로 쓰고 있다는 걸 알아냈어. 자기네들을 '더 스파이더 소사이어티The Spider Society'라고도 한다며?"

"응. 하지만 내가 보기엔 말장난 같은데? 자신들을 감시하는 자들을 조롱하려고 만든."

"물론이지. 하지만 이런 말장난이 단서들을 감추고 있거나 중요한 의미를 드러낼 수도 있어. 마블코믹스의 더 스파이더 소사이어티가 뭘 하는지 알아?"

"잘 모르겠는데."

"와스프 자매단과 전쟁을 벌이지."

"그래, 무슨 말인지 알겠어. 하지만 흥미로운 건 사실인데, 이게 무슨 단서가 될 수 있어?"

"잠깐. 괜찮으면 내 차 있는 데까지 함께 내려가지 않겠어? 난 지금 공항으로 출발해야 해."

미카엘은 눈꺼풀이 천근만근 무거웠다. 아주 늦은 시간은 아니었지만 더는 견디기가 힘들었다. 집에 들어가 조금이라도 눈을 붙여야 오늘밤, 혹은 내일 아침에 제대로 일을 다시 시작할 수 있을 듯했다. 돌아가는 길에 맥주 한두 잔을 마시는 것도 도움이 되리라. 수면 부족으로 이마가 지끈지끈 쑤셨고, 머릿속을 어지럽히는 온갖 기억과 불안을 쫓아버릴 필요도 있었다. '안드레이도 데려가볼까?' 미카엘은 그가 있는 쪽으로 흘깃 눈길을 돌렸다.

안드레이는 아주 젊고 활기찼다. 그가 가진 에너지의 절반만 있어도 미카엘에겐 충분할 터였다. 그는 방금 전 출근한 사람처럼 반짝거리는 눈으로 메모들을 뒤적이며 키보드를 힘차게 두드리고 있었다. 새벽 5시부터 저기 앉아 있는 것이었다. 지금은 오후 5시 45분. 안드레이는 그동안 몇 번 쉬지도 않고 줄곧 일하고 있었다.

"안드레이, 우리 나가서 요기 좀 하고 맥주도 한잔 마시면서 잠시 쉬는 게 어때?"

그는 미카엘의 말을 한번에 이해하지 못한 듯했다. 그러다 천천히 고개를 드는 그의 모습에서는 방금 전까지의 그 활기찬 기운을 찾아볼 수 없었다. 그는 약간 찡그린 얼굴로 어깨를 주물렀다.

"네…… 뭐…… 그럴까요?"

안드레이가 머뭇거리며 대꾸했다.

"그럼 간다는 소리로 알겠어. 폴코페란, 어때?"

편집부 사무실에서 그다지 멀지 않은 폴코페란은 기자들과 예술가들이 즐겨 찾는 바 겸 레스토랑이었다.

"그런데……"

"뭐?"

"저 지금 인물기사를 하나 써야 해요. 말뫼 중앙역에서 기차에 탄 후로 행방불명된 부코우스키 갤러리의 딜러 말이에요. 에리카 편집장님이 이번 호에 같이 실으면 잘 어울릴 것 같다고 하셔서요."

"이런, 완전히 자네를 쥐어짜는군."

"전 괜찮아요. 그런데 기사가 잘 써지지 않네요. 명쾌하지도 않고, 자연스럽지도 않아요."

"내가 한번 봐줄까?"

"좋죠! 조금만 더 쓰고 나서요. 이대로는 제가 부끄러워 죽을 거예요."

"알았어. 그래도 나가서 배 좀 채우는 게 어때? 필요하면 돌아와서 다시 일해도 되고."

미카엘은 안드레이를 물끄러미 쳐다보며 말했다. 그는 이 장면을 오랫동안 기억하게 될 것이다. 안드레이는 밤색 체크무늬 재킷에 단추를 목까지 바짝 잠근 흰 셔츠를 입고 있었다. 영화배우 같았다. 그 어느 때보다도 젊은 안토니오 반데라스처럼 보였다.

"아무래도 전 남아서 이 기사 좀 다듬는 게 좋겠어요." 안드레이는 여전히 머뭇거렸다. "냉장고에 먹을 게 있으니 이따 전자레인지에 데워 먹죠, 뭐."

미카엘은 선배의 지시라며 당장 함께 맥주 한잔하러 나가자고 고집을 부릴까도 생각해봤지만 결국 이렇게 대답했다.

"좋아. 그럼 내일 보자고. 그런데 저쪽은 어떻게 되어가고 있지? 살인범 그림은 아직도 안 나왔나?"

"그런 거 같아요."

"내일 다른 해결책을 찾아봐야겠군. 자, 그럼 쉬엄쉬엄 해!"

미카엘은 일어나서 외투를 걸쳤다.

리스베트는 아주 오래전에 〈사이언스〉라는 잡지에서 읽은 적 있는 서번트에 관한 기사가 하나 생각났다. 그 기사에서 수학자 엔리코 봄비에리가 올리버 색스의 『아내를 모자로 착각한 남자』에 나오는 일화를 언급했었다. 자폐와 정신지체가 있었던 어느 쌍둥이 형제가 서로 여유 있게 큰 소수들을 외우며 시합을 벌인 적이 있다고 했다. 마치 그들의 눈앞에 내면의 수학적 풍경이 펼쳐져 보이거나 숫자의 신비로 가는 비밀의 지름길이라도 있는 것처럼 말이다.

이 쌍둥이가 해낸 일과 지금 리스베트가 원하는 건 서로 달랐다. 하지만 둘 사이에 유사성이 있을 거라는 생각이 들었다. 그래서 비록 성공을 기대하긴 힘들었지만 한번 시도해보기로 마음먹었다. 리스베트는 NSA에서 내려받은 암호화된 파일과 자신이 만든 타원곡선 인수분해 프로그램을 다시 열고 아우구스트에게로 고개를 돌렸다. 아이는 대답 대신 상체를 앞뒤로 흔들흔들해 보였다.

"소수. 아우구스트, 넌 소수를 좋아해."

아우구스트는 그녀를 쳐다보지 않고 계속 몸만 흔들었다.

"나도 소수를 좋아해." 리스베트가 말을 이었다. "하지만 요즘 들어 특별히 흥미를 느끼는 게 있어. 인수분해. 그게 뭔지 아니?"

아우구스트는 몸을 계속 흔들면서 테이블을 뚫어지게 쳐다보았다. 아무것도 이해하지 못하는 듯했다.

"소인수분해라는 건 자연수를 소수들의 곱으로 나타내는 걸 말해. 여기서 곱이란 곱하기를 뜻하고. 내 말 이해하겠니?"

아우구스트의 표정에는 조금도 변화가 없었다. 리스베트는 그냥 여기서 그만두는 게 좋지 않을까 하는 생각도 들었다.

"수의 기본 원리에 따르면 모든 자연수는 단 하나의 소인수분해를 가져. 아주 멋지지 않아? 24 같은 아주 간단한 수도 우린 여러 방식으로 얻을 수 있어. 12에 2를 곱해도 되고, 3에 8을 곱해도 되지. 하지만 소인수분해는 단 하나야. 2×2×2×3. 무슨 말인지 이해하겠니? 모든 자연수는 단 하나의 소인수분해만을 갖는 거야. 이렇게 소수들을 곱해서 큰 숫자를 얻는 건 쉽지만 그 반대는 어려울 때가 많지. 그러니까 결과물에서 출발해 그것을 이루는 소수들을 되찾는 건 쉽지 않아. 그리고 어떤 아주 나쁜 사람이 비밀을 감추려고 이 방법을 썼어. 무슨 말인지 알겠니? 이건 주스나 칵테일을 만드는 일하고도 같아. 조합하기는 쉽지만 분해하기는 아주 어렵지."

아이는 고개를 끄덕이지도 말을 하지도 않았다. 하지만 더는 몸을 흔들지 않았다.

"아우구스트, 넌 소인수분해를 잘할 거 같은데? 어때, 우리 한번 해보지 않겠어?"

아이는 미동도 하지 않았다.

"그럼 좋다는 뜻으로 알게. 자, 456부터 시작해볼까?"

아이의 눈은 유리처럼 맑기만 할 뿐 아무 초점이 없었다. 리스베트는 정말이지 터무니없는 시도라고 생각했다.

바깥은 바람이 불고 추웠지만 미카엘은 정신을 번쩍 들게 하는 차가운 날씨가 오히려 기분좋게 느껴졌다. 거리에는 행인들이 별로 보이지 않았다. 그는 '진짜' 글을 쓰고 싶다고 했던 딸 페르닐라의 말을 떠올려봤다. 그리고 물론 리스베트와 아우구스트에 대해서도 생각해봤다. '지금쯤 무얼 하고 있을까?' 호른스가탄 언덕길로 올라가던 그는 어느 갤러리 진열창에 걸린 그림을 잠시 들여다보았다.

그림 속에서 칵테일 파티를 즐기는 사람들은 마냥 유쾌하고 행복하게 보였다. 저렇게 손에 술잔을 들고 아무 걱정 없이 즐기던 때가 언제였는지, 미카엘은 그저 까마득한 옛날 일처럼 느껴졌다. 어디론가 훌쩍 멀리 떠나고 싶었다. 그렇게 잠시 몽상에 잠겨 있던 그는 갑자기 몸을 부르르 떨었다. 그 순간, 누군가가 자신을 뒤따라왔다는 느낌이 스쳤기 때문이다. 하지만 휙 하고 고개를 돌려보니 그 느낌은 망상에 불과했다. 요 며칠 겪은 일들로 지나치게 예민해진 탓이리라.

그의 뒤에는 뇌쇄적인 미모의 여자가 하나 서 있을 뿐이었다. 빨간 코트 차림에 짙은 금발을 늘어뜨린 그녀는 약간 당황해하며 그에게 미소를 지어 보였다. 미카엘도 가볍게 웃어 보이고는 계속 길을 가려고 했다. 하지만 눈이 쉽게 떨어지지 않았다. 마치 기이한 마법의 순간이 깨지고 그녀가 평범한 인간으로 돌아오기를 기대하는 마음이 들었다.

하지만 그녀의 매력이 점점 더 강렬하게 느껴졌다. 다른 세상에서 온 존재, 군중 속에 서 있는 할리우드 스타 같았다. 그 모습에 압도된 미카엘은 그녀를 제대로 묘사할 수조차 없었다. 아니, 그녀의 외모가 어떻게 생겼는지 그 어떤 디테일 하나도 찾아낼 수 없었다. 마치 패션잡지에서 막 튀어나온 모델 같았다.

"혹시 제가 도와드릴 일이라도 있나요?" 미카엘이 물었다.

"아니, 아니에요." 당황한 표정으로 대답하는 그녀는 더욱 매력적이었다. 온 세상을 무릎 꿇게 할 미인이 저런 모습을 보이니 말이다.

"그럼 좋은 저녁 보내세요."

미카엘은 이렇게 말하고 몸을 돌려 떠나려고 했다. 그러자 그녀가 약간 긴장한 기색으로 목청을 고르며 그의 발길을 멈춰 세웠다.

"저, 미카엘 블롬크비스트 씨죠?"

그녀는 길 위에 깔린 자갈들에 시선을 고정시키고 한층 머뭇거리며 물었다.

"네, 그런데요."

미카엘은 정중한 미소를 지어 보였다. 자기 앞에 있는 여자가 여느 여자들과 다름없는 평범한 사람이라고 생각하려 애썼다.

"전 단지 오래전부터 기자님을 존경해왔다는 말씀을 드리고 싶었어요."

그녀는 고개를 살짝 들어올리면서 그윽한 시선으로 그를 마주보았다.

"오, 영광이네요. 하지만 제가 괜찮은 기사를 쓰지 못한 지 한참된 듯한데요? 그런데 누구시죠?"

"레베카 스벤손이라고 해요. 지금은 스위스에 살고 있어요."

"그럼 잠시 집에 들르러 오셨군요."

"슬프지만 아주 잠깐 동안만요. 스웨덴이 몹시 그리웠어요. 11월의 스톡홀름이 생각날 정도였으니까요."

"그 정도로 이곳이 그리웠다고요?"

"그래요! 이런 게 향수 아니겠어요?"

"네?"

"나쁜 점들까지 그리워지는 거요."

"맞아요."

"제가 어떻게 향수를 달래는지 아세요? 스웨덴 신문이나 잡지를 읽는답니다. 몇 년간 〈밀레니엄〉을 단 한 부도 빼놓지 않고 다 읽었을 거예요."

레베카는 이렇게 말하고 다시 그를 살짝 쳐다보았다. 검정 하이힐과 파란 캐시미어 숄 등 그녀가 걸친 모든 것이 세련되고 값비싸 보였다. 미카엘이 보기에 그녀의 외모는 〈밀레니엄〉의 전형적인 독자와 거리가 멀었다. 하지만 편견을 품어서는 안 되는 법이었다. 외국에 나가 사는 스웨덴 부자들에 대해서도 마찬가지였다.

"거기서 일하시나요?"

"남편과 사별했어요."

"그렇군요."

"혼자라서 몹시 무료할 때도 있죠. 지금 어디 가시나요?"

"맥주 한잔 마시면서 요기 좀 할까 합니다."

미카엘은 이렇게 대답하고 곧바로 후회했다. 의도가 너무나도 뻔한 말처럼 보였기 때문이다. 하지만 적어도 거짓말은 아니었다. 정말 맥주나 한잔 마시면서 요기를 하려고 했으니까.

"제가 같이 가도 될까요?"

"아, 괜찮습니다."

미카엘은 약간 머뭇거리며 대답했다. 그러자 레베카가 그의 손을 슬쩍 스쳤다. 일부러 그런 건 아닐 거라고, 미카엘은 그렇게 믿고 싶었다. 그녀는 여전히 수줍어하는 듯 보였다. 그들은 갤러리들이 죽 늘어선 호른스가탄 언덕길을 천천히 걸어올라갔다.

"이렇게 당신과 함께 걸으니 정말 좋네요."

"뜻밖이기도 하고요."

"오늘 아침에 깨면서 상상했던 것과는 정말 달라요."

"무얼 상상했는데요?"

"늘 그렇듯 지루한 하루."

"제가 오늘은 그렇게 좋은 친구가 되진 못하겠네요. 아주 집중해야 하는 일이 있어서요."

"일을 많이 하시나봐요?"

"아마도요."

"그렇다면 잠시 쉬어도 괜찮을 거예요."

그녀는 매혹적인 미소를 지어 보이며 말했다. 어떤 욕망, 혹은 어떤 기대가 감도는 그 미소를 본 순간 미카엘은 그녀에게서 낯익은 무언가를 느꼈다. 하지만 다른 형태로, 마치 일그러진 거울을 통해 그 미소를 본 적이 있는 것만 같았다.

"혹시 우리 어디서 본 적 있나요?"

"아닐 거예요. 물론 전 사진이나 TV에서 당신을 많이 봤지만요."

"스톡홀름에 산 적은 없고요?"

"아주 어렸을 때요."

"그때는 어디 사셨는데요?"

그녀는 호른스가탄 부근을 애매한 손짓으로 가리켜 보였다.

"참 좋은 시절이었죠. 아버지가 우릴 잘 돌봐주셨어요. 그때가 가끔 생각나죠. 아버지가 그립네요."

"생존해 계신가요?"

"이른 나이에 돌아가셨어요."

"유감이군요."

"우리 지금 어디로 가나요?"

"잘 모르겠어요. 근방에 술집이 하나 있긴 해요. 비숍스 암스라고, 벨만스가탄 거리에 있어요. 주인장을 잘 알죠. 아주 멋진 곳이에요."

"그렇군요……"

다시 그녀의 얼굴에 아까처럼 당황해하면서도 머뭇거리는 기색이 떠오르면서 이번에도 그녀의 손이 살짝 스쳤다. 미카엘은 이게 우연만은 아니라는 생각이 들었다.

"아무래도 거긴 좀 허름하겠죠?"

"천만에요, 아주 멋진 곳일 거예요." 그녀가 사과했다. "하지만 그런 곳에서는 남자들의 시선이 신경쓰여서요. 이상한 남자들과 마주친 게 한두 번이 아니에요."

"상상이 갑니다."

"저, 혹시……"

"네?"

그녀가 다시 눈을 아래로 깔면서 얼굴을 붉혔다. 처음에 미카엘은 잘못 봤는 줄 알았다. '성인 여성이 이렇게 얼굴을 붉히는 일은 드물지 않나?' 그런데 스위스에서 온 눈부시게 고혹적인 레베카 스벤손이라는 여자가 어린아이처럼 얼굴을 붉히고 있었다.

"그보다는 당신 집에 저를 초대해주시는 건 어때요? 와인 한잔도 좋고요. 그게 더 괜찮을 것 같은데요."

"네……"

미카엘은 망설였다. 오늘은 잠을 좀 자고 아침에 가뿐한 몸으로 일어나야 했기 때문이다. 일단 마지못해 천천히 대답했다.

"네…… 좋습니다. 집에 바롤로 와인이 한 병 있긴 해요."

미카엘은 짜릿한 모험에 뛰어들 수도 있겠다는 생각에 잠시 들떴지만 왠지 꺼림칙한 기분이 가시지 않았다. 정확한 이유는 알 수 없었다. 그는 이렇게 다가오는 여자들을 제법 만나본 편이었고, 평소에도 이런 상황을 마다하지는 않았다. 사실 진도가 좀 빠른 감은 있었지만, 그래도 이런 일에 익숙했고 감상적으로 흐르는 성격도 아니었다. 그렇다. 적어도 빠른 진도는 문제가 아니었다. 그렇다면 이 불편한 느낌은 레베카 스벤손이라는 여자 때문일 수도 있다.

이렇게 젊고 매혹적인 여자라면 피곤에 찌든 중년 기자를 유혹하는 일 말고도 다른 할 일들이 많을 텐데. 그리고 대담함과 수줍음 사이를 오가는 시선, 우연인 듯 슬쩍 손을 스치는 행동이 수상하기도 했다. 처음에는 아주 자연스럽게 다가왔던 모든 것들이 점점 어색하게 느껴졌다.

"오, 정말 좋아요! 오래 머물진 않을게요. 저 때문에 기사를 망치면 안 되니까요."

"기사를 망친다면 전적으로 제 책임이죠."
그는 애써 미소를 지으며 대꾸했다.

이렇게 억지로 웃어 보인 미카엘은 이내 그녀의 눈에 얼음같이 차갑고도 기이한 빛이 반짝 스치는 걸 보았다. 하지만 이내 다시 따뜻하고 부드러운 눈빛으로 돌아왔다. 그 모습이 마치 연기 기술을 선보이는 대배우 같았다. 미카엘은 비로소 무언가 이상하다는 걸 분명히 의식했지만 정확한 정체를 알 수는 없었다. 그리고 이런 자신의 의심을 내비치고 싶지 않았다. 지금 대체 무슨 일이 일어나고 있는 건지 반드시 알아내야 했다.

그들은 계속 벨만스가탄 거리를 따라 걸었다. 이제 미카엘은 그녀를 집으로 데려가고 싶은 마음이 없어졌지만 무슨 일인지 밝혀내기 위해서는 시간이 필요했다. 그는 다시 한번 그녀를 살펴보았다. 보기 드문 미인이었지만 처음부터 그를 사로잡은 건 단지 외모가 아니었다. 그녀에게는 잡지에 등장하는 모델들과는 다른 종류의 매력, 쉽게 표현할 수 없는 무언가가 있었다. 이제 미카엘에게 그녀는 풀어야 할 하나의 수수께끼였다.

"동네가 마음에 들어요."

"네, 괜찮은 편이죠."

미카엘은 생각에 잠긴 채 대꾸하면서 비숍스 암스 쪽을 쳐다봤다.

술집 바로 뒤쪽 타바스트가탄 거리와 만나는 교차로 부근에 검정 야구모자를 쓰고 선글라스를 낀 깡마른 남자 하나가 지도를 들여다보고 있었다. 관광객이라고 생각하기 쉬웠다. 손에는 밤색 가방을 들고 두툼한 모피 깃이 달린 검정 가죽재킷에 흰 운동화를 신고 있었다. 평소 같았다면 미카엘은 그를 의식하지도 못했을 터였다.

하지만 모든 걸 있는 그대로 볼 수 없게 된 상황에서 미카엘의 눈에 그 남자의 움직임은 불안하고도 경직돼 보였다. 처음부터 의심에 찬 눈으로 보긴 했지만, 그가 아무렇지 않다는 듯 지도를 매만지는 모습이 오히려 부자연스러웠다. 그러다 남자가 고개를 들어 미카엘과 레베카가 있는 쪽으로 시선을 던졌다.

잠시 그들을 주의깊게 쳐다본 후 다시 지도 쪽으로 고개를 푹 숙이는 그 모습이 마치 형편없는 배우의 연기 같았다. 그러면서 남자는 당황한 사람처럼 모자챙 아래로 얼굴을 숨기려 했다. 소심하게까지 보이는 그 고개 숙인 모습에서 미카엘은 낯익은 무언가를 느꼈다.

미카엘은 다시 레베카의 어두운 두 눈을 쳐다보았다. 그녀는 자신을 강렬하고 집요하게 쳐다보는 그에게 애교 섞인 표정을 지어 보였지만, 미카엘은 반응하지 않고 차가운 눈으로 계속 그녀를 응시했다. 그러자 마침내 레베카의 표정이 얼어붙었고, 그제야 미카엘의 입가에 미소가 번졌다.

갑자기 이 모든 일의 연결고리가 떠올랐기 때문이다.

22장

11월 23일 저녁

리스베트는 주방 식탁에서 일어섰다. 더이상 아우구스트를 괴롭히고 싶지 않았다. 아이는 스트레스를 많이 받았고, 그녀의 생각은 애당초 잘못된 것이었다.

사람들은 서번트에게 너무 많은 걸 기대하는 경향이 있다. 하지만 아우구스트가 지금까지 보여준 것만 해도 대단했다. 리스베트는 테라스 쪽으로 걸어가 여전히 통증이 심한 상처 부위를 살짝 만져보았다. 그리고 바로 그때 뒤에서 어떤 소리가 들려왔다. 종이 위에서 재빠르게 슥슥, 써내려가는 소리였다. 그녀는 미소를 지었다.

아우구스트는 이렇게 써놓았다.

$2^3 \times 3 \times 19$.

리스베트는 의자에 앉아 아이를 쳐다보지 않고 말했다.

"좋아! 제법이네. 그럼 이번에는 좀더 복잡한 걸 해볼까? 18,206,927."

아우구스트는 식탁 위로 몸을 웅크렸다. 리스베트는 곧바로 여덟 자리 숫자를 던져준 게 지나쳤나 싶었지만 성공할 가능성이 조금이라도 있다면 이보다 훨씬 어려운 것도 해야 했다. 다시 불안하게 상체를 앞뒤로 흔들어대기 시작하는 아이를 보고도 리스베트는 놀라지 않았다. 몇 초 후, 아이는 몸을 굽혀 종이 위에 썼다.

9419×1933

"좋았어. 그럼 971,230,541은?"

아우구스트는 983×991×997이라고 썼다.

"아주, 잘했어!"

그들은 계속해나갔다.

반사유리로 뒤덮여 검은 큐브처럼 생긴 NSA 본부 건물 밖, 위성 안테나들과 거대한 레이돔에서 멀지 않은, 차들이 빽빽한 주차장에서 알로나와 에드는 대화를 이어나갔다. 에드는 초조하게 차 열쇠를 만지작거리며 전기 울타리 저편에 둘러싸인 숲을 바라보았다. 이제 공항으로 가야 하는 그는 벌써 많이 늦었다고 말했지만 알로나는 그를 쉽게 놓아주지 못했다. 그녀는 에드의 어깨에 한 손을 올리고 고개를 설레설레 저었다.

"진짜 말도 안 돼!"

"그래, 놀라운 일이지." 에드가 고개를 끄덕였다.

"우리가 포착한 스파이더스 조직원들의 별명, 그러니까 타노스, 인챈트리스, 제모, 알케마, 사이클론이 전부……"

"그래, 마블코믹스 만화에 나오는 와스프의 적들이지."

"미쳤군."

"심리학자가 본다면 매우 흥미로워하겠지."

"마치 편집증적 행동 같은데?"

"의심의 여지가 없어. 증오의 냄새가 나."

"몸조심 해."

"이래 봬도 나 갱단 출신이야."

"다 옛날얘기잖아. 지금은 몸도 많이 불었고."

"몸무게는 중요하지 않아. 이런 말이 있지. 뒷골목에서 사내아이를 끌어낼 순 있지만……"

"남자한테서 뒷골목을 끌어낼 순 없다."

"그래, 내 뼛속까지 박혀 있다고. 스톡홀름에 가면 FRA한테 도움도 받을 거야. 그들도 나만큼이나 그 해커를 잡고 싶어 안달이니."

"하지만 만일 조니가 알게 되면?"

"그럼 일이 복잡해지겠지. 하지만 준비 작업을 좀 해뒀어. 무려 오코너 국장하고도 몇 마디 나눴고."

"그럴 줄 알았어. 혹시 내가 도울 일이라도 있어?"

"음, 있지."

"말해봐."

"조니네 패거리가 스웨덴의 수사 상황을 훤히 들여다보고 있는 모양이야."

"그쪽 경찰을 감청한다고 생각하는 거야?"

"아니면 정보원을 심어놨겠지. 출세에 눈이 먼 세포 요원 같은. 내가 쓸 만한 해커를 두 명 붙여줄 테니 당신이 한번 파봐."

"위험해 보이는데?"

"맞아. 그럼 관둬."

"싫다고는 안 했어."

"고마워, 알로나. 빠른 시일 안에 추가 정보를 보내줄게."

"잘 다녀와!"

에드는 결의에 찬 미소를 지어 보이고는 알로나의 작별인사를 받으며 차에 올라 시동을 걸었다.

훗날 이 순간을 돌이켜봤을 때 미카엘은 왜 갑자기 그 생각이 떠올랐는지 설명할 수 없었다. 레베카의 얼굴에서 느껴졌던 낯설면서 동시에 익숙한 무언가 때문이었는지도 모른다. 혹은 그녀의 얼굴에서 풍기는 완벽한 조화로움이 정반대의 무언가를 상기시켰고, 그 무언가가 다른 직감 및 의심 들과 뒤섞여 그에게 답을 가져다주었는지도 모른다. 순간 그의 머릿속에 떠오른 생각이 사실인지는 아직 분명하지 않다. 하지만 지금 일이 심각하게 잘못 돌아가고 있다는 것만큼은 의심의 여지가 없었다.

교차로에 서 있던 남자, 어느새 지도와 갈색 가방을 들고 걷기 시작한 그 남자는 미카엘이 살트셰바덴 저택의 감시카메라에서 보았던 바로 그 인물이 분명했다. 이 기이한 우연의 일치에 숨은 의미가 없을 리 만무했다. 미카엘은 잠시 생각에 잠겨 꼼짝하지 않았다. 그러곤 이내 자신을 레베카 스벤손이라 소개했던 여자에게 몸을 돌려 짐짓 자신에 찬 목소리로 말했다.

"당신 친구가 저기 가고 있네요."

"제 친구요?" 그녀가 몹시 놀란 얼굴로 되물었다. "무슨 말씀이시죠?"

"저쪽에 있는 저 남자 말이에요."

미카엘은 타바트스가탄 거리를 따라 휘적휘적 멀어져가는 깡마른 남자의 뒷모습을 가리켰다.

"지금 농담하시는 거예요? 난 스톡홀름에 아는 사람이 아무도 없어요."

"자, 나한테 뭘 원하는 겁니까?"

"전 단지 당신을 좀더 알고 싶었을 뿐이에요."

그녀는 이렇게 말하면서 자신의 블라우스 단추 하나를 풀 것처럼 만지작거렸다.

"이런 짓 그만해요!"

미카엘은 거칠게 내뱉고 나서 머릿속에 떠오른 생각들을 모두 쏟아부으려 했다. 그런데 연약하고 애처로운 눈으로 쳐다보는 그녀를 본 순간 그만 당황해버렸다. 잠시나마 자신이 실수했다는 생각이 들

정도였다.

"저한테 화나셨나요?" 그녀가 상심한 목소리로 물었다.

"아니요. 하지만……"

"그럼 뭐죠?"

"당신을 신뢰할 수 없어요."

미카엘은 일부러 더 퉁명스럽게 대꾸했다. 그러자 그녀가 슬픈 미소를 지으며 말했다.

"오늘 기분이 별로 안 좋으신 모양이네요. 그럼 다음 기회에 다시 뵙기로 해요."

레베카는 이렇게 말하고 그의 볼에 입을 맞췄다. 그 동작이 얼마나 은밀하면서도 빨랐는지 피할 틈도 없었다. 그러고는 살며시 손가락을 흔들어 작별인사를 하고 하이힐을 또각거리며 언덕길 쪽으로 멀어져갔다. 이 세상 그 무엇도 두려울 게 없다는 듯 단호하고도 자신만만한 걸음걸이였다. 미카엘은 그녀를 잡아 세워 따지고 들어야 할지 잠시 생각했다. 하지만 그런다고 해서 무얼 알아낼 수 있을 것 같지 않았다. 미카엘은 차라리 그녀를 미행하기로 마음먹었다.

물론 말도 안 되는 생각이었지만 다른 방법이 없었다. 우선 언덕길 꼭대기에서 그녀가 사라질 때까지 기다리다가 뒤를 좇기 시작했다. 아직 멀리 가지 못했을 거라고 확신하고서 미카엘은 교차로 쪽으로 걸음을 재촉했다. 그런데 그녀도 남자도 보이지 않았다. 감쪽같이 사라졌다. 거의 텅 빈 거리에는 주차장으로 막 들어가는 BMW 한 대와, 길 건너편에서 유행 지난 아프간 코트를 걸치고 이쪽 방향으로 걸어오는 염소수염 남자 말고는 아무도 없었다.

어디로 갔는지 알 수 없었다. 빠져나갈 길도, 숨을 만한 골목도 없는 곳이었다. 어쩌면 건물 안에 몸을 숨겼을지도 몰랐다. 미카엘은 토르켈크누트손스가탄 쪽으로 걸어가면서 좌우를 살폈지만 아무것도 보이지 않았다. 그러다 예전에 '사미르스 그뤼타'가 있던 자리를 지났다. 한때 미카엘의 아지트였다가 지금은 '타불리'라는 레바논 레스토랑으로 바뀐 곳이었다. 그들이 몸을 숨길 만한 장소였다.

하지만 두 사람이 그사이에 여기까지 오는 건 무리였다. 미카엘은 그녀를 바짝 뒤따랐었다. '빌어먹을! 어디로 새버렸지? 그 남자랑 어디 숨어서 나를 지켜보고 있는 건 아닐까?' 미카엘은 그들이 바로 등 뒤에 있을지도 모른다는 느낌이 들어 두 번이나 고개를 홱 돌려봤다. 그러다 누군가 멀리서 쌍안경으로 자신을 관찰하고 있을지도 모른다는 생각에 등골이 서늘해졌다. 하지만 기우일 뿐이었다.

그들은 어느 곳에서도 보이지 않았다. 결국 추적을 포기하고 집으로 발길을 돌리던 미카엘은 마치 굉장한 위험에서 빠져나온 것만 같았다. 이 역시 근거 없는 생각이었지만 가슴이 미친듯이 쿵쾅거리고 목은 바짝 타들어갔다. 겁이 많은 편이 아니었는데 그 순간만큼은 텅 빈 거리 한가운데서 몸이 얼어붙어버렸다. 정말이지 이해할 수 없는 일이었다.

하지만 그 순간 누구와 얘기해야 할지는 정확히 알고 있었다. 리스베트의 후견인이었던 홀게르 팔름그렌을 찾아가야 했다. 다만 그전에 시민의 의무를 다할 필요도 있었다. 미카엘이 본 남자가 정말 프란스의 감시카메라에 찍힌 인물이고 그를 붙잡을 가능성이 조금이라도 있다면 경찰은 반드시 이 사실을 알아야 했다. 그는 얀 형사에게 전화를 걸었다.

그를 설득하는 건 쉽지 않았다. 미카엘 자신도 완전히 확신하지 못하는 상태였으니 말이다. 하지만 요 며칠 진실을 가지고 이리저리 빠져나간 미카엘의 태도에도 불구하고 아직 그 오래된 신뢰가 남아 있었는지 결국 얀은 현장에 수사팀을 보내겠다고 약속했다.

"왜 그자가 당신 동네에 갔을까요?"

"모르겠어요. 하지만 그를 한번 찾아보는 것도 나쁘지 않을 겁니다."

"뭐, 그렇겠죠."

"그럼 행운을 빕니다."

"그건 그렇고 아우구스트의 소재가 아직 파악되지 않고 있는 게 영 기분이 좋지 않아요." 얀이 힐난하듯 말했다.

"그쪽 수사팀에서 정보가 유출된 일도 영 기분이 좋지 않고요."

미카엘도 맞받았다.

"우리 쪽 정보유출자는 찾아냈어요."

"오, 그래요? 환상적인 소식이군요."

"글쎄요, 꼭 그렇지만도 않아요. 아마 지금까지 정보 유출이 여러 차례 있었던 걸로 보여요. 대부분 하찮은 정보들이라 다행이었죠. 이번 일만 빼고요……"

"그러니 어떻게든 범인을 잡아야죠."

"할 수 있는 일은 다 해보고 있습니다. 하지만 우리가 의심하는 건……"

"뭔데요?"

"아무것도 아닙니다……"

"그래요, 내게 꼭 말해야 할 의무는 없죠."

"미카엘, 우리는 병든 세상에 살고 있어요."

"우리가요?"

"편집증이 필요한 세상 말이에요."

"맞는 말입니다. 좋은 저녁 보내세요, 얀 형사님."

"그쪽도 좋은 저녁 보내세요. 바보 같은 짓은 하지 말고요."

"네, 애써보겠습니다."

미카엘은 링베겐 거리에서 길을 건너 지하철역으로 내려갔다. 그리고 노르스보리 방면 지하철을 타고 가다가 릴리에홀름 광장에서 내렸다. 몇 해 전부터 홀게르는 장애인을 위해 설계된 이곳의 현대식 소형 아파트에 살고 있었다. 홀게르는 수화기에서 미카엘의 목소리가 들리자 불안해졌다. 하지만 리스베트가 무사하다는 소식을 듣고—미카엘도 자신이 한 말이 사실이길 바랐다—이내 반가운 기색을 내비쳤다.

은퇴한 변호사인 홀게르는 리스베트가 열세 살 때 웁살라에 있는 상트스테판 정신병원에 감금된 이후로 오랫동안 그녀의 후견인 역할을 해왔다. 이제는 고령의 노인이고, 두 차례나 뇌출혈을 겪기도 했다. 보행기에 의지해 간신히 움직이는 정도였고, 그것도 컨디션이 매우 좋을 때나 가능했다.

왼쪽 얼굴이 전부 딱딱하게 굳어버렸고 왼손도 거의 마비된 상태였지만, 여전히 정신은 맑았고 기억력도 훌륭했다. 적어도 과거의 그 일들과 리스베트에 관해서는 그랬다. 세상에서 그만큼 리스베트를 잘 아는 사람은 없었다.

홀게르는 다른 정신과 전문의들과 심리학자들이 실패하고 포기한 일을 해냈다. 지옥과도 같은 어린 시절을 보낸 리스베트는 어른들과 당국자들을 불신했지만 홀게르가 그녀의 단단한 껍데기를 뚫고 들어가 이야기를 나누는 데 성공했다. 미카엘에게는 작은 기적처럼 느껴졌다. 심리치료사들에게 악몽 같은 존재였던 그녀가 홀게르에게만은 자기 과거의 가장 고통스러운 부분을 숨김없이 보여주었다. 바로 이런 이유 때문에 미카엘은 그를 찾아왔다.

릴리에홀멘 광장 거리 96번지에 도착한 그는 입구에서 비밀번호를 누른 다음 엘리베이터를 타고 오층까지 올라가 초인종을 눌렀다.

"어서 오시게, 친구!" 홀게르가 문에서 그를 맞았다. "정말로 반갑네. 그런데 좀 피곤해 보이는군."

"잠을 잘 못 잤습니다."

"당연히 그렇겠지, 요즘처럼 비난을 한몸에 받을 때에는. 나도 신문에서 읽었다네. 정말 끔찍한 일이야."

"네, 정말 그렇습니다."

"그런데 무슨 일이라도?"

"네, 말씀드리겠습니다."

미카엘은 발코니 근처에 있는 노란색 천 소파에 앉아 홀게르가 옆에 있는 휠체어에 힘겹게 자리를 잡고 앉을 때까지 기다렸다. 그러고는 지금까지 있었던 일들을 대략적으로 설명했다. 이윽고 벨만스가탄 거리에서 스쳤던 생각을 꺼내놓기에 이르자 홀게르가 그의 말을 중단시켰다.

"지금 뭐라고 했지?"

"카밀라 같다고요."

홀게르는 그대로 굳어버린 듯했다.

"그 카밀라?"

"네, 바로 그 카밀라요."

"맙소사! 그래서 어떻게 됐나?"

"그대로 사라졌어요. 그후로 저는 머리가 터질 것 같았고요."

"그랬군. 난 카밀라가 완전히 사라져버린 줄 알았는데."

"저도 그들이 둘이라는 사실을 거의 잊고 있었죠."

"그래, 하나가 아니라 둘이었지. 서로를 증오하는 쌍둥이 자매."

"그렇죠." 미카엘이 말을 이었다. "하지만 즉시 그 둘을 연결시키지 못했어요. 왜 리스베트가 이 일에 끼어들었을까 궁금할 뿐이었죠. 과거의 슈퍼 해커가 단순한 해킹 사건에 왜 그토록 관심을 갖는지 도무지 이해할 수 없었으니까요."

"그리고 이제 이해할 수 있도록 나더러 도와달라는 건가?"

"대충 그렇습니다."

"좋네." 홀게르가 이야기를 시작했다. "어떻게 시작된 일인지는 자네도 잘 알걸세. 앙네타 살란데르는 싱켄 거리에 있는 콘숨 슈퍼마켓에서 계산원으로 일하면서 두 딸을 데리고 룬다가탄에 살고 있었지.

셋이 아주 행복한 삶을 살 수도 있었어. 앙네타는 가진 돈도 없고 너무 어린데다 공부할 기회도 없었지만 마음이 아주 따뜻한 사람이었으니까. 그녀는 딸들에게 행복한 어린 시절을 보내게 해주고 싶었어. 그런데……"

"아버지가 이따금 찾아오곤 했죠."

"그렇지. 살라첸코가 오면 매번 거의 똑같은 일이 일어났다네. 그가 앙네타를 때리고 성폭행하는 동안 아이들은 옆방에서 그 모든 소리를 들어야 했지. 그러다 어느 날, 의식을 잃고 바닥에 쓰러져 있는 앙네타를 리스베트가 발견했고."

"그리고 처음으로 복수를 했죠."

"아니, 두번째였어. 그전에 리스베트가 살라첸코의 어깨에 칼을 박은 일이 있었어."

"두번째에는 휘발유를 가득 채운 우유팩을 그의 차 안에 던지고 불을 붙였고요."

"맞아. 살라첸코는 횃불처럼 타올랐지. 중화상을 입고 다리 한쪽을 절단해야 했지만 용케 살아남았어. 리스베트는 정신병원에 감금당했고."

"그리고 앙네타는 에펠비켄 요양원에 들어갔고요."

"리스베트에게는 이 모든 이야기에서 가장 고통스러운 순간이었을 거야. 스물아홉 살밖에 안 된 엄마가 돌이킬 수 없이 망가져버렸으니. 앙네타는 심각한 뇌손상을 입고 극심한 고통 속에 지내며 요양원에서 십사 년을 살았다네. 주위 사람들과 거의 소통할 수 없었지. 리스베트는 틈만 나면 면회를 갔어. 언젠가는 엄마가 회복해서 다시 얘기를 나누고 서로 보살피며 살 수 있기를 간절히 바랐겠지. 하지만 그런 일은 일어나지 않았어. 리스베트의 가장 어두운 면이라면 바로 이 부분일 거야. 자기 엄마가 서서히 죽어가는 모습을 지켜봐야 했으니까."

"저도 압니다. 끔찍한 일이죠. 그런데 저는 이 이야기에서 카밀라가 무슨 역할을 한 건지 전혀 모르겠어요."

"그건 좀 복잡하네. 한편으론 그 불쌍한 여자를 너그럽게 봐줘야 한다는 생각도 들어. 그녀 역시 어린아이에 불과했고 채 의식하기도 전에 이 추악한 게임에서 체스 말이 되어버렸으니까."

"무슨 일이 있었던 거죠?"

"이를테면 두 아이가 전투에서 서로 다른 진영을 택했다고 할 수 있다네. 쌍둥이였지만 외모나 태도가 완전히 달랐지. 먼저 태어난 건 리스베트야. 이십 분 후에 세상에 나온 카밀라는 갓난아이였을 때부터 굉장히 예뻤고. 리스베트가 못생긴 생물 같았다면, 카밀라 앞에서는 사람들이 '오, 어쩜, 귀엽기도 해라!' 하며 감탄하곤 했지. 그러니 살라첸코가 처음부터 카밀라를 잘 참아준 건 우연이 아닐세. 내가 참아줬다고 말하는 이유는 살라첸코의 그 호의가 처음 몇 년밖에 가지 못했기 때문이야. 그의 눈에 앙네타는 창녀일 뿐이었으니 그 딸들 역시 사생아, 혹은 귀찮은 벌레들에 불과했지. 그런데……"

"그런데?"

"얼마 안 있어 두 아이 중 하나가 굉장한 미인이라는 걸 살라첸코가 알게 됐다네. 가끔 리스베트는 자기 가족에게 유전적인 결함이 있다고 말하곤 했지. 의학적으로 증명하기는 힘들겠지만 어쨌든 그가 극단적인 아이들을 남긴 건 부인할 수 없는 사실이야. 자네도 리스베트의 이복오빠인 로날드 니더만을 만난 적이 있지 않은가? 그 금발 거인한테 선천적으로 무통각증이 있었으니 살라첸코가 보기엔 킬러로 키우기에 딱이었겠지. 그리고 카밀라는…… 그 유전적 결함이 그녀를 아주 예외적인 미인으로 만들어줬어. 그런데 해가 갈수록 결함이 악화됐지. 난 그 미모가 일종의 불행이라고 확신하네. 리스베트가 항상 뚱하거나 화가 난 얼굴을 하고 있었으니 두 자매의 차이는 더욱 뚜렷하게 보였을 테고. 어른들은 그녀를 볼 때마다 눈살을 찌푸렸다가도 카밀라를 보고서는 얼이 빠져버린 거지. 이런 상황이 그녀를 어떻게 만들었는지 짐작할 수 있겠나?"

"아마 견디기 힘들었겠죠."

"아니, 리스베트를 말하는 게 아니네. 난 그애가 시샘이나 질투하는 걸 본 적이 없어. 만일 그게 외모에 국한된 문제였다면 리스베트는 기꺼이 동생을 용서했을 거야. 난 카밀라를 말하는걸세. 주변에서 끊임없이 쏟아지는 아름답다는 찬사, 더군다나 공감능력까지 낮았던 이 아이를 어떻게 만들었을지 상상이 되나?"

"아이를 우쭐대게 했겠죠."

"권력이란 걸 알게 해줬지. 그애가 미소를 한번 지으면 사람들은 그대로 녹아버렸으니까. 미소를 짓지 않으면 사람들은 버림받았다고 느끼고 그녀가 다시 환하게 웃는 모습을 보려고 무슨 짓이라도 하려고 들었고. 카밀라는 자신의 이런 능력을 이용하는 법을 금방 깨우쳤다네. 사람들 마음을 조종하는 일에 달인이 된 거야. 그애의 두 눈은 표정이 풍부하고 사슴처럼 커다랬어."

"지금도 변함이 없더군요."

"리스베트가 그러더군. 어린 카밀라는 눈짓하는 걸 연습하려고 몇 시간씩 거울 앞에 앉아 있었다고. 그 눈이 무시무시한 무기가 됐지. 사람을 홀렸다가 내쳤다가 하는 무기 말일세. 어른, 아이 할 것 없이 하루는 그녀에게 특별히 선택받았다는 느낌에 빠졌다가도 그다음 날이면 처참하게 외면당하고 버려진 기분을 맛보곤 했지. 자네도 짐작하겠지만, 이 사악한 재능이 그애를 학교에서 아주 인기 있는 친구로 만들어줬다네. 그리고 그애는 자신과 친구가 되고 싶어하는 아이들을 아주 잘 이용했지. 반 아이들한테 매일 조그만 선물을 가져와 바치도록 했어. 구슬, 과자, 돈, 목걸이, 브로치 따위 말일세. 자기 뜻에 따르지 않는 아이들에게는 인사는커녕 눈길조차 주지 않았고, 그녀의 관심을 한 번이라도 받아본 아이들은 그게 얼마나 무서운지 잘 알았다네. 그런 아이들은 카밀라에게 잘 보이려고, 따돌림당하지 않으려고 무슨 짓이라도 했어. 물론 한 아이만 빼놓고."

"쌍둥이 언니였겠죠."

"그렇지. 카밀라는 아이들을 부추겨 리스베트를 따돌렸어. 끔찍한 일들을 저질렀지. 아이들은 리스베트의 머리를 변기 속에 처박기도 했고, 그애를 괴물이나 외계인 취급했어. 결국엔 사람을 잘못 건드렸다는 걸 깨닫게 됐지만 말이야. 여하튼 알다시피 이건 또다른 얘기고."

"리스베트가 다른 쪽 뺨까지 내밀 사람은 아니죠."

"결코 아니지. 어쨌든 심리학적으로 볼 때 흥미로운 건 카밀라가 아주 어렸을 때부터 사람들을 조종하는 법을 알고 있었다는 사실이야. 그런데 주변의 모든 사람을 다룰 줄 알았지만 그녀의 삶에서 가장 중요한 두 사람, 즉 리스베트와 아버지만은 예외였지. 이게 그녀를 아주 짜증나게 했어. 그래서 이들과의 싸움에서도 승리하기 위해 상당한 노력을 기울였고, 당연한 얘기지만 그 둘에게는 완전히 다른 전략을 써야 했어. 마침내 카밀라는 자신의 언니를 결코 자기편으로 만들 수도 없고 그럴 만한 가치도 없다는 결론을 내렸어. 그녀가 보기에 리스베트는 이상하고 골치 아픈 아이일 뿐이었으니까. 반면, 그녀의 아버지는……"

"뼛속까지 사악한 인간이었죠."

"맞아, 아주 사악했지. 하지만 가족의 중심이기도 했다네. 비록 집에 있는 때가 드물었지만 모든 게 그를 중심으로 돌아갔어. 일반적인 가정의 아이들에게도 아직 집으로 돌아오지 않은 아버지는 신비한 존재처럼 느껴지니까. 그런데 살라첸코는 그걸 훨씬 뛰어넘는 존재였어."

"무슨 뜻이죠?"

"카밀라와 살라첸코가 불행한 조합을 이뤘다는 얘길세. 어린 카밀라는 분명하게 의식하지 못했겠지만 이미 그때부터 그애의 관심사는 오직 권력이었어. 그리고 아버지한테 그 권력이 있었지. 살라첸코의 권력을 목격한 증인들이 많지 않겠나? 세포의 그 한심한 인간들을 포함해서 말이야. 아무리 그들이 꼿꼿한 자세를 유지하려 애써도 그와 눈을 마주친 순간 고양이 앞의 쥐처럼 돼버렸어. 살라첸코가 내뿜던 그 추잡하고 당당한 자신감은 누구도 그를 건드릴 수 없다는 사실 때문에 더욱 강해졌고. 수없이 사회기관에 고발도 당했지만 아무 소용 없었어. 세포가 항상 그를 보호해줬으니까. 리스베트는 그걸 알고는 자신이 직접 해결해야겠다고 결심한 거야. 하지만 카밀라의 생각은 전혀 달랐지."

"아버지처럼 되고 싶었군요."

"나도 그렇게 생각하네. 그애에게 살라첸코는 이상적인 존재였어. 그와 같은 특권과 힘을 과시하고 싶었던 거야. 하지만 무엇보다도 아버지가 자신을 봐주기를 원했겠지. 그에게 걸맞은 딸로 여겨주기를 말이야."

"하지만 아버지가 얼마나 어머니를 학대하는지 카밀라도 알고 있었잖습니까?"

"물론 알고 있었지. 그런데도 아버지 편에 선 거야. 힘과 권력을 가진 쪽에. 그 어린 나이에 벌써 나약한 사람들을 경멸한다고 여러 번 말하기도 했었다네."

"그럼 자기 어머니도 경멸했었나요?"

"불행하게도 그랬을 걸세. 한번은 리스베트가 결코 잊을 수 없는 이야기를 들려준 적이 있었네."

"어떤 이야기죠?"

"이 이야기는 지금껏 아무한테도 하지 않았어."

"이제 말할 때가 되지 않았을까요?"

"글쎄, 그럴 수도. 그전에 먼저 독한 걸 한잔 마시고 싶네. 좋은 코낙이 있는데 괜찮겠나?"

"나쁠 것 없죠. 잠깐 여기 계세요, 제가 술병과 잔들을 찾아오겠습니다."

미카엘은 주방 문가 구석에 있는 마호가니 술 보관장 쪽으로 향했다. 다양한 술병들 중에서 코냑 병을 찾고 있는데 아이폰이 울리기 시작했다. 안드레이의 이름을 확인한 후 통화 버튼을 눌렀지만 아무 응답이 없었다. 실수로 버튼을 잘못 눌러 걸려온 전화라고 여긴 그는 잠시 생각에 잠겼다가 이내 레미 마르탱을 두 잔에 채워 들고는 홀게르 곁에 다시 앉았다.

"자, 얘기해주시죠."

"어디부터 시작해야 할지 모르겠군. 내가 이제까지 이해한 대로라면 그날은 어느 화창한 여름이었어. 카밀라와 리스베트는 자신들의 방에 갇혀 있었지."

23장

11월 23일 저녁

아우구스트는 다시 몸이 경직됐다. 숫자들이 너무 커져서 그런지 아이는 더이상 답을 쓰지 못했다. 연필을 잡는 대신 두 주먹을 꼭 쥐었다. 얼마나 세게 쥐었는지 손등이 하얘질 정도였다. 그러고는 식탁에다 이마를 쿵쿵 찧었다.

이런 상황이라면 리스베트가 아이를 달래줘야 옳을 것이다. 적어도 자해하는 건 막아야 했다. 하지만 그녀의 정신은 온통 딴 데 가 있었다. 암호화된 파일을 생각하면서 이런 방법으로 더는 나아갈 수 없다는 걸 인정해야만 했다. 실은 조금도 놀라운 일이 아니었다. 슈퍼컴퓨터들이 실패한 일을 어떻게 아우구스트라고 해낼 수 있겠는가? 지금까지 해낸 것만도 대단했다. 그저 리스베트가 처음부터 어리석은 희망을 품었던 것이다. 어쨌든 그녀는 약간 실망감을 느끼며 어두운 바깥으로 나가 황량하고 거친 풍경을 바라보았다. 가파른 비탈면 아래로 해변과 눈 덮인 벌판이 펼쳐져 있었고, 벌판 저쪽에는 버려진 야외 댄스장 같은 곳이 어렴풋이 보였다.

화창한 여름날엔 저쪽에도 분명 사람들이 들끓었으리라. 하지만 이제는 을씨년스럽게 텅 비어 있었다. 보트들은 물 밖으로 나와 있었고, 주변에는 개미 한 마리 보이지 않았으며, 그 반대쪽에 늘어선 별장들에서도 불빛 하나 빛나지 않았다. 다시 바람이 불기 시작했다. 리스베트는 이곳이 좋았다. 어쨌든 이런 계절에 몸을 숨기기 딱 좋은 곳이었다.

반면 누군가 방문객이 왔을 때 자동차 엔진 소리를 제대로 듣지 못할 위험이 있었다. 유일한 주차장이 저 아래 해변 가까이에 있었고, 이 집까지는 가파른 비탈면을 따라 놓인 나무계단을 걸어올라와야 했다. 마음만 먹는다면 어두운 틈을 타 발각되지 않고도 이 집에 이를 수 있었다. 하지만 적어도 오늘밤엔 아무런 신경쓰지 않고 잠을 자야 했다. 그럴 필요가 있었다. 총 맞은 자리가 아직도 심하게 아파서 그랬는지 자신도 믿지 않았던 생각에 큰 기대를 걸은 듯싶었다. 그런데 집으로 돌아오는 사이 그녀는 불현듯 깨달았다. 자신이 이토록 심란한 데는 또다른 이유가 있다는 사실을.

"평소 리스베트는 날씨나 주위에서 일어나는 일들에 신경쓰는 애가 아닐세." 홀게르가 말을 이었다. "그애의 시선은 본질적이지 않은 건 다 지워버려. 그런데 그때는 룬다가탄 거리와 스킨나르비크 공원에 화창한 햇살이 내리쬐고 밖에서 아이들 웃음소리가 들렸다고 했어. 아마도 창문 저편에 있는 사람들은 행복해 보였다는 말을 하고 싶었던 거겠지. 그들과 자신들이 얼마나 대조적이었는지 말하고 싶었을 거야. 평범한 사람들이 아이스크림을 먹고 연날리기를 하고 공놀이를 하고 있었어. 반면 카밀라와 리스베트는 방에 갇힌 채 아빠가 엄마를 강간하고 구타하는 소리를 들어야 했지. 난 이게 리스베트가 살라첸코에게 복수하기 직전에 있었던 일이라고 생각하지만 확실하진 않아. 살라첸코는 앙네타를 수없이 강간했었고, 매번 똑같은 일이 벌어졌으니까. 오후나 저녁이 되면 살라첸코가 잔뜩 취해 집에 나타났다고 하네. 이따금 카밀라의 머리카락을 만지작거리면서 '어떻게 너처럼 예쁜 애가 저렇게 악랄한 계집애와 한 자매일 수 있지?' 따위의 말을 지껄이곤 했다는군. 그러고는 아이들을 방에 가두고 주방에 앉아 계속 술을 마셔댔어. 독한 보드카를 조용히 마시면서 이따금 굶주린 짐승처럼 입맛을 다시곤 했다지. '자, 우리 매춘부께선 오늘 기분이 어떠신가?' 같은 말들을 다정한 양 내뱉었고. 그러다 어김없이 앙네타가 잘못을 저지르게 되지. 아니, 살라첸코가 그녀의 잘못이라고 판단하는 거겠지. 그러면 구타가 시작됐다고 해. 대개 따귀를 때리면서 '우리 창녀께서 오늘은 착하게 굴 거라고 생각했는데 말이야' 같은 말을 했지. 그러고는 그녀를 침실에 가둬놓고 계속 따귀를 때리다 마침내는 주먹질을 하기 시작해. 리스베트는 그게 무슨 소리인지 잘 알고 있었어. 어떤 종류의 폭행인지, 또 어디를 때리는 건지. 마치 자신이 맞는 기분이었다고 하더군. 그리고 이내 발길질이 시작돼. '쌍년' '더러운 년' '갈보년'이라고 고래고래 소리지르면서 앙네타의 몸을 벽에 대고 쿵쿵 찧어댔어. 그게 그를 흥분시켰으니까. 그녀가 고통스러워하는 모습을 보면 그는 잔뜩 흥분을 했다네. 그렇게 앙네타의 온몸에 피멍이 들고 피가 흐르면 그는 달려들어 그녀를 겁탈했고 쾌감을 느끼며 한층 끔찍한 욕을 고래고래 내뱉었고. 그러다 다시 모든 게 조용해졌어. 앙네타의 숨죽인 흐느낌과 그의 거친 숨소리 말고는 거의 아무것도 들리지 않았지. 그러고 나면 살라첸코는 일어나서 또다시 욕을 늘어놓으며 술을 마시거나 바닥에 침을 뱉기도 했다는군. 카밀라와 리스베트의 방문을 열어주면서 '너희들 엄마가 다시 착해졌다' 하고는 문을 쾅 닫고 나가버리기도 했고. 이게 보통 벌어지는 일들이었지. 그런데 그날은 다른 일이 일어났다는군."

"무슨 일이 있었죠?"

"아이들 방은 아주 작았어. 둘은 가급적 멀리 떨어져 있으려고 애썼지만 소용없었겠지. 침대가 거의 맞붙어 있어서 그 끔찍한 일이 일어날 때마다 얼굴을 마주한 채 각자 매트리스에 걸터앉아 있어야 했어. 얘기는 거의 하지 않았고 눈도 마주치지 않았지. 그날 리스베트는 룬다가탄 거리 쪽으로 난 창밖을 보고 있었네. 내게 말해주었던 여름날의 풍경과 바깥에서 놀고 있는 아이들을 말일세. 그러다 무심코 카밀라 쪽으로 고개를 돌린 리스베트가 그 모습을 보게 됐지."

"그게 뭐였는데요?"

"동생의 오른손. 카밀라가 오른손으로 매트리스를 톡톡 두드리고 있었어. 단순히 불안감 때문에 자신도 모르게 하는 행동이라고 볼 수도 있었지. 리스베트도 처음엔 그렇게 이해했고. 그런데 이내 그 손이 침실에서 들려오는 소리에 리듬을 맞추고 있다는 걸 깨달은 거야. 그러고는 카밀라의 얼굴을 쳐다보니 그 두 눈이 잔뜩 흥분해 반짝거리고 있었다는군. 소름끼치는 광경이었지. 그 모습이 마치 살라첸코처럼 보였고, 애당초 리스베트는 믿고 싶지 않았지만 카밀라가 미소 짓고 있다는 건 의심의 여지가 없었어. 조소가 새어나오는 걸 간신히 참고 있는 모습이었지. 그 순간 리스베트는 깨달았네. 카밀라가 단지 아버지에게 잘 보이려고 그를 흉내내는 게 아니라, 그가 앙네타를 한 대 때릴 때마다 열렬히 박수를 보내고 있었다는 걸."

"말도 안 돼요."

"하지만 정말 그랬다네. 그러고서 리스베트가 어떻게 했는지 알겠나?"

"아뇨."

"침착함을 유지하고서 카밀라 옆에 앉아 부드럽게 그 손을 붙잡았다네. 그때 카밀라는 무슨 일이 일어나는 건지 이해하지 못했겠지. 아마 쌍둥이 언니가 위안이나 애정을 바라고 그런다고 생각했을 거야. 언니와는 더 엉뚱한 일들도 있었으니까. 리스베트는 카밀라의 소매를 걷어올렸다네. 그리고……"

"어떻게 됐죠?"

"동생의 손목에 손톱을 박고는 뼈가 드러날 정도로 깊이 할퀴었어. 선혈이 솟구쳐 침대 위로 튀었지. 카밀라를 방바닥에 끌어내려놓고 만일 이 폭행과 강간이 멈추지 않는다면 동생과 아버지를 죽이겠다고 다짐했어. 카밀라는 끔찍한 상처를 입었지. 마치 호랑이한테 할퀴인 것처럼."

"세상에!"

"이제는 이 자매가 서로를 얼마나 증오하고 있는지 상상이 갈 걸세. 앙네타와 사회복지사들은 더 심각한 일이 일어나지 않을까 우려해서 둘을 떼어놓았다네. 카밀라가 임시로 지낼 위탁가정을 찾아주었지. 언제고 둘이 다시 충돌할 수 있는 상황이라 충분한 조치는 아니었지만 말일세. 하지만 알다시피 일은 전혀 다른 방향으로 흘렀네. 앙네타가 폭행당해 뇌손상을 입었고, 살라첸코는 횃불처럼 타버렸고, 리스베트는 정신병원에 감금당했으니까. 내가 아는 게 맞다면 자매는 그후로 딱 한 번 만났을 걸세. 여러 해가 지난 후의 일이었고, 하마터면 아주 나쁘게 끝날 수도 있었다는데 자세한 사정은 모르겠네. 카밀라는 오래전에 행방불명됐지. 마지막으로 그애가 지낸 곳이 웁살라의 위탁가정 달그렌 씨네 집이야. 원한다면 그 집 전화번호를 주지. 그애가 열여덟인가 열아홉 살 때 짐을 싸서 스웨덴을 떠난 후로 아무 소식을 듣지 못했던 터라, 자네가 카밀라를 만났다고 했을 때 내가 그렇게 놀란 걸세. 심지어 사람을 추적하는 데 귀신같은 리스베트조차 그애를 찾아내지 못했으니까."

"그렇다면 시도는 해본 거군요?"

"그렇지. 내가 알기로는 살라첸코가 남긴 유산을 분배하는 일 때문에 그애를 찾아본 게 마지막일 걸세."

"그건 몰랐습니다."

"리스베트가 언젠가 얘기해준 적이 있어. 당연히 유산은 한푼도 원하지 않는다고. 피 묻은 돈이니까. 그런데 여기에 뭔가 수상쩍은 게 있다는 걸 발견했지. 살라첸코는 고세베르가 농가 한 채, 유가증권 약간, 노르텔리에의 오래된 산업용 건물 한 채, 그리고 오두막 하나 등을 남겼는데 돈으로 환산하면 400만 크로나 정도 됐네. 물론 적은 돈이라고 할 수는 없었지만……"

"그보다는 훨씬 더 많았을 거라는 얘기군요."

"그렇네. 리스베트는 자기 아버지가 거대한 범죄조직을 거느렸다는 걸 누구보다 잘 알고 있었으니 거기에 비하면 400만 크로나는 껌값이었지."

"그래서 카밀라가 거금을 상속한 건 아닌지 의심했겠군요."

"아마 그걸 알아내려고 했을 걸세. 아버지는 죽었지만 그가 남긴 돈이 계속 해악을 끼칠 수 있다는 생각이 리스베트를 괴롭혔지. 그래서 오랫동안 조사해봤지만 아무 소득이 없었네."

"카밀라가 분명 자기 정체를 잘 숨겼겠죠."

"그랬겠지."

"카밀라가 자기 아버지의 불법 사업들을 물려받았다고 생각하십니까?"

"어쩌면. 하지만 완전히 새로운 일에 뛰어들었을 수도 있어."

"예를 들면요?"

홀게르는 눈을 감고 코냑을 크게 한 모금 마셨다.

"그게 뭔지 난 전혀 모르네. 하지만 미카엘, 아까 자네가 프란스 발데르에 대해 얘기했을 때 떠오르는 생각이 하나 있었지. 리스베트가 왜 그렇게 컴퓨터를 잘 다루는지 한번 생각해본 적 있나? 어떻게 시작된 일인지 아는가?"

"아뇨, 전혀요."

"그럼 내가 얘기해주겠네. 자네 이야기의 열쇠가 혹시 거기에 있는 건 아닌가 하는 생각이 들거든."

테라스에서 안으로 들어온 리스베트는 기이하게 뒤틀린 자세로 뻣뻣이 굳어서 식탁 앞에 앉아 있는 아우구스트를 보고는 자신의 어린 시절을 떠올렸다.

어느 날, 아버지한테 복수하려면 자신은 다른 아이들보다 빨리 성장해야 한다는 사실을 깨닫기 전까지, 룬다가탄에 살던 그 시절에도 지금과 똑같이 심란한 감정을 느꼈다. 깨달음을 얻었다고 해서 그후의 삶이 편안해지는 건 아니었다. 이 세상 그 어떤 아이도 그렇게 무거운 짐을 짊어져서는 안 됐다. 하지만 이러한 깨달음은 어쨌거나 그녀에게 보다 올바르고 존엄한 삶의 출발점이 되기도 했다. 살라첸코, 혹은 프란스를 죽인 자들이 처벌을 피해 저지르고 다닌 일들은 그 어떤 악마 같은 인간들보다 더한 짓이었다. 그런 잔인한 자들을 도망가도록 놔둘 수 없었다. 그녀는 아우구스트에게 다가가 중요한 명령을 내리듯 엄숙하게 말했다.

"자, 이제 들어가서 자도록. 그리고 일어나면 아빠를 죽인 사람을 그려야 해. 알겠니?"

아우구스트가 고개를 끄덕이더니 침실 쪽으로 터벅터벅 걸어갔다. 리스베트는 노트북을 열어 라세 베스트만과 그 친구들을 조사하기 시작했다.

"살라첸코가 컴퓨터에 특별히 관심이 많았다고는 생각하지 않네." 홀게르가 다시 말을 이었다. "그는 그 세대가 아니지. 하지만 그 더러운 사업들이 규모가 커지면서 컴퓨터 한 대에 회계 자료들을 모아놓고 동업자들의 손에 들어가지 않게 보관할 필요를 느꼈을 거야. 그래서 하루는 룬다가탄 집에 IBM 컴퓨터를 한 대 들고 와 창가 책상 위에 올려놨지. 그 집 식구 가운데 컴퓨터를 구경해본 사람은 아무도 없었을 거야. 앙네타는 꼭 필요하지 않은 물건을 살 여유가 없었으니까. 어쨌든 누구라도 컴퓨터를 만지면 산 채로 껍질을 벗겨버리겠다고 살라첸코가 으름장을 놨다고 하더군. 교육적으로 보면 그렇게 효과적인 방법은 아니었지. 그렇게 하면 만지고 싶은 유혹이 더 강해지니까."

"금지된 열매인 셈이죠."

"당시 리스베트가 열한 살이었을 걸세. 카밀라의 손목을 할퀴고, 칼과 휘발유로 아버지에게 복수하기 전이었지. 지금 우리가 아는 리스베트가 되기 직전이었어. 그 무렵 그애는 아버지를 없애버릴 궁리를 하는 딸이면서, 자극이 필요한 어린아이이기도 했어. 그애는 친구가 없었으니까. 카밀라가 학교에서 따돌리기도 했지만 리스베트가 워낙 남들과 다르기도 했었지. 당시 스스로 의식하고 있었는진 모르겠지만—선생들과 주위 사람들은 전혀 몰랐지—그애는 굉장한 재능을 지녔었다네. 그 재능 때문에 남들과 다를 수밖에 없었지. 학교는 지루하기 짝이 없는 장소였어. 그애한테는 모든 게 분명하고 간단했으니까. 수업 시간에 배우는 내용들은 한 번만 훑어보면 다 이해할 수 있었지. 그래서 대부분 몽상에 빠져 시간을 보내곤 했다네. 지금 생각해보면 그때 이미 그애가 수준 높은 수학책처럼 자신한테 맞는 놀거리를 찾아냈던 모양이지만 그것도 지루하기는 마찬가지였어. 그리고 마블코믹스도 많이 읽었다네. 그런 만화책들이 그애의 지적 수준에 맞는 건 아니었지만 아마도 다른 작용, 이를테면 치료적 작용 같은 게 있었을 걸세."

"무슨 뜻이죠?"

"리스베트를 두고 심리분석 따위를 하고 싶지는 않아. 내가 하는 말을 듣는다면 그애가 나를 엄청 싫어할 테니까. 하지만 그 만화들에는 사악한 적과 맞서 싸워 직접 문제를 해결하고 복수와 정의를 실현하는 슈퍼히어로들이 가득하지. 당시 리스베트에게 걸맞는 책들이었다고 생각하네. 그 흑백논리적 세계관이 그녀가 처한 상황을 명확히 정리하는 데 도움이 됐으니까."

"그럼 자신이 자라서 슈퍼히어로가 되어야 한다고 생각했다는 건가요?"

"어떤 의미에서는 그렇네. 자신이 속한 작은 세계에서 슈퍼히어로가 되어야 한다고 생각했겠지. 당시 리스베트는 살라첸코가 소련 스파이 출신에 스웨덴 사회에서 특권적인 지위를 누린다는 사실을 몰랐어. 세포 내부에 그를 보호하는 특별 섹션이 존재한다는 걸 알 수 없었지. 하지만 카밀라처럼 그애 역시 아버지가 면책권을 누리고 있는 상황을 눈치챘네. 어느 날 회색 코트를 입은 남자 하나가 집에 찾아와 살라첸코에게는 아무 일도 일어날 수 없다는 걸 암시했거든. 그때 리스베트는 경찰이나 사회보호기관에 아버지를 고발해봤자 아무 소용이 없다는 걸 깨달았다네. 그 회색 코트를 입은 남자가 다시 찾아오는 것 말고는 어떤 일도 일어날 수 없다는 사실을 말일세. 아버지한테 얽힌 사연이며 첩보기관이니 위장 조치니 하는 것들은 전혀 몰랐지만 자기 가족이 무력하다는 것만은 절실히 느꼈던 거지. 그게 너무나도 고통스러웠고. 미카엘, 무력감은 정말로 파괴적인 힘이 될 수 있다네. 하지만 리스베트는 아직 무언가를 하기에는 어린 나이였기 때문에 힘을 얻을 피신처가 필요했지. 그중 하나가 슈퍼히어로의 세계였고. 우리 세대 사람들은 이런 책들을 얕보는 경향이 있지만, 만화든 고전소설이든 누군가에게 결정적인 영향을 미칠 수 있다는 걸 나는 잘 알고 있네. 그리고 리스베트는 '재닛 밴 다인'이라는 젊은 히로인에게 특별히 애착을 느꼈지."

"재닛 밴 다인이요?"

"외계인에게 살해당한 부유한 과학자의 딸일세. 원수를 갚으려고 아버지의 동료를 찾아가 그의 실험실에서 초능력을 얻게 되지. 날개가 있고 몸도 자유자재로 늘였다 줄였다 할 수 있네. 그렇게 강력한 존재가 되는데, 말벌처럼 검정과 노랑이 섞인 옷을 입어서 와스프라는 별명이 붙었어. 말 그대로든 비유적으로든 괜히 건드리지 않는 편이 좋지."

"아, 몰랐어요. 바로 거기서 리스베트가 자신의 별명을 빌려왔군요?"

"내가 보기엔 이름만 가져온 게 아닐 걸세. 내가 이런 방면에는 아는 게 없지만—'팬텀'과 '마법사 맨드레이크'를 늘 혼동하는 구닥다리 인간이니—처음 와스프를 봤을 때 그야말로 소름이 돋을 정도였네. 리스베트와 몹시 똑같았어. 아마 그 캐릭터의 스타일을 상당 부분 따왔겠지. 물론 과장해서는 안 되네. 와스프는 만화 캐릭터이고, 리스베트는 실제 세계를 상대하고 있으니까. 하지만 리스베트는 재닛 밴 다인이 와스프로 변신한 것에 대해 많이 생각해봤을 거야. 그러다 문득 자신도 와스프처럼 극적으로 변해야 한다는 걸 깨달았겠지. 더이상 학대받는 아이가 아니라 고도로 훈련받은 첩보원과 맞서 싸울 수 있는 강한 사람으로 말일세. 밤낮으로 이런 생각에 잠겨 있던 그 시절엔 리스베트에게 와스프가 영감의 원천이었겠지. 카밀라도 그걸 알고 있었네. 남의 약점을 알아채는 후각이 귀신같았으니까. 그리고 그 약점에 촉수를 뻗쳐 독약을 흘려보냈지. 카밀라는 온갖 방법으로 와스프를 조롱하기 시작했어. 만화에서 와스프의 적들이 누구인지를 알아내서 그 이름들을 자신에게 붙이기도 했지. 타노스니 뭐니 하면서."

"지금 타노스라고 했나요?" 미카엘이 놀라 되물었다.

"그 이름이 맞을 걸세. 죽음과 사랑에 빠졌다는 그 파괴적인 인물 말이네. 여자의 모습으로 나타난 죽음에게 자신이 걸맞은 존재라는 걸 증명하려고 했다지. 카밀라는 리스베트를 도발하려고 이 인물을 선택했어. 와스프 자매단의 숙적인 더 스파이더 소사이어티라는 이름을 자기 무리에 붙이기도 했고."

"정말입니까?" 머릿속에 온갖 생각이 뒤얽힌 채 미카엘이 물었다.

"물론 유치할 수도 있지. 하지만 그애들한테는 그렇게 천진난만한 일은 아니었어. 그때부터 아주 강했던 자매의 적대감이 이 이름들을 통해 구체화됐다고 할 수 있지. 마치 전쟁과 다름없었네. 무서운 메시지를 드러내는 상징들이 거세게 쏟아졌지."

"그게 아직도 관련되어 있다고 볼 수 있을까요?"

"그 이름들을 말하는 건가?"

"네, 예를 들면요."

미카엘 스스로도 자신이 무슨 말을 하는 건지 알 수 없었다. 하지만 중요한 무언가를 찾았다는 막연한 느낌이 있었다.

"글쎄, 잘 모르겠네. 그애들은 이제 성인이 됐지만 그때가 삶에서 가장 중요한 시기였다는 걸 잊어선 안 되겠지. 아주 작은 것도 치명적인 의미를 지닐 수 있는 때였으니까. 엄마를 잃고 정신병원에 갇힌 리스베트만 고통을 받은 건 아니라네. 카밀라의 삶도 함께 산산이 부서져버렸지. 가정을 잃었고 자신이 숭배하던 아버지도 심각한 화상을 입었으니까. 리스베트에게 화염병으로 공격당한 살라첸코는 예전의 모습을 되찾을 수 없었고, 카밀라는 자신이 중심이었던 세계에서 멀리 떨어져 어느 위탁가정에 들어가게 됐지. 그애한테는 무척이나 쓰라린 고통이었을 거야. 난 그애가 리스베트를 뼛속까지 증오하리라는 걸 단 일 초도 의심해본 적이 없었네."

"물론 그랬을 겁니다." 미카엘이 대답했다.

홀게르는 다시 코냑을 한 모금 삼켰다.

"아까도 말했지만 그애들이 겪었던 이 시기를 과소평가해서는 안 되네. 그때 극심히 대립했던 자매는 그런 상태가 언젠가 폭발할 거라는 걸 피차 알고 있었을 걸세. 어쩌면 전면전을 준비했었을지도 모르지."

"그랬다면 서로 다른 방식이었겠죠."

"그렇지. 아주 총명했던 리스베트는 갖가지 전략을 세웠을 거야. 하지만 그애는 항상 혼자였어. 일반적으로 보자면 카밀라는 특별히 명석하지는 않았지. 공부나 추상적 사고는 뛰어나지 못했지만, 반면에 사람들을 홀리고 다루고 이용하는 데는 천재적이었어. 그래서 리스베트와는 달리 한 번도 혼자서 움직이지 않고 언제나 조력자들을 찾아냈고. 언니가 자신을 위협할 뭔가에 뛰어나다는 걸 알게 되어도 똑같이 잘하려고 애쓰지 않았다네. 그래봤자 절대로 못 이긴다는 사실을 안 거지."

"그러면 어떻게 했습니까?"

"거기에 능통한 사람을 하나, 아니 가급적이면 여럿을 찾아내 도움을 받아 대응했지. 카밀라를 위해서라면 무슨 짓이라도 할 준비가 된 친구들이 그애를 둘러싸고 있었으니까. 그런데 지금 내가 너무 앞질러서 얘기하는 것 같군."

"그럼 살라첸코의 컴퓨터는 어떻게 됐나요?"

"아까 말했듯이 리스베트는 자극이 필요했어. 밤이면 엄마를 걱정하느라 잠을 못 이뤘지. 앙네타는 구타와 강간을 당해 피범벅이 되기 일쑤였지만 의사를 찾아가지 않았어. 부끄러운 일이라고 생각했던 모양이야. 그러다 주기적으로 심한 우울증에 빠져들었고, 일하러 나가거나 딸들을 돌볼 힘조차 없었어. 그럴수록 카밀라는 엄마를 더욱 경멸하면서, 엄마는 약해빠졌다고 말하곤 했지. 그애의 세계에서 나약함은 그 무엇보다 나쁜 거였으니까. 반면 리스베트는……"

"리스베트는 어땠나요?"

"자신이 유일하게 사랑하는 사람이 부당하게 고통받는 모습을 지켜보면서 밤마다 잠을 이루지 못하고 생각에 빠져들었네. 아직 어린 아이였지만 오직 자신만이 엄마가 맞아 죽는 걸 막을 수 있다고 점점 확신하게 됐지. 그러던 어느 날 밤, 이런저런 생각들을 하다 그애는 동생이 깨지 않게 살그머니 침대에서 일어났다네. 책이라도 보면서 괴로운 상념들을 떨쳐버리고 싶어서였겠지. 그렇게 거실로 나갔다가 룬다가탄 거리 쪽으로 난 창문 옆 책상에서 컴퓨터를 본 거야.

그때 그애는 컴퓨터를 제대로 켤 줄도 몰랐지만 곧 방법을 찾아냈지. 이내 짜릿한 흥분이 밀려들었고. '자, 어서 이 안에 든 비밀들을 찾아봐' 하고 컴퓨터가 속삭이는 것만 같았지. 물론 처음엔 멀리 갈 수 없었네. 패스워드가 걸려 있었는데 무엇을 시도해봐도 열리지 않았지. 아버지가 '살라Zala'라고 불렸으니 'Zala 666' 같은 조합들을 죄다 입력해봐도 소용없었어. 교실에서나 오후에 집에서 잠시 눈을 붙이는 것 말고는 이삼 일을 쉬지 않고 찾아봤을 걸세. 그러던 어느 밤, 살라첸코가 주방에 있는 쪽지에 적어둔 독일어 문장 하나가 떠올랐던 거야. '나를 죽이지 못하는 것은 나를 더욱 강하게 만든다.' 그 의미를 이해할 순 없어도 자기 아버지한테 중요한 문장이라는 건 알았지. 그래서 패스워드 창에 써보려고 했지만 글자가 많았어. 그런데 그 말을 한 '니체Nietzsche'를 입력하자 새로운 비밀의 세계가 눈앞에 펼쳐진 거야. 리스베트 말로는 자신의 삶을 완전히 바꿔놓은 순간이었다고 하더군. 자기 앞을 가로막고 있는 장벽을 부수고 감춰져 있던 것들을 마음껏 탐험할 수 있게 된 거지. 하지만……"

"네?"

"처음엔 아무것도 이해할 수 없었어. 죄다 러시아어로 된 목록들과 숫자들뿐이었으니까. 아마 그가 벌였던 인신매매 같은 사업들과 거기서 나오는 수입을 적어놓은 것이었겠지만, 리스베트가 그때 얼마나 이해했고 나중엔 어느 정도나 알게 됐는지는 전혀 모르네. 어쨌든 살라첸코가 자기 엄마만 괴롭힌 게 아니라는 걸 알게 된 거야. 이자가 다른 여자들의 삶도 파괴하고 있다는 사실을 알고서 맹렬한 분노에 사로잡혔어. 바로 그때 지금 우리가 알고 있는 리스베트가 태어났다고 할 수 있네. 여자를 증오하는 남자들을……"

"증오하는 여자."

"정확하네. 이 일은 그애를 더욱 강하게 만들기도 했어. 더이상 되돌아갈 수 없다는 사실을 깨닫게 된 거지. 무슨 일이 있어도 아버지가 저지르는 악행을 막아야 했어. 이때부터 리스베트는 기회가 있을 때마다 자기 아버지에 대해 계속 알아봤다네. 주로 학교에 있는 컴퓨터를 썼지. 있지도 않은 친구네 집에서 잔다는 핑계를 대고 교무실에 몰래 들어가 새벽이 될 때까지 컴퓨터 앞에 앉아 있기도 했어. 그러면서 해킹과 프로그래밍에 대해 배우기 시작했고. 자신이 좋아하는 영역을 발견한 영재들처럼 그애도 거기에 푹 빠져버렸어. 바로 이걸 하려고 태어난 것만 같았지. 그리고 얼마 안 있어 그쪽 세계의 인간들이 리스베트에게 관심을 갖기 시작했어. 새로운 인재가 나타나면 선배들이 우르르 달려들기 마련이잖나. 격려하거나 혹은 짓뭉개려고 말일세. 많은 이들이 그애가 구사하는 정통적이지 않은 방식들, 완전히 새로운 방식들을 썩 달가워하지 않았어. 하지만 친구도 생겼지. 플레이그를 포함해서 그애의 재능에 깊은 인상을 받은 사람들이었네. 그리고 무엇보다 리스베트는 태어나 처음으로 자신이 자유롭다고 느꼈어. 사이버 공간에서는 그 무엇도 그녀를 제약하지 않았으니 와스프처럼 훨훨 날아다닐 수 있었지."

"카밀라는 언니가 그 분야에 재능이 있었다는 걸 알았나요?"

"적어도 짐작은 했을 걸세. 지나친 사변은 금물이겠지만 난 이따금 카밀라가 리스베트의 어두운 면, 그러니까 그림자 같다는 생각이 든다네."

"이른바 '이블 트윈Evil Twin'이라는 말씀이시죠."

"그렇다고 할 수 있겠지. 하지만 특히나 젊은 여성을 근원적으로 악하다고 단정짓고 싶지는 않네. 하지만 카밀라를 보면 종종 그런 생각이 들어. 난 깊이 파헤쳐볼 엄두를 못 냈지만 만일 자네가 더 알아보고 싶다면 마르가레타 달그렌에게 전화 한번 걸어보게나. 룬다가탄에서 그 비극적인 일이 있은 후로 카밀라를 입양해 길러준 사람이야. 지금은 스톡홀름 근교 솔나에 살고 있을 걸세. 남편도 잃고 불행한 삶을 살았지."

"어쩌다가요?"

"그 역시 흥미로운 일이라고 할 수 있네. 그녀의 남편 셸은 에릭손에서 프로그래머로 일했는데 어느 날 목을 매고 자살했어. 카밀라가 그 집을 떠나기 직전에 벌어진 일이었지. 그리고 얼마 후에는 열아홉 살 된 딸도 핀란드를 오가는 페리에서 투신해 목숨을 끊었고. 어쨌든 경찰수사는 그렇게 결론났다네. 뚱뚱하고 못생기고 자존감 낮은 소녀였으니까…… 하지만 수사 결과를 결코 믿지 않았던 마르가레타는 사설 탐정까지 고용했어. 그녀는 카밀라한테 집착했지. 부끄럽지만 실은 나도 그런 그녀를 볼 때마다 짜증이 좀 났었네. 어쨌든 자네가 살라첸코 이야기를 기사로 발표한 후에 나한테 연락해왔어. 자네도 알다시피 에르스타 재활센터에서 퇴원한 지 얼마 안 돼 심신이 간신히 버티고 있을 때였잖나. 끝없이 말을 늘어놓으면서 날 놓아주지 않는 통에, 전화기에 그녀의 번호가 뜰 때마다 진저리가 났지. 그래서 한동안은 피해다녔어. 하지만 지금 와서 생각해보니 조금은 이해가 되는군. 아마 자네와 얘기하게 되면 아주 좋아할 걸세."

"전화번호와 주소를 좀 알려주시죠."

"바로 찾아보겠네. 하지만 그전에 먼저, 리스베트와 아이가 지금 안전한 게 확실한가?"

"네."

적어도 저는 그러길 바랍니다, 라고 생각하면서 미카엘은 대답했다. 그런 다음 자리에서 일어나 몸을 굽혀 홀게르와 포옹했다.

릴리에홀름 광장으로 나오니 폭풍우가 다시 몸을 흔들었다. 미카엘은 외투깃을 여미며 카밀라와 리스베트를 생각했다. 그리고 안드레이도 떠올렸다.

미카엘은 실종된 딜러에 관한 기사가 어떻게 진행되고 있는지 알아보려고 그에게 전화를 걸어보기로 했다. 하지만 아무리 전화를 걸어도 안드레이는 응답하지 않았다.

24장

11월 23일 저녁

사실 안드레이는 생각을 바꿔 미카엘에게 전화를 걸었다. 물론 그도 미카엘과 맥주를 한잔 마시고 싶었다. 대체 왜 싫다고 했는지 자신도 이해할 수 없었다. 미카엘은 그의 우상이자 그가 언론계에 발을 들이게 된 이유이기도 했다. 하지만 미카엘의 번호를 누르자마자 갑자기 거북한 생각이 들어 전화를 끊어버렸다. 이미 더 좋은 다른 일을 찾아냈을지도 모른다. 안드레이는 늘 자신이 다른 사람을 방해하게 될까 신경쓰였고, 누구보다 미카엘을 방해하고 싶지 않았다.

그래서 다시 일을 시작했다. 하지만 아무리 애를 써도 도무지 글이 써지지 않았다. 결국 한 시간 정도 버티다 잠시 쉬기로 했다. 우선 책상 위를 정리하고 암호화 링크에 남은 글들은 없는지 꼼꼼히 확인했다. 그런 다음 그 말고 아직까지 유일하게 사무실에 남아 있던 에밀 그란덴에게 인사를 했다.

에밀은 별다른 단점이 없는 사람이었다. 서른여섯 살인 그는 TV4 프로그램 〈콜드 팩트〉와 일간지 〈SMP〉에서 일했으며 작년에는 탐사

기자 부문에서 '올해의 언론인상'을 받았다. 안드레이는 그러지 않으려고 했지만 에밀이 거만하고도 고압적이라고 생각했다. 적어도 그 같은 젊은 임시기자는 그렇게 느꼈다.

"잠깐 나갔다 올게요."

에밀은 뭔가 할말이 있는 사람처럼 그를 쳐다보다 그냥 '알았어'라고 간단히 대꾸하고 말았다.

안드레이는 스스로가 비참하게 느껴졌다. 이유는 알 수 없었다. 어쩌면 사람을 무시하는 듯한 에밀의 태도 때문일 수도 있지만 그것보단 실종된 딜러에 관한 기사 탓이 컸다. 어째서 이 기사를 쓰는 데 그토록 힘이 드는지 알 수 없었다. 프란스 사건을 취재하는 미카엘을 돕는 일에만 전념하고 싶은 건 분명했다. 그래서 나머지 일들은 전부 부차적으로 느껴지기도 했다. 그렇다면 자신은 참 겁 많은 인간이었다. 미카엘이 쓴 걸 한번 봐주겠다고 했을 때 그걸 마다할 이유가 없었는데 말이다.

몇 줄 더 첨가하거나 삭제하는 것만으로 미카엘처럼 기사의 질을 확연히 달라지게 하는 사람은 별로 없었다. 안드레이는 어쩔 수 없는 일이라고 생각했다. 내일 새로운 마음으로 기사를 써서 어떻게 되든 미카엘에게 보여주기로 마음먹었다. 그렇게 사무실 문을 닫고 엘리베이터를 향해 걸어가던 순간, 그는 소스라치게 놀라고 말았다. 저 아래 계단에서 무슨 일이 벌어지고 있었다. 처음에는 그게 뭔지 파악하기 힘들었다. 눈이 움푹 들어간 깡마른 남자 하나가 젊고 예쁜 여자를 괴롭히고 있었다. 안드레이는 바짝 얼어붙었다. 폭력적인 상황을 마주하면 이렇게 몸을 옴짝달싹할 수 없었다. 사라예보에서 부모님이 살해당한 이후로 우스꽝스러울 정도로 겁이 많아졌고 사람들과 싸우는 게 끔찍이도 싫었다. 하지만 이번엔 자존심이 걸린 문제였다. 자신이야 무사히 도망칠 수 있어도 위험에 처한 사람을 모른 척 지나쳐버리는 건 결코 있을 수 없는 일이었다. 안드레이는 계단을 뛰어내려가며 소리쳤다.

"그만해요! 여잘 놔줘요!"

처음엔 치명적인 실수를 저질렀다고 생각했다. 눈이 움푹 팬 남자가 칼을 불쑥 꺼내더니 험상궂게 영어로 뭐라고 내뱉었다. 안드레이는 두 다리가 후들거렸지만 마지막 남은 용기를 쥐어짜내 마치 B급 액션영화의 주인공처럼 악을 썼다.

"꺼져! 안 그러면 후회할 거야!"

그들은 잠시 몸싸움을 벌였다. 하지만 얼마 후 깡마른 남자가 먼저 줄행랑을 쳤다. 안드레이와 여자만 남게 되었고, 이야기는 그렇게 시작됐다. 마치 영화 같았다.

두 사람은 잠시 어색하게 서 있었다. 여자는 충격을 받고 겁에 질린 듯했다. 모깃소리만한 그녀의 목소리를 듣기 위해 안드레이는 몸을 바짝 기울여야 했고, 한참 후에야 무슨 일이 있었는지 알 수 있었다. 그녀는 어떤 몹쓸 남자와 결혼을 했었다. 지금은 이혼하고 위장한 신분으로 살고 있는데 전남편이 그녀를 다시 찾아낸 걸로도 모자라 이제는 하수인까지 보내 그녀를 괴롭힌다는 것이다.

"아까 그 남자가 날 덮친 게 오늘만 두번째예요."

"그런데 여기서 뭐하고 있었죠?"

"그 남자를 피하려고 이 건물로 뛰어들어온 건데 아무 소용 없었어요."

"정말 끔찍하군요."

"어떻게 감사를 드려야 할지 모르겠어요."

"괜찮습니다."

"난폭한 남자들이라면 정말 넌덜머리가 나요."

"전 그런 남자들하고는 다릅니다."

안드레이는 너무 빨리 이렇게 말해버린 자신이 정말 한심하게 느껴졌다. 여자가 아무 대꾸 없이 난처한 얼굴을 하고 계단 쪽으로 시선을 돌리는 것도 당연한 일이었다. 그렇게 가벼운 말로 잘난 척하려 했던 자신이 부끄러웠다. 하지만 이렇게 좋은 기회를 날려버렸다고 자책하고 있을 때 여자가 살며시 고개를 들고 그에게 수줍은 미소를 지어 보였다.

"네, 그런 분 같아요. 제 이름은 린다예요."

"전 안드레이입니다."

"반가워요, 안드레이 씨. 그리고 고마워요."

"오히려 제가 고맙죠."

"왜요?"

"그러니까……"

안드레이는 말을 끝맺지 못했다. 심장이 두방망이질했고 입술은 바짝 타들어갔다. 그는 계단 아래를 힐긋 쳐다보았다.

"네?"

"제가 집까지 모셔다드릴까요?"

이 말 역시 후회스럽긴 마찬가지였다. 안드레이는 그녀가 이 말을 이상하게 받아들일까 걱정스러웠다. 하지만 그녀는 매혹적이고도 수줍어하는 듯한 미소를 지으며 안드레이가 옆에 있어준다면 마음이 놓일 것 같다고 말했다. 그렇게 둘은 거리로 나가 슬루센 방향으로 걷기 시작했다. 그녀는 지금까지 유르스홀름의 저택에서 칩거하다시피 살아왔다고 했다. 안드레이는 그녀의 심정을 적어도 일부는 이해할 수 있다고 대답하면서, 여성폭력에 관한 연재기사를 쓴 적이 있다고 말했다.

"그럼 기자이신가요?"

"네. 〈밀레니엄〉에서 일합니다."

"정말인가요? 제가 정말 좋아하는 잡지예요."

"〈밀레니엄〉이 중요한 일들을 많이 한 건 사실이죠." 그는 겸손하게 말하려고 애썼다.

"물론이죠. 최근에 전 어느 이라크 사람에 대한 기사를 한 편 읽었어요. 훌륭한 글이었죠. 전쟁에서 다쳐 불구가 된 후로 레스토랑 주방에서 설거지를 했는데 그 일마저도 잃게 돼 오갈 데 없는 신세가 된 사람이었어요. 하지만 지금은 대형 레스토랑 체인을 소유한 회장님이 되었죠. 그 이야기를 읽고 나서 눈물을 흘렸어요. 누구에게나 기회는 다시 주어지는구나, 이런 생각이 들게 하는 감동적인 글이었죠."

"제가 쓴 기사예요."

"어머, 정말인가요? 이런 놀라운 일이 다 있네요."

안드레이는 자신이 쓴 기사 덕분에 칭찬을 들은 적이 별로 없었을 뿐만 아니라 특히 낯선 여자가 그러는 경우는 거의 없었다. 〈밀레니엄〉이 화제로 떠오르면 사람들은 거의가 미카엘에 대해 얘기하고 싶어했다. 안드레이는 거기에 조금도 불만이 없었지만 자신도 화려한 스포트라이트를 받아보는 은밀한 꿈을 꾸는 것도 사실이었다. 그리고 지금 눈앞의 아름다운 린다는 아주 자연스럽게 미카엘이 아닌 그에게 찬사를 보내고 있었다.

행복감과 자부심으로 부푼 그가 방금 지나친 '파파갈로'라는 레스토랑에서 술이라도 한잔 마시자고 대담하게 제안하자 기쁘게도 그녀는 "좋은 생각이에요!"라고 대답했다. 그녀와 함께 레스토랑 안으로 들어가는 안드레이는 미친듯이 가슴이 뛰었고, 다리에 힘이 풀리게 만드는 그녀의 눈빛을 가급적이면 마주치지 않으려고 애썼다.

바 근처에 있는 테이블에 자리를 잡고 앉았을 때 린다가 수줍게 한 손을 내밀었다. 안드레이는 마치 꿈을 꾸는 것만 같았다. 이내 그녀가 내민 손을 맞잡은 그는 미소를 지으며 뭐라고 몇 마디 웅얼거렸다. 실은 자기가 무슨 말을 하는지도 제대로 몰랐다. 에밀에게서 전화가 온 것만은 확실했는데 놀랍게도 안드레이는 전화를 무시하고 벨소리를 무음으로 돌렸다. 이번만큼은 회사가 기다려야 했다.

지금 그가 원하는 건 단 하나였다. 린다의 얼굴을 바라다보고 그 속으로 빠져드는 일. 그녀는 얼마나 매력적인지 안드레이는 배에 거센 펀치를 한 대 맞은 기분이었다. 그러면서도 그녀는 상처 입은 작은 새처럼 연약하고도 섬세해 보였다.

"당신 같은 사람을 해치려 했다니 정말 이해할 수 없네요."

"전 지금까지 그런 일들만 당하면서 살아온걸요."

린다가 슬픈 눈을 하고 대답했다.

안드레이는 어쩌면 이해할 수도 있을 것 같았다. 그녀 같은 여자 주위에는 온갖 사이코들이 들끓을 법도 했다. 보통 남자들은 그녀 앞에 서면 주눅이 들어 꼼짝도 못하리라. 오직 진짜 악당들만이 뻔뻔하게도 그녀에게 달려들 수 있을 듯했다.

"이렇게 당신과 같이 앉아 있으니 참 좋네요." 안드레이가 말했다.

"저도 당신과 같이 앉아 있으니 참 좋아요." 그녀도 맞장구치며 그의 손을 부드럽게 어루만졌다.

그들은 레드 와인을 한잔씩 주문한 뒤 이런저런 얘기를 나눴다. 대화에 열중한 나머지 안드레이는 휴대전화가 울리는 것도 알지 못했다. 한 번, 그리고 또 한 번 울렸지만 받을 생각을 하지 않았다. 이렇게 그는 처음으로 미카엘의 전화를 무시하게 됐다.

잠시 후 그녀는 자리에서 일어나 안드레이의 손을 잡아끌고 밖으로 나갔다. 그는 아무것도 묻지 않았다. 이 세상 어디든 따라갈 수 있었다. 태어나서 만나본 가장 아름다운 여자가 그 수줍으면서도 매혹적인 미소를 지으면 당장이라도 놀랍고 굉장한 일이 일어날 것만 같았다. 이 벅찬 호흡이, 그녀가 걸음을 내디딜 때마다 환해지는 이 거리가 그 증거였다. '이런 산책 한 번만으로도 인생은 살 만한 가치가 있어!'라고 생각하며 안드레이는 추운 날씨나 주변 풍경 따위는 의식조차 못했다.

그는 린다의 존재와 지금 자신을 기다리고 있을 일들에 완전히 취해버렸다. 하지만 어느 순간 실낱같은 의심이 언뜻 뇌리를 스쳤다. 행복 앞에서 항상 이렇게 회의적으로 변해버리는 자신을 떠올리며 의심을 떨쳐버리려고 했지만 쉽게 가라앉지 않았다. 사실이라기엔 너무나도 완벽한 상황이었다.

안드레이는 정신을 차리고 린다를 다시 한번 살폈다. 그녀의 모든 것이 그저 아름답게 보이지만은 않았다. 카타리나 엘리베이터 근처를 지날 때에는 그녀의 눈빛에서 얼음처럼 차가운 기운이 느껴지기도 했다. 그는 불안스레 시선을 돌려 바람에 일렁이는 물결을 바라봤다.

"지금 우리 어디로 가는 거죠?"

"친구가 모르텐트롯식스에 있는 조그만 아파트를 빌려줬어요. 거기 가서 한잔하면 어때요?"

그 순간 안드레이는 평생 가장 멋진 제안을 들은 사람처럼 헤벌쭉 웃었다. 하지만 갈수록 머릿속이 혼란스러웠다. 조금 전까지만 해도 자신이 그녀를 보살폈는데 지금은 오히려 그녀가 모든 걸 주도하고 있었다. 그때 휴대전화를 흘깃 들여다본 그는 미카엘이 두 번이나 전화했다는 걸 확인하고는 곧바로 다시 걸 생각이었다. 무슨 일이 있어도 가장 중요한 건 〈밀레니엄〉이었으니까.

"네, 좋아요. 그전에 먼저 일 때문에 전화 한 통 해야겠어요. 지금 쓰고 있는 기사가 하나 있거든요."

"안 돼요, 안드레이!" 그녀가 놀라울 정도로 강하게 그를 막았다. "아무한테도 전화하지 마요. 오늘 저녁은 우리 단둘이서만 보내고 싶어요."

"알겠어요." 안드레이는 마지못해 대답했다.

그들은 예른 광장에 도착했다. 추운 날씨에도 불구하고 사람들이 많았다. 린다는 마치 누군가의 눈에 띌까 두려운 사람처럼 눈을 내리깔고 걸었다. 외스테르롱가탄 거리가 뻗어 있는 오른쪽을 보니 선글라스 낀 얼굴을 하늘로 들고 오른손에는 악보 한 장을 들고 서 있는 스웨덴 국민가수 에베르트 타우베의 동상이 보였다. 안드레이는 내일 다시 만나자고 하는 게 좋겠다고 생각했다.

"저, 우리……"

그가 머뭇거리며 입을 열었지만 말을 마칠 수 없었다. 그녀가 그를 잡아당겨 다짜고짜 키스를 하는 바람에 머릿속이 새하얘졌기 때문이다. 그러더니 그녀는 걷는 속도를 높였다. 그의 손을 잡아 왼쪽으로 난 베스테르롱가탄 거리로 끌더니 이내 오른쪽으로 꺾어 어느 어두운 골목길로 들어갔다. '지금 누가 뒤에서 따라오기라도 하는 걸까?' 아니, 발소리며 사람들의 목소리는 멀리서부터 들려오고 있었다. 지금 여기에는 그와 린다, 두 사람밖에 없었다. 이내 그들은 빨간 창틀과 검은 덧창이 달린 창문 앞을 지나 어느 회색 문 앞에 이르렀다. 린다는 핸드백에서 열쇠 하나를 꺼내 약간 힘들게 문을 열었다. 가늘게 손을 떠는 그 모습에 안드레이는 조금 놀랐다. '여전히 전남편과 그의 하수인이 두려운 걸까?'

그들은 컴컴한 돌층계를 걸어올라갔다. 둘의 발소리가 울려퍼졌고 퀴퀴한 곰팡내가 희미하게 느껴졌다. 삼층으로 올라가는 계단 위에 스페이드 퀸 한 장이 떨어져 있었다. 이유는 알 수 없었지만 그걸 본 안드레이는 불안해졌다. 그저 어리석은 미신일 거라고 생각했다. 불안감을 떨쳐버리고 이 만남을 단순하게 즐기려고 애썼다. 린다는 무거운 숨을 몰아쉬면서 오른손을 꽉 쥐고 있었다. 바깥 골목에서 어떤 남자의 웃음소리가 들렸다. '설마 나 때문에 웃는 건 아니겠지? 별 생각을 다 하는군! 그저 난 지나치게 흥분했을 뿐이야.' 하지만 안드레이는 결코 목적지에 다다르는 일 없이 계속 걷고만 있다는 느낌이 들었다. '집이 이렇게 높은 곳에 있을 수 있는 건가?' 그가 이렇게 생각하는 와중에 마침내 그들은 목적지에 도착했다. 린다의 친구는 맨 꼭대기 다락 같은 집에 살고 있었다.

문에는 '오를로프'라는 이름이 적혀 있었다. 린다는 다시 열쇠를 꺼냈다. 그녀의 손은 더이상 떨리지 않았다.

솔나의 프로스트베겐 거리 대규모 공동묘지 바로 옆, 오래된 가구들로 꾸며진 어느 아파트 안에 미카엘은 앉아 있었다. 홀게르가 예측한 대로 마르가레타 달그렌은 조금도 주저하지 않고 그의 방문을 허락했다. 전화상으로는 약간 산만하게 지껄이는 불안한 사람처럼 느껴졌지만 막상 만나보니 육십대의 단아한 부인이었다. 세련된 노란 스웨터와 검은 주름바지 차림에 하이힐까지 신은 모습이 그가 오는 동안 일부러 치장을 한 모양이었다. 불안정해 보이는 눈빛만 아니었다면 심신이 건강한 사람으로 여길 수도 있었다.

"카밀라에 대한 얘기를 듣고 싶다고 하셨다던데."

"특히 최근 몇 년간 그녀가 어떻게 살았는지 알고 싶습니다. 물론 부인께서 뭔가를 알고 계시다면 말이죠."

"그애를 처음 받았을 때가 생각나요." 그녀는 미카엘의 말은 듣지도 못했다는 듯이 대뜸 이야기를 시작했다. "남편 셸은 사회에 선행도 하고 가족도 한 명 늘어나는 일이라고 생각했죠. 자식이 외동딸 하나뿐이었거든요. 우리 불쌍한 모아. 그때 열네 살이었던 모아는 외로움을 많이 탔어요. 그래서 또래 여자아이를 맡으면 모아에게도 좋을 거라고 생각했죠."

"살란데르 가족에게 무슨 일이 있었는지 알고 계셨나요?"

"물론 모든 걸 알지는 못했어요. 다만 어떤 끔찍한 일이 벌어지는 바람에 어머니는 병들고 아버지는 큰 화상을 입었다는 사실만 알고 있었죠. 이 사연을 듣고 너무나 마음이 아팠던 우리는 처참한 상처를 입고 사랑이 많이 필요한 여자애가 오리라고 예상했었어요. 그런데 어땠는지 아세요?"

"어떤 모습이었죠?"

"평생 그렇게 사랑스러운 소녀는 처음 봤어요. 단순히 외모가 예뻐서만은 아니에요. 그때 그애가 말하는 모습을 한번 보셨어야 해요. 얼마나 착하고도 성숙하던지! 그애는 정신병에 걸려 온 가족을 두려움에 떨게 한 쌍둥이 언니에 관해 가슴 아픈 사연을 들려줬죠. 물론 이제는 그게 진실과 동떨어진 이야기들이란 걸 알아요. 하지만 그때는 어떻게 그애를 의심할 수 있었겠어요? 그 눈빛이 진지하기 이를 데 없었으니까요. 우리가 '아, 불쌍하기도 해라! 너무 끔찍하구나'라고 말하면, 그애는 '물론 힘들었지만 그래도 전 언니를 사랑해요. 병이 들었을 뿐이에요. 이제는 치료를 받고 있지요'라고 대답했어요. 아주 어른스럽고 이해심 깊은 말로 들렸죠. 그렇게 한동안은 마치 그애가 우리 세 사람을 보살피러 온 듯도 했어요. 뭔가 매혹적인 기운이 들어와 모든 게 아름답고 활기차지면서 우리 가정이 환해졌어요. 우린 아주 행복했답니다. 특히 모아가 활짝 피어났죠. 외모를 가꾸기 시작했고 학교에서도 인기가 많아졌어요. 그때만 해도 전 카밀라를 위해서라면 무엇이라도 할 수 있었어요. 그리고 셸은, 글쎄 어떻게 말해야 할까요? 완전히 딴 남자가 됐죠. 항상 미소를 짓거나 웃음을 터뜨렸고, 이런 말씀드려서 죄송하지만 심지어 저와 다시 섹스를 시작했어요. 그때 의심을 품었어야 했는데, 전 그저 우리 가정이 모든 게 잘되니까 그러는 거라고만 생각했죠. 카밀라와 만나게 된 사람들이 다 그랬듯 우리도 행복했어요. 그애는 그렇게 처음엔 사람을 행복하게 만들죠. 하지만 나중에는…… 그저 죽고 싶을 뿐이에요. 그애와 힘든 시간을 보내고 나면 더이상 살고 싶은 마음이 없어지니까요."

"그 정도였나요?"

"네, 그 정도로 힘들었어요."

"대체 무슨 일이 있었죠?"

"얼마쯤 지나자 우리들 사이로 독이 퍼졌어요. 카밀라가 서서히 권력을 쥐게 된 거죠. 지금 생각해봐도 대체 어느 순간에 축제가 악몽으로 바뀌었는지 잘 모르겠어요. 느끼지 못하는 사이에 서서히 이뤄진 거예요. 그러다 어느 날 깨어나서 모든 게 파괴됐다는 걸 깨닫는 거고요. 서로를 신뢰하는 마음, 평온한 분위기, 우리 가정의 토대를 이루는 모든 것들이요. 모아가 얻었던 자신감도 산산이 부서져버렸어요. 밤에 자지도 않고 울면서 자신이 추하고 끔찍하고 살 가치도 없는 존재라는 말만 되풀이했어요. 그리고 나중에 딸아이가 저축해 둔 돈이 몽땅 없어져버렸다는 걸 알았죠. 무슨 일이 있었던 건지 아직도 모르지만 그때 카밀라가 우리 애를 협박한 게 분명해요. 그애한테는 돈을 갈취하는 일이 숨쉬는 것만큼이나 자연스러웠으니까요. 그리고 주변 사람들에 대한 정보를 수집하고 다니기도 했어요. 오랫동안 전 그애가 그저 일기를 쓰는 거라고, 어쩌다 알게 된 사람들의 약점을 적기만 할 뿐이라고 생각했죠. 그리고 셸…… 그 빌어먹을 인간 셸이…… 잠이 잘 안 와서 지하 손님방에서 자겠다고 했을 때 전 그 말을 믿었어요. 하지만 카밀라를 만나기 위해서였죠. 열여섯밖에 안 된 그년이 밤마다 셸의 침대로 기어들어가 온갖 변태적인 섹스를 즐겼어요. 어느 날 보니까 셸의 가슴에 칼로 벤 자국들이 있더군요. 물론 그는 아무 말 안 했고요. 이상한 변명들을 늘어놓을 뿐이었죠. 그때는 왜 그랬는지 모르겠지만 어쨌든 전 치미는 의혹을 꾹 참았어요. 하지만 결국 그가 실토했죠. 카밀라가 자기를 묶어놓고 칼로 가슴을 그었다고요. 그애가 그걸 즐겼다더군요. 이상하게 들릴지 모르겠지만 이따금 전 그애가 정말로 쾌감을 느꼈기를, 좋아하는 걸 얻었기를 바라게 됐어요. 그애의 목적이 셸을 괴롭히고 그의 삶을 파괴하는 게 아니길 바란 거죠."

"카밀라가 남편분도 협박했나요?"

"네. 하지만 여기에도 모호한 점이 있어요. 그애가 셸을 얼마나 지독하게 능욕했는지, 심지어 모든 걸 잃고 난 후에도 그는 제게 모든 진실을 털어놓지 못했어요. 그는 우리 가정의 견고한 기둥이었어요.

차를 타고 가다 길을 잃어도, 집이 침수되어도, 우리 중 하나가 병이 나도 그는 언제나 침착하고 확실했죠. '다 괜찮아질 거야!'라고 말하던 그 부드러운 목소리가 아직도 들리곤 해요. 하지만 카밀라와 몇 년을 함께 산 후론 껍데기만 남아버렸죠. 차가 오지 않는지 수없이 확인하느라 길 하나 제대로 건너지 못했어요. 직장에서는 완전히 의욕을 잃고 그저 고개를 푹 숙이고 앉아 있었어요. 가까운 동료인 맛스 헤드룬드가 전화를 걸어와 알려주더군요. 셸이 회사 기밀을 팔았다는 혐의를 조사하려고 특별위원회가 구성됐다고요. 말도 안 되는 얘기였어요! 셸은 내가 아는 한 가장 정직한 남자였어요. 만일 기밀을 팔았다면 그 돈은 다 어디 있죠? 그의 개인 계좌에는 돈 한푼 없었고, 우리의 공동 계좌도 별로 나을 건 없었다고요."

"남편분은 어떻게 돌아가셨나요?"

"직접 목을 맸어요. 말 한마디 남기지 않고요. 퇴근해 집에 와보니 손님방 천장에 매달려 있더군요. 네, 카밀라와 뒹군 그 방이요. 당시 전 꽤 돈을 잘 버는 재무 전문가여서 앞날 역시 창창하리라고 믿었죠. 하지만 모아와 저의 모든 것이 순식간에 허물어졌어요. 카밀라에게 무슨 일이 있었는지 알고 싶으실 테니 이 얘긴 더 안 할게요. 어쨌든 밑바닥 없는 구덩이 같았죠. 모아는 자해하기 시작했고 거의 먹지도 않았어요. 그러다 하루는 자기가 버러지 같으냐고 제게 묻는 거예요. 세상에 어떻게 그런 말을 할 수 있는지 놀라서 되물었더니 카밀라가 그랬다고 하더군요. 누구든 모아를 보면 구역질나는 버러지를 떠올릴 거라고 말이에요. 전 사방에 도움을 구해봤죠. 심리학자, 의사, 똑똑한 제 친구들…… 심지어 프로작도 먹여봤어요. 하지만 아무 소용 없었어요. 그러다 어느 화창한 봄날, '유로비전 송 콘테스트'에서 우승했다고 스웨덴 전체가 우스꽝스러운 축제를 벌이고 있을 때 모아는 페리에서 뛰어내렸고 거기서 제 삶은 멈춰버렸죠. 살고 싶은 의욕도 없었고 심한 우울증에 빠져서 오랫동안 입원해 있었어요. 그러고 나서는…… 잘 모르겠어요…… 마비 상태와 슬픔이 분노로 바뀌었어요. 난 이해하고 싶었어요. 대체 우리 가족에게 무슨 일이 일어난 건지, 우리집에 어떤 악이 스며들어온 건지. 그래서 카밀라에 대해 알아보기 시작했어요. 그애를 다시 보고 싶은 마음은 티끌만큼도 없었지만 그래도 전 알아야 했어요. 살해당한 아이의 부모가 살인범을 이해하고 그 동기를 알고 싶어하는 것처럼요."

"그래서 무얼 발견하셨죠?"

"처음엔 아무것도 찾지 못했어요. 그애가 자기 흔적을 완전히 지워버렸더군요. 실체 없는 그림자나 유령을 좇는 기분이었어요. 사립 탐정들이며, 절 돕겠다고 약속한 사기꾼들한테 돈을 얼마나 썼는지 모르겠어요. 하지만 한 걸음도 나아가지 못하고 미칠 것만 같았죠. 온통 그애를 찾을 생각뿐이었어요. 잠도 제대로 못 잤고, 친구들은 더 이상 절 견디지 못했죠. 정말 끔찍한 시간이었어요. 아마 지금도 사람들은 절 의심병 환자로 여길 거예요. 홀게르 팔름그렌 씨가 당신한테 뭐라고 했는지 모르겠지만. 어쨌든 그후에……"

"네."

"당신이 살라첸코에 관한 기사를 발표했어요. 전혀 생소한 이름이었지만 거기서 몇 가지 연결점을 발견했죠. 칼 악셀 보딘이라는 그의 스웨덴 신원과 MC 스바벨셰의 관계를 알고 나니 모든 게 끝나갈 무렵의 그 끔찍했던 밤들이 생각났어요. 카밀라가 우리에게 등을 돌린지 한참 되었을 때였죠. 밤중에 집앞으로 몰려든 그 요란한 오토바이들 소리에 잠이 깨곤 했어요. 침실 창문 너머로 흉측한 엠블럼이 새겨진 가죽조끼들이 보였죠. 그애가 그런 무리와 어울린다는 것도 별로 놀랍지 않았어요. 더는 어떤 환상도 남아 있지 않았으니까요. 하지만 그애가 물려받고 싶어 안달했던 자기 아버지 사업과 관련된 일이라고는 상상도 못했어요."

"그래서 그녀의 원대로 됐나요?"

"오, 그럼요. 그 더러운 세계 안에서 여성의 권리를 위해 싸운다고 돌아다닌 모양이에요. 실은 자기 자신의 권리를 위해 싸운 거였지만 어쨌든 그런 모습이 그 오토바이 클럽의 여자들, 특히 카이사 팔크에게 많은 걸 의미했죠."

"그게 누군가요?"

"그 무리의 리더들 가운데 한 놈의 애인이었어요. 아주 예쁘면서도 건방진 아가씨였죠. 카밀라가 우리집에 머물던 마지막 해에 종종 와서 있다 가곤 했는데, 전 그녀를 좋아했던 기억이 나요. 커다랗고 파란 눈이 약간 사시였는데, 겉모습은 거칠고 차가웠지만 인간적이고 여린 면이 있었죠. 당신이 쓴 기사를 읽고 난 후에 그녀에게 다시 연락해봤어요. 물론 카밀라에 대해선 한마디도 안 하더군요. 그래도 불쾌하게 굴진 않았고, 스타일도 좀 달라졌다는 걸 알았어요. 오토바이 폭주족에서 여성 사업가로요. 하지만 끝까지 아무 말이 없어서 더는 알아낼 수 없겠다고 생각했어요."

"그게 끝이 아니었나요?"

"일 년 전쯤 카이사가 제 발로 찾아왔어요. 모습이 또 바뀌었더라고요. 예전처럼 차갑고도 대담한 게 아니라 어딘가 불안하고 고민이 많아 보였어요. 그러고 나서 얼마 후 브롬마에 있는 스토라모센 경기장 근처에서 총에 맞아 죽은 채로 발견됐죠. 마지막으로 만났을 때 그녀는 살라첸코가 죽은 뒤에 남은 유산을 둘러싸고 분쟁이 있었다고 얘기했어요. 카밀라의 쌍둥이 언니는 한푼도 받지 못했다고 했고요. 하기야 그 언니라는 사람은 자기한테 권리가 있는 몫도 안 받으려 했다니까. 어쨌든 재산 대부분이 베를린에 살고 있는 살라첸코의 두 아들에게 갔고, 일부는 카밀라한테 돌아갔죠. 당신이 기사에서 언급했던 여성인신매매 사업을 일부 물려받았고요. 정말 끔찍한 내용이더군요. 카밀라가 그 불쌍한 여자들을 신경썼다거나 최소한 동정심이라도 느꼈을 거라고는 생각하지 않아요. 하지만 그 사업에는 선뜻 손을 대려 하지 않았죠. 카이사에게 말하길 그런 지저분한 사업은 루저들한테나 적당한 일이라고 했답니다. 카밀라는 전혀 다른 비전, 그러니까 훨씬 현대적인 비전을 구상하고 있었어요. 그래서 힘겨운 협상 끝에 이복오빠에게 자신의 지분을 팔아넘겼죠. 그런 다음 그 돈을 가지고 자신과 함께 일하고 싶어하는 몇몇 사람들과 함께 모스크바로 사라졌어요. 카이사도 그중 하나였고요."

"그녀가 무얼 할 생각이었는지 아시나요?"

"카이사가 그 계획의 핵심을 알 만한 위치에 있진 않았지만 우리가 짐작하는 바는 있어요. 전 그게 에릭손의 기밀 유출과 관계가 있다고 생각해요. 지금 생각해보면 카밀라가 셸을 시켜 중요한 정보를 빼내게 한 게 확실해요. 아마 협박을 했겠죠. 그애가 우리집에 오고 나서 얼마 되지 않았을 때부터 컴퓨터광이라 할 만한 학교 친구들을 시켜서 제 컴퓨터를 해킹했다는 사실도 알게 됐어요. 카이사의 말로는 그애가 해킹에 완전히 빠져 있었다고 하더군요. 그렇다고 해서 자신이 해킹을 배우려고 한 건 아니에요. 그런 노력은 전혀 하지 않았죠. 하지만 남의 계좌에 접근하거나 서버를 해킹해 정보를 알아낼 수 있으면 얼마나 큰돈이 되는지 항상 얘기하고 다녔다고 해요. 그래서 전 그녀가 계속 그 길로 갔다고 생각해요."

"아마 부인의 생각이 맞을 겁니다."

"그리고 아주 큰물에서 놀았을 거예요. 보통 욕심 많은 애가 아니니까요. 카이사 말로는 카밀라가 금방 모스크바의 영향력 있는 조직들에 접근했고, 힘깨나 있는 국회의원의 정부가 됐다고도 해요. 그 힘을 등에 업고 실력 있는 범죄자들과 해커들을 모으기 시작했죠. 러시아 경제의 약점이 무엇인지 정확히 파악하고 있었던 카밀라는 손가락 하나 까딱하는 걸로도 그들을 마음대로 조종할 수 있게 되었고요."

"정확히 말하자면요?"

"러시아라는 나라가 하나의 거대한 주유소에 불과하다는 사실을 안 거죠. 다른 나라로 수출하는 석유와 천연가스 말고는 쓸 만한 건 전혀 만들어내지 못한다는 걸요. 한마디로 첨단 과학이 절실하게 필요한 나라였죠."

"그래서 그녀가 그걸 실현시키려고 했다는 건가요?"

"적어도 그렇게 주장했어요. 하지만 물론 자신만의 구상을 갖고 있었죠. 카이사는 그애가 사람들을 자기편으로 만들고 심지어는 정치적 보호막까지 얻어내는 수완에 감탄을 금치 못했어요. 도중에 겁이 나지 않았다면 영원히 충성을 바쳤을 거예요."

"무슨 일이 있었는데요?"

"카이사가 특수부대 출신 어떤 남자를 알게 됐어요. 아마 퇴역 소령이었을 텐데, 어쨌든 그를 만나고 나서 혼란을 느꼈어요. 카밀라의 애인이 준 정보에 따르면 그는 러시아 정부의 지시를 받고 은밀한 임무들을 수행했다고 해요. 정확히 말하자면 암살 임무. 특히 유명한 기자를 살해하기도 했죠. 이리나 아자로바라고, 아마 당신도 알 거예요. 기사와 책을 통해 당시 정부를 강력하게 비판했었죠."

"맞습니다. 진정한 영웅이었죠. 정말 끔찍한 사건이었어요."

"맞아요. 그런데 암살 계획이 어딘가 틀어졌던 모양이에요. 이리나는 모스크바 남동부 근교의 어느 조그만 거리에 있는 아파트에서 반체제 인사와 만나기로 되어 있었죠. 계획대로라면 그녀가 아파트를 떠날 때 소령이 처치하기로 되어 있었고요. 그런데 그녀의 언니가 마침 폐렴에 걸려서 여덟 살과 열 살짜리 조카를 데리고 있는 상황이었어요. 이리나가 여자아이 둘을 데리고 아파트를 나왔을 때 소령은 이들 셋을 전부 죽였죠. 머리에 총알 한 발씩을 적중시켰어요. 그후에 그는 신임을 잃었고요. 정부가 특별히 아이들을 아껴서가 아니었어요. 여론을 통제할 수 없게 되면서 공작이 탄로나 그들에게 불리하게 작용할 위험이 있었기 때문이죠. 소령은 자신이 희생양이 되지 않을까 두려웠을 거예요. 동시에 개인적인 문제들도 있었고요. 아내가 그를 떠나버려 십대인 딸과 둘만 남았던데다 살고 있는 아파트에서도 쫓겨날 위기였거든요. 카밀라가 볼 땐 완벽한 상황이었죠. 어려운 처지에 놓인 냉혹한 킬러 하나를 발견했으니까."

"그녀가 소령에게 마수를 뻗었겠군요."

"네, 그들은 만났어요. 그 자리에 같이 있었던 카이사는 이상하게도 곧장 그에게 마음이 끌렸죠. 그녀가 상상했던 것과는 완전히 다른 사람이었다고 했어요. MC 스바벨셰의 킬러들과는 질이 달랐죠. 물론 체격은 건장하고 거칠어 보이긴 했지만 교양 있고 태도도 정중했어요. 카이사는 그에게서 감수성과 심지어 여린 면까지 감지한 거죠. 아이들을 죽였다는 사실에 괴로워하는 것 같았고요. 진정한 킬러였고 체첸 전쟁 때는 고문기술자였지만 윤리적 경계는 있었던 거죠. 그래서 카밀라가 말 그대로 그에게 손톱을 박아넣었을 때 카이사는 무척 괴로워했어요. 카밀라는 손톱으로 그의 가슴 위를 그으면서 고양이처럼 식식거리며 '날 위해 살인을 해줘'라고 내뱉었다고 해요. 말 한마디 한마디에 에로틱한 기운이 서려 있었고, 남자들 내면에 숨어 있는 악마적인 면모를 일깨우는 능력이 대단했다고 하더군요. 그 남자가 사람을 죽였던 이야기를 들려주곤 했는데 잔인하면 잔인할수록 그애는 더 흥분했죠. 확신할 순 없지만 바로 그런 점 때문에 카이사가 겁에 질린 것 같아요. 카밀라가 남자들 내면의 들짐승을 깨우는 방식이 카이사를 두렵게 했죠. 평소엔 살짝 우수에 잠긴 듯한 카밀라의 눈빛이 그럴 때면 미친 짐승처럼 바뀌었다고 하더군요."

"이런 내용들을 경찰에 제보한 적은 없었나요?"

"카이사한테 경찰을 찾아가보라고 여러 번 말했어요. 그녀는 겁에 질려 있었고, 보호가 필요해 보였으니까요. 하지만 벌써 경호를 받고 있다고 하더군요. 그러니 절대 경찰에게 말하지 말라고요. 바보같이 전 그 말을 믿었어요. 그녀가 죽고 나서 제가 들어왔던 내용들을 수

사관들에게 얘기했지만 믿는 눈치가 아니더군요. 하기야 전부 남한테 들은 내용뿐이고, 게다가 이름도 모르는 외국인 남자에 관한 이야기였으니까요. 카밀라에 대해선 행방도 새로운 신분도 아는 게 전혀 없었고요. 어쨌든 제 증언은 아무 쓸모가 없었어요. 그렇게 카이사의 죽음은 미제 사건으로 남은 거죠."

"그동안 얼마나 괴로우셨을지 충분히 이해됩니다."

"정말인가요?"

"네, 그럼요."

미카엘이 위로의 표시로 마르가레타의 손을 잡아주려 할 때 그의 주머니 안에서 휴대전화가 진동했다. 안드레이이기를 바랐지만 전화를 건 사람은 스테판 몰데라는 남자였다. 미카엘은 몇 초쯤 지나서야 리누스 브란델이 만났다던 FRA의 요원임을 기억해냈다.

"무슨 일인가요?"

"미국의 고위급 간부 한 분을 만나주십사 해서요. 지금 스웨덴으로 오는 중인데 내일 아침 일찍 그랜드 호텔에서 기자님을 만나고 싶어 합니다."

미카엘은 마르가레타에게 사과의 손짓을 해 보이며 대답했다.

"스케줄이 꽉 차 있어요. 그리고 적어도 그 사람 이름과 만나자고 하는 이유 정도는 알고 싶은데요?"

"성함은 에드윈 니덤입니다. 현재 심각한 범죄 혐의를 받고 있는 와스프라는 사람에 관한 건입니다."

미카엘은 가슴이 철렁 내려앉았다.

"좋아요. 몇 시에 만나죠?"

"오전 5시면 좋겠습니다."

"지금 농담합니까?"

"안타깝지만 제가 말씀드린 이야기엔 농담이라 할 만한 게 전혀 없습니다. 가급적이면 제시간에 와주세요. 에드윈 씨가 객실에서 맞아줄 겁니다. 휴대전화는 안내데스크에 맡기시고 몸수색도 있을 겁니다."

"흠, 알겠습니다."

미카엘은 점점 불안감이 깊어지는 걸 느끼며 대답을 마쳤다. 그리고 자리에서 일어나 마르가레타에게 작별인사를 했다.

III 비대칭적 문제들

11월 24일~12월 3일

1 Jan
2 Feb
3 Mar
4 Apr
5 May
6 Jun
7 Jul
8 Aug
9 Sep
10 Oct
11 Nov
12 Dec

때로는 분해하는 일보다 조합하는 게 더 쉽다.

오늘날 컴퓨터는 수백만 자리에 달하는 소수들의 곱셈을 쉽게 처리한다.
반면 이 과정을 역으로 수행하는 건 극히 어렵다.
백 자리밖에 안 되는 숫자들만 해도 큰 문제가 된다.

RSA 같은 암호화 알고리즘은 이러한 소인수분해의 난점을 이용한다.
소수들이 보안의 최고의 친구가 된 것이다.

25장

11월 23일 밤~11월 24일 아침

리스베트는 얼마 걸리지 않아 아우구스트가 그렸던 로예르를 찾아냈다. 바사스탄에 있는 레볼루션 극단의 웹사이트에 예전에 그곳에서 활동했던 배우들이 소개되어 있었다. 젊었을 때의 모습이었지만 리스베트는 그를 알아볼 수 있었다. 로예르 빈테르는 질투심 많고 난폭하기로 악명이 높았다. 영화에서 몇 차례 중요한 배역을 맡긴 했지만 배우로 크게 성공한 적이 한 번도 없었다. 지금은 휠체어로 생활하며 거침없는 언동으로 유명한 생물학 교수인 그의 동생 토비아스가 훨씬 더 세간에 널리 알려져 있다.

리스베트는 그의 주소를 적어놓은 다음, 뉴저지 공과대학의 NSF MRI의 슈퍼컴퓨터로 들어갔다. 그리고 자신이 만든 그 프로그램을 열었다. 반복 작업을 최소화하면서 성공적으로 암호를 풀 수 있는 타원곡선을 찾아내고자 동적 시스템을 구축해보려고 했다. 하지만 아무리 시도해봐도 정답 근처에는 미치지도 못했다. NSA 파일은 여전히 견고했다. 결국 자리에서 일어난 리스베트는 아우구스트가 있는 침실을 힐끗 쳐다보다가 욕을 내뱉었다. 아이가 일어나 침대에 앉아서 머리맡 탁자에 놓인 종이에 뭔가를 쓰고 있었다. 다가가서 보니 다시 소수들이 적혀 있었다. 그녀는 건조하고도 단호한 목소리로 약간 투덜대듯 말했다.

"그럴 필요 없어. 어차피 이 방법으론 안 돼."

아우구스트는 다시 상체를 맹렬히 앞뒤로 흔들어댔고, 리스베트는 그런 아이에게 정신 차리고 누워서 잠이나 자라고 말했다. 벌써 밤이 이슥해져서 그녀도 조금 쉬기로 했다. 그 옆 침대에 누워 긴장을 풀어보려 했지만 잘 안 됐다. 잔뜩 화가 나 연신 몸을 뒤척이는 아우구스트를 보니 계속 얘기나 하는 게 낫겠다고 생각했다. 머리에 떠오르는 건 하나밖에 없었다.

"너, 타원곡선에 대해 좀 아니?"

당연히 아무런 대답이 없었다. 이내 리스베트는 가장 간단하고 이해하기 쉬운 방식으로 설명하기 시작했다.

"무슨 말인지 알겠어?"

아우구스트는 대답하지 않았다.

"좋아. 예를 들어 3,034,267이라는 숫자를 한번 보자. 난 네가 이걸 쉽게 소인수분해 할 수 있다는 걸 알아. 하지만 이 숫자를 타원곡선을 써서 인수분해 할 수도 있다고. 그러니까 $y^2=x^3-x+4$라는 곡선과 그 곡선 위에 P=(1, 2)라는 점이 있다고 해보자."

리스베트는 종이 위에 방정식을 썼다. 하지만 아우구스트는 전혀 이해하지 못하는 듯했다. 그녀는 올리버 색스의 책에 나왔던 그 쌍둥이 자폐아들을 떠올려봤다. 그들은 아주 간단한 방정식도 풀지 못했지만 굉장히 큰 소수들을 분간해낼 수 있었다. 어쩌면 아우구스트도 그럴지 모른다. 진정한 수학 천재라기보다는 그저 두뇌가 계산기처럼 작동하는 아이일 수 있다. 하지만 지금 그런 건 중요하지 않았다. 총 맞은 자리가 아프기 시작해 우선은 잠을 좀 자야 했다. 그리고 이 아이가 부활시켜낸 리스베트 자신의 어린 시절 망령들을 쫓아버려야 했다.

미카엘이 집으로 돌아온 건 자정이 지나서였다. 몸은 녹초가 다 됐지만 새벽에 다시 일어나야 했다. 하지만 그는 컴퓨터를 켜고 에드윈 니덤에 대해 알아보기 시작했다. 동명이인이 꽤 많았다. 그중에는 백혈병을 이겨내고 화려하게 복귀한 럭비선수도 있었다. 수질관리 전문가로 보이는 이도 있었고, 파티에서 우스꽝스러운 모습으로 사진에 찍히는 재주를 가진 이도 있었다. 하지만 그 누구도 와스프의 정체를 알아내고 그녀의 범죄행위를 고발할 만한 사람으로는 보이지 않았다. 한편 컴퓨터공학자이자 MIT에서 박사학위를 받은 에드윈 니덤도 있었는데 적어도 분야만큼은 일치했다. 그는 컴퓨터 바이러스 백신 업계를 선도하는 기업인 '세이프 라인'의 중역이었다. 따라서 해커들에게도 관심이 많을 터였다. 하지만 매체들과의 인터뷰에서는 시장점유율과 신제품 얘기만 늘어놓았다. 그가 내뱉는 말은 전부, 심지어 자신의 취미인 볼링과 플라잉 낚시에 대해 얘기할 때조차, 비즈니스맨의 진부한 표현들뿐이었다. 자연을 사랑하며, 경쟁을 좋아하고…… 위험해 보이는 점이 있다면 단 하나, 그는 옆에 있는 사람을 지루하게 해서 죽일 수도 있다는 것이다.

그가 웃통을 벗고 낄낄거리며 커다란 연어 한 마리를 자랑스레 들고 있는 사진이 있었다. 전형적인 주말 낚시꾼의 모습으로, 다른 것들과 마찬가지로 진부하기 짝이 없는 이미지였다. 그런데 미카엘은 점점 의문이 들기 시작했다. 다시 말해 이 진부함 자체에 포인트가 있을지도 모른다는 생각이 스쳤다. 자료들을 하나하나 다시 읽어보니 이 모든 게 어딘가 꾸며진 듯한, 그러니까 가면에 불과할지도 모른다는 느낌이 엄습했다. 그리고 서서히 확신이 자리잡았다. 이 사람이 바로 그가 찾는 에드윈 니덤이었다. 그에게선 NSA나 CIA 같은 첩보기관의 냄새가 풍겼다.

미카엘은 연어를 들고 포즈를 취한 그의 사진을 다시 한번 들여다 보았다. 그러자 이번엔 완전히 다른 뭔가가 느껴졌다. 그건 연기를 하고 있는 터프가이의 모습이었다. 삐딱하게 선 자세며 비웃음 섞인 미소가 그랬다. 미카엘은 리스베트를 떠올리며 그녀에게 이 상황을 알려줘야 할지 생각해봤다. 하지만 그녀를 걱정할 이유가 전혀 없었다. 특히 지금 자신은 구체적으로 아무것도 모르니 말이다. 결국 들어가서 잠이나 자기로 마음먹었다. 맑은 정신으로 그를 만나려면 몇 시간이라도 눈을 붙여야 했다. 미카엘은 이런저런 생각에 잠긴 채 양치질을 하고 침대에 몸을 눕혔다. 그제야 자신이 말할 수 없을 정도로 지쳐 있다는 걸 깨달았다. 순식간에 깊은 잠에 빠져들었고, 에드윈 니덤이 버티고 서 있는 강물에 빠지는 꿈을 꾸었다. 연어들이 퍼덕퍼덕 몸부림치는 강바닥을 기고 있던 자신의 모습을 미카엘은 나중에까지 희미하게 기억했다. 그리고 그리 오래 잘 수 없었다. 그는 무언가를 놓쳤다는 생각이 들면서 소스라치듯 잠에서 깼다. 머리맡 탁자에 놓인 휴대전화가 눈에 들어왔고, 안드레이가 생각났다. 사실 미카엘은 알게 모르게 아까부터 계속 그를 생각하고 있었다.

린다가 현관문의 이중잠금장치를 잠갔지만 물론 이상할 이유는 없었다. 그녀처럼 특별한 과거가 있는 여자는 안전을 신경쓰며 살 필요가 있을 거라고 안드레이는 생각했다. 그런데 왠지 기분이 좋지 않았다. 어쩌면 이 아파트 때문일지도 몰랐다. 그가 상상했던 것과는 전혀 다른 공간이었다. 정말 그녀의 친구가 지내는 거처가 맞는지 의심스러웠다.

침대는 널찍했지만 특별히 길지는 않았고 위아래로 번들거리는 강철 프레임이 달려 있었다. 검정색 침대 커버는 안드레이에게 시신을 덮는 방수포나 무덤을 연상시켰고, 벽에 걸어놓은 것들, 특히 갖가지 무기로 무장한 남자들 사진이 눈에 거슬렸다. 전체적으로 삭막하고도 차가운 공간이었다. 이곳 주인이 호감 가는 사람은 아닐 듯했다.

달리 생각해보면 지금 약간 긴장해서 모든 걸 과장되게 느끼고 있는지도 모른다. 아니면 이 상황에서 빠져나갈 구실을 찾고 있는 건지도 모른다. 남자란 항상 자기가 좋아하는 걸 피하려드는 법이니까. '이렇게 말한 게 오스카 와일드였던가?'* 그는 린다를 좀더 자세히 살펴보았다. 이토록 황홀하고 아름다운 여자는 지금껏 본 적이 없지만 오히려 그 사실 자체가 섬뜩하게 느껴졌다. 몸의 굴곡을 한껏 강조한 파란 드레스를 입은 린다가 다가와 마치 그의 생각을 읽고 있다는 듯 이렇게 물었다.

"집으로 돌아가고 싶어요, 안드레이?"

"어…… 할 일이 너무 많아서요."

"그렇군요." 그녀가 키스하며 속삭였다. "이제 집으로 돌아가서 일을 해야 하는군요."

"그게 나을 것 같아요."

안드레이가 더듬거리며 대답하는 사이 린다는 그를 와락 끌어안고 방어할 틈도 주지 않고 격렬하게 키스했다.

안드레이도 함께 키스하면서 그녀의 엉덩이를 움켜쥐었다. 이번엔 린다가 그를 세차게 떠밀어 침대 위로 나가떨어지게 했다. 안드레이는 더럭 겁이 났지만 이내 여전한 그녀의 미소를 보고는 깨달았다. 이런 공격적인 행동은 단지 관능적인 유희에 불과하다고. 그녀는 자신을 맹렬히 원하고 있으며, 지금 여기서 섹스를 하고 싶어한다고. 안드레이는 그녀가 다리를 벌려 자신의 몸 위로 올라타는 모습을 지켜봤다. 그녀의 눈이 강렬하게 번득였고 커다란 가슴은 드레스 안에

* 오스카 와일드의 원래 문장은 "남자는 자신이 사랑하는 것을 죽인다"이다.

서 들썩였다. 그러면서 안드레이의 셔츠 단추를 풀고 그의 배 위에서 손톱을 천천히 움직였다. 반쯤 벌어진 그녀의 입술 사이로 한 줄기 침이 나와 턱을 타고 흘러내렸다. 그녀가 뭐라고 속삭였다. 안드레이는 처음에 무슨 소린지 알아듣지 못했지만 곧 "자, 안드레이"라는 말이 귀에 들어왔다.

"자!"

"자……"

안드레이가 머뭇거리며 따라하자 그녀가 바지를 벗겼다. 그녀는 그가 예상했던 것보다 훨씬 더 도발적이었고, 지금까지 만나본 그 어떤 여자보다도 음란했다.

"눈을 감고 움직이지 마."

안드레이는 시키는 대로 했다. 그녀가 뭔가를 만지작거렸지만 알 수는 없었다. 이내 찰칵하는 소리와 함께 손목 주위로 금속 같은 것이 둘러졌다. 눈을 떠보니 그녀가 수갑을 채우고 있었다. 안드레이는 저항하려 했다. 이런 건 자기 취향이 아니라고 말하려 했지만 모든 게 너무 빨리 지나갔다. 그녀는 능숙한 동작으로 눈 깜짝할 사이에 침대 난간에 수갑을 걸었고 밧줄로 그의 두 다리를 한데 묶어 꽉 조였다.

"살살해요!"

"걱정 마."

"알겠어요……"

안드레이가 대답하자 그녀가 그를 내려다보았다. 그녀의 눈빛은 더이상 부드럽지 않았다. 이내 그녀가 차가운 목소리로 말했다. 안드레이는 자신이 잘못 들었다고 생각했다.

"뭐라고요?"

"이제 이 칼로 널 저밀 거야, 안드레이."

말을 마친 그녀는 접착테이프를 크게 잘라 그의 입을 막았다.

미카엘은 불안해할 이유가 전혀 없다고 생각하려 애썼다. 안드레이에게 무슨 일이 일어날 리 없었다. 리스베트와 아우구스트를 보호하는 일에 그가 연관됐음을 아는 사람은 그와 에리카 말고는 아무도 없었다. 게다가 지금까지 그 어느 때보다 신중하게 행동했다. '하지만…… 왜 전화를 받지 않는 거지?'

안드레이는 걸려온 전화를 무시하는 타입이 아니었다. 오히려 평소 미카엘이 전화를 걸면 신호음이 울리자마자 바로 받았다. 그러니 지금처럼 연락이 안 되는 이 상황이 너무도 이상했다. 아니면…… 너무도 일에 몰두한 나머지 시간 개념을 잊었을 수도 있고, 최악의 경우라면 휴대전화를 잃어버렸을 수도 있다. 미카엘은 이렇게 납득해보려고 했다. 어쩌면 이유는 이렇게 간단할지도 몰랐다. 그렇긴 하지만…… 그 오랜 세월 끝에 불쑥 나타난 카밀라가 신경쓰였다. 지금 뭔가가 일어나고 있는 게 분명했다. 미카엘은 얀 형사가 한 말을 떠올렸다. 우리는 편집증이 필요한 세상에 살고 있다. 미카엘은 침대 머리맡 탁자에 놓인 휴대전화를 집어들어 다시 한번 안드레이에게 전화를 걸었다. 여전히 아무 응답이 없었다. 결국 뢰다베리겐의 안드레이네 집에서 가까이 사는 에밀 그란덴을 깨우기로 했다. 에밀은 약간 당황한 듯했지만 곧바로 안드레이네 집에 가보겠다고 했다. 그러고 나서 이십 분 후에 전화가 울렸다. 안드레이네 현관문을 여러 번 두드리다 온 모양이었다.

"집에 없어요. 확실해요."

미카엘은 옷을 입고 밖으로 나가 바람이 몰아치는 황량한 쇠데르 거리를 가로질러 예트가탄에 있는 사무실까지 뛰어갔다. 어쩌면 지금쯤 안드레이는 편집부 사무실 소파에 고꾸라져 잠들어 있을지도 모른다. 사무실에서 일하다 잠들어 전화를 받지 못한 적이 몇 번 있을 터였다. 미카엘은 문제가 이렇게 간단한 것이기를 바랐지만 불안한 마음은 갈수록 커져만 갔다. 그는 사무실 문을 열고 경보장치를 껐다. 오싹한 기운이 몸을 훑고 지나갔다. 사무실이 온통 난장판이기를 기대했던 것일지도 모른다. 하지만 사방을 둘러봐도 모든 게 제자리에 있었다. 암호화 링크로 주고받은 메시지들은 그들이 약속한대로 전부 세심하게 지워져 있었다. 모든 게 문제없었지만 소파 위에 누워 자고 있는 안드레이는 보이지 않았다. 소파는 어느 때보다 더 휑하고 낡아 보였다. 미카엘은 생각에 잠겨 잠시 앉아 있다 다시 에밀에게 전화를 걸었다.

"에밀, 한밤중에 자꾸 귀찮게 해서 정말 미안해. 그런데 지금 이 상황에서 편집증 환자처럼 굴지 않을 수가 없어."

"저도 이해합니다."

"그래서 하는 말인데 아까 내가 안드레이 얘기를 할 때 자네가 약간 당황해하는 것 같았어. 혹시 나한테 말하지 않은 거라도 있어?"

"기자님께서 이미 알고 있는 대로예요."

"무슨 말이지?"

"저도 컴퓨터 보안회사랑 얘기를 했다고요."

"'저도'라니, 무슨 말이야?"

"그럼 기자님은……"

"이런, 그런 적 없어!"

미카엘이 말을 잘랐다. 수화기 저편에서 에밀의 호흡이 거칠어지는 소리가 들렸다. 그제야 끔찍한 실수가 있었다는 걸 깨달았다.

"에밀, 말해봐, 어서."

"그러니까……"

"그러니까?"

"컴퓨터 보안회사의 리나 로베르트손이라는 사람이 전화를 걸어왔어요. 지금 상황상 기자님 컴퓨터의 보안 수준을 높이기로 했다면서 기자님하고도 이미 연락했다고요. 그리고 민감한 개인정보들 때문에 전화했다고 했어요."

"그래서?"

"들어보니 그녀가 기자님께 잘못된 내용을 권장한 바람에 보안에 문제가 있을 거라고 걱정하더군요. 그래서 기자님 대신 암호화 작업을 해준 사람과 빨리 연락하고 싶다고요."

"그래서 자네가 뭐라고 했는데?"

"거기에 대해선 아무것도 모른다고요. 단지 안드레이가 기자님 컴퓨터에다 계속 뭔가를 하고 있다는 것만 말했어요."

"그래서 그 여자한테 안드레이와 연락해보는 게 좋을 거라고 했군."

"그때 전 잠시 시내에 나와 있어서 그녀한테는 사무실에 안드레이가 있을 테니 전화를 걸어보라고 했어요. 그게 다예요."

"이런, 빌어먹을."

"하지만 그녀는 정말로……"

"그녀가 어땠는지는 관심 없어. 어쨌든 그러고 나서 곧장 안드레이에게 얘기해줬겠지?"

"곧바로 전화한 건 아니에요. 지금 다들 마찬가지겠지만 저도 할 일이 너무 많아서요."

"그럼 나중에라도 얘기한 거야?"

"사실 제가 말할 틈도 없이 나가버렸어요."

"그럼 전화라도 했나?"

"물론이죠. 여러 번 했어요. 그런데……"

"그런데?"

"전화를 안 받았어요."

"알았어."

미카엘은 얼음같이 차가운 목소리로 대답했다. 그렇게 전화를 끊고 얀 형사의 번호를 눌렀다. 두 번을 건 끝에 잠이 덜 깬 그의 목소리를 들을 수 있었다. 이제 미카엘은 그에게 모든 걸 다 털어놓는 수밖에 다른 방법이 없었다. 그는 리스베트와 아우구스트가 숨어 있는 곳을 제외하고 자신이 아는 모든 걸 얘기했다.

그러고 나서는 에리카에게도 이 사실을 알렸다.

리스베트는 마침내 잠이 들었다. 가죽재킷 차림에 부츠까지 신고서 언제든 움직일 준비를 한 채였다. 거센 바람 소리와 끙끙거리는 아우구스트 때문에 자꾸 깼지만 그래도 곧바로 잠이 들었고 그때마다 기이할 정도로 사실적인 꿈들을 짧게 꾸었다.

지금은 아버지가 그녀의 어머니를 때리는 광경을 보고 있다. 비록 꿈속이었지만 어린 시절에 일었던 그 맹렬한 분노까지 느껴졌다. 얼마나 생생했는지 다시 잠에서 깰 정도였다. 새벽 3시 45분이었다. 머리맡 탁자 위에는 그녀와 아우구스트가 숫자들을 적어놓은 종이들이 놓여 있었다. 바깥에는 눈이 내리고 있었다. 폭풍은 잦아든 듯 나뭇가지를 스치며 윙윙거리는 바람 소리 말고는 아무것도 들리지 않았다.

하지만 마음이 편치 않았다. 처음엔 아직도 방안에 거미줄처럼 떠 있는 꿈 때문이라고 생각했지만 이내 놀라 몸을 부르르 떨었다. 옆 침대가 텅 비어 있었다. 아우구스트가 사라졌다. 리스베트는 소리 없이 벌떡 일어나 가방에 넣어두었던 베레타를 집어들고 테라스와 맞닿은 주방으로 살그머니 들어갔다.

다행히 거기서 그녀는 안도의 한숨을 내쉴 수 있었다. 아우구스트가 식탁 앞에 앉아 뭔가를 긁적이고 있었다. 그녀는 방해하지 않으려고 아이의 어깨 위로 살며시 고개를 숙였다. 소인수분해를 하는 것도 아니었고, 라세와 로에르가 폭력을 휘두르는 모습을 그리고 것도 아니었다. 아우구스트는 주변 거울에 비친 체스판 무늬 바닥을 그리고 있었다. 그 위로는 팔을 쭉 뻗은 어떤 인물이 보였다. 마침내 범인이 모습을 드러냈다. 리스베트는 입가에 미소를 띠고 자리를 떴다.

방으로 돌아와 침대에 앉은 그녀는 스웨터를 벗고 붕대를 푼 뒤 상처를 살펴봤다. 아직 보기가 흉했다. 몸에 기력도 없고 현기증도 일었다. 이내 그녀는 항생제 두 알을 삼키고 좀더 쉬려고 눈을 감았다. 그렇게 얼마 동안 잠을 잔 듯했다. 다시 눈을 떴을 땐 꿈속에서 살라와 카밀라를 본 기분이 들었다. 하지만 이내 다른 어떤 존재가 느껴졌는데, 그게 정확히 뭔지는 알 수 없었다. 바깥에서 새 한 마리가 날개를 푸드덕거렸다. 큰방에서는 아우구스트가 괴로워하며 내뱉는 거친 숨소리가 들려왔다. 리스베트가 얼른 몸을 일으키는 그 순간, 날카로운 비명이 공기를 찢었다.

미카엘은 택시를 타고 그랜드 호텔로 가려고 새벽에 사무실에서 나왔다. 여전히 안드레이의 행방은 알 수 없었다. 지금 자신이 지나치게 반응하고 있는 거라고, 언제든 이 젊은 친구가 여자의 침대에서나 친구네 집에서 전화를 걸어올 거라고 믿고 싶었다. 하지만 불안감은 쉽게 떨쳐지지 않았다. 예트가탄 거리로 나오니 다시 눈발이 날리기 시작했고 보도 위에 여성용 구두 한 짝이 떨어져 있는 게 보였다. 그는 삼성 안드로이드폰을 꺼내 레드폰 앱을 통해 리스베트에게 전화를 걸었다.

그녀가 응답하지 않자 미카엘은 한층 더 불안해졌다. 다시 한번 걸어본 후 결국 트리마로 문자메시지를 보냈다.

카밀라가 너희들을 쫓고 있어. 지금 그 은신처를 떠나야 해!

미카엘은 회켄스 가를 따라 내려오는 택시를 한 대 잡아탔다. 자신을 보고 움찔 놀라는 기사의 모습에 그 역시 놀라지 않을 수 없었다. 그 순간 살벌하기까지 했던 미카엘의 굳은 표정을 보았다면 누구라도 겁을 먹었으리라. 기사가 담소라도 나눌 요량으로 말을 걸어봤지만 그는 여전히 불안한 눈을 하고 어두운 뒷좌석에 말없이 웅크리고 있을 뿐이었다.

스톡홀름 시내는 황량하기 짝이 없었다. 폭풍은 잦아들었지만 아직도 하얀 거품을 얹은 파도들이 거세게 출렁이고 있었다. 미카엘은 저편에 있는 그랜드 호텔을 바라보며 에드윈 니덤과의 약속은 포기하고 차라리 리스베트에게 가는 게 낫지 않을지 생각해봤다. 아니면 적어도 그쪽에 경찰차라도 한 대 보내는 게 좋을지도 모른다. 아니, 그녀에게 알리지 않고 이런 일을 해서는 안 된다. 아직도 경찰 내부에 스파이가 있다면 이렇게 정보를 흘렸다간 치명적인 결과가 일어날 수 있다. 미카엘은 다시 트리마를 열어 이렇게 썼다.

도와줄 사람을 찾아볼까?

물론 아무런 응답이 없었다. 얼마 후 미카엘은 요금을 계산하고 택시에서 내려 호텔 회전문을 통과했다. 새벽 4시 20분이었으니 사십 분이나 일찍 온 셈이었다. 여태껏 살면서 약속 장소에 사십 분이나 일찍 온 적은 한 번도 없을 터였다. 미카엘은 속에 불덩이가 든 것처럼 가만히 앉아 있을 수 없었다. 약속한 대로 안내데스크에 휴대전화를 맡기기 전에 다시 한번 에리카에게 전화를 걸었다. 리스베트와 계속 통화를 시도하고 경찰과도 연락을 유지하면서 상황에 따라 필요한 결정을 내려달라고 부탁하기 위해서였다.

"새로운 상황이 생기면 즉시 그랜드 호텔로 전화해서 에드윈 니덤 씨를 바꿔달라고 해."

"그게 누구야?"

"날 만나고 싶어하는 사람."

"지금 이 시간에?"

"응, 지금 이 시간에."

미카엘은 이렇게 대꾸하고 안내데스크 쪽으로 향했다.

에드윈 니덤은 654호에 묵고 있었다. 미카엘은 문을 두드렸다. 문이 열리면서 땀냄새와 함께 성격이 불같아 보이는 남자 하나가 나타났다. 지금 그의 모습과 낚시터 사진에서 본 모습은 막 숙취에서 깬 독재자와 그의 전형적인 동상만큼이나 달라 보였다. 손에는 칵테일잔이 들려 있었고 머리는 온통 헝클어진데다 얼굴은 불도그처럼 잔뜩 인상을 찌푸린 채였다.

"에드윈 니덤 씨이신가요?"

"에드라고 부르세요. 이런 시간에 귀찮게 해서 죄송합니다만 무척 위급한 사안이라서요."

"이해합니다." 미카엘이 딱딱하게 대답했다.

"혹시 무슨 일인지 아십니까?"

미카엘은 고개를 젓고는 진 한 병과 작은 슈웹스 토닉 병들이 어지러이 널려 있는 테이블 바로 옆 안락의자에 앉았다.

"모른다고요. 하기야 어떻게 알겠습니까." 에드가 말을 이었다. "하지만 당신 같은 사람이 모른다는 건 있을 수 없는 일이죠. 물론 당신에 대해 좀 알아봤습니다. 사실 남한테 입에 발린 말을 하고 나면 입맛이 영 더러워져서 그런 건 끔찍이도 싫어하지만, 알고 보니 미카엘 씨께선 그 바닥에서 아주 뛰어난 분이더군요."

미카엘은 억지 미소를 지어 보였다.

"빨리 요점을 얘기해주시면 고맙겠습니다만."

"진정해요, 진정해! 크리스털처럼 투명하게 죄다 말씀드릴 테니. 내가 어디서 일하는지는 알고 있겠죠?"

"정확히는 모릅니다." 미카엘은 솔직하게 대답했다.

"시진트* 시티의 퍼즐 팰리스예요. 전 세계가 침을 내뱉는 재떨이에서 일하는 셈이죠."

"NSA 말이군요."

"맞아요. 거기서 일하는 우릴 엿 먹이겠다는 게 얼마나 미친 짓인지 압니까? 미카엘 블롬크비스트 씨?"

"알 것 같네요."

"그리고 사실 당신 친구가 어디에 있어야 마땅한지 알아요?"

"모르겠는데요."

"감옥이요! 종신형 감이라고요!"

미카엘은 차분하게 보이려고 미소를 지었다. 무슨 일이 일어났을지 모르는데다 급히 결론을 내리면 안 된다는 걸 알았지만 머릿속은 핑글핑글 돌았다. '리스베트가 NSA를 해킹했다고?' 생각만 해도 가슴이 오그라드는 듯했다. 킬러들한테 쫓기는 몸으로 숨어 있는 것도 모자라서 이제는 미국 첩보기관에게도 추적당하는 상황이었다. 정말이지…… 말도 안 되는 얘기였다.

한 가지 확실한 건 리스베트가 충동에 이끌려 무분별하게 행동하는 일은 결코 없다는 사실이다. 사전에 치밀하게 리스크 분석을 하지 않고서는 어떤 일도 벌이지 않았다. 자신의 정체가 발각될 가능성이 조금이라도 있다면 NSA를 해킹하겠다는 어리석은 생각 따위는 절대 품지 않을 인간이었다. 물론 이따금 위험한 일들을 하긴 했지만 거기에 따르는 리스크는 항상 얻을 수 있는 이익에 맞춰져 있었다. 미카엘은 이런 그녀가 NSA에 침입했다가 지금 자기 앞에 서 있는 성질 급해 보이는 불도그에게 걸렸다고는 도저히 믿을 수 없었다.

"좀 성급히 결론을 내린 듯하군요." 미카엘이 말했다.

"꿈같은 소리 그만하시죠. 좀전에 내가 '사실'이라고 표현한 거 들

* SIGINT(Signal Intelligence). 정보기관이 최첨단 장비를 통해 수집한 신호 정보.

으셨죠?"

"들었습니다만."

"아주 웃기는 표현이죠, 안 그래요? 어디에든 갖다붙일 수 있으니까. 사실 난 아침에는 술을 마시지 않지만 보다시피 지금 이렇게 칵테일잔을 들고 있죠. 헤헤. 그러니까 내가 하고 싶은 말은, 당신이 몇 가지 날 도와주겠다고 약속하면 아마 당신 친구를 구할 수도 있을 거라는 말이에요."

"말씀해보시죠."

"고마워요. 본론에 들어가기 전에 앞으로 날 정보원으로서 보호해주겠다는 약속을 받고 싶군요."

미카엘은 놀란 눈으로 그를 쳐다보았다. 전혀 예상치 못했던 일이었다.

"당신 그럼 내부고발자인가요?"

"무슨 끔찍한 소리를! 오히려 늙은 충견 쪽이죠."

"하지만 NSA를 대표해서 공식적으로 행동하는 건 아니잖습니까?"

"지금으로선 나 자신의 동기를 따른다고 말할 수 있죠. 이를테면 내 자신의 일을 하고 있는 셈이에요. 자, 어떻게 할 겁니까?"

"알겠습니다. 절대로 당신 이름을 밝히지 않겠습니다."

"좋아요. 그리고 이제부터 내가 하는 말은 당신과 나, 우리 둘만 아는 걸로 해줬으면 좋겠어요. 물론 이상하게 들릴 거 압니다. 어째서 기자한테 엄청난 이야기를 털어놓고는 입을 꼭 다물어달라고 요구하는지 의문이 들겠죠."

"충분히 그런 의문이 들 수 있죠."

"나름대로 이유가 있어요. 그리고 굳이 당신을 설득할 필요도 없다고 생각해요. 당신은 친구를 보호하고 싶을 텐데, 내 생각에 재미있는 얘기는 딴 데 있죠. 당신이 협조할 준비가 되어 있다면 내가 바로 그 부분을 도울 수 있어요."

"그야 좀더 보면 알겠죠." 미카엘이 딱딱하게 대꾸했다.

"며칠 전 NSAnet라 부르는 우리 내부 네트워크에 누군가 침입했어요. NSAnet에 대해선 당신도 좀 알죠?"

"조금 압니다."

"NSAnet는 '파이브 아이즈Five Eyes'를 더욱 공고히 하려고 9·11 테러 이후에 창설됐어요. 미 첩보기관과 영국, 캐나다, 호주, 뉴질랜드 같은 영어권 국가들 사이의 공조체제 말입니다. 이 내부 네트워크는 독자적인 라우터, 포털, 브릿지를 가진 폐쇄적인 시스템이어서 일반적인 인터넷과는 완전히 단절되어 있죠. 인공위성과 광섬유 통신망을 통해 정보 신호들을 관리하는 네트워크 안에는 빅데이터 저장소들이 있고, 사소한 모레이Moray 등급부터 대통령도 접근하지 못하는 움브라 울트라 톱 시크릿Umbra Ultra Top Secret 등급에 이르는 다양한 기밀 보고서와 분석 문건이 저장되어 있어요. 이 시스템은 텍사스에서 관리하고 있는데 내가 보기엔 정말 웃기는 일이죠. 그래도 난 이걸 내 새끼처럼 여기고 있어요. 미카엘 씨, 정말이지 난 빼빠지게 일했습니다. 그 어떤 놈도 이 시스템을 공격하거나 해킹하지 못하게 밤낮으로 일했단 말이에요. 조금이라도 이상한 점이 있으면 내가 직접 만든 경보 시스템이 작동하도록 해놨죠. 게다가 NSA에는 나만 있는 게 아니라 독립된 전문가팀 하나가 눈에 불을 켜고 시스템을 모니터링하고 있다고요. 요즘은 인터넷에서 흔적을 남기지 않고는 아무것도 할 수 없어요. 모든 게 저장되고 분석되니까요. 결국 발각되지 않으려면 키 하나도 누를 수 없는 세상이에요. 그런데……"

"누군가가 그걸 해냈군요."

"그래요. 그래도 거기까진 나도 받아들일 수 있어요. 항상 취약점이란 있는 법이니까 찾아내서 해결하면 그만이죠. 그런 취약점들이 우릴 바짝 깨어 있게 하기도 하고요. 문제는 단지 그녀가 침입했다는 사실이 아니었어요. 시스템에 들어와 쑤시고 다닌 방식이었죠. 우선은 서버를 뚫고 브릿지를 만든 다음 시스템 관리자 중 하나를 골라 그 권한을 이용해서 내부 네트워크에 들어왔어요. 이 작업만 해도 벌써 대단한 걸작이라 할 수 있죠. 하지만 그게 다가 아니었어요. 이 빌어먹을 인간이 고스트 유저로 변했더라고요."

"뭐로 변했다고요?"

"유령으로요. 누구의 눈에도 띄지 않고 시스템 내부를 마음대로 돌아다닐 수 있는 거죠."

"경보 시스템도 작동하지 않겠군요."

"이 망할 천재가 우리 시스템에 심은 스파이웨어는 생전 듣도 보도 못한 희한한 거였어요. 기존에 존재하는 스파이웨어였다면 경보 체계가 즉각 작동했겠죠. 그녀는 이 스파이웨어를 통해 계속 자신의 권한을 높일 수 있었어요. 그래서 일급 기밀로 분류된 패스워드와 코드들을 죄다 확보했죠. 그러고는 이런저런 기록이며 자료들을 서로 맞춰보더니, 갑자기 빙고!"

"빙고라뇨?"

"자기가 찾던 걸 발견한 거죠. 그러자 그녀는 더이상 고스트 유저로 남아 있으려 하지 않았어요. 자기가 찾아낸 걸 우리에게 보여주고 싶어했고, 그제야 경보 시스템이 작동했어요. 그녀가 원하는 순간에 딱 맞춰서 작동한 셈이죠."

"그녀가 찾아낸 게 뭐죠?"

"NSA가 속임수를 쓴다는 증거, 그러니까 이중 플레이를 하고 있다는 증거였어요. 그래서 메릴랜드에 있는 사무실에 앉아 해병대를 보내 그녀를 잡아오라고 하는 대신 이 무거운 엉덩이를 끌고 여기까지 찾아온 거예요. 도둑이 어떤 집에 장물이 숨겨져 있다는 걸 밝히려고 그 집에 숨어든 격이었으니까요. 그리고 그 사실이 밝혀진 순간 그녀는 정말로 위험한 존재가 돼버렸어요. 몇몇 고위 간부들이 그녀를 그냥 놔두려고 했을 정도로요."

"하지만 당신은 아니군요."

"그래요, 난 아니에요. 처음엔 그녀를 잡아서 전봇대에 매달아놓고 산 채로 가죽을 벗기고 싶었어요. 하지만 윗대가리들이 추적을 포기하라고 해서 엄청 짜증이 났고요. 지금 내가 담담해 보일지도 모르겠지만 사실은, 그러니까 아까도 말했듯이 사실은!"

"불같이 화가 났다는 말이군요."

"그래요. 그래서 당신한테 이 꼭두새벽부터 와달라고 한 거예요. 난 당신 친구 와스프가 이 나라를 뜨기 전에 잡아야겠어요."

"왜 그녀가 스웨덴을 떠나려고 할까요?"

"온갖 멍청한 짓을 저지르고 다녔으니까요, 안 그렇습니까?"

"모르겠습니다."

"난 그렇다고 생각해요."

"왜 그녀가 당신이 찾는 해커라고 생각하죠?"

"미카엘, 그게 바로 지금부터 내가 얘기할 내용이에요."

하지만 그는 더이상 얘기할 수 없었다.

객실 전화벨이 울리자 에드가 재빨리 수화기를 들어 응답했다. 안내데스크 직원이 미카엘을 찾았다. 이내 그에게 수화기를 넘겨준 에드는 뭔가 심각한 소식이라는 걸 눈치챘다. 그래서 미카엘이 뭐라고 사과하는 듯한 말을 내뱉고 황급히 뛰쳐나가는 모습을 보고도 놀라지 않았다. 그렇다고 해서 가만히 앉아 있을 수는 없었다. 옷장에서 외투를 꺼내 걸쳐 입고는 부리나케 그를 쫓아나갔다.

미카엘은 복도 저 앞에서 스프린터처럼 달리고 있었다. 에드는 영문을 알 순 없었지만 자신의 일과도 관련됐을 거라고 짐작하고 미카엘을 따라가기로 마음먹었다. 그리고 만일 와스프와 프란스 발데르에 관한 일이라면 자신도 거기에 끼고 싶었다. 마음이 급한 미카엘은 엘리베이터가 올 때까지 기다리지 못하고 계단을 뛰어내려갔고 에드는 그런 그를 따라가느라 죽을힘을 다해야 했다. 에드가 헐떡거리며 겨우 일층에 다다르니 미카엘은 벌써 휴대전화를 찾아 누군가와 통화하면서 회전문을 지나 거리로 뛰어나가고 있었다.

"대체 무슨 일입니까?"

미카엘이 전화를 끊고 지나가는 택시를 소리쳐 부르고 있을 때 에드가 따라와 물었다.

"문제가 생겼어요!"

"그럼 내 차로 데려다줄게요."

"지금 운전을 하겠다는 겁니까? 아까 술 마셨잖아요."

"어쨌든 내 차로 갑시다."

미카엘은 잠시 걸음을 멈추고 에드를 응시했다.

"대체 뭘 원하는 거죠?"

"서로 돕고 살자는 거죠."

"당신이 해커를 잡는 일에 내가 도움을 줄 거라고는 기대하지 마세요."

"여기가 미국도 아닌데 내가 누굴 체포하겠어요?"

"좋아요. 차는 어디 있죠?"

그들은 국립미술관 근처에 주차된 렌터카를 향해 뛰었다. 미카엘은 에드에게 스톡홀름 군도에 있는 잉아뢰로 갈 거라고 설명했다. 길은 운전하면서 찾으면 됐고, 규정 속도는 지킬 생각이 없었다.

26장

11월 24일 아침

아우구스트가 비명을 질렀다. 동시에 리스베트는 별장 측면을 따라 후다닥 움직이는 발소리를 듣고 권총을 움켜쥐며 벌떡 일어났다. 몸 상태가 형편없었지만 신경쓸 겨를이 없었다. 침실에서 뛰쳐나오자 거구의 괴한이 테라스 위로 불쑥 올라서는 모습이 보였다. 그 순간 리스베트는 자신이 괴한보다 일 초 정도 여유가 있을 거라고 생각했다. 하지만 상황은 곧 극적으로 흘렀다.

걸음을 멈춘 괴한은 유리문을 열려고 하지 않았다. 몸을 부딪쳐 그대로 창유리를 박살내며 들어간 뒤 눈 깜짝 할 사이에 아이를 향해 총을 쏘았다. 리스베트도 동시에 반격했다. 어쩌면 이미 총을 쏘고 있었는지도 모른다.

리스베트는 언제 자신이 괴한에게 돌진하기로 마음먹었는지 알 수 없었다. 다만 굉장한 힘으로 괴한과 부딪쳐 좀전에 아우구스트가 앉아 있던 식탁 아래로 함께 나뒹굴었다는 것만 의식했을 뿐이다. 그리고 단 일 초도 망설이지 않고 괴한의 얼굴에 거센 박치기를 날렸다.

강한 충격으로 눈앞에 불똥이 튀었고 다시 몸을 일으키기도 힘들었다. 비틀거리는 그녀의 눈에 방이 빙글빙글 돌았다. 옷은 피투성이였다. 또 총에 맞은 건지도 모르지만 나중에 살펴볼 일이었다. 그리고 아우구스트가 보이지 않았다. 식탁에는 색연필, 파스텔, 그림들, 소인수분해를 적어놓는 종이들뿐이었다. '빌어먹을, 애가 어디로 갔지?' 이때 냉장고 근처에서 신음소리가 들렸다. 아우구스트가 무릎을 바짝 끌어안고 바닥에 앉아 바들바들 떨고 있었다. 아까 일이 터졌을 때 그쪽으로 몸을 던진 모양이었다.

리스베트가 아이에게 달려가려는데 다시 저쪽에서 불길한 소리가 들려왔다. 숨죽인 목소리들과 잔가지 꺾이는 소리였다. 사람들이 다가오고 있었다. 리스베트는 당장 피신해야 한다고 직감했다. 만일 그게 자신의 동생이라면 그녀 한 사람이 아닐 터였다. 항상 그랬다. 카밀라는 늘 무리를 이끌고 다녔고 리스베트는 언제나 혼자였다. 그러니 지금도 그때처럼 더 약고 재빠르게 움직여야 했다. 그녀는 순간적으로 바깥의 지형을 머릿속에 그려본 다음 아우구스트에게 달려갔다.

"자, 가자!"

아우구스트는 꿈쩍도 하지 않았다. 돌처럼 굳어버린 것만 같았다. 결국 리스베트가 아이를 번쩍 일으키는데, 그녀는 이내 고통으로 몸을 뒤틀었다. 조그만 움직임에도 격심한 통증이 밀려왔다. 하지만 일초도 허비할 시간이 없었다. 곧 아우구스트도 이 상황을 이해했는지 혼자서 달릴 수 있다고 손짓해 보였다. 리스베트는 곧장 식탁으로 달려 노트북을 집어들고서 바닥에 쓰러져 있는 괴한 옆을 지나 테라스로 향했다. 괴한은 아직 정신이 돌아오지 않았지만 상체를 일으키려 안간힘을 쓰며 아우구스트의 다리를 움켜쥐려 했다.

리스베트는 그를 죽일까 잠깐 생각했지만 결국 목울대를 거세게 걷어차고 배에도 한번 발길질을 하는 걸로 만족했다. 그러고는 그의 권총을 멀리 던져버린 다음 아우구스트와 함께 암벽이 있는 쪽으로 내달렸다. 그런데 이내 멈춰 설 수밖에 없었다. 아우구스트가 그렸던 그림이 생각났다. 얼마나 그렸는지 보지 못했기 때문이다. 돌아가야 할지 고민되는 순간이었다. 하지만 곧 다른 놈들이 도착할 터였다. 하지만…… 그 그림이 무기가 될 수 있었다. 게다가 이 모든 광기 어린 상황의 원인이기도 했다. 리스베트는 전날 봐두었던 바위 틈에 아우구스트와 노트북을 잘 숨겨놓고 비탈길을 다시 뛰어올라간 후 집 안으로 들어가 식탁 위를 살폈다. 처음엔 그 빌어먹을 라세 베스트만을 그린 그림들과 끝없이 소수를 써놓은 종이들밖에 보이지 않았다.

하지만 이내 나타났다. 체스판 무늬와 거울들 위로 이마에 날카로운 흉터가 난 창백한 얼굴의 남자가 보였다. 지금 그녀 앞에 누워 신음하고 있는 바로 그 괴한이었다. 리스베트는 재빨리 휴대전화를 꺼내 그림을 촬영한 뒤 얀과 소니아에게 메일로 전송했다. 종이 위쪽에 문장 하나를 쓰는 것도 잊지 않았다. 그리고 다음 순간 그녀는 자신이 실수했음을 깨달았다.

그녀는 포위되고 말았다.

미카엘의 삼성 안드로이드폰에 리스베트에게서 온 메시지가 있었다. 에리카에게도 같은 내용이 보내졌다. 그것은 단 한 단어였다. 위기. 그녀가 보낸 게 맞다면 그 메시지를 오해할 여지는 없었다. 어떻게 생각해봐도 그 의미는 하나였다. 킬러가 그녀를 찾아냈고, 더 심각한 상황이라면 이 메시지를 쓰는 순간에 킬러가 그녀를 공격하려 했다는 얘기였다. 미카엘은 스타스고르덴 강변로를 지나자마자 액셀을 최대한 밟아 뵈름되 도로로 들어갔다.

지금 그는 은빛으로 반짝이는 신형 아우디 A8을 몰고 있었다. 에드는 우울한 얼굴로 조수석에 앉아 있었다. 이따금 휴대전화 자판을 두드리기도 했다. 미카엘은 왜 자신이 그를 따라오게 놔뒀는지 알 수 없었다. 물론 그가 리스베트에 대해 알고 있는 정보를 얻고 싶어서였지만 꼭 그 때문만은 아니었다. 어쩌면 그를 유용하게 써먹을 수도 있고, 그가 같이 간다고 해서 이미 최악인 이 상황이 더 악화될 것도 아니었다. 경찰에도 신고를 했지만 출동하려면 시간이 걸릴 터였고 특히나 지금처럼 정보가 부족한 사건이라면 경찰은 회의적일 수밖에 없기 때문에 더욱 그랬다. 지금 연락망 역할을 하는 건 에리카였다. 그녀만이 은신처로 가는 길을 알고 있기 때문에 미카엘은 도움을 받아야 했다. 아니, 가능한 한 모든 도움이 필요한 상황이었다.

어느새 단빅스브론에 이르렀다. 에드가 뭐라고 말했지만 미카엘은 잘 듣지 못했다. 생각이 다른 데 가 있었다. 미카엘은 안드레이를 생각했다. 놈들이 대체 그를 어떻게 했을지 알 수 없었다. 고민하는 얼굴로 편집부 사무실에 앉아 있던 젊은 안토니오 반데라스 같은 그의 모습이 눈에 선했다. 끝내 술집으로 그를 끌고 가지 않은 것이 후회스러웠다. 미카엘은 다시 한번 그에게 전화를 걸어봤다. 그리고 리스베트에게도. 하지만 둘 다 응답이 없었고 옆에서 에드가 묻는 소리만 들렸다.

"우리가 알아낸 걸 좀 얘기해줄까요?"

"네…… 나쁠 것 없죠…… 해보세요."

하지만 미카엘의 휴대전화가 울리면서 대화는 곧바로 끊겨버렸다. 얀 부블란스키였다.

"당신은 나중에 나랑 얘기를 좀 해야 할 겁니다. 그리고 엄격하게 법적인 결과들이 따를 거고요."

"무슨 말인지 알겠습니다."

"하지만 지금은 정보를 주려고 전화했어요. 오늘 새벽 4시 22분에 리스베트가 살아 있다는 걸 알았습니다. 그녀가 당신한테 연락한 건 그 전인가요, 후인가요?"

"후요, 바로 직후였어요."

"알았어요."

"그런데 어떻게 시간을 정확히 알았죠?"

"그 시각에 그녀가 우리한테 뭔가를 보냈어요. 아주 흥미롭더군요."

"뭐죠?"

"그림 한 장. 그런데 미카엘, 우리 기대를 훨씬 뛰어넘는 그림이었어요."

"리스베트가 아이한테 그림을 그리게 하는 데 성공했군요."

"그래요. 이 그림이 얼마나 물증으로 받아들여질지, 어떤 똑똑한 변호사가 무슨 반박을 들고 나올지 모르겠지만 나로선 의심의 여지가 없습니다. 이자가 바로 범인이에요. 굉장히 생생한데다 기이하게도 수학적 정확성마저 느껴지는 그림이라고요. 종이 아래에 미지수 *x*, *y*로 된 방정식 같은 게 있는데 그게 사건과 무슨 관계가 있는지는 아직 잘 모르겠네요. 어쨌든 인터폴에 그림을 보내 안면인식 프로그램에 넣어보게 했어요. 거기 데이터베이스에 기록이 있다면 이제 그는 끝난 거죠."

"언론에도 이 정보를 내줄 겁니까?"

"고려하고 있어요."

"현장에는 언제 도착할 겁니까?"

"최대한 빨리…… 아, 잠깐만 기다려요!"

미카엘은 얀 형사의 뒤쪽에서 또다른 전화기가 울리는 소리를 들었다. 전화를 받으러 간 그가 돌아와 짧게 말했다.

"저쪽 현장에서 총성이 울렸답니다. 조짐이 좋지 않네요."

미카엘은 숨을 깊이 들이마셨다.

"안드레이는 소식이 없습니까?"

"감라스탄 기지국에서 휴대전화 위치를 알아냈는데 더는 진척이 없어요. 신호도 전혀 잡히지 않고. 고장났거나 파기된 것처럼 말이죠."

미카엘은 전화를 끊고 액셀을 더 세게 밟았다. 속도가 시속 180킬로미터에 달했다. 미카엘은 처음에 거의 말이 없었다. 지금 어떤 일들이 벌어지고 있는지 에드에게 간단히 설명해줬을 뿐이었다. 하지만 속이 너무도 답답해 생각을 다른 데로 돌릴 필요가 있었다. 결국 그는 에드에게 물었다.

"그래서 뭘 알아냈습니까?"

"와스프에 대해서요?"

"네."

"한동안은 아무것도 찾아내지 못했어요. 결국 막다른 골목에 이르렀다고 확신했죠. 우리가 가진 능력 안에서 할 수 있는 건 다 해봤으니까요. 가능한 가설을 죄다 검토했지만 아무런 결과에도 이를 수 없었죠. 그런데 난 그게 오히려 당연하다고 느꼈어요."

"당연하다뇨?"

"그 정도로 침투능력이 뛰어난 해커라면 당연히 뒤에 남을 흔적들도 모조리 지워버릴 수 있었을 테니까요. 일반적인 방법으로는 더이상 진척이 없겠다는 걸 금방 깨달았죠. 그래서 과학수사니 뭐니 하는 지저분한 건 집어치우고 곧장 핵심으로 들어갔어요. 그러니까 이런 일을 벌일 만한 능력자가 과연 누구인가? 이렇게 파고드는 것만이 유일한 길이었죠. 해킹의 수준이 상상 이상으로 높았기 때문에 그런 걸 해낼 수 있는 사람은 그리 많지 않았어요. 어떻게 보면 해커의 재능이 부메랑으로 돌아갔다고 할 수 있겠죠. 그리고 그 스파이웨어를 분석해봤더니……"

에드가 다시 자신의 휴대전화를 내려다봤다.

"그래서요?"

"음, 그러니까 거의 예술적이라 할 만한 특징들이 있었어요. 그 특징들이 우리에게 유리하게 작용했고요. 아주 독특한 자신만의 스타

일로 명작을 만들어낸 예술가를 찾아나선 셈이었죠. 먼저 해커 커뮤니티에 물어보기 시작했는데 금방 이름 하나가 튀어나왔어요. 짐작이 갑니까?"

"대충."

"와스프였어요! 물론 다른 이름들도 있었지만 와스프가 가장 흥미로웠죠. 이름만 봐도 그렇고…… 어쨌든 너무 긴 이야기라 자세한 설명은 생략하겠지만, 그 이름은……"

"…… 프란스 발데르를 살해한 범인 뒤에 있는 조직도 자신들 별명을 동일한 만화에서 따왔죠."

"맞아요! 당신도 벌써 알고 있었나요?"

"네. 그리고 섣부른 연결은 오류를 낳을 수 있다는 사실도 알고 있고요. 답을 찾겠다는 열의가 앞서면 무엇이든 제멋대로 연결해버릴 수 있어요."

"맞아요. 나도 잘 압니다. 이 일을 하다보면 사실이 아닌 관계들에 흥분하고 정작 의미 있는 것들은 놓치기 십상이니까. 처음엔 나도 믿지는 않았어요. 특히나 와스프에는 다른 의미도 많으니 더욱 그랬죠. 하지만 그땐 별다른 실마리가 없었어요. 해커 와스프에 대해 믿기지 않는 얘기들을 하도 많이 들은 터라 그 정체를 꼭 알아내고 싶기도 했고요. 그래서 아주 옛날로 거슬러올라가 해커 커뮤니티들에서 오갔던 오래된 대화들을 재구성해봤죠. 와스프가 인터넷에 남긴 글들을 죄다 찾아서 읽었고, 와스프만의 특징이 보였던 활동들도 빠짐없이 살펴봤어요. 표현방식이 고전적인 의미에서 특별히 여성적인 건 아니었지만 어쨌든 그러면서 와스프가 여성이라는 걸 확신하게 됐죠. 스웨덴 사람이라는 것도 알았고요. 초창기에 쓴 글 중에 몇 개가 스웨덴어로 되어 있었거든요. 물론 이 사실만으로는 큰 의미가 없겠죠. 하지만 그녀가 추적하고 있던 어느 조직에 스웨덴 커넥션이 엮여 있었고, 프란스 발데르 역시 스웨덴 사람이라는 사실까지 연결지으면 아주 흥미로운 출발점이 될 수 있어요. 그래서 FRA 사람들을 접촉해 기록을 뒤져봤더니 거기서……"

"뭐가 나왔죠?"

"돌파구라 할 만한 걸 찾아냈죠. FRA는 몇 년 전에 있었던 어느 해킹 사건 때 와스프라는 이름을 조사했어요. 아주 오래전 일이고 당시 와스프는 지금처럼 암호화에 능하지 못할 때였죠."

"무슨 일이 있었는데요?"

"FRA는 와스프라는 별명을 쓰는 누군가가 전향한 외국 첩보원들에 관한 정보를 수집하려 한다는 걸 포착했어요. 그쪽 경보 시스템이 반응할 만한 움직임이었죠. FRA는 추적 끝에 웁살라 소아정신병원의 페테르 텔레보리안이라는 전문의의 컴퓨터에까지 이르렀어요. 하지만 그가 스웨덴 세포와 협력하고 있는 정황이 보여서 용의선상에서 제외됐죠. 그래서 병원의 몇몇 간호사들에게 집중해보았더니…… 단순히 그들이 이민자 출신이기 때문이었어요. 물론 그런 편협한 논리로는 아무것도 얻을 수 없었죠."

"상상이 갑니다."

"그렇죠. 대신 난 FRA 요원에게 과거 자료들을 보내달라고 요청해서 완전히 다른 시각으로 한번 훑어봤어요. 유능한 해커라고 해서 특별히 덩치가 크거나 턱수염이 있어야 할 필요는 없잖아요? 기가 막히게 실력이 좋은 열두 살, 열세 살짜리 꼬마들도 많이 봤어요. 그래서 당연히 병원에 입원해 있던 아이들을 모두 확인해봤죠. 우리 팀 애들 셋을 불러다 전체 환자 리스트를 샅샅이 뒤졌는데 뭐가 나왔는지 압니까? 거기에 옛 소련 첩보원이었던 살라첸코의 딸이 있었어요. 그는 당시 CIA 동료들이 주시하고 있었던 거물급 범죄자였으니 이야기가 점점 흥미로워졌죠. 당신도 알지 모르겠지만 와스프가 조사하고 있던 조직과 살라첸코의 범죄조직 사이에 모종의 관계가 있었거든요."

"그렇다고 해서 그녀가 반드시 NSA를 해킹했다는 법은 없죠."

"물론 그렇죠. 어쨌든 그녀를 좀더 자세히 조사해봤어요. 글쎄, 뭐라고 해야 할까? 배경이 아주 흥미롭더군요, 그렇잖아요? 그녀와 관련된 정보들 대부분이 알 수 없는 이유로 공식 기록에서 삭제되어 있었지만 어쨌든 우린 충분히 찾아냈어요. 뭐, 내가 틀릴 수도 있지만 그녀에게는 어떤 원초적인 사건, 그러니까 근원적인 트라우마가 있었을 거라는 느낌이 들어요. 스톡홀름의 조그만 아파트, 슈퍼마켓에서 계산원으로 일하며 쌍둥이 자매를 데리고 근근이 살아가는 어머니. 분명 큰 세계들과는 거리가 멀어요. 하지만……"

"…… 그 큰 세계가 그 집에 있었죠."

"맞아요. 살라첸코가 그 집에 갈 때마다 권력의 서슬이 뻗쳤던 모양이더군요. 미카엘, 나에 대해 전혀 모르죠?"

"모릅니다."

"난 아이가 폭력 속에서 자라는 게 무엇을 뜻하는지 잘 알아요."

"그렇군요……"

"죄인들을 처벌해야 할 사회가 아무것도 하지 않을 때 어떤 느낌이 드는지도 잘 알죠. 가슴이 아파요. 끔찍하죠. 그래서 그런 아이들 대부분이 똑같은 걸 답습한다는 사실도 나로선 조금도 놀랍지 않아요. 자라면서 결국 구제불능의 인간들이 되는 거죠."

"불행히도 그렇죠."

"하지만 드물게는 오히려 그런 곳에서 힘을 길러 일어서서 멋지게 복수를 하기도 하죠. 와스프도 그렇지 않나요?"

미카엘은 묵묵히 고개를 끄덕이며 액셀을 더 세게 밟았다.

"사람들은 그녀를 정신병원에 가뒀고 끊임없이 파괴하려 했어요. 하지만 매번 그녀는 다시 일어섰죠. 미카엘, 내가 무슨 생각을 하는지 알아요?"

"글쎄요."

"그런 일이 있을 때마다 그녀는 더 강해졌다고 생각해요. 지옥에서 부활해 더 커졌죠. 이제 그녀는 치명적으로 강력한 존재가 됐어요. 그리고 분명 자기가 당한 일을 하나도 잊지 않았을 거예요. 모든 게 그녀 안에 새겨졌을 거라고요. 그렇지 않겠어요? 그리고 그녀의 어린 시절을 휩쓴 광기가 지금 이 모든 엿 같은 일들의 근원이 됐고요."

"그럴 수 있겠죠."

"우리는 같은 비극 앞에서 아주 다른 반응을 보였던 숙적인 자매를 상대하고 있어요. 그리고 무엇보다 그들에게 유산으로 남은 거대한 범죄 제국과 마주하고 있고요."

"리스베트는 그것과 아무 상관이 없습니다. 그녀는 자기 아버지와 관련된 모든 걸 혐오해요."

"나도 잘 알아요. 하지만 그 유산은 어떻게 됐죠? 그녀는 바로 그걸 알아내려 하고 있어요, 파괴해버리려고요. 과거 그 범죄 제국의 근원인 남자를 파괴해버리고 싶어했듯이."

"그래서 당신이 원하는 게 정확히 뭡니까?" 미카엘이 퉁명스럽게 물었다.

"어쩌면 와스프가 원하는 것과 비슷할 거예요. 몇 가지를 제자리에 돌려놓고 싶어요."

"그리고 해커도 붙잡고 싶겠군요."

"그녀를 만나서 한번 된통 혼내주고야 싶죠. 우리 보안 시스템에 난 구멍들을 죄다 막아버리고도 싶고요. 하지만 무엇보다 와스프한테 정체를 들켜놓고 끝내 내 일을 못하게 막은 그 엿 같은 인간들에게 한 방 먹여주고 싶네요. 그리고 바로 당신이 이런 일들을 할 수 있도록 도와줄 거라고 믿는 이유가 있죠."

"그게 뭔데요?"

"당신은 좋은 기자니까요. 좋은 기자들은 더러운 비밀들이 서랍 속을 굴러다니도록 놔두지 않잖아요."

"그럼 와스프는요?"

"그녀도 테이블에 나와서 모든 걸 밝혀야 해요. 그렇게 하도록 당신이 도와줘야 하고요."

"그렇게 하지 않으면요?"

"그렇게 하지 않으면, 그녀를 다시 가둬서 삶을 지옥으로 되돌릴 방법을 찾을 거예요."

"그렇다면 지금으로선 단지 그녀와 얘기만 나누고 싶다는 건가요?"

"미카엘 씨, 앞으로는 그 누구도 내 시스템을 해킹할 수 없어야 해요. 그러려면 그녀가 대체 어떻게 한 건지 정확히 알아야 하고요. 당신이 이 메시지를 그녀에게 전해줬으면 해요. 내 앞에 앉아서 어떻게 내 시스템에 침입했는지 얘기만 해주면 당신 친구를 놓아주겠어요."

"메시지는 전하겠습니다. 단지……"

"그녀가 아직 살아 있기를 바라야겠죠."

미카엘은 왼쪽으로 방향을 틀었고 아우디는 잉아뢰 해변을 향해 쏜살같이 달렸다.

새벽 4시 48분이었다. 리스베트가 비상경보를 울린 지 이십 분이 흐른 뒤였다.

얀 홀체르가 이렇게까지 오판하는 경우는 극히 드물었다.

그는 순진한 생각을 품고 있었다. 육박전을 벌일 수도 있는 사람인지, 혹은 지독한 육체적 고통을 견뎌낼 사람인지를 멀리서 보고도 분간하는 게 가능하다고 말이다. 그래서 블라디미르나 유리와는 달리 그는 미카엘을 노린 계획이 실패했어도 별로 놀라지 않았다. 그들은 이 세상에 키라의 매력에 저항할 남자는 없을 거라고 확신했지만, 살트셰바덴에서 멀찍이 그를 잠깐 보았던 홀체르는 의심을 품었다. 그의 눈에 미카엘은 그렇게 호락호락해 보이지 않았다. 쉽게 속일 수 있는 사람처럼 보이지 않았고, 그후 그가 보고 들은 것들은 이러한 판단이 틀리지 않았음을 증명했다.

그런데 좀더 젊은 기자의 경우는 달랐다. 겉으로만 보면 유약하고도 지나치게 예민한 남자의 전형이었다. 하지만 실제로는 전혀 달랐다. 안드레이 산데르는 그가 여태껏 고문한 상대들 가운데 제일 지독했다. 그의 눈빛에서는 높은 신념에서 우러난 확고한 무언가가 느껴졌다. 한참 후에야 그는 이제 그만두는 게 낫겠다고 생각했다. 안드레이는 어떤 고통을 당해도 절대 입을 열 사람이 아니었다. 결국 이런 고문을 에리카와 미카엘도 똑같이 당하게 될 거라고 키라가 협박하자 그제야 겨우 무너졌다.

그게 새벽 3시 30분의 일이었다. 홀체르의 기억에 영원히 새겨질 순간들 중 하나였다. 천장에 난 채광창 밖으로 눈 내리는 모습이 보였다. 청년의 얼굴은 초췌했고 눈가는 꺼멓게 죽어 있었다. 입가와 두 뺨은 가슴에 상처가 나면서 튀어오른 선혈로 뒤덮여 있었고, 오랫동안 접착테이프로 막아놓은 입술은 온통 갈라져 있었다. 이제 그는 처참하게 부서진 잔해에 불과했다. 하지만 여전히 아름다운 청년의 모습은 사라지지 않았고, 거기서 홀체르는 자신의 딸 올가를 생각했다.

올가라면 그를 좋아할지도 몰랐다. 교양 있고 불의에 맞서 싸우고 약자와 소외된 이들을 위해 투쟁하는 이 젊은 기자를 말이다. 그는 이런 생각을 하면서 자신의 삶에 관한 다른 것들도 떠올렸다. 그런 다음 길 하나는 하늘로 향하고 다른 하나는 지옥으로 향한다는 러시아정교회 성호를 긋고는 키라를 흘깃 쳐다보았다.

그녀는 어느 때보다도 아름다웠다. 두 눈은 강렬하게 타오르고 있었다. 마치 기적처럼 피 한 방울 튀지 않은 우아한 파란색 드레스 차림으로 침대 옆 스툴에 앉아 있던 그녀는 스웨덴어로 안드레이를 향해 거의 다정하기까지 한 목소리로 무언가를 말했다. 그리고 그의 손을 잡았다. 그도 그녀의 손을 마주잡았다. 이 순간 그가 기댈 수 있는 유일한 것이었다. 골목에 바람이 휘몰아쳤다. 키라는 얀을 향해 고개를 끄덕이고는 미소를 지어 보였다. 바깥 창턱 위로 눈송이들이 떨어지고 있었다.

그들은 모두 잉아뢰를 향해 달리는 레인지로버에 몸을 싣고 있었다. 홀체르는 속이 헛헛했다. 이렇게 일이 돌아가는 방식이 마음에 들지 않았지만 이들이 여기까지 오게 된 건 다 자신의 잘못 때문임을 인정해야 했다. 그래서 대부분 조용히 입을 다물고 키라가 하는 말을 듣기만 했다. 기이할 정도로 흥분한 그녀는 지금 그들이 쫓고 있는 여자에 대해 격렬한 증오심을 내비쳤다. 그는 이 모든 것들이 불길하게만 느껴졌고, 할 수만 있다면 당장 차를 돌려 이 나라를 뜨는 게 낫겠다고 그녀에게 충고하고 싶었다.

바깥에는 눈이 계속 쏟아지는 가운데 끝내 그는 아무 말도 하지 않았다. 그들은 어둠 속을 달리고 있었고, 그는 이따금 키라를 힐긋 쳐다보았다. 얼음처럼 차가운 그녀의 눈빛에 온몸이 오싹했지만 이런 느낌을 떨쳐버리려 애썼다.

한편으론 적어도 한 가지 사실만큼은 인정해야 했다. 그녀는 믿기지 않을 정도로 모든 걸 빨리 알아냈다. 스베아베겐 거리에서 뛰어들어 아이를 구해간 여자뿐만 아니라, 아이와 여자가 숨은 곳을 알 만한 사람이 누구인지도 짐작해냈다. 바로 미카엘 블롬크비스트였다. 처음에 그들은 그녀의 생각을 도무지 이해할 수 없었다. 범죄 현장에 불쑥 끼어들어 아이를 납치해간 인물을 어떻게 스웨덴 국민이 다 아는 유명한 기자가 숨겨줄 수 있단 말인가? 하지만 그 가설을 계속 검토해볼수록 거기엔 뭔가가 있었다. 리스베트 살란데르라는 그 여자는 기자와 밀접한 관계일 뿐만 아니라, 〈밀레니엄〉 내부에서도 뭔가 수상쩍은 일들이 일어나고 있었기 때문이다.

살트셰바덴에서 살인 사건이 일어난 다음날 아침, 유리는 왜 프란스가 한밤중에 그 기자에게 전화했는지 알아내기 위해 미카엘의 컴퓨터를 해킹했었다. 그때만 해도 기술적으로 별다른 문제가 없었다. 그런데 어제 오후부터 더이상 그의 메일에 접근할 수 없게 되었다. 유리가 남의 메일을 마음대로 들여다보지 못한 적이 과연 있었던가? 홀체르가 아는 한 그런 적은 한 번도 없었다. 그렇다면 미카엘은 여자와 아이가 스베아베겐에서 사라진 바로 그때부터 갑자기 아주 신중해졌다는 얘기였다.

그렇다고 해서 여자와 아이가 있는 곳을 미카엘이 알고 있다고 단언할 수는 없었다. 하지만 시간이 흐르면서 드러난 새로운 정보들이 이 일에 미카엘과 여자가 엮여 있다는 가설을 더욱 믿을 수 있게 했다. 어쨌든 키라는 결정적인 증거를 필요로 하는 것 같지는 않았다. 그녀는 기어코 미카엘을 덮치고 싶어했다. 아니면 잡지사의 다른 사람이라도 잡아야 했다. 그녀는 무엇보다 여자와 아이를 찾고야 말겠다는 생각에 강박적으로 집착하고 있었다. 그러니 일이 꼬일 수밖에 없었다. 그래도 얀은 키라에게 고마워해야 한다.

그는 자신이 운좋은 놈이라고 생각했다. 키라가 이런 일을 벌이는 의도가 무엇인지는 잘 모르겠지만 어쨌든 지금 그를 위해 아이를 죽이려 하고 있었다. 대신 그를 희생시켜도 되는데 말이다. 자신을 곁에 두기 위해 그녀가 상당한 위험을 감수하고 있다는 사실에 그는 가슴이 뭉클해졌다.

하지만 지금은 차 안에서 기분이 별로 좋지 않았다. 그는 딸 올가를 생각하며 힘을 내보려 했다. 그애가 아침에 일어나 신문마다 대문짝만하게 실린 아버지의 얼굴을 보는 일은 절대 없어야 했다. 그는 속으로 계속 중얼거렸다. 지금까지 자신들은 잘해왔고, 가장 힘든 일들은 이제 끝난 거라고 말이다. 안드레이가 준 주소가 정확하다면 일은 쉽게 끝날 터였다. 자신을 포함해 블라디미르와 데니스까지 세 사람이나 중무장을 하고 있었고, 늘 그렇듯 컴퓨터에 집중하고 있는 유리까지 포함하면 전부 넷이었다.

MC 스바벨셰의 멤버였던 데니스 빌톤은 지금까지 줄곧 키라를 위해 일해왔고 이번 작업 전에도 도움을 줬다. 이렇게 건장한 남자 넷에 키라까지 있는데 그들이 상대할 건 어린애를 지키고 있는, 그리고 지금쯤이면 잠들었을 여자 하나였다. 문제는 있을 수 없었다. 그들은 재빨리 그녀를 덮쳐 일을 끝내고 이 나라를 뜰 계획이었다. 하지만 키라는 거의 강박적으로 강조했다.

"절대로 리스베트를 과소평가해서는 안 돼!"

이 말을 얼마나 되풀이하던지 키라의 말이라면 무조건 받아들이는 유리조차 짜증을 내기 시작했다. 스베아베겐 거리에서 홀체르도 그녀가 얼마나 강하고 민첩하고 대담한지는 확인할 수 있었다. 그런데 지금 키라는 마치 그녀가 슈퍼우먼이라도 된다는 듯 말하고 있었다. 그에게는 웃기는 소리였다. 지금껏 그와 맨손으로 맞붙을 만한 여자는 없었다. 물론 저 블라디미르를 당해낼 여자도 본 적이 없다. 하지만 그는 신중하게 행동하겠다고 약속했다. 먼저 주변 지형을 파악한 다음 전략과 계획을 세우고 침착하게 움직이면서 함정에 걸려드는 일이 없게 하겠다고 말했다. 그렇게 재차 다짐한 끝에 절벽 아래 어느 버려진 선착장 근처에 차를 세울 수 있었다. 그는 곧장 작전을 지휘하기 시작했고, 자신이 별장 주변을 정찰하고 오는 동안 나머지는 숨어서 대기하게 했다. 그들이 얻은 정보에 따르면 별장은 눈에 잘 띄지 않는 곳에 있다고 했다.

얀 홀체르는 새벽녘을 좋아했다. 이 시간의 정적과 공기에서 미묘하게 느껴지는 어둠에서 빛으로의 전이가 좋았다. 그는 상체를 약간 굽히고 앞으로 나아가면서 양쪽 귀에 온 신경을 집중했다. 포근한 어둠에 감싸인 주변에는 그 어떤 인기척도 불빛도 전혀 없었다. 그는 부두다리를 지나 비탈길을 따라 걸은 끝에 어느 나무 울타리에 이르렀다. 전나무 한 그루 주변을 뒤덮은 가시투성이 덤불 바로 옆에 망가진 문 하나가 보였다. 문을 열고 오른쪽으로 이어지는 울타리를 따라 나무계단을 오르니 얼마 안 있어 저 위쪽에 별장이 보였다.

별장은 소나무와 사시나무들 뒤로 숨어 있었다. 집안의 불은 전부 꺼진 듯했다. 남쪽 면으로는 테라스가 하나 나와 있고, 그뒤로 어렵지 않게 부수고 들어갈 만한 유리문들이 보였다. 언뜻 보기에 특별한 장애물은 없었다. 쉽게 유리문을 뚫고 들어갈 수 있고, 그런 다음에는 적을 제거하기만 하면 됐다. 분명 별문제 없을 터였다. 그렇게 고양이처럼 소리 없이 움직이던 그는 문득 이 일을 혼자서 끝내버리는 게 차라리 낫겠다는 생각이 들었다. 어떤 의미에선 그렇게 하는 게 자신의 책임을 다하는 일일 수도 있었다. 저들 모두를 이런 상황에 빠뜨린 게 바로 자신이었으니 문제를 해결할 사람도 바로 자신이었다. 그는 이런 임무를 제대로 해내는 법을 잘 알았다. 이보다 훨씬 더 어려운 작전들도 숱하게 해결해온 그였다.

여기에는 프란스의 저택과 달리 경찰도 경호원도 없었고, 그 어떤 경보장치도 보이지 않았다. 그는 지금 기관단총을 들고 오지 않았지만 그런 건 필요 없었다. 이런 상황에 기관단총은 과한 무기였다. 키라의 지나친 생각일 뿐이니 지금 자신이 지닌 레밍턴 권총 한 자루만으로도 충분할 터였다. 결국 그는 불쑥 결정을 내려버렸다. 평소 신중하게 계획을 세우는 습관은 잊어버린 채 온몸의 에너지를 끌어올려 곧장 행동에 들어갔다.

우선 테라스에 있는 유리문을 향해 별장 측면을 따라 재빠르게 이동했다. 그런데 갑자기 몸이 딱딱하게 굳었다. 처음엔 이유를 알 수 없었다. 어쩌면 무의식중에 어떤 기척이나 소리, 혹은 위험 따위를 느꼈을 수도 있다. 그는 자기 위에 있는 네모난 창문 안쪽을 흘깃 들여다봤다. 하지만 그가 서 있는 위치에서는 내부가 잘 보이지 않았다. 그는 점점 자신의 확신이 약해지는 걸 느끼며 꼼짝 않고 있었다.
'혹시 집을 잘못 찾아온 건 아닐까?'

그는 확실히 알아두려고 창문에 얼굴을 바짝 들이대고 집안을 들여다봤다. 그리고…… 그는 어둠 속에서 돌처럼 굳었다. 누군가 그를 지켜보고 있었다. 이미 본 적 있는 그 무표정한 두 눈이 집안의 둥그런 식탁 쪽에서 그를 응시하고 있었다. 그는 즉각 반응했어야 했다. 곧장 테라스로 뛰어오른 후 번개같이 안으로 들어가 총을 쐈어야 했다. 그는 킬러의 본능이 이는 걸 느꼈지만 또다시 망설였다. 차마 총을 겨눌 수가 없었다. 마치 그 시선 앞에서 넋이 나가버린 기분이었다. 아이가 할 수 없을 거라고 생각했던 일이 벌어지지 않았다면 그는 그런 자세로 한동안 더 서 있었을 터였다.

아이는 창문이 흔들릴 정도로 높고 날카로운 비명을 질렀다. 그제야 멍한 상태에서 벗어난 그는 테라스 위로 뛰어오른 후 더는 주저하지 않고 유리문을 박살내고 들어가 정확하게 총을 쏘았다. 적어도 그는 그렇게 믿었다. 하지만 표적을 제대로 맞혔는지 확인할 시간이 없었다.

그때 어두운 실루엣 하나가 폭탄처럼 돌진해왔다. 그 동작이 너무도 빨라 몸을 돌려 자세를 잡을 시간조차 없었다. 그는 다시 한번 총을 쏘았고, 상대도 총으로 반격했다. 바로 다음 순간 그는 쿵 소리가 나도록 바닥에 쓰러졌다. 그 위로는 두 눈에서 지금껏 본 적 없는 맹렬한 분노를 내뿜으며 몸을 떨고 있는 젊은 여자가 보였다. 그는 본능적으로 다시 총을 쏘려 했지만 여자는 한 마리 야수 같았다. 그녀는 그 위로 올라타더니 머리를 번쩍 쳐들었다. 쾅! 그는 더이상 이 상황을 분석할 수 없었다. 그대로 의식을 잃었기 때문이다.

그가 다시 정신을 차리고 보니 입안에는 피맛이 가득했고 스웨터는 축축하고 끈적거렸다. 총에 맞았다는 걸 알 수 있었다. 바로 그때 그 앞으로 아이와 여자가 지나갔다. 그가 아이의 다리를 잡으려고 해봤지만 돌아온 건 숨이 끊길 정도로 거센 발길질뿐이었다.

대체 무슨 일이 일어나고 있는지 이해할 수 없었다. 단지 자신이 녹아웃당했다는 사실만 알았다. 그렇다면 누구한테? 바로 여자 하나였다. 이 믿기지 않는 현실에 더욱 고통스러웠다. 그는 부서진 유릿조각들과 자신의 핏물이 뒤섞인 바닥 위에 뻗은 채 눈을 감고 거친 숨을 몰아쉬었다. 차라리 이 모든 게 빨리 끝나버리길 바라는 심정이었다. 바로 그때 저쪽 어딘가에서 말소리가 들려왔다. 눈을 떠보니 다시 그 여자가 보였다. 아직 떠나지 않고 남아 있는 이유를 알 수 없었다. 대체 아무것도 할 수 없을 것 같은 가느다란 다리로 식탁 옆에 버티고 서 있었다. 그는 몸을 일으키려고 안간힘을 썼다. 권총은 찾을 수 없었지만 간신히 일어나 바닥에 앉은 순간 창밖으로 오를로프의 모습이 언뜻 보였다. 그는 다시 그녀를 공격해보려 했지만 더는 그럴 수 없었다.

아까 경험했듯 그녀는 앞으로 돌진했다. 종이 몇 장을 집어들고 바깥으로 쏜살같이 달려나가 테라스에서 뛰어내린 다음 나무들 사이로 질주했다. 그리고 이내 어둠 속에서 총성이 울렸다. 그는 자신도 거기에 일조하듯 웅얼거렸다.

"저 엿 같은 것들을 죽여버려!"

하지만 그는 간신히 몸을 일으켜 난장판이 된 주변을 간신히 둘러보는 처지일 뿐이었다. 그렇게 비틀거리며 서서 블라디미르와 데니스가 그 둘을 처치해버리는 광경을 상상했다. 그렇게 기쁨을 되찾고 자신의 실수가 만회됐다고 믿고 싶었다. 하지만 후들거리는 두 다리로 서 있기조차 힘들었다. 그는 점점 흐릿해지는 눈으로 앞에 있는 식탁을 내려다보았다.

거기에는 파스텔과 종이가 흩어져 있었다. 처음엔 그것들이 무엇인지도 모르는 채 들여다볼 뿐이었다. 하지만 이내 맹수의 발톱이 그의 심장을 꽉 움켜쥐었다. 거기엔 자신의 모습이 있었다. 처음엔 누군가를 죽이려고 한 손을 들어올린 창백한 얼굴의 악마처럼 보였다. 그리고 그 악마가 바로 자신임을 깨닫는 데는 일 초도 걸리지 않았다. 공포가 엄습하며 그의 몸에 파르르 전율이 일었다.

하지만 그는 그림에서 눈을 뗄 수 없었다. 최면에 걸린 기분이었다. 아래에는 방정식 같은 게 적혀 있었고, 맨 위에는 급히 휘갈긴 글씨가 보였다.

4시 22분, 경찰에 메일로 전송!

27장

11월 24일 아침

새벽 4시 52분. 가브리엘라 그라네의 별장에 진입한 긴급출동팀 아람 바르자니는 식탁 옆에 쓰러져 있는 검은 옷의 건장한 남자 하나를 발견했다. 아람은 조심스럽게 접근했다. 집안에 더는 사람이 없는 듯했지만 섣불리 위험한 일을 만들고 싶지 않았다. 좀전에 총성이 들렸다는 보고도 있었으니 더욱 그랬다. 비탈길 쪽에서 동료들이 흥분해 외치는 소리가 들렸다.

"여기야! 여기!"

무슨 일이 일어난 건지 알 수 없었던 터라 아람은 잠시 망설였다. 빨리 동료들과 합류해야 할지 고민하다 먼저 바닥에 쓰러진 남자부터 살피기로 했다. 주변에는 박살난 유릿조각들이 흩어져 있었고 핏물이 흥건했다. 식탁 위에는 갈가리 찢긴 종잇조각과 짓뭉개진 파스텔이 보였다. 바닥에 등을 대고 길게 누운 남자는 힘겹게 성호를 긋고 있었다. 그러고는 뭐라고 중얼거렸다. 기도를 하는 듯했다. 그 중얼대는 소리는 러시아어 같았고, '올가'라는 말이 들리기도 했다. 아람은 그에게 곧 구급차가 도착할 거라고 말했다.

"그들은 자매였어."

그가 영어로 대꾸했지만 아람으로선 너무 모호한 말이라 중요하게 생각하지 않았다. 대신 남자의 옷을 수색한 후 무기가 없고 복부에 총을 한 발 맞았다는 사실을 확인했다. 스웨터는 온통 피에 젖어 있었고 얼굴은 심하게 창백했다. 아람은 무슨 일이 있었는지 물었다. 처음엔 아무런 대답이 없었지만 이내 다시 영어로 이상한 말이 돌아왔다.

"내 영혼이 그림 속에 갇혀버렸어."

그러고서 그는 의식을 잃었다. 아람은 몇 분 더 머무르며 그를 지켜보다 마침내 구급대가 도착하자 비탈길 쪽으로 향했다. 동료들이 왜 그렇게 외쳐댔는지 알아보기 위해서였다. 눈이 내리고 있었고 얼어붙은 지면은 몹시 미끄러웠다. 암벽 아래쪽에서 사람들 말소리와 자동차 엔진 소음이 희미하게 들려왔다. 세상은 여전히 어둑해 앞이 잘 보이지 않았고 사방에는 바위와 침엽수가 삐죽삐죽 솟아 있었다. 이렇게 지형이 험한데다 언덕 끝에는 가파른 절벽까지 있는 이런 곳에서 누구를 공격하거나 싸움을 벌이기란 결코 쉽지 않을 것이다. 아람은 불길한 예감에 사로잡혔다. 기이한 정적이 감돌면서 다른 사람들이 어디로 가버렸는지 알 수 없었다.

그들은 먼 곳에 있지 않았다. 바로 저 아래 비탈길 끝에 있는 무성한 사시나무 뒤에 모여 있었다. 하지만 그는 동료들의 모습을 보고 놀라지 않을 수 없었다. 전혀 그답지 않은 일이었지만 동료들이 침울한 표정으로 땅을 내려다보는 모습에 덜컥 겁이 났다. '저 아래에 무슨 일이 있는 거지? 자폐증 있는 아이가 죽은 걸까?'

그는 자신의 아들들을 생각하며 천천히 내려갔다. 여섯 살과 아홉 살인 녀석들은 둘 다 축구에 푹 빠져 있었다. 온종일 축구만 하고 오직 축구 얘기뿐이었다. 이름은 비에른과 안데르스였다. 녀석들이 앞으로 살아가는 데 도움이 되길 바라는 마음에서 아내 달반과 상의해 스웨덴 이름을 지어주었다. 대체 어떤 인간이 여기까지 찾아와 아이를 죽인 건지, 그는 갑자기 분노가 치밀어 큰 소리로 동료들을 불렀다. 하지만 이내 안도의 한숨을 내쉴 수 있었다.

아이가 아니라 역시 복부에 총상을 입은 두 남자였다. 그들 중 복싱선수처럼 코가 뭉개지고 피부는 다 얽어 인상이 거친 남자가 일어나려다 곧바로 제압을 당하고는 다시 바닥에 나뒹굴었다. 그의 얼굴에 굴욕감이 차올랐고, 오른손은 격심한 통증과 분노로 부들거렸다. 가죽재킷 차림에 말총머리를 한 또다른 남자는 상태가 더 형편없어 보였다. 아직도 충격에서 헤어나지 못한 듯 어두운 하늘에 시선을 못 박은 채 꼼짝 않고 누워 있었다.

"아이의 흔적은?"

아람이 물었다.

"전혀 없어."

동료 클라스 린드가 대답했다.

"여자는?"

"여자도 마찬가지야."

아람은 이게 좋은 소식인지 확신할 수 없어 동료들에게 몇 가지 더 물었지만 그들도 정확히 무슨 일이 일어난 건지 알지 못했다. 유일하게 아는 건 3, 40미터쯤 떨어진 비탈길에서 바레트 REC7 세 정이 발견됐다는 사실이다. 여기 누워 있는 이들의 것으로 추정됐지만 거기에 총들이 놓여 있는 이유는 알 수 없었다. 피부가 거친 남자에게 물어봤지만 알아들을 수 없는 말만 내뱉을 뿐이었다.

그후 십오 분 정도 아람과 그의 동료들이 주변을 조사해봤지만 더는 싸움의 흔적을 찾아낼 수 없었다. 그러는 사이 꽤 많은 사람들이 속속 현장에 도착했다. 의료진, 소니아 모디그와 감식요원 세 명, 일반 경찰 한 팀, 그리고 어떤 미국인과 함께 온 미카엘 블롬크비스트.

이유는 알 수 없지만 짧은 머리에 육중한 그 미국인에게 다들 자세를 낮췄다. 새벽 5시 25분에는 아래쪽 주차장 근처에서 진술할 목격자가 기다리고 있다는 보고가 들어왔다.

남자는 자신을 KG로 불러달라고 했다. 본명은 칼구스타프 맛손이었고, 최근 이쪽 해안가 반대편에 집을 한 채 구입한 사람이었다. 클라스 린드는 그의 진술을 가려들을 필요가 있다고 전했다.

"이 아저씨가 말도 안 되는 얘기를 늘어놓고 있어."

소니아와 예르케르는 이미 주차장에 도착해 진상 파악에 나섰다. 지금까지 파악한 정황들이 너무도 단편적이라 KG 맛손의 증언이 모든 걸 명확하게 밝혀주기를 바라고 있었다.

하지만 해안을 따라 점점 다가오는 그의 모습을 본 순간 그들의 기대는 의혹으로 바뀌었다. KG 맛손은 티롤리안 해트*를 쓰고 녹색 체크무늬 바지와 빨간 캐나다 구스 재킷을 입었고, 수염은 양쪽으로 말려 올라가 있었다. 우스꽝스럽게 보이려고 작정한 사람 같았다.

"KG 맛손 씨인가요?" 소니아가 물었다.

"맞습니다."

그는 묻지도 않았지만 자신이 유명한 범죄 사건들에 관한 책을 주로 내는 '트루 크라임스 출판사'를 경영하고 있다고 덧붙였다. 신뢰할 만한 인물이라는 걸 보여주고 싶었던 모양이다.

"좋습니다. 하지만 지금은 신간 홍보가 아니라 객관적인 증언을 듣고 싶군요."

소니아가 예방 차원에서 이렇게 말하자 그는 물론 자신도 잘 알고 있다고 대답했다. 그러고는 자신을 '진지한 사람'이라고 말한 후 진술을 시작했다. 그는 오늘 아주 이른 시간에 일어나 새벽의 '평온함

---

* 챙이 좁고 깃털 등으로 장식하는 가벼운 펠트 모자.

과 정적'에 귀를 기울이고 있었다. 그러다가 4시 30분 직전에 어떤 소리가 들렸고, 그는 이게 총성임을 즉각 깨달았다. 그래서 재빨리 옷을 입고 지금 그들이 서 있는 비탈진 암벽 아래 주차장과 해변이 내다보이는 베란다로 뛰쳐나갔다.

"거기서 무얼 보셨죠?"

"처음엔 아무것도 못 봤어요. 사방이 너무 조용해서 으스스할 정도였는데 갑자기 공기가 폭발하는 듯한 소리가 들렸죠. 전쟁이라도 난 줄 알았다니까요."

"총성을 들으셨나요?"

"암벽 근처에서 타다닥거리는 소리가 났어요. 그쪽으로 눈길을 돌렸다가 놀라 죽는 줄 알았다니까요. 그런데 제가 조류관찰자라는 걸 말했던가요?"

"아뇨. 아직 말씀 안 하셨어요."

"내가 아주 시력이 좋아요. 매의 눈이죠. 그래서 평소에도 멀리 있는 아주 작은 것까지 분간할 수 있는데, 어쨌든 아직 어둑할 때였는데도 저 위에 튀어나온 곳에 어두운 점 같은 게 보였어요. 저기 암벽 중간에 주머니처럼 들어간 데 말이에요."

소니아는 절벽 위쪽을 쳐다보고는 고개를 끄덕였다.

"처음엔 그게 뭔지 알 수 없었죠." KG 맛손이 말을 이었다. "그런데 웬 남자아이더라고요. 벌벌 떨면서 저 위에 웅크리고 있었죠. 적어도 난 그렇게 느꼈어요. 그런데 세상에⋯⋯ 그 광경은 평생 못 잊을 겁니다."

"뭐였는데요?"

"젊은 여자 하나가 별장에서 쏜살같이 튀어나왔어요. 그러곤 곧장 저 바위 안으로 펄쩍 뛰어내렸는데 그 기세가 얼마나 대단하던지 하마터면 튕겨서 아래로 굴러떨어질 뻔했죠. 그런 다음 여자와 아이 둘 다 거기 앉아서 기다리더군요. 곧 닥칠 일을 말이에요. 그러다⋯⋯"

"무슨 일이 벌어졌죠?"

"기관단총을 든 남자 둘이 나타나 아래에 대고 미친듯이 갈겨댔어요. 짐작하시겠지만 그 순간 저도 바닥에 납작 엎드렸죠. 재수없으면 유탄에 맞을 수도 있으니까요. 하지만 그런 와중에도 눈을 들어 상황을 주시했죠. 제가 있던 위치에선 여자와 아이가 훤히 보였지만 그 위에 있는 남자들한테는 안 보였을 거예요. 적어도 잠깐 동안은. 전 그들이 들키는 건 시간문제라는 걸 알고 있었죠. 그러면 더이상 갈 데가 없었어요. 그들이 우묵한 바위 안을 나오는 순간 그 남자들이 그대로 사살해버릴 참이었으니까. 절망적인 상황이었죠."

"그런데 저 위에는 여자도 아이도 없더군요."

"없죠! 그게 바로 기가 막힌 일이에요! 남자들이 점점 다가오더니 급기야 숨소리까지 들릴 정도로 접근했죠. 그대로 고개만 숙이면 여자와 아이를 발견할 수 있을 만큼 가까워졌어요. 그런데……"

"그런데요?"

"제 말을 믿지 못할 거예요. 저기 있는 출동대 사람도 헛소리라고 생각하니까."

"우선 얘기해보세요, 판단은 우리가 할 테니까."

"남자들이 걸음을 멈추고 귀를 기울이더군요. 어쩌면 아주 가까운 곳까지 왔다는 걸 알았을 수도 있죠. 그런데 바로 그 순간 여자가 벌떡 일어나 총을 쐈어요. 탕! 탕! 그런 다음 남자들한테 달려들어서 바위 아래로 그들의 총을 던져버렸요. 정말 믿을 수 없을 만큼 정확한 동작이었죠. 액션영화라도 보는 줄 알았다니까요. 어쨌든 그러고서 여자가 달리기 시작했어요. 아니, 아이를 데리고 아래로 데굴데굴 구르다시피 내려와서 여기 주차장에 서 있던 BMW까지 간 거예요. 차에 올라타기 직전에 보니까 그 여자 손에 뭔가 들려 있었어요. 가방 아니면 노트북 같았어요."

"그들이 그 BMW를 타고 떠났나요?"

"네, 미친듯이 달렸어요. 어디로 갔는지는 모르겠고요."

"알았어요."

"그런데 이게 다가 아니에요."

"무슨 말이죠?"

"저쪽에 차가 한 대 더 있었어요. 아마 레인지로버였을 거예요. 차고가 높고 검은색 최신 모델."

"그 차는 어떻게 됐죠?"

"그 순간엔 주의깊게 보지 못했어요. 그러고는 구급차를 부르느라 정신이 없었고요. 그런데 전화를 끊으면서 보니 두 사람이 저쪽 나무 계단에서 내려오더군요. 키가 크고 바짝 마른 남자 하나랑 여자 하나. 너무 멀어서 자세히 보진 못했지만 그래도 여자에 대해선 한마디 할 수 있죠."

"뭔데요?"

"끝내줬어요! 그리고 엄청나게 화가 나 있었죠."

"예뻤다는 말인가요?"

"눈이 부실 정도였어요! 멀리서도 보일 정도로요. 그런데 정말 불같이 화가 난 모양이더군요. 레인지로버에 올라타기 직전에 그녀가 그 남자 따귀를 후려쳤는데 꼼짝도 못하더라고요. 그저 자기가 맞을 짓을 했다는 양 고개만 끄덕거렸죠. 그러고는 남자가 운전해서 현장을 떠났어요."

소니아는 메모를 하면서 최대한 빨리 두 차에 수배령을 내려야겠다고 생각했다.

가브리엘라 그라네는 빌라가탄 거리 자신의 집에 있었다. 주방에서 카푸치노를 마시며 이 모든 상황에도 불구하고 자신이 의외로 차분한 편이라고 생각했다. 하지만 이때도 아마 충격에 빠진 상태였을 것이다.

헬레나 크라프트가 아침 8시에 세포 본부 국장실에서 보자고 했다. 가브리엘라는 파면당하는 걸로 끝나지 않을 거라고 생각했다. 당연히 법적 책임이 따를 테고 그러면 앞으로 다른 공직을 얻을 가능성은 제로에 가까웠다. 그녀의 커리어는 서른세 살의 나이에 끝나버린다.

하지만 최악은 따로 있었다. 그녀는 이게 프란스 발데르의 아들을 보호할 최선의 방법이라 생각했고, 그래서 법을 위반하면서까지 위험한 도박을 했다. 그런데 자신의 별장에서 총격전이 벌어진데다 이제 아이는 행방이 묘연해졌다. 중상을 입었거나 심지어는 죽었을지도 모른다. 가브리엘라는 죄책감에 가슴이 터져버릴 것만 같았다. 자기 때문에 한 남자가, 그리고 이젠 그의 아들까지 죽었다는 생각이 그녀를 괴롭게 했다.

가브리엘라는 일어나서 시계를 보았다. 아침 7시 15분이었다. 헬레나를 만나러 가기 전에 책상을 정리하려면 지금 출발해야 했다. 그녀는 의연하게 행동하겠다고, 자리를 지키려고 변명하거나 애걸하는 짓은 하지 않겠다고 굳게 마음먹었다. 강해지고 싶었고 적어도 그렇게 보이고 싶었다. 그때 블랙폰이 울렸지만 받을 용기가 나지 않았다. 그녀는 부츠를 신고 프라다 코트를 걸친 다음 빨간색 스카프를 목에 둘렀다. 어차피 침몰할 운명이라면 칙칙하게 보이고 싶지 않았다. 그리고 현관 거울 앞에 서서 화장을 조금 고쳤다. 문득 시니컬한 기분이 든 그녀는 닉슨 대통령이 사임할 때 그랬던 것처럼 손가락으로 브이를 해 보였다. 이때 블랙폰이 다시 울려 마지못해 전화를 받았다. NSA의 알로나 카살레스였다.

"소식 들었어요."

당연히 들었겠지, 하고 가브리엘라는 속으로 중얼거렸다.

"그래, 기분이 어때요?"

"어떨 것 같아요?"

"세상에서 가장 한심한 인간이 된 기분이겠죠."

"대충 그래요."

"이젠 영원히 다른 직장에도 못 가고요."

"정확히 맞혔어요, 알로나."

"만일 그렇다면 이렇게 말해주고 싶네요. 당신은 부끄러워할 이유가 전혀 없다고. 해야 할 일을 했을 뿐이잖아요."

"지금 농담해요?"

"지금이 농담할 때는 아니죠, 가브리엘라. 당신네 조직에 스파이가 있어요."

알로나의 말을 듣고 난 그녀는 숨을 깊이 들이마셨다.

"누구죠?"

"모르텐 닐센."

그 순간 그녀는 그대로 굳어버렸다.

"증거가 있나요?"

"물론이죠. 몇 분 안에 모든 걸 보내줄게요."

"왜 그가 배신했을까요?"

"그는 배신행위라고 여기지 않았을 거예요."

"그럼 그게 뭐였을까요?"

"빅 브라더와 협력하는 거라고 생각했겠죠. 자유 세계를 이끌고 있는 국가에 해야 할 당연한 의무라고 믿었을 거예요."

"그래서 그가 당신들한테 정보를 제공했단 말이죠?"

"정확하게 말하자면 우리한테 정보를 얻을 수 있도록 해준 거죠. 세포의 서버와 암호화 시스템 정보를 넘겨줬어요. 사실은 이 일이 평소 NSA가 하는 짓에 비해 굉장히 지저분하다고는 할 수 없죠. 동네 사람들끼리 나누는 험담부터 수상의 통화 내용까지 세상의 온갖 말들을 엿듣고 있으니까요."

"하지만 이번엔 들켰군요."

"이번만큼은 우리가 깔때기가 돼서 정보를 흘려보냈다고 할 수 있겠죠. 가브리엘라, 물론 당신이 규칙대로 행동하지 않았다는 걸 알지만 도덕적으로 보면 잘한 일이라고 할 수 있어요. 난 그렇게 확신하고 있으니 이 사실을 당신 상관들한테 알릴 거예요. 당신은 조직 내 어딘가에 썩은 곳이 있다는 걸 알았던 거잖아요. 그래서 내부적으로 행동을 취할 수도 없었고, 그렇다고 해서 당신의 의무를 저버릴 수도 없었어요."

"하지만 결과는 잘못됐죠."

"아무리 애써도 잘못될 때가 있는 법이에요."

"고마워요, 알로나. 그렇게 말해주니 정말 고마워요. 하지만 아우구스트한테 무슨 일이 일어난 거라면 결코 내 자신을 용서할 수 없을 거예요."

"가브리엘라, 아이는 잘 있어요. 지금 리스베트와 함께 드라이브를 하고 있을 거예요. 아직도 누군가 그들을 노릴 경우를 대비해서요."

가브리엘라는 선뜻 이해할 수 없었다.

"대체 무슨 얘기죠?"

"아이는 무사하다고요. 그리고 아이 덕분에 프란스를 살해한 범인도 체포해서 확인했고요."

"아우구스트가 살아 있다고요?"

"그래요."

"그걸 어떻게 알죠?"

"음, 나한테 아주 정통한 소식통이 하나 있다고 해두죠."

"알로나……"

"네?"

"지금 한 말이 사실이라면 당신은 내 삶을 되돌려준 거예요."

가브리엘라는 통화를 마치자마자 헬레나에게 전화를 걸었다. 그리고 오늘 회의에서 모르텐 닐센을 제외해달라고 강력하게 요구했고, 헬레나는 마지못해 승낙했다.

아침 7시 30분. 에드와 미카엘은 가브리엘라의 별장 계단을 내려가 아우디를 세워놓은 주차장으로 향했다. 세상은 눈으로 뒤덮여 있었고, 두 사람 모두 아무 말이 없었다. 그보다 앞서 5시 30분에 미카엘은 리스베트에게 메시지를 받았었다. 평소처럼 아주 간단했다.

아우구스트는 무사해요. 우린 한동안 더 숨어 있을 거예요.

리스베트는 자신의 몸 상태에 대해선 아무 말이 없었지만 그래도 미카엘은 아이가 무사하다는 소식만으로도 위안이 됐다. 그후엔 소니아와 예르케르에게 오랫동안 심문을 받았다. 미카엘은 자신과 〈밀레니엄〉 편집부가 최근 며칠간 해왔던 일들을 모두 털어놓았다. 그들은 특별히 호의적이진 않았지만 그래도 사정을 이해하는 듯했다. 그로부터 한 시간이 지난 지금 그는 부두다리를 따라 걷고 있다. 저쪽에서 노루 한 마리가 숲으로 사라졌다. 이내 아우디의 운전석에 올라탄 그는 몇 미터 뒤에서 무거운 발을 끌며 걸어오는 에드를 기다렸다. 그는 등이 아파 보였다.

브룬 근처에서 그들은 교통체증으로 꼼짝할 수 없었다. 몇 분째 그대로 서 있는 동안 미카엘은 안드레이를 생각했다. 사실 살았는지 죽었는지 지금까지 아무 소식이 없는 그를 단 한순간도 생각하지 않은 적이 없었다.

"뭔가 요란한 걸 해주는 라디오 방송 하나 틀어줄래요?" 에드가 말했다.

미카엘은 라디오 주파수를 107.1에 맞췄다. 제임스 브라운이 스스로를 '섹스머신'이라 부르며 고래고래 소리를 지르고 있었다.

"당신 휴대전화들 좀 전부 줘볼래요?" 다시 에드가 요구했다.

그는 미카엘의 전화기들을 받아 차 뒤쪽에 있는 스피커 바로 옆에 두었다. 뭔가 민감한 이야기를 할 분위기였고, 미카엘이 여기에 반대할 이유는 없었다. 그는 기사를 써야 했고 그러려면 최대한 정확한 사실이 필요했다. 하지만 탐사기자라면 언제나 특정한 이해관계에 이용될 수 있다는 사실도 누구보다 잘 알았다.

개인적 동기 없이 정보를 내놓는 사람은 없다. 물론 그 동기가 전적으로 고귀한 것일 때도 있다. 즉 정의 실현이나 부패와 악습을 고발하고자 하는 의지가 동기가 되는 경우도 있다. 하지만 파워게임에서 상대를 무너뜨리고 자신의 위치를 공고히 하려는 욕망 때문일 때가 대부분이다. 기자는 '왜 이 사람이 내게 이 정보를 제공하는가?'라는 질문을 항상 던져야 한다.

이런 게임에서 기자가 체스 말로 이용되는 게 반드시 나쁘다고만은 할 수 없다. 모든 폭로는 어느 한쪽을 약화시키는 한편 나머지 다른 쪽들을 강화시킨다. 그리고 누군가 물러나면 금방 다른 인물로 대체된다. 반드시 그전보다 나을 거라는 보장은 없지만 말이다.

하지만 여기서 어떤 역할을 담당하려는 기자는 모든 전제조건을 정확하게 파악하고 있어야 하며, 싸움의 승자가 하나만은 아니라는 걸 알아야 한다. 이 싸움을 통해 표현의 자유와 민주주의 역시 이익을 얻어야 한다. 정보 유출은, 심지어 그것이 탐욕이나 권력욕 때문에 행해졌다 해도 긍정적인 결과를 가져올 수 있다. 부정행위들을 세상에 드러내고 처벌받게 할 수 있기 때문이다. 따라서 기자는 이러한 게임 저변에 숨어 있는 메커니즘을 반드시 파악해야 하고, 문장 하나, 질문 하나, 사실 하나 앞에서도 자신의 독립성을 지키기 위해 애써야 한다. 미카엘은 조금 거친 듯한 매력을 지닌 에드 니덤에게 유대감을 느끼고 있었지만 단 한순간도 그를 맹신하지는 않았다.

"자, 얘기해보세요."

"좋아요. 먼저 이 얘기부터 해봅시다. 세상에는 정보들이 많지만 그중 우리를 행동하게 하는 것들이 있죠."

"돈과 관련된 정보 말인가요?"

"맞아요. 알다시피 재계에선 내부자 범죄가 자주 일어나죠. 누군가가 기업의 중요한 정보를 이용해 꼼수를 부리면 긍정적인 결과가 발표되지도 않았는데 기업의 주가가 치솟는 일이 흔하잖아요. 그렇다고 해서 관련자가 처벌받는 일도 없고요."

"맞습니다."

"반면 첩보 세계는 오랫동안 이런 위험에서 비교적 안전했다고 할 수 있죠. 간단하게도 그들이 다루는 정보가 전혀 다른 성격의 것이었으니까요. 폭탄이 터질 일은 다른 세상 얘기였죠. 하지만 냉전이 종식된 후 상황이 많이 바뀌었어요. 주요 인사들과 기업들을 감시하기 시작하면서 첩보 활동의 영역이 넓어진 거죠. 이젠 돈이 될 수 있는 정보들을 어마어마하게 확보하고 있어요."

"그리고 그 정보들을 이용하고 있고요."

"그들은 기본적으로 정보라면 이용해야 한다고 생각하고 있어요. 그리고 국내 산업을 돕기 위해, 그러니까 국내 대기업들에게 경쟁사의 강점과 약점을 알려줌으로써 그들을 유리하게 해주기 위해 산업첩보를 수행하고 있고요. 그런 활동을 애국적 사명의 일부라고 여기는 셈이죠. 하지만 모든 첩보 활동이 그렇듯 이것 역시 회색 세계에서 움직이고 있어요. 정확히 어디까지가 도움이고 어디서부터가 범죄인지 분명하지 않은 거예요."

"네, 그게 바로 문제죠."

"그리고 그 지점에서 정확하게 일종의 정상화가 일어났어요. 몇십 년 전엔 비윤리적인 행위나 범죄로 여겨졌던 것들이 지금은 '당연한 일'로 여겨지는 거예요. 도용이나 남용 행위가 변호사 군단의 도움을 받아 정당화되는 게 다반사예요. 솔직히 NSA도 사정이 낫다고는 할 수 없죠. 심지어……"

"더 고약하겠죠."

"자, 자, 일단 얘기를 마저 할게요. 어쨌든 NSA에도 지켜야 할 윤리적 규범들이 있어요. 하지만 직원이 수만 명인 큰 조직이다보니 어쩔 수 없이 불순한 인간들이 섞여들기 마련이죠. 심지어 최고위층에까지 말이에요. 난 당신한테 그들의 이름을 밝힐 생각이었어요."

"물론 선의에서겠죠?" 미카엘이 조금 비아냥거리며 물었다.

"그래요…… 뭐, 완전히 그렇다고는 할 수 없지만. 그런데 들어봐요. 고위층 인사들이 선을 넘어 범죄를 저지른다면 무슨 일이 일어날 것 같아요?"

"좋을 게 하나도 없겠죠."

"범죄조직과 경쟁하는 존재가 된다고요."

"국가와 마피아는 항상 같은 투기장에서 싸워오지 않았나요?" 미카엘이 빈정거렸다.

"물론 그렇죠. 나름의 방식대로 정의를 구현하고, 마약을 팔고, 사람들을 보호하거나 살해하고요. 그런데 문제는 이들이 어떤 영역에서 서로 힘을 합칠 때예요."

"그런 일이 거기서도 일어났나요?"

"불행히도 그래요. 알다시피 솔리폰에는 지그문트 에커발트란 자가 이끄는 특별팀이 하나 있는데, 하이테크놀로지 분야 경쟁사들에서 어떤 일이 일어나고 있는지에 아주 관심이 많아요."

"그저 관심만 많은 건 아니겠죠."

"그렇죠. 그들은 정보를 훔쳐서 팔아먹어요. 솔리폰은 물론 어쩌면 나스닥 시장에도 아주 나쁜 일이죠."

"당신한테도 나쁜 일이고요."

"그래요. 어쨌든 우리 쪽의 썩어빠진 자들이 요아킴 바클리와 브라이언 애벗이라는 게 밝혀졌어요. NSA의 산업첩보를 이끄는 두목들이라 할 수 있죠. 나중에 이들에 관한 정보를 다 줄게요. 이 두 사람과 그 동료들은 지그문트 무리의 도움을 받고 대가로 대대적인 통신 감청을 허가해줬어요. 이렇게 해서 솔리폰이 중요한 기술 혁신을 이뤄낼 기업들을 찾아내 알려주면 그 천치들이 거기에 침입해 도면이며 세부적인 기술들을 빼내는 거고요."

"그렇게 해서 번 돈이 반드시 국고로 들어가는 건 아니겠군요."

"더 심각한 일이 있어요. 국가공무원이 이런 일에 뛰어들면 더 큰 약점을 떠안는 법이니까요. 특히 지그문트네 무리가 진짜 범죄자들을 돕고 있는 경우라면 더욱 그렇고요. 처음에 둘은 그 사실을 몰랐을 거예요."

"자신들이 거물급 범죄자들을 상대하고 있다는 걸 말이죠."

"그래요. 게다가 꽤 똑똑한 범죄자들이었죠. 나도 한 번쯤 스카우트해보고 싶은 최상급 해커들까지 끼어 있고요. 그들은 주로 정보를 이용해먹는 일을 했죠. 자, 이쯤 되면 어떤 일이 일어났을지 짐작할 수 있을 겁니다. 그들은 NSA의 그 한심한 자들이 무슨 일을 벌이고 있는지 알았을 때 자신들이 돈방석에 앉겠다는 걸 알아챘죠."

"갈취해먹을 수 있는 상황이 된 거군요."

"그야말로 마음대로 가지고 놀 수 있었죠. 요아킴과 브라이언은 대기업들의 기술을 훔치는 데 그치지 않고, 업계에서 살아남으려고 발버둥치는 중소기업이나 개인 혁신가들까지 서슴없이 벗겨먹었어요. 만일 이 사실이 세상에 알려진다면 결코 좋을 수 없죠. 그래서 지그문트뿐만 아니라 그 범죄자 패거리까지 돕지 않을 수 없는 처지가 됐고요."

"스파이더스, 말인가요?"

"맞아요. 한동안은 모두가 행복했겠죠. 그야말로 '빅 비즈니스'로 다들 한몫씩 두둑이 챙길 수 있었을 거예요. 그런데 난데없이 어떤 천재 하나가 끼어들었어요. 발데르 교수라는 사람은 무슨 일을 해도 깊이 파고들기를 잘했으니 이 문제도 마찬가지였죠. 결국 교수가 그

비즈니스에 대해 적어도 부분적으로 알게 되자 다들 겁을 먹고는 조치를 취해야겠다고 생각한 거예요. 그후로는 일이 어떻게 진행됐는지 나야 잘 모르지만, 요아킴과 브라이언은 법적인 방법을 쓰고 싶었던 모양이에요. 변호인을 통해 협박하고 입막음하면 충분하리라고 생각했던 거죠. 하지만 범죄자들과 같은 배를 탄 상황이었으니 그리 자유로울 수 없었어요. 스파이더스는 폭력을 선호했고, 마지막에 가서는 이 둘을 더욱 옥죄려는 계획이었죠."

"저런!"

"하지만 그 둘은 NSA에 난 아주 조그만 종기일 뿐이에요. 전부 확인해보니 우리 조직이 벌이는 나머지 활동들은……"

"아주 윤리적이라는 말씀이겠죠?" 미카엘이 날카롭게 비꼬았다. "하지만 그런 것에는 관심 없습니다. 지금 우린 윤리적으로 한계가 없는 인간들에 대해 얘기하고 있잖습니까."

"한번 시작하면 반드시 끝까지 가야 하는 게 폭력의 논리죠. 그런데 웃기는 게 뭔지 아세요?"

"난 이 이야기에서 웃기는 게 없습니다."

"그럼 역설적인 거라고 해두죠. 어쨌든 NSA 내부 네트워크가 해킹당하지 않았다면 난 이 모든 것들을 영원히 몰랐을 겁니다."

"그렇다면 더더욱 그 해커를 가만 놔둬야 하지 않을까요?"

"그렇게 할 거예요. 그녀가 어떻게 한 건지만 말해주면요."

"그게 왜 그렇게 중요하죠?"

"더는 어떤 빌어먹을 인간도 내 시스템에 침입할 수 없어요. 그녀가 어떻게 한 건지 정확히 알아야만 수정할 수 있고요. 그후엔 그녀를 가만히 놔둘 겁니다."

"그 약속이 얼마나 가치가 있을지는 잘 모르겠네요. 그리고 또하나 궁금한 게 있는데요."

"말해보세요."

"당신은 요아킴과 브라이언을 언급했죠. 정말 그 둘뿐입니까? 산업첩보 활동을 지휘하는 책임자가 누구죠? 당신네 윗대가리 중 하나일 텐데요. 안 그렇습니까?"

"불행히도 그 사람 이름은 밝힐 수 없어요. 일급기밀입니다."

"뭐, 그러시다면야."

"네, 그래요."

에드가 굳은 얼굴로 대꾸했다. 그리고 그 순간 미카엘은 막혔던 길이 뚫리기 시작했다는 걸 깨달았다.

28장

11월 24일 오후

찰스 에델만 교수는 카롤린스카 연구소 주차장에 서서 자기가 왜 이런 모험에 뛰어들었는지 생각해보고 있었다. 자신에게 일어난 일을 제대로 실감하려면 시간이 좀 필요할 터였다. 한 가지 확실한 건, 이 사건이 회의며 강연이며 콘퍼런스 등을 취소하지 않을 수 없게 만들었다는 사실이다.

아직도 그는 극도로 흥분한 상태였다. 아이는 너무도 매력적이었다. 방금 길바닥에서 한바탕 싸움을 하고 온 듯한 젊은 여자도 마찬가지였다. 그녀는 신형 BMW를 몰고 와서는 차갑고 권위적으로 말을 내뱉었다. 모든 게 어처구니없고 급작스러웠지만 그는 넋을 잃은 채 그녀가 묻는 말에 "네, 좋아요, 안 될 것 없죠"라고 대답해버렸다. 그래도 보상하겠다는 제의를 정중히 사양함으로써 자신의 독립성을 조금이나마 표현할 수 있었다.

심지어 여행 경비와 숙박비까지 자비로 부담하겠다고 했다. 사실 그는 지금까지 죄책감을 느끼고 있었다. 그래서 아이한테 선의를 베

풀고 좀더 안전하게 해주고 싶었다. 한편으로는 과학적 호기심이 발동하기도 했다. 사진처럼 정확하게 그림을 그릴 줄 알면서 소인수분해에 능한 서번트는 한마디로 경이로운 대상이었다. 결국 그는 노벨상 시상식 만찬까지 포기하기로 마음먹었다. 스스로도 놀라운 일이었다. 정말이지 그 젊은 여자가 그의 넋을 쏙 빼놓았다.

한나 발데르는 주방에 앉아 담배를 피우고 있었다. 그녀가 느끼기에도 요즘엔 이렇게 주방에 앉아 가슴이 꽉 막힌 기분으로 담배를 피우는 것 말고는 하는 일이 거의 없었다. 지금처럼 사람들에게 성원과 격려를 많이 받은 적이 없지만, 또 이렇게 많이 맞은 적도 없었다. 라세는 그녀가 불안해하는 모습을 보면 참지 못했다. 고생하는 사람은 다름 아닌 자신인데 누굴 걱정하고 있느냐는 심보인 듯했다.

"그래, 자기 새끼 하나 제대로 간수도 못해?"

라세는 끝없이 흥분하며 소리를 질렀고, 그녀를 주먹으로 때리거나 헝겊 인형처럼 방 한쪽으로 집어던지기도 했다. 그리고 지금도 그를 분통터지게 하는 일이 벌어졌다. 그녀가 부주의하게 〈다겐스 뉘헤테르〉 문화면에 커피를 쏟았기 때문이다. 그가 싫어하는 배우들이 좋은 평가를 받은 기사가 실려서 그러잖아도 열이 오른 상태였다.

"지금 이게 무슨 짓이야?"

"미안해." 한나는 급히 사과했다. "얼른 닦을게."

그녀는 라세의 앙다문 입을 보고 사과만으로는 충분하지 않겠다는 걸 느꼈다. 그는 요즘 생각도 하지 않고 손이 먼저 나갔다. 그의 손찌검에 익숙해진 그녀는 따귀를 맞아도 아무 말 하지 않았고 피하려고 고개를 돌리지도 않았다. 그저 두 눈에 눈물이 차오르고 가슴만 거칠게 떨 뿐이었다. 하지만 지금은 따귀가 다가 아니었다. 오늘 아침에 걸려온 전화 한 통이 하도 기가 막혀 그녀는 자신이 제대로 알아들은 건지 알 수 없을 정도였다. 아우구스트를 찾아냈지만 또 실종

됐다는 소식이었다. '아마도' 다치지는 않았을 거라고 했다. '아마도.' 한나는 안심해야 할지 아니면 불안해야 할지 알 수 없었다.

그러고는 어떤 소식도 들어오지 않았고, 그렇게 아무 일도 없이 몇 시간이 지났다. 누구도 더는 알지 못하는 모양이었다. 한나는 벌떡 일어났다. 라세가 또 손찌검을 하더라도 상관없었다. 뒤에서 그가 씩씩거리는 소리를 들으며 그녀는 거실로 갔다. 아우구스트가 그린 그림들이 아직도 바닥에 널려 있었다. 바깥에선 구급차의 사이렌 소리가 들렸다. 그때 계단 쪽에서 발소리가 들렸다. 누가 찾아왔을 수도 있었다. 이내 초인종이 울렸다.

"열지 마! 또 빌어먹을 기자 놈이겠지."

라세가 으르렁댔다. 한나도 별로 열어주고 싶은 마음이 없었다. 그 누구라도 만나는 일이 불편했다. 그렇다고 무시해버릴 수는 없었다. 어쩌면 경찰이 다시 심문하려고 왔을 수도 있고, 좋든 나쁘든 새로운 소식을 가지고 왔을 수도 있었다. 그녀는 프란스를 생각하며 문으로 향했다.

아우구스트를 찾으러 왔던 날, 문 앞에 서 있던 그의 모습이 눈에 선했다. 그 눈빛, 말끔히 면도한 턱, 그리고 라세를 만나기 전의 삶으로, 쉴새없이 전화벨이 울리고 사방에서 출연 제의가 날아들고 공포로 가슴 옥죄는 일이 없었던 그 행복했던 시절로 돌아가고 싶었던 자신의 마음이 생각났다. 그녀는 방범용 체인을 풀지 않은 채 문을 열었다. 아무것도 보이지 않았다. 엘리베이터와 적갈색 벽만 보였다. 하지만 이내 그녀는 크게 놀랐다. 그 순간 자신의 눈을 믿을 수 없었다. 아우구스트였다! 머리는 온통 헝클어진데다 옷은 더럽고 신고 있는 운동화는 너무 컸지만 그녀를 빤히 쳐다보는 그 심각하고도 알 수 없는 눈빛은 여전했다. 한나는 급히 체인을 풀고 문을 열었다. 물론 아우구스트가 혼자 왔을 거라고는 생각하지 않았지만 그래도 흠칫하며 한 걸음 뒤로 물러서지 않을 수 없었다. 아이 옆에는 가죽재킷 차림에 얼굴은 온통 긁혀 있고 머리칼은 흙투성이인 여자가 고개를 푹 숙이고 서 있었다. 손에는 커다란 여행가방 하나가 들려 있었다.

"당신 아들을 돌려주러 왔어요."

그녀가 시선을 아래로 향한 채 말했다.

"오, 이런. 이런 세상에!"

다른 말을 할 수 없었던 그녀는 어찌 할 바를 모르고 문 앞에 서 있었다. 그러다 이내 어깨가 떨리기 시작하더니 털썩 무릎을 꿇었다. 아우구스트는 안기는 걸 싫어했지만 상관없었다. 그녀는 격렬히 아이를 끌어안고 눈물을 흘리며 "우리 아들, 우리 아들"이라는 말만 반복했다. 이상하게도 아이는 가만히 있었다. 심지어 뭔가를 말하려는 듯도 했다. 돌아온 것만도 고마운데 말하는 법까지 배워왔을지도 모른다. 하지만 미처 그럴 틈이 없었다. 라세가 불쑥 나타났기 때문이다.

"뭐야, 이놈이 돌아왔어?"

그는 싸움이라도 벌일 듯이 으르렁대다가 이내 태도를 바꿨다. 어떤 의미에서는 훌륭한 배우였다. 그는 숱한 여자들을 유혹했던 그 매력적인 표정을 재빨리 지어 보였다.

"요즘엔 아이도 집까지 배달을 해주는 모양이군요! 진짜 편리한 세상이네요. 아이는 무사한가요?"

"네, 무사해요."

그녀는 기묘하게 억양이 없는 목소리로 대답했다. 그리고 허락도 받지 않고 커다란 가방을 들고 진흙투성이 부츠를 신은 채 집안으로 성큼 걸어들어갔다.

"오, 그래요, 들어오세요!" 라세가 비꼬는 듯 말했다. "어려워하지 말고 들어오시라고."

"라세, 난 당신이 짐 싸는 걸 도와주러 왔어요."

그녀의 목소리는 여전히 싸늘했다.

그 이상한 말에 한나는 자신이 분명 잘못 들었다고 생각했다. 라세 역시 제대로 알아듣지 못한 듯했다. 그저 바보처럼 입을 벌리고 서 있을 뿐이었다.

"뭐라고요?"

"이 집에서 당신은 나갈 거라고요."

"지금 농담합니까?"

"전혀요. 지금 당장 이 집을 떠나 앞으로 다시는 아우구스트에게 접근하지 마요. 지금 이 아이를 보는 게 마지막이라고요."

"이거 제정신이 아니네!"

"지금 난 아주 너그럽게 행동하는 거예요. 당신을 저 계단 아래로 던져 죽여버릴까 싶기도 했지만 결국 마음을 바꿔 이 가방을 가져오기로 했으니까. 당신한테도 셔츠와 팬티 몇 장 정도 들고 나갈 권리는 있다는 생각이 들어서."

"어디서 이런 미친년이 나타났어?"

라세는 당혹감과 분노로 얼굴이 벌개져 씩씩댔다. 그러다 그 위협적인 덩치를 꿈틀거리며 그녀를 향해 다가갔다. 그 순간 한나는 그가 또 주먹을 휘두를지도 모른다고 생각했다.

하지만 무언가가 그를 주춤하게 했다. 어쩌면 여자의 시선 때문이었을 수도 있고, 아니면 그녀가 여느 사람들처럼 반응하지 않아서였을지도 모른다. 그녀는 겁에 질려 뒤로 물러서지 않았다. 대신 차갑게 미소를 짓더니 재킷 안주머니에서 구겨진 종이 몇 장을 꺼내 라세에게 내밀었다.

"만일 아우구스트가 그리워지면 당신이나 당신 친구 로예르는 이걸 보면 될 거예요. 잊지 말도록 해요."

라세는 얼굴을 일그러뜨리고 당황한 기색으로 종이를 펼쳤다. 한나도 그 종이로 눈길을 던지지 않을 수 없었다. 그림들이었다. 맨 위에 있는 건…… 라세였다. 아주 심술궂은 얼굴로 두 주먹을 휘두르고 있었다. 한나는 이 순간 느낀 감정을 제대로 설명할 수 없었다. 라세와 로예르가 집에 있을 때 아우구스트에게 무슨 일이 있었는지 알게 된 것만이 전부는 아니었다. 그녀는 지난 몇 년간 비참했던 자신의 삶 전체를 이제는 아주 선명하고 확실하게 보게 됐다.

한나는 분노로 일그러진 이 얼굴을 지금까지 수백 번은 봐왔다. 조금 전 주방에서도 보았다. 이제는 자신도 아우구스트도 저 얼굴을 보는 일이 없어야 한다고 생각하며 뒤로 물러섰다. 여자는 그런 한나를 새로운 눈으로 유심히 지켜보았고, 한나 역시 그녀를 쳐다보았다. 둘 사이에 어떤 교감이 오갔다고는 할 수 없었지만 그래도 어느 정도는 서로의 마음을 이해했다.

"그렇죠, 한나? 저 사람은 이곳을 떠나야 하지 않나요?"

한나에겐 위험한 질문이었다. 그녀는 아우구스트가 신은 커다란 운동화 쪽으로 시선을 내렸다.

"이 신발은 뭐죠?"

"내 운동화예요."

"왜 이걸 신고 있나요?"

"오늘 아침 급히 떠나느라고요."

"무슨 일이 있었죠?"

"둘이서 숨어 있었어요."

"난 잘 모르겠어요……"

한나는 이렇게 시작했지만 더이상 말을 이을 수 없었다. 라세가 그녀를 붙잡고 거칠게 흔들어댔다.

"뭐하는 거야? 여기서 떠날 사람은 저 사이코패스라고 말해야지!" 그가 악을 썼다.

"알겠어……"

"빨리 말해! 어서!"

라세의 표정 때문이었을까? 아니면 그녀의 두 눈과 몸 전체에서 풍겨나오는 어떤 굳건함 때문이었을까? 한나는 어느새 이렇게 외쳤다.

"꺼져, 라세! 그리고 다시는 돌아오지 마!"

그녀 스스로도 믿을 수 없었다. 마치 다른 사람이 자기 안에서 말하는 것만 같았다. 그다음엔 모든 일이 아주 빨리 지나갔다. 라세가 한쪽 손을 번쩍 쳐들었지만 젊은 여자는 번개같이 반응했다. 권투선수처럼 그의 얼굴을 한 번, 두 번, 세 번 가격한 다음 다리를 세차게 걷어차 그를 넘어뜨렸다.

"빌어먹을!" 그는 신음할 뿐이었다.

그대로 바닥에 나뒹군 라세 옆으로 젊은 여자가 우뚝 섰다. 한나는 이때 그녀가 한 말을 오랫동안 기억할 터였다. 마치 자신의 일부분을 돌려받은 느낌이었다. 그리고 자신의 삶에서 라세가 없어져버리기를 얼마나 간절히, 그리고 얼마나 오랫동안 꿈꿔왔는지 그제야 알 수 있었다.

얀 부블란스키는 랍비 골드만이 몹시 그리웠다.

소니아가 주었던 오렌지 초콜릿도, 새로 산 침대도, 화창한 날씨도 그리웠다. 하지만 그는 이 사건을 해결해야 할 의무가 있었다. 그리고 한 가지 기뻐해야 할 일이 있었다. 무사한 아우구스트가 지금 친모에게로 가고 있다는 사실이었다.

프란스 발데르를 죽인 범인은 아이와 리스베트 덕분에 체포되었다. 그가 살 수 있을지는 아직 미지수였다. 지금은 심한 중상을 입은 상태로 단데뤼드 병원 중환자실에 누워 있다. 본명은 보리스 레베데프. 오래전부터 헬싱키에 주소를 두고 얀 홀체르라는 신분으로 살아왔다. 구소련 정예군 출신인 그는 살인 사건에 여러 번 연루되어 수사를 받았지만 유죄판결은 받은 적은 한 번도 없었다. 공식적으는 보안업체를 경영하고 있었고, 핀란드-러시아의 이중국적자이기도 했다. 아무래도 누군가가 그의 공적 기록을 변조해놓은 듯했다.

잉아뢰 별장 근처에서 발견된 다른 두 인물은 지문을 통해 신원을 확인할 수 있었다. 그중 MC 스바벨셰 출신인 데니스 빌톤은 강도 및 가중폭력 혐의로 형을 산 적 있고, 러시아인 블라디미르 오를로프는 성매매 알선 혐의로 독일에서 유죄판결을 받았었다. 그의 전 부인 두 명은 모두 알 수 없는 이유로 사망했다. 그들은 이날 밤에 일어난 일은 물론 그 무엇에 대해서도 아무 말 하지 않았고, 얀 역시 그들이 입을 열 거라는 기대는 하지 않았다. 보통 이런 부류의 용의자들은 심문받을 때 말을 많이 하지 않았다. 하지만 어쩔 수 없었다. 이 역시 게임의 일부였다.

한편 얀이 보기에 이들은 잔챙이에 불과했다. 그 위로 러시아와 미국의 고위급 인사들이 연결된 게 분명했다. 얀은 이 모든 상황이 마음에 들지 않았다. 기자가 자신보다 수사에 대해 더 많이 알고 있는 건 아무렇지 않았다. 그는 단지 수사가 진척되기만을 바랐고, 어디서든 모든 정보를 기꺼이 받아들일 준비가 되어 있었다. 하지만 놀라울 정도로 미카엘이 사건에 대해 많이 알고 있는 이 상황에서는 그들 수사팀의 부족함과 기밀 유출 때문에 아이가 위험에 처했던 일들을 생각하지 않을 수 없었다. 얀은 이렇게 끓어오른 화가 도통 가라앉지 않았고, 그래서 세포 국장 헬레나 크라프트가 자신과 몹시 통화하고 싶어한다는 얘기를 들었을 때도 기분이 나빴다. 지금 그와 통화하려는 사람이 헬레나만은 아니었다. 경찰청 소속 IT 전문가들, 리샤르드 엑스트룀 검사, 그리고 스탠퍼드대 교수이자 기계지능연구소 소속인 스티븐 워버튼이라는 사람도 있었다. 아만다 플로드가 보고하기로 그 교수는 '심각하게 위험한' 어떤 일에 대해 얘기하고 싶어했다. 얀은 이 수많은 일들이 마음에 들지 않았다.

이때 누군가 그의 사무실 문을 두드렸다. 소니아는 얼굴에 피곤한 기색이 역력했다. 화장기 없는 얼굴이 오늘따라 조금 달라 보였다.

"세 사람 다 수술 마쳤어요. 심문하려면 좀 기다려야겠어요."

"제대로 심문이나 할 수 있을까?"

"글쎄요. 보리스 레베데프하고는 짤막하게 얘기할 수 있었어요. 수술 전에 잠시 의식이 돌아왔었거든요."

"그래, 뭐라고 했는데?"

"신부님을 만나고 싶다고요."

"왜 요즘 미친놈들이나 살인마들은 모두 종교가 있지?"

"정신이 온전한 중년 수사관은 신을 의심하고 있는데 말이죠?"

"이런, 그만해."

"어쨌든 그가 체념한 기색이라 예감은 좋아요." 소니아가 말을 이었다. "그림을 보여줬더니 괴로워하면서 밀어버리더라고요."

"조작된 거라고 우기진 않았나?"

"아뇨. 그냥 눈을 감고 신부님을 보고 싶다고만 했어요."

"그리고 나한테 계속 전화하는 그 미국 교수는 뭘 원하는 거야?"

"모르겠어요…… 그냥 반장님과 꼭 얘기하고 싶다는 말만 되풀이해요. 아마 프란스의 연구에 관한 얘기가 아닐까요?"

"그리고 안드레이라는 젊은 기자는 어떻게 됐어?"

"바로 그 얘길 하려고 왔어요. 예감이 안 좋아요."

"어디까지 파악했지?"

"그날 저녁 늦게까지 사무실에서 일을 하다가 카타리나 엘리베이터 부근에서 붉거나 짙은 금발에 옷차림이 세련된 예쁜 여자하고 함께 행방불명됐어요."

"그 얘긴 못 들었는데?"

"목격자가 있었어요. 켄 에클룬드. 스칸센 동물원 안에서 제빵사로 일하고 있고 〈밀레니엄〉 사무실과 같은 건물에 살고 있죠. 두 사람이 연인처럼 보였대요. 특히 안드레이가요."

"그 여자가 안드레이를 유혹해 함정에 빠뜨렸다는 건가?"

"가능하죠."

"잉아뢰에서 목격된 여자와 동일인물일 수도 있겠고?"

"지금 확인중이에요. 만일 그 둘이 감라스탄 쪽으로 갔다면 큰일이에요. 마지막으로 거기서 안드레이의 휴대전화 신호가 잡혔었는데, 질문할 때마다 침만 뱉어대던 그 쓰레기 같은 블라디미르의 집이 모르텐트롯식스 골목에 있어요."

"거기로 가봤어?"

"지금 출동했어요. 방금 전에 주소지를 알아냈거든요. 그가 소유한 회사 명의로 되어 있더군요."

"불쾌한 광경을 맞닥뜨리지 않기만을 빌어야겠군."

"곧 알게 되겠죠."

토르스가탄 아파트 로비 바닥에 주저앉은 라세 베스트만은 왜 이렇게 겁이 나는지 알 수가 없었다. 상대는 그저 여자일 뿐이었다. 피어싱투성이에 펑크족처럼 생겨서는 키가 그의 가슴께밖에 오지 않았다. 그런 생쥐 같은 조그만 여자 따위는 들어서 그대로 던져버렸어야 했다. 하지만 그는 온몸이 마비된 것만 같았다. 믿기지 않는 그녀의 싸움 실력 때문도 아니었고, 그녀에게 배를 걷어차여서도 아니었다. 그녀의 눈빛, 그리고 그녀의 모습에서는 설명하기 힘든 무언가가 느껴졌다. 그는 한동안 바보처럼 멍하니 앉아 그녀가 지껄이는 소리를 듣고 있었다.

"갑자기 이런 게 떠오르네. 우리 집안사람들한텐 아주 끔찍한 결함이 있어. 무슨 짓이라도 할 인간들이라는 말이야. 상상할 수 없을 정도로 잔혹한 짓들까지. 아마 유전적인 문제겠지. 그리고 난 여자나 아이를 해치는 남자들을 보면 그런 성격이 나와. 굉장히 위험해진다고. 아우구스트가 너와 로예르를 그렸을 때 난 정말 너희들한테 아주 끔찍한 고통을 맛보게 해주고 싶었어. 아주 자세하게 설명해줄 수도 있지. 하지만 이미 아이가 끔찍한 일들을 많이 겪었다고 생각해. 그래서 너희한텐 조금 쉽게 이 상황에서 빠져나갈 기회가 생겼고."

"나는……"

라세가 뭔가를 말하려고 했다.

"닥쳐. 지금 이건 협상도 토론도 아냐. 난 너한테 조건을 말해주고 있어. 우선 법적으론 아무 문제가 없더군. 프란스가 현명하게도 이 아파트를 아우구스트의 명의로 해놨으니까. 나머지 일들은 이렇게 하도록 해. 지금부터 사 분을 줄 테니 짐을 싸서 여기서 꺼져. 만일 너랑 로예르가 이 부근에 얼씬거리거나 아우구스트에게 접근하려 한다면 호되게 당할 각오를 하는 게 좋을 거야. 죽을 때까지 한시라도 편할 날이 없게 해줄 테니. 그리고 네가 아이를 학대한 일에 대해선 고발장을 쓰고 있어. 이 그림들은 물론이고 심리학자와 전문가들의 소견도 첨부할 거고. 아, 신문사들하고도 접촉할 거야. 저번 레나타 사건 때 수상했던 네 혐의를 입증할 자료가 있거든. 그때 네가 어떻게 했었지? 그녀를 때려서 뺨을 찢어놓고 머리엔 발길질을 하지 않았었나?"

"그래서 언론을 찾아가겠다는 거야?"

"그래, 찾아갈 거야. 가능한 모든 방법을 동원해 너희 둘을 공격할 생각이야. 하지만 '어쩌면' 이런 끔찍한 수치를 당하지 않을 수도 있을 거야. 네가 다시는 한나와 아우구스트 근처를 얼쩡거리지도 않고 그 어떤 여자도 해치지 않겠다고 약속한다면 말이야. 어차피 너 같은 인간한텐 눈곱만큼도 관심 없어. 그저 다시는 우리들 눈에 띄지 마. 여길 떠나 앞으로 착하게 산다면 그걸로 충분하다고. 다만 좀 의심이 들긴 하지. 여자를 폭행하는 남자들은 또 그럴 가능성이 상당히 높은데다 넌 기본적으로 역겨운 개자식이니까. 일단은 뭐, 어떻게 될지 모를 일이라고 해두지…… 내 말 알아들어?"

"알겠어."

라세는 시키는 대로 하는 수밖에 다른 방법이 없었다. 그는 일어나 침실로 가서 재빨리 옷가지를 챙겼다. 그런 다음 외투를 걸치고 휴대전화를 집어들고 집을 나왔다.

갈 데가 전혀 없는 그는 막막하기만 했다. 태어나 이렇게 비참했던 적이 없었다. 게다가 거리 위로는 기분 나쁘게 축축한 진눈깨비가 내리기 시작했다.

리스베트는 현관문이 닫힌 후 돌계단 아래로 멀어져가는 발소리를 들었다. 그리고 아우구스트에게 눈을 돌렸다. 아이는 두 팔을 똑바로 몸 옆에 붙인 채 꼼짝 않고 서서 당황스러울 정도로 그녀를 뚫어지게 쳐다보았다. 좀전까지만 해도 모든 상황을 완벽히 통제했지만 리스베트는 갑자기 마음이 동요했다. 그리고 이 한나라는 여자 역시 뭐가 문제인지 알 수 없었다.

그녀는 금방이라도 울음을 터뜨릴 듯했고, 아우구스트마저 머리를 흔들며 알아들을 수 없는 말을 웅얼거렸다. 소수와는 아무 관계가 없어 보이는 소리였다. 리스베트의 바람은 단 하나, 이곳을 빨리 떠나고 싶었지만 아직 할 일이 남아 있었다. 그녀는 주머니에서 비행기표 두 장과 호텔 예약권, 그리고 크로나와 유로가 섞인 지폐 한 묶음을 꺼냈다.

"난 정말…… 진심으로……" 한나가 입을 열었다.

"조용히 해요." 리스베트가 말을 끊었다. "뮌헨행 비행기표 두 장이에요. 오늘 저녁 7시 15분 출발이니까 서둘러야 해요. 뮌헨 공항에 도착하면 내가 준비해둔 차를 타고 슐로스 엘마우 호텔까지 갈 거예요. 가르미슈파르텐키르헨 시에서 멀지 않은 훌륭한 호텔이에요. 뮐러라는 이름으로 맨 위층에 있는 큰 객실에서 묵게 될 거예요. 우선 석 달은 거기서 머물도록 해요. 내가 찰스 에델만 교수를 만나 아주 엄격하게 비밀을 지켜달라고 말해놨어요. 그가 정기적으로 호텔에 와서 아우구스트가 치료받을 수 있도록 도와줄 거예요. 그리고 적합한 학교 교육도 받도록 해줄 거고요."

"지금 농담하는 거 아니죠?"

"조용히 하라고 했어요. 난 아주 진지해요. 지금 경찰이 아우구스트의 그림을 가지고 있고, 살인범은 체포됐어요. 하지만 살인을 의뢰한 자들은 아직 잡히지 않았어요. 그들이 무슨 짓을 벌일지 예측할 수도 없고요. 그래서 당신은 즉시 이 집을 떠나야 해요. 난 할 일이 있어서 당신과 아이를 아를란다 공항까지 데려다줄 기사를 불러놨어요. 생긴 건 좀 이상해도 괜찮은 사람이에요. '플레이그'라고 부르면 돼요. 알겠어요?"

"네, 하지만……"

"'하지만'은 없어요. 내 얘기 잘 들어요. 독일에서 지내는 동안 당신 명의로 된 신용카드와 휴대전화를 쓰는 건 안 돼요. 도움이 필요하면 이걸 써요. 암호화된 블랙폰이에요. 내 번호는 이미 저장해놨어요. 모든 호텔 비용은 내 이름으로 나가요. 예상치 못한 지출이 생기면 이 현금 10만 크로나를 쓰고요. 자, 질문 있나요?"

"이건 미친 짓 같아요."

"아니에요."

"그 돈은 다 어디서 나는 거죠?"

"내게 그럴 만한 능력이 있어요. 그게 다예요."

"어떻게 우리가……"

한나는 말을 맺지 못했다. 완전히 넋이 나가 무슨 생각을 해야 할지도 몰랐다. 그러다 갑자기 울음을 터뜨리며 힘겹게 말했다.

"대체 어떻게 이 은혜를 갚아야 하죠?"

"은혜요?"

리스베트는 이해할 수 없다는 듯 되물었고, 이내 한나가 가까이 다가오자 두 손을 내밀며 뒷걸음질쳤다. 그러고는 시선을 바닥에 고정한 채 말했다.

"정신 차려요! 정신 바짝 차리고 앞으로는 약물이든 뭐든 그 안 좋은 것들을 끊도록 해요. 나한테 감사하고 싶으면 그렇게 해요."

"당연히 그렇게 할게요……"

"그리고 아우구스트를 위탁가정이나 시설에 보내야 한다고 제안하는 인간이 있으면 당장 쫓아버려요. 앞으로는 가차없이 강하게 싸워야 해요. 상대의 약점을 노리는 전사가 되어야 한다고요."

"전사요?"

"그래요. 앞으로는 그 누구도……"

리스베트는 더는 말하지 않았다. 작별인사치고 유쾌하진 않았지만 그들에게 필요한 말이었다. 그녀는 몸을 돌려 현관을 향해 걸었다. 그렇게 몇 발짝 떼지 않은 그때 아우구스트가 다시 중얼거리기 시작했다. 이번엔 아주 잘 들렸다.

"가지 마, 가지 마……"

리스베트는 이번에도 적절한 대답을 찾을 수 없었다. 그저 짧게 한마디만 했다.

"넌 잘해낼 거야." 그리고 혼잣말하듯 작게 덧붙였다. "오늘 아침에 소리 질러줘서 고마워."

잠시 정적이 감돌았다. 리스베트는 뭔가를 더 말해야 하나 생각해봤지만 결국 아무 말도 하지 않고 몸을 돌려 밖으로 나왔다. 뒤에서 한나가 소리쳤다.

"이 모든 게 내게 어떤 의미인지 말로 표현할 수가 없어요!"

하지만 리스베트는 아무 말도 듣지 못했다. 벌써 계단을 뛰어내려와 토르스가탄 거리에 세워놓은 차로 돌아온 뒤였다. 그녀가 베스테르브론에 이르렀을 때 미카엘이 레드폰을 통해 전화를 걸어왔다. NSA가 그녀를 추적하고 있다고 했다.

"나 역시 그들을 추적하고 있다고 전해줘요." 그녀가 되받아쳤다.
그후 리스베트는 로예르의 집으로 가 반쯤 정신을 잃을 정도로 겁을 주었다. 그런 다음 집으로 돌아와 암호화된 파일 앞에 앉았지만 여전히 해결책은 보이지 않았다.

에드와 미카엘은 그랜드 호텔 객실에서 온종일 일을 했다. 에드는 그에게 해줄 얘기가 많았고, 덕분에 미카엘은 지금 에리카와 〈밀레니엄〉이 절실하게 원하는 특종을 얻을 수 있었다. 하지만 미카엘은 왠지 모르게 불편한 느낌을 떨쳐버릴 수 없었다. 단지 안드레이에게서 아무 소식이 없기 때문만은 아니었다. 에드에게도 뭔가 석연치 않은 구석이 있었다. 미카엘은 대체 왜 그가 스웨덴까지 날아와 미국의 중심 권력에서 멀리 떨어진 이 조그만 잡지사를 도우려고 애를 쓰는 건지 알 수 없었다.
물론 이것을 교환행위로 볼 수도 있었다. NSA가 해킹당했다는 사실을 밝히지 않는 동시에 리스베트를 설득해 에드와 대화를 하도록 돕겠다고 약속했기 때문이다. 하지만 그 이유만으로는 충분하지 않았다. 그래서 미카엘은 에드의 말에 귀를 기울이면서도 한편으로는 그 저의를 파악해보려고 했다.
에드는 마치 자신이 엄청난 위험을 무릅쓰고 있는 양 행동했다. 객실에는 커튼을 죄다 쳐놓고 휴대전화들도 다 꺼내 멀찌감치 치워두었다. 방안에는 강박적인 분위기가 감돌았다. 기밀 문서들은 침대 위에 올려두었다. 미카엘은 그 문서들을 읽어볼 수 있었지만 복사하거나 기사에 인용해서는 안 되었다. 때때로 에드는 설명을 중단하고 정보원 보호에 관한 기술적인 문제들을 두고 논쟁을 벌이기도 했다. 나중에 기밀 유출 수사가 자기한테까지 향하는 일이 없게 하려는 그의 노력은 강박증에 가까웠다. 복도에서 부스럭거리는 소리만 나도 불안한 얼굴로 귀를 쫑긋 세웠고, 바깥에서 누가 감시하고 있는지 확인하기 위해 커튼 사이로 두어 번 창밖을 내다보기도 했다.

그럼에도 불구하고 미카엘은 이 모든 것들이 연출된 행동에 지나지 않는다는 의심을 떨칠 수 없었다. 그러면서 점점 확신도 굳어져 갔다. 지금 에드는 상황을 완벽하게 파악하고 있고 자신이 무슨 일을 하고 있는지도 정확히 알고 있으며 도청 같은 건 전혀 신경쓰지 않고 있다는 걸 말이다. 그는 윗선의 지시에 따라 움직이고 있는 걸지도 모른다. 혹은 이 연극에서 자신이 맡은 진정한 역할이 무엇인지 모를 수도 있었다.

따라서 미카엘은 에드가 말해주지 않는 것에도 관심을 갖고 이 폭로기사를 통해 과연 그가 무엇을 얻으려 하는지 곰곰이 따져야 할 필요가 있었다. 그의 동기 가운데 분노가 큰 몫을 차지한다는 건 분명해 보였다. 에드의 말에 따르면, NSA 전략기술감시팀의 '빌어먹을 멍청이들'은 자신들이 저지른 짓이 세상에 알려질까 두려워 시스템에 침투한 해커를 추적하지 못하게 막았고, 그래서 그는 극도로 화가 났다. 미카엘은 정말로 에드가 그들을 박살내버리고 싶어한다는 걸, '구둣발로 짓이겨버리고' 싶어한다는 걸 조금도 의심하지 않았다. 하지만 어떤 이야기들을 할 때면 거북해하는 기색이 보였고, 속으로는 끊임없이 자기검열을 하고 있다는 인상을 지울 수 없었다.

미카엘은 이따금 대화를 중단하고 에리카나 리스베트에게 전화를 걸기 위해 로비로 내려갔다. 에리카는 언제나 신호음이 울리자마자 전화를 받았다. 둘은 이 기삿거리에 열광하면서도 마음이 그리 편치만은 않았다. 안드레이에게서는 여전히 소식이 없었다.

리스베트는 한 번도 전화를 받지 않았다. 그러다 오후 5시 20분이 되어서야 겨우 통화할 수 있었다. 그녀는 뭔가 다른 데 정신이 팔린 듯했고, 아우구스트가 친모와 함께 안전한 곳에 있다고 짤막하게 말했다.

"그리고 넌?"

"난 괜찮아요."

"다친 데는 없어?"

"뭐, 새로 다친 데는 없어요."

미카엘은 숨을 깊이 들이마셨다.

"리스베트, 혹시 NSA 내부 네트워크를 해킹한 적 있어?"

"에드 더 네드랑 얘기라도 했어요?"

"노코멘트."

그는 리스베트에게도 더는 말할 수 없었다. 그에게 정보원 보호는 그야말로 신성한 의무였다.

"그렇다면 멍청한 사람은 아니군요." 그녀는 마치 대답을 들었다는 듯 말했다.

"그럼 해킹했다는 거야?"

"가능하죠."

미카엘은 그녀에게 소리를 내지르고 싶었다. 어떻게 그런 일을 저지를 수 있는 건지 따져묻고 싶었다. 하지만 꾹 참고 최대한 차분하게 대꾸했다.

"네가 그를 만나 어떻게 침입한 건지 정확하게 설명해주면 문제삼지 않고 놔줄 용의가 있다는군."

"나 역시 그들을 추적하고 있다고 전해줘요."

"무슨 뜻이지?"

"난 그들이 생각하는 것보다 훨씬 많이 알고 있어요."

"좋아," 미카엘이 생각에 잠겨들며 대답했다. "만나볼 생각은 없는 거야? 그러니까……"

"에드 말인가요?"

미카엘은 속으로 탄식했다. 에드가 그녀에게 직접 자신의 정체를 밝히고 싶어했기 때문이다.

"그래, 에드." 미카엘이 시인했다.

“건방지기 이를 데 없는 인간이죠.”

“그래, 좀 건방지긴 해. 체포되지 않는다는 보장이 있으면 그를 만날 생각이 있어?”

“그런 보장은 존재하지 않아요.”

“그럼 안니카한테 연락해서 변호해달라고 할까?”

“난 지금 할 일이 있어요.”

리스베트는 더이상 그 얘기는 하고 싶지 않다는 듯 대꾸했다. 그리고 미카엘은 이렇게 덧붙이지 않을 수 없었다.

“그런데 지금 우리가 파고 있는 이 사건 말이야……”

“그게 뭐요?”

“이해되지 않는 부분들이 있어.”

“정확히 문제가 뭐죠?”

“우선은 말이야, 어째서 카밀라는 그렇게 오랫동안 사라져 있다가 불쑥 나타난 거지?”

“때를 기다렸던 거겠죠.”

“무슨 말이야?”

“그앤 항상 알고 있었어요. 나한테 자기와 살라가 당한 일을 되갚아주려면 언젠간 돌아와야 한다는 걸. 하지만 모든 면에서 충분히 강해지기를 기다린 거죠. 카밀라한테 힘보다 중요한 건 없으니까. 아니면 한 번에 새 두 마리를 잡을 기회를 기다렸을지도 모르죠. 뭐, 다음번에 그녀와 술 한잔 마실 기회가 생기면 그때 직접 물어보면 되지 않겠어요?”

“홀게르 씨와 얘기를 했었던 모양이지?”

“놀고 있진 않았죠.”

“그렇지만 그녀는 실패했어. 네가 무사히 빠져나왔잖아.”

“네, 그랬죠.”

“언제 또 그녀가 나타날지 걱정되진 않아?”

"그런 생각을 안 해본 건 아니에요."

"그래, 좋아. 그런데 말이야, 카밀라하고는 호른스가탄에서 잠시 걷기만 했다고."

리스베트는 이 말에 대해서는 아무 대꾸도 않고 그저 이렇게 말했다.

"난 당신을 잘 알아요. 그런데 이번엔 당신이 에드를 만났으니 내가 그도 경계해야 하지 않겠어요?"

미카엘은 혼자서 씩 웃었다.

"그래, 네 말이 맞아. 불필요하게 그를 맹신해서는 안 되겠지. 멍청한 꼭두각시로 이용당하고 있는 건 아닌가 하는 생각까지 든다니까."

"당신한테 어울리는 역할은 아니죠."

"아니지. 그래서 말인데, NSA를 해킹했을 때 무얼 발견한 건지 알고 싶어."

"더러운 것들 한 무더기."

"지그문트 에커발트와 스파이더스, 그리고 NSA의 관계?"

"맞아요. 다른 것들도 좀 있고요."

"그리고 나한테 얘기해줄 용의도 있고."

"착하게 굴면요."

그녀가 짓궂게 장난을 치자 미카엘은 기분이 좋아졌다. 그러다 별안간 웃음을 터뜨렸다. 그 순간 에드의 꿍꿍이가 무엇인지 깨달았기 때문이다. 너무도 명확히 알아버린 나머지 객실로 돌아가서도 태연한 척하기가 힘들었다. 하지만 어쨌든 그와 함께 밤 10시까지 대화를 계속했다.

29장

11월 25일 아침

그들은 불쾌한 광경을 맞닥뜨리진 않았다. 모르텐트롯식스 골목에 있는 블라디미르 오를로프의 아파트는 깔끔하게 정리되어 있었고 침대 시트도 깨끗했으며 욕실 빨래바구니도 비어 있었다. 하지만 이내 우려스러운 점들이 드러났다. 이웃들의 증언에 따르면 아침에 이곳에 이삿짐 나르는 인부들이 왔었다고 한다. 그리고 현장을 좀더 세밀하게 수색해본 결과, 바닥과 침대 머리맡 위 벽에서 혈흔이 발견됐다. 안드레이의 집에서 채취한 타액 샘플과 비교해 그의 피가 분명했다.

체포된 자들 가운데 의사표현이 가능한 두 명은 혈흔이나 안드레이에 대해선 아무것도 모른다고 주장했다. 얀의 수사팀은 안드레이와 함께 목격된 여자를 알아내는 데 총력을 기울였다.

매체들은 잉아뢰에서 벌어진 사건뿐만 아니라 안드레이 실종에 대해서도 벌써 무수한 기사를 쏟아냈다. 〈SMP〉와 〈메트로〉는 기자의 사진을 대문짝만하게 실었다. 언론들 대부분이 사건의 전말을 파악하지 못했지만 벌써부터 〈밀레니엄〉의 젊은 기자가 살해됐을지도 모른다는 추측을 내놓고 있었다. 이쯤 되면 여기저기서 목격자들이 나와 수상쩍었던 점들을 증언해야 옳았다. 그런데 상황은 정반대였다.

경찰이 입수한 진술과 신뢰할 만한 증언들은 그 내용이 극히 모호했고, 미카엘과 스칸센 동물원의 제빵사를 제외하고는 모든 증인이 그녀가 절대 범죄를 저질렀을 리 없다고 입을 모았다. 그녀와 마주쳤던 사람들은 아주 좋은 인상을 간직하고 있었다. 예트가탄 거리 파파갈로 레스토랑에서 여자와 안드레이에게 와인을 서빙했던 중년 바텐더 쇠렌 칼스텐은 자신이 관상을 좀 볼 줄 안다고 자신하면서, 그 여자는 '파리 한 마리 죽일 수 없는' 사람이라고 강하게 주장했다.

"그녀는 우아함, 그 자체였어요."

목격자들의 말만 믿으면 그녀는 그야말로 온갖 것의 '그 자체'였다. 얀은 그녀의 몽타주를 만드는 게 거의 불가능하다는 걸 깨달았다. 모두가 그녀를 다르게 묘사했다. 마치 저마다 그녀에게 이상적인 여성상을 투영하듯이 말이다. 정말이지 우스운 노릇이었다. 그리고 지금으로선 CCTV 영상도 확보된 게 없었다. 미카엘은 그녀가 리스베트의 쌍둥이 여동생인 카밀라 살란데르라고 주장했고, 실제로 그런 인물이 있었다는 사실도 밝혀졌다. 하지만 오래전부터 그 어떤 공식 기록에도 그녀의 흔적은 없었다. 마치 지구상에서 완전히 사라져버린 듯했다. 만일 그녀가 살아 있다면 새로운 신분으로 살고 있으리라. 특히 얀이 꺼림칙하게 여긴 건 그녀가 있었던 위탁가정에서 의문의 죽음이 두 건이나 일어났다는 사실이었다. 당시 경찰수사는 그야말로 조악한 허점투성이에 의문만 잔뜩 남겼을 뿐이었다.

그때의 수사 기록들을 읽어본 얀은 이런 동료들을 뒀다는 게 부끄러웠다. 비극을 겪은 가족을 배려하는 차원에서 그랬는지는 알 수 없지만, 그들은 아버지와 딸이 사망하기 직전에 계좌의 돈을 전부 인출한 것과 같은 주에 아버지가 다음과 같이 시작하는 편지를 썼다는 걸 별로 심각하게 여기지 않았다.

카밀라, 왜 내 삶을 파괴하는 것이 네게는 그렇게 중요했던 거니?

모든 증인들을 홀려버린 그녀 주위에는 뭔가 음산한 그림자가 감돌고 있었다.

아침 8시, 얀은 벌써 사무실에 앉아 이번 사건에 새로운 빛을 비출 수 있을지도 모른다는 기대 속에 옛 수사 기록을 뒤적이고 있었다. 아직까지 미처 살펴보지 못한 내용들이 굉장히 많다는 걸 알게 된 그때 누군가 찾아왔다는 얘기에 짜증과 죄책감이 동시에 일었다.

소니아가 이미 증언을 받았지만 얀을 직접 만나고 싶어한다고 했다. 얀이 이때 민감하게 굴었던 건 어차피 만나봤자 더 골치 아픈 일이나 생길 거라고 생각했기 때문이었을 것이다. 문 앞에 나타난 여자는 크지 않은 키에 우아한 자태였고 깊은 두 눈에선 우수가 느껴졌다. 얀보다 열 살 정도 어려 보이는 그녀는 회색 외투 안에 인도의 사리와 비슷한 붉은 드레스를 입고 있었다.

"전 파라 샤리프예요. 컴퓨터공학 교수이고 프란스 발데르와는 친한 친구 사이였어요."

"아, 그렇군요." 순간 얀은 당황했다. "이리 앉으세요. 방이 지저분해서 죄송합니다."

"더한 곳도 많이 봤어요."

"아, 그러시군요. 혹시 유대인이신가요?"

그가 생각해도 바보 같은 질문이었다. 물론 파라 샤리프는 유대인이 아니었다. 어쨌든 그건 아무 상관없는 일이었다. 그는 지금 끔찍이도 허둥대고 있었다.

"음, 아니요…… 전 이란 사람이고 이슬람교도예요. 1979년에 스웨덴에 왔고요."

"아닙니다. 제가 멍청한 소리를 했어요. 그런데 무슨 일로 찾아오셨나요?"

"반장님의 동료인 소니아 씨와 얘기할 땐 제가 너무 뭘 몰랐어요."

"무슨 말씀이시죠?"

"그러니까 지금 더 알게 된 정보가 있다고요. 스티븐 워버튼 교수하고 긴 대화를 나눴죠."

"그러잖아도 그분과 연락해볼 생각이었습니다. 요즘 너무 정신이 없어서 미처 전화할 시간이 없었어요."

"스티븐은 스탠퍼드대의 인공두뇌학 교수이고 '기술적 특이점'을 연구하고 있어요. 지금은 기계지능연구소에서 일하고 있죠. 인공지능이 인류에게 도움이 되게 하고 그 반대가 일어나지 않게 하기 위해 연구하는 기관이죠."

"그거 다행이네요." 어려운 주제가 나올 때마다 그는 곤혹감을 느꼈다.

"스티븐은 말하자면 자신만의 세계에서 살고 있어요. 프란스가 사망한 소식을 어제에야 알게 돼서 더 일찍 연락하지 못했다고요. 그런데 그가 지난 월요일에 프란스와 통화를 했다고 해요."

"무슨 일로요?"

"그의 연구에 관해 얘기를 나눴대요. 미국으로 도망치듯 떠난 이후 프란스는 아주 비밀스러워졌어요. 그와 가까웠던 저도 그가 무얼 하는지 잘 몰랐을 정도였으니까요. 섣부르게도 전 그가 연구하는 것들을 조금은 짐작할 수 있겠다고 생각했는데, 결국 착각이었어요."

"무슨 말씀이시죠?"

"너무 전문적인 내용은 말씀드리지 않을게요. 프란스는 전부터 해오던 인공지능 프로그램만 연구했던 게 아니라 양자 컴퓨터를 위한 새 알고리즘들과 위상학적 재료들도 개발했던 것 같아요."

"제겐 너무 전문적인 내용이군요."

"양자 컴퓨터는 양자역학에 기반을 둔 기계예요. 아직은 새로운 개념이죠. 어떤 영역에선 보통 컴퓨터보다 3만 5천 배는 더 빨라질 수 있는 이런 기계를 개발하려고 구글과 NSA에선 막대한 돈을 쏟아붓고 있어요. 프란스를 고용했던 솔리폰도 유사한 프로젝트를 진행중인데 아이러니하게도 기술적으론 그렇게 멀리 나가지 못했어요. 제가 아는 정보들이 사실이라면요."

"그렇군요." 얀은 제대로 이해할 수 없었다.

"양자 컴퓨터의 가장 큰 장점은 정보처리의 기본 단위가 상대중첩할 수 있는 큐비트라는 점이에요."

"상대…… 뭐라고요?"

"전통적인 컴퓨터의 정보처리 단위가 0 아니면 1로만 존재한다면, 큐비트는 0과 1이 동시에 존재할 수 있어요. 문제는 여기에 특별한 계산법과 복잡한 물리 이론들이 필요한데, 특히 그걸 '결 어긋남'이라고 부르죠. 아직 갈 길이 멀다고 할 수 있어요. 어쨌든 현재 양자 컴퓨터들은 너무 전문화되어 있고 다루기도 어려워요. 음, 어떻게 설명해야 할까요. 여러 정황을 보면 프란스가 보다 간편하고 유연하고 자체적으로 학습할 수 있는 방법을 찾아낸 후에 그 결과를 테스트하고 확인해줄 몇몇 연구자들을 접촉했던 것 같아요. 적어도 잠재적으로 보자면 환상적인 진전을 이룬 거죠. 하지만 프란스는 자부심을 느끼면서도 한편으론 깊은 불안에 사로잡혔던 모양이에요. 그래서 스티븐 교수에게 전화를 했고요."

"왜죠?"

"장기적인 관점에서 자신의 창조물이 인류에게 위험할지도 모른다는 생각이 들었겠죠. 직접적으로는 NSA와 관련된 몇 가지 사실을 알게 됐기 때문이고요."

"그게 뭐였죠?"

"NSA의 산업첩보와 관련해서 뭔가를 발견한 듯한데 전 알지 못해요. 하지만 이건 잘 알죠. NSA가 양자 컴퓨터를 개발하려고 애쓴다는 건 공공연한 사실이에요. NSA에겐 진정한 천국을 이루는 일이죠. 세상의 모든 암호화된 파일과 보안 시스템을 깨뜨릴 수 있는 효율적인 양자 컴퓨터를 개발할 수 있다면 말이에요. 그러면 NSA의 감시망을 피할 사람은 아무도 없을 거예요."

"정말 끔찍하군요!" 얀은 자신도 놀랄 정도로 분개했다.

"하지만 최악의 시나리오는 따로 있어요. 그런 기계가 범죄자들의 손에 들어가는 일이죠."

"무슨 말씀을 하시려는지 알겠네요."

"그래서 전 이번에 체포된 사람들에게서 압수한 물건이 무엇인지 알고 싶어요."

"유감스럽게도 그런 종류의 물건은 발견하지 못했습니다. 그들은 그렇게 대단한 지식인이 아니에요. 중학교 산수나 제대로 할는지 모르겠네요."

"그럼 해커는 도주했나요?"

"불행히도 그와 함께 여성 용의자 한 명이 사라졌어요. 아마도 여러 신분을 사용하고 있겠죠."

"정말 걱정되는군요."

얀은 고개를 끄덕이며 마치 간청하는 듯한 표정으로 자신을 바라보고 있는 그녀의 검은 눈동자를 들여다보았다. 그 눈빛을 본 그는 절망에 빠져드는 대신 낙관적인 생각을 떠올렸다.

"그런데 말입니다. 저도 의미는 잘 모르겠지만……"

"네?"

"우리 쪽 IT 전문가들이 프란스 교수의 컴퓨터들을 샅샅이 조사해 봤어요. 짐작하시겠지만 그가 설치해둔 보안 시스템 때문에 쉽지 않은 일이었죠. 정말이지 운좋게도 그걸 풀고 보니 컴퓨터 한 대를 도난당했을 가능성이 있다는 걸 알았어요."

"내 그럴 줄 알았어요, 젠장!"

"일단 진정하세요. 얘기가 더 있어요. 어쨌든 서로 연결되어 있던 교수의 컴퓨터들이 가끔 도쿄에 있는 어느 슈퍼컴퓨터와도 연결됐었다고 하더군요."

"가능한 얘기예요."

"그러다 아주 용량이 큰 파일이나 프로그램 하나가 최근에 삭제됐다는 걸 알았죠. 비록 우리가 그걸 복원할 능력은 없지만 그런 일이 있었다는 것만큼은 확신하고 있어요."

"그러니까 프란스가 자신의 연구물들을 파기해버렸다는 말인가요?"

"저로선 어떤 결론도 내릴 수 없지만 당신이 하는 얘기를 듣고 그런 생각이 떠올랐어요."

"만약 그 파일을 지운 사람이 프란스를 살해한 자라면요?"

"먼저 파일을 복사한 다음 컴퓨터의 원본을 지워버렸을 거라는 말인가요?"

"네."

"전 그렇게 생각하지 않아요. 범인이 집에 머문 시간이 극히 짧았기 때문에 그런 일을 할 겨를이 없었을 거예요. 그럴 만한 지식도 없고요."

"좋아요. 그 말을 들으니 조금 안심이 되네요. 하지만……" 그녀가 미심쩍은 표정으로 말을 이었다.

"네?"

"프란스가 그런 일을 했다고는 믿어지지 않아요. 어떻게 평생의 업적을 그렇게 파기해버릴 수 있죠? 그건 마치…… 자신의 팔을 잘라버리는 거나 마찬가지예요. 아니, 친구를 죽이거나 남의 삶을 파괴하는 것이나 마찬가지라고요."

"살면서 때로는 큰 희생을 해야 할 때도 있지 않을까요?" 얀이 생각에 잠겨 말했다. "사랑하는 것, 그리고 오랫동안 함께해왔던 것을 파괴할 수도 있어야겠죠."

"그렇지 않다면 어딘가에 복사본이 존재하겠죠."

"그렇지 않다면 어딘가에 복사본이 존재하겠죠."

얀은 이렇게 그녀의 말을 따라 하더니 별안간 이상하게도 그녀를 향해 한 손을 불쑥 내밀었다.

파라는 깜짝 놀랐다. 그러고는 자신에게 뭐 줄 거라도 있느냐는 듯한 눈길로 그 손을 물끄러미 내려다보았다. 하지만 이번에 얀은 당황하지 않았다.

"제 랍비가 뭐라고 말씀하시는지 아세요?"

"아뇨."

"인간 존재를 특징짓는 게 있다면 그건 바로 모순들이라고요. 우리는 어디론가 떠나버리고 싶어하면서도 동시에 집으로 돌아가기를 꿈꾸죠. 프란스 교수를 만난 적도 없고 아마 만났다면 날 늙은 멍청이로 여겼겠지만 적어도 난 한 가지는 알아요. 우리는 자신의 일을 사랑하면서 동시에 두려워할 수 있다는 걸요. 그가 아이를 버리고 도망갔으면서도 사랑했던 것처럼 말입니다. 교수님, 살아 있다는 건 늘 한결같을 수 없다는 뜻이고 동시에 여러 방향으로 모험을 떠나는 것이죠. 난 당신의 친구가 어떤 전환점에 있지 않았나 하는 생각이 들어요. 어쩌면 정말 평생의 작품을 파괴해버렸을지도 몰라요. 생의 끝자락에 이르러 자신의 모든 모순들을 드러냄으로써, 가장 좋은 의미에서 진정한 인간이 되었는지도 모릅니다."

"그렇게 생각하세요?"

"글쎄요, 잘 모르겠어요. 어쨌든 그는 변했어요, 그렇지 않나요? 스스로 아이를 보살피기에 적합하지 않다고 여겼지만 마지막엔 아이를 돌보며 시간을 보냈죠. 심지어 아이가 재능을 드러내고 그림을 그릴 수 있도록 했어요."

"반장님 말씀이 맞아요."

"얀이라고 부르세요."

"그럴게요."

"사람들은 가끔 절 부블라라고 부릅니다."

"거품처럼 가볍고 쾌활한 성격이라서 그런 건가요?"

"아니, 그런 건 아닐 거예요. 하지만 적어도 이것만은 확실히 알겠네요."

"뭐죠?"

"당신은……"

그는 더이상 말하지 않았지만 그걸로 충분했다. 파라 샤리프는 그에게 미소를 지어 보였다. 그리고 그 순수한 미소가 얀에게 삶과 신에 대한 믿음을 되찾아주었다.

아침 8시. 리스베트는 커다란 침대에서 빠져나왔다. 이번에도 거의 뜬눈으로 밤을 새웠다. 역시 아무 소득 없이 암호화된 파일 앞에 앉아 있기도 했지만, 혹시 복도에서 발소리라도 들리진 않는지 촉각을 곤두세운 채 계단에 설치해둔 경보장치와 감시카메라를 체크하느라 시간을 보냈기 때문이다. 남들처럼 그녀 역시 자기 쌍둥이 동생이 스웨덴을 떠난 건지 알 수 없었다.

잉아뢰에서 치욕을 맛본 카밀라는 한층 강력한 공격을 준비할 가능성이 컸다. 그리고 NSA가 이 아파트에 쳐들어올 가능성도 배제할 수 없었다. 이 점에 대해선 조금도 환상을 품지 않았다. 이른 아침 그녀는 이런 심란한 생각들을 쫓아버리고 단호하게 욕실로 들어가 상의를 벗고 상처를 살폈다. 이제 좀 괜찮아 보였고 실제로도 많이 나은 상태였다. 그리고 그녀는 터무니없게도 호른스가탄 거리의 복싱 클럽에 가서 한바탕 운동을 하기로 결정했다.

고통을 다른 고통으로 잊기 위해서였다.

운동을 마치고 난 그녀는 완전히 탈진해 그 무엇을 생각할 힘도 없이 탈의실에 앉아 있었다. 이때 휴대전화가 울렸지만 신경쓰지 않았다. 그냥 샤워실로 들어가 따뜻한 물로 지친 몸을 달랬다. 그러는 사이 이런저런 생각들이 천천히 떠오르다 불현듯 아우구스트의 그림이 생각났다. 하지만 이번엔 살인범의 모습이 아닌, 종이 맨 아래에 쓰여 있던 내용이 신경쓰였다.

잉아뢰 별장에서 그녀는 완성된 그림을 잠깐 훑어봤을 뿐이었다. 그때는 그걸 촬영해서 얀과 소니아에게 전송하느라 정신이 없었고, 단지 놀라울 정도로 정확한 세부 묘사에 감탄할 뿐이었다. 하지만 지금 그녀의 사진기억력은 아우구스트가 종이 아래쪽에 써놓은 방정식에 집중되어 있었다. 그녀는 깊은 생각에 잠긴 채 샤워실을 나왔다. 하지만 생각에 집중하기가 쉽지가 않았다. 오빈세가 탈의실 밖에서 고함을 치고 있었다.

"그 입 좀 닥쳐!" 그녀 역시 소리쳤다. "생각 좀 하게!"

하지만 아무 소용 없었다. 그는 여전히 미친놈처럼 날뛰고 있었다. 하지만 리스베트를 빼면 누구라도 그 모습을 이해할 수 있었다. 평소답지 않게 그녀가 샌드백을 때리는 힘이 약해져 놀랐던 오빈세는 이내 그녀가 머리를 떨구고 고통스러워하며 얼굴을 찡그리자 불안하지 않을 수 없었다. 결국 그녀에게 달려들어 티셔츠를 걷어올리고선 상처를 확인했다. 바로 이 일로 격노하게 된 그는 아직도 분이 가시지 않은 모양이었다.

"넌 정말 한심한 멍청이야! 아주 미쳤어!" 그가 고래고래 소리쳤다.

리스베트는 대답할 기력도 없었다. 스르르 힘이 빠지면서 머릿속에 떠올랐던 그림이 점점 희미해졌다. 결국 탈의실 벤치 위에 털썩 주저앉았다. 옆에는 자밀라 아체베가 앉아 있었다. 터프한 그녀는 리스베트와 권투도 하고 잠도 자는 사이였다. 둘의 격투가 격렬해지면 그건 거칠고도 긴 전희가 되곤 했다. 가끔은 샤워실 안에서도 얌전하게 씻지만은 않았다. 둘다 그런 에티켓 따위 신경쓰지 않았다.

"솔직히 말해서 나도 저기서 소리지르고 있는 인간과 동감이야. 리스베트, 넌 지금 아파."

"그럴지도 모르지."

"정말 눈뜨고 못 보겠어, 네 상처 말이야."

"아물고 있어."

"이런 꼴로도 권투는 하고 싶었던 거야?"

"보다시피."

"우리집에 갈래?"

리스베트는 대답하지 않았다. 그녀의 휴대전화가 다시 울렸다. 검은 가방에서 전화기를 꺼내 화면을 들여다보니 발신자를 알 수 없는 번호로 같은 내용의 메시지가 세 통이나 와 있었다. 메시지를 읽고 난 리스베트는 주먹을 꽉 쥐었다. 그 모습을 본 자밀라는 다른 날로 초대를 미루지 않을 수 없었다.

아침 6시. 미카엘은 기막힌 아이디어를 떠올리며 잠에서 깼다. 편집부 사무실로 가는 동안 벌써 머릿속으로는 기사 초안을 그리고 있었다. 도착한 후로는 가끔 안드레이가 생각날 때 말고는 일에 깊이 집중했다. 주변에서 무슨 일이 일어나는지도 모를 정도였다.

여전히 희망을 품고 있었지만 안드레이가 이 기사 때문에 목숨을 잃었을지 모른다는 두려움을 떨칠 수 없었다. 미카엘은 자신이 쓰고 있는 매 문장마다 동료에게 경의를 표할 수 있도록 최선을 다했다. 이 기사를 통해 프란스가 살해된 경위를 파헤치고, 장애가 있음에도 불구하고 아버지가 살해되는 광경을 목격한 후 멋진 복수의 길을 찾아낸 여덟 살 자페아의 이야기를 전할 생각이었다. 그리고 한편으로는, 합법과 범죄의 경계가 불분명한 감시와 첩보의 새로운 세계를 폭로하는 유익한 기사를 쓰고 싶은 마음도 있었다. 단어들이 절로 쏟아져나올 정도로 글을 쓰기는 어렵지 않았지만 그렇다고 해서 난점들이 없는 건 아니었다.

미카엘은 오래 알고 지낸 경찰을 통해 수사 기록 하나를 넘겨받았었다. MC 스바벨셰 어느 리더의 애인이었던 카이사 팔크의 미제 살인 사건이었다. 당시에 범인을 찾지 못했었고, 조사받은 이들 중 쓸만한 증언을 한 사람도 없었다. 그래도 미카엘은 이 갱단이 한차례 격렬한 분열을 겪었다는 걸 알아냈고, 증인의 표현에 따르면 조직원들 사이에선 '레이디 살라'라는 인물을 두려워하는 분위기가 은밀하게 퍼져 있었다는 걸 짐작할 수 있었다.

당시 경찰들이 애를 써봤지만 그 이름이 누구를 지칭하는 건지 알아낼 수 없었다. 하지만 미카엘에겐 의심의 여지가 없었다. 레이디 살라는 카밀라였다. 그는 최근 스웨덴과 해외에서 일어난 일련의 범죄들 뒤에 그녀가 있다고 확신했다. 하지만 증거를 확보하기가 쉽지 않아 짜증이 일었다. 미카엘은 우선 기사에서 그녀를 타노스라는 암호명으로 지칭했다.

하지만 가장 큰 문제는 카밀라가 아니었다. 베일에 싸인 그녀와 러시아 국회 사이의 커넥션도 아니었다. 지금 그가 가장 괴로운 이유는 에드가 찾아와 특급기밀을 발설한 게 오히려 감춰야 할 훨씬 중대한 무언가가 있을 것이라는 생각이 들기 때문이었다. 그렇지 않다면 그는 결코 스웨덴까지 오지 않았으리라. 에드는 바보가 아니었고, 미카엘이 그렇게 순진한 인물이 아니라는 것도 잘 알고 있었다. 따라서 그는 현실을 미화하려 하지 않았다. 오히려 NSA를 아주 부정적으로 묘사했다.

하지만 모든 정보들을 자세히 들여다보면, 결국 에드는 전략기술감시팀의 악당 몇몇을 제외하고는 NSA를 제대로 기능하고 올바르게 행동하는 첩보기관으로 묘사하고 있었다. 바로 그 팀이 해커를 추적하지 못하도록 에드를 막은 일 역시 우연인지는 알 수 없었다.

그의 의도는 분명 몇몇 동료에게 비수를 꽂는 것이었지만 그렇다고 해서 조직 전체를 침몰시킬 생각은 아니었다. 추락이 불가피한 상황에 연착륙을 해보려는 시도였다. 그래서 에리카가 뒤에서 불쑥 나타나 걱정스러운 얼굴로 TT 통신의 기사를 내밀었을 때 미카엘은 놀라지도 화를 내지도 않았다.

"이제 우리 특종은 놓친 거야?"

에리카가 물었다.

> NSA 고위 간부인 요아킴 바클리와 브라이언 애벗이 체포되었다. 그들은 심각한 경제범죄를 저지른 혐의를 받고 있으며 현재 면직 상태에서 재판을 기다리고 있다. NSA 국장 찰스 오코너는 AP 통신과의 인터뷰에서 이렇게 말했다.
>
> "이는 조직에 대단히 수치스러운 일입니다. 문제를 해결하고 응분의 책임을 물을 수 있도록 모든 노력을 다하겠습니다. NSA에서 근무하는 모든 이에게는 아주 높은 도덕성이 요구됩니다. 재판 과정 동안 저희는 국가안보가 허용하는 범위 안에서 최대한 투명성을 보여드릴 것을 약속합니다."

기사에는 국장의 긴 인터뷰 내용 말고는 별다른 게 없었다. 프랑스 살인 사건이나 스톡홀름에서 벌어졌던 사건들과 연결될 만한 정황에 대해선 아무런 언급이 없었다. 미카엘은 지금 에리카가 무슨 말을 하려는 건지 잘 알았다. 이 소식이 발표된 이상 〈워싱턴포스트〉와 〈뉴욕타임스〉를 비롯해 미국의 기자들이 전부 이 사건에 달려들 게 분명했다. 그러면 거기서 어떤 얘기들이 쏟아져나올지는 알 수 없는 일이다.

"좋지 않아." 미카엘이 차분하게 말했다. "하지만 예상했던 바야."

"정말?"

"이것도 그들의 한 전략이야. 에드가 날 찾아왔던 것처럼. 그야말로 '데미지 컨트롤'이지. 주도권을 되찾고 싶은 거야."

"무슨 말이야?"

"그들이 나한테 정보를 흘린 데는 다 속셈이 있어. 문득 뭔가 이상하더라고. 왜 에드가 이 먼 스톡홀름까지 찾아와 새벽 5시부터 날 만나 얘기해야만 했을까? 왜 꼭 그래야만 했을까?"

에리카는 늘 그렇듯 기밀 유지를 전제로 미카엘의 정보제공자와 사실 정황에 대해 전해 들었다.

"그럼 그가 윗선의 지시로 행동했다는 얘기야?"

"처음부터 그런 의심이 들었지만 무슨 목적으로 그러는 건진 알 수 없었어. 그냥 수상쩍다고만 느꼈지. 그러고 나서 리스베트와 얘길 한 거고."

"그래서 전부 알게 됐어?"

"우선 에드는 리스베트가 NSA를 해킹했을 때 무얼 캐냈는지 정확히 알고 있어. 그리고 내가 리스베트를 통해 그 내용을 알게 되는 걸 두려워하고 있어. 한마디로 자신들이 입을 피해를 최소화하고 싶은 거지."

"하지만 그가 아름다운 이야기를 들려준 건 아니잖아?"

"내가 그런 매끈한 이야기로는 만족하지 않으리란 걸 알았겠지. 우선은 내가 흡족해할 정도로만 정보를 흘려서 특종을 쓰게 하고 더는 깊이 파고들지 못하게 할 심산이었겠지."

"하지만 계산을 잘못했군."

"적어도 그러길 바라야지. 지금으로선 어떻게 그들을 뚫어야 할지 모르겠어. NSA는 그야말로 굳게 닫힌 문이니."

"심지어 미카엘 블롬크비스트 같은 사냥개한테도?"

"심지어, 그래."

30장
11월 25일

다음번에 봐, 쌍둥이! 다음번에!

같은 메시지가 세 통 와 있었다. 기술적 오류인지, 아니면 고의적으로 그런 건지는 알 수 없었다. 지금 그건 중요한 일이 아니었다.

메시지는 물론 카밀라에게서 온 것이었지만 리스베트는 뻔히 짐작하고 있었다. 잉아뢰에서 벌어졌던 일들은 카밀라의 해묵은 증오를 더 깊어지게 했을 뿐이다. '다음번'이 있을 게 분명했다. 고지가 바로 눈앞인데 카밀라가 포기할 리 없다. 절대로 그럴 리 없다.

복싱 클럽에서 그녀에게 주먹을 쥐게 한 건 그 내용이 아니었다. 메시지가 불러일으킨 생각들, 눈발 떨어지고 위로는 총알이 빗발치는 와중에 움푹한 바위틈에서 아우구스트와 함께 몸을 웅크리고 있었던 기억 때문이다. 아우구스트는 외투도 신발도 없이 온몸을 사시나무처럼 떨고 있었고, 리스베트는 상황이 얼마나 위태로운지 매 순간 절감하고 있었다.

아이를 돌봐야 하는 상황에 몸에 지닌 무기라고는 한심한 권총 한 자루뿐이었는데 위에 있는 나쁜 놈들은 여럿인데다 기관단총으로 중무장하고 있었다. 방법은 단 하나, 그들을 급습하는 거였다. 그러지 않으면 아우구스트와 그녀는 새끼 양처럼 사살될 터였다. 리스베트는 그들의 발소리가 들리는지, 총알이 어디서 날아오는지 파악하려고 귀를 곤두세웠었다. 심지어는 그들의 숨소리와 옷이 사각대는 소리까지 들어보려 애를 썼다.

그런데 이상한 일이었다. 마침내 기회가 찾아왔지만 그녀는 잠시 주저했다. 그러다 앞에 떨어져 있던 작은 나뭇가지 하나를 부러뜨리면서 결정적인 순간을 흘려보내버렸다. 그러고 나서야 벌떡 일어서서 그들을 정면으로 마주했다. 더는 고민할 필요가 없었다. 이 기습적인 천 분의 일 초를 이용해야 했다. 즉시 그녀는 한 번, 두 번, 세 번 총을 쏘았다. 그리고 이런 순간에는 몸과 근육뿐만이 아니라 지각능력 또한 면도날처럼 예리해져 놀라울 정도로 모든 것이 선명하게 보인다는 사실을 경험을 통해 알고 있었다.

주변의 모든 세부들이 기이할 정도로 명료하게 부각됐고 눈앞에 펼쳐진 풍경 속 굴곡들이 마치 카메라로 확대한 듯 하나씩 또렷하게 들어왔다. 리스베트는 남자들의 눈에 떠오른 경악과 공포의 빛을, 피부의 주름과 옷의 굴곡들을, 그리고 물론 이리저리 흔들리고 무작정 발사되면서 아슬아슬하게 표적을 놓치는 그들의 무기를 지켜보았다.

하지만 그녀에게 가장 강한 인상을 남긴 건 따로 있었다. 저쪽 바위 위에 서 있던 실루엣 하나. 곁눈으로 언뜻 본 그 존재는 아무런 위협이 될 수 없었지만, 그녀가 총을 쏴 넘어뜨린 남자들보다 더 강렬하게 느껴졌다. 바로 그녀의 쌍둥이 동생이었다. 못 본 지 여러 해가 지났지만 리스베트는 1킬로미터 밖에서도 동생을 알아볼 수 있었다. 마치 그녀의 존재가 주변 공기를 유독하게 만드는 것만 같았다.

나중에 리스베트는 그때 그녀도 죽일 수 있지 않았을까 생각해봤다. 카밀라는 그녀의 시야 안에 조금 오래 머물러 있었다. 절벽 근처에 접근한 것부터가 위험한 일이었지만 쌍둥이 언니가 사살되는 광경을 직접 보고 싶은 유혹에 저항하지 못한 모양이었다. 리스베트는 방아쇠를 지그시 당겼던 그 순간을 떠올렸다. 갑자기 맹렬한 분노가 치밀어 가슴이 빠근해졌었다. 그렇게 0.5초쯤을 망설였지만 카밀라가 바위 뒤로 몸을 던지기엔 충분한 시간이었다. 그때 동시에 깡마른 실루엣 하나가 불쑥 튀어나와 총을 난사하기 시작했다. 리스베트는 아우구스트가 있는 바위 안으로 몸을 날려 차가 있는 곳까지 데굴데굴 구르다시피 해서 내려갔다.

이 모든 기억들에 사로잡힌 채 복싱 클럽에서 돌아가는 리스베트의 몸은 또 새로운 전투를 앞둔 것처럼 팽팽히 긴장되어 있었다. 집으로 가지 말고 잠시 스웨덴을 떠나 있는 편이 낫겠다는 생각도 들었다. 하지만 무언가가 계속 그녀를 컴퓨터 앞으로 돌아가게 했다. 카밀라의 메시지를 읽기 전 샤워실 안에서 언뜻 떠오른 그것은 줄곧 그녀의 생각을 붙잡고 있었다.

그건 바로 아우구스트가 그림 아래에 적어놓았던 타원곡선방정식이었다. 리스베트는 그걸 처음 봤을 때 놀라지 않을 수 없었고, 지금 다시 그 방정식이 온전히 떠오르자 이내 걸음을 재촉했고, 카밀라는 생각나지 않았다.

N=3034267

E: $y^2=x^3-x-20$; P=(3, 2)

수학적인 관점에서 보면 독특하거나 뛰어나다고는 할 수 없는 방정식이었다. 하지만 놀라운 건 그녀가 준 무작위 숫자에서 출발해 타원곡선방정식을 만들어냈다는 사실이었다. 게다가 그녀가 알려준 것보다 훨씬 수준이 높았다. 잉아뢰 별장에서 리스베트는 잠을 안 자려는 아이에게 방정식 하나를 설명해주었다. 그때는 아무런 대답도, 실낱같은 반응도 없었다. 그래서 그녀는 수학적 추상능력이 있었던 그 유명한 쌍둥이와 달리 아우구스트의 두뇌는 그저 계산기처럼 작동할 뿐이라고 생각했던 것이다.

그런데…… 그녀가 틀렸다. 아우구스트는 밤새 앉아 그림만 그린 게 아니었다. 모든 걸 이해했고 심지어 그녀가 적어준 방정식을 발전시켜 그녀에게 한 수 가르쳐주기까지 했다. 이내 집에 도착한 리스베트는 부츠와 가죽재킷을 벗을 생각도 하지 않고 곧장 암호화된 파일과 타원곡선 인수분해 프로그램을 열었다.

그런 다음 한나 발데르에게 전화를 걸었다.

한나는 약을 하나도 챙겨오지 않아 거의 잠을 이루지 못했다. 하지만 호텔과 새로운 환경 속에서 힘이 솟는 걸 느꼈다. 경이로운 알프스의 풍경은 그녀가 지금까지 얼마나 갇힌 채 살아왔는지 깨닫게 해주었다. 그리고 몸을 옥죄던 두려움이 물러가면서 서서히 긴장이 풀리기 시작했다. 한나는 이것이 단지 환상이 아니기를 간절히 기도했다.

한편으로는 화려한 호텔방에서 조금 주눅이 들기도 했다. 한때는 그녀도 이런 곳들을 당당하게 드나들곤 했었다. "다들 여길 봐요, 내가 왔어요!" 그런데 어느새 소심해지고 움츠러든 그녀는 아침식사로 나온 호화로운 음식들을 제대로 삼킬 수조차 없었다. 아우구스트는 그녀 옆에서 강박적으로 숫자들을 쓰고 있었다. 아이는 아무것도 먹지 않고 오로지 차가운 오렌지주스만 엄청나게 마셔댔다.

암호화된 새 휴대전화가 울리자 처음에 그녀는 화들짝 놀랐다. 분명 이곳으로 그들을 보낸 리스베트일 터였다. 그녀 말고는 이 번호를 아는 사람도 없었다. 아마 자신들이 잘 도착했는지 확인하고 싶었을 것이다. 한나는 이곳의 모든 것들이 얼마나 굉장하고 좋은지 묘사하기 시작했다. 그런데 리스베트가 대뜸 말을 끊어 조금 놀랐다.

"지금 어디에 있죠?"

"호텔 식당에서 아침을 먹고 있어요."

"그만 먹고 방으로 올라가요. 아우구스트하고 내가 할 일이 있어요."

"할 일이요?"

"방정식 몇 개를 보낼 테니 아이한테 보여주세요. 이해했어요?"

"아뇨. 무슨 말인지 모르겠는데요."

"그냥 내가 보낸 걸 아우구스트한테 보여준 뒤에 다시 내게 전화해서 아이가 쓴 걸 불러주기만 하면 돼요."

"알았어요."

한나는 어리둥절한 채 대답했다. 그런 다음 크루아상 몇 개와 시나몬번 한 개를 집어들고 아우구스트를 데리고 엘리베이터로 향했다.

아우구스트는 단지 그녀가 일을 시작할 수 있도록 도와줬을 뿐이었다. 하지만 그걸로 충분했다. 덕분에 리스베트는 자신이 저지른 오류들을 보다 정확하게 볼 수 있었고 프로그램도 몇 군데 개선했다. 그후로 하늘이 어두워지고 다시 눈발이 날리기 시작할 때까지 그녀는 몇 시간이고 그 일에 집중했다. 그러다 어느 순간 눈앞에서 기이한 현상이 일어났다. 갑자기 파일이 해체되더니 모습을 바꿨다. 그녀는 강한 전율이 온몸을 관통하는 걸 느끼며 허공 위로 주먹을 불끈 들어올렸다. 영원히 잊지 못할 순간이었다.

리스베트는 마침내 개인키를 찾아내 파일을 열었다. 처음 몇 분은 너무도 흥분해 화면에 뜬 걸 제대로 읽을 수도 없었다. 이내 파일을 읽기 시작한 리스베트는 매 문장마다 경악을 금치 못했다. 대체 이게 가능한 일인지 믿기지 않았다. 거기엔 그녀가 상상한 것 이상으로 폭발력 있는 정보들이 가득했다. 겁도 없이 이 모든 걸 써놓은 자는

RSA 알고리즘이 절대 깨지지 않을 거라고 믿었던 모양이다. 그 내용들은 정말이지 오물덩어리였다. 내부 용어며 이상한 약자며 아리송한 암호들이 가득해 해독하기가 쉽진 않았지만 이미 맥락을 알고 있는 리스베트에게는 큰 문제가 되지 않았다. 그렇게 5분의 4쯤 되는 분량을 읽었을 때 초인종이 울렸다.

처음엔 무시하려고 했다. 우편함 구멍에 책이 잘 들어가지 않는 일 따위로 직접 찾아온 우체부일 게 분명했다. 그런데 이내 카밀라의 메시지가 생각났다. 리스베트는 계단 감시카메라의 영상이 떠 있는 모니터를 쳐다보았다. 그 순간 그녀는 몸이 굳었다.

카밀라는 아니었다. 하지만 이 온갖 일들 때문에 잊고 있었던 또다른 골칫덩어리였다. 대체 무슨 수를 썼는지 모르겠지만 빌어먹을 에드 더 네드가 그녀를 찾아냈다. 인터넷에 올라온 사진들과는 닮지 않았지만 잔뜩 찌푸린 얼굴을 보니 의심의 여지가 없었다. 리스베트는 머릿속이 빠르게 돌아갔다. 어떻게 해야 좋을지 생각해봤다. 결국 미카엘에게 암호화 링크로 이 파일을 보내는 게 최선책이었다.

리스베트는 컴퓨터를 끄고 문을 열기 위해 무거운 발걸음을 옮겼다.

안에게 대체 무슨 일이 일어난 건지 소니아는 도무지 모를 일이었다. 몇 주간 그의 얼굴을 떠나지 않던 우울한 기색이 거짓말처럼 사라져버렸다. 이젠 미소를 지을 뿐 아니라 콧노래까지 흥얼거렸다. 물론 즐거워할 일들은 있었다. 살인범을 체포했고 아우구스트는 두 번의 살해 공격을 받고도 살아남았다. 프란스가 살해당한 이유를 상당 부분 알아내기도 했고, 이 사건에서 솔리폰의 역할도 밝혀지고 있었다.

하지만 아직도 해결해야 할 문제들이 산더미였다. 그녀가 아는 얀 형사는 쓸데없이 흥을 내지 않고 오히려 승리의 순간에도 의심을 거두지 않는 사람이었다. 그녀는 대체 그에게 무슨 일이 일어났는지 알 수 없었다. 복도를 지나다니는 그의 얼굴이 환하다못해 빛이 날 지경이었으니 말이다. 심지어 지금은 책상 앞에 앉아 별로 흥미롭지도 않을 서류를 읽고 있는데도 입가에 미소가 떠날 줄을 몰랐다. 샌프란시스코 경찰이 보내온 지그문트 에커발트의 조서였다.

"오, 소니아, 어서 와!"

그녀는 이 유별난 인사에 대해서는 논평을 생략하고 본론으로 들어갔다.

"얀 홀체르가 죽었어요."

"이런."

"스파이더스에 대해 더 알아낼 마지막 희망도 더불어 사라져버렸죠."

"자넨 그가 뭔가를 밝히려 했었다고 생각해?"

"전혀 불가능한 건 아니었죠."

"왜 그렇게 생각하지?"

"딸이 면회 왔을 때 완전히 무너졌었거든요."

"난 몰랐어. 무슨 일이 있었지?"

"딸의 이름은 올가예요." 소니아가 설명했다. "아버지가 다쳤다는 소식을 듣고 헬싱키에서 왔죠. 제가 그녀를 심문했는데, 아버지가 어린아이를 죽이려고 했다는 얘기를 듣자 불같이 화를 냈어요."

"그래서?"

"곧장 병실로 달려가더니 아주 무섭게 쏟아붓더라고요. 러시아 말로요."

"무슨 말인지 좀 알아들었어?"

"혼자서 죽어버려라, 죽도록 증오한다, 뭐 이런 말 같았어요."

"아주 심한 말을 퍼부었군."

"그러고 나서 수사에 도움이 되는 건 다 하겠다고 했고요."

"홀체르는 어떻게 반응했지?"

"바로 그 말을 하려던 참이에요. 그때 전 이제 그가 우리 손으로 넘어왔다고 생각했어요. 눈에 눈물이 가득 고여서는 완전히 무너진 모습이었죠. 윤리적 가치는 죽음 앞에서 결정된다는 가톨릭의 생각에는 크게 동의하지 않지만 그래도 가슴 아픈 광경이더군요. 그토록 끔찍한 일들을 저지른 사람이 심히 초췌해진 모습이요."

"우리 랍비가 말씀하시기를……" 얀이 끼어들려고 했다.

"아니에요, 반장님. 지금 랍비 얘기는 꺼내지 마세요. 얘기 좀 끝까지 할게요. 그때 홀체르는 자신이 얼마나 끔찍한 인간이었는지를 횡설수설 떠들어댔어요. 그래서 제가 말했죠. 선한 기독교인으로서 고백을 해야 하고 누구를 위해 일했는지 밝혀야 한다고요. 정말 그 순간엔 이제 다 왔다고 생각했어요. 그런데 그가 초점 흐린 눈으로 잠시 망설이더니 자백 대신 스탈린 얘기를 하더라고요."

"스탈린?"

"죄인을 죽이는 걸로 만족하지 않고 자손과 일가를 몰살시킨 스탈린 말이에요. 그의 두목도 마찬가지라는 말을 하고 싶었던 모양이에요."

"그러니까 자기 딸이 다칠까봐 두려웠던 거군."

"올가는 아버지를 증오했지만 그는 딸을 걱정했죠. 그래서 증인보호 프로그램으로 그녀를 보호하겠다고 말하려는데, 그때부터 의식이 흐려지기 시작하는 거예요. 결국 혼수상태에 빠지더니 한 시간도 안 돼 사망했어요."

"또다른 소식은?"

"없어요. 인공지능 프로그램 하나가 사라졌고, 안드레이 산데르는 여전히 행방이 묘연하다는 거 말고는요."

"그건 나도 안다고."

"말할 수 있는 상태인 인간들은 죄다 돌처럼 입을 다물고 있고요."

"그렇군. 정말 아무것도 없군."

"아, 하나 있어요." 소니아가 말을 이었다. "아시죠? 아우구스트가 그린 신호등 그림에서 아만다가 알아본 인물 말이에요."

"오래된 배우라는 사람."

"로예르 빈테르요. 혹시 그가 아우구스트나 프란스와 관계가 있는지 알아보려고 아만다가 심문을 했어요. 별로 얻어낼 건 없어 보여서 큰 기대는 하지 않았죠. 그런데 그가 몹시 동요하더니 아만다가 몰아붙이기도 전에 자신이 한 짓들을 다 털어놓았대요."

"그래?"

"정말 파렴치한 이야기더군요. 라세와 로예르는 레볼루션 극단 시절부터 알고 지낸 오랜 친구 사이였고, 한나가 집에 없으면 집에 모여 술 마시고 잡담이나 하곤 했죠. 보통 옆방에서 퍼즐을 맞추면서 놀았던 아우구스트한테는 둘 다 신경도 쓰지 않았대요. 그러던 어느 날 아이가 두툼한 수학책을 보고 있었죠. 한나가 준 거였어요. 아이들이 보기엔 수준이 높았는데 아우구스트가 흥분해서는 소리까지 질러가며 맹렬히 책을 뒤적였다는 거예요. 그 모습에 짜증이 난 라세가 책을 빼앗아 쓰레기통에 던져버렸죠. 그러자 아이는 거의 발악했고요. 신경발작을 일으킨 건데 라세는 아이한테 서너 번 발길질을 했어요."

"끔찍한 일이군."

"이건 시작에 불과해요. 로예르 말로는, 그 일이 있고 나서 아우구스트가 이상해졌대요. 이상한 눈빛으로 그들을 노려보기 시작했다는 거예요. 어느 날 로예르의 청재킷이 조각조각 잘려 있기도 했고, 냉장고에 있는 맥주병들이 다 비워져 있거나 술병들이 죄다 깨져 있기도 했고요. 그래서……" 소니아가 잠시 말을 멈췄다.

"그래서?"

"양쪽이 첨예하게 대치하는 전쟁 같은 상황이 되어버렸죠. 추측하기로는 로에르와 라세가 알코올중독으로 망상증이 생겨서 아이를 두고 온갖 이상한 것들을 상상했던 모양이에요. 심지어 아이를 무서워하기까지 했대요. 어떤 심리학적 메커니즘이 작용했는지는 알기가 쉽지 않아요. 어쨌든 그들은 아우구스트를 증오하다 결국 가끔씩 괴롭히기까지 했죠. 로에르 말로는 그런 일이 있을 때마다 자신은 기분이 엿 같았고 라세와는 거기에 대해 서로 절대 얘기하지 않았대요. 아이를 때리고 싶지 않았지만 자신도 어쩔 수가 없었다고 하더군요. 마치 자신의 어린 시절로 돌아가는 기분이어서요."

"무슨 뜻이지?"

"글쎄요. 들어보니 로에르에게 동생이 하나 있었나봐요. 장애가 있었지만 총명해서 온갖 칭찬과 보상을 받고 자란 반면, 로에르는 천덕꾸러기였던 모양이에요. 아마 그게 상처가 되었겠죠. 그래서 아우구스트를 때리면서 무의식적으로는 동생에게 복수를 한다고 느꼈을 거고요. 그게 아니라면……"

"아니라면?"

"그가 이상한 표현을 썼어요. 아이를 때리고 나면 자신이 부끄러움에서 해방되는 기분이었다고요."

"제정신이 아니군!"

"맞아요. 가장 이상한 건 그가 갑자기 이 모든 얘기를 한꺼번에 쏟아냈다는 거예요. 아만다 말로는 그가 겁에 질려 있었대요. 두 눈 주위가 새카맣게 멍들어 있었고 떠날 때는 다리를 절기도 했다고요. 차라리 체포되기를 바라는 사람 같았다고 하던데요."

"희한하군."

"그렇죠? 그런데 더 이상한 게 또 있어요."

"뭔데?"

"울상의 대명사이신 우리 반장님께서 갑자기 태양처럼 환해졌다는 사실이에요."

얀은 당황한 얼굴을 했다.

"그게 눈에 보여?"

"너무 티 나요."

"아무것도 아냐." 얀은 우물거렸다. "그냥 어떤 여자하고 저녁식사 한번 하기로 했어."

"뭐라고요? 설마 사랑에 빠진 건 아니겠죠?"

"말했잖아. 저녁 한번 먹는 거라고."

얀은 얼굴을 붉혔다.

에드는 이 상황이 마음에 들지 않았지만 이건 게임의 규칙이었다. 도체스터의 어린 시절로 돌아간 기분도 조금 들었다. 어쨌든 절대 물러설 수 없었다. 강하게 한 방 날리든지, 아니면 조용한 파워 게임 속에서 상대를 심리적으로 제압해야 한다. 안 될 것도 없었다. 그녀가 거칠게 놀고 싶어한다면 그도 기꺼이 세게 상대해줄 용의가 있었다.

에드는 마치 링 위에 선 헤비급 복서처럼 리스베트를 노려보았다. 하지만 별 효과가 없었다. 그녀는 얼음같이 차가운 눈으로 그를 마주볼 뿐 아무 말이 없었다. 마치 조용하고도 결연한 결투 같았고, 에드는 결국 이 상황이 지겨워졌다. 모든 게 우스꽝스러울 뿐이었다. 어쨌든 지금 그녀는 가면이 벗겨지고 짓밟힌 처지였다. 그가 그녀의 숨겨진 정체를 찾아내 여기까지 추적해왔으니 말이다. 해병대 서른 명과 함께 들이닥치지 않은 걸 다행으로 여겨야 했다.

"넌 네 자신이 아주 터프하다고 생각하는 모양이지?" 에드가 말문을 열었다.

"누가 갑자기 들이닥치는 걸 좋아하지는 않지."

"나도 누가 내 시스템에 몰래 기어들어오는 걸 좋아하지 않아. 그러니 동점이군. 어떻게 널 찾아냈는지 궁금하겠지?"

"관심 없어."

"지브롤터에 있는 네 회사를 통해 알아냈지. '와스프 엔터프라이즈'라고 이름 붙인 걸 현명한 짓이라고 할 수 있나?"

"아닌 것 같군."

"똑똑한 여자치고는 실수를 많이 했어."

"넌 똑똑한 남자치고는 썩어빠진 곳에서 일하고 있고."

"썩었을진 몰라도 필요한 곳이지. 지금은 미친놈들이 우글대는 세상이니까."

"특히 조니 잉그럼 같은 인간들?"

에드는 전혀 예상하지 못했다. 그녀의 입에서 조니의 이름이 나올 줄은 정말로 몰랐다. 하지만 그는 태연한 표정을 유지했다. 그가 잘하는 일이었다.

"유머감각이 풍부하군."

"그래, 코믹한 일이지. 자기 모가지를 보전하려고 살인을 의뢰하고, 돈을 벌려고 러시아 의회의 도둑놈들과 협력한다는 건 정말로 웃기는 일이야. 안 그래?"

에드는 가면 쓴 얼굴을 계속할 수 없었다. 아주 잠깐 동안이었지만 제대로 생각하는 것조차 힘들었다.

'빌어먹을, 대체 이걸 어디서 알아냈지?' 에드는 머리가 핑 돌았다. 하지만 이내 그녀가 허풍을 떨고 있다는 생각이 들었다. 그러자 맥박이 조금 정상으로 돌아왔다. 만일 자신도 조니가 그런 범죄들을 저질렀을지 모른다고 의심해본 적이 있었다면 아주 잠깐이라도 그녀의 말을 믿었을 것이다. 하지만 모든 걸 면밀히 검토해봤던 그는 이런 의혹을 증명할 만한 단서가 전혀 없다는 걸 누구보다 잘 알고 있었다.

"허튼소리로 날 속일 생각 마." 에드가 대꾸했다. "네가 가진 자료는 나한테도 있어. 아니, 더 많은 게 있지."

"난 그렇게 생각 안 해, 에드. 조니가 걸어놓은 RSA 알고리즘 개인키를 찾아냈다면 또 모를까."

에드는 리스베트를 쳐다보았다. 이 상황이 그저 꿈 같았다. 그 암호화된 파일을 여는 건 불가능한 일이었다. 심지어 모든 수단과 전문가들을 보유한 자신이 보기에도 그건 시도해볼 필요조차 없는 일이었다.

그런데 지금 그녀는 주장했다…… 에드는 믿기를 거부했다. 그녀가 다른 방법으로 정보를 얻었을 게 분명했다. 혹시 조니와 가까운 조직 안에 정보원이 있을지도 모른다. 아니, 이것도 말이 안 되기는 마찬가지였다. 하지만 그는 더 생각해볼 시간이 없었다.

"그러니까 이렇게 된 거야, 에드." 리스베트가 거들먹거리며 말했다. "네가 먼저 미카엘에게 말했다며? NSA에 어떻게 침입했는지 알려주면 날 가만히 놔두겠다고. 그 말이 진실일 수도 있겠지. 하지만 반대로 거짓이거나, 혹은 상황이 바뀌면 넌 아무 말도 못하게 될 수 있어. 잘못하면 모가지가 날아갈 테니. 그러니까 내가 너나 네 윗대가리들의 말을 믿어야 할 이유가 전혀 없지."

에드는 숨을 한번 깊이 들이마시고는 반격을 시도했다.

"충분히 일리 있는 얘기군. 이상하게 들릴지 몰라도 난 언제나 약속을 지키는 사람이야. 내가 착한 놈이라 그런 건 절대 아니고. 오히려 당한 건 꼭 갚아줘야 하는 미친놈이라고. 너처럼 말이야. 하지만 내가 중요한 순간에 사람들을 배신하는 인간이라면 결코 지금까지 살아남지 못했겠지. 그러니 나를 믿든 말든 맘대로 해. 다만 아무것도 말하지 않으면 내가 반드시 네 삶을 지옥으로 만들어줄 거야. 태어난 걸 후회하게 해주지."

"좋아. 네가 대단한 터프가이라는 건 잘 알겠어. 하지만 넌 자존심만 센 쓰레기일 뿐이야, 안 그래? 내가 네 시스템에 침투했다는 사실이 세상에 알려지는 걸 어떻게든 막고 싶은 거잖아. 그런데 안타깝지만 난 아주 치밀하게 준비를 해두었어. 날 어떻게든 막고 싶겠지만 온 세상에 모든 게 낱낱이 까발려질 거라고. 사실 난 이런 짓을 별로 좋아하진 않지만 그래도 너한테 아주 큰 모욕감을 안겨줄 생각이야. 전 세계 네티즌들이 즐거워할 광경을 한번 상상해봐."

"허튼소리 하지 마."

"내가 허튼소리나 늘어놓는 인간이라면 결코 지금까지 살아남지 못했겠지. 난 우리를 항상 감시하는 그 조직이 아주 싫어. 살면서 빅브라더니, 무슨 당국이니 하는 것들을 신물나게 겪었으니까. 하지만 에드, 그래도 난 너한테 기회를 줄 용의가 있어. 네가 혓바닥만 잘 간수한다면, 지금 네 자리를 더 굳게 지키고 그 버러지 같은 인간들을 포트미드에서 제거해버릴 수 있게 정보를 줄게. 내 해킹방식에 대해선 한마디도 안 할 거야. 그건 내 원칙이니까. 하지만 날 잡지 못하게 막은 그 개자식에게 복수할 기회는 줄 수 있지."

에드는 자기 앞에 있는 이 이상한 여자를 뚫어지게 쳐다보았다. 그러고 나서 그가 보인 반응은 오랜 시간이 흘러 생각해봐도 여전히 놀라울 뿐이었다.

그는 미친듯이 웃음을 터뜨렸다.

31장

12월 2일~3일

오베 레빈은 헤링에 성에서 기분 좋게 눈을 떴다. 샴페인과 칵테일이 넘쳐흘렀던 성대한 파티로 막을 내린 미디어 디지털화에 관한 긴 콘퍼런스를 마친 다음날이었다. 오베가 보기에 불쌍한 루저일 뿐인 노르웨이 일간지 〈크벨스블라데트〉의 노조위원장이 세르네르의 파티를 두고 "직원들을 해고할수록 더 호화로워진다"고 독설을 날리면서 잠시 소동이 벌어지기도 했다. 그 와중에 오베의 맞춤 재킷에 레드 와인이 묻고 말았다.

하지만 그 정도 대가는 기꺼이 치를 수 있었다. 파티가 끝난 후 나탈리 포스를 호텔방으로 데리고 올 수 있었기 때문이다. 스물일곱 살의 그녀는 아주 섹시했다. 오베는 상당히 취했음에도 불구하고 어젯밤에 한번, 그리고 오늘 아침에 다시 한번 그녀와 섹스를 즐길 수 있었다.

어느새 아침 9시였고, 휴대전화가 쉬지 않고 울려댔다. 오늘 해야 할 일들을 생각하니 숙취가 더 심해졌다. 하지만 그는 '열심히 일하고, 열심히 놀자'를 열성적으로 실천하는 사람이었다. 그리고 나탈리는 정말 끝내줬다!

이런 여자를 유혹할 수 있는 오십대 남자는 그리 많지 않을 터였다. 어쨌든 그는 이제 일어나야 했다. 어지럽고 속이 메스꺼운 몸을 이끌고 욕실로 가 꽉 찬 방광을 비웠다. 그러고 나서 주식 포트폴리오를 확인했다. 술 깨는 데 이만한 약이 없었다. 휴대전화를 꺼내 모바일 뱅킹에 접속한 순간 그는 어안이 벙벙해졌다. 어떤 기술적인 사고가 일어난 게 분명했다.

그의 주식 총액이 처참하게 떨어져 있었다. 몸을 덜덜 떨며 투자 종목들을 훑어보던 그의 눈에 아주 이상한 게 보였다. 엄청나게 사두었던 솔리폰의 주식이 거의 증발해버렸다. 대체 무슨 일인지 이해할 수 없었다. 그는 머릿속이 새하얘진 채 서둘러 증권 거래 사이트에 들어가봤다. 어디든 똑같은 뉴스가 떠 있었다.

NSA와 솔리폰, 프란스 발데르 교수의 살해를 의뢰
〈밀레니엄〉의 폭로가 세계를 충격에 빠뜨려

오베는 그다음에 자신이 무얼 했는지 잘 기억나지 않았다. 아마 괴성을 지르고 욕을 퍼부으며 주먹으로 테이블을 쾅쾅 두드렸을 것이다. 잠에서 깬 나탈리가 대체 무슨 일이냐고 물었던 일도 희미하게 생각났다. 한 가지 확실한 건, 그가 변기 앞에 무릎을 꿇고 마치 그 위장에는 바닥이 없는 듯 끝없이 속을 게웠다는 사실이다.

세포 본부에 있는 가브리엘라 그라네의 책상은 말끔하게 정돈되어 있었다. 다시는 여기로 돌아오지 못할 터였다. 그녀는 〈밀레니엄〉을 읽으며 좀더 의자에 앉아 있었다. 맨 첫 장은 세기의 특종을 실은 잡지에서 기대할 수 있는 분위기와는 거리가 멀었다. 온통 검고, 단정하고, 슬펐다. 이미지는 없었고 맨 위에 이런 문장이 보였다.

안드레이 산데르를 추모하며

그리고 좀더 밑에는 이렇게 쓰여 있었다.

프란스 발데르 살해 사건
러시아 마피아는 어떻게 NSA 그리고 미국의 거대 IT 기업과 결탁했는가?

그다음 장을 채운 건 안드레이를 클로즈업한 사진이었다. 가브리엘라는 그를 만나본 적이 없었지만 그 사진에서 깊은 감동을 느꼈다. 안드레이는 잘생긴 얼굴이었고 조금 수줍어 보였다. 미소는 섬세하고 조심스러웠다. 맹렬하면서도 한편으로는 불안한 뭔가가 느껴지는 청년이었다. 사진 옆에는 에리카가 쓴 글이 있었다. 안드레이는 사라예보에서 폭격으로 부모를 잃었고, 생전에 〈밀레니엄〉과 가수 레너드 코언, 그리고 안토니오 타부키의 소설 『페레이라가 주장하다』를 무척 좋아했다고 한다. 그는 일생의 정열적인 사랑과 초대형 특종을 만나는 날을 꿈꿨었다. 그가 좋아한 영화는 니키타 미할코프의 〈검은 눈〉과 리처드 커티스의 〈러브 액츄얼리〉였다. 그리고 그는 타인에게 폭력을 휘두르는 자들을 혐오했고, 누구에게도 나쁜 소리를 하지 못하는 사람이기도 했다. 에리카는 그가 스톡홀름의 노숙자들을 취재하고 쓴 탐사기사에 대해 저널리즘의 모범이라고 평가했다.

> 지금 이 글을 쓰는 내 손은 떨리고 있다. 어제 우리의 친구이자 동료인 안드레이 산데르의 시신이 함마르뷔항의 어느 화물선에서 발견됐다. 그는 고문을 당하고 숨졌다. 상상하기 힘든 고통을 겪었던 듯하

다. 나는 남은 생을 이 고통과 함께 살게 될 것이다. 하지만 한편으로는 자랑스럽기도 하다.

그와 함께 일할 수 있어서 영광이었다. 나는 그처럼 헌신적인 기자를, 근본적으로 선한 인간을 본 적이 없다. 안드레이는 스물여섯 살이었다. 그는 삶과 저널리즘을 사랑했다. 불의를 고발하고, 억압받고 소외된 이들을 돕고 싶어했다. 그는 아우구스트 발데르라는 소년을 보호하려다 살해당했다. 이 시대의 최대 스캔들을 폭로할 이번 호에서 우리는 모든 문장 하나하나에 안드레이를 기리는 마음을 담았다. 미카엘 블롬크비스트는 장문의 탐사기사에서 이렇게 썼다.

"안드레이는 사랑을 믿었다. 그는 보다 나은 세상과 보다 정의로운 사회를 믿었다. 그는 우리 가운데 최고였다!"

서른 페이지가 넘는 탐사기사는 가브리엘라가 지금껏 읽어온 것들 중 그야말로 최고였다. 기사에 열중한 그녀는 시간이 흐르는 것도 잊고 눈물을 흘리기도 했다. 그러다 이내 입가에 미소를 띠었다.

세포의 뛰어난 분석가 가브리엘라 그라네는 눈부신 시민의 용기를 보여주었다.

아주 간단한 이야기였다. NSA 국장 찰스 오코너의 바로 밑에 있는 조니 잉그럼 중령은 백악관과 미 의회에 인맥이 두터운 인물이었다. 그리고 그가 이끄는 어느 그룹이 NSA가 보유한 상당수의 신업기밀을 사적으로 이용했고 이 과정에서 솔리폰의 연구부서 'Y'에 소속된 전략분석팀의 도움을 받았다. 만일 이야기가 여기서 그쳤다면 이 스캔들은 그래도 이해할 만한 수준에 머물렀을 것이다.

하지만 스파이더스라는 범죄조직이 등장하면서 사건은 사악한 양상을 띠었다. 미카엘은 조니 잉그럼의 소행을 낱낱이 밝혀냈다. IT 기업들에서 훔쳐낸 아이디어를 천문학적인 가격에 팔아넘기기 위해 러시아 국회의원 이반 그리바노프와 신비에 싸인 스파이더스의 리더 타노스와 어떻게 협력했는지를 말이다. 그리고 그 비윤리성이 바닥까지 떨어졌을 때 프란스 교수에게 자신들의 행적이 발각되자 그들은 교수를 제거하기로 결정했다. 여기가 가장 충격적인 부분이었다. 저명한 스웨덴 과학자가 살해될 거라는 사실을 알고도 NSA의 어느 최고위 인사는 손가락 하나 까딱하지 않았다.

미카엘은 인간적인 드라마를 써내면서도 정치판의 진흙탕을 적나라하게 묘사하는 데 탁월했다. 가브리엘라는 감동하지 않을 수 없었다. 한편으로는 가장 약한 사람부터 가장 강한 사람에 이르기까지 만인이 감시당하고, 돈을 벌기 위해 수단과 방법을 가리지 않을 때 이 세계가 어디까지 병들 수 있는지 그 무서움을 보여주는 기사이기도 했다.

기사를 다 읽고 난 가브리엘라는 그제야 문 앞에 누가 서 있는 걸 알아챘다. 여전히 세련된 헬레나 크라프트였다.

“안녕?”

가브리엘라는 정보를 유출한 사람으로 헬레나를 의심했던 걸 떠올렸다. 그때는 귀신이라도 씌었던 건지 스스로도 모를 일이었다. 철저하게 수사를 지휘하지 못한 헬레나의 죄책감을 가브리엘라는 배신자의 죄의식으로 해석했었다. 자백한 모르텐 닐센을 체포한 후 길게 대화를 나누던 중에 적어도 헬레나는 그렇게 설명했다.

“안녕하세요.” 가브리엘라가 대답했다.

“당신이 떠난다고 해서 얼마나 가슴이 아픈지 모르겠어.”

“모든 일에는 끝이 있으니까요.”

“그래, 앞으로 어떻게 할 생각이야?”

“뉴욕으로 갈 거예요. 인권 분야에서 일하고 싶었는데, 알다시피 오래전부터 유엔에서 자리를 하나 제안해왔어요.”

"당신이 떠나면 우리에게는 유감스러운 일이지만, 가브리엘라, 당신은 그런 제안을 받을 자격이 충분해."

"그럼 제가 배신한 일은 용서받는 건가요?"

"물론 모두가 용서하지는 않겠지. 난 그 일이 당신이 선한 사람이라는 증거라고 생각해."

"고마워요, 헬레나."

"떠나기 전에 뭐 할 일이라도 있어?"

"오늘은 아무것도 안 해요. 프레스 클럽에 들러서 안드레이 추모식에 참석하려고요."

"좋아. 난 이 모든 난장판에 대해 정부 보고서를 작성해야 해. 하지만 오늘 저녁엔 젊은 안드레이와 가브리엘라 당신을 위해 건배할게."

알로나 카살레스는 멀찍이 앉아 속으로 미소를 머금고 공황 상태에 빠진 사무실 풍경을 바라보고 있었다. 특히 세계에서 가장 강력한 첩보기관의 우두머리가 아닌 어디서 한 대 맞고 온 남자애 같은 얼굴로 저기서 걸어오는 찰스 오코너 국장을 유심히 쳐다보았다. 오늘은 NSA의 높으신 양반들이 전부 초췌하고 불쌍한 얼굴을 하고 있었다. 물론 에드는 아니었다.

사실 에드도 그렇게 즐거워 보이진 않았다. 그는 땀으로 번들거리는 얼굴을 잔뜩 찌푸린 채 마구 삿대질을 해대고 있었다. 사람들은 그런 모습에서 위압감을 느끼지 않을 수 없었다. 심지어는 찰스마저 겁을 먹은 듯했다. 하지만 놀랄 일은 아니었다. 스웨덴에서 돌아온 에드는 그야말로 폭탄 같은 정보들을 한가득 들고 와 난리를 일으키더니 조직을 낱낱이 대청소하자고 요구했다. NSA 국장인 찰스는 그 일이 고맙지만은 않았다. 오히려 당장 그를 시베리아에 보내고 싶은 심정이었을 것이다.

하지만 그도 어쩔 수 없었다. 에드에게 점점 다가갈수록 그는 움츠러들었고, 에드는 그런 그를 아예 쳐다보지도 않았다. 상대하느라 시간 허비할 필요 없는 한심한 인간들 대하듯 그도 싹 무시해버렸다.

대화가 시작되고 나서도 국장의 상황은 나아지지 않았다. 알로나에겐 한마디도 들리지 않았지만 에드가 그의 말에 콧방귀도 뀌지 않는 듯했다. 그녀는 거기서 무슨 말들이 오갔는지, 아니 더 정확하게는 말해지지 않은 내용들이 무엇인지 충분히 짐작할 수 있었다. 이미 에드와 긴 대화를 나눈 그녀는 잘 알았다. 그는 어디서 정보를 얻었는지 절대 밝히지 않을 테고, 따라서 아무것도 내놓지 않으리라는 걸 말이다. 그리고 에드의 이런 행동에 그녀는 기분이 좋아졌다.

에드는 강하게 밀어붙이고 있었다. 알로나는 그가 목적을 이룰 수 있도록 같이 싸우고, 그에게 문제가 생긴다면 도움을 아끼지 않겠다고 굳게 다짐했다. 그리고 가브리엘라가 이쪽으로 온다는 소문이 사실이라면 꼭 데이트 신청을 하리라 마음먹었다.

에드는 일부러 국장을 무시한 게 아니었다. 그가 나타났다고 해서 하던 일—부하직원 둘을 호통치는 일—을 멈출 수는 없었기 때문이다. 한참이 지난 후에야 몸을 돌린 에드는 국장에게 비교적 우호적인 말을 던졌다. 아부를 하거나 무심했던 태도를 용서받기 위함이 아닌 진심이었다.

"기자회견 때 아주 잘하시던데요."

"아, 그랬나? 그런 지옥이 없더군."

"내 덕분에 준비할 시간이라도 얻은 걸 고마워해야 할 겁니다."

"고마워하라니? 지금 농담하나! 인터넷도 안 봤나? 전 세계가 나랑 조니 잉그럼이 같이 찍힌 사진들로 도배가 됐는데! 나까지 덩달아 만신창이가 됐단 말일세!"

"그럼 앞으로 주변 인간들 관리를 잘하면 될 거 아닙니까, 제기랄!"

"아니, 무슨 말을 그렇게 하나?"

"내가 말하고 싶은 대로 하는 겁니다! 지금 여기는 위기 상황이고 난 보안을 책임지고 있어요. 일분일초가 아까운 이 판국에 친절하고 정중하게 말하려고 봉급 받는 게 아니라고요!"

"말조심하지 않으면……"

국장은 대꾸하기 시작했지만 이내 당황해 말을 잇지 못했다. 에드가 갑자기 곰 같은 상체를 쭉 펴 보였기 때문이다. 그저 기지개를 켜려 한 건지, 아니면 그에게 겁을 주려 한 건지 분간하기가 어려웠다.

"…… 난 이 사안을 해결하라고 자넬 스웨덴에 보냈네." 국장이 말을 이었다. "그런데 돌아와서는 오히려 모든 걸 엉망으로 만들었어. 이건 그야말로 재앙이라고!"

"재앙은 이미 일어났었어요. 국장님도 나만큼이나 그 사실을 잘 알잖습니까. 내가 스웨덴에 가서 그 고생을 하고 오지 않았다면 우린 타당한 전략을 세울 시간조차 없었을 거라고요. 나 아니었으면 지금 그 자리에 붙어 있지도 못했을 거란 말입니다."

"그래서 자네한테 고마워하라는 말인가?"

"당연하죠! 내 덕분에 기사가 나오기 전에 그 빌어먹을 개자식들 해고할 시간을 번 거 아닙니까?"

"그런데 어떻게 그 망할 파일이 스웨덴 잡지사에 들어가게 됐지?"

"벌써 백번은 설명하지 않았나요?"

"그 해커 얘기만 했었네. 억측과 헛소리뿐이었지."

에드는 이 모든 서커스에서 리스베트를 빼주겠다고 약속했었다. 그리고 이를 분명히 지킬 생각이었다.

"최고급 헛소리인 모양이네요, 안 그래요?" 에드가 맞받았다. "그 해커가 누구든 조니의 파일들을 여는 데 성공해서 그걸 〈밀레니엄〉에 넘긴 거라고요. 그게 엿 같은 일이라는 건 나도 동의합니다. 하지만 더한 게 뭔지 압니까?"

"그게 뭔가?"

"우리한테 그 해커를 잡을 기회가 있었으니, 당장 데려다 모가지를 잘라놓고 기밀 유출도 막을 수 있었어요. 그런데 추적을 그만두라는 명령을 받았다는 겁니다. 그리고 그때 국장님도 날 특별히 지지해주지 않았고요!"

"난 자넬 스톡홀름으로 보냈네."

"국장님이 내 밑에 있는 애들을 다 철수시킨 바람에 그동안 애써온 게 물거품이 됐어요. 해커는 흔적을 다 지울 시간까지 얻었고요. 물론 다시 조사를 시작해볼 수는 있겠죠. 그런데 이렇게 된 마당에 쥐방울만한 해커 하나가 우릴 갖고 놀았다는 걸 온 세상이 알면 그게 도움이 되겠습니까?"

"그렇지 않겠지. 하지만 분명히 얘기하는데, 〈밀레니엄〉하고 그 블롬스트뢲인가 뭔가 하는 스웨덴 기자 놈은 가만두지 않겠네."

"블롬크비스트요, 미카엘 블롬크비스트. 원하는 대로 하세요. 행운을 빕니다. 스웨덴에 쳐들어가 지금 그쪽에선 영웅이나 다름없는 기자를 공격하고 나선다면 우리 인기가 퍽이나 올라가겠어요."

에드가 쏘아붙이자 국장은 알아들을 수 없는 말을 웅얼거리고는 물러났다. 물론 에드는 그에게 스웨덴 기자를 붙잡을 생각이 없다는 걸 잘 알았다. 자신의 정치적 생명이 위태로운 상황에 그런 위험한 짓을 벌일 처지가 아니었다. 에드는 알로나에게 가 잡담이나 나누기로 했다. 이렇게 뼈빠지게 일만 하는 게 이제는 조금 지겨웠다. 아무 생각 없이 즐길 수 있는 일이 필요했다. 이내 그는 미소를 지으며 말했다.

"자, 우리 나가서 이 엿 같은 세상을 위해 건배나 하자고!"

한나는 슐로스 엘마우 호텔 근처 비탈진 언덕에 서 있었다. 호텔에서 빌린 구식 나무썰매 위에 올라탄 아우구스트의 등을 살짝 밀어주고는 미끄러져 내려가는 모습을 지켜봤다. 아이가 저 아래 갈색 창고 부근에서 멈추자 그녀는 스노부츠를 신은 발로 천천히 비탈길을 내려갔다. 떨어지는 작은 눈발 사이로 해가 언뜻언뜻 빛났다. 바람은 거의 불지 않았다. 저멀리 알프스 봉우리들이 우뚝 솟아 있었고 그녀의 앞에는 드넓은 평원이 펼쳐져 있었다.

한나는 이토록 평화롭게 지내본 적이 없었다. 아우구스트는 특히 찰스 에델만의 노력 덕분에 점차 좋아지고 있었다. 하지만 모든 게 쉽지만은 않았다. 끔찍할 정도로 그녀는 상태가 좋지 않았다. 심지어 이 비탈길을 내려가는 도중에도 가슴이 꽉 막혀서 두 번이나 멈춰 서야 했다. 벤조디아제핀 계통의 향정신성 약물을 먹었던 그녀가 약물중독에서 벗어나는 과정은 상상했던 것보다 훨씬 고통스러웠다. 밤중에 침대 위에 새우처럼 몸을 웅크리고 있으면 가차없이 그녀의 지난 삶이 떠오르곤 했다. 그럴 때면 벌떡 일어나 주먹으로 벽을 치며 흐느꼈다. 라세, 그리고 자기 자신을 수백 번 수천 번 저주했다.

하지만 다행스럽게도 자신이 정화되었으며 행복에서 그렇게 멀리 떨어져 있지 않다는 느낌이 들 때도 있었다. 이제는 정말로 모든 게 변하고 있다고 느껴지는 순간들이 있었다. 아우구스트가 방정식을 풀거나 숫자들을 쓰고 있다가도 그녀가 질문하면, 비록 짧고 이상한 말이지만 그래도 대답을 해줄 때처럼 말이다.

그래도 그녀에게 아우구스트는 여전히 하나의 수수께끼였다. 이따금 아이는 숫자로 얘기하곤 했다. 굉장히 큰 숫자에 그보다 더 큰 숫자들을 제곱하면서 마치 엄마가 그것들을 이해할 수 있다고 믿는 듯이 써보이곤 했다.

그녀는 호텔에 온 첫날 보았던 아우구스트의 모습을 결코 잊지 못할 것이다. 아이는 책상 앞에 앉아 길고 복잡한 방정식들을 줄줄이 써내려가고 있었고, 그녀는 그것들을 촬영해 스톡홀름에 있는 리스베트에게 보냈다. 그리고 그날 밤늦게 그녀의 블랙폰으로 메시지 한 통이 도착했다.

우리가 암호를 풀었다고 아우구스트에게 전해주세요!

한나는 자신의 아들이 그렇게 행복해하고 자랑스러워하는 모습을 본 적이 없었다. 그녀는 아직도 그게 무슨 일이었는지 이해하지 못했고, 심지어 찰스에게도 그날 일을 말하지 않았다. 하지만 그녀에겐 정말 중대한 순간이었다. 그날 이후로 그녀는 스스로를 자랑스럽게, 무한히 자랑스럽게 느끼기 시작했다.

그리고 서번트 증후군에도 깊은 흥미를 갖게 되었다. 찰스가 호텔에 올 때면 아우구스트가 잠들고 난 후 그들은 아이의 예외적인 능력과 그 밖의 모든 것들에 대해 새벽녘까지 대화를 나누곤 했다.

찰스와 같이 잔 건 잘한 일인지 확신할 수는 없었다. 하지만 잘못했다는 생각이 들지도 않았다. 찰스를 보면 프란스가 떠올랐다. 그저 지금은 자기 자신과 아우구스트, 그리고 찰스가 서로를 알아가고 있는 작은 가족 같았다. 그리고 거기에는 엄격하지만 다정한 면이 있는 가정교사 샬로테 그레베르와 덴마크에서 그들을 찾아온 수학자 옌스 뉘루프도 있었다. 그는 이유를 알 수 없지만 아우구스트가 타원곡선과 소인수분해에 푹 빠져 있다고 말했다.

어떻게 보면 이곳에서의 체류는 아우구스트의 기이한 우주를 발견해가는 모험이라 할 수 있었다. 한나는 눈 쌓인 비탈길을 내려가며 아이가 썰매에서 몸을 일으키는 모습을 바라보았다. 그리고 정말 너무나도 오랜만에 확신이란 걸 느낄 수 있었다. 더 나은 엄마가 될 수 있고, 그녀의 삶을 올바르게 다시 세울 수 있다는 확신 말이다.

미카엘은 왜 이렇게 몸이 무거운지 이유를 알 수 없었다. 마치 물속을 걷는 듯한 기분이었다. 지금 편집부 사무실은 시끌벅적한 와중에 모두가 승리에 취해 있었다. 신문사, 인터넷 언론, 라디오와 TV 방송 등 거의 모든 매체가 그를 인터뷰하고 싶어했다. 하지만 미카엘은 그 어떤 요청도 받아들이지 않았다. 불필요한 일이었다. 과거에는 〈밀레니엄〉이 특종을 터뜨리고 나면 그와 에리카는 다른 매체들이 그 특종을 계속 다뤄주지 않을까봐 전전긍긍했었다. 그래서 관련된 공청회에 참석하기도 하고 심지어는 일부 정보를 다른 매체들과 공유하는 전략을 쓰기도 했다. 하지만 이번에는 그런 일들을 할 필요가 전혀 없었다.

뉴스는 저절로 폭발했다. NSA 국장 찰스 오코너와 미 상무장관 스텔라 파커가 합동기자회견을 열고 엄숙하게 사과의 뜻을 표명했을 때, 이 특종의 진실성과 정확성에 대해 끝까지 남아 있던 마지막 의심들이 깨끗이 걷혀버렸기 때문이다. 이제 전 세계의 각 매체들은 이 스캔들의 결과와 함의를 놓고 열띤 토론을 벌였다.

이 모든 소란과 전화통에 불이 나는 상황에도 불구하고 에리카는 즉흥적으로 사무실에서 파티를 벌이기로 했다. 다들 잠시 이 난리통을 벗어나 축하주 몇 잔 정도는 들이켤 자격이 있다고 생각했기 때문이다. 이번 호 초판 5만 부는 이미 어제 오전에 품절됐고 영어판이 제공되는 잡지사 웹사이트의 방문자 수는 수백만에 달했다. 더불어 출판계약 제안이 몰려들었고, 정기구독자 수는 분 단위로 증가했으며, 광고주들은 지면을 얻으려고 줄을 서는 상황이었다.

세르네르 미디어 그룹의 지분도 다시 사들일 수 있었다. 할 일이 산더미였음에도 불구하고 에리카가 며칠 전에 거래를 매듭지었다. 물론 쉬운 일은 아니었다. 세르네르 측 대리인들은 그녀가 초조해하는 걸 눈치채고 가격을 최대한으로 올렸다. 에리카와 미카엘은 결국 성공하지 못할 거라는 생각까지 했다. 그런데 마지막 순간에 지브롤터에 소재한 어느 무명 회사가 상당한 액수의 분담금을 출자해주어—미카엘은 미소 짓지 않을 수 없었다—노르웨이인들의 지분을 회수했다. 그들이 치른 값은 빈약한 재정 형편에 비하면 엄청난 액수였지만, 다음날 특종을 발표한 후 〈밀레니엄〉의 주가가 하늘로 치솟았을 때 그들은 이 멋진 성공을 자축할 수 있었다. 〈밀레니엄〉은 다시 자유롭고 독립적인 신분이 되었다. 비록 이 자유와 독립성을 만끽할 여유는 아직 되찾지 못했지만 말이다.

취재기자들과 사진기자들이 프레스 클럽에서 열린 안드레이의 추모식에까지 몰려와 그들을 에워쌌다. 다들 예외 없이 축하인사를 건넸지만 마음이 무거운 미카엘은 이런 상황에 걸맞게 너그러운 모습을 보이기가 힘들었다. 그후엔 잠을 몹시 설쳤고 두통에 시달렸다.

다음날 늦은 오후, 직원들은 사무실 가구들의 위치를 바꾸고 책상을 한 줄로 길게 이어놓은 뒤 그 위에 샴페인, 와인, 맥주, 그리고 일식 레스토랑에서 사온 음식들을 차리고 있었다. 그리고 사람들이 몰려오기 시작했다. 나머지 직원들과 프리랜서들, 그리고 언론계 동료들이 속속 도착하는 가운데, 미카엘은 직접 뛰어나가 홀게르가 엘리베이터를 타고 내리도록 도왔다. 그들은 두어 번 포옹을 나눴다.

"우리 애가 또 해냈어!" 홀게르는 눈시울을 붉혔다.

"늘 그렇듯이요."

미카엘이 미소를 지으며 대답한 후 귀빈석이라 할 수 있는 긴 소파에 홀게르를 앉혔다. 그리고 직원에게 그의 잔이 비는 일이 없도록 하라고 일렀다. 미카엘은 이곳에서 그를 보게 되어 기분이 좋았다.

오랜 친구들과 새로운 친구들이 한데 모인 모습도 마음을 따뜻하게 했다. 가브리엘라가 보였고 수사팀장 얀도 와 있었다. 그들의 직업적 관계와 독립적으로 경찰을 감시해야 하는 〈밀레니엄〉의 위치를 생각하면 초대 대상에서 그를 제외하는 게 옳았을지도 모른다. 하지만 그를 초대하기 원했던 미카엘 덕분에 결국 얀은 파라 샤리프와 담소를 나누며 즐거운 시간을 보낼 수 있었다.

미카엘은 모든 이들과 건배를 했다. 청바지 위에 그가 가진 가장 멋진 재킷을 입었고 모처럼 술을 양껏 마셨다. 하지만 휑하고 슬픈 느낌을 좀처럼 떨칠 수 없었다. 물론 안드레이 때문이었다. 계속 그가 떠올랐다. 저쪽 의자에 앉아서 맥주를 마시러 가자는 제안에 머뭇거리던 젊은 동료의 모습이 기억에 또렷이 남아 있었다. 평범하면서도 결정적이었던 순간이었다. 머릿속이 그의 생각으로 가득차 미카엘은 좀처럼 대화에 집중할 수 없었다.

그는 자신을 칭찬하고 떠받드는 말들이 이제는 지겨웠다. "아빠, 드디어 진짜 글을 썼네요"라는 페르닐라의 메시지만이 진정으로 가슴에 와 닿을 뿐이었다. 그는 이따금 문 쪽으로 시선을 돌렸다. 물론 리스베트에게도 초대장을 보냈다. 심지어는 오기만 하면 귀빈석은 그녀의 자리였다. 적어도 세르네르와 힘든 싸움을 벌일 때 너그럽게 자금을 보태준 일에 고마움을 전하고 싶었다. 하지만 그녀의 그림자도 보이지 않았다. 하기야 그녀에게서 무얼 더 바랄 수 있을까?

조니 잉그럼과 솔리폰, 그리고 이반 그리바노프에 관해 그녀가 보내준 충격적인 자료 덕분에 미카엘은 모든 이야기를 파악했었고, 에드 니덤과 솔리폰 회장 니콜라스 그랜트에게 더 많은 세부들을 털어놓도록 설득할 수 있었다. 그후로 미카엘은 딱 한 번 리스베트의 소식을 들을 수 있었다. 잉아뢰의 별장에서 있었던 일들을 알아보기 위해 레드폰으로 그녀와 인터뷰—그걸 인터뷰라고 할 수 있다면—를 했을 때였다.

하지만 그게 벌써 일주일 전 일이었고, 지금은 그녀가 미카엘의 탐사기사에 대해 어떻게 생각하고 있는지 전혀 알 수 없었다. 어쩌면 그가 이야기를 조금 부풀렸기 때문에 화가 났을지도 모른다. 그렇지만 그 짤막한 답변들로 쓸 수 있는 게 없었다. 혹은 그가 카밀라의 본명을 명시하지 않고 타노스, 혹은 알케마라는 별명을 쓰는 스웨덴계 러시아 여성이라고만 밝혀서 잔뜩 열받았을 수도 있다. 아니면 모든 관련자들을 보다 세게 비판하지 않아 실망했을지도 모른다. 뭐, 알 수 없는 일이었다.

리샤르드 엑스트룀 검사가 불법 감금 및 재산권 침해 혐의로 그녀를 기소할 것을 심각하게 고려하고 있다는 점도 이 상황에 전혀 도움이 되지 않았다. 결국 이 모든 일들이 지긋지긋해진 미카엘은 사람들에게 인사도 하지 않은 채 파티장을 떠나 혼자 예트가탄 거리로 나갔다.

날씨는 여전히 끔찍했다. 별다른 할 일이 없어 휴대전화에 새로 도착한 무수한 메시지들을 훑어보았다. 축하의 말들과 인터뷰 요청들 사이에는 심지어 부적절한 제안들까지 있었다. 하지만 리스베트에게서는 아무런 메시지가 없어 그는 조금 투덜거렸다. 그리고 이내 전화기를 끄고 세기의 특종을 터뜨린 사람치고는 아주 무거운 걸음으로 집을 향해 돌아갔다.

리스베트는 피스카르가탄 거리 아파트의 빨간 소파에 앉아 감라스탄 거리와 리다르피에르덴만을 멍하니 바라보고 있었다. 쌍둥이 동생과 아버지가 남긴 범죄적 유산을 겨냥해 사냥을 시작한 지 일 년이 조금 지난 지금, 그녀가 여러 면에서 성공을 거뒀다는 건 부인할 수 없는 사실이었다.

우선 카밀라를 추적해 찾아냈고 스파이더스에 심각한 타격을 입혔다. 그리고 솔리폰과 NSA 사이의 커넥션을 폭로하고 해체시켰다. 러시아 국회의원 이반 그리바노프는 현재 엄청난 압력을 받고 있었다. 카밀라의 킬러는 사망했고 가장 가까운 조력자 유리 보그다노프와 다른 컴퓨터 전문가들은 지명수배되어 지하에 처박혀 꼼짝할 수 없는 신세가 되고 말았다. 하지만 카밀라는 여전히 살아 있었다. 아마도 스웨덴을 떠나 새로운 제국을 세울 곳을 찾고 있을지도 모른다. 아직 아무것도 끝나지 않았다. 리스베트는 사냥감에 상처를 입혔을 뿐이었다. 그걸로는 충분하지 않았다.

그녀는 차가운 눈으로 앞에 있는 테이블 위를 쳐다보았다. 담뱃갑 하나와 아직 읽지 않은 〈밀레니엄〉이 있었다. 그녀는 잡지를 집어들었다가 다시 내려놓았다. 그러고는 다시 집어들어 미카엘이 쓴 장문의 탐사기사를 읽기 시작했다. 마지막 문장에 이른 그녀는 그의 이름 옆에 있는 새로 찍은 사진을 잠시 들여다보았다. 그러고는 벌떡 일어나 욕실로 가서는 화장을 했다. 몸에 달라붙는 검정 티셔츠와 가죽재킷을 걸친 그녀는 12월의 밤거리로 성큼 걸어나갔다.

바깥은 끔찍하게 추웠다. 이렇게 가벼운 옷차림으로 다니는 건 정말이지 미친 짓이었다. 하지만 그녀는 개의치 않고 마리아 광장 쪽을 향해 잰걸음으로 걸어내려갔다. 이내 왼쪽으로 꺾어 스베덴보리스가탄 거리로 접어든 그녀는 쉬드 레스토랑으로 들어가 바에 앉아 위스키와 맥주를 번갈아 들이켰다. 이곳 손님들 중에는 기자들과 문화계 인사들이 많아 당연히 그녀를 알아보는 이들도 적지 않았다. 그중 〈비〉라는 잡지에 칼럼을 연재하고 있는 기타리스트 요한 노르베리는 사소하지만 의미심장한 디테일들을 잘 찾아내는 걸로 유명했다. 그는 리스베트가 술을 마시는 모습을 보고서 즐기는 게 아닌 마치 임무를 수행하기 위해서인 것 같다고 느꼈다.

그녀가 보인 모습들이 굉장히 결연해서 아무도 감히 다가갈 생각을 하지 못했다. 약간 떨어진 자리에 앉아 있었던 인지행동치료사 레이네 리히테르는 리스베트가 레스토랑 안에서 그 어느 한 사람의 얼굴이라도 제대로 쳐다봤을지 의문이었다. 그녀는 단 한 번도 주위를 둘러보지 않았고, 그 무엇에 대해서도 관심을 보이지 않았다. 바텐더 스테페 밀드는 그녀가 무슨 작전이나 공격을 준비하고 있는 건 아닌가 하는 생각마저 했다.

밤 9시 15분. 리스베트는 현금으로 술값을 지불하고 한마디 말이나 고갯짓 한 번 없이 밤의 어둠 속으로 사라졌다. 케네트 회크라는 중년 남성은 술에 취해 정신이 말짱하지도 않았고 전 부인과 친구들의 말에 따르면 특별히 신뢰할 만한 사람도 아니었는데, 어쨌든 그가 보기에 리스베트는 마치 '결투를 하러 떠나는' 사람처럼 마리아 광장을 가로질렀다.

날씨가 몹시 추웠지만 우울한 생각에 잠긴 미카엘은 느릿느릿 걸어서 집으로 돌아가는 중이었다. 그래도 비숍스 암스 앞에서 동네 친구들과 마주쳤을 때는 싱긋 미소를 지어 보였다.

"어이! 그러고 보니 자네 완전히 종친 게 아니었더군!" 아르네가 소리쳤다.

"완전히 종친 건 아니었지."

미카엘은 이렇게 대꾸하고 바로 가서는 마지막으로 한잔 마시며 아미르와 잡담이나 할까 잠시 생각해봤다.

하지만 그러기엔 너무 지쳐 있었다. 미카엘은 그냥 혼자 있고 싶은 마음에 다시 집으로 걷기 시작했다. 그리고 이내 계단을 올라가는데 설명하기 힘든 불편한 느낌이 그를 사로잡았다. 며칠간 겪어왔던 일들 때문에 그러는 거라고 생각하면서 그 느낌을 떨쳐버리려 해봤지만 좀처럼 가시지 않았다. 오히려 위층 계단의 전구 하나가 나간 걸 알고 나니 불편한 느낌은 더욱 커져만 갔다.

위쪽은 몹시 컴컴했다. 걸음을 늦추던 그는 문득 어떤 움직임을 감지했다. 그리고 그 순간 어둠 속에서 휴대전화 화면이 켜지듯 빛이 번득이더니 두 눈을 번쩍이는 호리호리한 실루엣 하나가 마치 유령처럼 계단참에서 모습을 드러냈다.

"누구야?"

미카엘은 겁에 질려 물었지만 이내 그게 누구인지 알아볼 수 있었다. 리스베트였다. 그는 스르르 긴장이 풀리며 두 팔을 활짝 벌렸지만 생각만큼 안도의 순간은 길지 않았다.

리스베트는 잔뜩 화가 난 듯했다. 새까만 눈동자는 이글거렸고 온몸이 팽팽해져 금방이라도 덤벼들 사람 같았다.

"화났어?" 미카엘이 물었다.

"많이 화났죠."

"왜?"

리스베트는 앞으로 한 발 내디뎠다. 그녀의 창백한 얼굴이 번들거렸고, 그 순간 미카엘은 그녀가 다쳤었다는 사실을 떠올렸다.

"여기까지 힘들게 찾아왔는데 문이 닫혀 있어서요."

리스베트가 대답하자 그가 앞으로 다가갔다.

"세상에, 그런 말도 안 되는 일이!"

"맞아요."

"내가 지금 안으로 초대하면 어떨까?"

"그렇다면 받아들이는 수밖에 없죠."

"그럼 어서 들어와, 환영이야!"

실로 오랜만에 미카엘의 얼굴에 큼지막한 미소가 번졌다.

밤하늘에선 별 하나가 떨어져내렸다.

밀레니엄 4권 끝.

감사의 말

나의 에이전트 마그달레나 헤들룬드, 스티그 라르손의 아버지 엘란드 라르손과 형 요아킴 라르손, 출판사의 에바 예딘과 수산나 로마누스, 편집자 잉에마르 칼손, 그리고 노르스테츠 에이전시의 린다 알트로브 베리와 카테리네 뫼르크에게 깊이 감사드린다.

카스페르스키 연구소의 보안 연구원 다비드 야코뷔, 웁살라 대학 수학 교수 안드레아스 스트룀베리손, 라디오 방송 〈에코트〉의 탐사팀장 프레드리크 라우린, 아웃포스트24의 서비스 부사장 미카엘 라그스트룀, 작가 다니엘 골드베리와 리누스 라르손, 그리고 메나헴 하라리에게도 감사드린다.

물론 안네도 빼놓을 수 없다.

옮긴이 **임호경**
서울대학교 불어교육과를 졸업하고 파리 제8대학에서 문학 박사학위를 취득했다. 현재 전문 번역가로 활동하고 있다. 옮긴 책으로 엠마뉘엘 카레르의 『러시아 소설』, 요나스 요나손의 『창문 넘어 도망친 100세 노인』 『셈을 할 줄 아는 까막눈이 여자』 『킬러 안데르스와 그의 친구 둘』, 피에르 르메트르의 『오르부아르』, 기욤 뮈소의 『7년 후』, 아니 에르노의 『남자의 자리』, 조르주 심농의 『갈레 씨, 홀로 죽다』 『누런 개』 『센 강의 춤집에서』 『리버티 바』, 베르나르 베르베르의 『카산드라의 거울』 『신』(공역), 앙투안 갈랑의 『천일야화』, 파울로 코엘료의 『승자는 혼자다』 등이 있다.

문학동네 세계문학
밀레니엄 4권
거미줄에 걸린 소녀

1판 1쇄 2017년 9월 19일 | 1판 4쇄 2023년 12월 26일

지은이 다비드 라게르크란츠 | 옮긴이 임호경
책임편집 고선향 | 편집 신견식 김필균 이현정
디자인 김이정 최미영 | 저작권 박지영 형소진 최은진 서연주 오서영
마케팅 정민호 서지화 한민아 이민경 안남영 김수현 왕지경 황승현 김혜원 김하연 김예진
브랜딩 함유지 함근아 고보미 박민재 김희숙 박다솔 정승민 배진성
제작 강신은 김동욱 이순호 | 제작처 영신사

펴낸곳 (주)문학동네 | 펴낸이 김소영
출판등록 1993년 10월 22일 제2003-000045호
주소 10881 경기도 파주시 회동길 210
전자우편 editor@munhak.com | 대표전화 031) 955-8888 | 팩스 031) 955-8855
문의전화 031) 955-1927(마케팅) 031) 955-1917(편집)
문학동네카페 http://cafe.naver.com/mhdn
인스타그램 @munhakdongne | 트위터 @munhakdongne
북클럽문학동네 http://bookclubmunhak.com

ISBN 978-89-546-4661-1 04850
978-89-546-4657-4 (세트)

잘못된 책은 구입하신 서점에서 교환해드립니다.
기타 교환 문의 031) 955-2661, 3580

www.munhak.com

밀레니엄 시리즈

밀레니엄 1권

여자를 증오한 남자들 Män som hatar kvinnor

리스베트&미카엘, 그 역사적인 첫 만남의 순간

밀레니엄 2권

불을 가지고 노는 소녀 Flickan som lekte med elden

사라진 리스베트, 그리고 〈밀레니엄〉에 드리운 죽음의 그림자

밀레니엄 3권

벌집을 발로 찬 소녀 Luftslottet som sprängdes

'모든 악'이 벌어진 그날을 청산하는 피의 복수와 치밀한 두뇌 싸움

밀레니엄 4권

거미줄에 걸린 소녀 Det som inte dödar oss

리스베트 vs. 카밀라. 드디어 만난 쌍둥이 자매, 그 결투의 서막

밀레니엄 5권

받은 만큼 복수하는 소녀 Mannen som sökte sin skugga

리스베트도 몰랐던 또다른 과거의 그림자, 그리고 새로운 위협

밀레니엄 6권

두 번 사는 소녀 Hon som måste dö

밀레니엄 시리즈, 대망의 마지막 이야기

악마도 부러워할 실력자 해커
리스베트 살란데르

"쓰레기는 뭘 해도 쓰레기예요.
난 쓰레기들에게 마땅한 것들을 돌려줄 뿐이라고요."

예리하면서도 순진한 면모가 있는 탐사기자
미카엘 블롬크비스트

"오랜 경험을 통해 한 가지 배운 게 있다면
자신의 본능을 믿어야 한다는 사실이다."

Millennium Series

스웨덴의 사회고발 전문 기자 스티그 라르손은 범죄 미스터리 소설 시리즈 10부작을 기획한다. 그는 미스터리 소설의 흥행요소를 잘 알았지만 판에 박힌 틀에서는 벗어나고자 했다. '전에 없던 새로운 히로인'이라는 호평을 받은 '리스베트 살란데르'는 성인이 된 '말괄량이 삐삐'를 상상하여 창조한 캐릭터이고, 그녀와 함께 미스터리를 파헤치는 '미카엘 블롬크비스트'는 집요한 일 중독자였던 실제 작가의 모습을 닮았다. 두 주인공을 중심으로 친근하면서도 전형적이지 않은 캐릭터들과 함께 숨가쁘고 거대한 서사의 향연이 펼쳐진다. 3권까지 집필을 마친 그는 출간 6개월을 앞두고 돌연 심장마비로 사망한다.

스티그 라르손의 사후 출간된 '밀레니엄 시리즈'가 경이로운 판매 기록을 세우며 전 세계에 신드롬을 일으키자 작가의 죽음으로 3권에서 중단된 시리즈에 대한 독자들의 아쉬움은 커져갔다. 이후 유족과 노르스테츠Norstedts 출판사는 범죄 사건 전문 기자 출신 다비드 라게르크란츠를 공식 작가로 지정해 시리즈를 이어간다. 우려와 기대 속에 선보인 밀레니엄 4권 『거미줄에 걸린 소녀』는 시리즈의 계승작으로 그 자격이 충분함을 입증하며 전작 못지않은 흥행을 일으켰고, 돌아온 '리스베트와 미카엘'에 팬들은 열광했다. '밀레니엄 시리즈'는 총 6권으로 그 경이로운 세계를 완성한다.